虎贲万岁

张恨水 著

重庆出版集团 重庆出版社

第二十章	文官不怕死	104
第二十一章	黄九妹还活跃着	109
第二十二章	火药涂染的情书	114
第二十三章	风！火！雷！炮！	120
第二十四章	肉搏后的一个微笑	125
第二十五章	回马枪	131
第二十六章	四十八枚手榴弹	136
第二十七章	锦囊三条计	139
第二十八章	火瀑布下的水星楼	144
第二十九章	竹竿挑碉堡	149
第三十章	女担架夫	153
第三十一章	两位患难姑娘	157
第三十二章	勤务兵的军事谈	163
第三十三章	鸟巢人语	168
第三十四章	夜风寒战郭星火肃孤城	173
第三十五章	铁人	178
第三十六章	自杀的上帝儿女	183
第三十七章	战至最后一人的壮举	187
第三十八章	零距离炮与火牛阵	192
第三十九章	余师长弹下巡城	196
第四十章	忽然寂寞的半天	200
第四十一章	逮活的	204

第四十二章	没让敌人活埋到	208
第四十三章	虎啸	213
第四十四章	杀四门	216
第四十五章	以忠勇事迹答复荒谬传单	221
第四十六章	覆廊碉堡战	227
第四十七章	通信兵和工兵都打得顶好	231
第四十八章	看到巨幅电影广告	235
第四十九章	秃墙夹巷中之一战	240
第五十章	向民间找武器	245
第五十一章	刀袭敌后 手推战梯	249
第五十二章	余师长亲督肉搏战	253
第五十三章	最得意的一句话	257
第五十四章	听！援军的枪声啊！	262
第五十五章	裹伤还属有情人	266
第五十六章	平凡的英雄 神奇的事实	271
第五十七章	人换机枪	275
第五十八章	这样的吃喝休息	281
第五十九章	对攻心战的一个答复	286
第六十章	师部门前的血	290
第六十一章	江心泪	295
第六十二章	冲！冲过去	302
第六十三章	罗家岗望月	307

第六十四章	用日本机枪打日本兵	312
第六十五章	没有"垮"字	316
第六十六章	拿下傅家堤早过年	321
第六十七章	饱餐了精神不知肉味	326
第六十八章	拿下毛湾打开大门	330
第六十九章	一口气打回城去	334
第七十章	国旗飘飘	343
第七十一章	废城巡礼	348
第七十二章	坐井观天	351
第七十三章	敌尸群中夜猎	355
第七十四章	荒凉，恐怖，奋斗！	359
第七十五章	舄履交错	364
第七十六章	复活之夜	369
第七十七章	一只离群孤雁	373
第七十八章	空山无人	378
第七十九章	一场噩梦以后	382
第八十章	虎贲万岁	386

自 序[1]

常德会战中,中国军队冒着炮火向前冲

在我提起笔来,写这篇序文的时候,我首先感到一种欣慰。那原因是:第一,我认为不能写完的这部小说,终于写完了。第二,我开始写这部小说的时候,是在重庆南温泉的夏季,白天是逼人的阳光,射进草屋檐下,热气蒸人。晚上是在菜油灯下,蚊子像针管一样,在大腿上吸我的血。于今呢,是在东方大城的北平,又在花柳争妍的季春时节,晚间呢,我桌子上已有电灯了。在这个收复的故都,写完这部书,比在战时的重庆写完这部书,那是更有意思了。欣慰之处,自然不止这一点,让我能引以为荣的,是我能写着八年抗战中最光荣的一页,这光荣是七十四军五十七师的朋友们给我的,我得首先表示感谢。不然,以我一个从未踏脚到战场的书生,不能写出这部三十万言的战事小说。在这里,我必须交代这部小说的材料是怎样得来的:

是一九四四年的一二月间,在南温泉桃子沟,我的草屋里来了两位不速之客。他们全穿着灰布棉军衣,黑黑的面孔,完全是战士的风采。我愕然于两个大兵光顾,便忙着招待。通过姓名之后,让我肃然起敬,他们乃是不久以前,死守常德的两位壮士。他们不肯让我写出姓名,就算是甲乙两先生吧。他们说:来此无别事,因为敬惜他们的同胞在常德死得十分壮烈,八千多人,战死百分之九十几。他们这后死者,要把这些壮烈事迹表扬出来。他们是武

[1] 本书为张恨水先生经典代表作之一,书中有部分字、词及语法语句与现代用法不同,为保留先生原作风貌及时代特色,故本书仍维持先生原来用法,特此说明。——编者注

人，拿惯了枪杆，拿不惯笔杆，要我给他们写一部小说。我听了，感到十分荣宠，但我婉谢了。我的答复是："是的，七年来还没有整个描写战事的小说，这是我们文人的耻辱，对不起国家。我们实在也应该写一点，像常德这种战役，尤其该写。本来我也有这个意思，我们战役可以写的，有上海一战，宝山之役；津浦一战，台儿庄之役；晋北一战，平型关之役；桂南一战，昆仑关之役；湘中三次会战，长沙之役；最近湘西一战，就是常德之役了。这都是我们认为光荣的。尤其是昆仑关、长沙和常德，我们终于把敌人赶跑了。可我是个百分之百的书生，我又没到过战场，我无法下笔，大而在战时的阵地进退，小而每个士兵的生活，我全不知道，我怎么能像写《八十一梦》，凭空幻想呢？"但甲乙两先生，坚定地要我写，并答应充量供给材料。我只好答应从长商议，将来再说，这是第一次接洽。

　　甲先生住在土桥，到南温泉只六公里路。他公余，常到南温泉来洗澡，偶尔也到我家里来谈谈，我们就成了朋友。到了是年五月，甲先生又旧事重提，那时，我担任《新民报》渝社经理。城居日多，乡居日少，我说没有时间写小说。但甲先生说："我为五十七师阵亡将士请命，张先生不能拒绝。"说后他就捆了两个布包袱材料送到我家。里面有地图，有油印品，有贴报册子，有日记本，有相片本，不下三四十种。他笑说："这足够你采用的吧？此外，还有我一张口。"我们的友谊已很深了。我于公于私，都不能拒绝，只好答应先看材料，有工夫再写。这是第二次接洽。

　　到了十一月，我已把经理职辞去，重新乡居，把小说材料真的抽着看了一部分。这时甲先生和乙先生，就轮流到我家来闲谈。问我把材料看得怎么样，我说看是看了，有好多地方不懂。他二位就问我哪里不懂，我一说出来，他们就给我做详细的解释。往往一个问题，可以解释两个小时。尤其是甲先生口讲指画，在我茅庐里，亲自表演作战的姿势。此外，是哪天刮风，哪天下雨，炮是怎样响，子弹在夜里发什么光，全给说出来。我为他的热忱所感动，就决定不再推诿，答应一定写。这离我们认识之时，已有一年了。这是第三次接洽。

　　一九四五年春季，我本来预备写这部书的。恰好有几部旧作，出版社催我整理，就又耽误下来。到了五月间，整理才算完毕。四川的天气，是热得很早的。当大太阳在天空中晒着的时候，甲先生手上打着一把纸伞，身上穿的那件白布衬衫，被汗渍透得像水洗了似的，胁下夹着一包常德战事的材料，又光顾到茅庐里来了。我见他这样热心，实在不好意思说"不写"两个字，就在那个日子开始动起笔来。我根据油印品、地图、笔记、照片，逐次翻，逐次写。有不大明白的地方，写个问题记下来，等到甲乙两先生到来，就问清楚了再写。甲乙两先生也就随时看我的原稿，不对的地方，随时予以指正，虽极小的描写也不放过。例如我写天亮的时候，哨兵还问口令，甲先生说："错了，天亮了，只问哪一个。"又如，我写太阳山一带的风景，写成冬天的萧条景象。乙先生说："不对，那里松树成林，冬天还是青郁郁的。"因为如此，所以这一部书三十多万字，虽是有时写一钩月亮，那都是实在的情形。这是第四次接洽。

我们就这样接洽了一年多，所以这部书的取材，尽可能地保留了故事的真实性。作小说不是写历史，为什么这样保留真实性？这是由于甲乙两先生的要求，要把他们五十七师的血渍，多流传一些到民间。我当时曾考虑到这问题，小说就是小说，若是像写战史一样写，不但自乱其体例，恐怕也很难引起读者的兴趣。我要求甲乙二位找点软性的罗曼史穿插在里面。他们始而有难色，后来允许我了，给了我书中程坚忍、鲁婉华、王彪、黄九妹这几个人的故事。而他们也有一个要求，这罗曼史以不损害真事为原则。据说，这罗曼史也是真的，但其人健在，不肯露真姓名，因之，这书内的真实姓名，有点例外，就是涉及罗曼史的几个角儿的姓名，是随便写的。其余却是自师长到火夫，人是真人，事是真事，时间是真时间，地点是真地点。

我这书里，没有"想当然耳"之词，一切人的动作、物的描写，全由甲乙两先生口述。我还怕不够，又托甲乙两先生，找了两位在重庆的常德老百姓、曾经历过这次战役的人，来做过几次长时间的谈话。因之我这部书的材料充足，只恨笔拙运用不完，却没有一点捏造的英雄事迹。关于每位成仁英雄的故事，我是根据《五十七师将士特殊忠勇事迹》写的。因为有些士兵的动作，颇为相同，写的时候，避免写法雷同，还漏了百分之五六，这是我对于在天之灵抱歉的。因为后来要补人，我把参考书还了甲乙两先生了。关于战事经过，我是根据《五十七师作战概要》的油印品，再加上报纸记载、私人笔记写的，可以说没有遗漏。不过驰救常德的援军行动，我没有多写。一来书的体例，不许可跑野马；二来我又没有充分的材料；三来没有得那些部队许可，我也不敢写。但那战事的主要将领，除了书中曾述及的周庆祥师长外，还有王耀武、李钰堂、欧震、杨森、王陵基、王缵绪几位将军，这是报纸曾披露过的。附告于此。

当我写这本书之初,是不无顾虑的。因为常德一战,虽是过去的事,可是我们还在和敌人打。我又是一个书生,不知道哪些事可以直言无隐,哪些事还当保留。到了我写到十几章左右时,我军反攻,已收复桂柳。甲乙两先生,也离开重庆,到湘西去了(那一战是第四方面军的胜利,五十七师又获一次大捷。第四方面军司令官长,就是原七十四军军长王耀武。七十四军五十七师属于第四方面军)。我也失了两位顾问,下笔颇觉困难。所幸不久,日本人就已投降。对日本的战事完全过去,我才放开手来写。我的大意,写一二十万字就够了。不料一放手之后,就收不住。而且参考材料里面的英勇故事,又美不胜收,我也不能丢开哪一部分。写到四十章左右,我待船东下,已搬到重庆城里来住,我是想写完的。但写到六十一章的时候,是一九四五年十一月底,我获得一个机会,可以带家眷坐公路车,经贵阳到湖南衡阳去。于是我把所有的参考材料,托人转送还甲乙两先生。只有他们两人的私人日记,轻便易带,我还留着。十二月四日离开重庆,十六日到衡阳,二十四日到汉口。一九四六年一月五日,才到南京。到南京,我是过路,我是要到北平办《新民报》的,不能写稿。其间又回了一次安庆探母,一次到上海接洽旧著出版,最后还在南京候飞机半个月,二月十五日我才到北平。到了北平,我身任经理之职,要筹划出《新民报》北平版,事务繁重,提笔时间很少。但我不愿这部书耽误日子太久,每于夜深无事临睡之前,抽空写千百个字。直到四月十八日晚上,我才写完了最后的一页。在北平也就补写了十九章。这书或因事忙,或因天热,或因小病,或因旅行,停笔的日子多于提笔的日子,因之三十多万字,我整整写了一年。

写这部书,我由南温泉的草屋里,写到北平东交民巷瑞金大楼上(《新民报》社址)。由菜油灯下,写到雪亮的电灯下,我自己的变迁,尽管很大,但是把握现实这一点,我绝没有动摇。而且我也依然料到,书里一定有不少外行话,还没有被甲乙两先生指出。我诚恳地欢迎武装朋友给我一些指正。

我写小说,向来暴露多于颂扬,这部书却有个例外,暴露之处很少。常德之战,守军不能说毫无弱点,但我们知道,这八千人实在也尽了他们可能的力量。一师人守城,战后只剩八十三人,这是中日战争史上难找的一件事,我愿意这书借着五十七师烈士的英灵,流传下去,不再让下一代及后代人稍有不良的印象，所以完全改变了我的作风。

最后我对甲乙两先生及那几位常德朋友，表示感谢。感谢他们给了我许多宝贵的材料。

一九四六年四月二十日张恨水序于北平南庐

第一章

HUBEN WANSUI

大雷雨的前夜

一九四三年十一月十四日，有十万人会永远记得这个日子。

这十万人是武陵县的市民，"武陵"这个名词，差不多念过两页线装书的人，对它都不会怎样陌生，陶渊明那篇《桃花源记》里，老早就介绍过了。虽然那时的武陵郡治，不是现在的县址，但这个武陵郡变成武陵县，历史上是这样一贯下来的，读者也许为了这个缘故，高兴翻一翻手边的地图，武陵县在哪里？然而华南各省找不到，华中华北各省也找不到，甚至边省地图里也找不到，莫非编地图的先生把它遗漏了？不是！它这名字有三十多年不用了，它现在承袭了它哥哥的名字，叫常德。它父亲呢？是湖南。

原来常德府武陵县，民国纪元前是同城而治的，民国废府，把武陵这个名字收起来，用了常德。这里为什么称常德市民为武陵市民呢？这是我私人的敬仰，愿意恭称他们一个古号，因为自民国三十二年十一月十四日以后，他们那座城池的表现，大可以认为是武德的山陵。老虎在武陵上叫啸，字面上也透着威风，你说句武陵虎啸，在方块字的特殊作用平仄方面会念得响亮而上口些。不然，改叫常德虎啸，你不觉得有点儿口上差劲吗？可是虎啸两字，又作何解？那你别忙，这个故事会告诉你的，这十万市民永远记得这个日子，也就是为了虎啸。

那么，这老虎是特别大了，这啸声可以让十万人听到？不，全中国人听得到，全世界人也听得到的。但他不是一只老虎，是八千五百二十九只老虎。你听了会惊讶地说：这样多老虎？好大一个场面。那我还得笑着告诉你，他不真是老虎，是人，所以我用一个"他"字。他不是平常的人，是国军七十四军五十七师的全体官兵。

你也许是个现代第一流的考据家，必然又得问一声，人就是人，五十七师就是五十七师，为什么称他们做老虎？我说：那是人家的另一种番号，五十七师的代字另称"虎贲"。我怕你打破砂锅问到底，干脆我再告诉你，《书经·牧誓》上，武王有戎车三百辆，虎贲三百人。"贲"字和"奔"字同音同义，就是说那武士像老虎奔入羊群一般，所向无敌。说得够明白的了，读者里面纵有考据家，大概也可以不问了。然而我一想，慢来，这个"啸"字没有交代。不过，这个"啸"字可不是饿汉吃馒头，整个一口就可吞下，却得细细地说，又必须回到十一月十四日的那一天。

这一日，是个冬晴的日子，华中的气候，还相当和暖，人穿着棉袍子。身上有点热烘烘，四点钟将到，太阳斜到了城市西边。天脚下密结着鱼鳞片的云彩，把太阳遮住了。那鱼鳞缝里透出了金色的阳光，慢慢地镶着金边的大鱼鳞，变成了一团橘色的红霞。敏感的人，觉着这是血光，象征着这个洞庭湖西岸的军事大据点，将有一场大战。冬日天短，夜幕渐渐地在当顶的天空伸张着，那红霞反映出来的晚光，把整个常德城全笼罩在美丽的橘红色里。但这城里的人，走的走了，不走的人忙着在家里收拾细软，钉锁门户，明天十一月十五日，是疏散的最后一天。

师部和县政府已再三地贴出布告，城里不留下任何一个市民。所以这是大疏散的倒数第二日，市民准备着在城里吃最后一次的晚餐。有几处人家屋顶的烟囱，冒出了几道青烟，青烟上面，有三三五五的归巢乌鸦悄然地飞过。不知是哪里吹出一阵军号声，立刻让人感到这座城不是凄凉而是严肃。

在这严肃的气氛里，一个军服整齐的军官，默然地走过几条无人的街道。他胸前的佩章，第一行横列着"虎贲"二字，其下注职位姓名：少校参谋程坚忍。他沉重的皮鞋步伐声，走着青石板的路面，啪啪作响，也道出他名字所含的意义。

走到一个小一字门楼前，他止住了脚，里面有人迎着笑了出来道："妈！坚忍来了。"出来的是个少女，二十上下年纪，高高的个子，皮肤带点黄色，长圆的脸上，配着一双大眼睛，乌黑的头发，在脑后剪了个半月形。从她手腕的健肥上和双肩的阔度上，表现出她是北方姑娘。她的蓝布罩衫上，套了一件紫色的短毛绳衣。程坚忍看到她，点了头，笑道："这个城郊的空袭，将从此加多。婉华你还穿着这鲜明颜色的衣服。"婉华拉住他的一只手，走向屋里笑道："往常你爱看我穿着这件紫色的毛绳衣呀，我为着欢迎你，特意穿起来的。"程坚忍紧紧地握住了她多肉的手，觉得手心里握着一团温暖的棉絮，笑道："婉华，我深深地感谢着你的厚意。"

婉华正想答应他这句话，出来一位老太太，她穿着青布棉袍，露出下面解放的双脚，穿着儿童式的棉鞋，从她周身不带一点俗气的态度上，可以知道她是一位受过教育的老人家。她说话兀自操着纯粹的济南土音，她道："坚忍，你可来了。婉华盼你一天了，依着俺，今天下午，就该走了，她说，一定要和你见一面，饭菜都预备好了，同来吃饭吧。"坚忍道："鲁老太太，师部里多忙呀！算师长特别通融，允许给我两小时的假，让我来和二位话别。"婉华笑道："你多客气呀，不称你们称作二位。"

说着话大家走进了堂屋，正中桌上摆着三副杯筷，点了一盏菜油灯，灯草加了七八根，燃得火焰很大。程坚忍在旁边一张木椅子上坐着，婉华立刻送了一盏茶在他手上。他双手接着茶杯，笑道："你对我也客气呀！"她挨了他的椅子在方凳上坐了，笑道："不知道什么缘故，自上一个礼拜起，我对你是特别地挂心。"程坚忍道："是的，我们由朋友的阶段，终于订了婚，彼此是情投意合的。我们都是山东人，怎样会在常德相遇的，不是冥冥中有个人在撮合着吗？可是，从今以后，也许是永别了，教人真不无恋恋啦！"他说着喝下一口茶，表示他这话，说得是很沉着的。

婉华立刻摇头道："不！永别？我根本没有这个想法，只是暂别罢了，而且很短时间的暂别。"程坚忍很从容地又喝了一口茶，笑道："那没关系，军人从来不忌讳这个死字。我一当了军人就把生死置之度外，也只有把生死置之度外的军人，他才有作为。"婉华笑道："你当然是个有作为的军人，可是更要有那个信心，这回分别是暂时，不是永别。"程坚忍放下茶杯，握住了她的手，笑道："好的，等这一仗打过去了，我们就结婚过阳历年。"婉华微笑着还没有答言呢，鲁老太太一手端了一只碗出来，左手是腊肉，右手是咸鱼，菜油灯光下兀自看到那鱼肉的冻玉黄色可爱。

老人是听到他们约着结婚那一句话的，然而她只当没有听到，将两碗菜从从容容地放在桌上。坚忍笑道："有这样好的菜，怪不得一定要我来吃饭。"

鲁老太太叹了口气道："这些腊肉咸鱼，要带走也带不动，不吃了它，扔在这里，不知道我们回来还有没有？而且这两天城里也买不到菜了。婉华，屋子里还剩有半瓶酒，拿出来敬坚忍两杯吧。"

婉华果真到屋子里拿出一只酒瓶来，向三个杯子里注着，笑道："我也来陪你一杯，请坐。"她说着就在横头坐下。坚忍在她对面坐着，说道："上面这个座位留给老太太了，她怎么还不来？"婉华道："她说，我们去后你在城里恐怕吃不到面食，原来是要蒸山东大馒头给你吃，上午忘记了发面，只好下面条儿给你吃。"坚忍道："老太太和你对我的情爱，让我永远忘不了，恐怕……"婉华端起面前的杯子，向他举了一举，笑道："不说丧气的话，喝酒，恭祝你们虎贲万岁！"坚忍道："好的好的，接受你这杯预祝胜利的酒。"

于是二人对饮了一杯。坚忍望着杯子道："胜利之后，我们就在这堂屋结婚，你看如何？"婉华低头一笑道："你总没有忘了这件事……"她把这个"事"字拖得很长，在考虑的半秒钟内，她立刻觉得有点扫了这未婚夫的兴致，接着道，"好的好的，一切听凭你安排。"

于是又斟了酒喝起来，也许是鲁老太太忙，也许是她有意慢吞吞地下面，很久很久，才端了两大碗面条儿出来，他们是已说了很久的话了，还是二人再三地催着她才捧了一碗面来同吃。吃饭之间，已是在檠灯的油碟子里加过两次油。坚忍笑道："看了灯芯点得这样大，好像也是有意浪费，不必把带不走的油留下来。"鲁老太太道："日本鬼子真是让我恨透了心，由济南把家轰到了常德来，又逼了我们走。逃一次难要丢了多少东西？"婉华道："丢东西还是好的，有多少人家败人亡。"坚忍道："不要紧，我们军人会给老百姓报仇的。"说时，他已放下了碗筷，在衣袋里掏出表来看了一看，他这个动作，立刻给予鲁氏母女一个很大的刺激，眼光对照一下，彼此默然。

这屋子里默然了，同时感到这宇宙也默然了，什么声音都听不到了，究竟是冬夜了，偶然地，有一阵风声呼呼地穿过天空，随了这风声，有那咿咿呀呀的雁叫声，在头顶上掠过。这是洞庭湖滨的雁群被什么惊动着飞起来了，但这两种声音响过以后，大地又沉睡过去了。常德原是个热闹城市，抗战以后，被敌人多次轰炸，曾萧条过一个时期。自从宜昌沦陷，这里成了向大后方去的一条经过路线，又慢慢繁荣起来。在往日五点钟以后，满城灯火齐明，商业现着活跃，市声哄哄，从没有人在六七点钟，听到过天空带上这凄凉的

第一章　大雷雨的前夜

雁声。现在这情形是大大地变了，让那感着离别在即的人，有说不出来的一种情绪。

程坚忍站了起来，将放在旁边椅子上的手拿了起来，脸上虽带着极沉重的颜色，但是他依然带了笑容向鲁老太太鞠了躬道："我要回师部去了，明天我也许不能来恭送过河，一切请保重。"鲁老太太连说了几句你放心。婉华站起来，抢着走近一步伸过手来与他握着，笑道："我一切会自己料理，你为国自爱、努力杀贼！"程坚忍戴上了帽子，立着正，挺起腰杆，向二人行了个军礼，虽是在菜油灯下，还是看到他两道目光，英气外射，老太太默然地没说什么话，婉华却是深深地向他鞠了个躬。

他一个向后转，并无一句话，大踏步子，向大门口走去。婉华追着送到门外来，这巷子里没有一点灯光，星光下，照着四周人家屋宇的影子，黑沉沉地环绕着，巷子成了一条冰河，微微的西北风，由巷子顶上扑下来，人的脸上感到冷的削刮。婉华站在门口的一层石阶上，低低地叫了一声"坚忍"。

他和她相隔不到一尺路，便转过身来，他站在坡子下的一层，两人正好一般高，便伸着手握了她的手道："你还有什么话？"她沉默了一会儿，说道："你看这整个常德城，多么清静呀，什么声音都没有了。"坚忍道："大雷雨的前夜，空气照例是这样一切停止的。你害怕吗？"她摇了摇头，但立刻觉得这星光下，他是不会看到什么动作的，便继续道："我不害怕，不过这样清静的环境下，我情绪是不能安定的。"他把那只手也握了她的另一只手，两个人影，模糊着更接近了。有三四分钟，他突然道："婉华我告别了，祝你前路平安。"

他立刻转身向前，皮鞋踏着路面的石板，一路啪啪有声。走过两三条巷子，都是黑漆漆的，凭着自己路熟，摸上了大街，遥远的前面，有两三道灯光，从人家门缝里射出。在往日是绝不会留意的，这一道光线，在黑暗中有人喝着口令。他站住脚答应了，就在那发声的地方，有一道手电筒的光射过来。在那光后面现出两位荷枪哨兵。他告诉了他们，是师部程参谋，然后顺着走过去。二三十步之外，有一个扶着枪的警士，静悄悄地呆立在街心，由于他身边有一家店铺，半开着一扇门，里面透出灯光来，可以看出这警士的影子。他已听见程坚忍前面说过话了，并没有问话，让他过去。从此街道依然是一片黑漆，一片冷静，一片空虚。

他走着路，觉得这条脚下踏的马路，比平常阔了许多。抬头看看天上，大小星点，繁密地布在天空，风吹过去，有几个星点，不住地闪动。他向四周看那些屋影子，颤巍巍的，好像在向下沉，向下沉。他忽然省悟过来，这是大雷雨的前夜呀！我不可为这些寂寞空虚摇动我的心，于是他挺着胸脯迈大了步子向师部走去。

第二章

第二个爱人走了

　　第二日早上，五十七师师部的办公人员，各坐在自己桌子面前，传令兵向几张桌上送着一份油印的战斗情报。

　　程坚忍坐着，拿了一份看，他对面桌上，坐着同事李参谋，他拿起一盒不大高明的纸烟，取了一支衔在嘴里，很悠闲地擦了一根火柴燃着。喷过一口烟之后，向这边问道："情形怎么样？老程。"

　　他道："敌人已渡过澧水，澧县、石门相继沦陷，战斗在津市外围。"李参谋操着那带了广东语音的普通话答道："大概一定要等我们来打垮他。"程坚忍将战报送给他看道："敌人的主力还有二百华里的距离呢。"

　　李参谋接着战报看了，向他瞟了一眼，低声问道："鲁小姐走了没有？"他道："她们今天走，实不相瞒，昨晚在一处共吃一顿晚餐，腊肉咸鱼，山东面条，今天她们走。"李参谋道："你不送送你的爱人吗？"他很干脆地答道："不送！"李参谋道："今天参副处派去监督疏散工作的是我，你若愿意的话，我可以请示一下，和你对调一下工作。"他答道："那为什么？"李参谋笑道："让你去送你的爱人啦。"程坚忍笑道："那没关系，这是我第二个爱人。"

　　他很从容而又坦白地站在李参谋座位前面说了这句话，附近几张座位上坐着的同事，听到了，都为之惊异，不免向他望着。他并不介意，取了李参谋面前的一支香烟，自在地吸着。李参谋道："我并没有听到说过，你还有一位第一个爱人，她是谁呢？"程坚忍道："我这个爱人，是和你共同着的。"李参谋道："笑话，我没有对象。"同事听了这话，也更是愕然。程坚忍道："实在是这样，不但是和你共同着的，和大家也是共同着的，她是我们的祖国呀！"这么一说，大家恍然，都笑了。

李参谋道："假使你觉得抽不开身来，有什么话，我也可以代你转告鲁小姐，我要到南码头去，她们不也是由那里渡过沅江吗？"程坚忍站着吸烟，出了一会儿神，最后他笑道："你见了她，就说我很好，也没有别的话了。"

正说着，一位张副官，直向着李参谋走来，将手一挥道："老李，我们走吧？今天是我们张三李四的事。"李参谋看了看办公厅墙上挂着的钟已是八点，便和张副官一路走去。当他走的时候，向着程坚忍做了个会心的微笑，点着头道："我见着了她，一切会替你答复，借句商业广告用一下，保证满意。"程坚忍也止不住笑了。

他们参副二位走到街上，看到一些零落的百姓，或挑着担子，或背着包袱悄悄地走着，有的走上几步，却回头看看，他们虽不说什么，那一份留恋而凄凉的情绪，却让一个毫不懂心理学的人，也看得出来。李参谋道："老张，你有什么感想？"他说道："我希望日本各大城市，也有这样一天。"李参谋道："我的看法不是这样，日本一定有这样一天的，可是要像常德城这样从从容容疏散，它不可能。"张副官道："那为什么？"他道："你想呀！当日本一个军事据点，要被盟军进攻的时候，事先一定是被几千架飞机炸成了一片废墟了，还疏散些什么？日本任何一个大城市，距离海岸都很近，盟军一登陆，炮弹就打到他们的城市里来了，要疏散也来不及。"张副官看了看手表，笑道："快点走吧，弟兄正在忙着，我们看看那紧张的局面。"两人于是不再说话，且奔上南门外大南码头。

冬日的沅江，浅是浅了，水清得像一匹淡绿布，静静地流着，但水面上的船只，却来来往往，两岸组织了穿梭阵，和江水的平缓，正成了个相对的形势。石板面的码头，还是那样齐整。一位排长带了十几名弟兄，顺了向江面去的石坡子站着，老百姓男女老少，挑着背着，三三五五地走来，他们除了偶然说一两句必须说的话，大家都沉默着向前走。在江面上一排停泊着大小五六只船，有的装满着人，有的还空着，船头上各站着两三名士兵，有的招着手叫老百姓向那里上船，有的伸着手，接过岸上老百姓的东西。

张李二人走来，那排长走过来行了个军礼，李参谋道："秩序怎么样？"排长道："参谋你请看，工兵营管理的船很好，老百姓挨着次序上船，满了一船就开走，一点不乱，常德老百姓太好了，却因之发生了一种麻烦。"张副官问道："什么麻烦？老百姓好，我们应当更好呀！"排长笑道："并非别事，弟兄们和老百姓搬搬东西，老百姓一定要给钱，你不收，他就向你手上硬塞，我们说了师长有命令，一个钱也不许要百姓的，得了钱，我们会受罚的。但是你说什么也不行，有些老百姓，把钞票丢在我们面前的地上，抢着送还他，他就乱推，为了这事，整日都闹着麻烦。"李参谋正了脸色道："那是无论如何不能要的。禁止弟兄们接受父老们的谢礼，也是我们来这里的任务之一。"

排长道："这又是一起。"说着，他向石坡下指着，二人看时，有个穿青布袍子的老人，胡须都白了一半，他后面随着一对中年男女和两个孩子，像是一家人，其中有两名士兵，一名代抱着一个四五岁的孩子，一名代挑了一担行李，正放在船头外石阶上。那老人颤巍巍地拿了几张钞票，只管向那放下担子的士兵手上塞。这士兵是山东人，说一口山东话，身子左右乱闪，红了大脸，笑道："老先生，俺不敢要钱。俺师长有命令，和老百姓合作，俺不能要，你带着吧！"

李参谋见他们纠作一团，就跑向前去，伸手拦着笑道："老先生你不必客气了。弟兄们说的是实话，他们敢违抗命令吗？"那老人对他看看，说道："官长，你们是实话，我也是实意呀！你看我儿子和媳妇，一人背了个大包袱还能拿什么？这一挑行李，是这位士兵大哥，由我家里代挑来的。我雇夫子不要花钱吗？而且今天雇夫子也雇不到了，我这个孙子走不动，又是这位士兵抱了来的，我也应当谢谢他呀！人心都是肉长的，这年月我不讲良心，炸弹会炸死我的。"说着又抢向前一步，把钱向那个抱孩子的士兵手上塞去。那士兵抱孩子左闪右躲，孩子倒吓得哭了。

李参谋看了不易解决，而老人说的话，又是那样诚恳，便伸手一把将钞票接了过来，笑道："好，我代收了。这钱现在算是我的，我怎样安排老先生你就不用干涉了。"说着，见另一个孩子，八九岁站在一边，便牵了他的手笑道："小朋友你认得我吗？"那孩子答道："你是虎兵。"小孩子不解贲字，随了常德人的普通称呼这样叫着，李参谋笑道："我知道你们认识我，我们是虎贲，不过我和你老师是朋友，我们老早认识的。这钱，你拿着。过了河去，在路上买点东西吃吧！"说着把钱塞在他穿的学生制服衣袋里。站在身边那对中年男女，一齐叫着："那不行，那不行！"向前要取出钱来。李参谋伸手挡住道："这钱是我的，你们不用管。"那老人手摸了白胡子，叹口气道："虎贲待我们常德人太好了。好吧，孩子，向这位官长鞠个躬谢谢他，恭祝他们旗开得胜，马到成功！"那孩子真的向李参谋鞠了一个躬。

张副官远处站了看着，不住地点头微笑。李参谋奔回坡上来问道："你笑什么？"张副官笑道："你算没白忙，受了人家孩子一鞠躬。"李参谋笑道："除了用刚才这个法子，还有什么法子把钱还那老先生？第二次若遇这事，要请你出马了。"张副官道："哪有那么多硬送钱的老百姓？"那排长在一旁插言道："多得很！稍等一会儿就有的。"

张、李二位，便也没有继续讨论这件事，随便沿江向下游步行观看。各码头街道出口，也陆续有疏散的百姓走出，但不像南码头那样多。上船的码头上，各站了三五名士兵在照料，因此觉得空气清静，仿佛人走到了乡下。沿江的店铺全都关上了门。人家屋顶上拥出来一片城墙，在太阳下，好像高了几尺。倒是望着南岸的南站渡江的百姓，全在那里集中登岸，现出了攒动哄乱的人影。

两人正看了出神，见一个穿皮袍的男子，手里拉住一名士兵，站在水边上，那人颇是斯文，士兵摇摆着手，他弄得气喘吁吁地道："武装同志，你收下吧！这是我的一点敬意，就是你官长知道了，那也不要紧。"李参谋看到向张副官笑道；"老张，这回该轮着你了。看你有什么本领解决这个问题？"

张副官果然笑着向前，对那人道："先生要给我们弟兄钱吗？"那人才放了拉着士兵的手，点头道："是的，我知道你们余师长不许他要百姓的钱。可是这是我自己情愿给他的。"张副官道："为什么要情愿给他钱呢？"那人道："这位武装同志，替我搬了四件行李，由家里到河边上，我们不认识，难道我们叫人家白出力不成？我不过送他一点钱，买两包香烟吸，这位官长你不要拦着，他们当弟兄的固然是苦，就是我们当百姓的，把过去的事比上一比，也不能不和这位表示敬意。"

这句话引起了张副官的注意，问道："过去什么事？"他笑道："我先说明，不是你们虎贲，也在今天同一样的情形之下，我们出城过河，在城门受检查，东西丢了七八样。我父亲遗传下来的几件皮衣服，检查的人说不像是我的，拿了去了，那也罢了。到了河边上，又受一道检查，翻出了我身上一卷钞票，先问我数目是多少，数目说对了，问是哪家银行的，票子很杂，我就记不清是哪几家银行的，回头又问我，票子上是什么号码？请问，用钞票的谁去记钞票上的号码？我两件事答复不出来，他说我这钞票是抢来或偷来的，要我找证人，等我去找了证人来，检查的人无影无踪了。人家那样爱钱，你们和我这样帮忙，我能不酬谢吗？"说着，他把那手上的钞票放在那士兵面前一块石头上，转身就跑，跳到那停在河边的小船头上。

张副官一回头，看到李参谋也是站在一边微笑，他急了，拿起那钞票，追到船边，向船板上一抛，也是转身就跑。上坡子匆忙一点，皮鞋绊着石角，人向前一栽。李参谋正在身边，抢身一弯腰，把他扶住，笑道："我又没送你钱，你为什么行此大礼？"张副官笑道："算我失败，算我失败！"连站在一边的那名士兵，都哈哈大笑。

大家正笑着，却见程坚忍提着一个大包袱，走了过来问道："你们什么事这样高兴？"李参谋笑道："和老张比赛，我赢了，你那第二个……"他把这"爱人"两字还没有说出，却见那鲁婉华小姐穿了长袍，用根短竹竿子挑了两个包袱，随了鲁老太太走来，便把话停住，迎上前道："鲁小姐，你怎么不找人家挑？"她点着头笑道："李先生辛苦了，夫子找不着，你们虎贲兄弟我不愿打搅他，让人家留着精神打日本鬼子吧。"

张、李二人不约而同地，各向前取过一只包袱，正好河边上有一只木船，两名士兵和一个船夫管着，只上了两三个百姓，大家就都把东西送上船去，鲁小姐挽着母亲走进船舱，回过头来，见程、张、李三人站在船头上，便点了头道："三位请回吧，祝你们胜利！"

张副官向李参谋丢个眼色道："老李，我们先走一步，到下面码头上去看看吧。"李参谋会意，不多说什么，先跳下船去，两人头也不回，径自走了。婉华道："坚忍你也走吧，你由家里把我们送到这里，耽搁时间太多了。"他道："不要紧，师长对我特别通融，又准了我两小时的假。"

他说完了，两手挽在身后，默然地站着，看了后来疏散的市民，向这船上搬行李。鲁小姐扶了船篷站在舱口，另一只手理着披在脸上的长发。"到二里岗去吧。"她答应了一声是，两人又默然对立着。这时船上人来满了，船夫手扶了篙子，站在船边，向程坚忍道："官长，你也到南站去吗？"他说了一声不去。婉华的脸色有点惨然，却勉强放出笑容来，远远地伸着手，程坚忍也立刻弯腰握了她的手，他每次握着她的手，都觉得握了一团温暖的棉絮，这次却感到她的手奇冷如冰，自己心里动了一动。看她的面孔时，见她一双大眼，在长睫毛里呆定着，便笑道："你放心，我们虎贲一定是会胜利的，祝你一路平安。"婉华只点了点头，并没有再说什么。坚忍放了手，又向舱里站着的鲁老太太鞠了一躬，然后跳下船去。

船夫本是手扶了篙子站在船头上的，看到程坚忍上了岸，一篙子便将船点开。他站定脚，回转身来，那船已离开河岸一丈多路，立刻船也掉过了头，向着沅江中心。这是一只两三丈长的小船，很是灵便，但见船头左右，伸出两叶桨划了去。他注意着这船，并不他顾，立刻那船舱笠篷下有人伸出半截身子来，正是鲁小姐，远远地看不清她脸上的表情，却见抬起手展开一条蓝色的手绢，在空中挥动。程坚忍说不出来心中是什么滋味，但他意味到自己穿着军服，却立着正，举手行着军礼。那船越划越远，渐渐看不清鲁小姐的动作了，他才礼毕。不过他不肯离开江岸还是呆立着，直到那船靠近了南岸，已和那些去南岸的船混在一处，他心里喊着"第二个爱人去了"，然后背转身来，缓缓地走上码头。

走不多路，又遇到了张、李二位，李参谋笑道："老程，真是多情种子，我看你站在这里发呆了。"他笑道："我不讳言，我是有点恋恋的，可是她已走了，我这条心，就别无挂碍。我这身子就全献给祖国了。师长说今天下午还要给我一个任务，我要回师部去。"说着，他再不回头看沅江，放大了步子，向前走去，皮鞋踏着石板路一阵啪啪作响。

第三章
死活在这圈子里

　　这种皮鞋踏石板声,在常德驻久的军人,是不会有什么感觉的,因为常德的街市,由新建筑的马路,以至原来的旧式街巷,全是用石板铺面的,经常走着,便习惯了这声音。但程参谋今天走来,却觉得每一个步伐的声音,都清楚地送入耳鼓。在太阳光下,照着面前的街道,笔直,空洞,寂寞。在街道两旁的店铺人家,紧闭着大门的中间,这街上铺着的石板,没有一点东西遮掩,越是觉得整齐平坦。

　　远远地一位青年警士,孤零零地站在路心,无须他维持秩序,也无须他管理交通,他是很无聊地背了一支枪,在街心徘徊。这脚步声搅扰了行人自己,也惊动了警士,走到他面前彼此看了一眼,冷冷地过去。程坚忍这时忽然想起一个典故"空谷足音"。想着刚才那警士相看之下,应该有这么一个感想吧?他在无人的街上,想着心事消遣,却不由得扑哧一声,自己笑起来了。

　　他正这样地想着,却有一阵杂乱的步履声远远地传来,在走惯了冷街冷巷的心境下,这声音显着是一种奇迹,便怔了一怔,站住了脚向前看去,那步履声,越来越近,到了面前却是一群异样的人走了来。第一个人,戴着宽边的盆式黑帽子,穿着一件对襟的黑色长袍,拖到脚背,他高鼻子下,簇拥了一丛棕色长胡子,自头到脚,都和常德的普通市民模样不同。在他后面跟了三位披黑头巾,穿黑袍子的女人,这类人在平常情形下,就让人注意,这样萧条的市面上，遇到了他们，真是一线和平的象征。

程坚忍站住了脚道："王主教，你还没有走吗？而且你还带着三位女修道士呢。"王主教笑道："不要紧，我是教徒，有上帝保佑，我是西班牙人，在贵国侨居二三十年，自然和中国人相处得很好。可是西班牙和日本，也是站在中立方面的。"他说着一口极清楚的常德话，虽慢慢地说出来，每个字都说得很沉着。

程坚忍道："可是，洞庭区警备部有命令，城里的老百姓是必须疏散的。"王主教道："我知道，我已经把教友迁移到东门外大教堂里去了。请你转告余师长，回头我来拜访他。"

程坚忍正答应着，却见街那头有个女孩子，扶着一个老年人，缓缓地走了过来。不觉咦了一声道："刘小姐也没有走吗？"这刘小姐圆圆的苹果脸上带了一层忧郁的颜色，紧紧地皱着两道眉毛，不过她穿一件墨绿色的呢布袍子，长发梳成两个小辫，依然还在淡雅中不失她的处女美。她被程坚忍问着，便道："程参谋，我没法子，走不了。你看，这是家父，他正病着呢！王主教答应了我，搬到天主堂里去住。"

程坚忍看那老人半白的胡子，一手拄了根棍子，一手扶了女儿的肩膀，面色惨白，弯了腰只是发哼，他没说话，向人点点头。王主教道："刘小姐，你们认识的吗？"她道："我和鲁小姐是邻居。"王主教觉得她所答非所问，程坚忍便笑道："因为鲁小姐是敝亲，所以我们认识了。"

王主教道："你看城里就有这样为了身体走不了的人，为了帮助这些走不了的人，我也不能走。"程坚忍点头，再看那刘小姐，两道眉毛角皱在一处，几乎要联结起来，可知道她心里是怎样地难受！便道："刘小姐，你如果真是不走，有什么困难，需要我和你们解决的话，只管告诉我。我若办得到，一定和你办。"

王主教却代了她答道："我想，她马上就有困难，她的老太爷，实在是挣了命走着路的，你能找一副担架，把他送到东门外天主堂里去吗？"程坚忍道："那大概没有什么问题。"刘小姐听说这话，那紧结的眉峰舒展了一下，算是代替了她的笑容，因而向他深深地点了个头道："那就请程先生帮我一个忙，我暂时陪了家父，在这街边上等着。"她只说了个等字，那个带病的老人，竟是毫不踌躇地就蹲了身子下去，在地面上坐着。

程坚忍平常去探望鲁小姐，向来是和他父女谈谈话的，彼此是很熟的人，而且刘老先生是个小学教员，他又很敬重军人，在这种为难情形之下，他不能不产生同情心，因道："老先生，你休息着罢，无论如何我去找两名弟兄来。"说着，行了个军礼，匆匆地走向师部，找着两个勤务兵，把这种情形告诉了他们。

这两人一点没有犹豫，找来一副担架床就走。程坚忍还怕他们找不到病人，又亲自引着他们走去，果然他父女二人，都坐在街边石头上。刘小姐还是两手扶了父亲的肩背，似乎这老人坐都坐不住了。她远远地看到程坚忍引了一副担架来，她心里一阵欣慰，产生了一种不可遏止的笑意，冲破了脸上坚硬的忧愁阵容，只管向三人不住地点头，连称谢谢。两个勤务兵，将担架床放在地上，扶着病人平坦地在床上躺下，然后抬了起来。

刘小姐这才站起身来向程坚忍深深地鞠个躬道："程先生，实在多谢你，将来军事平定了，我若还是活着，我再答谢你的恩惠。"程坚忍笑道："那谈不上，常德老百姓，一直就帮着虎贲，虎贲有着机会，也就当和老百姓效劳。军队是国家的，也就是人民的。"

那位刘老先生虽然知道虎贲中人，向来有这套理论，可是他现在被两个虎贲兵抬着，那是事实，他眼角上流下两行泪珠，抱着拳头向程坚忍拱了几下。这样，他虽然是不说什么，程参谋也就觉得他父女感动很深，站在路旁看着两个勤务兵把担架床抬走。刘小姐却是垂了头跟着担架床走去。而她走去的时候，还是两三次回过头来看了两看的。程坚忍送着鲁小姐走了以后，心里兀自感到有一种不可说明的郁结意味。这时，和刘小姐尽了一点义务，才感到一种快慰，把这郁结稍微松懈了一下。

回到师部，原想给师长作一个报告，而师长却是视察阵地去了。两小时后，师长回来了，恰好那个王主教也来了。这个西班牙人，他是中国化了的，卫兵传进了一张名片，上面印着三个仿宋字：王德纯。

程坚忍看了，便迎到接待室里来，王主教首先向他拱了拱手，笑道："那位刘老先生，由你们两位弟兄，抬到东门外教堂里去了，你这番热心，我应当谢谢。我想你们贵部队，这样的事，一定做得不少，我想见见你们师长，不知道可以吗？"程坚忍道："平常师长是愿意见客的，不过他只比王主教早到师部五分钟，他刚刚由阵地回来，还没有得着休息呢！"王主教道："请你向师长说说看，我只想做十分钟的谈话。"程坚忍也未便拒绝，便向师长报告去了。

王德纯在常德城里，虽成了绅士人物，而和这位余师长，却没有得着见面的机会，他凭着这"虎贲"的代字番号，更知道这一师是山东部队底子，他意料中的余师长也是个老粗。可是三分钟后，他发现了他揣测的错误。

程坚忍先进接待室来，说一声师长来了，随着进来一个穿黄呢制服的军人。他只是中等身材，相当的健壮，面色虽被日光晒得黄黑，胡须却修刮得干净，也难在他那下巴微尖的脸上找到一条皱纹。他从容地走向前，和王主教握了握手，自报了一声"余程万"。宾主在室中黑木椅上坐下，程坚忍便退出去了。

王主教首先说了两句敬仰的话，便道："我以为师长是北方人，原来贵处是广东，南方之强呀！"余程万笑着点头道："不敢当。"王主教还觉得提出问题来太直率，又问道："我猜想师长是黄埔第一期吧？"他笑道："对的，可是我有愧同学多多了。"王德纯道："有一个中国大学毕业生，他对我说，是师长同学，那是怎么回事呢？"他笑道："这也对的，我是中大政治系毕业的。"

宾主默然了一会儿，王德纯觉得可以谈话了，便道："我知道师长忙，我不便多打搅，我是特意来求师长原谅的，容许我和一部分教友，在东门外住下去。"

余程万道："我可以不必多费思量，答复阁下，还是走开的好。我虽不便向王主教泄露军机，可是我可以告诉阁下，西面的河洑，北面的太阳山，东面的德山，都有恶战的可能。贵教堂在东门外，那正是军事进出的要路。自然也许敌人不由东面向常德侵犯，可是谁也不能冒险这样判断。你们的教友不能走开的，多半是老弱，不能给我什么帮助，不能帮助我们的人民，留在这里是有意冒犯无谓的牺牲，那何必？"

王主教摸了一下胡子，想了两三秒钟，笑道："我不敢说对于军事有帮助，因为我是教徒，我又是西国人。但惟其如此，我可以帮助炮火下的难民，我为了上帝，我应当这样。"他说着，伸了一个右手的食指，指着天。

余程万道："王主教你果然愿意冒犯那无谓的牺牲，你就在东门外住下去吧。不过我们万一要在城下作战的话，你不要以为西班牙是日本的友国，敌人会对你稍存客气。至于说到宗教，那在日本人眼里，根本不存在。至少你曾听到说，日本人对任何一处的教堂都轰炸过。"他说这话时脸色是沉着的，眼角透露着一种愤恨。

王主教也沉默了一会儿，点了头道："余师长的话自是事实，不过为了上帝，我应该留在常德。余师长允许我住下来，我就很感谢了，此外在可能的范围内能够告诉我一点消息吗？"

余程万道："我能告诉你的，是每一条可以侵犯常德的道路，敌人都会利用，可是每一条可以抵抗敌人的道路，我们也会利用。此外我还可以告诉你的，就是我和我的部下，绝不走出这个设防的圈子，活在这圈子里活，死也在这圈子里死。"说着他从衣袋里掏出一张简明不机要的地图给王德纯看。他捧着看时，这地图将常德外围，用蓝笔画了个不等边五边形，东北由踏水桥到西北石板滩，系北边。由东北踏水桥画一条线，经过东南德山市到沅江南岸毛湾，系东边。由石板滩画一条线到河洑山，系西北边。由河洑山经许家湾到沅江南岸斗姆镇，系西南边，由斗姆镇画一条短线也到毛湾，系南边。常德城区就在这个不等边五边形的核心里。他看时不住地点头。

余程万问道："阁下明白吗？"王德纯道："这个图上告诉了我，我住的地方系在设防的圈子里，也就是将来的炮火圈子里。"余程万道："对的，在这个炮火圈子里，我是随时随地，去找机会去打击敌人，可是在这圈子里的老百姓，他只有两只拳头，随时随地都会受着伤害。王主教，这'老百姓'一个名词，也包括你在内。"说时微微一笑。

王主教将地图折叠好了，交回给余师长，笑道："我完全明白，师长！我不多耽误你的宝贵时间，告辞了。我再问一句，你允许我在东门外教堂里住下去了？"余程万笑道："学你一句话，为了上帝，我允许你住下去了。"王德纯很高兴，紧紧地和余程万握了一下手，告辞出了接待室。

那个介绍人程坚忍，站在这里，就相送到师部门口来，问道："师长答应王主教的要求了？"他笑道："你师长学了我一句话，为了上帝，我现在也学他一句话答复你，活在这圈子里活，死也在这圈子里死。"程坚忍道："那是我们师长答应了。那位刘老先生在贵教堂里需你照应了。"

王主教站住了脚笑道："哦！我几乎忘了一件事，那刘静媛小姐很感谢你，托我带来一样东西送你。"程坚忍听了这话，倒是相当的惊异，看时，王主教从怀里取出一部袖珍本的西装书交给他。这书黑布面烫着金字，乃是《圣经》。王主教笑道："程先生这是很重的礼物呀！"程坚忍对宗教虽不感兴趣，然而知道刘小姐是个教徒，也知道教徒送《圣经》给人绝非小可的事，便点着头道："好，见了刘小姐请替我谢谢了。"

于是握手而别。

第四章

《圣经》与情书

  这一部《圣经》，在宗教家看起来，当然是给予了程坚忍一种莫大的安慰。可是从实际上看来，也许是给予了他一点麻烦，他把这部书，放在自己卧室的小桌上，在随着官长忙碌了整天之后，偶然得了一点时间回房来休息，他就展开书来看上两页。可是《圣经》在西洋虽是很好的文学书，中国翻译出来的《圣经》，字是中国字，组织起来的句子，却不是中国话。在战地上作战的人，有了休息，他图个轻松与舒适，程坚忍也不会例外。这时教他训练自己的脑子，去学中国字的外国文，实在感不到兴趣，因之也只能看两页就放下了。

  这本书放在桌上两天，被同室的李参谋发现了，拿着《圣经》在手上掂了一掂，笑道："你并不是教徒啊！在紧张的今日，你临时抱佛脚。"程坚忍坐在床上却突然站起来，正了色道："李参谋你知道我对战争有自信心吧？"李参谋问道："那么，你为什么在这时弄一本《圣经》在桌上？"他道："是人家送的，你知道教徒送一本《圣经》给人那是十二分地看得起你。"

  李参谋道："哦！我明白了，是那位西班牙教士送给你的。"他一面说，一面翻着书页，在书面后的空页上，用了自来水笔写的两行字，一行是"程坚忍先生存，刘静媛敬赠"。他忽然呀了一声道："这百分之百是个女人的名字啊，那西班牙大胡子教士，我知道他中国名字……"他说时，向程坚忍微笑，把最后一句话拖得很长。程坚忍笑道："我可以告诉你的，你不要误会。"因把和刘小姐帮忙，以及王主教带书来的经过，说了一遍。李参谋笑道："那很好，我们自今日起，生活要加倍地紧张了，你有着这一点罗曼史，弄点儿轻松……"程坚忍两手同摇着，学了李先生一句广州话，笑道："唔讲笑话！唔讲笑话！"可是第二句他学不来了，还是说出山东话来道："咱别冒犯了上帝。"李参谋郑重地放下《圣经》，也哈哈大笑。

程坚忍道："你刚由办公厅下来，得了什么消息？"李参谋道："我正是来告诉你我们保卫常德的一枚子弹，已经在今天早上五点钟发出去了。刚才顾指导员由洞庭湖西岸，走回来二十多里，打电话报告师长了。"程坚忍道："那么，我们立刻上办公厅，看师长有什么任务给我们。"

说毕，两人立刻走到办公厅，看看同事们，各人坐在自己的办公桌边，一切照常。程坚忍也就坐下来，拿起桌上的战报来看。就在这时，余程万师长也走来了，他从容地站在自己桌子旁边，对大家看了一看。大家立正后，看他有话要说的样子，都面对了他站着，他先说了一句道："现在不要紧，敌人的主力，还在临澧一带。今天早上在涂家湖蠢动的敌人，这是策应的一路，我们要留着宝贵的精神将来与敌人周旋，现在还不必过分地紧张。"

说完了这个"帽子"，他顿了一顿，大家也静悄悄地听他的下文，他接着道："顾指导员刚才在电话里报告，今天上午五点钟，有敌人的汽艇十多艘，载了一百多人向涂家湖的湖滩进犯，我们那里警戒哨李排长带了两排人在岸上抵抗，当时打沉敌人汽艇两艘，敌人死伤三十多人，这样相持一个多钟点，敌人增加汽艇二十艘上下，共有敌兵二百多人，我们兵力单薄，不够分配，就让敌人在湖滩登陆。该排吴排副负伤，全排约有二十人，现由李排长率领在涂家湖市西五六里的高堤上抵抗。吴排副虽然负伤，他没有退下，依然和弟兄们一处作战。因之我们士兵作战的情绪非常高涨。我得了这么一个报告，十分安慰，除了赏吴排副二千元，并着顾指导员带些药再去前线。此外还有一个令人兴奋的消息，就是顾指导员回来，经过崇河市谈家河的时候，当地的警察纠合了民众一百多人，愿参加作战。我也命顾指导员去指导着，我知道常德民众抗敌的情绪，是特别浓厚的。我要提醒大家注意，可以对各部队说，现阶段的战斗情绪，不要太紧张了，紧张还在后头呢。"说着又沉默了一会儿，然后道，"保卫大常德的战斗现在已经开始，今日午后师部就搬到中央银行去。你们照着我以前的规划，在那边布置。当然是要迅速，可是还望你们布置得整齐。"大家听着这样说了，知道确已达到了紧张的范围，师长说完话走了，大家起立致敬后，就开始清理各人办公桌上的文件和文具。

程坚忍手里清理着东西，望了李参谋道："李参谋，我到中央银行已经看过几次了，我们还住一间屋里吧！"李参谋说道："两个人？那边屋子可少得多，恐怕要好几个人拥挤在一间屋子里了，不过你最要紧的东西那里总可以放得下。"他问道："最要紧的东西？看什么是最要紧的？"李参谋道："那就由你自己去设想罢。"说毕向他深深地一笑。他已领悟了朋友说的是什么，微笑着并未答言。

午饭以后，大家开始由下南门搬向中央银行新师司令部。程坚忍随着勤务兵挑着的两件行李也随大家乔迁过去。这日是半个月以来少有的一个阴天。灰色的云，布满了天空，不见太阳，也不见一片蔚蓝色的天，人在街上走着，寒风扑在脸上，增加了一种凄凉的意味。这时，街上虽然有人走路，但走路的尽是守城部队的士兵，向前去的是搬着行李用具的，回来的却是空着两手，或拿一根扁担和一卷绳索，不见一个穿便衣的老百姓，也看不到一个女人，这城成了一座没有女人和百姓的军城了。他低头想着，虽不免有点感叹，但一想到没有女人的城市，他又暗暗地好笑起来。

到了中央银行，那铁栅栏门已经大开，卫兵也在门口站着岗了。原来的营业店堂，柜台已经拆除了，士兵们正就地安排着铺位。这虽是街市中心的一所房子，已经让人过着帐幕生活。他将东西暂放在店堂里，站着打量着落脚处，李参谋却由旁门里走出来，招着手道："这里，这里，你倒是过来。"

程坚忍过去看时，这里正附有一排平房，师司令部干部人员，正分别着向各屋子安排东西。李参谋将他引进的这屋子，已有了四副铺板，列在四围。其中有一副铺板，是光的，还没有展开被盖。因指着笑道："这大概是留给我的了。"李参谋笑道："所遗憾的就是不能为你预备下一张小书桌，因之你那部《圣经》，未免要放在床上。"程坚忍笑道："你始终忘不了这部《圣经》。"说时，勤务兵已经把他的行李拿了进来，草草地将床铺收拾好了。他坐在床上沉默了一会儿。

李参谋道："你搬进这新房子来，有什么感想吗？"他笑道："感想是人人都有的，我们这是预备做艰苦的巷战了。我倒不是为了这个着想，我刚才在路上想着，这是个没有女人的城市了，我应当开始给我那未婚妻写信。"

李参谋笑道："这是奇闻，这个时候，你叫谁去给你交信？"他笑道："我这信现在不要交出去，等到战后一股脑儿交给她，假如是由我交给她，那自是千好万好，万一我不存在了，托我的朋友交给她做个纪念那也好。我预想着这常德城内外，是有一场激烈战事的，我们在师部里知道得更详细，我可以在信上留下一点事迹，自然也可以替我本身留下一点事迹。"李参谋以为他这话是随便说的，以遮掩他还忘不了未婚妻，也就没有跟着向下深问。

不多一会儿，余程万师长也来了，却叫程、李二人去说话。师长和副师长、指挥官三个人，都住在这里的防空洞。程坚忍以前没有到过中央银行内部。这时前去，走过这带平房，见有一个钢骨水泥的防空壕，一小半深入平地内。防空壕的头顶上，和旁边的平屋相连，上面用竹子叠架着多层的避弹网。防空洞斜对两个门，朝里的门口顺着下去的坡子，在巷口上接设着电话总机，接线兵已坐在那里工作了，这就给了人一个紧张的印象。走进洞去，像一间小屋子，面对着铺了两张床铺，此外是一张小桌子和两个电话机，是这里唯一的点缀。余程万正和副师长陈嘘云、指挥官周义唐站在墙上一张地图下研究战术。

他们进来了，余程万便转身向他们道："现在所得的情报是敌人的主力已向我外围西北角进逼。盘龙桥方面的友军情形，我很是注意。你两人可在明天一大早前去，和他们取得联络。我们这里的情形，你们都知道，可以充分地告诉他们。他们的情形，也要赶快报告我知道，我也急于知道这方面的情形。彼此间无线电波长的呼号，至今没有弄清楚，上面又没有告诉我们，这实在让我着急，明白了吗？"两人答应明白，便退了出来。

冬日天短，吃过晚饭，天就完全黑了，西北风呼呼地响，刮着烟子似的细雨，漫天飞舞，窗户偶然被风扑开，雨烟子就涌了进来，浸得人脸上冰冷。虽是天色刚晚，这个新师司令部里，在严肃之中，空气是十分的静穆，听不到一点什么动静。只有那边电话交换机旁，不断发出一阵阵的丁零零电铃声，这象征着外围军事紧张，而报告频繁。过了一会儿，气压更低，于是那西北风把外围的炮声轰隆轰隆只管送了来，于是武陵城里初次听到了战神的咆哮。

程坚忍似乎有什么感触似的，他找了两块木板子来，一块放在床铺上，一块放在地上，点了一支蜡烛，滴着油，黏在上面木板上，在床下网篮里寻出一瓶墨水，把自来水笔伸进瓶口里，让它喝饱了墨水，然后取出一本厚纸簿，放在上面木板上，自己坐了地上那块木板，伏在床铺板上，低头写了起来。

李参谋睡在对面铺上，正预备休息好了精神，明天一大早出发，看他这样子，倒不能不注意。他写着字，还传了话来道："李参谋你别睡着了，我写完了要给你看呢。"李参谋随便答应了一声，程坚忍却是文不加点的，一口气写下去。

李参谋正有点睡意蒙眬，却被他摇撼着叫道："看吧，写好了。"李参谋一个翻身坐起来，见那支蜡烛已烧去了小半截，不知道他有什么要紧的文件，只好也坐在木床上接过他那厚纸簿子来看。簿子上打了直格，蓝水字飞舞着，顺了格子排列下去，可想到他写得很快。只看了第一行字，乃是亲爱的婉华，便呀了一声笑道："果然是你给爱人的情书呀！那我怎么好看呢？"程坚忍道："我说请你看，当然你就可以看。这里面也许有些秘密，将来会公开的，现在这些秘密虽还不公开，可是你完全知道，所以你可以看，不用怀疑，看吧。"

李参谋笑着就看下去，信这样说：

亲爱的婉华：

我现在开始给你写信了，但这信并不能马上寄给你，是要留着将来作个伟大的纪念，要知道武陵城内，有一场大战，正等待着我们，我也许会战死。可是这没有关系，当了军人就准备着这一天呀！那么，我这封信，可由我的朋友在战后转交给你，自然也许我还存在，那更好了，我会握着你那柔软而温和的手，含笑交给你。那时，你一面看信，我紧紧地依傍着你，一面解释这信里所说的紧急场面，在安稳而甜蜜的情绪中，回想出生入死的一个场合，那是十分有趣的呀！

亲爱的婉，你别着急，现在还没到那紧张场面，窗子外风雨正飘摇着，寂寞得整个大地如睡去一般。那西北角外围的炮声，一响跟着一响，随风送进了我的耳鼓。这象征着敌人已在敲常德的大门，敲门就敲门吧，怕什么呢？恕我说句粗野的词句，弟兄们正喊着："他妈的！来吧，揍你这小子一个落花流水。"我们虎贲是这样情绪高涨的。我告诉你现在外围炮响的地方，不是我们的事，是我们友军某某师担任的防务。他们如何表演，这不在话下。我们在这个角上，工事是老早做好了的，北是太阳山，西南角是河洑山，针对了现在炮响的地方布防，原来我们是以一个团欠一营守太阳山，和浮海坪的友军取得联络。现在这太阳山的据点,也奉令交给友军了。我们一个团守着石板滩,到河洑山的一条线,而这一个团还欠着一营呢。你一定要问,敌人向这路进犯的是多少人了,我们现在还没有得着详细的情报。由于敌人主力经石门南犯的,我们知道是第三师团和第一一六师团,另外还有个独立第一一七旅团,人数总在三四万。若在数量上看,当然对本师的敌人是占压倒的优势。不过这里有两个解释,认为可以减轻负担。第一,这方面的友军,我们也有两个师。第二,我们取守势,可凭筑好了的工事打击敌人。第三师团本领如何,我们不知道。若说到一一六师团,我们在上高会战,已经领教过,他们是我们手下的败军之将,我们曾把他们整个师团打垮,于今他们补充训练了两年,又来比个高下,倒是我们欢迎的。亲爱的婉,你别替我们担心,我们有充分的自信心,足可与敌人一战。师长知道这路的重要,派了我和李参谋,明天一大早出发去联络友军,我们不敢说敌人不闯进大门,但我们希望在大门以外,给他们一个无情的打击,充量地消耗他。那么,大门以内我们就可以以逸待劳,容易将他们打垮了。

　　呼呼的风,吹着屋顶上的防空竹架网,发出嘘嘘的声音,这情形,有点像我们故乡的冬夜。我不知道你和老太太现时在哪里,不因这风雨感到凄凉吗?前方的炮声,是不是也传达到你耳鼓里呢?增加着你的恐怖吧?我为你担忧呀!啊!还有件事我得告诉你,你的邻居刘小姐,没有渡过沅江,留在东门外教堂里,她的父亲病倒街头,是我请两名弟兄用担架把他抬走的。她对此事,表示感谢,送了我一本《圣经》。你想现在我还能耐下性情去读这样的典章吗?我的朋友看到这书前的空页上,有一个女子的签名,对我大开玩笑,我倒难于辩白,但我原谅我的朋友,一日二十四小时,都过这紧张的生活,借了这个缘故轻松一下,那不很合算吗?我为对你表示忠实起见,第一封信我就把这件事说明白了。敬祝你今晚平安!

你忠实的信徒忍于十一月十八日晚

　　李参谋看完了笑道:"写得好,最后那几句话就是要我看信的一个缘故吧?"程坚忍笑道:"也许是这样,以后我有信还可以继续给你看。"李参谋笑道:"睡吧,明天还要早起呢。"

第五章

HUBEN WANSUI

向炮口下走的路程

他们一觉醒来以后，天还没有亮，可是掏出表来擦着火柴一看，已经是五点半钟了。在早起的军人生活里，这已不能算是早，各人忙着洗漱吃早饭。到了六点钟，那天色依然不肯亮，这是个夜长的季节，又是阴雨天，大概非到七点钟不能看见路，程、李二人各收拾了一个简单的行李卷，将油布包着，静静地等着天亮。六点半钟，由一个勤务兵挑了两个小行李卷，随着程、李二位走出了北门。天上细雨烟子，更是密密地卷成了云头子，在半空中翻腾。泥泞的路上，很少人迹车辙。四方天色沉沉的，云气盖到平畴上。

落了叶子的枯树林，向半空里伸着枝丫，在寒雨烟里颤动。沿路的浅水田和小河汊，加重了一番潮湿，也就让看的人增加了一重寒意。其实，这和平常的树木、河田并无两样，但在行人眼里便觉得带了一分呜咽出声的凄楚姿态。这理由很是简单，因为风雨里面不但是山炮和重炮的声音，侵犯了这个阴沉的原野，就是那啪啪的机枪声，也一阵高一阵低地传送了来。这些田树木，在霏霏的细雨阵里仿佛寂寞得有些向下沉落，它们一致地发愁，不久就要被敌人的腥膻臭味涂染。

出城走了一二十里路，并不见什么人影，就是经过几处人家，也只有村子面前的小河，浅浅地流着水。村子外高大的柳树，在人家的屋顶上，摇动着枯条，所有人家的窗子和大小门都已紧紧地闭着。程、李两个人顺着大路，向西北角走着，那一阵阵的寒风，正好扑面地吸着，两个人和一个勤务兵，悄悄地走着，都没有说一句话。又走了一两里路，枪炮声有时就听得更清楚，这就看到一群老百姓，男女老少都有，背着包袱，挑着行李，走得路上的泥浆四溅。虽是他们也都打着雨伞戴着斗笠，可是那些细雨烟子把他们的衣服都打湿了。他们是背着枪炮声，走着的，看到有人迎着枪炮声走去，都不由得站住了脚，向这三个人看上一眼。有人看清楚了他们的佩章，便向同行人道："这是虎贲呀！"程、李两人听说，不免站住了脚，也看了他们一眼。

有一个老人问道："官长，我们由这条路逃难，没有什么危险吗？"程坚忍道："没有危险，不过要快快渡过沅江，才比较安全，毛湾以北，都是我们画定了的作战区域，你们是哪里来的？"老人道："我们是盘龙桥一带的百姓，炮火越打越近，到夜里响得更厉害，我们怕日本鬼子会在黑夜里冲过来，摸黑走了几十里路，各人身上，被雨淋得像落汤鸡一样，日本鬼子真是害人。"程坚忍道："所有的老百姓都疏散了吗？"这就有几个人同声答应着没有没有。

老人回头看看后面两个女人，几个孩子，因道："我是有这些个累赘，不能不跑。要不然，我真愿意帮着你们虎贲打仗。"李参谋笑道："你们那个地方，不是我们虎贲的防区。"他这样说明了一句，那些老百姓彼此望了一下，那表情里似乎有些恍然大悟的样子，又有点失望的样子。程、李二人因要赶着走路，也不便向百姓多说什么，彼此分头走去。

一路之上就不断地遇到逃难的百姓。而百姓的形状，也越来越狼狈，有许多竟是空着两只手的，不但周身被雨打湿，那泥浆点子溅在他们的青蓝衣裤上，衣裤全成了花衣。程、李二人互相看看又点点头，这个挑行李的勤务兵王彪，是程坚忍的小同乡，和参副处的官长向来处得很好。他是个二十来岁的小伙子，十足的山东老杆，有话忍不住，他将肩膀上的扁担，挑着一闪一闪地便道："我说，参谋，咱向前走，得留点儿神，别是人家垮下来了吧？"程坚忍道："胡说，无论在什么地方，无论哪个部队也要和敌人打他个十天八天。昨天晚上的消息，敌人还在临澧呢，这里向前虽没有什么大山，倒不断的是些丘陵地带。太浮山那一带的地势就是山了，若有我们五十七师一个团，最起码也守它一个礼拜。"王彪道："谁不是那么说，可是你听听这炮声，就不像是很远。"李参谋道："你知道什么？那是天气的关系。师长让我们和友军的军部取得联络，这个光荣的任务，关系是很重大的。炮弹向我们面前落下来，我们也得赶到盘龙桥，小伙子，走吧，还没有走到一半的路呢。"

王彪见两位官长都这样说了，他也就不再提什么，在裤带子上取下掖着的一条毛巾，擦着脸上淋的雨水跟着两位参谋走。他有点不甘寂寞，口里低声唱着："正月里挨妹是新呀春，我带小妹妹去看呀灯，看灯是假的，妹子呀！看妹是真情！二月里探妹龙抬呀头……""呔！你狗嘴里吐不出象牙来，唱的是些什么玩意？"程坚忍回过头来，带着笑喝骂了一声。

王彪笑道："参谋你对俺说过，当军人无论到些什么紧张场面，都要镇定，必须坦然地去达成任务，俺这是坦然地去达成任务。"程坚忍道："你不会唱好听一点的歌吗？"李参谋说道："老程，你这话至少有点不识时务。他们肚里有什么好歌？要不就是'大刀向鬼子们的头上砍去'，可是他这时候和你写情书一样，他需要轻松不需要紧张。"程坚忍也笑了，因道："王彪，在常德你有罗曼史没有？"王彪道："什么？吃螺蛳？这玩意儿，俺山东侉子吃不来。"李参谋哈哈大笑，笑得身子一歪，脚下虚了，在泥浆里伸着腿一滑，几乎倒了下去。

程坚忍一把将他扯住，笑道："何至于乐到这个程度？"可是那泥浆被他一滑溅了出去，正好溅着一大点，直射到王彪的脸上，他笑道："没吃到螺蛳，吃点养活螺蛳的泥吧。"说着，又拿手巾擦脸。李参谋笑道："你还有这样的白手巾，是常德老百姓的犒劳品吧。"他道："不是，是俺干娘送俺的。"李参谋道："你还有个干娘啦，有干姐姐干妹妹没有？"王彪虽挑着一肩行李，可是他听了这话，满身感到舒适，咧着大嘴笑起来。

李参谋说道："你看罗曼史来了。"程坚忍道："看不出你在常德还有个干妈，干妹子一定漂亮吧？怪不得你口中唱着那个怪难听的歌。"王彪笑道："我一个当大兵的穷小子，还敢存什么心眼儿？"李参谋笑道："这问题越谈越有趣了。王彪，你说吧，你真是有这么一个干妹子的话，打完了仗，我们帮你一个忙，让她看得起你，她是怎样一个人？"王彪只是咧嘴笑，没作声。程坚忍道："真的，打起仗来，你加点油，让师长提拔提拔你。"王彪笑道："真话？"程坚忍道："真话！可是我们得知道你是怎么一档子事。"

王彪笑道："俺就说吧，反正也瞒不了。俺干娘是下南门师部斜对门卖侉饼的，她爷们儿去年死了，跟前就只有这么一个姑娘，没给人，要招门纳婿。我常常把参副处的衣服送给她娘儿俩浆浆洗洗，所以和她们很熟，叫声

第五章　向炮口下走的路程

干娘闹着好玩罢了。我这个穷小子，还敢打什么糊涂主意？"李参谋笑道："你敢不敢，是一个问题，有没有这意思，又是个问题，你能说，你没有一点意思吗？"王彪嘶嘶地笑。程坚忍道："据你这么说，也是咱老乡？"王彪道："她们是河南人，直鲁豫，咱算是一个大同乡吧。"他问道："他姓什么。"王彪道："姓草头儿黄，干娘四十八岁，她二十岁，算是个老姑娘吧？"程坚忍操着家乡话问道："长得俊不俊？"王彪笑道："让她把头发一烫旗袍一穿，抹上点儿胭脂粉，和人家摩登大小姐一比，那也比不下马来呀。"

程坚忍笑道："老李，你听他这点儿自负。王彪，你的干娘，现在疏散到什么地方去了？"王彪很干脆地答道："她娘儿俩没走。"李参谋道："什么？她们没走？藏在什么地方呢？"王彪道："她们给人家一家店铺看守店屋，每天得工资一千元，看一天算一天，她们照样把店门反锁起来，藏在里面，你们催办疏散的人也猜不到。"程坚忍道："穷人真是要钱不要命。王彪，你为什么不劝她们走？"王彪道："我怎样不劝呢？我那干妈说得更新鲜，她说：'你们当大兵的是四只手四条腿吗？你们能在常德城里住下去，我也能住下去。你给我一支枪我照样打日本鬼子，也许比你打得还准些。'这倒不是吹，她死去的那个丈夫，就当过排长。"

李参谋笑道："怪不得她和我们丘八说得来。那么，你那干妹不应该嫌你是个穿军服的呀！"王彪道："李参谋，假如你是俺干妈的干儿子，那还有什么话说？事情早就成啦。"李参谋笑道："这家伙真不会说话。"程坚忍哈哈大笑，也是笑得前仰后合。李参谋正想说他别是也笑滑了脚，就在这时，迎面刮来两阵猛烈的西北风，把大炮声送进耳朵来，是非常的响亮。程坚忍道："我们这一阵走，也是十多里了，似乎要找个地方歇下脚。"

李参谋道："前面就是高桥，我们到那里去喝两碗茶，若有东西可买的话，我们也不妨先吃点东西。"王彪笑："听说有吃有喝，我腿肚子上的劲，就跟着来了，走吧。"说着，他迎着细雨霏霏中的炮声，担了一肩行李，抢着向前走。程、李二人看了他，这憨头憨脑的样子，也就跟了他后面走着，一口气赶到高桥街市上。

这条夹着大路的村镇，家家是紧闭上了窗子和大门，偶然有两家不关门的，也只开了大门的一条缝。王彪将一挑行李，放在茶棚下躲雨，那茶棚是夏天支盖的，现在棚顶上，只剩了些干枯的竹枝和竹叶，雨还不住地向棚下滴着。不过这棚子下面，还有副桌凳，两人走到茶棚下，抖了几抖身上的雨水。

还不曾说话，这棚子里的大门却呀的一声开了，有个老头子伸出头来看了问道："三位是由常德来的吗？"王彪道："我们是虎贲。"只交代了这句话，那个老头子，双手将门打开，将放在桌上的行李，扛了一件在肩上，便含笑道："三位辛苦了，请到里面坐，请到里面坐。"王彪也提了一件行李，引着程、李二人走了进来。

这里是个乡村铺子，是卖油盐杂货的，带开茶饭馆。这店堂里也还有几副座头，大家坐下。那老头子也不用人开口，就捧一把茶壶和几个茶杯在桌上，笑道："官长，这茶是热的，先冲冲寒气。"王彪提了茶壶便向杯子里斟着茶，笑道："参谋，多多地喝一点儿，总还可以塞塞肚子。"那老头子站在旁边望了他们，正有话想说，却有个小伙子走了出来，悄悄地对老头子说了几句话，老头子点头说好的。

那小伙子立刻由后面捧出两只菜碗放在桌上，一碗是煮萝卜，一碗是小干鱼，用干辣椒炒的。程坚忍道："哦！你们还没有吃早饭，我们占了你吃饭的地方了。"老人笑道："我们吃饭还早，听到这位大哥说，三位还没有吃饭，这是我们预备自己吃的东西。虽不恭敬一点，倒是现成，请随便用一点，可是耽误三位的公事。"正说时那个小伙子又端着几只饭碗和一只饭钵子出来，都放在桌上，程坚忍站起来道："这就不敢当了。"老人说道："官长，你就不必客气了，你们还有公事，吃了饭好赶路。"说着就亲自来盛着饭，分向桌子三方放着。

李参谋道："恭敬不如从命，我们就吃一点吧，到了前面我们就不必再吃了。"于是三个人说一声叨扰就坐下来吃饭。不多一会儿那小伙子又端了一碗炒鸡蛋来，老人在一旁道："家里女人都逃难去了，只剩我父子两个看家，做不出好东西来。"程坚忍道："老人家，你不怕吗？"他道："我怕什么？日本鬼子不来就算，来了的话，我父子两个打游击！"王彪道："老人家你有种，可是打游击的话，没有枪没有人带队伍，也是不行的呀！"他径自放下筷子来，向他伸了伸大拇指。

那个小伙子，抱了两只手在胸前笑道："我们这里有个熊大叔当过兵，他会带队伍，土枪我们也许可以找得出几支。"程坚忍道："好的，我们一半天，有一个人回来，可以和那位熊大叔谈谈，我和这位李先生，都是五十七师的参谋，可以负责接洽这件事情。你们贵姓？"老人道："我叫韩

第五章　向炮口下走的路程　33

国龙，我儿子叫韩天才，绝不离开这里的。"程、李看他说话时的表情，脸皮绷得紧紧的，竖了眉毛，瞪着眼睛，神气十足，都很受点感动。但是要走的路，还不到一半，也不敢多耽误，匆匆地把饭吃完，又喝了两口茶。李参谋便按着当时物价的情形，在身上掏出了一百元钞票要交给韩国龙。他一见之下，两手同时伸了出来，将他的手挡住，因道："官长，你不用客气，慢说两位官长难得到我这小地方来歇一下脚，就是你们来两位弟兄，我也不能不招待。官长你要给我钱，你不如打我两下。大炮这样响着，人家向后面逃，你们对了炮口走上去，不都是为了中国吗？难道我不是中国人？"他这些话虽不明白地说出拒绝收钱的理由，可是他的心是诚恳的，李参谋只好把钞票收了回去。程坚忍掏出手表来看，已经是十一点钟了，说声走吧，三人便和主人道了谢，冒着风，又钻进了雨烟阵里。

第六章

太浮山麓摸索着

　　常德的西北角，正好和其他几面相反，不断的田亩中间，拥起些像民屋高低的丘陵，丘陵中间，夹杂田地。这些丘陵，多半长着蓬勃的松树，正是理想中的防御阵地。这些地方都随着地形做好了散兵壕和机枪掩体。在这丘陵远处，松树林头上拥出了太浮山的影子。程坚忍道："你看了这些工事作何感想？"李参谋道："自然是尽了我们的人事，只是要把我们虎贲完全放在这些工事里才能发生作用，可是我们又得把更多的兵力守着城区，其次是弹药方面，我也有点顾虑。"程坚忍道："这个我也有同感，不过我们能够和友军取得完善的联络，这些既设阵地，充分地供给友军利用，我们的力量就可以集中起来。"

　　他两人讨论着战事，王彪没有插嘴的机会，他轻松地挑着那一肩行李，扁担一闪一闪的，脚上草鞋踏着路面的泥浆，喷喳喷喳有声。两种动作，凑成了拍子，他口里又在哼着小曲。大家在吃饱喝足的情形之下，这段路走得很快。由常德到高桥是公路，自出高桥镇以后，便走石板小路。路上偶然碰到一两群狼狈的难民，却很清静。

　　又走了七八里路，两架侦察地形的敌机，却迎面地飞了来，三个人都穿的是军衣，不能不避，便立刻避到小山上的松树林子里去。等着敌机走了，才开始向前。恰是作怪，一批敌机走了第二批又来。它们飞得极低，有时竟可以碰到路边的大树梢，他们只好随时找了掩蔽所再又躲下去。这样走一截路，躲避一阵子，耽误不少时间。而越向前来，敌机的盘旋侦察，却也始终不断。经过几处小村镇，由于炮火轰响，敌机扰乱，很少看到乡民出头。听听枪炮声也就在当面。而看前面时，那太浮山黑巍巍地在寒雨湿烟的半空里挡着，又分明拦住了敌人的来路。

虽然越走向前枪炮声越清楚，可是大家在丘陵丛中钻着走，对这种地形，却也有过几分把握。到了龙王庙这里，是本部和友军相连的一个地界，那里有友军一班人警戒着。不过这小镇市上十来户人家寂寞得像死去了一样，大家也没有吃喝，在人家屋檐下，坐着稍微休息了一下，和站在路头的班长说了几句话，继续地向前走。一路还看到友军的警戒哨，有的站在常绿树的树荫下，有的站在人家屋檐下，都挺立着身子，向前注视着。可是相反的，背着炮声向这边逃离过来的老百姓，又多了起来，他们在泥浆地里，七颠八倒地走着，眼光却不住地向四周乱看，有时也回头向后面看看。

又走了一二十里，逃难的百姓，已经是慢慢稀少，最后便一个人也看不到了，包括士兵在内。眼睛里是这样清静，耳朵里反是显着热闹，不但是炮声十分沉着，就是那机枪声，也十分清楚。同行三人，也就不免情绪紧张些。程、李二人的紧张，是这样的情形，不知友军在前面是怎样作战，这与取得联络的任务，是很有关系的。王彪的紧张，却是肚子又有点饿了。看看经过的村庄人家，门户都普遍关闭，恐怕再没有第二个韩国龙了。

阴雨的冬天，天黑得格外早，眼望了前面村庄树木，已有点模糊。在泥浆路上，走了好几十里，风雨又片刻不停地向身上扑打着，走路也越发见到了艰难。王彪在后面走着，首先叫起来道："好了，好了，前面已是盘龙桥了。两山中间前面一堆屋脊就是。"大家又提起了一口劲，加紧着脚步向前。

到了街口上，遇到了一个哨兵，程坚忍就抢步向前，问他道："我是五十七师的参谋，师长命令我们到这里来和贵军军部谋取联络。"士兵道："军部不在这里。"程坚忍道："军部不在这里，师部在这里了！"兵士脸上带了点苦笑，答道："师部也不在这里。"程坚忍失声地说了句糟糕，李参谋也就走向前问道："师部在哪里呢？"士兵道："师部昨天在这里的，详细情形，请去问我们的官长。"程、李二人对望了一下，心想，在风雨里跑了几十华里路，不想到了这里却扑一个空。

李参谋道："既来之，则安之，我们若不找出一点头绪来，怎么去复命？"

我们到街上去，找着他们一个官长，再作商量吧。"于是就烦那个士兵，引他进了街口。这时天色已经昏黑下来，镇市上是什么情形，已经看不出来。在人家门缝中，露出了几条灯火的火线，那士兵在黑沉沉的屋檐下，和另一个士兵说了几句话，他自走去，随着光线的地方，开了两扇门，露出灯光来。有人叫着请向这里来。

大家走过去，也是一所店堂，桌椅都搬开，地面上架着许多木柴棍子，放着一把火，一大群兵围了火焰在地面上坐着向火。程、李二人进来时，有一位连长迎上来招待，又搬了两条板凳来，让程、李二人坐下。程坚忍说明来意。他道："军部现在在哪里，我们不大清楚，师部在这里西南角下，大概相去有七八里路，参谋要去的话，我可以派一名弟兄引着去。"李参谋道："事不宜迟，说走就走，到了夜深路更难走了。"说着话，已站了起来。

那连长自也知道他们任务重大，没有敢再行耽误，就派了一名士兵，打举一支火把，引着三人走路。在黑夜里他们高一脚低一脚，也只好跟了那火把走，什么方向，什么地形，也都分辨不出来，摸索了两个来钟头，才到了师部所在地。在火把光里看到在一丛枯林下，有一幢村屋，那打火引路的士兵，先过去和门口的卫兵，说明了一切，然后引着他们走进那幢村屋。王彪放下行李担子，先在门洞子里草堆上坐着休息。

程、李两位却被一名勤务兵引到后进屋子里来。堂屋正中桌上放了一盏灯，在屋檐风下，摇摇晃晃地闪动，另有两条板凳斜放在屋子角上，此外一无所有。两个人站在堂屋里正踌躇着，勤务兵引了一位官长走出来，他自说是参谋主任，勤务兵再搬了一条板凳，凑着那条板凳围了三张桌子，让宾主坐下。程、李二人告诉了来意，参谋主任便道："能和贵师取得密切联络，自是我们十分欢迎的。不过我们军部现时具体在什么地方，我们也难说，下午所得的消息我们知道军部正向陬市移动。"程、李二人是抱住桌子角坐的，听了这话，不由得愕然一下彼此看着打了个照面。

李参谋道："那么，贵师前方的情形怎样？"参谋主任的脸上，略微表示了一点不安的样子，在衣袋里掏出一张地图来，放在桌上，但他并没有把地图打开来，只把手来按住，微微皱了眉道："今天下午的情形确是不大好，刚才所得的情报，敌人已于今晚八时，攻到了太浮山麓的齐阳桥，现在又有了两小时，大概到了浮海坪了。"程坚忍问道："这样快？"他说这话时，两手按住了桌沿，身子微微向上一起。李参谋道："那简直是攻到常德的大门了，我们……"程坚忍怕他把话说得过分切实点，那也不是做客人的态度，便向他以目示意。

李参谋把语句拖得很长，没有把话说完，然后改了字句道："我们自然料到会有一场苦战，但不知道贵部配备的情形怎么样？"那参谋主任又在衣袋里取出一张配备地图，在灯下指示着告诉两人。这时那炮声枪声响得非常的猛烈，他匆匆地指着地图说了一遍，又问了一些情形，便道："我所知道的是敝部伤亡数字很大，以后演变情形，兄弟自可随时奉告。沿路辛苦，且先请去休息休息。"说着就告诉站在旁边的勤务兵，把客人引到前进屋子里，和吴参谋谈话。

程、李二人因他们正在指挥作战，未便要求见师长，也未便多缠住他，暂时告别，到前屋子里来见那吴参谋。这是一间民房，倒有一张木床放着，旁边一张方桌，放了灯和茶壶，墙脚上堆了一堆木柴，也正烧着火。这屋子里倒是相当暖和，二人脱下被雨湿透了的棉大衣，用旧木椅子背挂着，远远地向火烘烤。那吴参谋也就随着进来了，客气地说了两句没什么可招待的，请原谅，勤务兵搬了两张长凳进来，三人在床上、凳上坐下。那火边上放了一把大瓦壶，水正烧得热气直冒。吴参谋提了瓦壶，将桌上的粗饭碗，向客人敬了一遍白开水。

李参谋取出纸烟来，和吴、程二人分享着，又开始谈话，问些这里的情形。这吴参谋所说，却和参谋主任说的，有一半不同，程、李两人倒问得没有了头绪。李参谋掏出挂表来一看，已是十二点钟，便叫王彪把行李拿了进来。吴参谋问道："两位还打算睡觉吗？"就在这时一阵很清楚的机关枪声，啪啪啪啪地如潮涌起。

程坚忍苦笑道："实不相瞒，我们天不亮就一直走到现时方才停脚，天上是风和雨，地下是水和泥，走了个精疲力尽，非睡一下子不可。"吴参谋道："我劝两位，还是不要睡的好，我们和敌人相隔不到三十里，这里前面是浮海坪。"程坚忍道："浮海坪怎么样了？"他微笑道："不怎么样，反正是很紧张的吧！"程坚忍道："不睡也好，我们坐着烤火吧。"大家互相看了一下，也没有再说什么，只好搬了凳子来向着火坐，吴参谋自也来相陪。夜静了，那枪炮声，一阵密似一阵，只管送进耳朵来，程、李二人问起情形来时，吴参谋只是含糊地答着，他和李参谋是同乡，操着广东话，只说些乡情。

不过夜空里却没有那么悠闲，枪炮声的猛烈依旧有增无减，约莫有了四点半钟,吴参谋离开了这屋子两回。最后一次进来,他笑道:"二位还是回常德去的好,稍迟恐怕路上不好走。"李参谋道:"你们师部呢?"他道:"大概也要移动。"他这样说时,程、李二人听到屋子外面,有忙乱的脚步声,似乎士兵们已在移动了。那勤务兵王彪,也就站到房门外睁了两只眼看。程坚忍淡淡地笑道:"不要发呆,把扁担找了来,挑着行李走吧。"那吴参谋自己已去收拾东西,也顾不着客人。

由常德来的三位客人,就在这幢村屋人的慌乱中,走出了大门。这一带地方,李参谋为了视察外围监督建筑工事,前后来过四五回,对于道路,是相当熟悉。这时天色慢慢发亮,已看出了四周的形式,便唉了一声道:"昨晚上摸了几点钟,不想是我们走向了东南,快到石板滩了。"程坚忍也向四周一看,那由西北角拥起来的太浮山高高低低,重叠向东南移,山上的松林,在寒雨里被洗刷得干干净净,绿了半边天。他望着叹了口气道:"守土的人如不努力,如此锦绣江山乎?"

第七章

HUBEN WANSUI

虎穴上的瑞鸟

    他们在枪炮紧密声里，约莫走了一小时，已到了石板滩，一路遇到两名警戒哨，知道这里有五十七师一班人任着警戒。走到街口，班长已荷枪实弹，带了一班人，在街口外的散兵壕里。天上的雨算是止住了，地上却还是水泥淋漓，那班长穿着草鞋抢步向前，踏得路上的水泥乱溅，迎上前来敬礼。程坚忍道："盘龙桥情形很坏，望你们好好地稳住了这防地。逃难的老百姓，大概早已过去了，有的走了小路，望你们不要被人家混乱了队伍。我们得赶快回城去向师长做报告。"交代已毕，不敢稍稍停留，顺着公路向常德走。

    路上的情形和来时恰相反，只是陆续追到了同一个方向走去的难民，却遇不到对面走来的人。走了半日，才先后遇到两批人，一批是几位乡县的警察，押解了一批民夫，挑送子弹向前线去，二批是本部士兵，带了一批民夫，到盘龙桥去抢运留在那里的几十担米，此外就无所遇了。天空里的敌机，今日一大早就在天空出现。

    这时，一架两架的，不断在头上盘旋侦察。三人顺着公路走，有时遇到敌机顺公路迎面飞来，须先找个地方闪避一下。有时敌机由后面追来，根本来不及闪避，就疏散开来，蹲在路边，让敌机临头飞过去。至于听到敌机的响声还远，根本就不理会，不然那简直就不能走路了。约莫走了两小时，头上一架敌机，正在盘旋，忽然呜的一声，机头向上爬高。

大家正有点奇怪，远远一阵轰轰之声，两架飞机的影子，像两只燕子般，由对面云层里钻了出来，向头上直扑。大家一看，来势不善，赶快向路边田沟里跳了下去，蹲着把身体掩藏了，但身体虽是掩藏了，却又不能不看，各微偏了头向上看去。真是那时快，头顶上已有了三架飞机，一架是刚才爬高的，两架是直扑过来的，三架飞机成了个向下的倒品字形。嗒嗒嗒，天空里发出了一阵机枪声。那两架扑来的飞机，呜呜呜刺激得在空中怪叫，原来是上面两架，直扑了下面的一架。这一架拼命向北飞去。

那个憋着半日不作声的王彪，突然叫了一声好啊！人也直着站了起来，笑道："好的！揍他妈的一个痛快吧，由昨日下午直到今天这时，算出了我这口气。程参谋，看见没有？是咱的飞机。"程、李二人也都看清了，全站立起来看看，只见我们两架飞机一直追着，也钻进云层里去了。

王彪走上路，挑着行李担子，问道："李参谋你看我们能不能把那狗种敌机打下来？"李参谋笑道："看这个样子，大概是会把它打下来的。"程坚忍道："不管能打下来还是不能打下来，只要我们天天有飞机来，敌机就不敢这样猖狂。"说着，三个人再起身向前走，果然从此以后，就看不到敌机捣乱，路上随便向民间找了点现成的冷饭，各人吃了一个饱。

赶到了灌市，到常德的路已走了一大半，程坚忍笑道："我们并非是难民，不要这样拼命地赶路，找个地方休息个二三十分钟吧。"说时，见街旁一家茶馆，还半开着门，门口茶棚下空着两张桌子，大家就据着一张桌子坐着，还不曾开口，店里出来一个老头子，就捧了一把旧的紫泥壶和几只粗碗放到桌上。他向碗里斟出茶来时，兀自热腾腾的。

王彪两手先捧起一只碗，哈着气先喝了一口，笑道："今天还是第一次有了热的东西下肚。老板，难得你还卖茶。"老人道："我哪里还卖茶？这是自己喝的，三位都是虎贲，我送给三位喝的。"程、李二人都向他道着谢，却见一个军官骑着一匹灰色马，踏上街来。李参谋道："谍报组的王参谋来了，问点消息吧。"程坚忍起身相迎着道："老王，歇歇吧，上哪里去？"王参谋跳下马来，将缰绳系在棚柱上，坐下来问道："二位由石板滩来吗？"李参谋笑道："远啦，由盘龙桥来。"

王参谋道："危险啦！你们跑得快，到了这里了，盘龙桥在今天早上十点钟丢了，你们大概还不知道吧？"程、李二人望了一望，苦笑一下。程坚忍因把昨晚的事说了一遍，王参谋正拿了一只空碗放在桌角，要倒茶，他啪

第七章　虎穴上的瑞鸟

的一声，将桌子一拍，碗翻落在地，打成七八块。那老人正用一只小碟子端了几块咸姜出来，吓得身子向后一缩。程坚忍笑道："没你的事，你不要多心。"王参谋也就向他笑道："我们生我们大兵的气，不干你的事，老板，对不住，打破了你一只碗，我照价赔你钱。"他这才算明了了，不关己事，将那碟咸姜送到桌上，笑道："天气冷，想冲一碗姜汤给各位喝，没有姜，也没有糖，撕一点咸姜下下茶吧。"

三位参谋都觉得这老人家盛情可感，一致向他道谢。李参谋道："这西北角的情形怎么样？"王参谋倒茶喝了一口，说道："总算还好，涂家湖方面现在用两排人的兵力，已转战三十多里，始终在那方面顶着，大概现时在谈家河濠州庙一带战斗。这一支敌人没有什么重武器，在涂家湖登岸以来，已伤亡了二百多人。另一路敌人约有二百五十人，由踏水桥进犯，我们是一排人抵着，今天在冯家园战斗。最近的消息，敌有五百多人，今天拂晓，在牛鼻登陆，我们是一个连在那里抵抗。这三路都是牵制我们的兵力，不会有多大作用。"程坚忍道："只要能这样打，那就很可以满意了。"王参谋喝了一碗热茶，上马先走。

程、李二人又坐了一会儿，王彪却站在一边望了他们微笑。李参谋笑道："你倒是个老战斗员，很镇定，也很自然，你还很高兴。"王彪笑道："有什么了不起的高兴呢？我们又没有把敌人赶走，不过我有点小小的事，求二位帮忙，又不好意思开口。"程坚忍道："要钱用吗？"王彪笑道："不要钱，有钱也买不到东西了。就是那黄九妹的事情，请二位回到师部去了，不要提起。"程坚忍道："哪个黄九妹？根本不晓得这人。"

王彪笑道："就是我那个干妈的女儿。"说着，他耸了一耸肩膀。李参谋笑道："哪个有工夫管你们这些闲事？"王彪道："这倒不干我事，若要说出来她们还在城里，又要强迫她们疏散出去，她们肯走，那倒好，若是不肯走，又有许多麻烦。"程坚忍道："她们自己愿意冒险，又不至于当汉奸，她愿住下，就让她住下吧，我们不说就是。"李参谋道："重赏之下，必有勇夫，为了一千块钱一天，大概留在城里给人看家的总还不止十个八个。我们虽已经派人在各空屋里搜索，免得藏有歹人，可是本地老百姓真有少数人藏在秘密地方不出头，也很难一网打尽，留几个好百姓在城里，也许对我们有点帮助。"王彪道："那我敢保一百分的险，黄家干妈母女，绝对是好百姓。"程、李二人听着，互相一笑。

程坚忍看了一看表起身掏出两张钞票，交给那店老板做茶钱，他也是照例不收。三人说了声打扰，再向城里赶路。今日天阴，没有下雨，路上少了泥浆，走得快些。五点钟到了城里，一路之上，耳朵里充满了枪炮声、飞机声，眼睛所看到的，是路上不断跑着的难民。沿路村庄，一处处都死气沉沉的，叫人紧张情绪只管增加。现在到了城里，虽是各条街都关闭店门，可是偶有士兵来往，也一切和平常一样，那无事可做的警察，却也闲闲地站在街头，这倒让人松下了一口气。

走到中央银行门口，也只见两个卫兵对立着，此外并无任何火药气味。相反地，却有二三十只家鸽子，飞到街两面屋脊上站着，有几只在银行门口屋檐上走来走去，走得那样自在，短脚肥肚的身子圆滚滚，长尾巴一走一闪。鸽子是象征着和平的动物，在这冬天树木凋零的时候，城里又疏散得悄无人声，实在不见一点东西，可以引起人一点生动的情致。这时看到这批鸽子，虽是极平常的东西，实在引起人一种异样的情感。

李参谋到了师部门口且不进去，只管站在街心，向这群鸽子看着。程参谋笑道："你研究这些鸽子吗？"李参谋笑道："这和你那部《圣经》一样，都是这炮火丛中祥瑞的象征。凭这一点，我相信我们也会胜利的。"他说这话，连那两个卫兵都发着微笑。因王彪挑着行李进去了，复又出来相迎，两人才跟着进师部。他们没有再耽搁，径直就到师长室里，还在门外就听到余师长在那大声说话，像是很生气的样子，只好先站住等一等。

只听到他道："你应当知道五十七师的军纪军风，你这一团既调归我指挥，就等于五十七师的一团。当牛鼻滩打得正猛烈的时候，你不能把主力南调的理由说出来吗？"屋子里沉寂了一下，却听到副师长陈嘘云道："现在师长还可以给你一个机会，恢复你军人的荣誉，你要抖擞精神，好好地去干。"这就听到有个人答道："这是我的错误，愿意接受师长的新任命。"余程万道："你要知道德山是和南岸援军联络的要点，又是常德城区东路紧要据点，和整个局面关系很大，现在限你在一小时内，进入原来指定的地点。你若是办不到，我不会对你稍存客气，你脑筋里想一想，负责答复。"那人就用和缓的声音答应了，听到一声好吧，有一位佩戴团长级肩章的人走出来，因为他是友军方面调来的，程、李二人都不认得。

等他走远了，二人进屋去，见余师长沉着脸色，还有怒气，两人倒是小小心心地报告了一番，参谋长皮宣猷也在屋里，见余程万听着很久默然地没说话，便道："师长，他二位是辛苦了。"余程万在这斗室里来回地走了几步，脸上忽然发出笑容来，向二人点头道："他们没有责任，不要紧，我们拿出上高会师的精神来，凭我们自己的力量，也可以支持这个局面，你们去休息休息，我还有新任务给你们。就是今晚上李参谋去东南路马家铺督战，张连长在那里打得很好。还有顾金钫指导员，带领一批警察和老百姓，也在那一带协助军队作战。他一个人任务太多，希望你去帮助帮助。程参谋你去河洑督战，袁自强营长，我知道他是个忠勇男儿，不过浮海坪一失，敌人用一支大军到陬市，截断我们和桃源的联络，来势凶猛。河洑面临大敌，希望你去多多协助。好，去休息吧。"二人退了出来，虽觉得又各是一个重要任务，但常德战事，已更接近紧张的阶段。

两人回到卧室里各用开水泡了两碗饭吃。天色已近昏黑，看到那在外面屋檐上的鸽子，却陆续地在这平房外面院子里降落，这倒引起了程坚忍的注意。打开窗子来看时，院子外平地上矮矮的几棵小树，有的落了叶子，有的是常绿树，在树外一堵矮墙下，列了木格鸽子笼。鸽子正纷纷地向笼子里走去。

在那墙上，有一张字条，写着碗口大字八个"虎穴珍禽，禁止伤害"。只看那笔迹，便是余程万师长的笔迹。程坚忍便笑道："你看我们师长，倒有这闲情逸致。"李参谋笑道："只有这样行所无事的人，才可以打胜仗呀！"

第八章
HUBEN WANSUI
多谢厚礼恕无小费

　　鸽子是否是瑞鸟呢？但至少证明这中央银行变成了虎贲师部以后，它们并没有什么不安，所以这师部由下南门迁移到兴街口，除了嫌着拥挤而外，一切是照常。惟其是照常，程、李二人一宿没睡，又来回步行了七十华里，爬上床去，睡得十分的甜熟。四点多钟，程坚忍被远处的炮声惊醒，看了表不必再睡了，又把李参谋叫醒，找了一盆冷水来洗过脸。

　　恰好传令兵又来叫二人去见师长，他们二次接受了师长的指示，各带着一支手电筒，走出了中央银行。李参谋的简单行囊，由勤务兵周太福扛着，程参谋的行囊依然由王彪扛着，他们的方向恰是相反，一个向东，一个向西。

　　走到兴街口十字路上，程坚忍和李参谋握着手道："再见了，望你努力杀贼！"李参谋感觉到他握手的紧缩而又沉重，也就回答他道："好朋友，把这话回敬你。"于是两个人就分手了。李参谋向东出城，这是个月半缺的下旬，月亮像半面小镜子，其光本不大，夜露很重，天色都是阴暗的。在没有灯火的城市里，虽然是熟路，却也高一脚低一脚的不好走。

　　这几日昼夜都听枪炮声的，本也不去介意，但是两个人走着，除了草鞋踏了石板瑟瑟有声，此外是身边毫无响动，因此那枪声炮声也就格外的猛烈。这已达到军家常例，拂晓攻击的时候，因之那步枪和机枪的响声，夹杂着联串起来。西北风在这黎明之前，特别的寒冷，由荒凉街道的斜角吹来，扑到人身上，像是锋利的剃刀，刮着人的毫毛。这样，不由得人不加紧了步子，以便借这点运动，来增加暖气。

李参谋听到他脚步落得很重，便笑道："周太福，你身上觉得冷吗？"他笑道："大概晚上降了霜，这倒让我想起一件事，天没有亮，耳朵里又是这样噼噼啪啪的乱响，这很像做小孩子的时候，年三十晚上守岁，不到天亮去拜年，这不是放着爆竹吗？"李参谋笑道："你倒是不含糊。"周太福道："参谋，你别以为我知识不够，我就很想当个班长排长，带小小一批弟兄，和敌人碰上一回。"李参谋笑道："你这个希望，我想是可以达到的。"说着话，已到了新民桥，已算离开了城区，迎面的天脚已是泛出了一带鱼肚色，一阵猛烈的枪声，像倒了排竹架一般，在南侧发现。

哒咚哒咚哗！哗！那种小钢炮和迫击炮的响声，在枪声里面夹杂着。李参谋呀了一声道："这表示敌人钻到马家铺来了哇，这响声像是在洛路口。"周太福道："的确是洛路口。"李参谋道："慢一点走，我们不要糊里糊涂地钻进了敌人的陷阱里。"说时，站着定了定神就看到附近有一堵矮墙。于是爬上了矮墙，再由矮墙上，爬登人家屋脊。立起身来一看，在这里南边，有一道火花沿着地面冒起。在这火光对面，相隔不到一千米，也有零星的火光，还不时构成一道白光。分明那边是敌人猛烈的攻势阵线。我们这边，却是有限的抵抗。敌人那边，流星似的火光，由天空里构成无数弧线，向小火光这边罩来。

在这火线中，一个个的红球，夹杂着扑落。这显示着前者的枪弹，和后者的迫击炮弹，敌人正在加强火力射击。那火线中大团火线表示山炮的，却也有三四处。这可以知道敌人还带有几门炮。他这样看着倒有点忧虑了。这边北角，在一阵猛烈的枪声呼应中，也构成一线白光，这表示我们这里也在加强火力。掉过头来向正面看，地面上发射的火光，还在十里路外。

由洛路口到那边，中间还有个很大的空隙，这就由房屋上下来，对周太福道："我们还是向前走吧，上前找着我们警戒部队，可以打听消息。"这时天色已经有点昏昏的亮了，顺着面前的石板路走，看到正向一片空阔之地我们已扫除了射击障碍线，那么该有防御阵地在这里了。便放缓了脚步向前，就在路边不远，已发现了散兵壕，在境外，并看不到士兵。李参谋料着这里的警戒部队，已伏在壕里备战。

正好一个联络兵由壕里出来向后面遇个正着，李参谋就告诉了他自己的身份与任务。联络兵道："我们这里是第七连一排人，排长就在前面，洛路口已经接触起来很久了。我们孟营长亲自带有一连人在那里迎击，另外还有一连人，是德山新到的某团一连人。"李参谋道："你先引我去见你班长再说。"联络兵转身向前，便跃进了散兵壕。

李参谋随了下去，这壕已将近一人深，正对着东来敌人的方向，还用大石块沿壕筑了一条掩护线，石外用干草皮伪装着，已经和平常地面无多大分别。士兵们散开来，分着点站在那里，已是预备随时开火。随了这弯曲的壕，到了一个石头盖顶的所在，联络兵先行一步，叫声班长，师部李参谋来了。那班长赶着出来扶枪敬礼。

李参谋问道："你们连长上去了吗？"吴班长道："第九连在牛鼻滩一带，打了三天三夜，敌人越来越多，恐怕有两千多人。昨天他们有七八门炮三架飞机助战。这一连人伤亡得很多，孟营长命令我们张连长带两班人上去援助，现时在马家铺。这里是一班人警戒。"李参谋道："我要上去看看，你小心在这里警戒着，不要让洛路口那边的敌人逆袭，过路，抄到我们后面去。"吴班长道："参谋可不可以留在这里？前面恐怕不大好走。"他说时，看看李参谋身上，只有一支手枪。

李参谋道："我还有个勤务兵跟着呢，为了防备万一起见，在你们这里分三个手榴弹给我们吧？"说时他见周太福也跟来了，便笑道："你带的那个小包袱，可以放在这里了，三个手榴弹，你带两个，我带一个。"周太福道："好的，干！"说着，他把背着的包袱放下来。吴班长果然取来三个手榴弹，他们分着在衣袋前挂上。李参谋取出一盒纸烟，给了吴班长一支，自衔一支在嘴里，摸出火柴盒，擦了一根火柴，两人就着燃了纸烟。

吴班长深深地吸了一口烟，笑道："天大亮了，参谋要上去的话，就请快些，稍等一会儿，恐怕敌机会来，走起来有些碍手碍脚。"李参谋道："这话倒是有理。周太福，我们走吧。"于是两人跳出战壕，就快步向前走。走不到一里路，果然有三架敌机，在迎面半空里发现，但它们只在前面阵头上左右上下，来往逡巡，还没有直接向这面来。

这也不管它，只管向前走，约莫又走了二里路，却是个三岔路口，路口边上，有一道小溪河，在稻田中间横贯着，向南方的沅江流去。这河边上有一丛凋黄的苇草，蓬松地拥着。两人沿了这小河岸，要向下游去渡过一座板桥。周太福在后，轻轻向前一跳，扯住李参谋的衣服。他警觉着，猛地站住

第八章　多谢厚礼恕无小费

脚，隔了苇丛子，却看到河那边有三个穿黄色衣服的敌步兵，正要渡过板桥向这边来，彼此相隔总不到十丈路，看得十分真切。于是两人不约而同地向下一蹲。

周太福已在他前面提着一枚手榴弹在手，约莫有两分钟，那三人一齐都走过了桥，还在叽咕着日本话。周太福已站了起来，拔开引线，将手榴弹对准了中间那人丢了过去。那三人刚一过桥，却没有留心到两面。啪啦一声，手榴弹落地开花，三个人全已跌倒。

这时李参谋也是拿了手榴弹打算丢出，看到三人全倒了，爱惜这仅仅的一枚手榴弹，便插在袋里。立刻拔出手枪来。他已看得清楚，前面两个人身上已是炸得血肉模糊，后面那个人躺在地上，还有点乱动，于是对准了他，一粒子弹打中了脑袋。

周太福跑步向前，将三人各踢了两脚，并无一点抵抗。笑道："活该，这小子怎么走失了联络，误打误撞钻到这里来了。没有家伙现在有家伙了。"他把最后那敌兵怀里一支三八式步枪捞了起来，掂动着看了一看，笑道："活该我发财，这枪一点也没有坏。"说着，他又弯下腰去，解了尸身上的子弹带和刺刀。

李参谋依然拿了手枪四周看望着，因道："你不要大意，若是敌人的斥候，不会只有三个人，恐怕还有人在后面。"于是两人又闪到苇丛后面，站了几分钟，向周围看着，实在没有人。李参谋就对这猎物感到了兴趣，再走向前，把两个敌尸兵的步枪拣起交从尸上搜寻东西，除了军用票、千人针那一类无用的东西而外，另是一本袖珍日记和三盒纸烟。

这烟还不是日本货，而是在沦陷区里出品。翻开那日记，知道他们是敌军第四十师团，户田支队。光是他们这个支队，就有四千多人。那也就是说，这条路上的敌人，至少已是这个数目了，我们在前面打的，不过是两连人，差不多是以一敌十。周太福见他站着翻日记本，问道："李参谋认得日本字吗？"李参谋道："这里面夹杂着有汉字，可以猜出一半。他们是户田支队，这个写日记的是一等兵。"周太福道："他们有多少人？"李参谋笑道："管他有多少人，我们遇到他就像对付这三个人一样对付。这是胜利品，分一盒烟给你。"说着，递给他。

周太福道："李参谋留着你吸吧。现在常德已买不到烟，我根本没有瘾。"李参谋把烟揣入袋里，笑道："那我也就不客气。你看，这三个鬼子身上，有什么东西你合用的没有？"周太福道："我想鬼子兵身上的大衣，倒霉，这三个鬼子和我一样地穷，都是没有大衣的。走吧，前方紧急得很，回头路更不好走。"说着他背起了那支三八枪，向地面的敌尸，行了个滑稽的军礼，只把手扬了一扬，挨了脸，就放下了，笑道："送枪来的东洋朋友，多谢，多谢！我没带钱，恕我不给小费了。"说毕，踢了那敌尸一脚道："好狗不挡路，让我过桥去吧。"他就跨过尸体走向板桥了，李参谋跟在后面也忍不住哈哈地笑。

第九章

老百姓加油

由这里向前，是石公庙，那也是既设阵地。李参谋因为三架敌机，飞得只有树头那样高，轮流在头上盘旋，便在横断着人行路的战壕里暂时闪避一下。

敌机去了，正待起身，却见二十几个老百姓，和十几名警察，由稻田里斜着抢跑过来，便站住了不动，其中有一半老百姓，是用门板抬着受伤的弟兄，警察却是背了枪跟着走。正觉得奇怪，却看清了最后面一个穿军服的是指导员顾金钫。

心下大喜，立刻由战壕里跳出，迎上前去。顾指导员方和他对行过了礼，李参谋一句话，已是脱口而出："前面的情形怎么样？"顾金钫道："截至现在，马家铺那里的敌人，已增加到两千左右，有山炮五六门。第九连由涂家湖打到牛鼻滩，打死敌人至少有三百人。可是敌人后续部队源源而来，我们一个拼他十个，也伤亡过半，昨天晚上，敌人抄到濠州庙附近。第九连几乎要被前后夹攻，全部成仁。恰好这时第七连张凤阁连长带两排人赶到，走去就来个冲锋。敌人没有料到这里有生力军出现，钻过来的三百人至少让我们干掉五六十。他们不知虚实，退下去了。第九连得了这个接济，才转移到马家铺会合。大概七、九两连，凑合起来，只是一连人。敌人的数目，却有压倒之势。我们得了后方的情报，敌人又有一股猛攻洛路口，后方受到了威胁。我和张连长商量了，慢慢地转移到这里来。新民桥有孟营长本人在那里，和这里联络近些，免得受敌人的包围。李参谋看这个办法怎么样？"

他点头道："这样比较妥当，我本来是要到前面去看看的，这样我就在这里等着，不必上前去了。"顾金钫道："我觉得前面无关紧要，敌人只是在这里牵制我们。不过由德山东的洛路口向德山市去的一路，相当麻烦。李参谋应当留在这里帮助帮助孟营长。"

李参谋道："师长告诉我，你督率着一批老百姓，就是现在过去的这些吗？"他道："他们虽没有战斗经验，那血是热的，我觉得火线上虽还没有让他们参加的必要，可是在火线上抢运伤兵，输送子弹，送饭，送开水，他们的帮助很大。这两天，我们一直就在火线上转，为了安全起见，我决定把这些伤兵运到新民桥去，他们也就在那里等着，我还得跟着他们走，等和城内通了电话，我还要来。"说着，他匆匆地走了。

李参谋站在这里，倒有点踌躇，向前去？不知道前面那两连人是怎样地转移阵地，而洛路口这面的战事，也实在关心。不向前？耳听到前面的枪炮声依然激烈地向近移，也急于要看看，他这样地徘徊在路上。

周太福道："参谋，我们在这里没有意思，再走向前两里路去看看。"李参谋虽没有答应他的话，但是这两只脚已经向前移动。敌机虽有时直向面前飞来，但只要不飞扑到头上，并不理它。真个走了两里多路，是一道小河，河两边都有高可两丈的河堤。西面的堤没有什么设备，东面的堤脚下，挖了一道防御壕。站在东面堤上，可以看到前面一片稻田，有一里多宽，直接到最前面一道小河堤。

就在这高地上，挖好了一个半月形的机枪掩体，所有射界里的草木，都已砍除干净，面前有一只鸡鸭行动，也可以看得出来。李参谋道："这地势很好，我们在这里稍微休息一下。"周太福道："这个地方若有一挺机关枪……"一句话还没说完，却在眼前那小河堤上翻过来一群人，两个人就不约而同地一齐跳进那挖好的机关枪掩体里，各把在敌尸上得来的步枪，架在壕沿上，四只眼睛正对了前面睁着。

有四五分钟之久，把走过来的人看清楚了，他们穿着国军制服，也没有警戒状态，从容地由那条人行道上走了过来，周太福道："参谋，这是我们自己的队伍下来了。"李参谋道："暂时不用声张，等他们走近了再说。"口里说着眼睛依然对这批人注视着，数一数统共还不到二十个人。他们走时，行列相隔相当疏远。心里可就想着，面前一望平坦，没有一点掩蔽，假使敌机来了，来个往返扫射，我们队伍一定要吃亏。

他这样想时，那队伍早有了警觉，突然一个跑步，向这里奔来。到了这高地下面，正好两架敌机飞来，于是他们就在那里堤脚下，一道浅壕，疏散着伏下去。敌机飞到头上时，虽也来去盘旋了几次，却没有发现这里有人，径自走了。李参谋高声叫着："下面来的是什么队伍？"来人群里很高兴地迎向前来道："我们是一六九团三营九连，我是第一班副班长。你们是增援部队吗？"李参谋看到是绝无错误，迎向前说明了身份，那副班长便报告着前方情形，现时第七连在前掩护，让作战已久疲劳得很的九连下来，占领后方的既设阵地，连长、班长都已阵亡了，副连长受伤，已经抬去新民桥。

他把这两班人合并着，代行连长职权带到这里。报告毕，他就向李参谋请示办法。李参谋道："都很好，就把机枪安放在掩体里控制面前这片空阔地带，掩护第七连转移。洛路口已发生接触，后方有暴露的危险，前面无须挖得这样长。"副班长听说，便把他的十几名弟兄，布置在高地上，还不到十分钟，却见两名警察带着几名老百姓，由新民桥路上很快地跑了来，看时，两个老百姓抬着一箩筐白米饭，两个老百姓抬着一木桶开水。另一个老百姓挑着一副扁担，一头是两钵咸菜，一头是筷子碗。

李参谋认得那警察，就是跟着顾指导员，刚才走过去的。便迎着问道："你们是向这里送饭来的吗？"一名警察道："我们到了新民桥附近，老百姓正向部队送饭，饭菜都很多，那里弟兄根本吃不了，顾指导员告诉他们火线上弟兄打了一天一夜，很少有吃有喝，这几位老百姓就自愿把饭菜开水分了一半送上来，他们没有枪，又不懂战场规矩，所以我们两人又回转送他们来。"李参谋听了，面对了老百姓，立刻立正着行了个军礼，慌得老百姓不知高低，有的也举手行个军礼，有的抱了拳连拱了几个揖，有的连抱拳都来不及，就连连地点着头。李参谋道："难得各位这样热心，冒了飞机大炮的危险，送饭来给我们，我们感激不尽，诸位就送到这里为止，不必向前了。这里地势很好，两道堤加着一道河，这河两岸，我们全都可以控制的。"

说着让那副班长将全部士兵分着两批，一批警戒，一批吃饭，轮流休息。自己也就捧了一碗饭，夹着一些菜，陪老百姓说话。因道："难得各位这样热心，冒险送饭给我们吃，吃一个饱，自然是管这一顿，可是对我们精神上的鼓励，我们一辈子也不会忘记。"

一个年纪老的百姓，叉了手看他吃饭，便一摸胡子道："官长，你不要说我们乡下人不懂事，难道我们不是中国人吗？你们为了国家，拿着性命跟鬼子拼，我们送一两次饭算什么？晚上各位还在这里的话，我们会再送饭来，我们懂得好歹的。"

另一个小伙子道："真的，我们懂得好歹的，那种不相干的军队，我们才不送饭给他们吃呢，他也用不着我们送，老是不客气，到了哪里，吃到哪里。你们虎贲太好了，向来不占我们一点便宜。别人不知道。我上次挑一担萝卜进城，你们火夫全担买了，替我挑着担子走进师部。我心里头捏一把汗，想这回是完了，一个钱捞不着。想不到到大厨房里，那火夫把大票子给我，差两块钱我找不出，他倒白送了我了，这是第一次和大兵做买卖的事。出门碰到一位军官，他看了我挑着空担子出来，他问明白了我是送萝卜来的，再三问我弟兄少给了钱没有。我说：'不但没少给，还多给了两块钱呢。和你们大兵做生意，我第一次占便宜。'那军官笑了，后来那军官走了，街上人告诉我那就是余师长。我倒吓了一跳！余师长真和气呀！"

那个老人道："可不是吗！我们常德前后来过两个好人，我们永远忘不了。从前是冯玉祥，于今是余程万。呵，不！是余师长！"

李参谋笑道："没关系，你们老百姓当面叫我们师长余程万，他也高兴，不信你将来可以试一试。你要知道，到了老百姓一见面都认识他，都敢叫他，那才算是民主精神。在外国，当大总统的人，可以把他的名字，送给人家小孩做纪念。"

他说着话时，把那碗饭吃完了。那个小伙子，也不征求他的同意，拿过碗去，就去替他盛饭。李参谋笑道："这不敢当，我们当兵的，一切是自己来。"那小伙子并不理会，给他满满地盛了一碗，又夹上许多菜在碗上，他捧过碗来道："官长，多吃一点吧！吃饱了，打仗才有力量。加油！加油！"这样一来倒引动了其余几位老百姓的兴致，抢着给各位士兵盛饭，各个喊着加油！连那两名警察，也都放下了枪，加入了盛饭团，因此各人的眼光，都注射在士兵的饭碗上。只要饭碗一空，就有了老百姓过来，双手接了碗去。有的索性来个先下手为强，只等饭吃到九成，就把碗夺过去了。有时还两只手伸过来，弄得士兵们哈哈大笑。

大家在说笑中，两批士兵都吃过了饭，前方的枪声，却格外地紧迫。向远看去，半空里常常是冲出一阵阵的白烟，敌人的炮位也逼近了许多。李参谋便向老百姓道："各位请回吧，这个地方，大概马上就要接触。"一个警察向在阵地上的士兵看了看，便挺着胸道："我看你们士兵不多，我愿意加入战斗。"李参谋点着头道："多谢你的盛意，只是各位父老，并不懂得作战，在阵地上不但无用，反增加我们许多顾虑。就是二位各有一支枪，这枪太旧了，也是不便作战。还是请二位带了老百姓回新民桥去。假使晚上我们在这里作战，各位再给我们送点吃的喝的来，我们就感激不尽了。"

那个老人举起一只拳头，凭空捶了一下，做个坚决的样子道："我们一定来！除非给炸弹炸死了，一个不短少。"李参谋笑道："老伯伯，你有这股勇气，一定不怕炸，快走吧，晚上再见。"说着，举手行了个礼。老百姓却是一双空手，听听那前方的枪声，好像就在前面那矮堤下，大家也不敢耽误，分别抬着簸箩水桶，依次跟着两名警察走了。

李参谋倒是有先见之明，老百姓走后不到六七分钟，一个联络兵，由前面矮堤上翻了过来。因为他只是一个人，大家虽都注意着，却并不紧张。直等他逼近到二三百米，这边掩伏在堤身下的人就伸出头来喝问："哪个？"那兵答应了，并大声道："我是第七连一等兵。"李参谋在堤后看到没有错误，就叫他过来。他走过来说："我们第七连已到前面矮堤下，先让我过来看看，他们随后就到。"说着，他回身一指道："他们来了。"

大家看时已有二十来个人，翻过了前面矮堤，走到水田路上。他们也是看到这里水田平原上光秃秃的，没掩蔽，很快地走了过来。李参谋很机警地伏在堤身后，抬头问道："张连长在哪里？"队伍最后面一个人举着手，一面走一面答道："我是张凤阁。"李参谋道："快上堤到这边来，这里有接济，快！"张凤阁督率着一小批士兵，翻过了堤。

早已听到飞机声响，立刻下令散开，弟兄们都掩蔽在河堤身后，两架飞机飞到了河堤上面，盘旋了两三个来回。它们没有发现这里任何迹象，一直就飞向德山市去。张凤阁连长这就走向李参谋面前报告着道："前面有七八百敌人，沿着沅江向观音寺高坪头进犯，绝对是增援洛路口的。他们的山炮，也是向那边移动的。石公庙这条沿线，大概敌人是牵制的兵力。"李参谋道："他们果然是增援洛路口的话，在我们面前，正暴露着侧翼，找个机会，要干他一下。第七连掩护第九连转移阵地，太辛苦了，张连长可以到新民桥去休息一下。我们吃饱了饭，第九连又休息了这样久，这里由我们来吧。"张连长笑道："虽然是打了一天一夜，弟兄们的战斗意志还很旺盛，若是预备在这里干敌人一下,我们愿参加这个战斗。"李参谋看看他的脸色红红的,已打出了气,还不见疲倦,第七连的弟兄们,坐在河堤干草皮上,却还手里拿着枪,腰杆子直挺着。他便点了点头。

第十章

HUBEN WANSUI

石公庙堤上和堤下

　　李参谋和张连长商量之下，参酌这里的地形，觉得面前这道小河，由北向南来，到了这里，正好转个弯，微微地向西。河堤有一大截，坐北朝南。便立刻在堤面南的转角上，抢着挖一个机枪掩体。掩体前面正好有两棵歪倒的老柳树儿，相当的隐蔽。这堤身上控制着两条人行路，一条是沿堤角走向新民桥的大路，一条是呈垂直线到天井港通洛路口的小路。于是命令张连长带第七连，守长堤转弯的角度上，第九连仍旧藏在堤后，面向东监视。这样布置着，不到三十分钟，一切停当，那沿马家铺而来的敌炮声，已转向了南面，果然是奔向观音寺，看那炮发出来的白烟，也正是在那方面上升。张连长在堤东南角站着，他带有电话机，本想向营部里去个电话，但电话线还相距这里有两里路，正踌躇着走呢，还是不走呢。李参谋却派了个传令兵来报告，东面矮堤上，已发现敌人，准备接触。张连长这就没有离开了，他爬上去，伏在一块砍了的柳树树莞下，向前注视着，这里倒是东南都可以看见，果然，在那里面平原上，已有四五十个敌人，他们翻过那矮堤。

　　敌人看到前面有一道长堤横了去路，也有相当的警觉，散开了队伍，就下了小路，在稻田里成了纵线，向堤面进逼。在纵线后面，有两门迫击炮在那矮堤脚下，向这面堤上发射，掩护敌队行进。这个机枪掩体，在堤面微低的所在，没有给敌人发现，弟兄们掩藏在堤下，在射击角度以外，大家十分镇静。李参谋和那副班长，都伏在机枪掩体附近，睁着眼看着稻田那面一群散开来的敌人，动也不动。敌人的迫击炮在前面射着白烟，轰轰放了一二十响。见这面一点反应没有，也就不再发炮了。在水田里的敌步兵，像寻食的一队狼，田上移着人影，到达了三百米距离。那一块地形，正好突起，正是个射击的好机会。我们机枪的射击手伏在掩体里，全部神经紧张。两只眼珠几乎注视得要由眼眶子突出来，扶了机枪，只待令下。

这时，那副班长做个手势，突！突！突！一阵子弹由枪口里飞射出去，面前的敌人已有七八个倒在田里。其余未倒的，赶快伏了下去。这挺机枪如何肯放手？略略地转着枪口，又是一阵扫射。那里敌人的迫击炮，集中了火力，四五处喷着烟，一齐向机枪掩体这边轰击。原来第九连到后，已在相当距离之外，又临时挖了两个机枪掩体，在那迫击炮轰击之前的两三分钟，已赶快把机枪移到偏北的一个机枪掩体里去。好在这一道长堤高过人身多多，部队在堤后活动，敌人无法射击拦阻。

机枪放置好了，在堤下暴露着的敌人，也就赶快地向后低田里移动，在偏斜的角度里，还可以看出敌人密集着，借那方高地掩蔽着卧倒。这又是一个射击的好机会，突！突！突！一阵响，又击中了他们几个人。这样，敌人又向更低的地方退下去，除了用迫击炮轰来，并没有什么行动。相持约莫到一小时，张连长派了两个传令兵来向李参谋报告，他爬上一棵大柳树顶上去探望，发现有一批敌人，在南方小路上，向这里增援。

李参谋立刻跑到堤转弯的所在去。张连长溜下树来站住迎着道："这方面的敌人，恐怕后续部队很多，我们应当变更战术，给他个下马威，然后才顶得住。"李参谋道："你怎样给他一个下马威呢？"张连长道："我主张先不让敌人知道我们的机枪阵地，只管让他向前。这堤下面，田是平的，没有东面那几块低地，路后面又是几处水塘。他们过来了，就很不容易运动。那时先用机枪扫射，再来一个冲锋。"李参谋弯腰走了两步，藏在大柳树荫下，对面前看了看。果然，沿堤平行的人行路外，水田里的泥土，只有一半干湿，所有田埂，都不能掩蔽这里俯瞰的视线。远在一两里外，有两三口很大的池塘，像个小湖泊，一条人行石板小路，就是绕了那几圈水向这里进行的。便回转身来道："张连长，你这个决策不错，不过你们在牛鼻滩打到这里，一直是……"张连长不等他说完，便道："没有问题，我们弟兄一点也不觉得累。"李参谋看他脸色红红的，战斗意志在内心里反映出来，也就不再考虑。那边的迫击炮在停止了一个阶段的时候，复又紧密射来，哗哒哗哒，轰！空中又在接连地响发着白火。李参谋通知那边代连长的副班长，只管沉着应付，不见敌步兵行动不要睬他。

同时，敌机两架，由东南角飞来顺着堤后这道内河，不住地盘旋，轰隆隆的马达响声下，嗒嗒嗒的机枪响着。因为西岸那道堤还有稀稀落落的高大柳树，它怕碰上了树，还不能飞到像平常阵地上那样低。它虽扫射了七八十次，因为两面是堤，中间是河滩，对于部队，丝毫没有损失。这样也就说明了敌人更有企图，因此对于南面这方的敌人，更为注意。过了二三十分钟，敌人，已在那条路上发现。他们似乎是有意偷袭，并不用炮，也不用枪，就是静悄悄的，顺着路端枪冲了过来。张连长已把部队完全部署妥当，把人调到顺堤的一道斜坡后面斜伏等着。看看敌军百人左右，已逼近了堤下那道人行大路。他做一个手势，立刻机枪对了敌人密集所在，一阵猛射，在堤面放出百十道烟。这出乎敌人意料，慌乱地伏在堤田里。张连长说声冲锋，号兵在堤下呜嘟嘟吹起了冲锋号。张连长一人当先，率领着全连弟兄，由堤的斜坡直冲下去。

敌人在机枪扫射之后，已是慌了手脚，感觉到找不着一个较好的立脚地点。而面对着这道长堤又是局促的仰攻，无便宜可图。这时一声冲锋号响起，他们哪里敢在烂泥田里迎战，立刻掉头向后溃退，撒腿就跑。自然，他们的意思，还是想匆忙中找个有掩蔽的阵地。这里张连长怎能允许他们的要求？他在最前一个，挑选了几个擅长掷弹的弟兄紧紧跟随，飞跑到人行路上。敌人一小部分在石板人行路上，一大部分都已慌乱地踏进了泥田里，张连长首先扬起手来将一枚手榴弹丢到人行路上，轰隆一声，已有四五个人在烟丛中应声而倒。其余奔上前的几个士兵，都照着敌人密集的地方抛去。一时间火烟和泥浆乱溅齐飞，奔到人行路上。其他的士兵，都已举起了枪，做近距离的射击。敌人原是想在这里立定阵势，然后向堤上迎击。看这情形，已是不可能，就继续地向后退去。张连长因自己人太少，就不敢跟着追下去，依然回到堤上来。那东面的敌人，在南面敌人进扑的时候，也曾做相应的蠢动。那面堤上第九连的机枪，就猛烈地对地面上敌人的影子射击，子弹雨点般地飞着青烟，让他们抬不起头来。南面冲锋号一响，他们疑心这边也会冲锋，就缩着没敢动。南面敌人退下去了，他们更是不敢动。

张连长回到了堤上，李参谋十分高兴，握了他的手，连连地摇撼着，笑道:"这一仗打得好,这一仗打得好!无论如何,石公庙到新民桥这一线,我们已是把敌人压制下去了。参谋长对这方面的情形,颇关心,应当给他一个报告,我拿了电话机子,到后面去打个电话吧。我想在黄昏以前,这里的敌人不会蠢动。"张凤阁连长也同意了他这个看法,于是李参谋让勤务兵周太福背了电话机子,渡过小河,抄着小路,向新民桥走来。

走了三四里路,已经遇到了电话线,周太福爬上电话柱,将线接好。总算顺利,这里通到城里的电线,并没有损坏。摇着铃子,由总机接上了师长室。那时师部里遣兵调将二十四小时,已没有一分钟空闲。师长余程万,已下了铁定的决心工作,自己或坐在床上,或躺在床上,右边壁上挂着比例尺为五万分之一的常德地图。左边小桌上,放着电话机,他经常是手拿了听筒听话,眼睛注视着地图。他接着李参谋的电话,便问道:"现在情形怎么样?"李参谋把战斗经过的情形,详细地报告了一遍。余程万坐着听话时,突然地站了起来,很兴奋地道:"很好,你告诉张连长,我嘉奖他,先赏他二千元。并拍电给军长,望你们和孟营长稳定了这一线。西面河洑山也打得很好,你们放心。最后,望你们注意德山方面的情报,你们要留心,阵地不可太突出,必要的时候,你们可移守新民桥,这样可以把力量集中起来。对我们也有相当的便利。"

李参谋答应着,并说以后随时有电话报告,余程万又叮嘱了几句,挂上了电话。在余师长打电话的时候,同一间屋子里,指挥官周义重,却也在和河洑山方面耆山寺营部里的袁自强营长通电话。话说完了,他向师长报告道:"那边的情形,依然很好。截至现在为止,我们所知道的敌情,来犯的敌人,共分三路:一路是由缸市犯黄,是敌人一一六师团的先头部队。一路是由戴家大屋,直扑我袁河营、洑阵地,约有步兵一千,骑兵一百。一路是由盘龙桥直犯陬市,是敌人第三师团的先头部队。他们到了陬市后又分两路,一路用民船木排渡过沅江,进犯桃源;一路回转头来东犯,有各种大小炮二十几门,进犯河洑,企图和戴家大屋那路敌人会合。"

余师长听说,眼睛注视了墙壁上的地图,因道:"敌人犯陬市,这着棋,那是相当毒辣的。他分明是要截断常德和西南的联络。这样,河洑的战斗也就分外重要了。敌人的路线拉得太长了,侧翼暴露,这支深入的孤军,就不得回去。不过桃源不能守的话,他一定有个大迂回,进犯常德南的斗姆镇。那我们会受四面包围。"周义重道:"师长这个看法非常的正确。我们必须把沅江南岸那两V字形的地区把握着，然后通桃源益阳的两条路才不至于资敌。只是我们现在的力量，却顾不到南岸。"余程万道："顾不到也要顾，我已有成竹在胸，现在且不必提，让我们注意河洑的情形。"说着，他自己又拿着电话听筒，要着河洑袁营长的电话。

这时，袁营长和去督战的程坚忍，都在庙角建筑的小碉堡里守着电话机。接着电话，听到是指挥官的声音，便凝神听着，以便接受命令。余程万在电话里道："袁营长，河洑这一天的战事，我们满意。不过敌人既侵陷了陬市，他一定会用全力进犯河洑。我一再和你们说过，河洑是我们的圣地，我们在这圣地上，一定要洒上光荣的血迹。我每次到河洑，都看见河洑老百姓对我们五十七师那一份信任，我们一定不能让他们失望。我已命令迫击炮一排增援你们，马上就到，你要好好使用它。受伤的弟兄，不要留在河洑，可以即刻送到后方医治。我再和你说一句，河洑是我们的圣地。"袁营长听师长在电话里的声音，非常沉着，便道："一切遵师长的命令行事。师长要我们死在这里，我们就死在这里。"余程万答应了个好，将电话挂断。

第十一章

罗家冲壕中行

　　袁营长放下了电话机,和程坚忍重叙了一遍。程坚忍笑道:"河洑能打两个好仗,区区也幸有荣焉了。我今日天不亮,就赶到这里来,总算躬与盛会了。"说着,又打了个哈哈。

　　原来常德到河洑街上,有二十多里路,街上到河洑的阵地上,又有两里来路,程坚忍和王彪一大早动身,赶到河洑耆山寺营部所在地。那时由戴家大屋来的敌人,正在进扑河洑山的阵地。这河洑山牵连着常德西北角的太浮山脉,直到沅江北岸,将河洑街市屏障着。由戴家大屋向河洑市来的小路,恰被这山挡住。这山虽不怎样的高,却也丘陵起伏不断,五十七师料定了这里是敌人进犯之路,已几次筑好了阵地。沿着山麓,挖好了丈多壕堑,壕堑里倒插着削尖的竹钉。有些壕堑的前面,还有一些乱树枝堆的鹿岔。此后依着山的坡度,才是我们的散兵壕。有几处地方,我们也建筑了半地下式的小碉堡。这碉堡像半个大馒头,远看又像座坟墓。虽缺乏铁丝网,在这种防线之下,敌人少数轻快部队的冲击,根本也就可以不理。在那日上午一时,敌人第三师团六八联队,骑兵一百,步兵一千,由戴家大屋向罗家冲猛扑。那个地方层层都是小土山岗子,中间不时有长方的小山谷,我们的阵地在丘陵的东南角山麓上。由高俯瞰狭窄的小丘陵或盆地,火力压制得敌人无法接近我们阵地。敌人在深夜到了冲口,一看这形势,也就不敢钻进,只是把四五门山炮放在罗家冲口外，对了我们阵地，做梯形的轰击。

程坚忍、王彪一路由大西门而来，就听到炮声，一阵比一阵猛烈。到了河洑市街外，天还没有亮，正值敌人拂晓攻击。虽是隔了个山冈，远在半天里，看到一阵阵的火光一闪一闪。随着火光的闪动，轰轰的响声隔山传了过来。王彪随在程参谋后面走着，因道："瞧这个样子，我们正赶上了这档子热闹了。我们上火线去吗？"程坚忍道："为什么不去？你含糊吗？"王彪笑道："我不过白问一声，跟着参谋两三年，不用说胆子闯得大多了，也受了许多智识。我除非愿意当一辈子勤务兵，要还有点骨头的话，我也就当巴结到有个参加战斗的机会，参谋，说你不相信，若是让我当上一名班长，我真能表演这么一手。"程坚忍笑道："你这点志愿，不是为着你那干妈和干妹嫌你没出息吗？"

说到这里时，正好轰隆隆一阵炮响，好像是几尊炮同时向这边阵地射击过来。王彪笑道："参谋，你真不在乎，没听到好响的炮吗？"程坚忍道："你要知道拿枪杆的人，在拿起枪来的时候，就当心无二用地全副精神都去对付敌人。在没有拿起枪的时候，神经就当尽量地让它轻松自由。你看到拉胡琴的人没有？当他拉胡琴的时候，一定是把弦子上得紧紧的。等着把胡琴拉完了，就要把弦子松下来，码子除下来。那为什么？为的是尽管紧了弦子不松，那下面蒙着胡琴鼓的蛇皮，就会让弦紧绷了码子，把蛇皮压破了。人不是一样吗？大兵不是一样吗？我们的脑筋，就是胡琴下面竹筒蒙蛇皮的那面小鼓，不打仗不受训练的时候，我们就应当让它休息。"王彪点着头笑道："你这一说我就全明白了。不过到了这个时候，我们也就快拉胡琴啦。"程坚忍道："那就让你看我的。王彪，你现在该跟着我学了。"

说着话，天色有点微微的亮。鱼肚色的云脚，在东边天脚，由身后向身边射过光来，看到河洑的街市，已在朦胧的曙色中现出了重重的屋脊与墙头。街外有几棵高大的柳树，依然是在半空里摇动着枯枝，那分自然的萧瑟景象，并没有因那轰隆噼啪的枪炮声，有什么变化。因为天阴，冷风拂过了长空，霜气浓重，围绕着这河洑市街的田野里，还有些稀薄的雾气。他们顺着街后一条小路，奔向营部所在着山寺。在快速的脚步下，走着小路上的石板，嘚嘚有声。

在前面霜雾迷蒙中，早有一下沉着而严厉的吆喝声："哪个？"程坚忍站住了脚答应了他。两人慢慢地走过去。一个警戒步哨兵，扛着枪立在路头上，程坚忍问了他两句话，便走了过去。路上又经过两道步哨，走到耆山寺。那小山岗子上，有一个小碉堡，营长袁自强他已是蹲身在那半截入土的小碉堡里，守住一架电话机作战。这碉堡外有散兵壕和机枪掩体。另外两个同样的小碉堡，相隔着一个步枪射程的距离。这里还控制着一连人，隐蔽在各处，他和副营长、营副与三个兄弟，守着碉堡。

外面弟兄进去通知程参谋来了，他便迎了出来，行过了军礼，报告了这里的军事，已经接触了三四小时，敌人丝毫没有进展。他说话的时候，挺着胸脯立正，精神还相当振奋，倒不像是苦战了半夜的人。程坚忍便向他道："依着这里的山势，那是可以好好地打一仗的，先让我明了这里的阵势吧。"

于是和袁营长走进碉堡。这碉堡里毫无例外，铺着中国军队惯用的"金丝被"，这"金丝被"在华南华中地带是稻草，华北地带是高粱秸子或麦草，常德的"金丝被"是稻草。占了碉堡里大半边地方，袁营长所坐的地方，多了一条旧军毯，地下放着一架电话机。一只大瓦壶，这里有两只粗饭碗配着。袁营长亲自弯腰下去，给程坚忍斟了一碗冷开水，奉请他坐在"金丝被"上。程坚忍和袁营长要了阵地简明地图看了，袁营长和副营长、营副都坐在地上陪话。

那电话机的电铃响过了好几次，第六连连长在阵地上来电话说："敌人冲上来两次，都压下去了。敌人后续部队还正在来，下次恐怕会来得更凶。"袁自强在电话里叫道："无论如何，把机枪掐住他。"程坚忍在旁插嘴道："袁营长你告诉他，我就来。"袁自强向他点着头，在电话里道："打起精神，好好地干，程参谋在这里，他就来。"说毕，挂下电话，已听到前方炮声轰隆轰隆，只是加紧。

程坚忍道："袁营长，我一定要到前面去看看，请你派一名弟兄送我去。"袁自强道："既是参谋要去，请王营副陪你去吧。"那营副未曾答话，已站起来了。程坚忍看他们这样兴奋，也感到很高兴，便站起来笑道："我想总可带些好消息回来。"王营副已首先走出了碉堡的洞门，程坚忍走出来时，王彪也站在散兵壕上，笑脸相迎。程坚忍道："你若高兴去，可以和我同走；不愿意去，你就在这里候着，也没有什么关系。"王彪挺着胸脯道："我绝对愿意去。"

于是王营副在前引路。顺了小土山上一条小路，向了炮火并发的所在走去，这里小土山坡度并不怎样陡，倒是沿山都有高高低低的松树，经过多日

第十一章　罗家冲壕中行

的阴雨，松树还是青郁郁的。走了一里多路。到了一带较高的土山岗子上。地形略嫌暴露，大家便跳下山脚的交通壕里俯着身子走。这里刚刚跳下，相隔十丈不到，一个山炮弹落下，咚的一声，尘土四溅，身后是一丛烟。但谁也没有理会。由这里前进，就钻进了散兵壕。

虽是敌人的拂晓攻击已有很久，可是那前面小山岗子后面，一阵阵的白烟冒起，敌人依然在加紧进攻。程坚忍俯着身子顺着壕弯曲着向前，还有敌人的两次迫击炮弹落在附近，当听到轰轰的炮弹刺激空气声时，赶紧向壕底一伏，扑哧一声，便溅了满身沙土。王彪是紧随程坚忍身后走着的，当第二次炮弹落在附近时，他忍耐不住了，便轻轻地喝骂道："这鬼子太可恶，我今天一定要回敬他一拳头。"程坚忍回头看了他一眼，将手反在身后摇摆了两下，依然继续地随了王营副走。

不多远，是个黄土岗子。前后大大小小倒有几十棵松树，地面上稀稀落落的黄赭色草皮，却也掩盖了些黄土。他们就借草皮的伪装，下面挖了散兵壕。作战半夜的士兵，散落地伏在壕里。由此向上，有个碉堡，在土里冒出半截来，上面也盖了草皮，伪装得极像一座野坟。王营副很快地向前，先转到那碉堡后身，爬进了碉堡，随着他又爬出来，招招手，将两人也引进了碉堡。这里面更简单，除了三个弟兄扶着一挺轻机枪，便是刘贵荣连长和副连长各拿了一支步枪，守在地面上的一个电话机子旁。那刘连长迎着程坚忍行过军礼，脸上不但没有疲劳的样子，红红的气色，对师部派来的人员，倒表示一种欣慰。

程坚忍道："我由师部到营部，一路都听到这里打得很好。我非常地高兴，所以亲自来看看。师长已派一排迫击炮加到这边助战，我们一定要打得更好。"刘贵荣道："由昨晚半夜到现在为止，已进攻七次，有五次在半路上就给我们火力压住了。有两次冲到了面前，我们就跳出了战壕去肉搏，也把敌人揍退了。请参谋看，那对面山坡下，就有二十三具敌尸不曾抢了走，至少我们打死了鬼子两百人。"程坚忍说了句很好，也就伏到碉堡眼口，向阵地外张望。

这前面山坡下，是一块凹地，凹地上方的是拦阻壕，已被敌人的山炮把壕沿摧毁了几块向下坍着沙土。壕外的鹿砦，中了炮弹，也不成行列，有一堆树枝燃烧着在冒青烟，敌人的炮还只顾向前面落弹，弹起的白烟溅起来的灰尘，加上鹿砦燃烧的青烟，面前连成了一起。但烟雾的空当里，依然可以看到那山麓下躺着黄呢制服的敌尸，刘贵荣所说，倒都是真凭实据。程坚忍正要遥遥地默数那些敌尸是多少，却听到轰轰轧轧一片飞机响声。随着冲冲几声大响，面前火光闪闪，涌起白雾一般的炸弹烟焰。这就回转身来向刘贵荣道："我们要特别警戒，敌人调了飞机来轰炸，一定又是一个攻势。但是我在这里，绝不含糊。"刘贵荣道："绝不含糊！七次都把他压下去了。有参谋在这里，第八次、第九次照样把他压下去。"说着，也伏在碉堡眼里向前张望。

第十二章
HUBEN WANSUI
第八次进犯又压下去了

　　日本鬼子在中国作战的手法，向来是一贯的。眼前这些炮火，就是每次进犯的预兆。刘贵荣睁大了两眼，聚精会神，向敌人来势看了去，敌人山炮、迫击炮射来的炮弹，一枚跟着一枚，都落在这附近三四座碉堡左右前后。似乎敌人已发觉到这几座置他死命的碉堡，想加以摧毁。因为炮弹落得多，这山麓前面，已屯聚着一片迷蒙的烟雾。有两次炮弹落得很近，把碉堡后的山土和小石子，像下雨一般地由碉堡洞口扑进来。人在里面也觉得地面震动了一下。但刘贵荣连长身子动也不动一下，只是看着敌人。这前面起伏的丘陵。有两处较高的坡子，一个相距约五百米，一个相距约四百米，驮着一条人行便道，向这里伸延。这两个小丘陵，敌人必须经过，经过就暴露出来。他们到了这里，总是飞跑过来。

　　刘贵荣的眼光，就是射在这两个丘陵上，他终于把敌人发现了，有二三百敌人，在那小丘下面蜂拥而上。冲到小丘顶上，这个丘顶，倒有相当的长度。那里，和那第二个丘顶一般，都经过防守工事的布置，把所有障碍的一木一石，都已铲除干净。说时迟，那时快，左手下一班人所守的一挺轻机枪，已在碉堡眼里，吐出火蛇的舌头，哒哒哒，一阵子弹，向那小丘顶上狂射了去。敌人纷纷饮弹倒地的，有三四十人。究竟因为他们人多，已有大部分冲过了那小丘，奔入下面的凹谷。这是一个射击死角，左角下的机枪，便已停止了射击。在这死角下，敌人有几分钟的休息。休息之后，就当冲上第二个小丘，那就接着这里的阵地了。刘贵荣的两只眼里，都要冒出火来，回头向机枪手将手一举，做了个准备射击的姿势。他依然向前张望着。

这时，头顶上三架敌机，低飞得呜呜怪叫。机上的机关枪，不断在散兵壕上来回扫射。刘贵荣看到，回头只望了程坚忍一眼。程坚忍也就伸头向前张望。见第一个丘陵，只隔了这阵地斜坡下三四百米，假如敌人冲到了那里，也就绕过了左手的我军机枪阵地。我军正好予以侧击。便向刘贵荣道："刘连长，敌人一定会冲到对面山上来的，我们两挺机枪交叉着，掐住他。这是一个歼敌好机会，千万莫放过。"刘连长只点了点头。

说时迟，敌人早已有百十人站起来，由小丘顶后面跃起。这里的机枪，便随着刘贵荣的手势一挥，咔哒，咔哒，咔哒，飞出了流水似的子弹。那左边的机枪，更不落后，同时响起。两支火箭，对准了暴露着的敌人猛射。敌人跑着跑着，排竹似的向下倒。但他们不顾牺牲，前面人纷纷地倒下，后面人还是向前奔跑。其间只有四五分钟，已有七八十人冲过了那丘顶，跑下了斜坡。再过来，就是这边堆置鹿砦的所在了。这样，头顶上的飞机，就增加到了七八架。它们来往逡巡着，一面丢炸弹，一面扫射。在那个丘陵后面敌人的迫击炮，也加紧着向这边射击。炮弹越过敌人头顶，纷纷落在散兵壕前后。分明他们是掩护这批鹿砦外的敌人冲了过来。那鹿砦经过十小时以上的炮轰，烧的烧了，炸飞了的炸飞了，不但是有了缺口，堆置的鹿砦，只是点缀着像堆积的零碎木柴堆，已无法防止敌人。这鹿砦后的拦阻壕，也被炮轰得处处坍缺，沙土堆平了不少地段。而敌人的飞机炸弹和炮弹，就照着几处坍平了的壕堑附近，再加紧轰击。在这里向对面小丘下看去，本来是俯瞰的，敌人的步兵，更行移近，我们的步枪也容易瞄准射击。可是敌人更诡计多端，已在他们移动的前面，放出了烟幕弹。立刻在炮弹烟焰之外，又冒起一片白烟。不用说，这白烟后面，就是一群要跟着挤上来的敌人。

刘贵荣一个转身，抓了步枪在手，向副连长道："你好好地把这挺机枪掐住敌人，我到外面去看看。敌人七次进犯，都让我压下去了，现在是第八次，我照样压下去。"说着就钻出碉堡来。这散兵壕里是一班人控制着的，因为敌人又已进迫，他们由班长带着已伏在散兵壕里，举枪待发。刘连长一到散兵壕的蔽掩下面，班长就迎过来请示。刘连长道："叫他们上刺刀。"说完了这句话，他又伏在壕口，向外面看了去。果然那烟幕越来越浓，在拦

第十二章　第八次进犯又压下去了

阻壕外面，已是起了一道烟壁。那左侧的机枪却也发射了几次，可是在烟幕外，并不曾发现敌人，这里的步枪和机枪，却也不能毫无目的地放枪。

这散兵壕下的斜坡，究竟不是滑梯那样平的，有些坎坷不平的地方，原来烟幕外面，这时已发现了几处敌人衣裳角，看那距离远在一百米。有几个弟兄，已将放在壕上的步枪，瞄准着发射了几响步枪，但衣裳角却越发地发现了很多，而且是蛇一般在地面向前钻。七十尺，六十尺，很快地向前挨。刘贵荣已把身上挂的手榴弹，拿了一颗在手，班长在他右方，换着一路顺下去，吩咐伏在壕里的弟兄，说声预备冲锋，弟兄们很机警的，各个拿了手榴弹在手，在地面上的敌人，随着又前进了若干尺。一声呐喊，他们已突然地站了起来，刘贵荣向来是掷手榴弹的能手，他久练之下，随便一丢，总在六十公尺。这时，他忍耐又忍耐，料定了敌人已到他手榴弹的杀伤程度以内，便拨开引线，一抬手，对准了敌人抛去。随后，这一班弟兄的手榴弹，都紧紧地跟着抛了出去。敌人看到这里的手榴弹抛去，随着首先的轰隆一声，已是向地一伏。刘贵荣看到这个机会，不敢失掉，手一举做了个冲锋的信号，他端着枪首先跳上了壕沿，士兵们一齐冲上壕来，口里喊着杀啊……随了这声音，却是向来的敌人开了一排枪。

原来冲锋肉搏的时候，开枪是来不及的。但我们的军事家，曾经研究过，在肉搏之前，最好能有一次射击。因之国内部队，也多有受过这种训练的。而这些弟兄，就是受过这训练。枪开过后，敌人刚站起来的，又倒下去几个。这一个打击，也就给了他们一个顿挫。冲锋之时，每秒钟都是十分宝贵的。

第六连的士兵，又高喊一声杀啊……大家举起枪刀，向面对着的敌人奔了去。刘贵荣在先，他就先遇到一个相当强健的敌人。他利用着这斜坡由高向下的坡度，取了个居高临下的姿势，人和枪一齐冲向前，对准敌人做一个滑刺。敌人是仰攻的，身子没有取得侧立的姿态。虽是他早已举过枪来，人却不好上冲。刘贵荣微让着他的刺刀，只一步斜迈，枪刺了过去，便深深地刺入敌人的右肋，也就随身倒地，让下去两尺路。刘贵荣松了这口气。还不能让他寻找第二个目标时，早见相隔不到三尺路，一个士兵和一个矮胖的敌人，举枪将刺刀互相碰砸，已没有了手法。而且那敌人只管抢上风，想挤到斜坡上来，位置已横着和自己弟兄相并。刘贵荣怕自己弟兄吃亏，只横着一跳，倒提了枪托，枪尖朝下，向那敌人腿部刺了过去。敌人被刺，身子向下一蹲。那弟兄竟来不及做个俯刺，横过枪托，用劲在敌人头部一扫。打得敌人脑浆暴流，倒在地下，刘贵荣正感到这弟兄这种战法，是个奇迹。却不料第三个敌人由一旁斜扑过来。也是举枪向腿部刺着。他眼睛看见刺刀白影子的时候，万万来不及回手，身子赶快向后一耸。然后小腿肚子已让刺刀划了一条深口。所幸那个同战的弟兄有了将近若干秒钟的休止，脚步站稳，枪也拿稳。他立刻对那进扑连长的敌人，从侧面一枪刺去，刺中敌人的肩膀。敌人痛得丢了枪，人也倒下去了。

　　那弟兄提起枪来，又想举行第二刺，刘贵荣已看到进扑的敌人，解决了一大半，其余的抽了口冷气，看到仰攻不易，转身就走，这一战算是一个决定性的胜利。这个敌人，无须弄死他。刘连长在两秒钟内，有了这个决定，抢着高喝了一声捉活的，那弟兄也就止了枪没刺，但也怕这敌人还有反噬，又打了他两枪把。因为站在山坡上的第六连弟兄，除了阵亡的而外，其余还立着的，面前都没有了纠缠着的敌人，倒是很从容地对付这个倒了的敌兵。那些跑走的敌人相隔还不到五十米，几个善于掷弹的弟兄，不肯让敌人喘息，各掏出手榴弹来，对着敌人抛了去。我们碉堡里的机枪，也已开始了追击的扫射。所有没有找着掩蔽的敌人，完全给他消灭了。弟兄们一阵欢呼。刘贵荣看到倒在山坡上，有自己的五名弟兄，指挥着健全的士兵，赶快把他们抬到散兵壕里。仔细一看，阵亡了两位，三人受伤。那个和刘连长共同作战的士兵，他也带抱带拖，把那个受伤的敌人拉进了散兵壕。

　　程坚忍在碉堡里亲眼看到这场胜利，十分高兴地跑了出来，也走进散兵壕里，握着刘贵荣的手，连连地摇撼着道："我佩服之至！你那肉搏的时候，真是精彩的一幕，受到了伤没有？"这句话把他提醒，他低头一看，裤角子上，沾了一大片血迹。他笑道："挂彩虽然是挂彩了，但我自己却是不知道，没有关系。先把受伤的弟兄送到后方去再说。"程坚忍看了看他的裤腿，除被血染成了一片以外，那血凝结着，都成了紫色的布壳，不由得肃然起敬地向他连连称赞了几声，笑道："好！敌人第八次进犯，又给你压下去了。"

第十三章
HUBEN WANSUI
电话中的杀声

在这种以少敌多的胜利之下，无论什么人，对于直接指挥作战的下级干部，也是要表示满意的。程坚忍这时除了怕兵力过少，不能支持这伟大的局面而外已觉十分放心。可是就整个常德兵力而言，根本就是个以一敌八的事实，这里纵然兵力过少，也不能在表面丝毫露出，免得懈怠了军心。当时，安慰了刘连长之下，叫他赶快把伤处包扎好。这里有两名重伤弟兄，一名轻伤弟兄，可电话传袁营长派担架来抬下去。还有这个俘虏，也当送到后方。这一切和刘连长商量好了，便转了视线来看那俘虏。

这个日本人，虽是伤势不轻，但他的神志还是清楚的。他被拖进了散兵壕，倒坐在壕底，低了头，微闭着眼睛。弟兄们几次问他的话，他只翻着眼皮看了一看，依旧是把头低下去，把眼闭了。他一个字也不答复，而且一点表示没有。

程坚忍倒急于知道他的底细，便向前和他点了个头，说了句哈罗，他试用英语探问一下。这个日兵，竟是懂得这哈罗的招呼意义，也抬头看了一看。程坚忍用英语问道："你懂得英语，你能说英语吗？"他摇了摇头。又问道："你懂得中国话吗？"他依然是摇了两摇头。程坚忍倒不以为他态度骄傲，将身上日记本掏出，在空页上先写了自己的姓名、军阶，然后写道："朋友，你放下了武器，我们就不以敌人相待了。中国人是宽大的，敝师是有训练的部队。绝对以礼相待，请你不必害怕，我负责不欺骗你，你能告诉我你的姓名军阶吗？"写毕将这张纸递过去。

那俘虏看到程坚忍是个中校参谋，而又是这样客气，这就不觉得心里温暖了一阵，灰色的脸上，露出白灿灿的牙齿，对他微微一笑。程坚忍递了一张白纸和一支铅笔过去让他写。同时，又递了一支纸烟给他。他见着人家一再客气，便起身做个九十度鞠躬。然后在纸上写着："余为松村本次军曹，属第三师团二八联队，盛意谢谢！"他蹲着写完了，身体似乎感到不支，又坐下去了。程坚忍接过那纸一看。见他是个军曹，觉得这个俘虏相当有价值，又写了一张字条给他，上写中国军队绝对宽容，请放心，他看着又点了点头。

程坚忍回头看刘连长他已坐在壕里，撕开了裤角，在用纱布捆缚伤痕，便和他道："这个攻势过去了，敌人大概有一个休息的时候，从事部署。你好好地保守这个阵地，我到后面去和营长商量。"刘贵荣立刻站起来道："参谋，请你对营长说，我的伤一点不要紧，我决计死守在这阵地上。不过这几名挂彩的弟兄，最好早点派担架来抬下去。"程坚忍又勉励了他几句，叫着王彪和王营副一路向耆山寺去。

这时，敌人那边，只有稀松的炮弹打过来，敌机也走了。炮不响时，阵地相当静寂。走到平路上，程坚忍道："王彪，你看到刘连长这一幕精彩表演，你佩服不佩服？"王彪道："当然佩服！可是我在这个时候，周身出汗，恨不得也跳出壕去助阵，可是我又没有武器，我怎么能去？"正说着，见六个老百姓抬着饭箩，夹着门板迎面走来。他们没有一点阵地经验，直挺了腰，径直地向罗家冲走去。

程坚忍站住脚问道："各位是到阵地上去的吗？"当前一个老百姓尖削的脸上，长满了苍白的胡楂子，他笑着答道："袁营长告诉我们，罗家冲的弟兄们打了一个胜仗，有几名弟兄受了伤，我们特意来抬他们。"程坚忍道："那真难得，真是雪中送炭。你们是耆山寺附近的百姓吗？"他道："我们是河洑街上的百姓，也是送饭到耆山寺营长那里去才知道的。"

说话时，他们原是一串地走着站着的，后有个十来岁的小孩子，看样子还没有成丁，他穿了一身青布短棉袄裤，卷着衣袖；露出劲鼓鼓的手臂，倒挽了一只干粮袋扛在肩上。他口里在那里轻轻地哼着军民合作歌："你在前面打，我在后面帮，挖战壕，送子弹，抬伤兵，送茶饭，我们有的是血和汗，我们同心协力干……"他只管哼着，偶然一抬头，看到程坚忍把眼光注视他，

第十三章 电话中的杀声

他突然把左手代挽了粮袋，腾出右手来，举平了额角，正着脸色地立个正。程坚忍倒不能置之不理，也只好回了个礼，问道："小兄弟，你多大年纪？你也有那胆量敢到战场上来？"他道："哼！怕什么？湖南人当兵，家常便饭，我祖宗三代都当兵。我十五岁，明年一过，我就到五十七师去当兵。现在先练习练习。"

王彪在后面笑道："这小子有种！"程坚忍回头瞪了他道："你这是怎么个说法？你今天要表演一手的，可没有表演，现在你引着这几位老百姓走一趟吧。时间是宝贵的，你赶快就去，他们没有阵地经验，你一路小心了。"王彪行了个礼，就向老百姓招招手，在头里引了他们走。那前面的炮声，正迎着他们，又在加紧发射，看那几位老百姓坦然地跟了王彪走，一点也不踌躇。

程坚忍向王营副道："师长屡次说，常德的老百姓好，河洑的老百姓更表现得好，这话一点不假。不过我可以申明一句，中国的老百姓都好，只怕军队不会利用罢了。我是北方人，我就知道北方人能配合军队作战。这几年来，我们山东陷在敌后，老百姓那番和敌人斗争，打游击的事，说出来真像封神榜的故事一样。"王营副笑道："游击队的故事，向来传说得像神仙下凡，这倒不好，反是让人家不相信。"程坚忍道："不！那些老百姓做的事，真的像是神仙做的。譬如他们各村庄互相联络，对付日本人的包围，他们在地下挖地道，由甲村挖到乙村，由乙村再挖到丙村，就像平常人在地面上筑公路似的。而且两三个村庄相联络着的路，还不止一条，这是一个多么伟大的表现？！"说时，已到了耆山寺，走进碉堡，袁自强营长又在那里握着电话机，连续着指挥作战。

他放下了听筒，向程坚忍道："敌人又在进攻，天空里有十二架敌机助战，不过刘贵荣连长表现得非常坚定，等敌人接近了再和他拼。"程坚忍在"金丝被"上坐下，沉着了颜色道："前方弟兄勇敢地战斗，那是我亲眼看见的。刘连长的话，我很相信。我们再镇定了，等他第九次的捷报。你告诉他，我已回来了，叫他随时电话报告。"说着，静心一听，但觉得前方的大炮声，飞机炸弹声，机关枪声，搅成了一片。同时，沿着沅江这边的大炮声也就轰轰而起。这边是第五连一连人在前面驻守着螺蛳岭。到河洑核心地带，也有三四里路。我军因敌人已窜到陬市，料着他必然分开一支兵力，沿江来攻河洑核心地带，自始就是警戒着的。只是犯着兵力单薄的毛病，就仅是这第五连单独地做大敌当前的砥柱。

当大家听到这炮声加强的时候，正挂念着，那第五连连长戴敬亮的电话来了。袁营长接着电话，戴敬亮道："报告营长，敌人已在炮轰我们预设阵地，大概有炮十几门，现时正轰击我们沿江那些碉堡，此外并没有什么动作。"袁自强听说，不觉脸上涌出一种不可遏止的笑容，便道："好，我晓得了，你多加注意。"说着，放下听筒，向程坚忍笑道："螺蛳岭一带，敌人在炮轰我们沿江的碉堡。这倒是我们十分欢迎的。那些碉堡都是用黄泥做的演习工事，那里我们一个人影子也没有。"程坚忍还不曾答话，电话铃又响了。袁自强拿起听筒道："哦！刘连长，怎么样？敌人正进犯我们唐排阵地，准备肉搏，好！把机枪在侧面掐住他。"他说话的时候，一手拿了听筒，一手按住地面上摊着的那张阵地简图，身子半俯着，眼光注视在图上，耳朵紧贴了听筒，简直五官都在出力。

电话放下了，他半侧了脸，静听着罗家冲这方面的响声。仔细地侦察出来了，山炮和迫击炮声全没有了，不时地突！突！突！有一阵机枪声。这证明着敌我又已十分接近，已不能用炮了。程坚忍和他有一样的感触，撑起两腿，坐在地上，两手抱住膝盖，静静地听着。约莫有五分钟，他终于忍不住了，问道："唐排在什么地方？"袁自强道："唐排在那边阵地左侧，排长唐安华，率有兵一班，轻机枪一挺，那里叫高望坡，是俯瞰敌人最好的一个所在。"说着，他又拿起听筒向刘连长通电话，他道："好！冲上来的敌人，干了他五十多。哦！敌人开始用密集队冲上来，把机枪掐住，把机枪掐住，好！好！我听到机枪响了，只剩二三十人上来了，用手榴弹……"他在电话里，还没有指挥完，就听到猛然间一阵杀呀的声涌起，这又是我们弟兄跳出壕去冲锋了。

他的手紧紧地握了听筒，握得汗珠涂遍了听筒的握柱上，两眼凝了神向碉堡墙壁上望着。那电话机里也沉寂了，似乎刘贵荣也已跳出碉堡去肉搏。但他立等着这个答复，依然紧握了那听筒。轰！轰！轰！传来一阵手榴弹爆炸声，接着一阵呀呀的厮杀声。电话机里，忽然有话了："报告营长，敌人压下去了，手榴弹又打死一二十个，其余的敌人退下去了。"袁自强道："用机枪追击！"果然，耳机里很猛烈地传来机枪的连珠声音，于是耳机里传来一阵高爽的声音道："我们胜利了。"袁自强连说了几个好字，像是一副几百斤的重担子，由肩膀上卸下来，放下了电话，把情形转告了程坚忍，他自然同样地松下了一口气。他给了袁营长一支烟，也自取了一支，擦着火，两

第十三章　电话中的杀声

人把烟点了,身子向后一仰,各靠了碉堡的墙壁,很舒适地对望着,深深地吸了一口烟。在一处的副营长,弯腰提起地上的瓦壶,斟了半碗冷开水喝着。那王营副在坐的"金丝被"下拔起一根稻草,两手扯着消遣,叮,叮,叮,电话又来了。

袁自强接着,电话里面道:"我是刘贵荣,报告营长唐排长负伤了,而且不轻,一班弟兄也损失了一半。"袁自强道:"那么,让副排长在那里,让唐排长下来休息。"刘贵荣道:"我已这样吩咐过了。他说,敌人还会冲来的,他虽受了伤,还可以指挥弟兄作战,他说:请营长转呈师长,他活着就绝不让敌人得那阵地,他一定要把那挺机枪掯住敌人,受伤他是不下来的。"袁自强道:"好好!我立刻转呈师长。"说着,放下听筒,向程坚忍报告着,他不由得深深地点着头道:"好勇敢的弟兄!"

第十四章
HUBEN WANSUI

炮打波式阵

  在兵士们这样勇敢作战之下，敌人的进犯，确是受到严重的打击。在这日下午，他们变更了攻击的方式。步兵暂且不动，把他后续部队调到的山炮和迫击炮，集中着，对准了我们一处战壕或一个碉堡，继续轰击。天上助阵的飞机，也依照了炮弹射落的所在，跟着轰炸，直等他们认为这一处工事彻底毁坏无疑了，再换个方向集中轰炸。我们隐伏在工事里的士兵，就都被掩埋在毁土里，连武器和人，常是全部牺牲，这个作风，不但是河洑阵线，其他阵线也是这样。罗家冲的电话线，恰是受了阻碍听不清楚。程坚忍和袁自强都十分地期望着。

  约莫半小时，原来那几个送饭的老百姓，已经回来了。他们用门板抬着三个重伤的士兵到达，另有个联络兵，随着他们回来。那个松村本次，却让敌机扫射，把他打死了，并没有带下来。

  程坚忍、袁自强立刻让那联络兵向前报告，据他说："这两小时以来，敌人只是集中了炮火，轰击我们的碉堡，我们在罗家冲一带的碉堡，都让大炮轰掉了。连长刘贵荣和排长唐华安，都只好在轰倒的碉堡里爬了出来。最近敌人两次进攻，敌人已有一部分突入我们的阵地，刘连长就在毁壕的工事里抵抗，身上又有两处挂彩。唐排长看到就带了一班预备班，代刘连长指挥作战，他以为阵地是破坏了，就带了这班兄弟和一挺轻机枪，冲进敌人阵地里，反扑过两三次。每次反扑，都把敌人压下去了。最后唐华安右手受伤，他还用左手拿步枪作战，电话机已经被碉堡扑下来压坏了，所以没有电话报告。"

袁自强听了电话，就向程参谋请示，作一个临时决定。原来前线部队转移，这是要督战员确定的。程坚忍道："这一连人实在尽了最大的力量，马上就该有河洑的核心战斗，我们还是把力量集中起来的好。我们可以让第六连来守高湾坡这一段既设阵地。"袁自强听了就叫了个传令兵，把这命令传了过去，一面就向师部里打去电话。

这时，敌人已是三面逼近了常德。师长余程万，接着各方面的情报，敌人的动向，大概是这样：西路敌人一部已窜抵桃源，大部敌兵计一万多人，由陬市、缸市东进。东线牛鼻滩方面的敌人，后续部队，也陆续地跟着向西来。随了这个情形判断，显然敌人立刻要对常德作攻城战。余师长对于大部分的指挥职务，都交给指挥官周义重。通常在那防空洞师长办公室里的，还有代副师长陈嘘云和代参谋长皮宣猷，不太过重的问题，也由陈、皮两位随时解决。余本人全副精神地在看地图，研究情报，以便计划整个作战局面，他把敌情判断了之后，就把那号称一团欠着两营的炮兵，还有号称一连，实只一排的高射炮部队，调到常德城里，分东西两门扼守。把拥有三个团番号的步兵，也集中力量来施用。一百七十一团，守西门和江面的一条直线，常德城南墙，针对了由西面陬市攻来的敌人，并防着敌人由桃源绕到沅江南岸抄袭部队，而且也可以和隔江南站来的援军呼应。一百七十团守常德的西北城角，针对了由缸市来犯的敌人一支主力。一百六十九团，守城的东门兼东北角。此外，沅江拦住了常德守军的退路，也拦阻了援军的来路。整个常德，就是一个置之死地而后生的背水阵。这是有军事常识的人都知道的。余程万自然烂熟在胸里，因之，特别地注意这条江防。他把上面部署拟好了，叫周指挥官在电话里先通知了三个团长，并叮嘱一七一团团长杜鼎，一六九团团长柴意新，用火力控制阵地前面的江防，另外把这命令用书面传达。

这里部署规定的时候，已是十一月二十一日的下午。西路河洑袁自强营长，正是报告敌人用密集队冲锋的时候。袁自强在电话里道："敌人在进犯了一天一夜，丝毫没有进展后，他们就改变了办法，把他们在前线的所有炮火，集中起来，对我们的工事，一处一处，轮流轰击，我们藏在工事里的弟兄，连人带枪，都埋在土里，现在只好改成离开碉堡，在碉堡后面抵抗。可是敌人在我们工事毁坏之后，又改用了密集冲锋。二三十个人一队，后面一队跟着一队，不管前面的人受多大的损失，后面还是跟着上。现在我们用机枪侧击，勉强可以制住。但敌人还会继续用这个办法的，我们伤亡太大了，请示办法。"

周指挥官听了，就把话转呈师长。余程万道："在工事后面抵抗，这个办法可用敌人那密集冲锋的战术，叫波式阵，用迫击炮去毁灭它就是。另外可以用机枪巢来辅助。"他说这话时，正把手边折叠着那张比例尺是五万分之一的地图放到一边，他由小床上站起来，将旁边那小桌上的纸烟盒和火柴盒拿起，从容地燃着一支烟吸了，喷出一口烟来，微笑道："周指挥官，我们不作兴说没有办法，不管什么问题来了，都顺利地去解决它。"配合了他这微笑的笑容，是遥远的一阵阵猛烈的炮声和机关枪声。而这位指挥官周义重的姿态，恰是和师长相对照，他伟大的身躯，漆黑的面孔，两道浓眉下，始终带了一副沉着的样子。他拿起电话，操着一口河南土腔道："没关系，一切有办法，敌人那个密集冲锋是波式阵，拿迫击炮轰毁它，你可以把机枪巢配合这个行动。哦！明白了，那就成。"原来两军阵前，敌我所用的电话线，不见得随了部队行动，可以撤除干净，因之，彼此都可以把话机挂在残存的线上，互相偷听。在电话里指示作战，只要下面部队可以了解，就当尽量地含糊其词。

周指挥官所说的话，旁人不懂。可是接电话的袁自强他就知道是什么意思。城里调来的两尊迫击炮，原已在上午到了河洑，他立刻叫传令兵通知那炮兵排长，把炮移向到罗家冲的小路侧面，在小山坡后设下阵地。一面他就向程坚忍笑道："现在有了个新鲜的玩意，要在树上建筑鸟巢工事。原来师长指示过在比较平坦一点的地方，敌人若利用高低不平的地形进攻，我们可以选高大树木，在上面建筑机关枪巢。这样，敌人的行动，我们一定看得清楚。我们自己呢，只要伪装得好，敌人很不容易发现。可是这个办法，我们没有试验过。"程坚忍道："这没有什么难，我去找这种适当的地点，可叫一班工兵跟着我去。"他说走就走，站起身来向碉堡外走去。那工兵班原是耆山寺里候令的，得了营长的命令，同着弟兄带了工具，随了程参谋走。

程坚忍挑选了几处高地，观测河洑附近的林木。这正是严冬时候，落叶树都成了枯条，纵然有些地方，有一丛树生长着，那不是太矮小，就是不够掩蔽。观测了很久，在耆山寺向西北有座小村庄，半空里挺立着一棵冬青树，相距约莫到一华里。在这冬青树附近，也有些杂树林。他觉得这颇为合意，立刻就奔向那里。这里不过三五户人家，全是关门闭户，没有一点动静。那棵大树，正是靠人家院墙生长的。下面被常绿树盖覆，阴森森的，连地面那人家的墙脚边都长遍了青苔。

程坚忍为了要明白这树的望界如何，自己首先就爬上墙去，更由着这墙上抓上那小桌面粗细的树干，扯了枝叶，径直地向树梢上攀了上去。这树的半中间所在，正是那常绿叶子浓厚的所在，便是同在一棵树上，也不容易看到其他同伴。再分开眼前枝叶，向外面看了去。单就向高湾坡一方看，自己的阵地，是很分明地现在眼前。敌人的炮兵阵地，一阵阵地射出了白烟，看白烟的箭头，纷纷向我阵地里射击，我们阵地上，也是左一丛右一丛的，向半空里涌起着烟尘。在这烟尘后面，也可以在空隙里露出少数的人影，向我散兵壕进扑。可是在这侧面，敌人却是二三十个一群，一队跟着一队推进，我们正面的散兵壕里，似乎已发现这是牵制我们消耗我们的敌人，因之我们阵地里，尽管让敌人接近，却是一点动作也没有。

程坚忍正看得有点出神，咚的一下，在高湾坡附近，一道白烟向敌人射出，那是我们这轻武器阵地上少有的事。这认得出来的，乃是迫击炮弹射出。那弹道在空中划出一阵呼呼的响声。就在这时，看到那波状攻势的第一队敌人阵里，涌起一阵烟尘。程坚忍觉得这比自己买了彩票得奖还要高兴，站在丫杈中间，两手拍着，情不自禁地叫了一声好！他忘记了这是站在高空的树枝上，两手一拍，人向前一栽。幸喜面前有一根横枝，把他挡住了，他的身子就伏在那横枝上。他两手赶快把树枝抓住，身子还不曾立定起来，那边的迫击炮，又是咚的一下响。睁眼看时，又是一枚炮弹，打落在波状攻击的队伍里。

虽是这里仅仅只有这一尊迫击炮，难得接连到四五炮，都在敌人攻击部队里面。他这个波状攻击的队伍，目标很大，炮弹发射了过去，总会在那附近。敌人也许始终料到我们阵地里不会有炮的，并没有怎样理会这件事，因之接连七八个炮弹的射出，让那密集前进的部队，却发生了相当的骚动。那最前两队的人，有部分人直立起来，向两边闪动，各找掩蔽地方。这样，就发现了目标，我们那侧面的机枪阵地里，已是嗒嗒地发射了一排子弹。那些暴露着目标的人，就纷纷地倒了下去。这虽然是一枪一炮，却实在发挥了联络的效用。程坚忍两手抓树枝，就不住地点着头，口里连连地自言自语道：

"这很好，很好！"

后面那位工兵班长就叫着问道："参谋，我们就在这里构筑工事吗？"说着话，他已爬到了树半中间。程坚忍这才醒悟过来，点头道："你上来，我告诉你怎么下手。"最后他又重申了一句道："你看我们的部队打得多么好呀！"

第十五章
HUBEN WANSUI
西北郊一个黄昏

　　那工兵班长，爬到了树上，藏在枝叶中间，向前方一看，正值着我们阵地上机枪追击。偶然看到一群人影蠢动，立刻也就倒了下去。这样让观战的人，实在感到兴奋，他把弟兄叫了几个上树，拿斧子的砍，拿木锯的锯，在树的大丫杈的所在，先架起了一座假楼的座架。将大树、丫杈削成了栓口，把成段的木料，在这丫杈地方嵌住或钉住。这些树段，是地面上的工兵在四处找来，用绳子悬吊上树的。在这冬季，村庄上不缺乏枯树枝，把这座假楼底面铺得平了，再由地面供给大大小小的树枝，就仿了鸟巢的形式，顺了大树枝干的姿态，层层地架叠，在斜对着敌人进犯的方面，做了架枪的缺口，远看去，这分明是个大鸟巢。这还怕会多少露出一点形迹，就把这棵大树的树枝，连干带叶地又砍削了许多，在巢的四围堆积着。他们的工作，非常的迅速，不到一小时，就把这鸟巢工事建筑完毕。

　　这时那西方的枪炮声，固然是一阵比一阵猛烈，就是北边黄土山的枪炮声，也猛烈紧密起来。站在这大树上听到，哪里是机枪，哪里是迫击炮，听起来非常的清楚。程坚忍虽眼见到自己的军队，逐次得着胜利，可是也就逐次地看到敌人压力加重，万一北面的敌人由黄土山那方面冲过了北郊的栗木桥竹根潭，西北郊的缸市侧面，就完全暴露。缸市不守，这西郊的阵地，那就过于突出。心里有了这样一个疙瘩，就觉得非向师长请示不可，当时带着工兵们，匆匆地回到了营指挥部，就拿起电话机，向师长余程万通话。

余师长在电话里道："河洑的情形，我完全明了，袁营长指挥得很好，弟兄也十分忠勇用命，实在可以嘉奖。程参谋你立刻到酆营去看看，在下午六时以前，你要到达。"程坚忍正是想把北郊的情形，向师长累累地报告了去，不想憋在心里头的一个哑谜，一拿起电话机就让人家猜着了。再听师长在电话里的语气，却还是从从容容地和平常在电话里说话一样，这很可能象征着在师长脑筋里并没有感觉到有任何危险存在。这样一来，自己胆子就壮得多了。放下了电话机因告诉袁营长自己有个新任务要离开这里，关于整个河洑作战计划，又和他商量了一阵，这就叫着王彪跟随着，由河洑大道向东走。

到了王家桥，然后顺着一道小河的堤坝，转上北郊。这里的地形，已和西路不同，完全是平原，大小长短不同的河道，将平原划分了无数的区域。在这些大小河道两边，随着大水时水量的程度夹河筑着小堤。在高的堤坝上展开眼界，但见地平线上，全是蜘蛛网似的堤道画成了大小的圈。这堤道上有的种了些树，有的是光秃着。但每条堤坝，都是当着人行路的。两条之间，也随着河势有大石桥和木板桥。堤下的水田，冬季是干涸了，几寸长的稻桩子在田里齐齐整整地排列着。远看着，它这密密层层的点，和那弯弯曲曲的河堤相配合着，构成一幅美丽的图画。在这美丽的图画上，有些散漫的村庄，带着丫杈的树林，分散在各处。那树枝虽是落了叶子的，可是因为它大小的树枝，非常的繁密，仿佛在树头上涌出一丛稀薄的烟雾。这一阵子，天气老是不晴不雨，构成了灰色的天幕。这样上下的颜色颇有些像米襄阳的淡墨画。程坚忍心里又在想着，好美丽的湖山呀！假使在太平年间，这种餐鱼稻饭的地方，老百姓在收足粮食的冬季，是怎样快活地过着日子。

他想到这里，轰隆隆一声响，在北边那烟树丛外，一阵火光猛闪出来。他沉沉的幻想打破了，这就感觉到那东北一带的机枪声，像暴风突然的袭击，哗啦啦地在半空里传来，又像是人行在下风，把若干里外的大瀑布，时断时续，时轻时重地随风卷来。因为远在东郊的德山，迤逦在东北的双岗桥，正北外栗木桥，西北的缸市，以及扔在背后的河洑，都在激战，整个常德的东西北三郊，都混乱在这机枪的连响声中。

程坚忍在行路途中。要到高一点的所在，就不免站定了脚，四处张望一番。那炮声正是不让机枪声响单调，每隔一二分钟，就轰隆一下响着。他偶然一回头，看到王彪抬起两只手掩住左右两耳，却不住地在起伏按捺，脚下却还是照常地走路。问道:"你这是什么意思?难道还怕枪声吗?"王彪笑道:"参谋,你看我是怕枪炮的人吗?我这样按了耳朵听这枪声倒想起一件事,这好像我们乡下人煮着大锅的粥吃,日本鬼子好毒,他把我们常德当了煮粥的大锅呢。"程坚忍笑道:"你倒有这个好譬方,糊涂人也有糊涂人的好处。"王彪道:"我怎么会是糊涂人呢?参谋不是告诉过我,到了紧张的时候,都要轻松起来吗?"程坚忍笑了一笑,也没有再说什么。顺着脚下面这道堤,加快了步子向前走,自己还怕误了师长的限期,走了一程子路,便掏出铁壳挂表来看看。一口气跑了上十里路,不知不觉走上了一段公路。

在这公路上,正孤独地有家民房,门窗关闭了,屋前空地上有许多洒落的米粒。一株高和人齐的枯柳树上,搭着一堆旧渔网,屋檐阶下,蜷缩着睡了一条狗。它看到人来,抬起头来,将那靠在地面的尾巴,扫地似的,懒懒地拂了两拂。程坚忍在他一路怀念之下,对了这情形,自有点感触。站定了脚,正在出神,一阵马蹄声,嘚嘚响近了面前。程坚忍在这四面枪炮声之下,突然遇到这紧急的马蹄声,便向后面跟着的王彪招了两招手,很机警地向房子后面一避。等那马跑得近了,在墙脚里张望得清楚,是谍报组的王参谋骑在马背上。便叫了声老王,自迎出来。

王参谋勒住缰绳回头一看问道:"老程哪里去?"程坚忍走近了马边,手扶着马鞍子,答道:"我要到鄞营指挥所去,你知道指挥所现时在什么地方吗?"王参谋跳下马背来,隔了马背向他道:"这北郊敌人,来的势子相当凶猛,鄞营长一营人,由杨家桥拉长一条线,拖到这公路前面的缸市,总有二十里长,非常的吃力。我知道的,营指挥所在前面竹根潭。前面那个村子,是严桥子。"说着,他抬手顺着公路向前一指,接着道:"翻过那前面一道河堤,大概就有敌人。顺了这公路,由石板滩来的敌人,应该是不会少的。可是到现在为止,这里还不见激烈,我们有一班人在缸市附近警戒着。正北方面,对着栗木桥,进扑的敌人,是用波状攻击,和东北角双桥来的敌人互相呼应,压力很大。东北和正北的情形,也是这样,这公路是西北角的主要路线,敌人不会放松,恐怕马上也会用密集队做波式进攻的。河洑的情况现在怎么样?"

程坚忍道:"敌人现在两路来犯,照样用的是波式攻击,过去几小时,我们靠着两门迫击炮,把它一个一个地波浪击破。不过这两门迫击炮,就是两门迫击炮。"说着苦笑一笑。王参谋道:"这边自然也只有拿炮来对付他,我想只要援军能在三天内赶到，常德一定能安稳地度过去。"程坚忍道："照我的看法，只要有子弹，还可以多撑些日子。"

两个人正是这样说着，噼噼啪啪，一阵倒排竹似的枪声，就在公路北头发生。隆隆几声，炮也响了，在长堤外的树影丛外，冒出一阵阵的白烟。程坚忍道："好了，这边也接触起来了。"王参谋道："天不早了，回头看不到路，你赶快去找酆营长吧。"说着，他一手按马鞍，人跳上了马背。程坚忍道："见了师长，你就说我们在这里见着了，万一电话线断了，我会设法给师长报告的。"王参谋答应一声，抖动缰绳马很快地向常德城区奔去。

程坚忍看看天色，头顶上依然是盖着那些浓厚的灰色云层，回头看西边天脚，在云层下脚有几道橘色的光彩，横斜地交杂着，可以想到在云层外面，太阳已落到离土地相去不远。而另外在阴云密布的东北角，天是格外的黑暗，枪炮在那里发出，就阵阵地冒出血色的火光。这样看来，敌人又在做黄昏攻势。于是加紧了步子，跨过公路，向延东的矮堤走去。将近竹根潭，在短柳树下，遇到一个警戒步哨，问明了营指挥所，就在前面那河堤的工事里面。

程坚忍很快地跑到营指挥所，天还没有十分昏黑，营长酆鸿钧正拿着电话叫道："不管怎样，冲上去拿回来。"程坚忍见他面孔红红的，嘴唇都有点焦干发裂。他放下电话机，向坚忍行过礼，用沙哑的嗓音报告道："自从今日天不大亮起，一直到现在，就是和敌人拉锯一样打着，由三点来钟起，敌人用密集部队进攻，二三十个人一队，一队跟着一队，少的时候有四五队，最多的时候，到过八队。正面第五连，挡住了敌人这样的猛扑六次。三点钟的时候，敌人用大小炮十几门猛轰，飞机四架助战，对着栗木桥那里的工事猛轰，工事全毁了，我们只好在工事外抵抗。后来敌人第七次用密集队形冲锋，第五连连长王振芳在前方受了重伤，排长祝克修气愤不过，带了那伤亡过半的一班弟兄，向朝着我们冲锋过来的敌人猛烈地反扑，用手榴弹和刺刀肉搏，那个敌人的攻势是让我们暂时止住了。因为敌人怕我们再派人上去反扑……可是那祝排长和上去的一班弟兄，一个也没有回来。"他报告的后面话说得十分急促，面色也更红了，睁着两只大眼捏着两只拳头，浑身都带了三分吃力而又坚毅的样子。

程坚忍道："我们这边没有用炮来对付这个办法吗？"酆营长还没有答复，这就听到很近的地方，轰隆轰隆两声炮响。程坚忍又道："哦！我们也调了炮队上来了。"酆鸿钧道："炮是四点钟开始发射的，对我们阵地前面，

第十五章　西北郊一个黄昏

发生了很大的作用。敌人这个波状部队，十停有八九停是让炮弹打退的，他还有一两停冲向前来，我们就是用肉搏逆袭来对付。"程坚忍道："那就很好，不过现在天色已经昏黑了，我们有限的炮弹就难像白天那样发挥效力，我们出去看看。"说着，就和酆营长走出指挥所来。

这指挥所是在一道高堤的南侧下面，就堤身挖了半个地洞，洞上用草皮伪装了，并没有一点破绽。在这附近几个掩蔽部，却是简单的半个靠堤洞，像个干桥涵洞有预备部队在那里休息着，或坐或睡。他们掩藏得是十分隐秘。便是敌机飞得只有十丈高，也不能看到这地面是什么实际情形，因为酆营长一路和他走着，随时指点给他看。他才发现堤下面离自己不到五丈路，那里有着说话的人声。

二人同上了高堤，已经看到隔了几层矮堤的地平线下。红的一道光，绿的一道光像放焰火的灯彩一样，向半空里发射着光辉的带子。酆鸿钧道："参谋，你看，敌人对我们常德，什么能玩的花样，他都玩出来了。这两天拂晓攻击和黄昏攻击，总是这样放着信号枪，大概他们又是一次波状攻势。"程坚忍道："这是他们藐视我们没有重武器的缘故。要不然，这样落了伍的战术，那简直是自找毁灭。"酆鸿钧道："我遵照师长的指示，对付了他们一天，这晚上的抵抗办法，恐怕……"他正是这样有点疑惑的时候，在相距一百米的身旁，哗哒哗哒两声，发出了两声怒吼。

两个红球在朦胧的暮色里，向信号枪密集的地方飞奔了去。红球很快地落地，一阵火光，地平线上闪开，遥遥轰隆一声，那些像飞蛇似的光带，立刻消逝下去，肉眼有个很迅速的反应，在对面天幕上，闪出了几点星光。酆鸿钧笑道："好！这两枚迫击炮弹，大概又葬送了不少日本鬼子。"程坚忍道："迫击炮弹的速度，并不怎样快，给予了我们这一种奇异的景致。战场是丑恶的，但有时也是美丽的，科学把战场弄得千变万化。我们当一个现代军人，真是看到普通人民所不能看到的许多东西。"酆鸿钧道："这也为了我们五十七师全师弟兄不含糊，为了师长不含糊，假如是那些听了两三声炮响，扯腿就向后转的部队，日本鬼子就用不着搬出许多东西来看了。"程坚忍觉得他这话倒是中肯的，连连地点了几下头。

第十六章

HUBEN WANSUI

手榴弹夜袭波式阵

　　当这两个红球射落敌阵之后，对面的敌人，确是沉寂了几分钟。但敌人已知道了这里迫击炮的阵地在什么地方。一个半弧形的敌炮兵阵地，有十几门炮向这里射了来，由东到西，那地平线上，有两三里路长，一阵阵红光闪动，敌人正在无限制地发射着山炮，轰隆轰隆的声音，像连续不断的猛雷。弹道在黑暗的长空里，带出了一道火光，向这里呈着抛物线射来。有些是散榴弹，在长空里爆裂出无数条光线，象征了战争的死神，伸出了几丈长的魔爪，向我们阵地按抓下来。炮弹落到阵地前后左右；一簇簇焰火上涌，浓厚的硫黄气味，不但袭进了鼻孔，而且笼罩了全身。

　　就在这时，一阵呼呼嘘嘘的怪叫，破空而来。程坚忍和酆鸿钧立刻看清楚了一道猛烈的弹光，迎头飞来，于是很机警地向地下一伏，那炮弹的动作，是和他们的动作一样迅速，轰隆一下大响，使之感到所伏的堤面都有很大的震动。这炮弹所落之处，相隔不到三十公尺，火焰和泥浆由干涸的水稻田里，猛地上升，激起了几丈高。程、酆二人知道难关已经过去，依然站立起来。可是随了这一弹，在这段堤面前后，又纷纷地落弹，火光火焰反射暗空，已可时时照出这里的堤身和树影。

　　两人觉得不能在这里暴露目标，同时走入堤下营指挥部，副营长已代接着电话机，在和前面第五连连长说话。酆鸿钧抢步向前，拿过电话机道："工事毁了，没关系，把机枪移到工事后面，稳住，沉着地稳住。"他这样说着，已在电话机里，听到嗒嗒嗒机枪一阵响。他心里暂放下一块石头，觉得第五连那个据点前方，又把敌人压下去了。但是电话铃响着，随了一个报告又来。鄢鸿钧接着电话机，便听到连长王振芳道："报告营长，敌人用七八门炮向我阵地轰击，工事全毁了。我带的预备班一班弟兄，也伤亡了一大半。班长祝克修刚才一次冲锋阵亡了。我报答国家决死在这里，报告营长，我已经中了……中了……两枚子弹了……我和几名弟兄死在这里，决不下来。"鄢营长叫道："好弟兄，不要紧，我就来，你稳住了阵地。你说现在怎么样？"电话那边答道："现在……"就只有这两个字，电话不响了。

鄢营长蹲在地上，拿着听筒，连喂了几声，那里还是没有答复，他把电话筒啪嗒一声，放在电话叉架上，回头望着站在旁边的传令兵道："告诉第四连第一班班长，集合，和我一路上去。"这个掩蔽的地下指挥部里，在土地上，插了两支红色的带杆土蜡烛。那红黄色的烛光，晃荡不定，照得鄢鸿钧脸色红红的。虽是冬天，还见他那国字面孔上，兴奋得汗气淋淋的，和烛光相辉映。他突然地站起来，向程坚忍道："参谋，请你和副营长在这里，我亲自上去，把蔡家岗这个据点拿回来。"程坚忍本坐在地上，也站起来，面对了他道："你还是派连长去吧。"他道："不，我亲自去！"说着，他将挂在胸前的手榴弹抚摸了一下，捞起放在身边的步枪，抢步就走。

出了指挥所，这堤上的天空，虽然是益发地昏黑了。但东南角德山市那边，炮弹打中了市房，火光烧着烈焰，向长空里不住地冲冒，已经有一片红光，照着这里面，田园树木隐隐约约可以看到。这面对了的北方阵地，火焰一阵阵地随了枪声炮声，在地平线上闪烁。而西方河洑阵线，也是这样。只有正南的常德，倒是在红光反映中沉寂着。人在这三面火光阵里，远远近近的轰隆噼啪声，让人耳目在一种不可形容的情绪中，他有这样一个刺激出来的思想，日本人欺人太甚，他们以为中国军队没有重武器，就可以爱打哪里，就打哪里。甚至不用打，只拿这些炮声与火花，就可以把中国兵吓倒。五十七师，不是这样的人，让你看看我们的厉害。他心里这样想着，似乎面前就站着一群日本兵，他理直气壮地说着，把胸脯挺起来。但他也只有两三分钟的沉想，立刻醒悟过来，一回头看到王班长带了一班弟兄站在长堤下的草地上等候命令。

鄢鸿钧走了过来，远远的火光，由天上的黑云反照下来，照见弟兄们立正在那里，个个精神焕发。便向前训话道："在出发前我有几句话告诉大家，日本鬼子，不顾伤亡重大，用波状队伍前进。白天，我们炮兵第三营，发了神威，用山炮帮助我们，消灭他们不少，他们始终没有冲过来。到了晚上，炮兵很难找着这密集的日本鬼子。师长已指示了我们一个很好的办法，我们只管让他们涌上来，涌到三四十米的地方，我们用手榴弹抛过去。这个办法，第一，要我们自己掩蔽好，不让敌人发现，好等他们冲过来。第二，手榴弹要抛得准，一定要抛在他们人堆里，不许在五十米距离以外掷弹。第三，敌人第一个波被我们打垮了，第二个波还会跟着上来的。我们不管它，我们拿出大无畏的精神来，立刻冲上去。敌人的第一个波让手榴弹炸昏了，我们一冲上去，他们就会垮的。他们第二个波，不必我们动手，就会让垮下去的第一个波冲动。他们动了，我们立刻用机关枪追击，不难一下子就把失去的蔡家岗拿回来。这种奇袭，是一个光荣任务，所以我亲自来带你们去完成，完了。"说毕他手一举，端了步枪，就在前走。

　　班长牵着一班士兵，紧紧地在后跟着。这里向蔡家岗是一条石板路，穿过几道矮堤。敌人也为了层层矮堤，我们有埋伏部队的可能，他的山炮和迫击炮，挨着这些堤道，却只管继续地射击。鄢鸿钧前进的这条路上，就不断地落下炮弹。那是很明白的，在这些炮弹后面就是日本波状攻势的密集部队。因之鄢鸿钧他不能顾虑到这些炮弹，带了部队，只是在弹光的火网下，向前钻进，估量着那炮弹是由头上飞越过去的呢，那就并不理会。看那炮弹有落在附近的可能，便立刻向地下一伏。那炮弹落地爆炸了，灰尘和弹片已经抛开了，他又继续走。好在他总是走在最前面的一个，他伏倒，弟兄们也伏倒，他走，弟兄们也走。在敌人那样将炮弹封锁着道路的时候，他们不会想到后面还有中国军队迎了上去。他们跟着上来的步兵，还只想把面对着的最前方的中国军队阵地，加以占领，所以还照着白天的波状阵式，横跨着堤道和干稻田向前推进。

　　鄢鸿钧首先跑上了一道矮堤，看蔡家岗那堆高地，已不到一千米远，四处的火光，和天上紫色的云雾，已隐约地照见面前干稻田的人行路上，有一群黑影蠕蠕地向前移动。他立刻伏下了身子，将手向后举着招了两招，全班弟兄赶到，立刻散开俯伏在堤道上，在那队人影后面，不到二百米，又是一群跟上。他们前面那队，看看迎面是一道横堤，便有点戒心，停顿下来总有两三分钟没有动作，分明是在观察这里的虚实，也许是他们发现了这堤上有

第十六章　手榴弹夜袭波式阵

什么影子，也许是故意放着两枪看看这里的反应，啪啪两枚子弹向堤上射来。但这堤上是一点反应没有，仿佛这里根本就没有一个人了。当他们发枪的地方，是在这第一群黑影的偏左角，必是另外有几个人在那里，而这一群黑影，也正是在一道高田的下面，这里如何动作，他们立刻可隐藏到田坎的射击死角下去，那是很保险的。

  鄢营长心里暗笑，这一点儿花枪难道我不知道吗？不睬你，他依然静伏着睁着两眼，看那前后两群黑影。因为后面的那群黑影，已缓缓地移了向前，不容前面这一群不动，他们已断定了这堤上是没人的，一百五十米，一百米，八十米很快地涌到了前面，鄢鸿钧是咬着牙等候，不让他们有一个人漏网，直等他们推进到三十米附近。连人的手脚，都可以看出来。这就猛然地站起，将久已捏在手里的那枚手榴弹，拨开保险，对得准准的，向敌群里投过去。口里骂道："好小子，这回让你中了我们的道儿。"随了这话轰的一声，眼前已是火花烟焰爆发。这枚手榴弹发了，跟着过去的五六枚手榴弹也爆发了，这一个猛来的突击，敌人果然慌了脚步，没有炸死的，掉头就向后跑。后面跟上来的那一群敌人，看到前面手榴弹爆发，便稳住了没有向前。这边带来的那挺轻机关枪，早已在堤上左角架起，立刻对准了前面这波状队伍，来一阵猛射。果然照着鄢营长所料，他们过于混乱地溃退，把后面跟上来的那一群人影也冲垮了，一路向后逃去。

  鄢营长看到蔡家岗就在眼前，自己原来守在那边的一班人是连长亲自带的，消息渺然，非看个清楚不可。于是招呼在身边隐伏的一位班长道："命令弟兄们和我一路上去，我们立刻把蔡家岗拿回来。"传令已毕，他又首先起身向前，全班弟兄们眼看着敌人垮了下去，自己毫无损失，各人也十分兴奋，个个拿起武器，顺着敌人的来路冲了上去。恰好这一批敌人只有三个波队，第一队毁灭了，第二队被第一队冲垮了，第三队看到前面两队溃乱下来，当然也稳不住脚。因之，也就向后倒退，一直向前来的大据点栗木桥退去。

  鄢鸿钧见敌人尽管退，他也就尽管追，追到了蔡家岗，看原来那个防御工事，已被炮火毁坏得干干净净，弟兄们除了成仁的，有六七个睡在地上，其余的却已失踪，原来在这里构筑的工事，是在一片高地上，为了减除射击障碍，把面前的树木，都已砍去了的。守军在散兵壕和掩蔽部里是俯瞰着目前那片平原，相当清楚的。

  鄢鸿钧首先找到那个连指挥所，已是一堆土，也许连长和几位弟兄还在这土里面，自己站在这里，不觉肃然起敬地行了个军礼。但敌人退去还不十分远，是没有一点闲工夫，立刻发出了命令，命令班长带着那挺轻机枪安放在毁坏的工事后面，权且做了机枪座，指点弟兄，分布在还有些形态的散兵壕里。自己来回地指挥着，脚下咚的一响，碰着了一样硬块东西。俯身下去，将手一摸，却是电话机，将手扯一扯话机的线，还牵连着没有断。这不由得心里暗暗地喊出来，奇迹，奇迹！放下手上的步枪，蹲在地上，将电话机连摇了几下，拿着耳机喂了一声，那边有人问了一声，哪里？酆鸿钧不由得欢喜地跳了两跳，而且听出那声音，正是副营长，立刻把这里情形告诉了。接着程坚忍接了话，他道："你们把蔡家岗拿回来了，那很好，我们随时联络着，不要断了，我立刻转呈师长。"酆鸿钧放下了电话，正要对面前做个更详细的观察，可是敌人的炮兵阵地，已猛烈地向这里射击，只有三四分钟的工夫，这阵地前后就落了十几枚炮弹。带来的全班弟兄，都在炮弹爆炸的火焰阵里了。

第十六章　手榴弹夜袭波式阵

第十七章

话说叶家岗

　　敌人这次猛烈的袭击，倒不是偶然的，他以为我军击溃了他的波式阵，必定有一个相当数目的人数，前来逆袭。既有相当的人，也就会前来夺回蔡家岗这个据点，所以他就集中了栗木桥一带的大小炮，紧对了蔡家岗猛轰。这一班人，唯一制敌的利器，就是一挺轻机关枪，只要敌人在一千米外，对付的法子就少，甚至可以说没有。而敌人这些炮，都在几华里外，所以鄢鸿钧到了蔡家岗，除了埋伏在散兵壕里躲避炮弹，不能再做积极的动作。但他料着这炮火轰到相当时间以后，就会停止让步兵上来的，那时，再用刚才的手榴弹接近了他们做近距离的毁灭，还是可以得到胜利的。因之，他就沉着隐伏在散兵壕里，只是不睬。约莫过了有二十分钟，这附近已落了七八枚炮弹，先是班长来报告，已伤了三名弟兄，阵亡了两名弟兄，随后副班长来报告，班长也中了炮弹阵亡了。

　　这时，鄢鸿钧已和程坚忍通过两次电话，到了第三次电话的时候，程坚忍道："竹根潭也很要紧，你把弟兄们带回来吧。"

　　鄢鸿钧道："我还想等敌人冲上来，再用手榴弹打击他一次。"

　　程坚忍道："鄢营长，你要明白，你没有先去的时候那些力量了，你回来吧，你很忠勇，你已经达成任务了。"

　　鄢鸿钧因督战的参谋这样命令了，也觉得半个班的力量，绝不能守住这个据点，只好答应着，趁了敌人炮火稀松，带着残余的士兵，迅速地离开蔡家岗。他觉得这样回去，实在让人不服气，剪断了电话线，自提着话机走着，不由得暗暗地掉了几点泪。

到了营指挥所，程坚忍迎着他，握住了他的手，紧紧地摇撼了几下，因道："你实在打得好，我佩服极了！艰苦的战争，还在后面，有的是卖力的时候，不必消极。我接着师长的电话，让我回师部去，所以我急于要你回来。你来了，我马上就走。"

酆营长庄重了脸色，笔挺地立了正，向他行了个军礼，因道："参谋，请你报告师长，酆鸿钧有一口气也会拿起可用的武器打击敌人，没有命令，我一步也不会后退的。"

程坚忍连赞了几声"好好"，就带着勤务兵离开了第三营营指挥所。这时，敌人的炮火，又改着向竹根潭的一带工事轰击，他就借着这炮火之光，顺了路向常德北门走。经过几个掩蔽部，弟兄们沉静地在那里休息，一点没有慌张的样子。水竹林子下，也有人悄悄地在那里说话，就近一看，几个火夫杂兵，正在矮堤上挖着地灶，架起大锅煮饭。一路之上，又遇到几个兵，押着民夫，挑了子弹向前线去，虽然四围的火光和枪炮声，每一个时刻都在加紧，但一切的情形，都十分稳定。这倒叫冷静头脑的人看着，心里坦然起来。

到了城里，街市静悄悄地沉睡在稀疏的星光下，远处的枪炮声那样猛烈，倒是自己身边什么响声都没有。只有四只脚踏着石板，打破了沉寂，也有点异样的，便是街边的白粉高墙．被郊外的野火照着，在黑暗的城里，现出一片惨淡的红光。另外还有个奇迹，便是穿黑制服的警察一声不响，还挺立在街心，站守着他的岗位。

他走过了岗位，不觉得自言自语地赞叹着道："真是不错，不但军人站得铁稳，警察都是这样自在。"

王彪在身后答言道："真的，常德人和别处人真有点不同，打仗的城池我经过多了，城外炮火连天，城里警察还是站岗，我是第一次看到。常德人真不错，我若不是山东人，我就愿做湖南常德人。"

程坚忍虽是觉得他的话可笑，但是也看出他对当地人是怎样地敬佩，心里却也受着很深的感动。

到了兴街口中央银行，师部外表并不觉得有什么紧张情绪。但进门之后，看到参副处和电讯组的人，却是不言不语地来往忙碌着，虽然已到了夜深，并没有夜深的景象。他径直地走向大厅后面的那个防空壕去。还在外面，就听到那位周义重步兵指挥官，操着一口河南土腔，在那里打电话。他走进门去，见小桌上那盏昼夜点着的煤油罩子灯，灯头扭得特别大。师长余程万坐在小床上，掏出身上那扁平的白钢盒，正在取他的广东土产烟卷。这烟卷是半硬的纸，卷成了约莫两寸长的锥形物，里面是广东粗烟丝。他用手指抽着烟卷，使它紧结些，却望着坐在旁边方凳子上的副师长陈嘘云谈话。他脸上兀自带了一点微笑，他道："无论什么紧张艰苦的局面，事后回忆起来，就非常有味，在上高会战的那一回四天四夜的电话，那倒是最苦的工作，事后连脸腮和嘴唇都肿起来了，肿得别后重逢的熟人，都不认识我。可惜那时不曾照下一张相片留作纪念，若有照片，事后看起来，倒是有趣的。"他说到这里，已看到程坚忍进来，便放下烟卷，迎着听他的报告。程坚忍把河洑同竹根潭的情形报告了一遍。

余程万道："弟兄有这样忠勇的表现，那是全师人的光荣，我很满意！孙官长有电来，援军两三天内来到，这个坚稳的局面，我们一定要维持下去。你先回房去休息休息，以便打起精神来再接受新的任务。"

程坚忍答应着出来，走回房去。见同住的人，都已和衣在各人铺上躺着，李参谋在床面前窗户台上点了一支蜡烛，坐在床上，把日记本子放在大腿上俯着身子用自来水笔来写日记。

程坚忍便笑道："老李，你来到了，还不休息休息？"

他放下了笔抬起头来笑道："你也回来了，河洑的情形很紧张吧？"

程坚忍一面脱着灰布棉大衣和松着布带，一面答道："紧张虽然紧张，可是我们的部队，从上至下，这一分死干的精神，倒是一点也不松懈。只有敌人那个波状部队的进攻，到了这月黑无光的夜里，相当费手续。"

这话引起了李参谋的兴趣，他把自来水笔收起，插入衣袋里，把日记本也合拢了，望了他答道："这不但是河洑，德山市这边也是这样呀！今天我在石公庙，我就亲眼看到一幕精彩的表演。"

程坚忍道："怎样一种精彩的情形？你说给我听听看。"

李参谋将日记插在军衣袋里，站了起来，因道："在今天敌人拂晓攻击的时候，人数已增加到四五千，照着我们向敌人发炮地方的观察，敌人大小炮总有十五门到十七门，对着石公庙新民桥长堤上我们的工事猛轰，我们看到来势很凶，就移到鹅子港小河的西岸，依着那大堤据守。这样，自然我们扼守的地形，有一道小河拦住了敌人的前进，可是也有了个很大的毛病，就是西岸的大堤和东岸的大堤是一样高，我们隐伏在工事里，看到的是隔河的一道大堤，不是敌人来路的一片平原。我们尽管有观察哨兵在河那边，他报告敌人的形势我们也不好用机枪去射击。但我们有了一个肯定对策，敌人要想由那道堤跨过河来，那还不是容易事。他一上了堤，我们的步枪都可以打他，果然敌人在炮轰过半小时以后，就用波状的密集队，对着石公庙新民桥黄木关猛烈冲击。"

程坚忍插了话问道："黄木关？我们在德山的河这边了，这个大据点是怎样……"他没有把话说完，睁着眼望了他。

李参谋叹了口气道："这是我们这次会战最泄气的事情，那团从友军划过来归我们指挥的队伍，人家有人家的战术，说什么他也不会相信。昨天下午，这位团长，就带了全团士兵，渡河到南岸去了。德山的防务，我们原相信了这一团人，就没有由柴团再派人去布防。等到他们一走，敌人立刻涌进德山市，我们只好隔河改守黄木关了。"

程坚忍道："那个混蛋团长，不就是前两天师长向他警告的那一位吗？人家训练的部队，拿了过来，那总是不凑手的。好了，事过去了，不必谈了。你说，现在那边情形怎么样了？"

李参谋道："我得补明一些情况：第三营已恶战了三四昼夜，第七、第九两连，损失相当的大，已调回了城区。由石公庙到黄木关，是第一营的防守任务了。敌人波状攻击发展的最高峰是在新民桥。敌人九架飞机不断地在头上轰炸扫射，我们既不能在河西大堤上控制石公庙那一片平原，我们就无法制止敌人在那面堤下，爬上堤来。爬上来之后，我们看到这情形，众寡悬殊，只好撤退到岩凸既设阵地里去。敌人是狠毒得了不得，他们认为我们是真的垮下来了，渡过了河的敌人，有三千多人，分了南北好几路，一齐向岩凸猛扑。这时，我就在第一营指挥所里，和杨维钧营长在一处，杨营长把两个连八字形地放在五里山和杨家冲，对指路碑来的敌人，伸出两个钳子。我们是一面来策应着北郊的防地，一方面又提防敌人由德山市黄木关，沿着沅江冲过来，相当的吃力。到了下午两点钟，敌人有四门大炮，已经移到了黄木关的北首，谈家港。轰隆轰隆正对了岩凸轰击。总有半点钟之久，每两三分钟，就有一枚炮弹在指挥所前后爆炸。我在指挥所里向外一看，满地烟雾上涌，已堆起了一座雾山。除了火光陆续在雾里开放着火花，已不能看见更远的地方。五里山过来，向南的叶家岗，那里有一排人扼守，正挡住了敌人向岩凸来的前进路线，敌人的机群，就不住地在那里盘旋。那个地方是第一连连长胡德秀亲自在那里据守，他是个老广，是我同乡，个子瘦瘦的、矮矮的，平常也看不出他什么能耐，可是打起仗来，真有他一手。杨营长和他打着电话，还怕语言有点不清，让我接过电话，把命令向他重复述说一遍，我老实地和他说着广东话，我在电话机里，都听到炮弹的爆炸声，他听了我的口音，竟是在电话里笑起来，他说：'参谋，广东人在五十七师，也不会丢面子呀，我在这里报答祖国了，我是总理的同乡呀，中华民族万岁！'老程，我听了他这话，我真觉着血管都要兴奋得破裂起来，我握着听筒的右手，情不自禁地有点儿颤抖，我说：'好！敌人的情况怎么样？'他说：'敌人向这里放了五六十炮，又丢了七十枚大小炸弹，我现在和一班弟兄，守在散兵壕里，不要紧，机枪在破坏的掩蔽工事里抢了出来，一点没有损坏，还可以使用，我决心在这里死守。'说着，又叫了一声中华民族万岁！我放下电话，把话向杨营长说了，副营长董庆霞，是个有名的石头人，他沉着一副黄胖的面孔，坐在地上一言不发，只管紧扎着绑腿。杨营长问我：'叶家岗那里比这边的炮火还要凶猛，这一排人已经只剩一班人，还继续留在那里，不能发挥什么效力，我主张把他们调回来，参谋看怎么样？'我说：'还撑持一段时间看看，等一会儿，敌人必有一个黄昏攻击，那里在我们手上岩凸稳得多。'杨营长说：'不过他人太少，恐怕难撑一点钟。'正说到这里，胡连长电话来了，他说：'现在判明新民桥敌人的主力，已向叶家岗猛犯，敌人是波状密集队，请营长注意！'杨营长说：'你撑着我就来。'说着，放下了电话机，起身就要走。副营长董庆霞也猛地站起来说：'营长，这里更重要，我去。'我赞成他这个说法，并且主张在黄昏以前，把力量集中到岩凸来防守。杨营长同意我这个办法，就让董副营长带一班人，在炮弹爆炸的空隙，冲了上去。那时，地面上是烟雾一团，天空上的敌机还嗡嗡地飞着呢。"

第十八章
夺回岩凸

　　李参谋站在屋子中间，两只手代替了飞机大炮机枪步枪，又代替了我军敌军，不住地随了口里所说，比画着姿势。他自己这条身子，也是代表了杨营长、董副营长、胡连长，扮演了几个角色。时而身子半蹲着，时而直挺着，时而移动个一半步。

　　说到了这里，程坚忍就笑道："说书的，你虽说得有声有色，可是有点儿文不对题，你这回书好像说的是杨维钧接防鹅子港，胡德秀死守叶家岗。只是一篇过场书，并不明白你所说的精彩的一幕。"

　　李参谋笑道："一班人守在十几门大炮和九架飞机的威胁下，难道还不算是精彩的一幕吗？不过我还没有把最精彩的一幕说出来罢了。不忙，你等我慢慢讲这一段热闹书，我先喝一杯水。"说着，弯腰下去，把床铺下的大瓷壶掏出来，再在窗户台上，取来一只粗瓷碗，斟了一碗冷开水，站着喝了。

　　一口气把水喝干，放下了碗，依然站着道："你再听我说这段最精彩的吧。董副营长去过之后，敌人的飞机，就集中向岩凸轰炸了。大炮是不用说，除了德山市那一路的炮，还有新民桥那一路的炮，都对了岩凸这一带阵地轰击。火焰把前后周围上千米的地方，都笼罩了。耳朵里所听到的全是爆炸声。敌人对于这一个据点所付的代价，实在是可以送他四个字：不惜工本。工事外面，简直是个绝大的雾天，也可以用四个字来形容：不见天日。我们看这情形，判断着敌人必然想进扑岩凸，抄到黄木关的后面，然后和德山来的敌人合流，顺着江边公路，直攻常德大东门。因之，一面把详情随时电话传给团指挥部，一面电话前方几个据点把兵力后撤，以便集中。说到这里我不能不称赞董庆霞和胡德秀是两个铁人。我们从那炮弹轰去了半边的指挥部向外看，每两三分钟，前面平地上就有一阵火花涌了起来。那些火花，哪一丛由平地涌起，不是一座魔塔？可是他两个人，就带了两班人，由叶家岗转了回来。我说的铁人事实上也真是一群铁人，飞腾的硫黄焰屑，地上溅起来的尘土，水稻田里的泥浆，把这些弟兄全身都涂抹着。还有挂彩的弟兄，脸上手上扎着涂抹了灰烟的纱布，那一份形状，真难用言语来形容。我看到他们，虽然说一声辛苦，可是眼睛两包眼泪水，真想抢着流出来。杨营长看到他们苦战下来，也就叫他们到岩桥去休息。我们的营指挥部，是在陡马头岩凸之间的皇经阁附近，我们隐身在长堤下的工事里，看得十分清楚。敌人在沅江岸，拉着一条纵线，由乌鸡港武庙山叶家岗五里山，有五路部队向这岩凸前方猛扑。在这五路敌军的前面约莫是一千米，炮弹是一个连着一个地给他们开路。炮弹上面，还有飞机车轮式地飞着，也是不断地扫射和投弹。在这样的情形下，我们在前方布置的那两连人，当然是拦不住敌人的步兵。到了四点多钟，敌人的山炮声，忽然停止，只有零落的迫击炮声。我们立刻接着第一连指挥所的电话，敌人的步兵，对着岩凸，分三路猛进。每路是五个波队，我们三挺机枪，正好截住这三路。电话报告过了，前面的机枪，已像大堤决了口一般，哗啦啦作响，敌人的轻重机枪，也不能分辨它有多少，也分不出是哪里起哪里落，只是接连着发射。杨营长向我说：'参谋，请你到团指挥所保持着接触，敌人来势凶猛，非我自己前去不可了。'他说完了，背起步枪，挂着手榴弹，跳出指挥所就走。这指挥所附近的掩蔽部里，只有一班预备队，全跟着他上去了。我在掩蔽部里，向外张望，见杨营长带了一班人，连蹿带跳，又时时地伏到地上躲避敌军迫击炮的炮弹，很快地就看到他们钻进了面前的烟雾丛中。那时，就有两架敌机，由南边转了半个圈子飞来，似乎他已发现这里有援兵上去，正盯在杨营长后面，像燕子掠地一样，斜侧了翅膀飞，嗒嗒嗒，一阵又一阵，在烟雾上扫射。我十分替杨营长这一班人担心。同时，我对他们这大无畏的精神，又实在佩服。我也就伏在工事里向前张望，眼皮也不肯眨一下。约莫有半点钟，在皇经阁的北首，已经发现了很密的机枪声，并且有几颗迫击炮弹，射落到指挥所附近。外面一个哨兵，匆匆地跑进来，向我报告，北面已发现有敌人，相隔到一千一二百米。我听了这话，确实吃了一惊。这样子，岂不会让敌人冲到岩凸后面来了。那我们在岩凸的人，全会被他们包围。这时，指挥所里只有一个连副和几个杂兵，我毫不考虑地就打电话给柴团长。我一面告诉在指挥所里的人，紧急戒备。所幸缴获日本鬼子的那支步枪，还是带着的。我预备到必要的时候，大家冲敌阵，做个自杀攻击。还好，不到十分钟，杨营长已带第一连由岩凸回来，他也没有来指挥所，就在北面一道小堤所，临时布起阵来，将敌人截住。这时，我已判断这里已陷敌手，因为正面沿着公路，也已发现敌人。最后我已看到敌人一支波状的部队，有三个波队向皇经阁推进，我料想是我最后一分钟到来了。我摸了摸身上挂着的两枚手榴弹，我又端起步枪来看看，抚摸两下机枪。好！精彩的表演来了。隆的一声很猛烈地在面前几百米的地方响着，一阵火花爆发，离着指挥所最近的一个敌人波队，中了我们一枚炮弹。"

他站着说着，身子向下一蹲，又一起，右手紧紧地捏个大拳头，在左手巴掌心里猛地打了一下。他接着道："自此以后，我们每枚山炮弹发出去，都落在敌人的波状密集部队里面。沿着沅江西来的敌军，首先就让打垮。后来我们的炮弹，陆续地向北路发射，敌人就节节后退。我在指挥所里，紧紧地握着步枪的两只手也就松懈下来。不过敌人的步兵虽已停止了，炮兵又开始发动，指挥所头上不住地发出呼呼的怪叫，敌兵也在向我炮兵阵地还击。我正要向柴团长打了电话去，柴团长却带了一连预备队由后面冲上来，正由指挥所经过。那个刚由这里下去休息的董庆霞副营长、胡德秀连长，他们竟是跟着同来。这时，敌人的飞机虽已撤退，可是那敌人炮弹的火光，就在我们面前的水稻田里，一丛丛地开着火花。阴暗要晚的天色，面前的田园，像在闪电光里照着，他们就在这野火群里面，分了二队暗影，半俯了身子，向面前的敌人冲去，我亲眼看到柴意新团长，领着一班人和一挺机枪，一阵风似的踏着石板人行路，啪啪作响，抢到面前那道矮堤上去。天色虽越发黑了，在炮火光里，我还隐约看到一群影子，跳着抢上了堤。一阵机枪声发出去，随着两侧的机枪，都应声而起，也不到十分钟，前面已是一阵杀呀的冲锋声。随着手榴弹的爆炸声，叫了起来。我实在忍耐不住了，走到指挥所外面堤上来远眺。那发着红火球的敌人迫击炮阵地，已移到两里路外去，吐着火舌头的敌机枪阵地，也三三两两地在前面向后退。我们这里三群闪动的火焰，在前面堤下，逐渐地向前移动。随后一阵火花闪动之后，又是遥远的一阵喊杀

第十八章　夺回岩凸

声,我知道柴团长又来了个冲锋。我就站在堤上看呆了,我忘了头上随时有炮弹落下来。后来还是一个兵站起来叫我:'报告参谋,团长来了电话,我们已经把岩凸拿回来了。'我才松了那口气,回到指挥所里,一通电话,师长叫我回来。我就摸黑走回来了。"他一面把这幕精彩表演说完,方才俯着身子下去。把那粗瓷壶拿起,再斟了一杯冷开水在手,仰起脖子,嘴对了茶碗,咕嘟嘟几声,把水一口气喝干。

程坚忍笑道:"在你这一番说话,不要说是打仗的人那股子劲有多么大,单凭你这全身努力,也可以想到这一仗的紧张。"

李参谋笑道:"假如我还留着一条命在,等完全胜利了,我有几件拿手好戏表演,或者来个常德战役演讲会,或者到电影公司里去当一名副导演,那真有声有色。"

程坚忍道:"为什么不当正导演呢?"

他笑道:"那就为了拍片子的技术差劲啦。不过你放心,我无论当正导演副导演,你和你的爱人我都会给一个角色地位的。没有罗曼史在内,这部战事片子是嫌太硬性一点的。"说着,打了一个哈欠。

第十九章

三个女人

　　这一种笑声，把同屋子里的一位张副官惊醒了，他在床铺上昂起头来笑道："老李，你说得真是有声有色，我睡着了的人，都让你这位副导演，把这精彩的镜头，照耀得如临大敌。"

　　李参谋向他深点了个头笑道："对不起，我实在是太兴奋了。起来坐一会儿，来一支烟，好不好？"说时，在身上掏出一盒纸烟来，向他照了照。

　　张副官道："我还是睡的好，天一亮，敌机就该来轰炸，我还有任务，要对付空袭呢！"

　　程坚忍道："在军营里生活了这多年，对付空袭虽然是司空见惯的，可是据我的经验来说，五十七师，实在最能忍受飞机的威胁。一个部队，有些欠训练的军队，只要人家来两次轰炸，就垮下来了。今天早上，敌机来袭的时候，听说我们的高射炮差一点儿打下了一架，是有这话吗？"

　　张副官道："我们的高射炮连，实在是卖力的，只是我们的炮太少了，少的是'恩勒温'，对付一批一批的机群，实在是不易呀。"他不忍直率地说下来，夹了这么一句英语。

　　李参谋道："五年的苦仗，我们就吃亏在太劣势的装备上。不过只要我们能咬紧牙关，把时间拖下来，这个缺憾，总会慢慢补救起来的，我始终是乐观。因为有了好的装备，我们可以打更好的仗。说到这里，我得补充今天下午这一场鏖战几句话，炮兵团金定洲团长，十分卖力。他自己跑到观测所去观测指挥，也不知道敌人是发现了这事，还是无意的，他们的炮加长了射程，就在炮兵观测所附近，落下了四五枚炮弹。金团长动也不动，观测得仔仔细细，在电话里指挥发炮。有了他这样的努力，才让我们每一个炮弹发射出去，都落在敌人的波状队伍里面。"

张副官道："虽然如此，我们究竟还是少。假如炮三营，真正名副其实的是一营而不是一连的话，敌人根本就不敢用波状部队进攻。"这句话，似乎提起了各人胸中的一点感慨，大家都默然了一会儿。

程坚忍掏出表来，看了看，说道："夜深了，睡吧，留点精神，明日再苦干。"说完，大家也就寂然，让那城外的枪炮声，环着城圈继续地去热闹。大家自然都是辛苦，情不自禁地陶醉在单薄被褥的床铺上。

程坚忍耳朵下听到有人叫道："老程，起来吧，敌机正在头顶上投弹呢。"他一个翻身坐起来了，见屋中人都已走，李参谋站在门口向自己招手。他立刻听到嗡嗡轧轧的飞机马达的喧闹声，就在头顶上，唰唰唰！轰隆！唰唰唰！轰隆！那炸弹的破空落下声和炸弹落地的爆炸声，连成了一片。他向窗子外看看，还只有点鱼肚色，便道："天还是刚亮，敌机就来了，有多少架？"

李参谋道："这次来得不善，共是十六架，你当心！"说着，他已走了出去。

程坚忍刚刚醒过来，又没有接着什么任务，这也就不急，坐在床铺上出了一会儿神。突然之间，那朝外的两扇窗子，向里一闪，咣当地响着。他感到事情不妙，赶快向地下一伏。可是人还不曾趴下，像墙倒下来的一阵热风由窗子里涌了进来。他正要趴下去，这阵热风，却帮了他的忙，推得他向地下一扑。而扑在他身上的，还不只是风，还有小石子和大小的沙粒。凭了这点情形，他知道附近中了弹。沉静了一两分钟，并无第二阵热风吹来，他立刻一跳站起，向屋门口走来，看看情形如何。

这里是中央银行原来营业处的侧面，跨进了大厅，在那里陈列的器具照常，坐在里面几张桌子上办公的人也照常，远看着防空洞口的电话总机所在地，接线兵正忙着在接线，当然丝毫没有损害。他正站着凝神呢，一个传令兵，由师长室出来直走到面前说，师长传参谋去有话说。他走到师长办公室里，见余师长拿了一张常德城区的地图，放在小桌上，煤油灯下，正静心地在看。陈副师长沉静地坐在一边，望了余师长似乎在等候一个任务。指挥官周义重，在用电话指挥城外作战部队，头顶的飞机马达声，和师司令部周围的炸弹爆炸声，尽管连成一片，十分紧张，他们就像没有那么回事。

师长余程万一抬头看到了他便道："上南门那边火势很大，不要让它蔓延过来，那里有三营一连人在扑救，你去看看。其他几处的火，我都已派部队分头扑救了，你去告诉他们不必顾虑，只救上南门这一带的火就是。敌机今天多数投的是烧夷弹，他若陆续投下来，在火焰还没有发射出来的时候，立刻将沙土盖上。告诉弟兄们要勇敢，更要沉着，也更要镇定。镇定是对付敌人扰乱城区秩序最好的一个对策。"他说着，将手边的一支铅笔，在地图上轻轻地圈着，告诉程坚忍哪里有水井可以取水，哪里是宽街，可以拦住火头，哪里是窄巷必须拆屋。交代已毕，问道："都明白了？"

程坚忍答应明白了。余师长道："我再告诉你一遍，勇敢，沉着，镇定，快去！"

程坚忍行礼告别出来，见兴街口这条街上，已经让烟雾弥漫成一团。在烟雾和灰尘堆里，看到四处红光带些紫黄色的浓焰，冲上了半天。师指挥部的弟兄们挑着水桶，拿着斧头铙钩，正自把附近一个火场很快地扑熄了回来。

正张望着，王彪拿了一把长柄斧头，迎上来道："报告，参谋，这巷口上一处火，已经扑熄了。只烧了一间屋子。"

程坚忍道："你和我一路到上南门去吧。"他口里说着，人已钻进街上的火焰堆里。

王彪自也没有什么踌躇，把斧头柄扛在肩上，跟着就向烟焰里面走了去。这里到上南门很近的，穿过两条街，就是火焰拦住了人行路。他停住了脚，端详一下火势，回头却不见了程参谋，但既来了，绝没有回去之理。正待向旁边一条巷子踅了进去，却见面前一堵墙突然倒了下来，灰焰中立刻露出一个大缺口。见有四五名弟兄，领着上十个穿便衣的人抢了出来，顶头一个他认得是刘副班长，便道："你们怎么由这里出来？"

副班长道："我们要拦住火头，用隔壁巷子，撞倒一重屋，由这里钻出来。老王，帮忙吧。"正说了这句，头上却是呜呼呼一阵怪叫，正有一架敌机，俯冲过来，嗒嗒嗒！就在头上一阵机枪扫射。

王彪向旁边墙基角上一蹲，偏了头看时，一只涂了红膏药徽章的飞机翅膀，踅了过去，嗒嗒，一粒机枪子弹，射在砖墙上，溅起一阵碎石片，一块砖片正打在肩上。王彪情不自禁地骂了一声狗种！可是看那刘副班长手里支出一把长饶钩，正拉着人家倒墙里面的一根横梁，对于头上的扫射，根本没有理会。因为他是这样，跟来的几位弟兄也一般不理，各撑起钩子来钩屋柱。他心里一想，我姓王的会含糊吗？突然一跳，直跳到屋底下，两手横了斧头，对着一根半歪下来的直柱，用力一阵狂砍。

忽然有人在后面喊道："王侉子，你还不闪开，屋倒下来会把你压死的。"随了这话，就有一只手拖住自己的手向后直拉。在这声王侉子话里，他有个甜蜜的感觉。通常常德城里，只有一个人是这样喊我王侉子的，那人就是黄九妹，她会在这场合出现吗？但这一下拖得很猛，不容他先看人，直把身子立起向后转着两步。

他定睛一看，不由得呀了一声，这一声代表两种惊讶，第一种惊讶是那房屋果然哗啦啦响着，向对面倒去，砖瓦木料乱跳，尘灰四起；第二种惊讶，面前站的正是黄九妹，她一只手还扯着自己的衣袖呢。她在这炮火城住下来，那是自己知道的，可是不想到在这里出现。她还是一副很健壮的圆面孔，大眼睛，只有一件，那是有异于平常的，她已脱去了长袍，穿着大襟的旧式蓝布大短袄，下穿一条青布长裤。她的头发，不是从前那般长长的，剪成了童发式，后脑半个月环式的长发，露出了她的白颈脖子。耳前两道长鬓发，由额上的覆发分下来。把那张圆面孔，形成了个月亮。王彪觉得世界里，只有两件事可做：第一是每次打仗都亲手杀死几个日本鬼子兵，好早早地回山东去；第二就是每日都看一看黄九妹这副月亮一般圆的面孔，有好多时看不到这副面孔了，所以他一见之下，就忘了一切。

他笑嘻嘻地呆望着她道："九妹，你还好？干妈呢？"

黄九妹回手一指道："那不是？"

他看时黄大娘站在一副扁担水桶旁边，她肥胖的身体，高高的身材，卷起两只青布短袄的袖子，露出两只粗膊臂，紧紧地叉了腰。她母女是一个型的圆脸，不过她的脸圆得发扁，眼睛也小于九妹一半，眼角上辐射了许多鱼尾纹。王彪老远地叫了声干妈。

黄大娘道："救火吧，少说废话。巷子那头就是一口井，井边上现成的吊桶，你去给我挑两担水来，斧子交给九妹。"说着，抬起她的鲇鱼头青布鞋，踢了两下空水桶。

王彪除了接受官长的命令，就是干妈的话不容打丝毫折扣。他把斧头柄交给了九妹，挑起那空水桶就走。这时，有七八个老百姓，都在挑水，他们挑着水桶闪闪而来，就立刻有士兵接过去，倒在一只大桶里，用水枪来吸取，向面前的火头注射。挑了空桶的，跑着就挑水。王彪也是挑着水桶向井头奔了去，一个不留心，和一个挑水的撞了一下。

那人骂道："王彪，可是搅昏哕？你让飞机吓慌啦，也不看看人。"这个人说话的声音，却是尖锐的湖南妇人腔。

王彪定睛看了看，才看出来，这是豆腐店里的老板娘张大嫂。她是个麻子，三十多岁，平常就是和男子一般地工作。今天她穿的是一套男子青布短袄褂，头发剪得高过了后脑勺。个儿既长，人又长得不美，简直不像个女人。于是笑着蹲了一蹲腿道："大嫂你也没走？老板呢？"

她道："送子弹去了。"

王彪道："好的，不含糊。"

张大嫂道："恰（吃）也恰得，做也做得，冒得（没有）那个湖南人会比不过你北方人。你北方人不走，常德是我们的，我们会走？"

王彪还想说什么，后边有人叫道："这小子还是这么多的废话。"他一听是干妈的骂声，笑着挑了水桶就走。他十分卖力，来回跑着挑了十几担水。救火的人转着方向浇水，他也转着方向送水。

无如敌人下了决心，今天要烧掉常德城，第一批飞机去了，第二批又来，烧夷弹丢得不少。正当王彪送到十二担水的时候，他一眼看到左边巷子角，冒出青焰的小火光。他放下水桶把街边一个盛沙的小布袋，两手抄起三个，向那直奔了去。老远地丢过去一个把青光盖着。再走上两步，把两个沙袋丢过去。

后边有人叫了一声好，回头看时正是黄九妹。她笑道："那墙脚里有个烧夷弹，大家都没有发现，我是刚刚看到，还没有叫出来，你就把它压熄了。"

王彪看着她手上，各拿了一只沙袋，接过来，又向前抛去。

黄九妹道："侉子，别走得太近了，那东西烫得厉害。"

王彪把沙袋抛完了，偏着头，对那墙脚上看了一看，实在把那枚横在地下的烧夷弹扑熄了，这才回转身来，深深地向她一笑。

第二十章

文官不怕死

王彪的这一笑,实在是出乎人情的,在这种恐怖紧张的局面下,还可以笑得出来。但他这类人,早已把生死置之度外,加上官长许多忠勇爱国的说教,他已把出生入死,作为每日日常生活当然的举动。他既不怕,遇到了他生平最快乐的事,他自然要笑了。

这么一来,黄九妹也站着瞪了他一眼,问道:"侉子,你什么心事,还是见着人就笑?"

王彪道:"怎么不笑啦?这世界上最关心我的,还只有你和干妈。交朋友,要到共患难的时候,才看得出交情来。你说是不是?"他说时,依然脸上笑嘻嘻的。

他这番笑意,又另惊讶到了一个人,便是这里的常德县县长戴九峰。空袭以后,这城区里,立刻有七区起火,有两区火势合流,倒变成了五处。他已带着警察扑灭了两处火头。看到上南门这里火势凶猛,他又带了十几名警察向这里奔来。这里经过一小时的拆屋、泼水,火势已挫下去,他就单独地巡视。正好遇到了程坚忍,抢上前握着手道:"城外督战,城里救火,你太辛苦了。"

程坚忍道:"戴县长,你为什么不走?师长再三告诉你,说你留在城里无用,你怎么还在这里?"

戴九峰将手摸了他中山服的领子，还把胸脯挺了一挺，正着脸色道："我虽然是个芝麻大的官，可是国家让我在这里做县长，我就守土有责。你们当军人的，难道就不是一条性命？你们就可以守，我就不能守？你看那个小伙子，真勇敢，笑嘻嘻地扑灭了一枚烧夷弹。他大概是个普通士兵吧，受的教育应该比我少得多，你看那里还有一位姑娘呢。"

程坚忍笑道："那个是我的勤务兵王彪，倒是有点傻劲。至于那个姑娘，这倒是奇怪，城里还有女人？叫他们来问问。"说着，向前面巷口招了两招手。

这时，火势小得多，大家心里安定了些，王彪看到招手，就轻轻笑道："九妹，我们参谋叫你呢，过去呀，那个是戴县长，他也望着你呢。"说着，伸手就要来推。

那黄九妹倒是不怯官，她又不顾王彪推，就走过来，鞠了两躬。

程坚忍道："你姓什么？为什么不遵令疏散出去呢？你以为这有军事的城里，是闹着玩的吗？"

黄九妹道："我姓黄，我只有娘儿两个。我娘不走，我也就不能走了。"

程坚忍听到她说的是河南口音，又说姓黄，就不觉哦了一声，这就由王彪身上，再看到她脸上，见她半黄半白的皮肤，虽没有施什么脂粉，腮泡上倒有两块红晕，以人才比起来，比王彪好多了。她见人家打量她，也就低了头，微咬着下嘴唇皮。

戴县长道："你娘又为什么不走呢？"

她道："我娘接了人家的钱，给人家看房子，所以我们不走。"

戴九峰道："我知道，你们这些穷人看房子，是一千块钱一天，要钱不要命，真是胡闹！"

程坚忍笑道："人家也是守土有责呢！县长！"

戴九峰也不由得笑了。他便回转脸向王彪道："你很勇敢，难得！刚才那枚烧夷弹，大家事先全没有发觉，幸而经你扑灭，算是一件功劳。我知道你叫王彪，我将来会奖赏你。"

王彪立着正，行了一个军礼。程坚忍道："不要发呆，火还没有救熄，去救火吧。"他和黄九妹悄悄地走了。

戴九峰道："他两人好像认识的。"

程坚忍道："不但认识，将来把敌人打去了，还要请你给他们证婚呢。"两人说着闲话，监视着火场，头顶上飞机声是去远了，可是城外四处的枪炮

第二十章　文官不怕死

声，却又猛烈地响起，有些地方的响声，就像在城根下。

程坚忍道："戴先生，你听听，说不定，今晚上，就有巷战可能了。你和你的属员，还有一些警察，全不是战斗员，你们留在这里，不但是帮不了我们的忙，也许要增加我们一番顾虑。"

戴九峰道："我们还会增加你们的顾虑吗？"

程坚忍道："当然是有，现在可以说，已经兵临城下。有你们在城里，无论在公在私，我们有枪的，都应该保护你们。可是事实上我全副精神，应该去对付敌人，又没有工夫。截至目前，西口外敌人距离城门还远，你们由西门出去，找船渡过南岸，还有出路。再迟一半天，就难说了。"

戴九峰道："我正有事去见余师长，那么，我们一路到师部去向他请示吧。"

程坚忍道："那最好不过，我们交朋友一场，我不会随便劝你走的。"

戴九峰见他一脸的正气，也就相信了他的话，随着他向师部来。这时城里几处火头，大致已经熄下去，可是火场上的黑烟，还是打着大小黑气圈子向上冲。整个常德城，都让这黑烟笼罩了。这日，还是个阴天，烟雾之下，黑沉沉的仿佛是像黑夜的天色，那焦煳的气味，不住地冲人鼻孔。东北两角的枪炮声，非常地迫近，大小街巷，随处都是巷战工事。除了堡垒之外，每个巷口，都有机枪掩体，尤其是整条大街，工事做得特别。地面上的石板，全都挖起来砌成比人高的石头巷，这石头巷子是曲线的，是无数的"之"字连接起来。工兵营的人正忙碌着，四处抬来石板石块，将这个"之"字形工事，向兴街口师部门口构筑下去。

戴九峰挨着石头旁边低声道："这个意思，你说巷战会战到你司令部门口来呀。"

程坚忍也低声道："假使援兵三日之内不到，在众寡悬殊的情形之下，有什么不可能呢？"戴九峰看着来路默然。

走到中央银行，程坚忍先到师长室里报告了救火情形，然后出来道："师长正盼望着戴县长来呢，请进去吧。"

戴九峰走进去，好在常德在这屋子里的几位官长，都是熟人，并不生疏，各个点了个头。余程万师长起身和他握着手，让他在小床铺边唯一的一张小方凳子上坐下，说道："多承你带着警察帮忙，救熄了火。不过我劝戴县长离开县城这一层，到现在还未蒙采纳，却是不能再迟延了。"

戴九峰道："我并不是怎样一个了不起的人。只是我受到师长的感动，我觉得一样是守土有责的人。师长稳如泰山地守住这城池，我做县长的走开，似乎不应当。"

余程万在小桌子抽屉里取出一盒纸烟，敬客一支烟，亲自擦了火柴，送将过去。戴九峰起身就着火吸了烟。余程万也取着一支烟从容地吸了，微笑道："戴县长，你知道的，我是吸广东土产纸卷子烟的，这东西已经宣告来源断绝，我改吃普通香烟了。在一点小事上，可以推知其他一切。我是个捍卫国家的军人，我会反对你守土吗？时代变了，武器变了，战略战术一齐也要变，政略又何尝不要变？许多地方在修城，许多地方也在拆城，修城是预备自己固守，拆城就是不让敌人来占去利用。在这一点上你可以知道城池的利用，是有时有土还有人的关系的。你是个行政官，炮火连天的围城里，你能行什么政？帮助军事吧，你又不会战斗。你在这里完全是多余的。现在常德的存亡关键，不是在增加几百普通人士至一千人来帮助驻守，而是在援兵早日开到，用大量的军力来反攻。戴县长，只要你不离开常德县境，你也不能算是不守土。这样，你出了城，倒还是可以给我通消息给友军，把友军引了进来，早解常德之围。同时，你也可以带领那些警察联合民众在郊外对敌军做种种牵制，多少还可以帮我们一点儿忙。你在城里，还不是像我们一样，等候友军来援救吗？"

戴县长沉默了一会儿，看着余程万的脸色，见他还是一如往日，很和平亲蔼的，便道："余师长，老实说，我一部分是良心上的主持，叫我守在城内，一部分是受着师长态度的感动，觉得你这样从容坐镇，我们为什么就不能？人生百年，也免不了一死，守在城里有什么要紧，不过一死而已，况且这样死是光荣的，所以我决定了不走。现在师长这样说了，我可以考虑。"

余程万笑道："戴县长这个志向是可嘉的，岳武穆说：'文官不爱钱，武官不惜死，那是好官。'只是不死，能为国家为大众做出一点事来的话，不死也好。这样，不死也是光荣的，至多是减少一点光荣，绝不会站到不光荣那面去。因为我是劝你去迎接援军，不是叫你逃走，你何妨牺牲一点光荣，帮助五十七师挽救这个城池？你走吧，没有让你考虑的时间了。"说到这里，那个柴意新团长，正走进来，站在旁边，等候命令。

戴九峰立刻站了起来，点了个头道："好！我接受师长这个指示，我带了全城警察，由西路冲出外围。若是遇到援军，我必定把城里情形告诉他们。

师长的时间是宝贵的，我不耽误师长的时间了。"

余程万也站起来问道："你决定走了吗？"

他道："我决定走了。"

余程万便伸出手来，紧紧地和他握着，点了头道："那就很好，假如你把援军迎接来了，最大的光荣，还是你的。你可由大西门出去，我打电话通知那方面的部队掩护着你和全部警察。"他们口里说着话，那两只手，却是继续地握着摇撼；直到话已说完，两手才分开。

戴县长又深深地点了几下头，然后转身出去。看他两只眼睛里已含着泪水，若不是为了师司令部的威严，他的眼泪却要落下来了。

第二十一章

黄九妹还活跃着

在这谈话后的一小时，戴九峰带了全部警察和县政府属员，由西门出去了。他们整队走了出去，当然对守在城里的人，又给了一个新的印象。王彪得了程坚忍的话，在街市上和他搜罗纸烟，看到了这情形，引起了他一桩心事。他并没有考虑，就直奔到上南门附近一条小巷子来。这里有所四面砖墙的人家，紧闭着一字黑漆双门，门框上挂着一块红木漆金招牌，并未因了炮火失落。招牌有四个大字，乃是"振康堆栈"。

王彪看到不由得自言自语地道："怪不得她们住下了，穷一辈子，哪里住过这样好的房子呢？"于是走上台阶，重重地敲了一阵门。可是尽管敲着，并没有人答应。这就大声叫道："黄家妈，你开门吧，不是外人，王侉子有话来和你说。"这样才听到有人在门里问了一声"谁？"他隔着门先鞠了个躬，笑嘻嘻地道："干妈，是我。"

黄大娘开了大门，将他放进去，依然将门关上。因瞪了眼道："王彪，你是有心和我为难吗？你这样大声音叫着，不会让警察听见？你不知道我们是藏在这里面的吗？"

王彪笑道："警察？全城一个警察也没有了。再说，你们藏在城里的这班老百姓，谁又不知道。你娘儿俩出来救火，是许多人看到的，根本你也就不用藏着了。我们军队在打仗，来不及管老百姓的事，县长和警察都走了，也没有管你们的人。"

黄大娘两手叉了腰,睁着眼望他道:"你瞎说的。"

王彪道:"我为什么瞎说呢?现在是什么时候,我有那闲工夫,骗着干妈逗趣吗?我正是为此事而来。我想,县长和警察都走了,这座城池的情形,怕不是更严重一点。我抽着一点空儿,特意来和干妈送一个信,我看你老人家和九妹,还是走吧。一千块钱一天,你就守十天,也不过得一万元。敌机这样天天在城里乱烧乱炸,十天有多么难挨?就算命大,把十天挨过去,天天在这鬼门关上跑来跑去,你也犯不上。"说着话,跟了黄大娘一路向里走。

这里三进的屋子,每进的房屋,都是窗户扇,一律闭得铁紧。就是木器家具,也都移走。穿过每重堂屋和天井,空洞洞的,地面上倒有不少的碎瓦片和焦煳的木屑。王彪将脚踢着阶沿一块焦木块,问道:"这是哪来的?"

黄大娘道:"一个炸弹下来,连石头都飞起来乱跑,什么东西不飞?反正是炸弹震来的吧?"

王彪道:"可不是?常德城里哪里有一寸土是安全地方。别说敌机天天来炸,就是不来炸,四面八方敌人的枪口炮口,都朝着常德,这是什么好地方?干妈,你往日没有错待我,我侉子也有那一点痴心,为着你娘儿俩,我劝你别充那好汉,还是走的好。"

他正这样说着,却听到堂屋花格子门后面,有人应声道:"妈,我叫你不要告诉王侉子,我们住在什么地方,你还是告诉他了。你看,他一知道就来了,真是讨厌。"说着话,是黄九妹走了出来,她已不是救火时那般装束了,穿着一件蓝布袍子,在肩上还罩了一件紫色毛绳背心,虽是一路说着见怪的话,走了出来,但是脸上没有一点怒色。斜靠了堂屋门站定,向人呆望着。

王彪笑着先叫了一声九妹,弯着腰下去。

黄九妹道:"我们哪门子亲?你兄我弟地称呼?"

王彪笑道:"九姑娘,我的来意不坏呀,现在城里的警察撤退了,县长也走了,你们做老百姓的,还住在城里做什么呢?就算城里有金子捡,也得要那大命来享受呀!你们愿意今天走的话,趁早,还走得了。若是挨到明天,也许发生了巷战了。那个时候,别说走出城门,就算你想走出这屋子大门,也不能够。"

黄九妹道:"你说的是真话?"

王彪道:"九姑娘,别人面前可以撒谎,在你娘儿俩面前,我敢撒谎吗?

你若不信，可以到巷口子去看看，那里原是有个警察岗位的。"

黄大娘道："既是这样，我们把隔壁的丁老板请过来商量商量吧。"说着，在地上捡了块石头，把右手砖墙敲了几下，墙头上伸出一个有黑胡子的人头来，那就是丁老板了，他看到一位穿军衣的大兵在这里，睁了眼，呆住了。

黄九妹招着手道："丁老板，没关系，你下来吧，这是一个熟人。"说着，把墙脚上一把梯子，立刻移了过去，他跨过墙头扶着梯子下来，看他是六十上下年纪的人，身上穿着补了许多补丁的青布棉袍。大襟上纽扣不合，拦腰系了根带子，把旧棉袍捆束住了。脸色黄中带灰，在不少的皱纹上画出了他的穷苦生活。他站定了脚向王彪拱拱手道："老哥是虎贲吗？"

王彪笑道："常德城里穿制服的，以前还有警察和县政府的人，于今除了虎贲同志，还有谁？"

黄大娘抢上前一步，抓着了丁老板的袖子道："听说县长和全城警察都走了，这位王大哥，特意来劝我离开城里，你老人家看怎么样？"

丁老板用手摸了摸胡子，又摸摸脸腮上的皱纹，长眉毛一闪，眼角泛起了许多鱼尾纹，露着缺了门牙的嘴，无声地苦笑着，摇了摇头道："走是走不了的了，只怪我们穷发了疯，贪图人家有钱老板一千元一天的买命钱，答应下来给人看家。死我是不怕的，不死这么大年纪，又还能活几年，所怕的就是怕让炸弹炸一个半死不活，那真不好办。"说着，又抬起落了浮皮的粗手指，不间断地摸着脸上的皱纹。另一只手，也不闲着，只管扭腰上的布带子。他手脸上的表情，充分地表示了十分踌躇。

黄九妹道："我们倒不一定是见钱眼开，光为了那一天一千块钱。也是我们看到上次常德疏散，大家白跑了一阵子，日本鬼子兵并没有来。我们心想，这回还是那样落得不走，哪里晓得这回来了，还是来得很凶。既然围在城里，豁出去一死。我倒也不怕，日本鬼子来了，我这一条命，一定也要拼他一条命。"

丁老板道："若是真遇到鬼子兵的话，谁又不是这样办？可是像今天这个办法，我们可拼不到敌人什么。可惜我这大把胡子的人，军队里不收我，不然的话，怎么我也跑到火线上去，做点事。找不到枪，弄枚手榴弹丢丢，也不至于白死。"

王彪两手一拍道："这不结了，我劝干妈走，是不错的。你们老弱妇女，冲锋陷阵用不着，守着城里干什么？"

第二十一章　黄九妹还活跃着

丁老板抬起右手伸了个食指，指着天井周围，指着画了一个圈圈，皱了眉道："四城周围都像大年夜放爆竹似的，哪里是我们的出路？"

王彪道："那也不一定，只要你们肯走的话，出西门还可以走。敌人在河洑，到城还有二三十里，难道就找不到一个空当或南或北地走开？"

他这样地说着时，那丁老板面南站着，偏了头向东，将耳朵抬起来，朝看西面，他两手环抱在胸前，眼睛微闭着有四五分钟之久，他摇了头道："不用提，西路走不了。我知道，河洑那里是打了好几天的，以前听到的枪炮声，都没有这样响，你听轰呀轰的，这大炮只管跟着打，没有停过，一定打得很激烈。恐怕钻不过去吧？"

王彪在这位老人考虑的时间，也没有说话，他偷偷地看黄九妹的脸色，见她靠了屋檐下一根直柱，将头微微地昂着，望了天井上那阴沉沉的云雾，其实不仅是云雾，也许有百分之几的火药烟焰在内。她虽不曾表示出苦恼的样子，可是那两只大眼睛上的长眉，都有点向鼻梁中间皱着眉头子。她是个终年痛快过日子的人，很少看到她这样，便道："城外的枪声，果然格外的紧密，要说出去十分保险，我自然不敢说这样的话。不过戴县长他们走得了，你们就可以走，危险是危险，比在城里头就好得多。"

黄九妹鼻子里哼了一声道："翻来覆去的话，都归一个人包说了。"

王彪笑道："不是我翻来覆去，我是劝你们走的，不过你们一疑惑起来，弄得我也是计算不定。这样吧，我去和你们打听，看看戴县长他们是不是安安稳稳地走过去了。若是他们走得很稳当，你们就赶快顺了他们这条路走。"

黄九妹偏着头，轻轻地道："多管闲事。"

王彪向黄大娘道："我没有工夫在这里多说话，你老人家多多考虑吧。"说着，他倒是立着正，向大家行了个举手礼，然后走去。

黄大娘也不能没有一点心事，因之悄悄地跟着出来，关上了大门。王彪自己低头走着，心里不住地想，看黄九妹那样子，很有点不高兴。难道说嫌我笑她们胆小吗？走着想着，到了巷口，却听到后面嗵嗵嗵一阵脚步响，回头看时，正是黄九妹追着来了。便停住了脚笑问道："九姑娘，你还有什么话要问我吗？"

她站住了脚一摆头道："哪个要问你什么话，我到街上看看。"王彪又碰了个钉子，只好把笑容收起。

九妹凝神了一下，笑道："王侉子，你倒是个热心的人，今天多谢你来给我们报信，我妈让我来谢谢你。"

王彪听了这话，忘记他穿着制服，抱着拳，连连地拱了几下手笑道："什么话，只要干妈不嫌弃，我当畜生驮着你们逃难，都是愿意的。九姑娘，无论你怎样瞧不起我，有话我总是要说的。走得了自然是好，走不了的话，谁还能活着，那真不敢说。我若阵亡了，那没关系，师长团长常常训话，我听得多了，那是军人理所当然，你们也不用惦记我。我死得是很光荣的。万一你有什么不好的话，九姑娘，我可不会说话，你别见怪。"

黄九妹见他沉着脸色，没有一点笑容，倒深受着感动，觉得他非常的诚恳，便道："到了现在，我们时时刻刻都有死的可能，还有什么忌讳？我死了那也没什么关系，我娘是个旧式妇女，她很讲个迷信，你现在答应一声，找着我们的尸身，抓把土把我们埋了，立上个石碑，清明冬至，在坟上给我娘烧两张纸，奠三杯冷酒……"

王彪一拍胸脯道："这事全包在我身上，不过总望把鬼子兵打走了，我们都还活着才好。"

黄九妹笑道："也许我们都死了。"

王彪道："若是都死了，下辈子我愿做我干娘的儿子，你女转男身，做我的哥哥，我们活在一处，生在一家，多好！"

黄九妹凝神站着想了一想，两手互相牵牵衣袖，扯扯衣襟，她似乎在沉吟着想说一句什么话，忽然轰隆隆一声炮响，比每一次的炮，都要响得厉害些，她一个正在出神的人，不免身子闪了一闪。

王彪道："不要怕，这是我们自己的炮，就在东门发出去的。"

黄九妹道："我们也算不知道死活，枪炮震天震地地响，还在说身后百年的闲事，你回师部去吧，别误了公事。有工夫就来看看我们，大概我们走不了的。"

王彪道："我怕九姑娘讨厌我，我不敢来。"

黄九妹笑道："别傻了，我二十来岁的人，难道一点好歹都不懂？在这样生死关头，你来照料照料我们，那正是难得的好意，我讨厌你干什么？以往我是和你闹着玩的，回师部去吧。"说时，她见王彪制服上一个口袋盖子塞在里面，于是抽出手来，两手牵扯得平了，又按了一下，给他扣上扣子。

王彪没想到她这样亲切，心花怒放之下，人几乎要跳起来，急忙之中，想不出一句话来感谢她，倒站着呆了。

第二十一章　黄九妹还活跃着

第二十二章

火药涂染的情书

　　黄九妹看到王彪这样子，倒傻得可怜，和他点了个头，立刻转身走了。王彪见她走远了，想叫声九姑娘，又不敢大声叫出来，只是嘴唇皮动动，她自然没有听见，径自回堆栈去了。王彪自言自语地笑道："日久见人心，她待我还是很不错的。"

　　站着呆望了空巷子一会儿，才想起程参谋叫出来找香烟的，现在还空着两手呢。城里根本没有商店，谈什么找香烟，根本只有找到原来卖纸烟的店里去发掘，人家店主不在这里，随便地拿人家东西，严格地说，那是一种不光明的态度。官长知道了，还要军法从事，那犯不上。可是除了这个办法，也没有第二个法子可以找到香烟，也许有像黄大娘这样守店的人，不妨试一试。

　　他根据了这个想法，走上大街，遇着那原来的纸烟店，就用手去推推门。推了两家，居然有一家门是虚掩的，推了门进去，大声问了两句"有人吗？"也没有谁答应。这是家小不过方丈的铺，进来是一览无余。这家主人，大概走得并不匆忙，货架子已经清理一空，地上撒了碎纸，无非纸烟盒与火柴盒。铺子里几样笨重东西，也是颠三倒四碍着人行路。面前一张破旧小条桌，有白字几行，大概是用墙壁上的石灰片子写的，开了店门，放进亮光来，可以看得清楚那字是"老板，对不住，我的烟瘾熬不住了，推门进来，想找点纸烟，结果，你这里除了破木器，什么也没有，我也就不再倒锁门了。在破纸烟盒里，七拼八凑，找到几支断腰纸烟，我拿去了。假如我不死的话，将来再补送你的钱，无名氏上"。

王彪看着摇了几摇头，自言自语地笑道："我这个办法人家早试过了，不能遇到一家纸烟铺都推了门去问。程参谋委托的这件差事，只好交白卷了。不过在这几天，看程参谋的烟瘾却比平常日子的劲头子更足。若不和他多少找一点回去，他会大大失望。常德这样大一座城池，不会找不到几支香烟。关了店门的铺子，不能进去；炸塌了的屋子，其中定有每条街都开设着的纸烟店，还是到这瓦砾堆里去找找看。"他走路设想之间，得了个新主意，便又奔到火场。在那炸毁拆倒的房屋旁边，踏着碎砖乱瓦，转了两个圈子。遇到像香烟盒子的东西，都捡起来看看。但出来将近一小时了，又不敢多耽误，匆匆地跑了几家毁屋，居然找到两盒烟。其中一盒，烟支发着皱纹，原形还在却是压得扁平，又沾了潮湿，烟支却连成一饼，与烟盒子合而为一了。但他也舍不得丢了，揣在身上，立刻跑回师部。

程坚忍正靠在小床铺上休息，预备再接受一次任务。看到王彪回来，便道："没有纸烟就算了，我看你差不多整个常德城都跑光了。"

王彪道："我没有跑多远的地方，就是到上南门去了一趟。"

程坚忍道："那么，你一定是到你干妈那里去了。你不知道现在我们是和敌人生死拼命的时候吗？你有这闲工夫。"

王彪道："报告参谋，我并不是有什么私事，我还是劝他们这些留在城里的老百姓，赶快疏散。"

程坚忍骂了他一句糊涂，板着脸没有作声。王彪静静地站了一会儿，把那两盒残破的纸烟，掏出来放在窗户台上。

程坚忍道："你是多少钱买的？"

他道："城里哪有纸烟卖呢？这是在那炸过的房屋灰堆里，扒出来的。"

程坚忍道："以后可以不必去扒了，这很有嫌疑的。"

王彪答应着是，退出去。

程坚忍把烟盒子拿起来看看，虽然觉得这东西太不成样子，然而已经有二十小时以上没有吸过纸烟了，在一种小别情形之下，这东西还是宝贵的。于是先清理出来一支烟，放在窗户台上，将右手掌放平了，按在这根纸烟上，慢慢地搓平。然后举了起来看看，居然是一支完好的烟，情不自禁地摇着头道:"伟大的战争。若不是战争,谁会想到要一支纸烟都是不容易的事呢。"他擦火吸着那支烟,听了城外连天的炮火声,不觉想起了一番心事。立刻搬出那本横格厚纸簿,放在窗户台上,找了一条板凳,面对了窗户坐着,抽出衣袋里的那支自来水笔,就在簿子上写起来:

亲爱的婉华:

自十八日晚,听到炮声之后,开始给你写了一封信,于今将近一个礼拜,没有再写信了。这自然是我太忙,没有工夫写信,但也由于我在火线上督战,找不着一个地方写信。这时我得着一小时的休息,我正不知道我怎么样来安排它,而我的勤务兵王彪,当他到炸后的废墟上和我去寻找纸烟时,他竟忙里偷闲,去看了他的干妈与干妹。这是常德城中没有走开的妇女中之二位。我还没有工夫问她们不走的理由,而王彪和她们保持着接触,却让我很受感动。觉得他们知识低浅的人,那情感的发动,倒是天真的,我能不如他吗?我最好的消遣,还是写信给你了。让我随了这钢笔尖,魂灵儿飞在你左右吧。

首先我当告诉你的,是这常德外围战事发展的情形,先谈西线河洑那边,已是打了三天三夜,敌人除了大炮飞机,进攻的兵力,是三千多人。我们呢,只有一营人啦,那简直是十比一,我曾在这一条线上督战,我亲眼看到,我们的连、排长跳出战壕去肉搏,用刺刀把逼近防线的敌人杀死在地上。敌人是波状战,也是车轮战,来一波,又一波,去一轮,再换一轮。单是罗家冲,就这样打退敌人七次的冲锋。你要知道,我们的战士,是没有人换班的,打退敌人第一次冲锋的是他,打退敌人第七次冲锋的还是他。敌人呢,走马换将,可就是七次了。战事演变到今天(二十三日)上午,守河洑的袁营长自强和全营弟兄,实在已尽其所有的能力了。而敌人呢,后续部队,还是继续地来到,为了我们对付敌人的波状密集部队,会调两尊迫击炮到河洑,用炮弹来轰击这个波状部队。我并曾受着师长的指示,在大树上架起鸟巢工事,用步枪射击俯瞰的密集部队。这自然是有效的,可是我们只有两尊迫击炮,而炮弹还是受着限制的。鸟巢工事呢,最好是用轻机枪,而我们的机枪根本不够支持地面工事的,只有两名弟兄,两支步枪,几枚手榴弹而已。这已经是惨淡经营了。敌人一见我们防守得好坚固，立刻变了方法。自今天拂晓起，调集了南路陬市和北路戴家大屋的大小炮共十七八门，用远距离射击，对了河洑核心猛轰，足轰了两小时，河洑街市固然是完全烧着，就是附近的树林，也都在屡次中弹之下，在冒着烟焰。所有工事，全轰着翻了个身。我在这里必须补说一句的，就是今天在河洑出动的飞机，也增加到二十四架，它低飞轰炸过了，敌炮又根据轰炸的爆发点做目标。三炮总有一炮中的。袁营长虽然带着弟兄，扛过这两小时，可是弟兄和阵地共存亡者，已到十分之八。后来敌人再用波状密集部队进攻，袁营长带了残存弟兄五六十人，还撤出防线，由侧面山坡上，来一个逆袭。他们大声喊杀，冲进敌人的阵地。这是袁营长亲自告诉过我的。到了稳不住阵地的时候，他绝对不退，要带所有的生存弟兄来个自杀性的攻势。他真是这样办了。当他们冲进敌阵地的时候，人像疯狂了一般，向前面冲过去，已来不及用枪，他们除了把身上所有的手榴弹，一齐向敌人抛了去，就是拿了刺刀劈刺。敌人倚恃着他优势的火力，所以对我寸寸逼迫。到了优势火力用不上，而我们又肯拼命的场合，他们也只有后退。因之袁营长这一回自杀性的逆袭，打死敌人二三百名，敌人后退两华里。然而我们自身，也阵亡了二十多人。不是没有受伤的，轻伤的根本不理会。重伤的弟兄，料着回不到阵地，也不愿负累别人来担架，各人把枪口对着自己，喊一声虎贲万岁，中华民族万岁，他们尽忠了。写到这里，我不由得放下笔来，起立致敬。婉华！你看到这里，也当起立致敬啦！这一场恶战，把袁营的伤亡程度，增加到十分之九，只剩三十多人了。壮烈呀壮烈！虽然如此，我们还有人在一处督战，他做了主，将袁营长和那三十多位弟兄，转进到黑家垱、南湖铺，那里我一七一团第三营张照普营长早已严阵以待。直到现在为止，还在那里厮杀，这里算是把敌人的攻势遏止住了。

再话北路，这里也分东西两路和正面，西路来的敌人已和正面来的敌人取得了联络，整个阵线是弧形的，大概由长安桥穿过竹根潭，到唐家铺，合计敌人的总数，是一万五千人。大小炮共有三十多门。这里左地区，是一七零四第二营鄞鸿钧营，右地区是一六九团第三营郭嘉章营，对敌人兵力的比率，还是一比十。在今日下午，敌人的波状密集部队，分作五路，冲杀了七八次。师长决定了，用山炮对付他，第三营的射击手，实在值得歌颂。他们在师长的指挥鼓励下，在北门外炮兵阵里的两门山炮，瞄准了这波状部队发射。简直没有一枚炮弹是落空的，一个炮弹落地开花，就打得敌兵和尘土一齐飞溅。我们用成语来形容的话，可以说我们的炮，是百发百中，敌人的兵是血肉横飞。在战壕作战的弟兄，他们忘了是弹火笼罩着的，每当一弹中的，会大声地叫起好来。敌人也是血肉之躯，在这种惨重牺牲之下，也就把波状攻击停止了。不过经敌炮两日的猛烈轰击，我们的防御工事，完全被毁坏。我军现转移到驻守望城巷米铺市白马庙长安桥附近。向左地区，一六九团郭嘉章营，为了与东路呼应。本来防线离城北址不远，我们在八人岗二十里铺两处的警戒部队就各驻一班人。敌人对此，也用尽全力，每个小据点，都用一二百人包围着打。由开始打到我执笔的时间，这郭营每个据点一班人，都冲杀在二十小时以上。他们根本没有退下来，阵地让大炮毁完了，他们的血肉也就完了。一群灵魂都升在天空，俯瞰着祖国的山河，留下了永久的光荣。因此这一路被敌人钻进来不少，我们现守七里桥一带。

其次是东路的战事，为了配备五十七师以外的一团人守德山，造成了不可挽回的危局。这位团长，不战而退，带了他的部队，撤出了德山，退往南岸。于是这一线由石公庙新民桥一直地向后紧缩，缩到岩凸。今日下午幸得董副营长率部反攻死战，稳住了阵地。现在是副团长高子曰，亲自在那里指挥。

最后，我还要说到一件更不幸的事，沅江在常德城南，流成一个倒写的英文字母V，我们的出路，在那V字包围中的一块河套里。援军要来救常德，也就由那里来。在今天上午，西路的敌人，约七百多，附炮两门，在V字一左直的上角甲街市渡过了沅江，进到东岸的蔡码头。东路德山那里，原有敌一千多，渡过沅江，窜到V字左边一直下端的乌峰岭。这时，却要和西路来的敌人合流，同犯V字顶点的南站。南站东在南门对岸，就是说，我们的南路，也被敌人截断，这座城在四面包围中了。有一星期之久，南岸是始终没有枪声，我们是愿意那里有枪声的，有了声音，就是援军到了。现在声音是有了，援军却更不容易到达，于是敌人四面八方，把钢铁烧成的火流，向这个斗大的城区灌注。我们在枪林弹雨里，在火海堆里，在火海里，啊呀！一切的压力，加在我们五十七师身上，可是我们会害怕吗？不！我们唯一的答复是血，是死，是光荣！

抗战六年多了，我们一直是以空间换时间，这个战略，观察世界大势，也许没有错。但时间难测，空间究竟是有限的，我们要自即日起，不轻易地放弃空间，而且为了将来写抗战史好看起见，我们应该多写下光辉的几页，我们也就该多造成几个光辉的圣地，让我们虎贲把武陵写成为不屈之城吧。虎贲在余师长领导之下，有过这个事实，他曾在上高写过一次呀！

婉华！我写到这里，很是兴奋，我用不着再用什么儿女之情来安慰你，将来你看到这封信，你会很骄傲的。我的光荣，也就是你的光荣呀！今天天气不好，开始刮着西北风，风带着西北方的枪炮声，刮过了我的头顶。轰轰隆隆噼噼啪啪，这一些杂乱猛烈而又惨厉的声音，终日不断，似乎战神在我面前咆哮。我炎黄子孙，为祖国而奋斗，我接受他这咆哮。

敬祝你保持着我永远的光荣！

坚忍书于战神咆哮之前

第二十三章

风！火！雷！炮！

　　程坚忍把这封信，自己翻着簿子看看，也觉得十分兴奋。

　　李参谋由外面走进来，笑道："老程你真有那兴致，又在写情书。"

　　程坚忍把书本子收起来，点着头道："不错，是写情书，但我写的这情书，也和你那日记一样只是一种精神安慰。你听这四面八方的枪炮声，我实在没有言语可以形容这是一种什么景象。中国文人有一句话，不知命在何时，我们现在是这景况。"

　　李参谋笑道："你害怕吗？你悲观吗？"

　　程坚忍道："我绝不害怕，因为我早已预备死了。至于悲观，可就两方面说：就私说，我既不怕死，就无所谓悲观。就公说，中国由孤立作战，已经和英美构成了联合阵线，苏联迟早也会加入的，前途是一片光明。"他说着话，把窗台上那盒纸烟，向李参谋面前一举笑道："来一支吧。"

　　李参谋注视着烟盒，不觉咦了一声道："好阔！你哪里还弄到整盒的纸烟？"说着，伸出两个指头，在纸盒子里钳出一支烟来。他一看那纸卷上的皱纹，密得像龟板一样，便笑道："这是哪个废墟刨出来的东西吧？"

　　程坚忍笑道："这个我不知道，是王彪弄来的，但我已觉得难能可贵了。"

　　李参谋在身上摸出一盒火柴来，摇了两下盒子咯咯有声笑道："不但是纸烟，连火柴也发生问题了。是我事先大意，没有预备下粮草，我算找到了一捧烟叶子,还没有刨成做水烟的烟丝。我现在自己动手,用饭粒塌在上面,卷成土雪茄。今明两天,大概还不成问题。你要用的话,我可以奉上一二支。"说着,他擦了火柴,将烟吸上。

在他吸烟的时候,二人静止地站着两三分钟,这就听到东南角炮声,比其他方面更是猛烈。

程坚忍道:"最近东路的情报如何?"

李参谋喷着烟道:"无论如何,天主堂是个危险地方,我们祷告上帝,为刘小姐祝福吧。"

程坚忍笑道:"你以为我很惦记她?"

李参谋笑道:"惦记者人情,不惦记者不可测也。"两人正这样说笑着,却听到呼呼几阵风声,由屋顶上掀过。

程坚忍道:"这样大的西北风,颇是讨厌,假如敌人再用飞机来投烧夷弹,那就是很可虑的事。"

李参谋说着,就想起了心事,打开了一扇窗户,向外看看,那院子里的一群鸽子,依然没走。它们躲避着大风,有的缩着脖子,站在躲风的屋檐下,有的在院子里地上,拖着尾巴,慢慢地走着。有两只鸽子,站在一棵落叶的小树上,那树枝被风刮着歪到一边,鸽子的毛被风撕着有些细翎翻过来,它依然站在上面。他不觉赞叹了一声道:"这群和平之鸟,也真能象征了我们五十七师。在这天翻地覆的情形下,依然屹立不动。"

程坚忍也伸头看看窗子外,见天空是一种青灰色,没有太阳也没有云片。只是那西北风呼的一声,呼的一声,在头顶上吹过,向挡住视线的民房顶上看去,却有阵阵白烟冒起。在白烟下,可想到是猛烈的炮火阵地,有大大小小的声音,会证明了这种推测。不过,这时的枪炮声,没有了方向,也没有间隔,只要静神一下,便能发现这座常德城为枪声所包围。那枪声,已不是大年夜放爆竹,而是无数条湍急的滩河,向了常德冲刷。两人正是这样注视着,嗡嗡的一阵马达声,早有八架敌机,由西向北,对了这城兜了半个圈子,轰轰!西门的高射炮阵地,已放出了两枚炮弹。肉眼所能看见,两朵白色的云点,在敌机群中间开了花。但是这花离那领队机总还有两三尺的距离,两人不觉同声地叫着可惜。

同时嘘嘘嘘,炸弹的破空声发作,敌机下面,有无数长圆的黑点,向头上斜刺下来,两人把窗子一关,很机警地向地下一伏。炸弹落地,比人的动作还要快，轰隆咚，轰隆咚，哗啦啦！那一片猛烈的爆炸声，就在师司令部前后。地面的高射炮和高射机枪，啪哒哒，轰轰！啪哒哒，轰轰！常德城原是四面都为枪炮声所包围，现在却已更加了天上地下两种声音。伏在地下的人，这时可以想到鼓词儿上形容战事是风云变色，日月无光，这实在是这种情形。程、李二人伏在地面三五分钟，觉得炸弹并不是在附近爆炸，便都已站立起来。

　　李参谋道："我们刚才说了，这样大的风，若是敌机丢烧夷弹，那是麻烦的事，不想敌机果又来了。"

　　程坚忍道："恐怕师长有任务给我们去救火，我们出去看看吧。"

　　李参谋说声是的，两人便相牵走出房门来，正好传令兵向这里来。

　　程坚忍道："师长叫我们吗？"

　　传令兵道："师长出门去了，在大街上看火。"两人听说，都不由得吃了一惊。

　　这时，不但那飞机嗡嗡的马达声还在天空，而且那炸弹的爆炸声，又接连响了两次，师长怎能冒了这样大的危险，跑上大街去？两人也不考虑，跟着跑出了中央银行的大门。果见余师长和参谋长皮宣猷，都站在兴街口路边一座小碉堡前面。余程万右手上拿着一架望远镜，左手正指点着北门上空一丛掀起的烈焰。皮宣猷站在旁边听师长指示，另外两个勤务兵，便稍远地站住。由这里向北，一队弟兄，正开着跑步，向火焰那里奔了去。但敌机五架，还在北门上空一带盘旋，不时地有黑形的小东西，由机翼下落下。

　　偏是西北风一阵比一阵猛烈，那火焰被风吹着，黑烟卷着团围向北门里卷来，烟头上无数的火星喷射。程、李两人看到这情形，不觉呆住了。余师长回过头来看到他们，便问："有什么事吗？"

　　程坚忍走过去道："报告师长，敌机还在头上，危险性很大！"

　　余程万微笑道："这个我老早知道，你们如不愿意目标加大，倒是大可走开。"

　　程坚忍正再要说什么时，但听到轰隆一声之下，接着呜刷刷一阵怪叫，都在西南角。看时，西门上空一架敌机，中了高射炮，尾巴朝上，向地面倒栽下来。那两个勤务兵，情不自禁地叫了声好！余程万只在微笑的脸上，再重一点笑意，倒并没有说什么。那李参谋也为了这一个猛的胜利所兴奋，跑过来两步，向西门瞭望。敌机虽是被击落了一架，可是那边的黑焰也涌起了两起，合着西北角，城里又共是五处火头。西北风呜呜作响，正在这五座火焰后推送。那五处火焰在半空里合流了，将半个城圈，变成了一片烟雾，风向人身上扑来，不但不冷，而且使人有着在炉边烤火的感觉。

本来已到了下午三点多钟，冬日天短，已去黄昏不远。这又是个阴天，阴云密布，再加上一片黑焰，天简直是黑了。天黑了，烈焰可就变红了，天空合流的那群烟雾，于今是一座火山，这火山高低上下有十几个峰头，合着血光的云围，黄中带紫，很快地在半空里打着旋转，逐渐向上。火星、火箭、火带，在每个血光的云彩里面，开花乱射。这兴街口站的人，身上也都沾了血光。这种火势，在幸灾乐祸的敌人，正是开胃的时候，以为是个进攻的机会。四面的炮，提前了黄昏的攻势，轰隆轰隆响起。西北角的炮，大概有了更大口径的，只听到哗啦啦，噼啪咚，接连几声，仿佛是夏天暴风雨突然涌来，半空里爆发了炸雷。机关枪也就掀开了瀑布的水闸，向我阵地狂流。西北风越来越得劲，钻过了火网向街上的人推排着。这是一种声色俱厉的场合，尽管大家都是战场老手，却没有经过，都怔怔地站着，说不出话来。

李参谋见师长向他招了招手，便走过来，余程万道："敌人所能够发挥的本领，都发挥出来了，不过如此而已。你现在按照我原来的指示，可以出大西门到张营那里去看看，不必到六点钟了。"说着，回转头来，向程坚忍道："程参谋向东门孟营那里去。你并告诉副团长高子曰，注意东门城墙那个缺口。"两人接受着命令，在大街上就分手而去。

这时整个天空都是火与烟，焦煳和硫黄的气味，笼罩了全城，人都站在火光里，余程万四围看看火势，见西门的火已挫下去，北门的火还是不住地卷着火焰团子向上冲。

皮宣猷道："那里的一处仓库，大概是不保。"

余程万道："我算着明天或明天晚上，或后天早上援军应该赶到，纵然失了这座仓库，还不要紧。皮参谋长，这一个怎么样？男儿自古谁无死，留取光芒照武陵！"

皮宣猷道："师长可说是泰山崩于前而色不变。"

余程万笑道："你也不含糊呀！你今天忙着忘记了一件大事。"

皮宣猷向余程万一个立正，郑重着道："报告师长，师长交下的任务，卑职都办了。"

余程万笑道："我和你一样，也忘记了这件事，是早上五点钟以后，我

第二十三章　风！火！雷！炮！

们一粒饭还没有下喉呢，同去吃点东西吧。今晚上还是个通宵。"

皮宣猷一想道："果然，除了指挥四门作战，还应付了城里的两次，猛烈烧炸，师长、副师长、指挥官，都没有记得吃饭，于是我也就忘了吃饭。"

余程万道："孔子讲发愤忘食，这个愤字拿到我们军人头上来用，是非常地适合的。"说时，看到两位勤务兵，还站在那里，便问道："你们吃了饭没有？"

一个勤务兵道："报告师长，我们很惭愧，都吃了饭了。"

余师长笑道："那没有什么惭愧的，吃饭是本分，不吃饱哪有力气服务呢？"他说完，含着笑进中央银行去了。

第二十四章

HUBEN WANSUI

肉搏后的一个微笑

　　这两个勤务兵，都是参谋处的。一个是周太福，向来跟随李参谋。一个是雷耀铣。师长、参谋长进去了，周太福道："师长的胆子实在不小。"

　　雷耀铣道："胆大，算不了什么，我们也没有让大炮飞机轰得我少吃一口饭。不过像他那样四面八方指挥作战，一点不乱，我就办不到。"

　　周太福走向前，拍了他一下肩膀笑道："你倒自负不凡，你有那能耐，就不当勤务兵了。"

　　雷耀铣道："老周，你别那样把自己太看低了呀！不向远处看，我们周指挥官，人家做到了少将，不是行伍出身吗？指挥这整个师作战，那也不是一件易事吧？"

　　周太福两手一拍道："对的，我们别把自己看小了，当一个勤务兵，照样可以做到名标青史。老雷，记着，我们抓着机会就干。"

　　雷耀铣笑道："抓着机会就干，你今天可耽误了个机会。"

　　周太福道："你是说我没有跟李参谋到大西门外去？不要紧，也许回头有人到大西门外去，我跟着去就是了。"

　　他这样说着，倒不是虚约的。在这日晚上七点多钟，正在敌人黄昏攻势紧张的时候，师长有一道公事交下来，参谋处就让他送往长生桥督战的李参谋。他本来和李参谋同在东郊各得到一支日本枪，不幸岩凸的争夺战里，两支枪全在工事里被毁。于今又是一双空手，他倒有点儿意外的企图，应当常常转到最前线，再找这么一支枪，以作防身之用。他怀里揣好了公事，身上挂着一枚手榴弹，存着那点希望，高高兴兴地出了师部。

这虽是个阴暗的晚上，郊外的炮火之光和城里还没有扑灭的火焰，把街巷照得通明，这倒用不着丝毫摸索，放开了步子走。他有着当天的口令，一路遇着步哨，都是很迅速地通过。出了大西门，顺着向北转一条石板街，很快地走去。这里被飞机炸过几次，两旁的人家十有八九成了砖瓦堆。就是在砖瓦堆中间不曾坍下去的屋子，也歪斜到一边。砖墙去了半边，或整个地倒下露着没有瓦的屋架子，带着屋子里的零乱家具，像剥了皮的一具兽骨，凄惨污浊地撑在夜空里。那西北角炮火射出来的光焰，在平原上闪烁不断，把这些残房破屋也照耀得一闪一闪。敌人的机枪步枪那不必去估计它，平地上全是火光喷射。只是那大小炮发射出来的炮弹，一丛丛地吐着火花，映得半边天都是亮的。因为天上低压的云层，全让炮火焰染得成了紫红色，那由炮弹带着一条长的尾巴，像有头的扫帚星，向常德城扑来。霰榴弹在空中爆炸以后，无数条火星分散，像撒开了一面火网。迫击炮弹走得慢，空中抛着个红球。仅仅根据这些圆的火团长的火线，散的火星，去算敌人的炮，就有一百门以上哩。除了地面的枪声机枪声，像他理想中的粥锅煮沸了，这些天空上的怪物，嘶嘶嘘嘘的小响，噼噼啪啪的中响，轰轰咚咚的大响，实在热烈已极。在那些怪物里面，还有带着颜色的玩意，红一条光带，绿两条光带，紫的或黄的三四条光带，在低空里弯曲着乱飞。这是敌人的信号枪。

他摇摇头自言自语地道："怪不得师长说，人生难得看到这样的场面。"他正这样想着，路头上有人喝问着口令，周太福站着把口令说过了。接着有人问哪一个，他道："参谋处的勤务兵周太福。"

那人笑道："老周你听得出我的口音是谁吗？"

他道："是第一连的王连副。"

那人笑道："我是运输连排长刘志超。"

周太福道："哦！刘排长，你亲自向长生桥送子弹吗？我们一路呀。"

走近去看时，炮火光照着刘排长站在石板路头上，旁边有七八名弟兄扶了木杠把子弹箱子放在地上。

刘排长道："老周，你就是一个人吗？"

他道："我是传达公事，当然是一个人，排长你看这是多热闹的场面。"

刘志超道："的确，我和日本鬼子打过几回仗，没想到在常德这地方，这样大干一场。走吧，前方等着子弹呢。"于是周太福跟刘志超在前走，后面几个扛着子弹箱随着走上来。他们借着炮火之光，看那面前路上的石板，一块块地接连平铺着，齐缝看得非常的清楚。周太福为了加快步伐起见，每步路都跨着两块横铺的石板。

刘志超见他不作声，因道："周太福，你为什么不说话，心里慌吗？"

周太福道："心里慌？那算什么角色！我在这里数着石板走路。"

刘志超打了个哈哈道："真有这事，那为什么？"

周太福道："为得快些，我带着公事呢，当然是很要紧的命令，所以我得赶快走。"

刘排长道："好！你是个好兄弟。师长说过，打仗的第一个要点，就是每个人要视死如归，达成任务。只要有视死如归的精神，达成任务是很容易的。"

周太福道："怎么叫视死如归？"

刘志超道："那就是说，看着死像回家一样。"

周太福道："这没什么，我行。"说时，一个炮弹呜的一声，带了火光由头上掠过。他照例是看着两块石板一步，继续地向前走。刘志超心中暗想，这家伙倒真有一股子干劲。于是大家很快地赶到了长生桥。李参谋和第一营营长张庭林，都在碉堡的营指挥所里地面上坐着，接过公事看了。

这本是师长由电话里指挥过的，再由书面传布一道，他看完了，交给张庭林看。这时，前面敌人放出来的枪炮声，阵阵加紧，一百多门大小炮的炮弹，全在工事前后爆发。炮弹的爆发声和地面的碰裂声，继续连成一片。坐在指挥所里的人，隔着一尺路，用平常的声音说话，就听不见。由指挥所的瞭望洞眼里向外观看，炮弹爆发后的烟焰变成了平地上涌起的火浪。

张庭林沉着脸色向李参谋道："今天晚上的炮火，大概不曾稍停一下的。明天的拂晓攻击，鬼子更会来得凶。我主张今天晚上，来它两回逆袭，在他拂晓攻击以前，就给他两次打击。"说时，他紧握着右手的拳头，举平了胸口。

李参谋道："这自然是很勇敢的举动，不过我们就是预备了一个连，而且欠一班。张营长去逆袭的话，这里是太空虚的。"

张庭林道："参谋，我是想破了的，像敌人这样猛烈的炮火，到了天亮，这里的阵地，恐怕完全是毁了的。我根本没有打算离开长生桥，倘若明日人

第二十四章　肉搏后的一个微笑

和阵地全毁，倒不如我冲进敌人的阵地，还可以给他一些打击。"

他这样说时，那坐在旁边的副营长李少轩不住地点头。等张营长说完了，便接嘴道："我替营长去！"

李参谋道："二位的忠勇，我十分佩服。但二位要知道，我们抱了牺牲的决心，不是没有目的的。我们一寸土地一寸血肉和敌人这样拼，是要争取时间，等待东西两面的援军。我们多撑一点钟，有一点钟的好处。纵然明知道这阵地明天早上要完，我们得咬着牙根，熬到明日中午，若是明日中午，我们的援军赶到了，那就是我们胜利了。"

张庭林点着头道："参谋这话我一定记在心里，那我就熬下去吧。"他这样地说着，真是认定了"争取时间"四字去做，整晚上向前面两个连打着电话，都是这样告诉部下，沉住气，明天我们的援军就到了。因之前方的掩蔽所毁了，他就电话里告诉部下撤出散兵壕里。散兵壕里中了弹，又换一段壕守着。好在这前面，有无数的河堤，也有无数层的散兵壕，他就是这样命令着。电话线打断了，他就一次二次派着传令兵出去，还是这样说。

到了二十四日上午六点钟，敌人的拂晓攻势，已经开始。传令兵回来说："第二连在前面熊家，只剩了十几个人，恐怕稳不住。"

副营长李少轩，刚才把送来的早饭吃完，就在地上跳了起来道："营长，我上去稳下来，现在吃饱了。"

张庭林道："好！你带一班人去，我决定死守在这里，不会动的。"

李少轩弯着腰，把两只脚上的裹腿紧了一紧，捞起身边那支步枪，就跳出了营指挥所的掩蔽部。这指挥所战壕里预备队两排人，真个是枕戈待旦，各人抱着枪坐在壕地上，头靠了枪杆休息。李少轩喝了声第一连第二排第一班集合。对面射来的炮火之光，立刻照见一班弟兄各人拿了枪，一排地站在壕外。李副营长站在前面看了看，将手一举，自己先在前面，开步就跑。班长领了一班兄弟，沙嚓沙嚓，依然用着合拍的步伐，紧紧在后跟着。顺着面前一条大道，约莫跑到一华里，东边的天脚下，已经发现了鱼肚色。在枪子劈劈啪啪的响声中，大家抢上了一道河堤。恰好在小河南岸的一道堤身，比北岸河堤要高过一尺多，由这边堤上，望那边堤下的水稻田平原，相当的清楚。

李少轩首先一个跑到堤上，也就首先发现了那边稻田地，敌人又在集合着密集部队，做波状攻击。他立刻向地下一伏，把手举起连挥了两次，那后面跟着来的弟兄，立刻也都伏了下去。眼见前方敌人的队伍，第一个波已经逼到只二三百米。可是这一班人，并不曾带得机枪，预备是抢到前面，利用前面的机枪的。本连两排人，有四挺机枪都留着扼守长生桥的阵地。现时在这里遭遇了，得不着希望中的机枪来支持，只有沉住了气，等敌人接近再说。

这不但是李少轩，就是全班弟兄，也都把枪口对准了敌人，手抚了枪机，预备来个突袭。但李少轩想到一阵步枪响过之后，敌人就会隐蔽下去，在二三百米外不能给敌人一个重大的杀伤。好在天色已更明亮了，他伏在堤身做个手势，回头对附近伏着的班长道："上刺刀，预备冲锋。"班长传话，弟兄们很快地伏在堤面上了刺刀。敌人的炮弹，本是向这边发射着，一直在掩护敌人波状部队前进。可是那些炮弹都射落在一班人的后面了。此外，敌人一贯的手法，天色一亮，飞机就已临头，这时有了十六架敌机，已自东北角飞来，开始在头上盘旋。但究因这班人和敌人相隔太近，他们隐在堤身苇草里面，没有被敌机发现。

这里李少轩眼看敌人逐渐接近，有一队人翻过对面的那道堤，又走下来，踏上堤下一道河滩。这河上本有一道木桥业已破坏，他们要过这边来就不能不涉着连沙带水的那道浅河。李少轩看得清楚，依然是隐忍未发。直到敌人的脚步，已经踏到水里，相距只有三四十公尺。他突然跳了起来，首先一个手榴弹，对准了敌人最密集的地方，抛了过去，于是大家站了起来，都向浅河抛着手榴弹。无数丛火花爆发，烟焰和水花泥点溅集的所在，敌人一部分倒在水里，一部分侧转身就跑。这在李少轩所率领的弟兄眼光里，已没有了丝毫踌躇的机会，大家一声喊杀，端了枪就冲下堤去。敌人不知道这边虚实，只有跑。李少轩是拼了命地向前追，追到那边堤角下，已接触一个落后的敌兵，一枪刺去，敌人随枪而倒。这班弟兄看到副营长得手，个个追着敌人劈刺，直追上去。李少轩随后赶来，见过来的人连被炸带被刺却倒了二十几具尸首，只剩四五个人向面前平原跑去。不过二百米以内，敌人两个波状部队，又跟着涌上，他看看浅河这边，绝没有河那边高堤好守，便将手一招，带着弟兄，又转回南面高堤上来。

刚一驻定脚，敌人第二密集部队也就到了北堤。这次他们乖巧多了，却不肯下堤，在堤那边堤身下藏着，用步枪对南面堤上密集射击。东西两头，各加上一挺机枪，交叉着侧面射击，李少轩觉得在这种密集的火网下，绝不能去以少敌多，好在这道堤身有六七尺高，有四五尺厚，大家隐藏在堤身下，这种射击大可不理它。靠着一班人就可以把这路敌人挡住一段相当的时间。

第二十四章　肉搏后的一个微笑

想到这里，他抬头一看天色，已经大亮了，就凭这小小一阵肉搏，已是争取了时间一小时。

李参谋说："今天中午援军可能到达，那么，只要有这样的肉搏四五次，就可以到达那个时间了。"由天不亮已熬到天大亮，何难由天大亮熬到天正午呢？他觉得这个计划是大可成功的，昂起头来，对天上嘘出一口轻松的气，又微微地一笑。

第二十五章

回马枪

　　这一路的敌人，在密集火网下射了一阵，他们后面的迫击炮，已经赶到，就在堤那面，对南堤做了个近距离的射击。李少轩因为藏在死角里，依然不理他。这样对峙了半小时，敌人不能忍耐了，照前次一样，又涉水冲过来。李少轩也是一样，等他们渡过来一半，先掷手榴弹，然后跳下堤去肉搏。不过他知道敌人冲到河里是一个波队，堤那边还有个波队，对河里这个波队不能追击。因此将敌人打死一二十个，敌人退上了北堤，他也回到南堤。敌人吃了第二回亏，就改变了办法，用掷弹筒掷弹，代替了迫击炮。丢了一二百枚榴弹之后，又冲锋过来。李少轩也是第三次跳下堤去迎击。不过弟兄们接连三次肉搏实在吃力，已伤亡了过半数。受伤的弟兄，料着也没有担架，都反过枪头用刺刀自尽成仁了。

　　李少轩第三次回到南堤上看看全班弟兄，只剩六个人。看着其中一个年纪轻身体壮的弟兄，便向他道："你回去报告营长，我在这里成仁了。再有一二十分钟，敌人必有个第四次攻击，我一定冲下去和敌人同归于尽，你还跑得动，快走！"李少轩是斜靠了堤身站着的，这样的数九寒天，他额头上像下雨一般地流着汗，说话还不断喘气。

　　那是个上等兵赵忠勇，他还立着正行了个军礼道："报告副营长，我愿和副营长死在一处。"

李少轩道："营长也要知道这前面的情形啦，你把这里的情形报告给营长，那比你和我一路成仁要好得多，快走！快走！"赵忠勇站着发呆，不觉流下泪来。

李少轩喝道："干什么？当兵的许哭吗？"

赵忠勇道："副营长和我相处多年，像自己兄弟一样，我舍不得副营长！"李少轩道："舍不得什么？我若把敌人挡住了，回头我们再见，快走！"赵忠勇不能不服从命令，行了个军礼就走了。

果然，李少轩所猜的不虚，不到二十分钟，敌人又来了个第四次攻击，这次他觉得冲下河去没有多大效果，连自己在内，只有六个人，决不能和四五十个人短兵相接，因之伏在堤上，等着敌人到了有效的杀伤程度以内，才把所剩的一枚榴弹抛了出去。这一弹出去，自是炸倒几个敌人，可惜其他弟兄，手榴弹都丢完了，他们只有开着步枪做短距离的射击。

眼见敌人一阵风似的涌过来，已有大部分敌人冲到堤脚。李少轩已不能再指挥弟兄，看见敌人丛中有一个领队的，料着是军曹，端起步枪，忘了命地向那人冲去。虽有几个敌人，连续地用刺刀拦截，身上腿上，前后共中了五刀，但他一切不顾，只是向那军曹冲去。那军曹早是看到他身受数创，血在衣服上流湿了好几块，料着他没有多大力量，将身子一偏，端着打算向他胸口来个滑刺。但李少轩根本没有顾及这一点，人和枪一齐斜冲了向前，刺刀戳到了那军曹的肩膀，人也冲得压在军曹身上。于是两人同倒在地上，李少轩还怕他不死，丢了枪，两手掐住他的脖子，咬紧牙齿使劲，那军曹完了，他也就倒在堤下。

这时，堤上隐藏的五个弟兄，有三个人都照样找着一个敌人，同归于尽。其余两个人，筋疲力尽，跳不起来，只好在芦苇丛里，各把刺刀取在手里握着，准备让敌人发现了，就抱住他一拼。可是敌人抢着向前推进，竟忘了在芦苇里面搜索。后来他们绕道归队，终于把李副营长这悲壮的行为，传述了出来。

这里刘家桥前面几个据点一失，敌人的前锋就通到了长生桥。敌人知道五十七师是一种钢的训练，一班人守一个小据点，也不是轻武器可以克服的。所以逼近了长生桥，倒不急于使用波状部队进攻，只是上面用飞机轰炸，地面用远近距离的炮轰。到了城郊附近，在每一道小河和每一道堤身之下，虽都构筑了散兵壕和小型碉堡，但这些碉堡并不是真正现代化的建筑，都是用本地取材的石板,代替了钢骨水泥。敌人利用了他多量的炮,不管中与不中,只是向了战壕和碉堡地带集中地连续轰击。由上午九点钟起到下午两点钟为止,就这样轰击了五小时,长生桥一带,所有重重的堤道,都被轰击得成了锯齿状的东西。有些堤道简直没有了痕迹了,只是一片碎土。所有在堤上堤下的散兵壕、交通壕,也就连带地毁坏了。碉堡呢,炮弹若是落在附近,就把石板震裂或震垮,炮弹正打中的,那就是一堆碎石。虽然被炮弹打中只有很少数的几处,可是大部分的碉堡,都已于受震之后不能保持原形。

张庭林自己据守的这个营指挥部,自然是最坚固的一座,它是一半落在土地里面,上面用石条砌成个圆形的通壕,高出地面约一公尺半。在石条合缝的所在,用了水泥砌住。在碉堡的周围做了几个瞭望洞口。在它前面,铺着草皮,栽上几行青青的矮树,伪装得像坟墓无二。在碉堡的背面挖着一道沟,通了长堤下的交通壕,而且这里是一片高地,由南向北,可以偏瞰到一大片敌人的来处。在指挥所前左右两面,在长堤的掩蔽部里,各架了一挺机枪,正是交叉着射程拦住了刘家桥向长生桥的来路,这两处是一连人的散兵壕连接着的。

弟兄们沉着地隐伏在里面,受过了敌人五小时的炮轰和飞机轰炸,除了左角的机枪掩体已被炮弹炸垮了,把机枪安放在另一个机枪座上之外,散兵壕已先后正中了十几枚山炮弹,工事坏了,弟兄们也伤了十几人,这么一来,反是让兄弟们愤恨着敌人步兵不来冲锋,因为敌人步兵不来冲锋,我们的轻武器没有法子可以打击他,只有守在战壕里被打,这是十分苦闷的事。

张庭林营长比弟兄们还要苦闷,每在指挥所里守候二三十分钟,他就走出碉堡,由交通壕里巡视面前全部防线,他见兄弟们这种精神,心里倒十分暗喜,便分别地告知他们敌人来了,自己一定亲自带着弟兄冲出战壕去,和敌人肉搏。

到了下午两点钟,敌人炮火的射程,已向防线的后面射去,这是表示着敌人的步兵密集部队,又要随了炮弹后面过来,大家也就密切地注意。到了两点钟,敌人的波状队伍就果然在面前的平原水稻田里出现。张庭林和后面的炮兵阵地取得了联络,对着密集部队发炮,但敌人接连在东西路吃了两天的亏,在我们炮火有效射程以内,他就不肯再那样傻干了,除了他的炮火用着好几倍的火力还击而外,步兵就疏散开了进攻。不过他依然运用着优势的兵力,后续部队流水般地跟着上来。另调着几个小队,在两侧向长生桥侧面

第二十五章　回马枪

迂回着来袭。

张庭林在营指挥所，手里拿着电话机，眼睛就不断地由瞭望洞里向外张望。这长生桥左右的据点，哪里有了漏洞，他就亲自跑到那里去督战。营指挥所里的事，就交给了营副。这样战到三点钟，敌人迂回的一支兵力，却窜到了后面一段长堤上，相隔不到一千米。他把电话机一放，向李参谋道："这地方让敌人占领不得，看我给他一个回马枪。参谋，请你和我一路去，把路打通了，你好回城里。"

李参谋道："你走了，我不能走，对面的敌人正逼得厉害呢，而且我也没有枪。"

张庭林也没有说话的机会，跑出指挥所，见预备队一班人，正在战壕里休息待命，他把手一举，说声"跟我来"，就开着跑步，奔向后路一道长堤。

这长堤和长生桥的距离上，共有三道矮堤。张庭林立下了必死的决心，他抱了一支步枪，人伏在地上，将两只手拐当了脚，在水稻田里拼命地向前爬行。弟兄们跟在后面爬，只怕落了伍，遇泥过泥，遇水过水。好在重重的矮堤挡住了敌人大部分的视线，爬出了暴露点，大家就跳起来向前一冲。跑过第二道堤的时候，那边长堤上的两架机关枪，就封了第三道矮堤猛烈地射击。同时敌人并以手榴弹向这里死角上抛来，打算把我们驱逐出死角。

张庭林爬到堤角一棵柳树根下藏着，招招手，把弟兄都叫到这里。叫两个弟兄向外面警戒着，其余围了他听话，他道："到了前面第三道堤边和敌人只相隔三四十公尺，那就可以冲上去了。现在敌人把机关枪掐住这两道堤中间一截路，我们是冲不上去的。时间宝贵得很，又不能久等，现在把三名弟兄守在这里，可以爬上堤去，轮流抛他几枚手榴弹，让他注意着这里，我自有办法，把敌人那两挺机关枪拿了过来。"

说毕，他指定了两个上等兵和一个副班长在这里抛手榴弹，他就引着其余弟兄，顺了堤脚弯着腰向东面走，走了几十步，堤脚下有个涵洞，勉强可以钻人过去，大家就鱼贯地穿了过去，看原来敌人发射机枪的所在，他们还在嗒嗒嗒地继续发射，心中自是暗喜，再也不容踌躇，立刻奔到第三道堤下，顺了堤脚更向西走回去。敌人的手榴弹和机枪弹，都在头上穿越过去。他拿了一枚手榴弹在手，向兄弟做了个手势，然后自己爬上堤。凭空一跳，看准了敌人机枪所在地丢了过去。敌人是刚到堤上不久，机枪座并没有做好，枪就这样浮面地架在堤上。只听这里手榴弹哄嚓一声响，机关枪声立刻停止了，弟兄们随了这个机会，端着上了刺刀的步枪，一口气就冲上了长堤，那长堤上的敌人，只监视着前面两道矮堤，却没有料到我军就在本道长堤下冲上来，大家手忙脚乱地迎了上来。

张庭林如何肯让他们接近，把手榴弹正对了敌人抛了去。一弹之后，跟着二三十丛火花迸发，根本就没有大队敌人接近。手榴弹轰击之后，只剩了七八个敌人，他们已处于弱势了。大家看得清楚，端着刺刀一阵风冲上去，因为张庭林首先一个举了枪尖，伸着刺刀向前飞奔着，弟兄们忍耐了一天的炮火，无法子还手，这时等到一个碰头的机会，谁肯放松，都是人和枪一齐向敌人扑了去。这一种不要命的作风，也就让敌人看到，先压下去一口气了。

第二十六章
四十八枚手榴弹

张庭林营长的回马枪，果然是厉害的，不到十分钟的肉搏，这堤上已倒了二十多具敌尸。幸运得很，一班弟兄，只有三个受轻伤的，张庭林自己倒是左腿上、左手臂上，各受了敌人一刺刀，这用不着顾虑，坐在地上各撕了一截裹腿，各把伤口捆着。那埋伏在前面堤下的三位弟兄，也都聚合到一处，张庭林匆匆地将地面敌人遗弃的武器一看，两挺轻机枪，一挺已经炸毁，一挺还是完好的，子弹也还现成。步枪倒有十二支之多，另外还有七枚手榴弹，至于枪支是否可用，他已来不及仔细检查。回头看那边营指挥所前面的枪烟，已经又逼近了许多。因指定班长带三名弟兄利用这挺机关枪，就扼守在这堤上，免得敌人再窜来占领。

交代已毕，自己就带了所有弟兄，再跑回营指挥所，他走进碉堡，李参谋道："恭贺，恭贺，后路敌人让你歼灭了。"

张庭林放下枪支，弯腰将地面大瓦壶提起，对着旁边的粗饭碗，斟了一满碗冷水，端起来咕嘟一声，一口气喝完。然后嘘出一口气道："总算这回马枪杀得痛快，这边情形，没有变化吗？"

李参谋道："你没听到右角那挺机枪没有响声了吗？恐怕中了一炮。"

他听了这话，由瞭望洞里向外张望了一下，把手上的茶碗，当的一声丢在地下，捞起放下的那支步枪向外就跑。

李参谋跟着向外看时，二百多米外的稻田里，已经有一二百敌人在地面匍匐推进，我们两面的机关枪都没有了声音，只有原来预伏在战壕里的一班弟兄，居高临下地用步枪射击。敌人的步枪，也就同时还击，每粒子弹落在地面上，白烟一缕，带着泥土溅起，都是看得清清楚楚的，随后看到张营长本人，也带了几名弟兄，爬进了最前面一道战壕。看看这指挥所里，还有一位营副，一个传令兵，加上自己和周太福，一共是四个人，这里的电话线在半小时以前，已经被敌炮轰断，第二连和第三连的情形，也完全不明了。虽是叫通信兵修理电线去了，也没有回信，他自己心里估量着，现在是有两个任务，听凭自己来处理。第一个任务，是同周太福加入战斗，一齐与阵地同存亡。第二是向后方去，把电话机带着和师长通一个电话，把长生桥演变着的实在状况呈报上去。要执行第一个任务不难，马上就可走出指挥所，只是除了手榴弹，并无别样武器，求不到什么代价。执行第二个任务，敌人现已逼近这碉堡面前的战壕，恐怕也很少可走的机会。他这样想着，也只有沉住了气，等机会再说。

　　只在这一犹豫，听到外面一阵狂喊杀，向前看时，张庭林营长已带着面前弟兄，完全跳出了战壕。远远地看去，我们的弟兄，已和冲过来的敌人用刺刀在一处肉搏。那水稻田里，穿灰衣的我军和穿黄衣的日军两个一对或三个一组，个个纠缠住劈刺。日军他愿意倚恃着优势的炮火压制我们，不愿血肉相拼。打开了纠缠的组合的，都纷纷地向后跑避入一道矮壕。我们弟兄也就追不过去，依然退回战壕。但也不过一二十分钟，喊杀又起，张营长又冲上去了。这样接连三次冲锋的弟兄，退回来的就逐渐地减少。最后一次，看到张营长跳回战壕的时候，却是身子一滚。

　　李参谋道："不好！张营长挂彩了，我们得去抬他下来。"

　　营副跳起来道："我去换上他来，哪个去抬他呢？"

　　周太福毫不犹豫地向那个传令兵道："我们两个人去吧。"

　　李参谋只点点头，他们三个人就走出指挥所了。营副和传令兵各有一支步枪，周太福却是徒手，三个人在敌人的步枪子弹丛里飞快地由交通壕里钻着向前。走到张营长身边，见他上身衣服，染了半边的血迹，营副说声请他下去。他瞪了眼道："我这样子还下去干什么？"他回头看到周太福，便向他点点头道："你很勇敢，可是你没有家伙，你也不能执行战斗，你帮我一点忙，你把指挥所里的手榴弹，都给我送来。快去，我是不下去的。"

第二十六章　四十八枚手榴弹

周太福见他瞪着双眼，兀自有两道英光射出，他不敢违拗，立刻就跑进碉堡来，一看这地上手榴弹箱里放的手榴弹，果然还有二十多枚。他对李参谋草草地报告了一遍，扛起那箱子，又走了出去，再奔到张庭林所伏的战壕里。见他刚刚抛出一枚手榴弹，又从壕沿上溜了下来。这一段战壕凸出去一块，将石条筑了护身矮墙，更高出壕沿一尺上下，所以相当坚固。

在张营长脚下，就放有十几枚手榴弹，他看到周太福把箱子送来，张口大笑道："好极了！这是二十六枚手榴弹，联合我这里原先和现在的，共是四十八枚手榴弹，有这些手榴弹，我足能对付敌人二百人。你回去对参谋说，报告师长，我张庭林在这里报国了。我已告诉刘营副向东移动，和第二营取得联络，也好保全一部分实力，去守渔父中学。我有这些个手榴弹，凭我往常练习的那般手劲，足可以在这里把敌人挡住一阵了。"他说时，已取了一枚手榴弹在右手，却把那只带了血渍的衣袖抓着战壕壁，爬上去伸头张望。接着他拔去保险，右手一扬，咚的一声，抛了一枚出去。他哈哈一笑道："中了，打死这些狗杂种，周太福再递一枚上来。"周太福真的递过一枚去。他一拔保险，手一扬，自己笑着叫好道："痛快！再来一个，这鬼子就下去了。"说着，他一回手，周太福第三次递过弹去，他三次丢了弹，哈哈地笑着，向下一落，接着嘟嘟嘟，机关枪子弹打着战壕上的石条火星乱溅。

张庭林靠着壕壁笑道："这三枚手榴弹，把上来的敌人干了一二十个，他们退回去了。可是他还要来的，你快走吧，这里不知道能维持几分钟。你告诉参谋赶快离开那指挥所，好去向师长报告。这里就只有我一个人，弟兄们都转移到侧面去了。"

周太福看他这种精神，真是视死如归，和他行了个由心里佩服出来的敬礼，也就立刻由交通壕里穿梭着走开，但他只走开几十公尺，又伏在壕里向他看看，只见他一起一落，由壕沿落到壕里，拿了手榴弹，跳起来就抛，抛了又再来拿。看那样子，他竟忘了他周身是血了。他心想，这样好的军人，让他阵亡了，那是可惜的，还是去背了他回来吧！这样想着，又向前面慢慢地爬了去。原来敌人对着这个手榴弹出发点，已在用步枪围击，面前子弹横飞，不敢向前。但张营长依然是一阵阵地丢手榴弹。最后，见他不丢了，只是左手拿了手枪，右手拿了一枚手榴弹，不用猜，那是第四十八枚了，就在这时，已有七八个鬼子跳上了壕沿，他右手手榴弹一抛，左手开着手枪。跑上来的敌人完全倒下，远远地听到他哈哈一阵大笑。

第二十七章

锦囊三条计

　　周太福把这情形看过了，料着敌人马上就要进扑指挥部，掉转身来，由交通壕里赶快地就跑回营指挥所去报告。这时，碉堡里就只有李参谋一个人，他问了周太福几句话，便道："那么，我们只有走吧，这里还有四枚手榴弹，我们各带两枚。到了渔父中学和师长通过电话，再作计较。"

　　说着，两人各把手榴弹挂起，把那电话线剪断，由周太福背着话机，就向大西门外渔父中学走。走了一里路，已经遇到我们的步哨，一路问明，知道了孙进贤团长就在前面指挥。

　　李参谋一口气奔到团指挥部，见着孙团长把长生桥前面的详细的情形说了一遍。那孙团长身上穿着的一身灰布棉制服，已是溅满了灰尘，裹腿和布鞋，也全溅满了泥点，但他脸色红红的，却还精神奋发。说着话时，他两手互相揉搓着，表示他不住地在使劲。他道："这边西路的情形，也正是和西北角情形相同。洛路口的敌人，除了炮火猛烈之外，又放大量的毒气。"

　　李参谋道："长生桥那边，敌人也放过两次毒气，但是西北风太大，毒气在战场上停留不住，都让风吹跑了。这边怎样？"

　　孙进贤道："也没有什么效力，不过敌人借着风势，又用烟幕掩护了密集部队进攻。冯副团长现正在那里亲自指挥，已是把敌人压制住了。"

　　李参谋道："西北角兴隆桥那边怎样？"

孙进贤道："我马上就要去看看，在长生桥东角的第二营第八连连长乔振起，他带了不足一班的人，在后面作掩护，只下来三名弟兄，乔连长因伤重不能行走，用步枪自尽成仁了，由洛路口到兴隆桥这一个扇形阵地，我一定要稳住它。"

李参谋得知了这面情形，就向师长通了个电话请示，电话里师长叫他立刻回师部去。他就带着周太福由大西门进城。这已是下午四点多钟，看看天色又将近黑，越是走向城里，却听到东南角的枪炮声，越是猛烈。本来自二十日以后，城区就包围在枪炮声中，轰隆劈啪的声音，在耳朵里没有一秒钟的停息，可是那些声音，绝不会在城区附近发生。李参谋听这时的枪炮声，简直就在城里，心里未免有些焦急，就加紧了步伐，径直地回兴街口。所幸经过的街巷，一切情形照常安定，看不到什么异样之处，心里先安定了一点。快到兴街口里，已判断清楚，这声音在下南门大码头、小码头之间，不过枪声已经停止，只有零碎的炮声了，而且可以断定这炮声是我们自己发的炮。这样料着没有多大问题，便放从容了步子，向兴街口走。

在路上正面遇着参谋主任龙出云，带了一名勤务兵，由南头走来，他首先地在脸上放出了轻松的笑容，因道："好了！没有事了。"他突然地说了这句话，忽然想起来笑道："是了，你在长生桥回来，没有知道这里的事，过去半小时，南门外发生了惊险的一幕。南站那边，有敌人五百名上下，动用了汽艇民船，一共二十多艘，用炮火和飞机四架掩护，企图强渡沅江。我们用迫击炮和轻重机枪猛烈压制敌人的船，打沉了一半，他们只好又回去了。我得了这消息，亲自跑出下南门去看，现在是把事情解决了回来的。"

两人说着话，就一同走回了师部，都向师长报告了。余程万师长，在这个惊涛骇浪中，还是照样地在那张小桌边坐着，就了那盏煤油灯，正在那里看一份精密的城区地图。他见二人进来，先听过龙参谋主任的报告，再听李参谋的报告，因道："你二人可以休息休息，回头还有新任务。今晚的高潮，不在外围，还是在南站，敌人白天强渡不逞，晚上一定还要偷渡的，大家严密注意。"

说时，第一七一团第三营的营长张照普应着师长的传召也来了，他原是在西郊防守的，已于昨日调进城来。他的一营人，就防守着南城的江岸一带，刚才敌人在下南门江心被挡回去了，也就是他努力压制的结果。这时，他走进师长办公室来，敬过礼，面孔红红地挺立着。

余程万道:"这一次你们和迫击炮营联络得很好,弟兄也极为忠勇。不过一切的事情,我们要向好处做。同时,又要向极恶劣的情形上去防备。敌人强渡不逞,他不会就把这个企图放弃了,大概今天晚上,敌人又要偷渡的。你得时时刻刻严密地监视着江防,我这里有几个对付敌人的办法交给你。事关机密,不必我口说。"说着,他脸上带了三分微笑,接着道:"也可以说是古人的锦囊计吧!"说着在衣袋里一掏,掏出一个白纸小信封交给他,这上面有一二三号码注着。

张照普看了,请示道:"我去执行了,可以由电话报告吗?"

余程万道:"可以的,你只说照第几号命令执行了就是。"

张照普敬了礼退出去,在僻静的地方先将信封看了一看,见第一号信封上写着"出办公室,立即开拆"。他于是拆了信封,抽出一纸命令,上写"参副处长现存有虏获敌军之衣军帽十余套,着秘密领去,妥存营指挥部"。张营长看了,虽有些莫名其妙,命令如此,自然是照着指示执行,当时悄悄地把这些衣帽运到了营指挥部,堆在碉堡角上,并用油布掩盖了。

这时,已到了五点钟,天色已经昏黑,电话机铃丁零零地响着。他拿起耳机来听,是第七连连长乔云的电话,他道:"报告营长,在小码头对面,南站江岸上有敌人蠢动,在做偷渡的企图。那里放着很浓厚的烟幕,有多少船,还不能注视清楚。"

张照普道:"用机枪严密地监视着,不许他的船只移动。"说着,放下了电话机,叫副营长雷拯民在指挥部驻守,自己却跑出指挥部,到城墙上来观察。

原来常德城垣是个品字形的轮廓,东北西三面的城墙,都已经拆掉了,只有一人来高的墙基还存在着。南面沿着沅江岸,城墙却还没动,通常把这一带叫南墙。南墙也不算高,普通只有二丈多,沿城外新式的建筑,凡是三层楼的,都高过了城墙。所以这南面虽是有城,也不能算是坚固的防线。

张照普找着城墙没有遮掩的地方看去,果然江那面烟雾突起,罩遍了一大段江面。这是阴历初月尽之夜,云浓风大,星斗都无。但黄昏的时候还不十分黑,加之城周围的炮火之光,被云笼罩住,反映出一种暗红的光,江上还隐约可见。因之那烟幕向江心移动的时候,西北风吹出一个空隙,就看到有船舶移动。

于是张照普立刻奔回营指挥部,电话乔连长射击。又向师长报告,师长

第二十七章　锦囊三条计

得了报告，就电话协防城区的第七一一营杜鼎立即拦击，并电话迫击炮营营长孔溢虞，派连长徐天风率兵两排归杜团长指挥。各处得了电话，不到十分钟，就在下南门里集合，由杜鼎亲自率领冲到下南门外的河街上来。

在那个时候，渡沅江的敌人，已冲到了小码头江心，在附近江岸驻防的是第三营的第七连第一排，由连长乔云亲自率领。另外有机枪连第三排协助防守。沿江的工事，是依着江岸只挖着半人深的战壕。因为再挖深了，就有水冒出来。战壕利用着街上的石板，做了掩蔽部。除了第一排的轻机枪四挺，还有机枪连的重机枪一挺，轻机枪一挺。在敌船放的烟幕达到了有效射程以后，这里轻重机枪就一齐猛烈地向江面上射击。架在南门城墙上的迫击炮也观察得准确，向江心发射，顷刻之间江里的浪花和火光连成了一气，在炮火光焰开花的时候，烟雾里面，有两三丛火焰上升，那正是敌人的船只燃烧起来了。船一燃烧，照得一大段江面通红。烟幕不能把偷渡的船舶罩住。在岸上的守军，就可以把那一排向北岸移来的船看得清楚，越是好用机枪迫击炮去射击。不过对岸的敌人，原意在于偷渡，先是枪炮无声，及至这里已经发现了，敌人就不必隐瞒了，隔着江面，就对了这小码头大码头的江岸工事，猛烈地用炮火全面轰击。

炮弹落在江岸的工事上，石块和铁片一齐乱飞。在南墙水星楼下的一段，是机枪第三连唐国栋排长率部驻守。唐排长看到敌人的船只，正对了这里，不管敌炮怎样射击，指挥两挺机枪只管向江面上截击。隔岸的敌炮兵阵地，就集中了十几门大小炮，对着水星楼下那一小段江岸狂轰。那炮弹带着猛烈的爆炸声，成串地落下。只十来分钟的工夫，这里就成了火海。在火海里，那机枪还突突突地响了一阵。最后，在那里有一阵"中华民族万岁"的喊声叫出来，向外发出去的声音，就寂然了。唐国栋排长和全排弟兄，并没有一个人离开这火海。

在水星楼城下靠西一带，乔云连长依然指挥着弟兄在完全炸毁了的工事外面，用机枪步枪向江面射击。他所据守的一座小碉堡，被炮弹削去了一个角，副排长和一个勤务兵，都在石块和弹片下成仁了。熊烈的火光，夹着飞沙和硫黄烟子，冲进了碉堡。自然，他周身都是灰尘。但他一伏身子，将那股扑人的热风闪了过去。他意识到身上并没有痛苦，分明是没受伤，他再一看身边的电话机，还是完好的，就摇着铃子，拿起耳机来喂了一声。还好，电话里有了回声。他道："报告营长，沿江一带，工事都毁了，机枪都没有了响声。传令兵出去，也没有回来。我们这座碉堡，轰垮了一个角，这里只剩我一个人。碉堡外面，敌人的手榴弹和步枪已开始……"他说到这里，突然地哼了一声，接着道："报告营长，我胸口上刚才挂了彩，敌人来了，我带着手榴弹，立刻冲出去。敌人来了，请营长注意。"

那边接电话的张照普，听到这里，觉得耳机里咔嚓一声之后，便没有其他的响声，想着乔云连长已冲出碉堡去了。他放下电话，一个观察哨的哨兵，跑过来，老远地立着正喊道："报告营长，火光下，看到敌船十几只，已在小码头靠拢，有四五百敌人蜂拥上了岸。现在有一部分跑进了河街，向水星楼脚下进犯。"

张照普道："你去告诉水星楼上的王班长，敌人如果爬城，用手榴弹轰他，我立刻就来。"他把哨兵命令走了，立刻在身上摸出师长给的第二个信封来看。上写："敌人登岸时执行里面命令。"这样写着："着精细勇敢之官长带一班人，穿着敌军衣帽，绕入敌后街道埋伏。当敌人前进时，在其后尽量扰乱，遇有敌人经过，即行袭击。本晚以本晚口令为号，天明以军帽向左戴为记。"

张照普这时所留在身边的预备队是第九连，那连长宋维钧身体魁梧，善于国术，是个冲锋的能手。因把他叫到身边，将命令说给他听。他用山东腔的直率口音答道："俺一定达成任务，水星楼外的地形，俺比谁都熟悉。"

张照普道："好！你要勇敢，你更要仔细，你可由大东门那边绕了出去。我这里有两支信号枪，也让你带去，限你半小时内，达到小码头。到了，你向空中笔直地连放两下信号枪。"

宋维钧接受了命令，立即传了一班弟兄来，将预备好了的敌人军服穿上，依然携着各人的步枪手榴弹，顺了城墙，开着跑步向东。张照普事先已经预备好了一排掷弹手，候令出发。这时，他亲自带了这排人，首先跑往水星楼附近。那时水星楼已接连地中了好几发炮弹，房屋立刻燃烧起来。一丛猛烈的火焰，高冲云汉。一支遮天火炬，照得满城通红。

张照普就在火光里向前跑，他一面抽出师长给的第三个信封看，那上面写的是："判断敌人于任何一处有登城迹象时，即照此执行。"他再把命令内容，仔细地看了一遍，不觉点了两点头。觉得用这样战术，几百个敌人前来，那是不难对付的。于是他就照着命令要旨，就当时的情形布置起来。

第二十七章　锦囊三条计

第二十八章

火瀑布下的水星楼

原来，水星楼是东南城墙上一个旧箭楼，南墙由这里向西是渐渐地向高，向东呢，恰好是渐渐地低。敌人炮轰这一段城墙，并在小码头登陆，那就正为着这地方容易爬上来。敌人隔河的大炮，替登陆的敌人开路，由小码头到城墙脚下的房屋，完全都已轰毁，由城墙到江边，有七八丛火焰光夹着烟尘，红遍了半边城。未曾燃烧的房子，都堆着砖瓦，撑着木架子，在火光里冒着烟。

张照普奔到水星楼附近来的时候，敌人的大炮，已停止了射击。登岸的敌人俯伏在乱砖堆里和未曾倒坍的秃墙下，架起轻重机关枪，向城墙仰射。由城堞空隙里向外张望，有二三千条流星，交织了火网，百分之一秒的时间也没有间隔，向城墙上飞着轻重机枪的子弹。看这情形，敌人用的机枪，至少在二十挺以上。尤其是水星楼楼基那段城墙，那枪弹像一座火的瀑布，在半空里倒下了子弹。看这样子，敌人一定就是预备在水星楼登城。

张照普判断定了，就指挥一排掷弹手，俯伏着以城堞为掩体，对着这条火瀑布的源头，轮流地掷弹。后面增援的本营第二连和机枪连一排，也随着赶到。张照普就把全部分作两部，一部守水星楼城墙东段，一部守水星楼的西段。中间让出约一百米的地方，躲开城下机枪射来的火瀑布。但那排掷弹手，有了城堞掩住身体，却不管这火瀑布的厉害，只是用手榴弹向城下抛去。东西这两部守兵，各拥有两挺机枪，也都由两方城堞上，交叉着火网，向城下敌人阵地中间侧击。

这样相持到三四十分钟，城上的阵地相当稳定。同时，在大码头过来的地方，有两条红曳光弹，笔直地射上半空。那正是宋维钧连长已绕到敌人后方了。在这城墙上作战，并没有什么掩蔽。张营长身上，挂着不能再挂的手榴弹，来往奔走。看到这里有敌人逼近城脚，就亲自前去掷弹。敌人也有好几次编成一二十个人一组，带着大梯，由房屋的废墟上冲到城脚。但是因城上和敌人的机枪阵地，相隔得太近，敌人由下仰击，很难掩护这批冲锋的人。我们城上的军队在火光下，看得敌人十分清楚。对着敌人的密集部队，三四枚手榴弹一丢，火光爆发，敌人就做鸟兽散。而在敌人的后方，也冒出火光，涌出步枪和手榴弹声，城下敌人的机枪，曾因此有了两三回的间隔。

这样相持两三小时，已是到了二十五日上午二时，冲出下南门的杜团长，顺着小河街指挥了士兵，逐步向小码头进逼。先用机枪架在街口上，对着炮轰毁了的废墟，封锁敌人向西发展。放在后面的迫击炮，却由西向东，对准了敌人的机枪阵地，连续地轰击。一面派一排机枪沿江岸向西推进，并临时架起电话线，通达迫击炮阵地，监视着敌人增援或撤退。同时，第三营有一连人，由东门绕出来，也向大码头小码头做反袭的姿态，牵制敌人。敌人听到四面的枪声，料是没有迂回的余地，又继续地向水星楼墙脚冲了几次。而每次冲过来，都让手榴弹炸得粉碎。张照普在城墙上看得清楚，墙脚下破屋堆上的死尸，成排地摊摆着，总在二百具以上。判断敌人是五百人渡江登陆，这也就歼灭他的半数了。

在这样的死亡惨重之下，敌人就不得不稍微休息着，喘过一口气。因之城底下的机关枪，就停止了有几分钟。我们的守军，自不会略略放松，大家还是由城上俯瞰城下，严密地监视着。

殊不料敌人另一个行动，不在地面，却在半空。在城外河街上，还有几幢楼房，在炮火里还存留着一部分。突然地，在那破屋的楼窗里和屋顶上，七八挺机枪向城墙上猛烈地注射着火流。两三分钟后，随着又是下雨一般的，向城上抛着手榴弹。在水星楼偏东的城墙，不过一丈多高，临时补修的城墙垛子，又被敌人炮火轰坍了。因之，那里我们的一小部分守军，完全都殉职了。那外边房屋上的敌人，倒反是成了以高临下的姿势。不但正面的我军稳立不住，就是东西两头布置的机枪，也反受到威胁。就在这稍一顿挫的空隙里，敌人用着密集的部队，由那城脚的倾斜废土堆上，有一百多人蜂拥而上。

第二十八章　火瀑布下的水星楼

他们到了城墙上,那外边的敌人机枪,就不能向正面射击,改为分向左右,射击我们两面城墙拦截的部队,开始为登城的敌人开路。

张照普看到,觉得形势过分逆转,亲自督率着西部的两挺机关枪,对水星楼废址猛烈射击,一面在电话里告诉在东部督率两挺机枪的排长,把枪口也封住了水星楼。于是敌人在原来两个机枪的枪口中间,约莫占有一条一百公尺的城墙,却不能两面伸张。城墙里面,还有一丈多高,有二三十个冒险的敌人跳了下去,那里是一条狭窄的巷子。在巷子两头,我们早已有弟兄预先跳下拦阻。趁他们立脚未定,两三颗手榴弹丢过去,就把他们全数炸倒。在城墙上的敌人踌躇着就不敢跳。不过在城上水星楼废址的附近,有两座小碉堡,还没有让炮火轰毁,位置就正在这一百公尺的一条空当内。敌人利用着这两座小碉堡,做了前进的据点,把机枪放在碉堡里,分着左右向我军射击。这样,拦住了我军不得进步。他城外的部队,就借了这两座碉堡掩护,继续地登城。张照普看到东西这四挺机枪,确实能把敌人挡住,这一百尺的城墙,很可能做一个陷阱。这就在电话里调动一排人,在水星楼城里高大房屋的屋顶上,架起轻机枪两挺,向那百公尺的城墙上扫射。

原来这幢高大民房,是半西式的两层楼,距离着水星楼不到二百公尺。面前除了矮小的民屋,就是炮弹轰毁了的废墟。除秃立着的几根电线杆,并没有什么挡住视线。这一排人在半小时内,就齐全地登了房顶,借着屋脊当了掩蔽,用步枪和机枪对着城墙上的人射击。敌人虽是登了城,却是伸不得头,除了藏在碉堡里而外,其余便是临时堆着城砖两叠,把身子平卧在城砖下面。我军有了城墙两头的机枪,截住敌人的发展,现在屋顶上两挺机枪又监视着敌人的活动。在那小小一段城墙上的敌人,这就限制动转不得。敌人看了正面不行,西路也不行,就分了一股敌人,顺着河街向大东门窜扰。因为越向东走,城墙越低,他们打算由低处的城墙爬上城来和水星楼上的敌军合流。当他们想窜扰到仁智桥的时候,却和我们的拦截部队遭遇着了。

原来团长杜鼎在西面亲来截堵敌人的时候,就调了第一营第二连连长宋家和,带一排人由大东门城墙上抢出,顺着河街反向西走。不到半里路,在最前面走的侦察队,就发现了敌兵奔走过来。宋连长得了报告,立刻将一班人分别隐伏在街两旁民房的矮墙里。等到敌人逼近到二三十公尺的时候,他首先一枚手榴弹抛去,作为开火的信号。大家一齐将手榴弹对准了街心抛去,敌人猛不提防,就有一半人倒地。其余的人不敢向前也分向两旁民房里的门楼和墙脚下掩蔽下去。因为双方太接近，步枪机枪，都不能使用，只是彼此把手榴弹互相抛掷。宋家和怕这样相持过久，会妨害了正面水星楼的战斗，就挑选了四名弟兄，爬上民房的屋顶，绕到敌人后面，在屋檐上将手榴弹由上向下侧掷过去。敌人根本不熟地形，见前后都有手榴弹掷来，顾虑到会全部被歼。一股人只剩得二三十个了，就向后退去。恰好由这里退出去，是一条窄巷，两边是房屋夹立着，并没有疏散展开的余地。我军先用手榴弹跟着丢了一二十枚，然后大家一阵喊杀，冲锋了上去，就在这巷子里，实行了名副其实的巷战。敌人在短兵相接的时候，已不上十个人。我军人数，在一向占着劣势的情况下，这次却占着优势。大家勇气十倍，举起枪尖一阵狂刺，敌人只有两三个回合，又倒了过半数。只剩三个人，转身拼命地向后跑。宋家和连长，身上带有四枚手榴弹，他单独地一人先追上去，始终和敌人只有三十公尺的距离，只两枚手榴弹，就把最后三个人解决。

　　这一仗，算是将敌人全歼灭。在街面上收集，却得了轻机枪三挺，步枪十四支，街巷里遗弃的敌尸，共有三十多具。宋家和集合着自己弟兄检点一番，只阵亡了两人，另外五人受伤，就派了一名传令兵，向大东门友军联络，请把伤兵抬下去。自己依然带着全排人搜索前进。这河街北边是城墙脚，南边是江岸码头，各派了一名侦探兵前去搜索。

　　这时，已到了下午五点钟，听听水星楼的枪声爆炸声，已不是那样猛烈。燃烧着房子的火光，也挫了下去，只有一片紫色的烟，在晚风中卷着怒涛上冲。向城墙这边搜索的侦探兵，名叫徐标，他一人蛇行蛙跃前进。将到水星楼，在昏昏的曙光里，看到十几名敌兵，在矮的城墙下建筑临时工事。他于是伏在地下，慢慢地在废墟的残石阶下，爬行前去。逼近到二十多公尺的时候，拿起一枚手榴弹，看准了敌人丢去。一弹开花，他就在这轰隆的响声中，赶快转身狂奔了几十公尺，闪在倒下来的城砖下，偷着张望着。城上只站有三个人了，他觉得这不难对付，就把军帽取下，放在石头上。立刻顺了砖堆一跑，绕到敌后，悄悄地爬上城基。这里还有两个散兵坑，他溜进一个坑里，见两个敌兵对了自己那顶帽子，藏在城堞后面用步枪射击。最后一个敌兵，却伏在城墙上观望，脚跟正对了自己的脸，相隔不到十公尺。

　　他心里一想，这一下子可以逮个活的。于是悄悄地爬上前，只到三四公尺的时候，突然一跳上前，用尽平生之力，将敌人的颈脖掐住，另一只手抓了一把土，向敌人鼻子里口里乱塞，让他喊叫不出来。那敌兵并无防备，也就没有抵抗。徐标见他已经半死，抬起身，正想把他拖下城来。究竟这敌人一阵手脚挣扎，地面发出了砖土摩擦的声响。前面相隔三十公尺的两个敌兵，回头一看，便也跳着转过身来。

徐标料知活捉不成，拿起放在手边的枪，倒立着刺刀，对准敌人腔膛，一刀刺死。自己原是跪在地上的，这就卧倒在地上，对另两名敌兵连发两枪。那两名敌兵，原是脸朝外的，等他们掉转身来，徐标已把面前的敌人刺死。他们还不知同伴的死活，不敢开枪，正想跑上来肉搏。徐标接连两枪，就见二人应声而倒。他心想，活该，捞他三支步枪也是好的。就走近这两个敌人，要想收起枪支。不想先倒的一个敌人，虽然中弹，却还没死，倒在地上睁着两眼，见徐标走到身边，出其不意，把枪上刺刀向徐标胸前倒刺过来，徐标一闪，膀子上却戳通了，身子也向后一倒。那敌人见徐标倒了，跳起来，就向前去按住他。他的神志还是清楚的，不肯让敌人按住，也跳了起来。这时，两人手上都没有了枪，彼此都想抱住对方丢下城去。结果，两人扭作一团，在城上乱滚。

在徐标后面的民房屋顶上，也有个侦探兵，对徐标的行为看得十分清楚。因为急忙中找不着一个掩蔽的地方，溜下屋来就没有走。而且原先看他很是得手，也不愿上前，徒然惊动敌人。后来见他和敌人在城上乱滚，就不顾一切，跳下破屋，飞步地奔上城墙，他由原地点到这里，总有一百公尺。等他跑到徐标面前时，徐标却浑身是血，僵卧在城墙上，没有一点动作了。

第二十九章

竹竿挑碉堡

这一场恶战，上自师长，下到杂兵，都莫不拼命，做个誓在必胜的信念，像徐标这样特殊奋勇的，简直是合了那句成语，屈指难数。这里有两个人是和此役全面战局有关的。一个是输送连刘志超排长，一个是机一连排长萧继云。

刘君的职务，本来是负责输送，在二十四日敌人登城以后，张照普营长指挥四挺机枪掐住水星楼两头，不让敌人稍有发展，刘志超自己带了八名输送兵，陆续地向阵地送子弹。在水星楼东段扼守的就是机枪一连萧排长，他所处的地势，反是比敌人所占的那一段要低矮，临时将城砖堆起，做了掩体，把机枪架起在砖上，猛烈地射击，正面的敌人始终不能出动。他就另挑了一股人，由机枪后面，向更东的短城墙脚往上冲。萧排长认定这个空隙是不能让敌人钻进来的，亲自带了几名弟兄，伏在城垛上，用手榴弹对敌人投掷。虽是城外高屋脊上的敌人机枪，向城上做掩护的射击，他决不顾忌，始终扼守在一堵坍斜的城基上扼住。

由二十四日晚十一时，到二十五日早上五时，敌人每一小时就要冲两次。萧排长等他们冲近，就把手榴弹向下砸。这样，砸死敌人六十多名，给了敌人一个很大的损害。敌人绕袭的兵力，也就大大地薄弱下来。但敌人也不放弃他的企图，老是留着一股人藏在城下民房的秃墙残瓦里，预备随时冲上来。

到了四点多钟的时候，萧继云挑选来的几名弟兄，不是阵亡，就是带伤，这给予了他一样很大的困难。要抽调机枪阵地上的弟兄，那边就嫌空虚；不抽调吧，简直没有人守后路了。

就在这时，刘志超送了一批子弹来到，他和萧排长一接头，立刻自动地带了八名弟兄加入战斗。真算他们加入得好，只在他们参战半小时内，萧排长身上连中了两粒机枪弹，立时阵亡。刘排长就完全担任了这个缺口的防守任务。这已到了清晨五点多钟了，敌人开始做那拂晓攻击，民房上机枪乱射，城下敌人只管乱冲。

刘排长依然继续着萧排长的办法，死守着用手榴弹拦击，足足地支持了三小时，已是上午八点多钟。敌人渡江的兵力，已伤亡了三分之二，事实上只能守，不能攻了。刘排长带来的八名弟兄四个受伤，四个阵亡，仅仅剩他一个人。他一看城下民房里，还隐约有少数敌人移动的模样，而身边还堆着二三十枚手榴弹，他笑着对受了轻伤的弟兄说："好了，我们熬过来了，我一个人也能把这缺口守住的。"他摸摸衣袋里，掏出一支纸烟和一盒火柴，举了一举，笑道："这是在敌尸上摸出来的，现在享受它一下。"

他原是伏在坑里，身子伸着舒适了一下，口衔了一支烟，擦支火柴，将烟点上。就在这时，城外房瓦上的机枪，却对这缺口，又来了一次扫射。不幸，他竟在头上中了一弹。不过，他说熬过来了，那是真的，自昨晚十时起，师长余程万就带上一支短枪，带了四名卫士，两位副官亲自到南城来督战。他所驻脚的一个城上掩蔽部，到水星楼也不过是三四百米，他随时观察敌情，随时传下命令，教部下怎样应付敌人。

到了早上八点钟，汇集各方面的战报，知道敌人五百多人渡江，战到此时，已被消灭三百多人。留在水星楼那一百公尺内的敌人，至多是二百五十名，我们沿江的守军，依然用着迫击炮机枪严密地监视着江面。对江的敌人，却也没有增援的迹象。但余师长因外围的战事，随时都在加紧，城里这一团心腹之患，决不容许久留。趁着敌人还不能增援的时候，一定要将它完全扑灭。这就下令在城外督战的杜团长，由河街冲上去，在敌人后面将他包围，牵制或消灭敌人的机枪阵地。又指定在城墙上作战的张营长，率三班手榴弹手，由城上和城内的墙脚下，向水星楼冲锋。

那张照普由昨晚十时起，直到这日早晨九点钟为止，他始终站在部队的前面，亲自投掷手榴弹作战，有十一小时之久，并不曾休息一下。这时，见敌人凶焰大灭，精神更是奋发。他接着师长命令之后，就调两班人由城内斜坡上向水星楼废基上冲了去。自己带了一班人在城墙上匍匐蛇行，一步一步地逼近水星楼。在城内屋脊上的两挺机枪，居高临下，紧紧地把枪口对准了水星楼，见着人影一动，立刻就射击。那些在城墙散兵坑和砖石掩蔽下的敌人，制伏得已不能动。

张照普慢慢逼近到三四十公尺的时候，就全班人轮流地向敌阵丢着手榴弹。那墙脚下的我军两班人，第一次冲锋，被敌人的手榴弹拦住了。等到城上的我军逼近到三四十公尺时，趁着城上手榴弹一阵猛烈的爆炸，他们就高声喊杀，举着枪上的刺刀，一口气冲了上来。虽然敌人的手榴弹乱丢，还是有七八名弟兄抢上了城墙。一登城墙之后，彼此相隔就只有十公尺，这已没法子丢手榴弹，大家不分高低，逼近散兵坑，就向散兵坑里扑了去。逼近砖堆的，就跳上砖堆，用刺刀向下斜刺。尽管敌人跳起来抵抗，那斜坡的缺口已开，两班人中所有没上城的，都抢了上城，个个找着面前的敌人，红着一双熬夜的红眼，用刺刀猛烈地劈刺。这时，敌我相接太近，在远处的部队，都不敢开火相助，只有锵嚓锵嚓，一阵枪托刀尖的碰砸声响。所谓"长卷短兵相接处，杀人如草不闻声"，真倒是这种境界。

敌人孤军深入，究竟是心虚的，一阵肉搏，死的死，伤的伤，不死不伤的，欲飞步逃到水星楼两座碉堡的后面去。碉堡里的敌人，见他同伴已经离开，就步枪机枪手榴弹，分着远近目标，一阵疯狂地反击。登城的我军，在一阵肉搏之后，也伤亡了三分之一。大家喘息未定，不能再冲，就在占据的散兵坑和砖石堆下掩藏着。那边张照普亲领的一班人，战斗实力倒没有受到削弱，又蛇行着逼近了十来公尺。

这时，两座小碉堡里的敌人，小声说话，都可以听到了。只是彼此相隔之间，却是狭窄的城墙上一段平地，再要向前，敌人在碉堡里用任何火器射击，都不能近前。张照普考虑了一会，他就悄悄地告诉了身边的弟兄，溜下后面，取几根长竹竿和几根长绳子来。在取竹竿的空当时间，他用手势指指点点，叫三名弟兄，蛇行着靠近了自己，紧贴地伏在地上，把进攻的办法，悄悄地一个告诉了一个。

不到十五分钟，那取竹竿的列兵，已爬着前来，拖着将八根竹竿缴上。张照普自取了一支，轻轻动作，将一枚手榴弹缚在竹竿头上。用长绳子缚在手榴弹的保险上面，让其余的三位弟兄也照办了。于是，将竹竿伸着，直对

第二十九章　竹竿挑碉堡

了那碉堡洞眼里戳了进去，竹竿一到眼里，把长绳子的尾端一拉，手榴弹也就爆发了。四根竹竿中只有一根，伸得慌张一点，没有伸进洞眼。那三枚手榴弹，都已伸到洞里去，只见碉堡里烟火喷射，轰的一声巨响，不但是里面的敌人，连里面的火器也粉碎了，这一座碉堡解决了，水星楼的敌人，就是一阵纷乱，四处乱跑。

趁这个机会张照普又逼近了几公尺。对付第一座碉堡有了经验，再取来四根竹竿，四根绳子，再挑去四枚手榴弹，对付第二座碉堡。也是一阵烟火，一声巨响。在城上各处的弟兄，看到两个毒疮已经割掉，大家就是一阵欢呼。张照普将手一抬，狂喊了一声杀，抓起步枪，将刺刀斜对了水星楼，就跳了向前。弟兄们同声喊杀，跟着风卷残云一般拥了向前。在城上还剩有几十名敌兵，不敢再交锋，掉转头来就向城外跑。这更好了，在城上的我军，从容地向下掷着手榴弹，痛快地打了一阵落水狗。

这时，我城外包围的军队，也早已赶到，由上向下，对了屋脊上架机枪的敌人，连房子带人一齐将他们解决。最后剩着七八个敌人，零落地由河街跑出去，想到江边找船逃跑。正碰着穿上敌军衣帽的那支伏兵，他误认为是同伴，毫不提防地奔向前去求救，我军迎头一阵步枪，轻轻巧巧地打了一次活靶。除活捉了一个之外，其余全数解决。城下的我军，会合到一处，搜索了一阵，走向水星楼，远远见师长余程万，笑嘻嘻地站在城墙基上，时正二十五日正午一时零十分也。

第三十章

HUBEN WANSUI

女担架夫

这一场水星楼的争夺战,到了这时,算是完全结束。敌人渡江的五百多人,一个不曾将他放回,除被我军击毙的而外,还生俘了敌第三师团第六十八联队一等兵铃木秀夫等三名,第一一六师团第一三三联队军曹山本正一等四名,虏获轻重机枪一十八挺,步枪一百四十支,此外还有军旗文件等项。余程万师长在阵地上巡视了十来分钟,对团长以下的弟兄,着实地嘉勉了一番,方才回师部来。

敌人吃了这一回亏,觉得守城的五十七师,实在是不容易摇撼的军队,就下了毒手,把常德城做个根本解决,来个不用目标的滥炸。水星楼的战局结束不到半小时,敌机二十多架就已临空。它们四架或三架一个编队,兜了城圈子低飞,看到高一点的房子,就把燃烧弹和炸弹同时丢了下来。尤其是东北角城圈烧炸得厉害,一丛丛的火焰,随了爆炸声向天空上直冲。外围的敌军,就对着火焰猛烈的地方,用密集炮弹轰射。这日东门外的敌人,为了策应水星楼的战事,集合了二十七八门大炮,对着大东门外的街道,连珠式地轰射。哗啦啦轰隆的联合响声,像暴风雨将来时的焦雷,平地而起,而且是一个跟着一个。

这里负责防守的,依然是一六九团孟继冬的第二营。营指挥所在四所街向东。敌人的前进部队,逼近了岩桥,那远距离的迫击炮弹,射击着街上的房屋，砖瓦木柱乱飞，加上城里轰炸火烧的烟焰，被西北风一吹，奔向东南角，而东南角的炮火，又是逆风射击过来的。于是火阻碍着火，烟阻碍着烟，东北城一带，天昏地黑，完全笼罩在烟雾丛中。奉命来督战的程坚忍，在小碉堡里和孟营长苦撑了一昼一夜。

到了二十五日下午三时，接着师长的电话，着回师部候令。他在满眼烟雾，满鼻硫黄气味的街道上，带了勤务兵王彪，怅惘地走向大东门，却看到几个老百姓抬着伤兵、担架，抢步向前走。其中有个穿青布短衣裤的小伙子，头上戴了鸭舌帽，罩住了额头。看那脸的下半截，却觉得很是面熟，那小伙子点着头，却也向自己苦笑了一笑，但很快地走了过去，也就没有计较了。进了大东门，正经过一个炸后的火场，兵士、老百姓、警察联合着有二三十个人，正拆着下风头几幢房屋。他不觉咦了一声道："全城警察不是和戴县长都走了吗？"

王彪道："也许有不愿走的吧？"两个人正站住了脚估量着，一个警察满身烟灰，拿了一柄斧头，由面前经过。

王彪望了他道："喂！同志，你没有走哇？"

警察道："我们走了，可又回来了。"他看到程坚忍是位军官，立着正敬礼。

程坚忍道："怎么又回来了呢？"

警察道："我们跟随戴县长由西门出去，不到十里路，就和敌人遭遇了。戴县长带着我们，冲锋过去，和敌人肉搏了一阵。我们有四十多人落后一点，被路边的敌人用机枪拦住，冲不上前，只好又退了回来。我们到师部去见过师长，师长问我们愿不愿意加入战斗，我们全体愿意加入战斗，师长很是嘉奖了我们一阵，让我们先休息一天，依然驻守在警察局里。但我们也不能闲着，今天下午，全体出来救火，大概明天可以把我们编到贵部队里去作战了。"

程坚忍道："警察加入阵地战斗，这是抗战史上少有的事。常德这个城，真是每个人都尽了他守城的责任，中国人若都像常德城里的军民，日本人老早就住手了。"

那警察听了这话，早是一阵高兴，涌上了他的面孔，两道眉毛同时闪动了一下，他情不自禁地，把那只空手，跷起了一个大拇指头，因笑道："这完全是你们虎贲的功劳，不是你们在常德，老百姓也挺不起这腰杆子来。"

程坚忍道："话虽如此，也全靠大家齐心，你看这戴县长，他并不是我虎贲的人啦，若不是我们师长要他去迎接援军，他真不走。我忘了问你一句话，他冲过敌人的封锁线了吗？"

警察道："大概冲过去了。那里正等着斧头用，再会！"说着，他又行了个军礼，然后走了。

程坚忍一面走着，也一面自言自语地道："像文化历史这样悠久的中华民族，绝不是一个不能抵抗外侮的民族，问题只在领导人民的，和他们站得远近而已。"

他正是这样估计地走着，身旁却有个人轻轻地叫了一声程先生，看时，小巷子口上站着个小伙子，穿了身青布棉袄裤，头上戴了灰呢鸭舌帽，这就是抬担架的那个青年了。他果然是熟人，是谁呢？怔了一怔，只是望了他。那人抬起手来，将帽子掀了，露出漆黑的一把短头发，程坚忍不觉哦了一声道："刘静媛小姐，你怎么是这个样子装束？"

她不由得脸上黯了一下，两只眼睛里含了两眼泪水，几乎滚下眼泪来。她慢吞吞地道："家父前日就在天主堂去世了，棺木都找不着，只用些木板子拼了个盒子，就埋在天主教堂外敞地里。"她说话时，终于忍不住眼泪，脸腮上很快地挂了几条水线，她立刻抬起衣袖来擦了。

程坚忍道："那实在是委屈一点。"

刘小姐道："其实，也不敢说委屈，在火线上作战的将士们血肉横飞，比我父亲的牺牲更大了，不过，我想站在一个中国人的立场上，不应该专让将士们去拼命的。原先我是有了个生病的老父，不得不陪着他。现在他去世了，我住在天主教堂里避难，自认是个无能的老弱之流，那是自暴自弃。所以我就和人要了这一身衣着，把头发剪短了，自动地加入了东门外的老百姓担架队里。"

程坚忍不由得深深地向她点了个头道："刘小姐你太勇敢了，你……我佩服之至，不过你就是不这样做，你也不能算是自暴自弃。"

她道："我也不是真有这股勇气，老实说是敌人逼出来的。你想敌人的炮弹炸弹，昼夜地像下雨一样落下来，天主教堂屋顶上那面西班牙国旗，就能保险吗？与其坐在那里等死，我倒不如出来做点事，不过……"她嘴角带了一点勉强的笑意，接着说，"你们军队已经发现我是个女性了，他们是好意，再三劝我不要到城外去。他们虽没有说，我也知道是为了单独一个女子有些不便的意思。他们又说，城里也许有没走尽的妇女，让我在城里邀合她们组个救护队，这倒是我愿意的。可是我到了城里，看见的全是兵。"

王彪在一旁看到，也是由心眼里佩服出来，只是不便抢在程参谋中间说话，这时，他就插了一句道："有老百姓啦，也有女人啦。"

这个问题立刻引起了程坚忍一个计划，因笑道："刘小姐，果然城里有妇女的，我这个勤务兵，他就有亲戚住在这不远。若是刘小姐愿意的话，我让他引你去，你在城里住着，你愿看护伤兵也好，你愿担任其他的职务，也可以听便。"

刘小姐道："果然有这样一个地方吗？那好极了，老实说现在城里城外，并没有什么安全地点，我也绝不是为了安全，要到城里来。我自父亲去世后，一点挂碍没有，我已把生死置之度外，不过我不愿白白地死，我的一点点热血，我总要索取一点代价。一个女子伪装男子，被人发现了，单独地在火线上我无所谓，反正是一死，也许给作战的勇士们有什么不便。若在城里找得出几个女同志来，大家共同工作，那就容易出色了。"

程坚忍道："刘女士这一番热心，我一定想法子成全你的。至少我们野战医院，需要你这样热心的人，你能邀合女同志，那是最好的事。不然就是刘女士一个人，医院里也极为欢迎。王彪，我回师部，你送刘小姐到你亲戚那里去，若是令亲愿意和她一路加入野战病院，那最好，比在城里或在城外当担架队，那都更能发挥效力。刘小姐恕我不能多陪你说话。"他匆忙之中，看看这个，又看看那个，两面地交代着。

刘静媛小姐在这孤独的环境中得着程坚忍的照应，很是感激，很不顾忌地，就伸出手来和他握了一握，口里还连道着谢谢。程坚忍和她握过了手，而对她那番忠勇的钦仰，还没有表示敬意，兀自觉得不够，于是立着正很带劲地举起手来，向她敬着军礼。礼毕，也就立刻转身向师部去。走了两三步，刘小姐却叫道："程先生，那一部《圣经》收到了吗？"

他回转身点着头道："谢谢，收到了。"

刘小姐微笑道："恭祝你胜利，上帝保佑你。"

程坚忍不知道宗教的礼节，不知道怎样答复她，又站着敬了个礼。

第三十一章

两位患难姑娘

　　王彪心里本也想抽空去看看黄大娘母女，给她一点精神上的安慰，可是在这种时刻紧张的危城里，当兵的人，绝没有工夫去料理私事，顾全私交。现在程参谋叫他送刘小姐，找个安身地点，那是太好了。等程坚忍走远了，王彪便笑道："刘小姐你随我来吧，那黄家母女，是河南人，挺爽直的，包你相处得来。"

　　刘静媛道："她们是你什么亲戚？"王彪笑道："虽是亲戚，也不算什么亲戚。刘小姐见着她们可别提。"

　　刘小姐看他说话，很有点尴尬，就也没有再问，不过程参谋这番好意，那是不能违拂的，就点点头和他走去，只转两个弯，就到了振康堆栈了，王彪正要向前敲门，刷的一声怪叫，接着轰隆一声，王彪早知这是炮弹下落，立刻向地下一伏，刘小姐看他那样子，也立刻向地下一蹲，就在巷子前头，有一股猛烈的烟焰，向上一涌。她也只看到巷口上有火光一闪，一阵热风扑了过来，随着有一股灰沙扑到身上。但这种状态是很快地过去了的，她还蹲在地上。

　　王彪已站起来笑道："没事，这是敌人的山炮跑了野马，给这里送来了一枚弹。"

　　她站了起来，周围地看看，因道："敌人的炮弹都可以射到城里来吗？"

王彪笑道:"隔着沅江就是敌人的炮兵阵地,他要打哪里都行,可是这样乱放炮,那是没有用处的,不要理它。"

就在这时,那堆栈门开了,黄家母女一同出来,王彪正正当当地敬了个礼,然后把程参谋派自己送刘小姐来的意思说了一遍。

黄大娘笑道:"小姐,你比我们胆子还大呀!好极了,到里面去,我们长谈吧。这是我女儿黄九妹,难得的,都是姑娘家,有一个伴了。"

黄九妹也笑道:"刘小姐,我们是粗人啦,言语不到之处,你别见怪。"

刘静媛上前,笑着和她拉拉手。因道:"炮火连天的,结个患难朋友,别客气了,我也不是细人。"

黄大娘道:"刘小姐你今天吃过饭了吗?我们这里倒是现成,请进来吃点东西吧。"说着,三人一同进门。

黄九妹站在门框下,回转头来见王彪站在巷子里发呆,因道:"你进来不进来?"

他伸手撩了几下头发,笑道:"我是奉了参谋命令来的,稍微耽误一下,大概不要紧。我进来站五分钟吧。"

黄九妹瞪了他一眼没说什么,可是那大门并没有掩上,可证明她是不拒绝的。于是就悄悄地跟在后面,到了后进堂屋,见屋门大开,桌椅板凳全陈设着,像个平常时候的样子,这就笑道:"这里什么都还原了,不像个炮火下的屋子呢。"

黄大娘道:"王伶子,你看我也想破了,飞机这两天这样的炸法,我们知道哪一分钟会死?过了一辈子穷人的日子,于今现成的好房子好家具,我们是落得舒服一天是一天,舒服一时是一时。刘小姐请坐吧,我们这里有炭火煨着的热茶,你先喝一口。"

黄九妹就在这时,把屋角边炭炉子上一把锡茶壶提起,斟了一大玻璃杯热茶,双手送到刘小姐面前,笑道:"为了避空袭,白天我们是不烧灶的,免得烟囱出烟,好在这里有的是木炭,我们一天到晚烧着木炭炉子。"

黄大娘也笑道:"只要炸弹炮弹打不中这里,我们总还可以舒舒服服地住几天。"

刘静媛看她母女两个,知识水准还低,和她们三言两语就谈着到军队里去服务的话,那自然是嫌早。便道:"好的,再说吧。"

她们坐着说话。王彪只是站在堂屋门口,并没有插嘴。黄九妹看到,便也斟了一杯热茶送了过去，笑道："你大概好久没有喝过这热茶了，这算是我劳军吧。"

王彪不接茶杯，举着手先行了个军礼。黄九妹道："不用客气，喝完这杯热茶，你该走了，已不止五分钟了。"

王彪接过茶杯把茶喝了，借着送茶杯到桌上的动作，就近了坐在桌边方凳上，向黄大娘问道："你老人家有什么事要我办的吗？"

黄大娘道："王伢子，难得你好心，在这种大炮下，而你三番两次地来看我们，我们吃喝都还好，在这个围城里，有吃有喝还想什么呢？不过我们虽知道十有八成是死，可是能够不死，我们总也希望想法子逃出这条性命来，逃不出来也拼他两个鬼子，方才合算。军队作战的时候，我是知道的，谁也不能乱跑，好在你是个勤务兵，常常有些琐碎事情要你出来做，你有空的时候，可以顺便到我这里来看看，送我一点消息。将来把鬼子打跑了，我们都活着的话，我当然知道你的好处。"

她说到这里的时候，坐在旁边的黄九妹，只管向她母亲瞪眼。黄大娘最后笑了一笑，就没有说什么了。黄九妹绷着个圆脸子不但不说话，笑意也没有。刘静媛看他们这情形，有什么不明白的，因之她也是默然着。这堂屋里悄悄的，耳朵一不听近处，那就可以听到四城猛烈的枪炮声了。

王彪说："好吧，有空儿我就把消息来告诉你们。"说着，又立了个正礼，向屋子里三人都注目，然后放下手来，转身出去了。

黄大娘看刘小姐静默着，便道："我们从前住在师部斜对门，都是北方人，和这个王彪就熟识了。他的同事，让他叫我干妈，就是这样叫开了。这人倒是不坏。"

刘静媛道："他们虎贲可以说个个都不坏，一个军队训练到这样，真是不容易。日本鬼子才坏，他就找着这种部队打，希望把我们好的军队都消耗干净。"

黄九妹道："刘小姐，我看你是个有知识的女子呀，鬼子打来了，十五号以前疏散的时候，你为什么不走呢？"

她叹了口气道："事不凑巧，我父亲病了，我是个天主教徒，我去见过这里的王主教，他说不要紧，可以住东门外天主教堂去。我父亲相信上帝，也就相信主教，就这样搬去住了。不是师部里弟兄们帮着抬，就是天主教堂也去不了呢。"

黄大娘道:"哎呀,东门外天主教堂?那边早就受着炮打了吧?"

静媛道:"不但是炮,大概今天枪都可以打到了。前天晚上炮火轰了一夜,一个病重的老人家,哪里经受得住这惊吓,当晚就过去了。我一想,不是日本鬼子攻打常德,我父亲不会死的,我就愿意舍了这条命,要替父亲报仇。可是我没有学过放枪,别说是个女孩子,就是个男孩子,也没用。后来我又一想,只要为国家出力,帮着人家杀敌人也是一样。可是只做了一次担架队,人家就发现我是个女孩子,又劝我不要干。那个程参谋说,野战医院用得着女人。黄家大姑娘,我们明天一路去好吗?伺候伤兵,这没什么不会呀。"

黄九妹眉峰一耸,脸上带着几分兴奋的样子,正要答复这话,黄大娘便道:"刘小姐,我们是负责给人看守房子的,走不开呀。我们也不是不替军队出力,救火呀,帮着送水送饭呀,都可以,就是一层,我娘儿俩要同去同来,总不能离开这个堆栈,一炸弹下来炸掉了,那没有话说,不炸掉的话,我就得看着。"

黄九妹道:"刘小姐,不忙在今天,今晚商量商量,明天再说吧,我看你今天未必吃过饭,昨天晚上到今天正午,东门那边打得多么厉害,趁着这时候,飞机没有来轰炸,你还是吃点东西吧。"

静媛道:"天亮的时候,我倒是在天主教堂里吃过一顿干粮。"

黄九妹看她那样子倒不辞谢,这就锅盆碗筷,由厨房里一阵端到桌上来,静媛看她这人很是爽快,也就不拘束,在屋檐下拿了炭橛子,向炉子里添炭,黄九妹道:"刘小姐你没有做过粗事吧?这些事都交给我好了。"

静媛叹了口气道:"唉!现在什么环境,还谈什么粗事细事呢?我担架夫都做过了,什么事不能做。"

黄九妹一把捞住她的手,轻轻抖了两抖笑道:"只看你这双嫩手,就不像做粗事的人。"

静媛道:"难道让你做了饭我吃吗?都是九死一生的难民呵。"

黄大娘点点头笑道:"这话也在理,炮火震天动地,闲着也是怪闷的,倒不如做点事混混时间。"于是这两位姑娘笑了一笑,蹲在炉子边热菜热饭。菜饭都热了,黄大娘道:"现在也三四点钟了,大家都来吃吧,吃饱了又省掉今天一件事。"

于是大家围了桌子吃饭,只吃了一碗饭,黄九妹停着筷子,偏头听了一听，放了筷子碗道："飞机又来了。"

静媛道："来了就来吧，还有什么法子呢？"

黄九妹道："这巷子口上有座碉堡，现时并没有兵守着，今天我们已经躲过一次了。"说着，她很快地将旁边另一钵子冷灰，盖在火炉子上，牵了静媛的手道："你随我来。"

静媛没有主意，也就跟了她走，随后黄大娘也来了。三步两步，奔向一座碉堡，这碉堡也是石头砌的，半截埋在土里，却是相当地坚固。静媛到了这里，也来不及仔细打量，被黄九妹牵着手，就钻进了这碉堡。因为在这个时候，前后左右已经落下了好几枚炸弹，四周轰隆隆猛烈地响着，眼前已是烈焰和硫黄烟子弥漫成一团。那烟焰的浓度，在一丈外已不见人。静媛和九妹刚走进碉堡门的时候，一阵极大的热风，像倒了砖墙似的，把两人都推倒在地，昏迷着钻进了碉堡。

九妹抖颤着道："完了，完了，我妈完了。"静媛也没有说什么话，急忙中，但觉两人的手还是互相握住的。

两三分钟后，却听到黄大娘在外面叫道："好险，好险，差点儿没了命。"

黄九妹叫道："快躲进来吧，我们在这碉堡里面呢。"在雾气腾腾中，进来一个人影子。

黄大娘道："刘小姐在这里吗？没受到伤？"

静媛道："多谢你惦记，我没什么，你老人家吓着了吧？"

黄大娘道："一天到晚都受吓，我也不知道什么叫做吓了，不过我刚趴在地上，让碎石头砸了我一下大腿。"她说着摸索着向前，摸着她两人还是互相地拉着手，站在一处。因道："你们有个伴，究竟好得多了。刘小姐，别分开了，我娘儿俩知道什么时候完结？我愿意死也死在一处。"

刘小姐和黄姑娘都默然着，那爆炸声虽还在继续，却是比较的远了，眼前的烟雾，也慢慢地清淡。大家听到脚步声，由洞眼里向外张望，见一位大兵，身上背了一卷电线，顺着大街向前走。那电线散开了，却在地面拖得很长。

静媛问道："这是干什么的？"

九妹道："这是电讯兵，他们架设电话线，也修理电话线，由后方一直把电线接到战壕里去，都是他们，而且是随断随修，随要随架，除了前方在肉搏冲锋，他们是不问炮火怎样厉害，都要工作的。"

静媛道："九姑娘，你怎么知道得这样清楚？"

第三十一章　两位患难姑娘

黄九妹道："我父亲就是个排长，我怎么不知道呢？"

静媛道："令尊现时还在部队里面吗？"

九妹道："在武汉外围作战就阵亡了。"

静媛道："怪不得你们勇敢，你们原来就是抗属。"正说着，又有两个电讯兵跟着走来，随着在路边电线杆上屋角上架着线向前走。自然，这时候的飞机马达声音，还是嗡嗡地在头上乱叫着呢。

第三十二章

勤务兵的军事谈

　　天空上黑色的烟雾，渐渐地变成紫色的火山影子，天也就开始昏黑了。天黑了，敌人的飞机也就走了。黄大娘等三人，在碉堡里守候了一会儿，也就陆续地走了出来，大家回到堆栈门外，向四周天空看时，紫色的烟雾，布起了三面火网，绕着东西北三面市区。只有南面露出一截昏黑的空当。

　　黄大娘叹了口气道："不用说炮打飞机炸，就是每天这样烧两回，把常德也会烧个精光。"

　　九妹道："我真恨不得也拿着枪去打一仗，也好出出这口气。日本鬼子这样子对付中国人，实在是欺人太甚了。"

　　正说着，却见王彪放开了步子，由巷口奔了进来，跑到面前，举手一行礼，说了"报"字，他突然停止，他想起来了，这并不是见任何官长，怎么说出报告来？他笑了一笑，张嘴结舌地叫了声干娘。

　　黄大娘道："你怎么又出来了？"

　　王彪道："我干的是跑腿工作，哪一天不出来七八上十次，我知道这附近落了弹，特意绕着来看看，还好，没事。"

　　他说着又向黄九妹看了看，她问道："有什么好消息吗？"

　　他道："有好消息，也有不好的消息，我们进去说，好吗？"

　　黄九妹道："你就进来吧，反正这也不是我的家。"

王彪道:"你那意思,是说若是府上的话,就不让我进去了。"

黄九妹回头微微瞪了他一眼,可是脸上又带了一些笑容,王彪就很快地跟了她们后面走,一面报告着道:"据说,我们的援军,不是明天就是后天,一定可以打进常德城。一天两天,我们城里守军,绝可以守得住,这岂不是一桩好消息吗?"

黄大娘道:"阿弥陀佛,那也好吧。"

大家道着,到了后进屋子,王彪见桌上还摆着筷碗,说道:"你们吃饭吧,天一黑,仗又会打得更酣的。"

黄九妹将炉子上冷灰拨开,重新生火热饭。王彪自端了一条凳子,靠着炉子坐着,弯了腰伸手只管向火。

黄九妹瞟了他一眼道:"你报告的是好消息,还有不好的消息呢?说呀!"

王彪对大家看了一看,说道:"今天我们为了南墙水星楼这一场恶战,大家都注意到这里,可是今天东西北三门打得还是更厉害。先说东北角,由岩桥到七里桥,我们是一六九团守着,你别听说是个团的番号,一六九团的第三营和第一营都不到三百人。这七八天的恶战,弟兄们伤亡得实在太多。第三营长叫郭嘉章,他是由敌人在洞庭湖西岸登陆以后一直就打着的,今天是阵亡了。这人很和气的,我认识他,怪可惜的。"

刘静媛小姐坐在椅子边长凳上望了他问道:"是怎么阵亡的呢?你知道一点情形吗?"

王彪道:"第三营有几个同乡弟兄,和我很熟。他们说,郭营长死得是非常壮烈的。在今天拂晓起,敌人策应水星楼的战事,在岩桥一带用密集队冲锋。郭营长带了弟兄在战壕里死守着,等敌人逼近了,就用手榴弹抛出去,然后跳出战壕去肉搏,这样恶战打了七八次。"

黄九妹道:"听说那一带我们的工事不坏,还有小碉堡呢,怎么会让敌人的密集部队冲上来?"

王彪道:"你是相当内行的,我可以告诉你,机关枪可以压住敌人冲锋,但敌人的迫击炮,可以打我们的机关枪掩体。"

刘静媛问道:"有什么法子破迫击炮呢?"

王彪道:"有的是,山炮可以对付它。"

她又问道:"又用什么法子破坏山炮呢?"

王彪道:"重炮!我索性说了吧,重武器可以对付轻武器,更重的武器可以对付重武器。"

黄九妹道:"不要说远了,还是说郭营长怎么作战阵亡了吧。给你喝杯水。"说着,将锡壶里的茶,斟了一杯,双手送到王彪手上。他站起来接着,点头道了一声谢。

黄九妹道:"你也是真多礼,快些说消息吧。"

他坐下喝了两口茶,微笑道:"这也不是废话,你要知道什么家伙管什么家伙,就知道这战场情形怎样了。我们东门外一带,工事虽也不坏,架不住敌人三四十门大炮,昼夜不停地对着战壕轰射。他们这样地轰击,战壕让大炮打平了,鹿砦烧掉了,铁丝网打断了,我们有些小碉堡,安着机关枪,本来还可以拦着敌人前进。敌人上面用飞机炸,地面上用平射炮打,无论什么好碉堡,只要平射炮对准了轰上三四炮,就会完全垮掉。对付平射炮,当然还是要各种炮。可是,唉!我们的山炮弹迫击炮弹,总共只有二千多发,打了一个多礼拜,还会有多少?大概从昨天起,东门一带我们就很少发炮,只是用步枪机枪和人家打。打到今天上午,我们的碉堡战壕都完全不能用了,我们就在工事外或者散兵坑里和人家对抗。那郭营长真是好汉,就是这样也没有退后一步,敌人的密集部队,前后冲了十几次,弟兄都是跳出散兵坑,用刺刀手榴弹抵抗的。到了最后一次,郭营长已挂了两处彩,他的勤务兵要背他下来。他说:'由副营长以下,都在阵地牺牲,我好意思回去吗?'后来敌人冲上来了,他就带伤躺在地下,用手榴弹把跑到前面的敌人炸死,自己也就完了。"

静媛听说时,紧张得面孔通红,点头道:"这实在勇敢!那时我们没有派兵上去挽救吗?"

王彪道:"昨天晚上是副团长亲自带了一连人把七里桥阵地稳下来的,晚上因发生了水星楼的事,他又带了一排人进城,连勤务兵都编队上了阵呢。人家也只有两只手、两只脚呀!这副团长的名字最好记。他叫高子曰。今晚派不出什么人了,副师长带了几名弟兄,到七里桥去督战的。也就因为副师长都拿了一支枪,在散兵坑里作战,弟兄们都十分卖力,把最后一枚子弹打完了,上着刺刀,静等了敌人来肉搏。所以打到下午,阵地上只剩二三十个人了。"

静媛道:"我们伤亡这样多,敌人怎么样呢?"

王彪道："打仗，总是进攻的人伤亡多的。我们死三百，敌人就得死一千。"

黄九妹道："那我们今天算牺牲了一个营长。"

王彪把杯子里剩的茶，对嘴里倒着，咕嘟一响喝光，借着助助勇气，他将杯子放在椅上，重重地按了一按，叹口气道："还有呢。听说第一七零团的第二营营长酆鸿钧，今天也在西边长生桥那里阵亡了。西路的情形，我不大明白，大概都离城墙不远了。从今天起，恐我们要隔了城墙和敌人作战。干妈，你们不是说，敌人的炮弹怎么会落到城里来吗？到了明天，我想枪弹都会在屋顶上乱飞了。可是，事到于今，你老人家也不必害怕，人生无非是这一条命，迟早也免不了一死。拼了这一腔热血，也许死里求生，做一番人家不敢做的事出来。"说着，他伸手拍了两拍胸膛。他是站着说话，挺直了身子，两道眼光迫直着射人。

静媛听了他先前说的那番军事常识，再又看到他这一种姿态，觉得一名勤务兵也有这样的程度，也就难怪五十七师实在能打仗。因问道："王同志，你的胸襟很好，你是抽壮丁来的吗？"

他道："不，我是自己投军的。我原是做小生意的，由南京到南昌，由南昌到上高，让日本鬼子打到我什么也干不成。后来遇到了我们参谋，我就给他当勤务兵了。因为我们是同乡，很说得来。"

静媛道："你山东家里还有什么人？"

王彪道："不瞒你说，我还是个独子呢。家里有一个老娘，有一个妹子，我死了不要紧，妹妹出了阁，不照样传宗接代吗？生下孩子，不管姓什么，我王家反正有一半。我觉得男女是一样，我这么大岁数，不是打仗，也许我在家里，家里不止三个人了。"

黄大娘笑道："少废话！炮火连天，谁和你谈三代履历，还有什么好消息没有？"

黄九妹已把饭菜都热好了，故意将头偏到一边，向刘静媛道："我们还是赶快吃饭吧，吃饱了，我们也做个饱死鬼。"

王彪见她三人突然忙着吃饭，把探问军情的心事放到一边，颇觉有点不好意思，就走到堂屋檐下，抬头向天上看看，自言自语地道："这天也是有意和我们为难，天天吹着这样大的风，只要有火，总是越烧越大。咳！每天晚上，都是烧红了半边天。听啦，这枪炮声多密，我们过了十几个年三十夜了。"他叨叨地自言自语着,堂屋里还只是吃饭,并没有谁理会他。他牵牵衣襟,又摸摸衣领,便回转身来道:"干妈,你们吃了饭,早点休息吧,养点精神,好对付明日白天。我走了。"

黄大娘说了句多谢,也没其他言语。王彪料着是自己失言了,只好悄悄地走着。到了大门口时,后面有脚步声,看时,黄九妹来了。她先道:"这房子太深,我们在后面住着,总得关上大门。"

王彪答应是的,不敢多说。

黄九妹道:"王佬子,人家刘小姐是有知识的人,往后在人家当面别啰里啰唆的。"

王彪道:"九姑娘,你知道我是个直筒子,说话少留神,其实,我心里没什么。"

黄九妹扑哧一声笑了。

第三十三章

鸟巢人语

在战斗场合上的人，他的心里，是有着强烈的变化的。虽是这种变化，随着各人的性情各有差别，而他们需要轻松与温暖，却大体相同。因为他们每一秒钟，都在紧张的空气里，精神实在需要喘息一下，有些下意识的人，就因了这种需要，极端地变为自我陶醉，弄成了轨外的行动，会带兵的人，他就要明了士兵心理。五十七师自参加上海"八·一三"之战以来，向来都是名将统率，也就向来注意到这一点。

现任的副军长兼师长余程万，他是个儒将，所以他一向地在适当的时候，就给予部下一部分轻松与温暖，却又极力地训练他们，避免自我陶醉。参副处的人昼夜和师长接见，他们知道在心理变化的时候，怎么处理自己，就是勤务兵也没有例外。王彪认识黄九妹虽是日子长远了，只为着师长纪律严明，除了心里有那种不可遏止的恋慕而外，在表面上向来不敢说一句笑话。这些日子，在炮火中屡次和黄九妹见面，觉得在生死患难里，颇与她感情增加，不过还是保持着严肃，依然不敢说一句笑话，这时，她暗地借了关大门来说句私话，又尽情地笑了一声，他也就立刻感到一份充量的愉快。但他向来是个不会说话的人，未免呆了一呆，不知道说什么是好。

黄九妹将手轻轻推了他一推，笑道："发什么呆，快回去吧！不要误了公事！"

王彪道："你一定知道我的心不坏，只是嘴里说不出来。"她倒不以为这是闲话，沉默了一会儿，说道："我知道的，战事这样厉害，真不知道明天谁死谁活。我现在拜托你一件事，假如我死了，我老娘孤苦伶仃，请你另眼相看。"她说到这里，哽咽住了，脸上已是有两行急泪，直扑下来，落到衣襟上。

王彪道："你放心。"

他也只说了这三个字，依然呆站着，黄九妹将袖头擦着泪道："别丧气，祝你们旗开得胜，马到成功，回去吧。"

王彪也不敢再耽误，行了个军礼，随着来个向前转，头也不敢回就走了。这动作是他平时所得的一点训练，不肯有了女人的眼泪，消磨了自己的勇气。他很快地走回师司令部，在门口遇到了程坚忍，他问道："这一封公事，怎么送这样久？"

王彪道："参谋没有限我时间回来，我顺路……"

程坚忍一面走着，一面道："又是和我去找纸烟。我告诉过你，虽然是炸坏了的房子，那房子里东西究竟是老百姓的，我们穿了军服的人，不可以常到那里去挖掘东西，小处不自爱，慢慢就会出毛病，随我上大西门去吧。"

王彪听他这话，知他又是向大西门去督战，没有说什么，随了后面走去，但这条路，已不似往日那样好走，炮弹在火光灿烂的空气里，呼呼地响了过来，走出城门半条街就有三枚炮弹在前后爆炸。

到了渔父中学，已是迫近了火线，程坚忍找到营指挥所和来此作战的杜鼎团长谈话，王彪就在营指挥所外散兵壕里休息。这营指挥所也是个小碉堡，外面的散兵壕，屈曲着横断了路面。壕的一端，连着两幢轰毁了的民房，半堵没有倒的砖墙，挡住壕的正面，倒是相当安全。团部营部五六名杂兵，靠了土壁，坐在壕里休息，候令，大家悄悄地说话。有两名弟兄，不甘寂寞，曲了腿，面对面地坐着，手拍了腿，闹着儿童玩意儿，在猜锤子剪刀布的哑拳，赢了的拧输拳的耳朵。虽是天已昏黑了，那天上反映着炮火的红光，却看得手势十分清楚。每拧一下耳朵，大家全忍不住嘻嘻地笑。正猜得有趣，壕上有人轻轻问道："哪位同志有水吗？分给我一点喝。"

大家伸头看时，有一个伤兵，将绷带在肩上挂了手臂。旁边一个人，背了两支枪跟着。王彪道："说话的好像老乡袁班长。"

那人笑道："可不就是我袁忠国，哪一位答话？"

第三十三章　鸟巢人语

王彪道："参谋处勤务兵王彪，这里有水，班长这里来喝。"这两个就下了战壕，王彪把身边的一只木桶和一只瓷铁碗，一同送到袁班长身边，让他尽量地喝。

他首先舀起一碗，一口喝光，哎了一声道："不错，还有点温热呢。"他立刻把碗递给了同伴。

王彪道："班长，你怎么到这儿来了？你们一七零团第二营由小西门进城了。"

他道："可不是，在长生桥附近，我们落了伍，就绕道到这里来。刚才已见了参谋，他让我进城归队。"

王彪道："听说酆营长……"

他唉了一声道："阵亡了，死得壮烈得很。"

王彪道："你有工夫说给我们听吧！"

他道："我迟十来分钟进城去，没关系，酆营长这段忠勇事迹，是应当告诉各位的。"说着，他接过碗，又舀着大半碗水喝了，然后道："今天下午，敌人又用密集部队冲锋了，昨天我们还用迫击炮山炮去压制他们，到了今天，我们的炮就不大响，一个钟头也只响两三次，大概是炮弹完了。不过迫击炮营是非常出力的。这第三连涂天凤连长，和我相处得最近，我最知道他。那里前后有两棵大树，做了鸟巢工事，一个是我守着，一个就是涂连长做了观测位置。我们在树上看敌人比什么都清楚，我们在树上用电话指挥发炮，有什么不百发百中？虽然我们一下午只发了几炮，一炮打过去，总揍死他几十个人。后来我看到涂连长下了树，带了他的弟兄，加入散兵壕作战。"

王彪道："他们有家伙？"

袁忠国道："喏！那位就是他迫击炮第三连的弟兄。你问他吧。"

那士兵道："我们一排人，只有九支步枪，其余的都是徒手兵。我就是个徒手的。徒手有什么关系？我们每个人拿两枚手榴弹，就由战壕里上去。我也是腿上让子弹穿掉了一块皮，落了伍了。"

群伙中一个士兵道："我们五十七师，真不含糊呀！后来怎么样呢？"

袁忠国道："没有炮，敌人就更猖狂了。大概长生桥那一带，总有四十门大炮，不分高低，敌人对了我们的工事乱轰，我们几处机枪阵地，都让炮轰毁了。我蹲的这棵大树，就让炮弹射穿了两回，那一阵狂风，几乎把我摔下来。长生桥往南，有几个鸟巢工事，今天算是用着了。我们在上面守着，看到敌人走近，对准了密集部队一枚手榴弹，不会让他们少死人，敌人冲到大树边六次，我送了他们五枚手榴弹。第六次我没有手榴弹了，把步枪还干了他几个。算我运气好，敌人对树上还击我多次，就是手臂上穿了个洞，别处没事。也是那棵树长得好，四周有许多小树，他不敢走近，也看不到我。我挂了彩，一只手没有办法，只好留在树上光瞧着。巧啦，营长两次由战壕反攻过来，都攻到那树林边下。第一次上来，大概我们有二十人以下。肉搏以后，树林外捡着三二具鬼子尸首，他们就下去了。营长也回了战壕。第二次上来，营长就只带了八九名弟兄。我亲眼看到他一路丢了手榴弹上来，那八九名弟兄，也就是这样丢着手榴弹上来的。我想，他是看着敌人太多了，根本没有打算用刺刀劈刺，用了个大家完的办法。所以到了敌我相隔几尺路的时候，我们这里还在丢手榴弹。敌人没想到我们用那个战术冲上来，十之八九躺下了。一个密集部队，大概总有三四十人，只回去几个人。"

王彪道："我们呢？"

袁忠国道："那还用说吗？全没有回战壕哇，营长自然也在内。他是我们一个好官长，唉！真是可惜！"

士兵里有一个人插言道："虽然他为国牺牲了，他的精神是永久存在常德的，我是常德人，我就可以代表常德老百姓说这句话。将来我们在营里建筑一座忠烈祠，或者是一座英雄墓，把阵亡将士的姓名，都刻在石碑上，自然第一七零团第二营营长酆鸿钧的名字，也是一字不漏刻出来的。"

袁忠国道："所以我们全不怕牺牲，都有这点意思，落个芳名万古存。我这里在敌人尸首身上，搜到这么一点好东西，各位来一支。"说时，他在衣袋里掏出一个纸烟盒子传递着，各人面前，分敬了一支纸烟，又摸出火柴，分别地点了烟。立刻这战壕黑暗里，有几点红星亮着。

王彪吸着烟，笑道："班长，你在鸟巢工事里作战，那是个新鲜玩意儿，你觉得这玩意儿有些什么好处？"

袁忠国道："好处多着呢！可惜大树究竟不多，不能到处做鸟巢工事。鬼子总是鬼子，诡计多端。他们在阵地上，总是声东击西。有时候，他们在阵地上匍匐前进的时候，头上顶着树枝，或者顶着草，故意让我们发现。他可能把树枝插在地上，人跑了开去。有时候，他们也弄些少数的人，在我们阵地面前佯攻，消耗我们的子弹。像这一类的事，我们在大树上守着，全看了他一个清清楚楚。我们和地面上的人取得联络，用各种暗信号，通知了散

第三十三章　鸟巢人语

兵壕里和碉堡里，不但可以不上当，反而可以杀他个措手不及。在这些鸟巢工事里，我们至多是两个人，牺牲了也无所谓。在今天以前，他们还没有发现这玩意儿，我们真占了不少便宜哩。"说着，也打了个哈哈。

还是王彪因为他同伙两个都是带伤的，劝他赶快进城。他两人说声再会，爬出战壕，从从容容地走了。

第三十四章

HUBEN WANSUI

夜风寒战郭星火肃孤城

这些故事，都是十一月二十五日发生的。到了黄昏的时候，每日照例的一个高潮，这日自然也没有例外。当袁忠国离开渔父中学前面战壕时，有一架敌机，突然地飞到了常德城圈上，绕着城垣飞了个圈子。然后飞到城中心，落下个照明弹。照明弹这东西，像个远望的汽油灯泡，亮得发白，它由飞机丢下，化学液体燃烧起来，悬在几百尺高空，可以烧十几分钟。液体燃烧完了，就变为一阵青烟化为乌有。平常轰炸机夜袭，用这种东西对付灯火管制。半空中悬上一二十个照明弹，可以把整座大都市照明得如同白昼。而敌人在常德丢照明弹，却不是这个意思，这是黄昏总攻击的一个信号。所以在高空的照明弹像大月亮似的，挂起来，敌机就悄然地走了。

敌机一走，常德四面的敌人，包括沅江南岸的敌人在内，山炮、迫击炮、轻重机枪、步枪，一齐发射，各对了他们面临着的阵地，尽量地抛出他们的火药与钢铁。那一种火光，可以在地面上绵延牵连着成一条光芒，闪射红毛茸茸的火龙。它那声音，把宇宙里所有爆烈喷发的响动来比拟都不能形容得恰当，它是连串的，凶猛的，有高有低的。成语上什么震耳欲聋的话，那也形容不出，震耳就是震那么一下而已，这枪炮之声，根本不是波动式的震，它简直是爆烈的声浪，倾泻出来。

本来这种动作每日都有，而二十五日这个黄昏，却更猛烈。守常德的虎贲们，他们有了一个星期的经验，丝毫不为这声色俱厉的情况所动摇。而且我们的子弹，越来越少，不能不加爱惜。所以两方阵地对照之下，我们的阵地，反是寂然无声，只有偶然的一阵机枪声和喊杀声，那就是敌人冲锋上来，他们加以反击了。我们守在战壕里，屡次得着师长指示，都是沉着应战，而且每次根据上峰的来电，都说援军二十七日可以赶到。凭着这苦战七八日的经验，再撑持一日一夜，绝没有问题，大家除了沉着之外，还添上了一分高兴。

这一晚上东西北三面，敌人只是用猛烈的炮火轰击，阵地的争夺都没有什么变化。王彪和一部分杂兵，守在营指挥所外面的战壕里，半坐半睡地休息，大家让炮声枪声聒噪得麻木了，不能做什么消遣，等着枪炮稀疏一点，说话可以听到的时候，大家就谈天消遣。谈到后天援兵就会开到的消息，大家是非常的高兴。

有人说："把日本鬼子驱逐走了，什么功劳也不想，只希望找个僻静而又暖和的地方，痛痛快快地睡他一觉。"

有人说："赶快写封家信回去，免得家里人惦记。"

也有人说："我愿意买一盒纸烟，坐在城墙上，看着鬼子进攻的路线，慢慢地吸烟。"

王彪却沉默地没说什么，有人问他，他笑了一笑。就有人猜道："他准是想到敌人尸身上剥一件呢大衣下来穿。"

王彪还是笑，却不答言，夜色慢慢地深沉，地平线上的火光，也慢慢地萎缩暗淡下去，染着火药的云彩减退了血色的光焰，长空有几处灰黑色，也就有几个星点，在战壕头上一闪一闪的。枪炮声在面对着的敌阵上，暂时消沉下去，偶然一两下的枪声，正像暴风雨过去，后屋檐上还有不断的点滴声。不过这透着比较沉寂的夜空里，西北风大大地作怪，呼呼狂响。战壕上面，一阵阵的飞沙，噗咤一阵又噗咤一阵，又在头上刮了过去。这里的阵地，正好对了西北，完全面对了风的吹势。在战事紧张的时候，大家把生死置之度外，也就不理会天气对于身体的关系。到了战事和缓过来，紧张的神经中枢，它又要管它五官四肢所接触到的变化。那风沙夹着的寒潮，侵袭到战壕里每个人的脸上身上，让人的脊梁里，有一丝丝的凉气向外透出，伸出在棉军服外面的两只手，已渐渐地会让人感到麻木。

王彪坐在战壕里，没有什么言语。他两只手不住地搓着，借了这点运动，让两只手发生一点热量。他心里在发生着幻想：那些被敌人侵占了的地方，包括自己老家在内，不知道那些老乡过着什么样的生活。他们会想到我们要打回老家去的人，是这样地吃苦吗？他又想着，到过一次大后方的重庆，那里并不冷，轰炸后的街道，修得宽宽的，到了晚上，电灯也是点得通亮，这个时候，应该是戏馆里散了戏，看戏的人向那到处的三六九面馆，吃着消夜点心。那不是瞎猜的，自己在重庆，就尝过那么一回好滋味。他想到这里，有点悠然神往了。两只手也就搓得十分有劲，瑟瑟作响。他又想到那回在戏馆子里看着盘丝洞的京戏，八个美丽的蜘蛛精，在雪亮的电光下，在台上跳舞，多么醉人，出了戏馆之后，在三六九吃了一碗汤团，软软的，甜甜的，几乎没有嚼，就吞下了肚去。重庆人应该还是那样，他们可会想到常德城里今晚上的滋味。

　　他正是这样想，战壕上有人轻轻地喊着"王彪"，他听出是程坚忍的声音，便立刻答应着有，程坚忍道："我们回师部去。"

　　他正巴不得呢，坐在战壕里不动，这大风下，实在有点支持不住，走走路，身上就可以冒一点热气了。他跳出了战壕，见程坚忍挺立在风头上，向前问道："我们就走吗？"

　　程坚忍低声道："夜深了，低声些。"他说完了，就在前面走。

　　大风由后面吹来，仿佛在推动着人，王彪也就一声不响，顺风而行。眼前虽然还看到火光偶然一闪，但大地被风刮得昏黑，零碎的炮声，在远远近近响着，已是上十分钟一响。步枪子弹声，嗤！啪！点缀着战场有些沉闷。东角有时嗒嗒嗒发出一阵机枪声，但也只有两三分钟的连续，人在路上走着，拥上前去的风，把田原上的冬树枯条，吹得像野兽在嚎哭，电线被风弹出凄凉悲惨的调子。小声嘘嘘大声呜呜，炮轰毁了的路旁民房，也在夜声的哭泣中动作，秃墙上的沙土，扑哧哧地向下坠落。房架子上的焦煳木料，不时噗嘟一声落下一块。

　　这两个人中，程坚忍是有着相当文字陶冶的人，他觉这西北风，在这个炮火寥落之夜，已写出一篇吊今战场文。枪声少，人声更是没有，其他生物的声音自然也是没有，让西北风尽量地去朗诵这篇动人心魄的杰作。眼光接触的呢，远处有些野火之光，像夏夜在乡间农场上纳凉，常常看到远处闪的干电，不过这多了一种雷声配合而已。星光下，也还可以看到人家，只是那种焦煳的气味，就在这里空气中荡漾，于是仔细一看，就能看到人家残破歪倒的轮廓。

第三十四章　夜风寒战郭星火肃孤城

路上偶然也碰到一两批上前线去的武装同志，老远地彼此对过了口令，挨身而过，有时也说两句话，都是简单的字句，沉着的声音。在路上悄悄地走着，他心想：很难有这种抓得住当前情调的文人，写出这么一首动人的诗，也不会有那种名电影导演，能幻想这么一个镜头。战争是暴躁的，热闹的，丑恶的，但有时也不尽然。他只管沉沉地想着，终于铮的一声，碰着件东西，原来炸断了的电线横拦在路上，他扶开了电线，继续地向前走。在大西门附近，遇到一连布防的部队。他们在些微的星光下，不带一点火，肃静地布防，但听到枪托声、步履声、锹锄动土声，在寒风里散布。遇到他们的官长，说起话来，知道是属于一七一团。

到了城门口，警戒部队，挺立在风声里。程坚忍站住了脚，答应了本晚的口令，随着那些呼噜噜推进城门的风，在门洞的沙包堆缝隙里缓步进了城，顺着中山西路，走向城中心。这条街，不但经过多次的轰炸，也中了很多的炮弹，房子是整片地成了残砖烂瓦堆，连空屋架子，都很少有。风鸣咽着哭过了这废墟，天上几个孤独的星点，似乎也让风诱惑得在眨眼。这里没有什么杂乱的声音，偶然有巡防部队的步伐声，答复了城外炮响，那炮声也像劳动的人，感到了出汗过多的疲乏，很久一两声气喘。

远远地，可以看出街尽头两三星灯火，那正是彻夜备战的战士，在那里工作了。风和冷，夜和静，被那零落的枪炮，点缀出一份严肃的气氛，不曾倒完的人家，在墙脚边涌出一丛丛火光来，就近看见部队的火夫，挖了地灶煮饭，为了敌人过于逼近，为了轰炸过于频繁，煮饭烧水已不得不在夜晚工作了。在那火光上，大锅冒出如云的水蒸气，两三个火夫，人影摇摇地在火光水蒸气边工作。上风头经过，可以听到他们细微的、沉重的、断续的谈话声。他立刻得了两句诗："更清炊战饭，丛火废墟生。"

走过了中山西路，转弯是兴街口。这里已不是中山西路那样荒凉，满街亮了十几盏灯火，有一连工兵忙碌着在搬运石块，加强马路中心的石条甬道。甬道两边，层层堆着乱砖木料门板以及桌椅板凳。不到若干丈路，就在马路两边有这样一道阻隔的堆积物。同时也听到两旁的民房，哗啦啦作响，正是工兵们在人家屋里打墙洞，让所有的民房都可以串通。这样连夜地工作着，表示了我们巷战准备得积极。就是连师部大门口，也预备作巷战了。

走到将近中央银行却听到李参谋在街心说话，因问道："老李，你还没有睡吗？"

他走过来道:"我在这里监筑石坚防线。"

程坚忍道:"石坚防线这个名字双关,我们师长号石坚,又可以说这道防线,有石头那样坚固。这道防线有多长?"

李参谋道:"先从兴街口建筑起,只要时间许可,我们可以尽量地向四城发展。好在石头这样东西,常德城里是取之不尽的。"

程坚忍因要去向师长报告大西门外的情形,没有久站,自向师部来。银行的营业大厅里,点了三四盏油灯,参副处的人,有几个据守了小长桌在灯下工作着,师长直属部队的一部分人,得着暂时的休息,拿着军毯或小被条,各人就在地面上摊着地铺和衣而睡,防空壕的电话总机,在大家无声的情况下,时时响着电话铃声,两个接线士兵,端坐在电话机旁,一个译电员,拿着一张电稿,由防空室里出来,可想到师长还在办公。

程坚忍走了进去,见师长把那份五万分之一的地图,摊开一角,在煤油灯下占了小桌面的全幅。他军衣军帽整齐地穿戴着,端坐在小凳子上。左手按了地图,右手拿了支铅笔,在地图上虚画着。煤油灯逼近了他的脸,照着他的面色发红。正好这一刹那,没有电话通到,副师长陈嘘云,参谋长皮宣猷,指挥官周义重都在四周挺了腰杆坐着,他们似乎在等着一种指示,这斗室里面,充满了严肃的空气。

第三十四章　夜风寒战郭星火肃孤城

第三十五章

HUBEN WANSUI

铁人

程坚忍在师长那份严肃态度中，料着他是在计划战略，就没有敢多言，且站在门口。有四五分钟，余师长脸色映着灯光，泛出一种不可遏止的笑容，同时，他突然向在座的人道："我们胜利了。战略的策划，完全是准确的。"大家听了这话，看了他的脸色显出了兴奋的样子，就都望了他，他一抬头看到程坚忍就把他要说的话停住，等候程坚忍的报告。

报告完了，余程万带了笑容道："你听完我这一段话再走。"

接着向大家看了一看，因道："也许你们都已见解到这一点的，这一次敌人发动的湘西战争，最大的企图，是想进犯沅陵。所以他的第一路主力第三师团，由弥陀市登陆，箭头一直向西，直扑五峰边境，折转南下，进犯石门，他若是顺利的话，当然一直由慈利大庸，以推沅陵之背。再说他第二路主力第一一六师团的大部分，由公安进犯大堰垱，也是针对了石门的。只有洞庭湖西岸登陆的那支敌军，是直扑常德的。敌人集合了十万人，原想大干，为了我们在常德坚决死守，他们在洞庭湖西岸登陆的军队，就无法策应北路主力，北路主力既在西边山地遭遇了我友军的抵挡，又以常德尚在我手，后路受威胁，所以变更了计划，打算用他们全部兵力先解决常德。于是他将近十万人兵力由西转南都集合在这个据点周围。这正是我们的妙算，将他们都吸引到这个核心地带来的。据我截至目前所得的情报，敌人并没有后续部队前来，纵然有，也远水不救近火。你想，十万大军，都在常德城区这一点，后面补给线那样长，弹药粮秣，怎么能说不缺乏？而况我们的空军和盟军的空军，天天在炸这条不绝如缕的供应线，他绝难持久。此外，我西面的友军和东面的友军，正对他取反包围，他的后路，随时随地都受威胁。所以他越把大军聚拢到常德这一点，他后路空虚，我们外围的友军，越是可以占他一个大便宜。而我们常德守军越支持得久，也就使敌人的消耗越大。他的前方拼命消耗，后方接济不上，没有被反包围的危险，也不是万全之策。而今我们友军已慢慢地办到了合围之势，他对常德的攻势，无论达到什么阶段，也非惨败不可。请问，十万大军的接济，是能靠飞机投掷的吗？不过局势演变到这种局面下，敌人不攻下常德，有受核心部队和外围部队夹攻之危，就是突围撤退也不容易。第二，敌人也不愿失这个面子。我判断在最近两天，敌人一定不顾一切，要先攻下常德，然后掉头去对付我们外围军队，以便逃避包围。在这不顾一切的情形下，一定还会放大量的毒气，但我们要完成这次会战的胜利，绝不能放弃吸引敌人的手段。也就是不让他在湘鄂边境站稳或撤退，好让我们友军来个大歼灭战。这样，全局是乐观的，而我们五十七师，就负着一个当仁不让的光荣伟大之任务。我以担负这个光荣任务为荣。把这个光荣任务给五十七师，那是百分之百地看得起五十七师，我们不能辜负这个期望。我仔细研究了，我们能把城区守到下月一号，无论援军到与不到，外围的友军一定把常德这个大陷阱布置妥当，那时我们成功是成功了，成仁也是成仁了。我和全师弟兄要咬紧牙关，闯过这个难关，让抗战史上，写下一篇湘西大捷。连我在内，八千人的牺牲，博得这一回大捷，那是十分合算的。"

他的这一篇理论和情感的演讲，说得大家都十分心服。说到紧张的时候，他也是目光闪闪的，紧握了拳头。等到他把话说完了，他脸上又照常放出了平和的笑容，接着道："这并不是什么阴阳八卦。有军事常识的人，一说破了，就会恍然的。"

程坚忍站在屋子里，本来觉得理由充足，再看到师长的态度十分自然，也就在充分的自信心下，脸上发现出了高兴。余程万将身上的挂表掏出来看了看，向他道："两点钟了，你可以去暂时休息一下。明天早上有任务给你。"

程坚忍也是个久经沙场的人，他自知道在战场上抓着机会就打，也知道抓住机会就吃，抓住机会就睡。听师长的指示，分明还有一场恶斗在后面，

第三十五章　铁人

有机会非培养精神不可，他退出了师长办公室，回到自己搭床铺的屋里，在窗台上那盏菜油灯下，看到自己的被盖，展开在那床板上，便先有三分陶醉。七八昼夜的战斗，和枕被相亲的时候，实在太少。由二十四日拂晓起，将近四十八小时，没有合眼了。他取下头上的帽子，鞋子也不曾脱下，就半斜半直地，躺了下去。平常的营中床铺，平常的枕头棉被，这时一相亲起来，就甜蜜得昏然过去了。

睡意蒙眬中，轰隆噼啪的猛烈声，让那受惯训练的脑筋，不得不恢复工作。他猛地翻身坐了起来。首先看到窗户纸上，已变成了阴白色。其次看看屋子里床上，都已空空无人。辛苦多日的同袍，又个个去接受新任务了。再其次他看看屋子内外，一切无恙，心里安然了。

他本来也知道这种观察是多余的，因为他曾设想到，不定是哪一次昏睡过去，人和屋子，有同时化为乌有的可能。所以有时睡醒了过来，就下意识地要四周观察一下。不过耳朵对着声浪的接受，已明白了这又是拂晓攻击的家常便饭。他沉静了两分钟赶快摸出床铺下的脸盆，在厨房里舀了一盆冷水来，蹲在地上，就着盆连洗脸带漱口。这时候的枪炮，已是四城连成一处。山炮弹呼呼地在空中发出怪叫，师司令部已变成了火线核心。在这洗脸当中，师司令部附近，就落了好几枚炮弹，哗啦啦的房屋倾倒声，这盖得相当坚固的砖墙房子也不住地摇撼，随着窗子，外面就是黑烟弥漫。

程坚忍一想，这已达到了战事最后阶段吧？不管它，先得把肚皮填饱，好预备今天拼掉这最后一滴血。正这样想着，勤务兵王彪，真是一个能共患难的助手。他将一只粗碗捧进一碗冷饭来。两根筷子插在饭堆尖上，居然有两条咸萝卜放在筷子边。他接过饭碗，不问冷热，坐在地上连吞带嚼，就是一口气把它咽下去。再摸出床底下的瓦水壶，向碗里斟了大半碗冷开水，还是一口气喝了。

就在这时，城区连续地发出了爆炸声。近处既是不断地爆炸，城外的枪炮就被掩盖了。现在是哪一个角度战斗得激烈，却无法判断。师长昨晚上说了，今天早上还有新任务，且在屋子里等候着吧。约莫坐有一小时，城里炮弹的爆炸，并没有减少，而敌人的飞机又来了。当那嗡嗡的声音，在上空响着的时候，他心下一横想着，坐在屋里有什么用？立刻炸弹下来，城里又是好几处起火，应当出去救火，且看敌机来的是多少。

他站了起来，正打算走出屋去，轰隆，轰隆几下大响。也不知由哪里钻进来的一阵狂烈的热风，把自己身子，摔到屋子中心几尺路远。同时窗户扑开，屋子里东西，四处乱滚。那一片响声已把自己的脑筋搅乱，他被摔倒在地上，定了一定神，只觉一阵浓厚的硫黄味扑鼻，但见烟雾腾腾，由四处涌进了中央银行，这是无须猜测就可以知道的，一定是附近中了弹。这个感觉刚是发生，接着又几下猛烈的爆炸声，将热风涌进了屋子。而且在房屋震动中，看到墙外一阵阵红光闪动。敌人对于这种炸法还嫌着单调，城外的炮兵阵地，对着城区中心，连串地猛射。这时只有耳朵里听到震天动地的爆炸声，屋子里外被火焰迷糊得像入了黑夜。门窗户扇一齐摇撼，随了哗啷，轰隆，扑嚓，各种难以形容的巨响，也发生噼噼啪啪的声音来助凶焰，这样有十来分钟之久。

程坚忍第二次横下心来，心想，不管怎样危险，也要出去看看，可能师部直接中了弹，要看看师长是否安全。他在烟雾中，摸索着奔到防空室门口，见里面还放出一线灯光来。走向门口看时，见副师长陈嘘云坐在电话机边，师长余程万安安全全地坐在小桌子边，手上拿了自来水笔，低头在纸上写一张文件，大概在拟手谕。那盏煤油玻璃罩子灯，很亮地放在左手下。可想到刚才那种猛烈的轰炸的情形下，他还能坐在这里撰文稿。

余师长把这文稿写完了，一抬头看到程坚忍，便笑道："我很好。现在敌机走远了，赶快出去看看火场，好督率弟兄们去救火，我已经指派人分头出动了。"

程坚忍这又知道在刚才轰炸中，师长并没有稍微停止工作。他衷心的敬仰下，聚精会神，注目敬着礼，然后走出来。他因为那昼夜不停指挥的周指挥官，并不在指挥电话机边，他是大家敬爱的一个爽快人，就不免绕道到他寝室里去看看。心想，他可能是得一个短期间的休息，睡觉去了。在这防空室后面，一幢楼房底下，就是他的卧室。走到他的卧室门口一看，有一个勤务兵滚了满身的灰尘，兀自坐在地上。看那周指挥官时，他侧着身子和衣睡在床铺上，双目紧闭，鼻子里呼呼有声，睡得正着。

程坚忍道："什么？刚才那样大轰大炸，让他睡在床上，没有把他叫醒吗？"

勤务兵道："指挥官睡在床上，原是醒的，我在楼上，一个大炸弹落下来，也不知道落在什么地方，呼的一声，空气和灰尘把我由楼梯上轰了下来。指挥官还笑了我一顿，说我没出息。他倒是照常地睡在床上，刚才飞机走远

第三十五章　铁人

了，他就闭上眼睛睡了。"

程坚忍摇着头赞叹了一声道："这又是一个铁人。"

勤务兵道："谁还有这样大的胆子？他真忍得住。"

程坚忍道："师长坐在那里下手谕，一动也没有动。铁人铁人！"

他赞叹着走出了师司令部，看到全城的上空，又是烟雾腾空。三四处的火头，喷吐着几十丈的烟焰，尽管向长空里伸张。西北风不停地吹着，将那焰头下面的浓烟，卷成了百种波涛，烟头滚滚向东南角直扑将去。

这个时候，全城有了三个救火的组织，一是师直属部队，二是留在城里的警察，三是代理警察局长，把留在城里的少数人民，组织了个乡镇服务队。那留在城里的老百姓，原不过几十个人，向来也就自动地出来救火和送子弹送茶饭抬伤兵。警局方面，嫌这样太散漫，在见着百姓的时候，通知了一声，打算有一个组织，只半天的工夫，老百姓都自动地到警局去登记，听候组织调用。警局为着每次轰炸，都是四处起火，就让老百姓和附近的邻居各组一队。一遇火起，不必等候指挥，就自动地去救火，每队各指定了一个人当队长。至于输送担架任务，由军队和队长接洽。只这样一个简单的约定，老百姓就在前一日的一小时内，把服务队组织起来了。

这时，程坚忍走出兴街口，见师直属部队全涌在师部过去两条巷口上，登屋的登屋，扒墙的扒墙，将下风头火势前面的民房，一齐拆倒。那火被风吹着，浓重的厚网，完全把人罩住，火星带了狂热的空气，向人直扑。救火的人全身是灰尘。着火的地方，风卷着火焰一扑，立刻就卷去一间屋子。水枪注射的水和盆桶泼出去的水，根本压不下一块火。于是救火的人摇摇头，放弃了扑灭火源的企图，只是去断火路。为了这里离师部太近，救火的士兵们用着冲锋陷阵的姿势，在屋上的人，用斧头砍椽子，用棍子捣瓦。在地面的人，用绳子缚了木柱拉，用锄头去捣毁墙壁。有时一阵火星飞了过来，烧灼几个人的衣服。大家只将衣服上的焦煳地方扑熄，照常地拆屋。直等哗啦啦一声倒了，人才随着灰尘由烟雾里钻了出来。这时，敌机还不断地一架两架，由头上飞过。它似乎知道下面有人救火，一阵阵地把机枪扫射，子弹射到地面的青烟，也可以看出。城外敌人的炮弹，嘘呼呼怪叫，刺激着头顶上的空气。可是这些救火的人杀进烟堆里，杀进火阵里，杀进风涛里，只管拆屋谁也不理。

程坚忍不由得暗地里又叫了几声铁人，铁人！

第三十六章
HUBEN WANSUI
自杀的上帝儿女

在弟兄们这样勇敢救火之下，程坚忍料着这里的火势，可以压制得下。师长是命令自己到各处看看，并没有指定在哪一个地方督率救火，就不必在这里了。昂起头来一看，见中山东路一个火头，冲出了有三个火峰。风势由这边吹过去。看到那倒下来的烟，像一条巨大的乌龙，滚着云雾，向东南城飞舞。敌人在沅江南岸的大炮，有意助长那方面的祸害，可以看到阵阵的白烟，向东门那边发射，虽是城的四周都有炮声，自己总有这么一个过敏的感觉，南墙到东面断了。东北墙的城基，到东门也平了，那里有个很大的漏洞，说不定敌人就有在那里冲进来的可能。中山东路的火场，总可以扰乱东边防军的后路，于是情不自禁地由烟火丛中，奔出了兴街口，折转向中山东路走去了。

在兴街口看火的时候，人让烟雾熏炙着，鼻子里充满了焦煳味。到了中山东路，在西北风下面，突然觉得身上有阵凉爽的意味，这才回想到兴街口在火的下风头，空气都烧热了的。抬头一看当顶，已没有敌机，漏出一块阴沉的云天。这也就听到沅江南岸的敌炮，正咆哮着暴虎的声浪。轻重机枪，像打在芭蕉叶上的暴雨，起着高低的浪层，心里暗骂了一声，这疯狗莫非又要进扑水星楼？于是开着跑步顺着中山东路，向东门奔了去。

路上遇到两次回来的传令兵，先注视了他们的姿势，步伐都还从容。问起江边的情形，都说没事，这才安心地向面前的火场走去。火是由这边向东烧，而且火的起点处，正是一片轰炸以后的废墟。正好逼近了看火。这火势约莫燃烧了二三十户人家，由西北斜向东南，高低不齐的屋子，向四周吐出上丈长的火舌。南向几户人家之外，也是一片废墟，只有正东的下风头还是牵连不断的民房，烟焰挡住了视线，不知道有没有人拦火。但隔着火，听到杂乱的人声，看看火场，火头像无数的烟雾怪兽，奔出人家，拦断中山东路。料是穿不过去，便顺着小巷子向北边绕过去。

绕到火的下风头，见有十来个百姓和十几名警察，也照着师直属部队那种办法，继续地由西向东拆屋。有个人站在一堵倾倒的砖墙上，挥着手叫道："各位，那巷口上只拆一幢房子不够，房子那边是一幢木壁房子，火会飞过去烧着的。赶快，不要等火势逼近了，人上不得前。"那人员穿着一身青布棉袄裤，可是说话的声音尖锐得很，由那头上披着一把黑发推测料着这是一位女子，便奔向前去，叫着刘小姐。

她迎着点头道："程先生赶来看火的。好了，好了，下风头我们已拆开了十多幢房子。再拆两幢，火就不得过去了。不过这样烧一半拆一半，常德城里的房子，还经得住几回轰炸呢？"说时，在她那被火炙风吹的红脸上，皱着两道眉峰，深深地带了焦急的样子。

程坚忍道："不要紧，明后天，我们的援军就可以到达了。"他一面说，一面打量她，见她棉袄上布满了烟灰，襟底还灼焦了碗口一块，两只手被灰泥沾满了。

正想安慰她两句，她忽然跳下来，奔向还成形式的一条巷口。那里正有四五名老百姓将一条粗绳拴缚了屋角，大家在拼命地拉着绳子下端。那屋角上虽是瓦片纷纷下落，房子却不曾动摇。屋子下面，有两个人正各用着斧头向支壁的木柱乱砍。刘静媛喊着大家来。她已加入了拉绳的队里，哗啦一声，将屋拉倒一间。他想，一位平常斯斯文文的小姐，变到这个样子，中国人究竟是站得起来的。

这样他也就跳进乡镇服务队里，帮同着拆屋。因为今天的风太大，火势就非常的猛，没有大量的水注入火场，根本压不倒那普遍铺张的火焰，只有烧了的让它烧，不再让它蔓延。在此情形下，大家只有拆屋。足足忙了一小时以上，才把这下风头的房屋，拆出宽三十多公尺，长五十多公尺的一个间隔。因为北门方面，被炮弹打着，又有两处起火，警察都奔北门去了。剩下十来名百姓，大家周身灰尘，累得喘不过气来，个个挑选了一个避风的所在，靠了人家墙脚，在光秃的屋基石板上坐着。

刘静媛坐在地上，伸平了两脚，背靠身后一堵墙，头半垂在右边肩膀上，微闭了眼，口里不住地喘气。

程坚忍站在她旁边倒呆了，因道："刘小姐，你累极了，好好地休息一下。"她点点头没作声。

右边巷口，黄大娘母女同走了来。黄大娘提了一只木桶，黄九妹手上拿了一只木瓢。程坚忍点着头道："我看到你娘儿俩救火的，我一直没工夫打招呼。"

黄九妹穿了件青布袍子，高卷了两只袖子，连衣服带皮肤都是灰尘沾染遍了的。她在疲乏的神情上，也还带了一种羞涩的笑容，问道："参谋，王彪没有来？"

程坚忍道："我单独地出来，他在师部还好。"

黄九妹微微一笑掉转身来，哟了一声道："刘小姐累得很了，喝一点水吗？"

刘静媛这才睁开眼来，苦笑着道："好极了，我渴得嘴里冒烟了。"

黄九妹在桶里舀了一瓢水递过去。她一口气将半瓢水都喝完了，将头昂着，听了一听道："哎呀！这炮响得好厉害。"

程坚忍道："哪天都是这样多的炮。不过以前散在四郊，现在可逼近了城根了。"这句话提醒了大家，都站着昂头四处观望。

有一个人站在墙堆上，突然向下一跳叫道："敌机又来了。"说着，撒腿就跑，程坚忍看时已有八架敌机临头。它飞得并不高，翅膀上的红膏药图记看得清清楚楚的。八架飞机分作三批，三三二的三小队，照着城区，飞了个大圈子。由西向东南，正好飞到头上，所有在空场上的人，都来不及跑，大家立刻找一个掩蔽所在，把身子卧倒下去。

刘静媛却还是那样靠了墙坐着，动也不动。

程坚忍将身子蹲下来，向她道："刘小姐你疲倦得很吗？"

她闪了眼又张开来道："一颗炸弹下来，炸死了倒也干脆。"

就在这句话之间，敌机已俯冲投弹，只觉远远近近，全是塌天似的爆炸声。飞机在投弹之后，机头仰起全飞向了城北。看那样子，这中山东街大半是废墟，废墟之外，又烟火不曾熄下去，大概他还是择肥而噬，先炸那房屋紧密的所在。城里第一次轰炸燃烧的烟火，本来还没有熄，一批炸弹下去，东北角又冒上了几丛青烟。随此之后，敌机接着是一阵猛烈的机枪扫射，每

第三十六章　自杀的上帝儿女

阵子弹的发射声，都很清楚地听见。

程坚忍道："刘小姐，敌机来了，不会立刻就走，在头上还有得盘旋。这街中心有石头堆砌的防守工事，可以到那里暂避一下。"

她道："不必避了，我愿意去皈依上帝。"说时，她果然闭眼不动。

程坚忍道："你这是自杀呀！信仰宗教的人是不主张自杀的。你看同伙都走了，敌机已绕到了西城，这是我们躲闪这敌地上最好的机会。"

刘静媛睁眼看时，果见老百姓们，连黄大娘母女在内，一齐照着程坚忍的指示，全奔到街中心工事里去掩蔽了。她便道："程先生你走开吧，让我一个人在这里休息就是了。"说着，伸手要将程坚忍推走。这样一来，越是看着她有自杀的准备。

程坚忍道："事到于今，我可不顾许多了。"站起身来，捞住她一只手，将她拖了起来，然后将背对了她，反转右手，把她向肋下一夹，等她两脚悬起，自己就向街心飞跑，把她直拖进一座小碉堡里去放下。然后向她点着头道："刘小姐，对不起，我不能见死不救。"

刘静媛还不曾说话，却听到街心里的老百姓哄然一声，随着鼓起掌来，程坚忍到碉堡外看时，老百姓都向西边天空指手画脚，有一架敌机尾部燃烧着发生浓烟，接着一丛火起，向西边倒栽了下去。另有二架敌机，尾巴上拖了两条长长的青烟，像根长带子，向北飞奔去了。

一个老百姓叫道："痛快痛快，我亲眼看到我们的高射炮飞上去一道白烟，把敌机打中的。同时，也听到机关枪响，那两架敌机，准是中了高射机枪。"

又有老百姓叫道："又有三架过去了，再打……"

一言未了，那三架飞机却轮流地向西门俯冲，连续地爆发了炸弹声。程坚忍知道那一带正是防空阵地，敌机那样低空投弹，到地面不会超过五百公尺，料着高射部队没有反应，就算完了，心里一着急，只管呆看。忽然看到嘘嘘嘘一阵炸弹穿落空气声，料着不妙，赶快向碉堡里一缩。果然，立刻眼前火光发射大声震耳，飞沙和碎石子呼的一声，涌进了碉堡，大家寂然无声了五六分钟之久。

有一个老百姓也奔进碉堡来，他喘着气道："好险，好险！这个弹落在外面不远，工事里面有人都震倒了。"

刘静媛听了这话，伸手握着程坚忍的手连连摇了几下，口里连道："多谢，多谢，你救了我，你救了我。"

第三十七章

HUBEN WANSUI

战至最后一人的壮举

十分钟之后，炸弹在街上爆发的青烟，算是稀少了。听听飞机声，已经飞向西北郊外，大家渐渐地走出来张望。见火场北边已拆倒的民房，还在冒着青烟，在那周围，又是墙倒瓦碎，露出了几根歪斜的柱子。中弹的地方正是离开躲避所在不到一百公尺。刘静媛和程坚忍也走出来了，走到原来坐着休息的地方，在那附近的电线上，挂着一串人肠子，地面上还有一条人腿。她不由得立刻掉转身来叫了一声天啊。可是她转身之后又看到两三丈路以外，堆着一摊人血。

程坚忍道："刘小姐，你还是第一次看见这情形吗？在敌人疯狂滥炸之后，这几天以来，这样的情形就多了。"

刘静媛道："在敌机没有投弹以前，我真打算一死，敌机投弹以后，我实在是害怕。若不是你把我挟了走开，我还坐在这墙脚下的时候……"说了这话，就向原来坐着的地方看去，那一堵墙却变成了一堆砖了。她没有接着向下说，又握住程坚忍的手，摇撼了几下道："我应当怎样地感谢你呢？"

程坚忍道："那没有什么，我知道很危险的情形下，我不能让你坐以待毙。小姐我看你找个地方休息休息吧。看这个样子，敌人在今日恐怕还要来轰炸两次。"

刘静媛踌躇着，正好黄大娘母女已走到身边，黄九妹道："我们还是回振康堆栈去吧，反正什么地方也不安全。那里地方情形，我们倒是熟悉些。"

程坚忍偏着头沉想了一番，点着头道："这也总算是没办法中一个办法。我送你们走一截路。"

于是黄大娘拿了一根扁担，挑了两只空水桶，在前面引路。她走着道："刘小姐你不要害怕。反正性命是一条，死也就是一回。"

刘静媛在她母女后面跟着，再后面是程坚忍，回头看了看答道："我并不是怕死，而且也怕不了。这几天昼夜让大炮响声轰动着，我像喝醉了酒的人，根本就有点神经麻木了。不过我看到火烧大炮轰炸弹炸的地方，实在是惨得很。都是宇宙里的人类，人对人为什么这样残暴？"

程坚忍道："所以日本这侵略的国家，野蛮的民族，是必须和他拼到底的。他若是胜利了，我们四万万五千万人，全会变成牛马。"他们说着话，由小巷子插上中山东路。

后面有人叫了声老程。他回头看时，是李参谋带了两名弟兄由后面走来。他笑道："我老远就听到你在演说。"

程坚忍道："对了，这十几分钟之间，大炮声休息了一下。我还直觉地以为大炮还在轰，怕人听不到，故意提高了声音说话。东门的情形怎么样？"

他说话时，刘静媛三人径直走了。她远远地说声："再见吧。"他自不好再送，就点了点头。

李参谋倒不问他这里的情形便答道："东门外敌人今天已增加到六七千人，大炮有四十多门。从天亮起，就集中了炮火，集中了兵力，向城基猛冲。柴意新团长，就在炮弹丛里，带了一连弟兄，奔上城基上去指挥。敌人用密集队冲锋，由天亮到我离开东门的时候为止，已冲了十几次，所幸我们那里有两条重机枪左右夹守着那个缺口，敌人每次冲上来都伤亡惨重。其中有一次，敌人有三百人上下，冲到离缺口只有一百公尺的地方。民房墙脚，和几个散兵坑都掩蔽着敌人，东门这个缺口，城墙基是铲得精光的，像一条大马路，恰恰是这个缺口以外，也没有护城河。原来堆的鹿岔，已是让火烧了，铁丝网，也让炮打得稀烂，敌人要由这里冲上来，是最好的一个地点。"

程坚忍道："我们就是挂心这个地方。缺口上我们有两座碉堡，外面也挖有两道深壕，还没有毁坏吗？"

李参谋道："我们也就还靠了这一点来死守着。不过敌人冲得太近，那总是很危险的。后来第一营副营长董庆霞，和机枪连长来汝谦，带了一排人，爬出外面战壕，冲到敌人面前用手榴弹乱炸，才把那三百多人炸死了一大半。其余的人也就退下去了，阵地才稳过来。不过这一排人用手榴弹袭敌，是个不是你死就是我亡的局面。我们也只有七八个人回来，董副营长和来连长就为国牺牲了。我们这种连人带手榴弹的战法，三百多人让我干掉二百多，敌人也不能不为之胆寒，所以现在暂时停止了冲锋。"

程坚忍道："那董副营长我认得，平常不大说话，倒有这股子干劲。"

李参谋道："这也是不得已而为之吧！我们虽然是用一个排，换人家二百多人，可是我们有多少排呢？又有多少董庆霞、来汝谦呢？"

程坚忍点着头道："诚然，你现在回师部吗？"

李参谋道："不，我上大西门去，主任到东门去了，命令我到大西门去督战。你回师部见着师长报告一声。"

程坚忍也觉得今天这个局面，是比较地紧张，料着师长还会给别的任务的，就分手回师部去。李参谋带了两名弟兄，奔向大西门。这时，大炮间歇了二三十分钟，又四面八方地响了起来。南岸敌人的炮兵阵地，只隔了一条沅江，除了山炮连串地向城墙轰击以外，迫击炮也还是隔着江岸，只管对码头上的工事射击。人在这条由东到西的马路上走，俨然是在炮口上穿过。每当那炮弹越过城墙来，向中山路附近落着的话，只用耳朵测那炮弹道的响声，就随便在身边较掩蔽的地方，将身子藏躲一下。若是炮弹射落在城墙上，那就根本不必去理它。声音的连续那是不必说，就是那炮弹的火花，像不断放着欢迎的大爆竹。

他们冒着很大的危险，到了大西门。那枪子炮弹，就改为由正面射来了。出了城门只有百公尺的地方，人已无法向前，那西面北面的炮弹，每分钟都有炮弹打上城墙。城外街心或民房上，火花白烟，迷了前面的路径。但李参谋到这里来督战，定要找到这里指挥作战的一七零团三营营长张照普。于是在街上的新建石砌工事下面，匍匐前进，到达离城五十公尺的一个小碉堡里。那张营长坐在碉堡里，左边放枪，右边放着电话线，已是预备随时和敌接触了。原来一七零团在大小西门外作战，经两日两夜的炮火洗礼，已是损失达到四分之三。

现在师长电话调该团残余官兵入城整编，由一七一团来接防西城。这城外由第三营第九连掩护作战。第九连第一排排长李少兴，是本师老弟兄，山东人，高大的标准老倖。平常喜欢玩踢足球，也是本师的足球健将，除此之

第三十七章　战至最后一人的壮举

外，还懂得很多国术，因此练就一身好力气。他担任了西路正面掩护的任务，他就亲自带了这排人，在城外一华里的电灯公司指挥作战。

这天自拂晓起，敌人已有七千多人，增援到西北城角外边，共用大小炮四十多门对城墙猛轰。除了在贾家巷正和第一七一团第一营在猛烈拼杀而外，敌人盘旋在阵头上的六架飞机，侦察得我一七零团已转进城内，认为是个好机会，就抽调了四百多人，由小西门外顺着护城河外堤，扑上大西门。这常德城大致是个三角形，如果我们把北门作顶角，沿着沅江的城墙，那就是三角形的底边了。

大西口是由北到西和由西到东两线相交的对角，这里的城墙基，还有一二丈高不等。城外的护城河像一口大池塘，宽的地方，达百多公尺，窄的地方也有三四十公尺，长达二华里，紧护着这对角的西北线。所以敌人虽由北门抽了一股敌人前来，但他也必须绕过护城河，穿上大西门城外的正街。这里是由第二排担任阻敌，所幸有护城河障碍了敌人的发展，敌人就沿着堤道向南张开，策应西门正面的攻击主力。敌人的主力，是对鼎新电灯公司攻击的，李少兴排长只带了一排人在这里驻守，可是有他久经战阵的雄胆，更恃着这里有两座小碉堡，和纵横的几道石头工事拼命死守。他将两挺机枪据守两座碉堡，亲自持着步枪，带了弟兄在第一道散兵壕里做最近距离的逆袭。

从天亮起，敌人在西大路正面，在西北角，西方正面，西南角，排着三个炮兵阵地，对鼎新电灯公司一带，交叉着做面的射击。单是这三个阵地，又有五十多门炮，加上西北角对城墙轰射的炮，这前后的炮已达百门左右。不用说机枪步枪声了，就是这一百门发出来的炮弹，在空中的弹道已交织成了天罗地网。烟雾弥漫中，那炮弹发射声，刺激空气声，落地爆炸声，叫人耳朵里已分不出声音是来自何方，也分不出多少次响，只是一片天倾地塌。敌人在这种疯狂炮轰以后，就再用波状的密集部队，在西路正面连续冲锋。李少兴排长在这天罗地网中心，像泰山一般屹立不动。等到这波状部队攻击近了，就由两座碉堡里的机枪，交叉射击。来一次射一次，不来也就不睬。

鏖战两小时后，敌人遗在阵前的尸首，已达五百左右，敌人分明知道我守军不多，竟会受这样大的损失，实在有些胆寒。于是改变了方针，抽调一部生力军，五百多人，由鼎新电灯公司的西北面渔父中学附近，侧击过来。这里虽也是水稻田，不易立脚，但还有些零落的房屋，可以掩蔽。这是第一第二两排间的一个空隙。我们虽然赶快调一班人上去堵截，正面就受到了威胁。敌人又调了四门平射炮，逼近了我们的碉堡轮流轰击。

到了下午三点钟，这两座碉堡都轰毁了。李少兴伏着的散兵壕，也让敌人山炮冲平了。他数一数随身的弟兄，只有六个人，其中一个，还是传命兵。

他本是连长宋维钧派着传令前来，叫李排长转进到大西门去的。他道："回去干什么，俺李少兴由山东到湖南没有含糊过。多守一刻是一刻。"说着，他已跑近那座碉堡，将机枪由毁土堆里拖出来，拍了一拍枪身笑道："还可以用，有它我更可以干下去。"说着，向传令兵道："回去报告连长，我这里连我在内，还有六条好汉。连长也是山东人，我没给山东人丢脸，去吧。"

传令兵敬了个礼道："报告排长，你们太少了，我愿在这里帮着干。"

李少兴笑道："好的，好的。"说着，在半毁的散兵壕拿起一支步枪交给了他。

他一面说话，一面和五位弟兄，把那机枪抬到散兵坑里架起。这样有十来分钟，敌人三个波状部队又呼喊着攻上来了。李少兴亲自掌着机枪，对着敌人一阵扫射，就把第一个波打散了。可是这里已没有了掩体，敌人由侧面发来几声迫击炮，五名弟兄，又都已在烟火里阵亡。只有李少兴和传令兵在散兵坑里了。看那面前敌人，还在干稻田里爬哩。

李少兴向传令兵道："你有你的任务，应该把这里情形去报告连长。我掩护着你走开。敌人已迫近不到一百公尺，快走！"说着，他已把放在身边的手榴弹，取了一枚搁在手，传令兵自知应当回去报告，就也取了一枚手榴弹，爬出散兵坑，顺着残断的交通壕，匍匐转进，约莫走了三十公尺，听到手榴弹声。回头看时，见李排长抛着手榴弹，已跳出了散兵坑，敌人几十个蜂拥而上。只看敌人打成一团，分明是李排长还在用他的国术技能徒手肉搏呢。自然最后他是不会回来的。

第三十七章　战至最后一人的壮举

第三十八章

零距离炮与火牛阵

那个传令兵走回到连指挥所，把鼎新电灯公司方面的情形，向宋维钧连长报告了。他虽然对李排长那样壮烈的举动十分赞许，可是西路正面的阵地丧失了，在大西门外作战的半个连，那就感到十分威胁。敌人也正是加紧，那渔父中学的敌人和电灯公司的敌人，立刻合流。除了地面上百门炮猛轰，天空上始终有六架飞机轮流轰炸。这个还不足，他们还放着烟幕，掩护了波状部队进攻。宋连长把这种情形，在电话里向张照普营长报告。在这营指挥所里高级官长有张营长、李参谋和军炮兵团长金定洲。这炮兵团事实上虽只是一个连，可是金团长是参加常德守城战的。

这时，张营长问金团长道："我们的山炮弹都完了吗？"

金定洲道："至少还有五枚可用，我因为要留到最要紧的时候用，还没有打光。"

张照普道："现在当面的敌人，又在做波状攻击，正好用炮打他。可是距离太近了，能不能生效？"

金定洲道："让我请示一下。"于是拿过电话机就向师部通了个电话，把这意思呈报上去。

那边是余师长亲自接着电话的。他道："由我们现在的山炮位置，对敌人的进犯部队，做零距离的射击，那是极有效的。你观测准确了，这样发射，并无关系。"

金定洲因师长这样指示了，放下电话，就亲自到炮兵阵地里去指挥。所谓零距离者，就是在第一线将炮的射程减到不能再减，那炮口向敌的度数，也是不能再缩。这种射击法，若是使用不灵，炮本身可能发生问题，而观测不准确也可能打着自己人。金团长因师长已说可行，就放胆照行。

正好敌人在西北角阵地，又放上了毒气，当前的情势，颇为严重。在不放烟幕的时候，敌人将毒气筒由当面平地燃放起来，原有一种浓浊的白烟向空中喷射，自是可以看出来的。但烟幕也是由人拿着喷射筒，在地面掩蔽所在，爬着向前喷射。烟幕放得多，平地会生着丈来高一片烟海，在其中放毒气的人容易混淆。敌人之所以不怕毒气，第一是他在上风头，第二他们都有防毒面具，在这种情形下，我们就靠嗅觉测验。敌人所放的毒气，多是芥子气味，猛然嗅到很像是人家厨房里在炒干辣椒。我们中国军队作战，防毒的器具，向来缺乏。面具和防毒眼镜根本不能普遍地供给前线。我们全是因陋就简地随身带一条毛巾，上面抹着肥皂或酒。连毛巾或肥皂和酒都没有的人，就把棉军服里面的棉絮抽出一块来，把自己的小便撒在上面，然后用这类毛巾或棉絮蒙着口鼻。虽是人总不免受点侵害，却不妨碍作战。

只是敌人每次到了放毒气，总是随着就猛攻的。金团长见敌人又在放毒气，就亲自指挥着两门山炮都上了弹。他极细心地，在一门炮边观测得准确，按着零距离的射程发出。炮弹跳出了炮口，轰隆一声，白烟射入烟幕。他目不转睛地，望了那弹的着地所在，据自己估计，正是电灯公司过来，北汽车站过去，敌人密集部队所在，立刻身边电话机铃响了。他蹲在地上，拿起话机，听到里面说了一句："报告团长，射击得非常准确，正面一股敌人打垮了。"

金定洲听了这话，高兴得了不得，放下电话，又发出了第二炮。这种零距离的奇袭在敌人也是出乎意料的。他也没料到沉静了一天的我军炮兵，又会射击出来。在他密集部队，连被打垮四个波状阵以后，就停止了冲锋。而且他在电灯公司阵地里，发现了我们的守军，原只是个排，他实在惊讶着这战斗力的充沛，颇有戒心。这也可说李少兴排长的威风，虽死犹存。同时，另一个排长，在北门外贾家巷表现了奇异的忠勇。

这个排长是属于第一七一团第一营第三连的，叫殷惠仁。他奉命守北门外的一个据点贾家巷。因为这个地方是北门进出的孔道，也就是由这里前向

第三十八章　零距离炮与火牛阵

北门外正街，可以通过护城河的大梁，直达北门的所在。从二十六日天亮起，敌人就调了二十多门大炮，向贾家巷一带猛轰，在这以前，师长电调在城外第一六九团第二营残余官兵入城整编，调第一七一团一营三连接防北门城墙基地。敌人乘我换防之时，调了五百多人，借着炮火掩护向贾家巷猛扑。第三连连长马宝珍，他立刻抽出一排人交给排长殷惠仁到贾家巷去截阻。贾家巷是由西北郊引向北门外正街的一条街道。依着街道外的矮堤，构筑了一条散兵壕和两座地面碉堡。殷惠仁就把一排人堵守了这战壕和碉堡。敌人在一小时炮轰以后，将贾家巷百十幢民房，完全毁成平地，先把殷排后路彻底破坏。天亮以后十几架飞机来往逡巡，在北门与贾家巷之间一面轰炸，一面扫射。这一排人沉着地隐蔽在工事里，丝毫未动。

敌人料着我们阵地毁坏甚大，就用了火牛阵冲锋。这个法子，原是中国两千年前的老戏法。当年田单为齐国守即墨城，曾用这法子破燕兵。乃是把耕牛身上涂着五彩，在它的角上缚着利刃。然后把牛几百头列成一排，在它们的尾巴上缚着引火之物，同时燃烧起来。牛烧灼得痛不过就向前面乱冲。当战国之时，战阵多是用车战，燕国的兵，看见五彩怪兽猛冲，一时没有了抵御的法子，车子行列就让火牛冲得七零八落，结果大败。

日本在常德外围作战的时候，引用了这个法子，常把几十头耕牛，调到前线用军毯把牛头包着，在牛的尾巴上缚着火把，让它来冲我们的散兵壕和机关枪阵地，然后把他的步兵，乘势推上。在小据点作战的时候，我们不会防备，却也吃过两回亏。到了城基作战的时候，我们已经有了经验，根本不为介意。殷排长看到火牛冲上来，指挥弟兄，不许移动位置，到了最近的距离，用步枪射击。牛的目标很大，总是随枪倒地，就是有少数的牛冲过来，原不见得就撞着人，就放它过去。它又不会和人斗争的，倒平安无事。我们还是用机枪压制牛阵后的敌人密集部队。等着那波状部队攻上来的时候，两座碉堡里的机枪就交叉着扫射，第一番接触就打死四五十敌人。

但这天的敌人，对于北门，有个志在必得的模样。没有了牛，就把波状攻击来当火牛阵。由头上的十几架飞机，沿着我们的散兵壕，先做一次总的投弹。弹爆炸之后，就由后面的炮，把弹焰做目标，用二十多门炮，发排炮攻击，发射了七八排炮之后，步兵密集部队，四百人以上做六个波攻过来。这六个波是塔式的，列成一二三的阵式。就是第一线一个波，第二线两个波，最后一线三个波。

我们虽只有一排人，但殷排长很巧妙地在碉堡和散兵壕里，分布着做点的防守。虽是贾家巷前后一片地，全遭炮火洗刷过了，每段炮火的空隙里，我们总还留着一两个守军。等着敌人密集部队迫近了，大家就跳起来，用手榴弹做密集的抛掷。这些抛掷手榴弹的士兵，都抱了必死的决心的，直追到敌人面前，才把手榴弹抛出去。火花开处，敌人整片地倒在地上。我军为了顾全人力起见，敌人走开了，我们也就回到战壕里来。这密集部队一连串地攻击了数次，都是这样地顶住了。敌人见步兵攻不上前，又用迫击炮对了我军阵地，密集轰射。轰击过了几十分钟，波状部队又分层地攻上来。

殷惠仁排长，率同了残余的弟兄，就向敌人的最密所在一路把手榴弹抛掷了去。直等着跑到了人丛中，也不必肉搏了，就凭了那最后一枚手榴弹当中一砸，和敌人同归于尽。所有这排人只有两个受伤的不能冲锋，藏在矮堤的涵洞里，没有让敌人发觉。其余的就完全为国牺牲了。

第三十九章

HUBEN WANSUI

余师长弹下巡城

在敌人这疯狂的进攻下，东西北三面，敌人都已迫近了城垣。由天亮到黄昏，整整是十五小时，大炮、飞机、毒气，一切最猛烈的武器，就使用得没有间歇过。余程万师长，对城外指挥部下作战，对城内又指挥部下救火。他虽是坐在指挥室里，却已是耳目手足并用。得有空隙，自己还亲自拟看几通电报。

这日收到各方面的来电，都是足以鼓励士气。一长沙来电，友军已攻到常德对岸德山。二官长来电奖洋十万元，并已令飞机输送弹药。三军部来电，已有两师人向陬市河洑常德钻隙猛进。他接到这些好消息，随收就随向部队传达。因之全师弟兄都觉得争取时间是第一要务，越发地死守据点，寸步不移，可是在余师长心里，却有个很大的负担。

除了二十六本日的消耗不算，截至二十五日二十四时，将全师实力统计一下，参战人员八千三百一十五名，已伤亡三千六百六十人，在北郊外围，又被敌阻隔了二百七十六名，步机枪弹原存的和虏获敌人的，共有一百万发略出头，消耗了百分之五十一，迫击炮弹、山炮弹，都只剩了一到两位数。手榴弹原有两万枚，也消耗了百分之五十。今天再经过一场寸土寸血的恶斗，人员的损失，应该要超过已往的平均比率。虽一时还得不着详细的报告，估计在城区参战的人员，只有三千多不到四千人了。山炮、迫击炮弹自然是没有了，步机枪弹、手榴弹，也就可以推想到消耗不少。尤其是手榴弹，这项武器，是本日唯一对付敌人的宝贝，更当消耗不少。所以他在表面上尽管发现着援军将到，很可乐观的样子，可是他心里希望飞机送弹药来，比盼望援军到来，更为迫切，虽是每日都有电报出去，要求接济炮弹，而这种回响，却比援军要来的回响，要遥远得多。就在这个时候，有个意外的喜讯，就是在城里的警察报告警察局里埋藏了一部分子弹。立刻派人去掘发，共得步枪子弹一万粒，木柄手榴弹五百枚，枪榴弹两百余枚。虽然为数有限，在这个日子，多得着一份力量都是好的，这也就不无小补了。

余程万把这些子弹，立刻分配到各部队去，并下一道手谕："自即刻起所有营长以下一律在城基作战，团长也一律在城基下督战，不得变更位置。"一面将师直属部队输送卒担架兵编入战斗，并由炮兵团里抽出三百人员拨入战斗。这样一来战斗员的数目，又增加了四五百人。还有那些轻伤士兵，把创口裹好了，也没有一个愿意留在城里养伤的，也纷纷地回到部队前线去。

余师长觉着士气还十分畅旺，在敌人黄昏攻势开始的时候，他觉得又到了一个紧要关头，把师司令部的责任，交给了副师长陈嘘云。自己裹上绑腿，背了一支短枪，叫四个卫兵跟随着，出巡城防。常德所谓的城，事实上只有靠南路临沅江的一面。其余这品字形的东北西北和正北面，全是城基。城基最高的有六七市尺，或者简直没有城。城外的护城河，本是绵延宽广的。这又是个岁末冬天，水多半已经干涸。我们的城防工事，是利用着城基为主要线的。城外到护城河的那段平地上，挂着铁丝网，城基上我们利用着原来的形势，随处构筑散兵坑、散兵壕、机枪掩体，并有少数的地下小碉堡。但这一切全是土和石头筑的，并没有什么钢筋水泥。

在二十六日这一天，由东门城外到西门城外敌人的炮兵阵地，对城做了个弧形包围。共有炮三百门以上，再加上南岸的敌炮，常德城已是抗拒着四百门炮轰射。南面不曾拆动的城墙，已打得是遍体鳞伤，城砖上全是一丈直径的伤痕。其余三面城基，就发生了无数的缺口。这种缺口，北门较多，敌人就用着密集部队，三番五次向这类地方冲击。余程万师长，总怕这些地方有万一的疏忽。

他出了师司令部，先就直奔西门。到了西门，正是敌人进攻激烈的时候，轻重机枪已移到护城河对岸堤上。大概每到五十公尺就有一架机枪，沿城河堤大半个圈子，总有五百挺以上的机枪，向城基上喷着火舌。步枪在重机枪、轻机枪空隙里随着阵起阵落地发射。城外平地上，正像画了一道烟火光圈，把城圈上那有水的护城河段里，倒映了每段光圈，上下两道喷射火线，蔚为奇观。敌人的大炮、迫击炮、平射炮牵引着高低的火线，将每团火球或每团白光，向城头发射，像海里起的飓风，刮起如山的潮浪，带了翻天覆地的响声，向城里倒卷了来。五十七师员兵，都是久经战阵的英雄们，像今晚上这样炮火高潮，竟是没有经历过。敌人的炮弹里面，还夹用着烧夷弹。这烧夷弹落在城里民房上，自然是起火，落在砖瓦废墟上，也在地面上抽着淡绿色的光焰。这座常德城就上中下三层完全沉沦在火海里。尤其是城墙基附近，火花像炸碎的琉璃灯，始终在上面笼罩着。

　　余师长就是在这种声光之下，沿了城基走着。大西门方面，敌人还在汽车北站以西，城基相当稳定。小西门外敌人隔了护城河，也不能逼近。走到北门，北门外敌人却因占了贾家巷，窜到北门外正街。将炮火分着三层，第一层炮弹由上空落向城基，第二层平射炮对准了城基轰，下面一层是几十挺机枪构成的火网，笼罩了北门外那条大路。有四百多敌人，就在这三层火光下，密集地扑到城基。守着城基的第一七一团第一营吴鸿宾营长率同第三连连长马宝珍，亲在城基上督战。无论炮弹枪弹落在身边多近，都俯伏在掩蔽所在，双目注视着城外。那炮火之光，已照得这地面上如同白昼。敌人冲过来了，每个人都看得清楚，对准了他密集所在，用机枪扫射，到了铁丝网边的零碎敌人，就用手榴弹轰炸。余师长巡到城门口的时候，吴营长已打退敌人四次了。

　　余程万见此路敌人凶猛，就坐在城脚下团指挥所里，等候敌人第五次冲锋。这指挥所只是半出平地一个石砌的小碉堡，而头上的弹花，曳光飞舞，前后时有落弹，平地烟火冒射。团长杜鼎见师长亲到这火网下来督战，就亲登城基，把话告诉弟兄们，必须更勇敢地对付敌人的这次冲锋。果然十多分钟后，敌人又是波状部队冲上来了。杜团长爬到城基的外沿，亲自连用了三枚手榴弹，所有弟兄这就奋不顾身，全爬到城沿上去掷弹。不到十分钟，进扑的敌人就退走了。

　　余程万十分高兴，等杜鼎到指挥所来报捷的时候，着实嘉奖了几句，然后再顺了城基到东门去巡视。在北门外敌人猛扑的时候，东门外的敌人，也是照北门外那种攻击法，前后扑到城基三次。有一次还带了大梯来爬城，由第一六九团团长柴意新亲自上城督战，把敌人击退。

余师长到了东门的时候，已经是二十六日的二十四时，敌人疯狂地进攻，已在二十小时以上，把所抛到常德城的钢铁堆起来，应该成一座小假山，而城垣却丝毫没有受到摇动。听听外面的炮声，已稀稀落落地不能成串，原来被重机枪掩盖着的轻机枪和步枪声，现在也慢慢地听得出来。分明这是一个攻击高潮，已经衰弱下去了。他带了几分安慰的心情，沿着南墙里向兴街口走到了师司令部，抬头一看天空，炮火织红着的云彩，已渐渐褪色。废墟上吹来几阵冷风，令人脸上感到扫除火药气的轻松意味。到了师长室里，才知道师司令部附近，也中了二十多枚炮弹。
　　由此得个证明，二十六日的敌人全面攻击，实在是要一举拿下常德的，然而毕竟是平安地过来了。

第四十章

HUBEN WANSUI

忽然寂寞的半天

自二十七日上午零时起,炮火之声,渐渐地稀少,到了天亮,连步枪声都停止了。由十一月十八日到这时起,炮声是一日响过一日,也就是一时响过一时,这时忽然一切声音都没有了,人好像在一座宇宙里,掉换到另一座宇宙里,全有一种欣慰又惊奇的感觉。连师部里人也都笑着传说,战事快结束了。

由深夜快到天亮,各城门的观察哨兵,还纷纷地向师部报告,敌人由深夜起开始向后面撤退。大部分的敌军,都是退向西北角,余程万师长接到这些报告,料着士兵们都有一番高兴,可是没有任何象征可以证明敌人是被迫撤退的。所有援军的消息,还是和以前各种消息相同的。而最大的证明,就是并没有听到远处的枪声和炮声。

于是余师长就分别通知第一线部队要严密戒备,这片时的沉寂,那是敌人重新调整部队。敌人向西调动,是由沅江上游渡河,加紧包围西南角,他这次企图一定是更狠毒的,千万大意不得。同时,也就分派参副处的人分向四城去观察。

王彪在不闻枪炮声的情形下,感到满身的轻松与舒适。在吃饱了早饭之后,闲着无事,走出师司令部,站在街中心,叉了两只手,只管向天空上张望。今日的天气,依然是阴沉沉的,可是风势稍稍停止,也减了一种凄惨的景象。这一个星期以来，城里的火被敌机轰炸，敌炮攻打，一直是燃烧着的。因为旧的火没有扑灭，新的火又发生了。自昨晚一时以后，城里停止了炮打，每日拂晓应该有的轰炸，今天早上也没有敌机飞来。因此城里没有新火发生，只是旧的火场上冒出几缕青烟而已。他站着发了一会儿呆，心里在想着，敌人是弹药打完了吗？怎么会不打了？他正是如此向四周看了天空出神，见程坚忍走了出来，便自动地迎上前来跟着。

程坚忍道："没有什么事，我到城墙上去看看，你不去也可以。"

王彪道："这些日子，无论跟着参谋到哪里去，都是紧张的。这回可以自自在在地走一截路，我还是去吧。"

程坚忍笑道："我给你一小时的假，你可以自己做点事去。"

王彪道："报告参谋，我和五十七师每一个人一样，全副精神，都是要守住常德，打退敌人，没有什么自己的私事要做。"

程坚忍笑着打了个哈哈道："那就跟着我走吧。"

王彪倒不明白他是什么意思发笑，就随在他后面，先奔向大西门。在掩蔽所在，向面前观望着，果然阵地上悄静无声，虽是敌人所占的战壕，或破毁的碉堡里，有白布红膏药的日本小军旗挥出来，但看不到有人移动，只是在渔父中学洛路口那里，涌出两股大火焰，风由那里来，带着一种奇恶的臭味，据守城上的士兵说："在天没有发亮之前，敌人大批出动，把遗弃地面上的死尸，都向后面搬了去。这两堆火是焦尸的。"

程坚忍受不住这奇恶的臭味，吐了两口唾沫，就对弟兄们说："最前线的大小据点，敌人还有人蛰伏在工事里守着的，不要以为敌人是真在撤退。他不过是把伤亡过重的部队，调到后方去整编，把生力军换到前面来打，师长再三让我转告各位，一定要严密戒备，别中了敌人的诡计。"吩咐已毕，就向小西门走。

到了这里城基上，有一位班长带了几名弟兄，坐在掩蔽部里向城外敌人监视着，其余的弟兄，在城基下面休息。就是在城基上的弟兄，手里抓了枪，斜靠在工事石条堆壁上，态度也是很悠闲的。班长迎上前来回话，并没有去惊动那些半休息着的弟兄。

程坚忍向城外看，见那被火烧炮轰过了的小西门外正街，一片砖瓦堆，摊在阴风惨惨的地上。高低不齐的残墙，还是四方兀立着，两边护城河的水，成了一条浅沟在河床中心，河床一片混泥，上面伏着几具尸体，还没有搬走。

第四十章　忽然寂寞的半天

西门来的和北门来的河，漂着那不动的一浅沟水，河边上还有不曾铲尽的两三棵秃柳和几丛短短的赭黄芦苇，在炮火声光俱寂之下，有一种前线死去了的象征。两河中间通小西门的一条通路，铁丝网还存在着。铁丝网上有四具敌尸，不曾移走，铁丝网里，也有几具敌尸，是被我们手榴弹炸死的。

班长在身上掏出一包纸烟来，笑向程坚忍道："参谋吸一根烟吧。这里有一股臭气。"

程坚忍接过烟来，夹着烟反复地看了一看，笑道："这是很好的烟，在哪里弄来的？"

班长道："天不亮的时候有两个弟兄溜出城去，在敌人死尸上搜索得了些东西，有几项文件，已经呈送到师部去了。"

王彪听了这话，对着城外的敌尸，看了很是出神，便插嘴笑道："我下去给参谋摸两盒纸烟来吧。"

程坚忍道："敌人在河那边有监视哨，不要冒失吧。"

王彪笑道："没有关系，我保险可以找到香烟回来。"

那班长也从中凑趣地笑道："我们叫两名弟兄，用步枪掩护着他去。"

敌人虽有一两个口，王彪伏着端详了一会儿，卧在地上斜着身子一滚，就滚落到城基外面脚下。他伏着有两分钟，四周一看，并没什么动静，他就蛇行着到铁丝网边去。他见地面上几个敌尸，已仰了过来，衣服翻乱着，那已经是受过一回搜索的了，他就径直地走到铁丝网下。将钩挂在上面的敌尸，一一地都伸手掏摸着。程坚忍在城上掩蔽里张望着，见他在地面上已抬起了半截身子，心里暗骂着：这家伙胆子太大，这目标岂不是太暴露了？可是他倒不介意，总摸索了有十分钟之久，然后将落在地面上的一顶钢盔戴在头上，蛇行着回到城基下，有位弟兄，伏在缺口上，伸着手下去，把他拉上城来。

王彪笑向程坚忍道："参谋，你看我平安回来了。"

说着，他笑嘻嘻地掏出虏获的东西，呈交程参谋，看时，共有一本日记，一把小刀子，一个行军水瓶，两盒纸烟，一盒火柴，另外还有两枚手榴弹。

程坚忍笑道："这钢盔和水瓶算是你的胜利品吧，小刀子应该送给班长。那手榴弹你和拉你上来的弟兄分了，把鬼子的手榴弹再去打鬼子。纸烟火柴我就收下来吧。日记本子应当呈送到师部去。"

王彪真的这样办了，带了几分高兴，再向北门走。这边也是和西门一样，城外是凄惨荒凉寂寞，不过铁丝网附近，散摊在地面上的敌尸，却有好几十具，因为到城基太近，敌人没有法子把他们拖下去。而这里出城去搜索敌尸的人还多，他们的目的，第一是要虏获可用的武器，第二就是找纸烟。弟兄们还笑说着，把这行为起了个名词，叫"摸死狗"呢。

程坚忍的任务，只巡视到北门为止，他带着一分安定的心情在城基上张望了一番，但见城外一层层的短长堤，还是那样懒洋洋地纵横在平原上。阴沉的云空，天脚下罩着些似有如无的树林。西北角遥远地有一抹微黑色的太浮山影子，把战场的冬景，衬托出惨淡的意味来。在东北角上有两丛黑色的烟向上伸冒，大概也是在烧敌尸。此外是没有动静，耳朵下听着呼啦呼啦之声，抬头看时，城垣高处树立着一支挺立的旗杆，一大幅庄严美丽的国旗，高悬在杆的最高处正随风飘荡。中华民族之魂，高临着太空，也在俯瞰着面前的敌人。他觉着这沉静的局面，还会延下去若干时候，便带了王彪步着严肃空荡的街市，缓缓地走回师司令部去。而他也存了百分之几的私意，要回去享受那战利品呢。

第四十章　忽然寂寞的半天

第四十一章

逮活的

　　他们回到师部，在这种轻松的时候，自也各得着片时的休息。王彪有他的勤务兵朋友，相聚地坐在参副处后面一间小屋子里闲谈。他手上拿着那顶钢盔不住地翻弄，脸上透出笑容，甚为得意。

　　周太福斜躺在地铺上，头上包扎着几条绷布，笑道："老王，看你这样子，好像你有什么了不起吧？"

　　王彪笑道："了不起不敢说，反正我胆子不小，你头上怎么挂了彩？"

　　周太福指着坐在旁边的雷耀铣说："今天早上七点钟我俩在东门外送公事。因为鬼子停了火，也是我们大意一点，摇而摆之走出城去。不想街边民房后面，就是鬼子的机枪阵地，开起枪来，就对我们一阵扫射。我头部受了伤，老雷腿上让机枪擦了一下。好在伤不重，我们照样地把公事送到了。难道说我们的胆子会小吗？"

　　王彪道："反正今天闲着，你想不想到城外去摸回死狗？"

　　周太福将身子挺起来坐着，笑道："这有什么不敢去？"

　　雷耀铣道："摸死狗有什么稀奇，要逮活的才好。"

　　王彪道："有什么法子逮活的？"

　　雷耀铣坐在地铺上，两手抱了那条受伤的腿，点了头笑道："说出来就不灵了，也是昨天我和老周到小西门外去过一趟，我们想着那个地方，可以玩日本鬼子一个花样。"说着哈哈大笑起来，周太福笑着站起来道："去！我们同去见见主任请示一下，若是主任肯让我们去，我们就照计行事。"

雷耀铣也是很高兴，突然地站起来和周太福见参谋主任去了。勤务兵的朋友们，倒不相信他们有什么办法，各自笑着。

十分钟后，见周雷两人在房门口行了个礼，竟是笑嘻嘻地走了。他们到了小西门，悄悄地溜出城去。顺着墙基向南走了一截路。那里针对了敌人的来路，有一个土堆，蹲在路的右边。土堆上长着小灌木和乱草，可以伏着藏下两个人，他们伏在地上端详了一会，周太福低声道："老雷，我们昨天想的办法没有错，来吧。"

于是二人各携着一把锹锄，走向离土堆十多公尺远的路上，四手同举，刨挖了个五尺深，三尺见方的一个土坑，好在这是沙泥地，刨挖起来，并不十分吃力。刨挖得好了，找了些小树枝在坑面上架起。先盖上一层树叶和乱草，两人再抓着沙土轻轻地在树叶上洒盖起来，盖得寸草片叶，不让外露。在这陷坑前面，相离十来公尺，于路的两边，各埋下三枚手榴弹，用麻绳缚住弹的保险，另一头拿在手上，引到土堆后面，牵在地面上的麻绳，也都用沙土给掩埋上了。诸事安置妥当，两人就卧伏在土堆后面，静等机会。这已到了下午四点钟了，各方面敌人的炮兵阵地，又在陆续响起，西北门的敌人前锋，也在蠢动。

雷耀铣悄悄地道："老周，等着吧。不久敌人就要上钩的。"

果然，不到半小时就有一阵脚步声，慢慢地迫近。他两人静静地守候着，心里止不住地在跳，彼此对望了一下，也没有作声。由乱草缝里向前张望，已有敌人三十多个，拖着上刺刀的枪，蛇行在地面滑将上来。周、雷两人，四目注视，看得清楚，这三十多人前面，恰有一个离开队伍的，他似乎在侦探这堆土，只管向前爬。两人看后面那群敌兵，还相距四五十公尺，正好先逮这个活的。两人沉着气连鼻息都不让透出来。各人两手撑了地，预备随时向上一跳。那个最先爬行的人，丝毫不知死活，很快地爬到了陷阱所在，还是继续地爬，等他半截身子爬到了小树枝上，无论他是否发觉这是一块假路，头重脚轻，一个倒栽葱式，连沙土带树叶乱草，落到了坑底。

周、雷二人不敢怠慢，周太福紧抓手榴弹引线，雷耀铣跳上前去，就去先夺落陷敌人的那支步枪。可是那敌人，已在坑里翻过身来，抓着死也不放。后面三十多敌人，看到同伴落坑，爬起来就向前抢救。周太福看得十分准确，等他逼近了这弹所在，使劲将引线一扯，立刻六弹同时爆炸。早有十几个敌人，随了烟火一丛，同时倒地。其余十几个敌人，摸不着头脑，转身向原路跑了回去，周太福见威胁已除，也跳了向前，帮着雷耀铣去俘敌。在坑里的敌人，一面要夺枪，一面要爬坑，手脚正忙乱作一团。

周太福抬起脚来，对他脸上一踢，喝道："好小子，倒下吧。"

他头被重踢一脚，人昏了过去，枪已让雷耀铣夺了过来。他是个徒手的，两人更不怕了，一人扯了他一只手，活拖上坑来。在这种三人纠缠情形之下，已在三分钟以上。败下去的敌人，退了几十尺公路，各找了一个掩蔽所在，将身子蹲下。他们见这边并没有人追击上去，也就不走。各个开枪，对了周、雷二人射击。有几支枪，还向土堆前面射击，封锁了周、雷二人去路。他们那意思，救不下人就让这三个同归于尽。可是那个被拖住的敌兵，让周、雷二人拳打脚踢，已精疲力尽。两个人将他摔倒在地，各拖住一只脚，由土堆斜角，拖下一片菜地里去。菜地上面是斜倾的土坡，正是射击的死角。

由这里向小西门正好有条长满了草的小路，两人扭住这被俘的敌人，连扯带推，终于走进了小西门。在小西门上扼守阵地的赵相卿排长，早已看得清楚，立刻迎了向前，很赞许了几句，并要派弟兄护送他们回师部。

周太福道："报告排长，我们是早上挂的彩，这次，敌人的弹烟，都没有挨着我们。我们两人对付这鬼子足行。"赵排长一笑，也就让他们去了。

周、雷二人和这个俘虏，步行着回师部，路经过振康堆栈，见王彪站在那门口在和黄九妹说话。黄九妹一手扶了半掩的大门，一手将个食指伸在嘴边，微微地笑着，见王彪迎向前，竖了一个大拇指道："真有你的，果然逮着活的了。"

雷耀铣得意地用手拍着胸脯把经过的情形，略微说了一说，黄九妹和参副处几个勤务兵都是熟人，笑道："好啦。你们把敌人打退了，论功行赏，你们会高升的，等着喝你们一杯喜酒吧。"

周太福道："黄家大姑娘要喝我们一杯喜酒吗？"

雷耀铣道："对了，等着喝你一杯喜酒。"

黄九妹道："大炮歇了大半天又响了，你还是这样嬉皮笑脸。看守着鬼子吧，别让煮熟了的鸭子飞了。"

周、雷二人笑着，带了俘虏走，王彪也就跟在后面，周太福道："你还在那里谈谈吧。我们能在火线上逮活的，到了城里，还会让他跑吗？"

王彪道:"我也该回去了,参谋只给了我一小时的期限,现在大炮响了,会有事的。"

雷耀铣道:"参谋给你一小时的期限干什么?"

王彪道:"也是送一道公事到大西门。"

周太福笑道:"我看不是,也是让你逮活的吧?你逮得着逮不着?"

王彪道:"什么时候,开玩笑?"

三人都哈哈大笑,相映着那个被夹在当中走的俘虏,低了头面如死灰,他们是更觉得有意思了。因为他们是非战斗员的勤务兵呀!

第四十二章

HUBEN WANSUI

没让敌人活埋到

余程万师长对敌情的判断，那是相当正确的，在二十七日下午四时以后，常德城周围的炮火，又开始向城基进攻了。敌机九架，也在这时，在城空转了几个圈子，随着就丢了几十枚炸弹和烧夷弹，虽然一部分都落在废墟上，可是依然有个大火头，在空中涌起。昏黑的长空，又是红光照耀。北门外的敌人，就把兵力集中在城基东北角，展开两翼，向护城河进逼。三四十门大小炮，就对了一个角猛轰。北门是第一七一团一营吴鸿宾指挥，他带着两个连亲自在城上作战。

敌人的战法，还是这样先用大炮集中向一处射击，造成一个火焰下的缺口，然后密集部队，分作若干波状，向防线缺口猛扑过来。我们呢？在没有重武器又缺乏子弹的情形下，也有一种固定的战法，就是敌人炮轰的时候，我们伏在战壕里，动也不动，听他在捣乱。等到敌人涌到护城河边的时候，才用机枪去射击。敌人若再逼近，我们就奔出战壕去，当头迎击，先用手榴弹炸，再用刺刀肉搏。来一次我们就反击一次，因此敌人就根本无法接近城基。由黄昏战到深夜，就是这样支持住了。北门的炮火达到了最高潮的时候，炮声先在东门响应，其次是西门。

到了天亮隔沅江的敌军炮兵，也就开着炮攻击南墙，而且敌人的飞机，增加到四十多架，十几架一批，或随了炮弹着火处掷弹，或掷下弹来引起火焰，作为炮弹的目标。在常德城中心，抬头四周一看，完全是烟雾，把这个孤城罩住。在浓密的烟雾阵里，可以看到那阵阵紫绿色光焰，在烟雾下面喷射，城里所听到的炸弹、炮弹爆炸声，每是若干响连成一气。为了这声音的猛烈逼近，所有城外的枪声喊杀声都听不到了。

在这种情形下，程坚忍奉着命令，在东门督战。由兴街口起在焰火当中，他和勤务兵王彪，成了两个模糊的黑影。向东走，因为那炮弹的烟凝结在废墟上，像寒冬最浓重的大雾。每一个弹落在烟雾里，火光带了无数的芒角，由平地向四周喷射，立刻烟里更加上一重烟。子弹嘘呼嘘呼的声音，造成一种惨厉的怪叫，带一种猛烈的热风吹来。这热风好几次由身边经过。

程坚忍伏地稍迟，被这风吹着倒在地上打了几个滚。但是他觉得战事到了今天，已到了无可再加的高潮，军人以身许国，本随时可死。而今天这随时可死的可能性，就十分的大。城里已是步步过弹，在火线上抵抗敌人的弟兄，更是在铁火的狂潮中了。死要死得慷慨，不管怎样炮火猛烈，必得极力达成自己的任务，死了也是心地光明的。退退缩缩地死去，那是种耻辱。这样想了，尽管让弹风掀在地下打滚，爬了起来，又继续地向前走。

而在同样情形下工作着的，有通讯兵在牵着电话线，有工兵在铺着工事，有输送兵在送子弹，烟雾丛中，看到各种人影在活动。他觉得谁也没有把死放在心上，我怕什么？他继续地走近东门，远远看到东门那个城基缺口所在，弹火像大海船头上冲起的红色浪花，一簇随着一簇，向半空里激起，硝磺气味，触着鼻子都要郁塞起来。街道边的残剩房屋，经炮弹掀起，瓦片石子，像狂风雨点似的扑人。他这时已不知什么叫死亡，也不知什么叫恐怖，人像落在一种洪大声音的狂浪里，把一切丢开，只是朝前走。到了中山东路的广清宫团指挥所里，见第一六九团柴意新团长伏在街上小碉堡的石壁下，手握了电话机，用沙哑的喉咙喊着："冲上去，把他们消灭了。"在他指挥的时候，炮弹溅着地面上的沙石，由小洞孔里随狂风直穿进来，而他并没有理会。由这里到东门，径直地顺着中山东路，约是半公里，正好看守住那城基的缺口，但见平射炮的炮弹，距地面不高带着白色的烟箭，呼呼咚呼呼咚，向两座小碉堡连珠炮似的发射。缺口外涌起一座火焰山，向缺口边倒，缺口东北角，有三十多个敌人，趁着我们守军完全牺牲，援兵被弹挡住，就抢着爬过一人高的城基，突然窜到海月庵。这里还有一部分民房，和废墟相间隔。副团长高子曰，原在附近一个小碉堡里指挥作战，他身边已没有了正式的战斗兵。只是在昨天晚上，将本团的火夫杂兵，凑合了四十多个人，编并了一小队人，在此监视城基一角作为预备队。这些人既不是战斗列兵，他们就没有枪。昨日编并的时候，只找出了十支步枪交给他们。其余的是各人拿着本师从前操练国术的大刀和几尺长的木柄长矛，另外每人配上三枚手榴弹。这样的授给武器，自是万分不得已。而大家也就自始下了决心，预备最后一滴血，随时肉搏。这时敌人已冲进了城基，副团长高子曰在街口石砌的甬道工事里，就在电话里向柴团长报告。他的答复很简单，冲上去把敌人消灭。高子曰端着一支上了刺刀的步枪，首先跳了出来，将手一挥，四十多名的决死好汉，一齐跟着跳了出来。由这里向前海月庵，全是些炮火轰击成的砖瓦废墟。平地上，左一堆右一堆的砖瓦和不曾倒塌的墙基，造成了障碍物。高子曰一人当先，依着这些障碍物，蛙跃着前进。敌人三十几支步枪，也是各利用了这些障碍物，向里面射击，大家冒着敌人密集的枪弹，分作两翼迂回，包抄过去。直逼近到二三十公尺，然后抛着手榴弹，先向掩蔽敌人的所在，个别轰击。人是一秒钟不停留，跟了手榴弹向前，既接近了敌人，拿着刀矛的士兵，手里家伙轻便，倒占着老大的便宜，扎的扎，砍的砍，十来分钟就把这突入城里的三十多个敌人，消灭了三分之二。剩着不到十个鬼子，向城基原来爬入的所在，跑了回去。高子曰又抛着手榴弹在后面追击。除了两个鬼子跳出城去，其余都让刀矛杀死了，但这样一来，敌人鉴于少数突入部队，在城内站不住脚，就放弃了这个办法，依然调集了迫击炮和平射炮十几门，紧对了那缺口，连续射击。所有在东门外的山炮，已加到四十门以上，也是对城基集中一点，连续轰射。轰射了一二十分钟，将这段城基轰平了，又挨着轰了一段。程坚忍和柴意新团长，守在团指挥部里，由碉堡洞眼里向外张望，但见炮火之烟，夹杂了堆土，层层叠叠在眼前飞腾。到了中午，指挥所里向扼守缺口的几个据点打着电话，已有好几处一律不通，派出传令兵去，有的就不回来，回来的满身都是灰土。

所幸最前方高副团长据守的碉堡，还保持着联络，他汇集各方面的报告，缺口上两挺重机枪的碉堡，已经轰平了，左右两侧机关枪的掩体，也成了一堆土，人枪都埋在土里。所有面前一带城基，被轰得和缺口相连。在战壕里和散兵坑里的士兵，都已牺牲。敌人的炮弹，这时，已不仅是向城基攻击，东北角城区，已普遍地落着弹。

程坚忍就向柴团长道："我到前面营指挥所里去看看吧。"

柴意新道:"那很好,沿着这中山公路,连接的工事还相当完好。"

程坚忍知道这个方向,已到了万分危急的阶段,对柴意新看了一看,因道:"我们随时保持联络。"下面有一句话他是忍住的,那就是说,也许我不会回来了。

他说毕,跳出了碉堡,见王彪在碉堡石砌的甬道工事里蹲了坐着,手上簸弄了几个碎石子,便向他一招手道:"我们到前面去看看。"

王彪也是跳了起来,随在程参谋后面走。这时,这条中山东路,四周全为弹花所笼罩。走不到两三丈路,附近就有猛烈的爆炸声发现,两人走一截路,就在工事里蹲伏一阵。奔到东门附近,见营指挥所那个碉堡,屹立硝烟弹火之下,倒还是完好的。但重机枪弹轻机枪弹,雨点般在那前后落着,已很难前进。两人只好伏在路面的工事,蛇行前进。这里是高副团长亲自指挥,二营营长杨维钧,又前进一步,在东北角城基连指挥所里督战。

程坚忍由工事里爬进了碉堡,高子曰倒是很为惊异,情不自禁地,伸出手来向他握着手道:"欢迎欢迎!"

程坚忍笑道:"高兄,你实在是行。我愿来帮你一点忙。昨晚上我们接着各处的情报,我们的友军,一路到了斗姆湖,一路到了沙港,沙港到城基只有五华里,不是今日上午,就是今日晚上,我们应该解围了,所以我们这里的阵地,无论如何,一定要维持住。"

高子曰道:"没问题,我一定能稳住。"说时,他掐住拳头,高高地举起,紧紧地捏着摇撼了几下。

程坚忍见他意志这样坚定,心里倒是安慰的。可是说话之间,那当前的炮声,又猛烈起来,程坚忍和高子曰面对地坐着,彼此说话,已听不见,炮弹的爆炸声浪,又轰隆隆地连成一片。外面除了火光闪闪,白烟弥漫,几丈以外,已难看得清楚。除了炮弹烟之外,敌人又放了掩护进攻的烟幕,指挥所左近侧面,有一个机关枪座,还完好没有破坏,虽听不出枪声,已看到吐出闪动不断的火舌,随着一位排长进来报告,已有三百多敌人,由缺口和缺口以北,分作三股,扑了向前。

高子曰跳起来大声叫道:"冲出去,我和鬼子拼了。"

程坚忍一面做着手势,向城里指,一面大声叫道:"先把这里的情形报告师长吧。"

正说这话,程、高两人和同在碉堡里的三位弟兄,全突然地一个转身扑

第四十二章 没让敌人活埋到

倒，把人震昏。一响中，这碉堡让平射炮弹铲去了一小角，各人身上都盖着石子和灰土。副团长虽已跌倒在地，神志还是清楚的，在灰堆里抽出身子和枪支来，就预备跳出碉堡去了。那个在碉堡角上的话机，却还丁零零响起铃来。他接了电话一听，却是柴团长转来师长的命令，着柴团东门一带部队，调到稍后地方调整部署，逐次占领永安商会舞花洞一带的街巷，并占领东北万缘桥一带城墙和三板桥巷口的工事。

他接完了电话，却见勤务兵王彪跳了进来，失声地叫了句"还好"。

程坚忍被碎土碎石压着，也是痛昏了一阵，当高子曰接电话的时候，就已爬了起来。他知道王彪所说还好两个字的意义，便道："没事，你把土里那支枪抽出来吧。"

他说时，已看清楚两个弟兄压在厚可两尺的石土下面，流的血有脸盆口大一片，他们为祖国安息在这里了。王彪看到土外冒出来的半截枪托，正待弯身去扯，恰好又是个平射炮弹，在破坏的碉堡上，掠顶而过。碎土碎石，随了一阵猛风，啪嚓嚓筛落下来，碉堡的洞门，塌下了半边，那灰尘迷住了一切，眼前漆黑。大家呆住了两三分钟，终于看到洞口一团圆大的白光，三个人就依次由这洞口里钻了出来，这碉堡外的一道散兵壕，用石头在正面砌上了矮小的遮壁，却还没有完全破坏。这里布置的预备队，还很少伤亡，高子曰就命令有步枪的弟兄，守住这一带散兵壕，掩护拿刀矛的弟兄撤退，一面派出传令兵将碉堡两翼的残破部队向附近民房一家家地转进。

程坚忍伏在散兵壕里才发现了手臂上腿上头上都已受了轻伤。王彪蹲在他旁边，就轻轻地道："参谋，我送你回师部去吧。"

他笑道："受这点轻伤，就要休息吗？别让人家笑掉了牙，我决定和副团长在一处督战，现在我们巷战开始了。敌人没活埋着我，我就要活埋着他。"

高子曰知道他是个文人出身的，听了这话也就不住地点头。

第四十三章
HUBEN WANSUI
虎啸

巷战开始了，程坚忍所说那是对的。这时，东门的防线，由舞花街到永安商会，由东门缩进来大概是六百码。自东北角的城基到南墙，斜切去了一个小角。中山东路商会门前，有一个碉堡。退后二三百码，西园墙巷口，又有一个碉堡。中山东路上的房屋，虽然一大半毁坏了，存在着的民房，和那些乱砖残瓦的废墟依然是敌人前进的障碍。一六九团现在就守着这两个碉堡，控制了街道和废墟的三面。

程坚忍和高子曰转进以后，就守在第二个碉堡里。敌人既涌进了东门缺口，就分作两支进犯，一支六七百人，沿着南墙城外河街，蹿到水星楼下。一支四五百人，在东门里切去的那一角防地，再分作若干股，由民房里废墟砖瓦堆里四处乱钻。这种办法虽然给我们一种困难，但师长接了报告之后，就命令参谋长皮宣猷亲自出来督战。他到了团指挥部，立刻把示范队一连，将城东南角，画一条纵线，指挥他们驻守封锁。一面指挥一六九团的士兵，利用民房墙壁，分点驻守，不必顾虑其他。凡发现敌人，就用手榴弹去轰击。这样敌人小股渗透阵地的办法，就随时可遇到打击，还是不能摇动我们阵地。

敌人为策应这东门战事起见，就在北门、小西门、大西门三处先后猛烈进攻。在北门进扑的敌人，形势尤其凶猛。参谋长这时亲自在中山东路指挥，就调程坚忍到北门去督战。他奉命后还是带了王彪同行。因为今天在城区行路随时有和敌人遭遇的可能，各拿了两枚手榴弹藏在身上。可是一出指挥所，就见七架敌机在上空盘旋。这时的防空武器，已没有了一颗炮弹，敌机飞得特别低矮，飞机头上吐出机枪的烟焰，一阵阵看得非常清楚。程坚忍为了减少目标起见，只好舍去大街不走，只挑选向北通行的小巷子钻行。半上午被炮声所掩盖了的步枪、机枪声，这时又复在城东北角流水般响起，这可以知道敌人的步兵，在这个角已十分逼近。在小巷子里钻行了三十分钟上下，已遭遇到两次飞机投弹和三次炮弹落地的爆炸。除了在那爆炸发动的时候，伏在墙脚地面约三分钟，等这爆炸完毕，又继续向前走，还有一次炮弹落在身后一幢民房里，根本没有来得及掩护，被弹风扑着，跌出去几尺路。尚幸还是一条完整的深巷，弹片还没有打着。

他一路走着，心里就在想，不定面前那一块土，就是自己最后的一步路。及至到了北门，在正街的南口上到城基还有一二百尺路，就无法前进，那迫击炮弹和山炮弹，一个随着一个，就在正对面城基上爆炸。火光，热烟，弹片，石子，碎土，交杂成一种带有猛烈声浪的黑雨，向街上飞落。但是他负有重大任务的，非明了此地实在情形不可。好在前面那个碉堡，就在团指挥部，冒一点险也就到了。

他和王彪在一带民房的墙脚下蹲伏了一下，趁着炮弹稀疏的一个空当，赶快就奔向那碉堡。这里直下，已接到中山北路，因之碉堡后面，也就接上了这石砌工事，工事里面隐伏着一连预备队，一七一团团长杜鼎，也是亲自守在碉堡里指挥。程坚忍走进碉堡时，他正自和第一营营长吴鸿宾在说电话。恰好是敌人的正面炮轰，已经停止，而机枪步枪声犹在喧闹的时候。杜团长喊道："敌人冲上来了，有多少？"那边吴营长答道："报告团长，这里还可以冲锋的弟兄，不足一班人。在正面密集的敌人，估计有二百多。"杜团长道："你们前后肉搏了七八次，弟兄们伤亡太大。这次就在城上守着，等逼近了，用手榴弹炸他。"

在城上指挥的吴营长，在散兵壕里，向城基下一看，敌人在城门口大路上，密集了五股之多，塔式地铺在地面上，正爬行着逼向城基。最前的一股敌人，约有四十人，已爬到了残破铁丝网下，离城基只有一百公尺了。照着这两日的战法，到了这个时候，就该预备冲出去和敌人肉搏，可是向来带着部下弟兄出去冲锋的马宝珍连长，已经由吴营长告诉，这次不必肉搏了，他带了十几名弟兄，伏守着城基上几个散兵坑，眼望了城基下的敌人逐次逼近，实在着急。他抓住了枪支两眼直视着，额角青筋直暴出来，他一腔热血，无可发泄，"冲锋"两个字几乎要喊出来。可是他看看自己这一连人已经伤亡到百分之八九十，仅仅剩余的几名弟兄，还带了轻伤，实在不能冲出去。话到舌上，又吞了回去。然而奇怪，呜嘟嘟一阵冲锋号声，就在身边吹起。这是本连的号兵，他在散兵坑里自行吹号的。弟兄们并未得着连长预备冲锋的命令，突然就听到冲锋号，又没有看到连长起身，大家还都有点犹豫。而俯瞰城下的敌人时，掉头向后就跑。第一个密集部队退了，第二、第三个，也照样地退下去。马宝珍在城上看到也不由得笑起来道："这是怎么回事？听到冲锋号就跑了，我们还没有动脚呢。实在是让我们冲锋吓怕了，哈哈！"回头见散兵坑里的号兵，问道："我没有叫你吹号，你为什么吹号？"他道："报告连长，我看到敌人上来，我急了。"马宝珍又笑起来。

原来自常德外围作战以来，我守城的虎贲，每日也不知道冲锋若干次，说冲就冲，随时随地，都可和敌人肉搏，很少吹冲锋号。这次突然吹起冲锋号来，敌人鉴于每次肉搏吃亏，料着这次是个狠招，所以掉头就跑了。这个冲锋号，不但敌人出乎意料，就是在城里的杜团长听到这号声，也很是惊奇，自言自语地道："他们又冲锋了。"便立刻向城基上叫着电话，电话打完了，他不由得笑了起来。程坚忍道："我们把敌人冲垮了？"杜鼎笑着把情形告诉了他，因道："没想到我们一声冲锋号会把敌人吓跑了。"程坚忍笑道："这号兵虽是没有得着命令就吹号，可是其情可原。而且我们得着胜利，也可以将功折罪了。"杜鼎笑道："这可算是常德抗战中一个佳话了。咱应当给这号声取个佳名。"程坚忍笑道："叫虎啸。"他问道："怎么叫虎啸？"程坚忍道："五十七师的代字是虎贲。我们虎贲的冲锋号，自然就是虎啸了。"杜鼎笑道："这个名称很好，我们可以记住。"程坚忍道："将来战事平定之后，我来编个电影剧本，题目就叫'武陵虎啸'。"杜鼎也点头叫好。可是他们这份轻松，也就只有这几分钟。立刻大小炮继续响起，北门城基上下，烟尘乱飞，他们又随着紧张起来了。

第四十三章　虎啸

第四十四章

HUBEN WANSUI

杀四门

这个用冲锋号吓退敌人的办法，虽然是着棋，可是这着棋只能下一次。而敌人也就疑心我们守军虚虚实实，吹过冲锋号而没有士兵出来，依然是疑兵之计。或者再冲过来，依然会遇着肉搏的。因之自此以后，大炮由四十门加到五十多门，对了城基足足连续了一小时以上的轰击不曾间断。

在城上督战的第一营第三连连长马宝珍、第四营第五连连长戴敬亮，都受了重伤。杜团长打电话叫他们下城去休息，两个人躺在散兵壕里都不肯下去，说是不能作战，也还可以躺在战壕帮助指挥。可是戴连长肋下中了弹片，渐渐地已感到呼吸困难。马连长右腿受重伤，已不能站起，左臂也受了轻伤，不能拿武器了。连长如此，在城上作战的士兵，也越发地增加了亡伤。这一带城基，将三五连的健壮士兵凑起来，也不到一排人。在炮火猛烈轰过之后，敌军又到了步兵开始冲锋的时候。吴营长把这情形告诉了杜团长，他就要亲自带预备队上城增援。

这时机枪第二连连长温凤奎，随着预备队在团指挥所候命，见杜鼎要上城，便由地面上站起来向杜团长道："我去！"他虽只说两个字，说得十分坚决响亮，脸上也是充分兴奋沉着的样子。

杜团长道："那很好，你再带一班弟兄上去。"

温连长感到炮声停止对城基的轰击，又是敌步兵扑城的时候，情形已刻不容缓，马上由工事里调集了一班弟兄，跑上城基去。果然他们到了城基上，敌人密集队组织了三股，第一股又已逼到铁丝网附近了。这温连长一向管着机枪，并不冲锋肉搏的。自二十六日起全师官士杂兵，都已编为战斗兵，也就各个人都有冲锋肉搏的任务。他怀着一腔热血，看到敌人像一窠狗在地面爬进，就不由得两眼发赤。又相信着带来的一班弟兄是生力军，足可以给敌人一个打击，他看到敌人在弹坑里上下爬着，身子半隐半现已慢慢逼近城基，就对弟兄们说："上刺刀，预备冲锋。"刺刀上好了，他又对号兵说："吹冲锋号。"

铜号呜嘟嘟响起来，敌兵却未理会，以为又是一响空枪。温连长首先跳下城，对准了面前三十来个敌人，就是一手榴弹。全班弟兄蜂拥而下，手榴弹同时抛了过去。最先一股敌人，就溃散了。这时，第二、三股敌人，待要增援，新移上城基的一挺轻机枪，在侧面五十公尺开外，得着一个很好的射击角度，对站起来跑步向前的敌人，一阵猛烈的扫射，又射得他们纷纷回窜。温连长面前没有了敌人，很高兴地回到了城基上。所谓城基也者，经两日夜的炮轰，已是缺口连绵，只是间三间四有些高到三四尺的土台，敌人见这次还冲不上，随着又炮轰起来。这次炮轰，索性不再用步兵冲锋，只管轰下去。

到了下午三点多钟，所有的那些土堆，一齐铲光。而原来成为缺口的地方，反是堆上些浮土。于是在城基上下死守的我军百分之九十五都已牺牲，而上城基增援的温凤奎连长也成仁了。第一线没有了工事，也没有了人，杜鼎团长又要亲自上城基，用人去挡。但向师长电话请示之后，师长认为那牺牲太大，且于事无补，就命令杜团长转进稍南数百公尺，驻守既设巷战工事的中山路北口的十字街口。这地方既有一个很好的碉堡，而石砌甬道，一直顺了中山路下去和几条重要街道都联络着的。这里的民房，虽都已被炮弹毁坏了，工兵们已把剩有的颓墙和大小砖瓦堆，做了临时工事。

杜团长接了命令之后，把团指挥部移到玛瑙巷口中山路北段的中心点，吴营长鸿宾就亲自在十字街头第一座碉堡里扼守着。程坚忍是随了团指挥所走的，他也就到了中山路中心。这时，敌人的炮兵阵地，跟了步队前进，山炮阵地，在城基外面，迫击炮移到了城基，平射炮在城门里北正街口，顺了中山路发弹的炮，大小共有十门，炮弹落在转进路上每一方丈内。程坚忍已无法在街上走，就在地面的石砌甬道工事里走。这甬道军事术语名叫覆廊，两面是街上石板夹筑起来的，有一人高，中间宽可三尺，容得两人走。它并不是顺了街直下的，四五丈路一个弯曲，在每一个弯曲里，都可以用一两个人驻守。纵然前面一个弯曲，人和工事都已损坏，接上的另一弯曲，照样可以据守，就是两头都打坏了，孤立起来了，还可以守。在甬道两边，每隔四五丈路，用砖石桌椅木料沙土，做了横断路面的障碍，尽量地和街两边的屋墙壁或废墟的砖瓦堆连接。程坚忍在甬道里弯身而走，心想，尽管敌人用炮火轰击，这样的工事，总还可以支持一个相当时日。

援军说到达城边已经三日了，难道今日晚上还不会冲过来？无论如何，这工事支持到今晚，是没有问题的。他在敌人突进了北门之后，看到这些工事，心里总还算坦然，团指挥所的碉堡，就是连接着这甬道的。他和王彪来到了中山路北段中心，就在工事里坐守着，所预备的两枚手榴弹，始终在身上。他同时也就想着，随时预备着这两弹，作为今生的最后一个举动。

到了下午四点，副师长陈嘘云亲自来此督战，程坚忍又奉命向西门去督战。他今天一大早，调到东门，后来由东门调到北门，现在又要向西门去了。本来到了今日五十七师由师长到火夫，已没有一个人可以休息。程坚忍既奉命到西门去，也就立刻出发。他是一大早在师部里吃过早饭的，由上午五点，到这个时候，将近十二小时，却是水米不曾沾牙。在北门那炮火紧张的情形下，根本也就没有想到吃喝上去。这时，火夫由中山路南头，送上战饭来，由北门城基调回来的残部，在这里吃饭。程坚忍要了两个冷饭团，一面手拿了送到嘴里咀嚼，一面就向大西门走。到了大西门时，知道这里受敌人攻击十小时以上了。这里的敌人，是和小西门的进攻部队联合一气的。炮火轰击点，分作两处，一处在小西门正面，一处在大西门南角。每处的炮，都有十六七门。照例都是炮连续轰击半小时之后，就用波状密集的步兵随着猛扑。

第一七一团第一营张照普营长，是这次常德之役最能打的一个人，他自己亲自在城上指挥抵御，一天都没有下城。军炮兵团的一营人经十几天的作战之后伤亡过半，残余的人，因无炮弹可用，已改编为步兵，由营长何增佩督率，在城上辅助张营拼杀。这里的一带城基，比较的结实，敌炮轰击之后，虽然城墙上的防御工事，多半被毁，可是城基还屹然壁立。有了城基，张营长就觉得防御比较有把握，每当敌炮把城墙造成一个缺口的时候，一面用机枪手榴弹和敌人进扑的部队作战，一面就派士兵把缺口来堵上。程坚忍到达西门的时候，正值敌人十几门炮向城墙乱扑打着炮弹，烟火之中，石子弹片四处纷飞。炮弹所毁坏了的工事旁边，随处躺着成仁的弟兄，都还没有来得及运下城去。

张营长站在城上，正指挥了士兵挑着麻布袋盛的土，抬着城下运来的石头，堆塞城头上一个两丈见方的缺口。虽是我们挑着炮火稀疏的时候，才来抢补。可是一到敌人不发炮了，就是敌步兵抢到了城基脚下，他们就齐集了七八挺机关枪，对着缺口所在，集中仰射。他的密集波状部队，也就对了这个缺口一窝蜂似的冲过来。在城上补城的人，根本就不能理会这些动作，在弹片火焰下，照着平常修工事似的，只管向城缺口上架石堆沙包。缺口两侧的守军，却把机关枪掐住了敌人进扑的部队，狠命地扫射。其余的弟兄，就用手榴弹投掷跑到城根的敌人。敌人站立不住，退了下去。敌人的山炮迫击炮，又向缺口上射来。一个迫击炮弹落在缺口的斜侧，尘土黑烟涌起来两丈高，把人的眼睛都迷住了。

程坚忍还没得着机会和张照普营长谈话，只是伏在散兵坑里，离那炮弹爆炸点，也只有六七丈路，响声带了一阵热风扑来，人都震昏了。心里想着那些补城的弟兄，一定是完了。等到烟尘散了，睁眼一看，除了有三位弟兄躺在城头而外，其余的人照样战斗。张照普叉了两手，站在散兵坑里，露出半截身子在外，子弹射到身边，向下一蹲，子弹不射来，就指点弟兄们补工事，口里喊着："右边行了，左边再并排堆上三个沙包，正面把这块长石板抬上去。"他口里说，手上指，眼望了来去奔跑的弟兄，枪子炮弹，四周乱飞，助长了这忙碌紧张的气氛。西门的城墙工事，就是这样维持住的。

到了下午五点钟，敌人又接上了黄昏攻势，但因黑夜之间，城上抢救破坏工事，城下不容易看到，敌人越发无法进扑了。到了晚上十点钟以后，敌人也就停止了。程坚忍自下午到西门城上来以后，伏在散兵坑，简直就抬不起头来，炮轰过之后，就是敌人冲锋，冲锋遏止之后，又是炮轰。和张营长商量什么事情，都是蛇行或蛙跃到散兵坑里坐着谈话。这里敌人攻势停顿之后，他接着师长电话，调回师部候命。他临别和张营长握了一握手。在握手的时候，捏得紧紧的，虽并没有说什么，两人心里都有一句比再见更沉重十倍的话，没有说出。

这天下午，王彪却不像往日随从，只是伏在工事里而已，今天他抬石头抬沙袋，也没歇过一口气。这时，下了城墙，身体上的紧张工作，虽已停止了，可是心头上的紧张程度，却随了每一秒钟都在增加，抬头一看，城圈内外，四面都是烧房子的火光。究竟是多少火头，已没有法子可以数清，仿佛

第四十四章 杀四门

所有的火已连成了一个大火圈，把五十七师的阵地，完全圈在火焰深处。只有着火的地方，紫红色的火焰更浓，火焰头上的浓烟更黑。不着火的地方，却是一片红光，再上些灰黑色的烟，和高冲的黑云头相连接。山炮弹迫击炮弹轻重机枪弹，各种带了长尾巴短光芒的火花、火球，穿过了红色光焰向城中心钻来。城中心随着涌起大小的光焰，眼前到处是光，到处是火，断墙颓壁电线杆，一齐为光闪耀着在颤动。大声轰隆，中声哗啦，小声噼啪，尖锐的唏嘘声，再加上一片冲锋的喊杀声，几乎让人不相信是在宇宙里。

他二人随着中山西路，走到双忠街，接近上南门，眼前一片晶光闪动，机枪步枪声，排山倒海迎面扑来。程坚忍站着呆了一呆。

王彪由后抢上前一步道："参谋，转弯就是师部了。"

程坚忍道："走到这儿，我今天正好绕城走了个大圈子，这正是京戏里的杀四门了。我真没想到我还能走到双忠街来。"一言未了，哗啦啦一阵倾泻声，随着一阵火焰，面前一幢房屋，中弹倒坍，两人都扑倒下去。

第四十五章
HUBEN WANSUI
以忠勇事迹答复荒谬传单

三分钟后，程、王两人都站起来了。城里的火光，反正是照得如同白昼的，程坚忍看看王彪，又看看自己，倒还都是完好无恙。因笑道："又没死掉。只要没死，我就得和日本鬼子干。走，先回师部去。"

说着，他大开了步子向师部走。在火光熊熊中，看到中央银行这座砖砌墙壁的房子，还完好地屹然未动。师特务连这时警戒了师部前后左右。特务连排长朱煜堂扛了步枪，挂着手榴弹，带了几名弟兄不住地绕着师部巡视以防万一。他们静悄悄地守卫或步行，正和那掀天掀地的枪炮来个对照。

程坚忍走进师长室前，只见余电务员笑嘻嘻地由对街房屋里走来。他手上拿着电稿，可知新收到了好消息的无线电讯。

程坚忍禁不住问道："消息怎么样？"

他道："很好。"说着他把电稿捧了起来。程坚忍擦了根火柴站在电务员身边，向稿子上照着。因为电务员说了消息很好，他要先睹为快，料不妨事。匆匆地把那电文看着本师收电格子纸楷书誊写得清清楚楚，乃是：

限二小时到，余师长×密，敬酉宥未申电悉，我感日攻至近郊，与敌激战，现继续猛烈进攻，期于险日与兄握手。干部已令飞送弹药给兄，望坚守，必死则生。××感戌×印。

程坚忍轻轻地道:"到现在二十八日,已过完了呀。感日握手,还可能吗?"

他看电文时,已擦过两根火柴,再又擦了根火柴,电务员又把一篇电稿捧上,他道:"这通电讯,先到了二小时,已译呈师长看了,这是补誊一张备案的。消息更好,你看吧。"程坚忍看时,上写:

限半小时到,余兼师长×密,俭申×电悉,敌确已纷纷向东北溃退。我一六二师已到城北沙港,第三师已到德山,务必拼死支持,以竟全功为要。××俭申印。

程坚忍又已擦过两根火柴。电务员道:"这个电报师长已交一科通知各部队了。"他交代了这句话就走进师长室。

这个日子,整个师司令部,没有一个人可以得着休息,官佐杂兵,全已变为战斗员,所以原来在中央银行大厅里放地铺坐办公桌子的全已离开,大厅里是空荡荡的,只有两枚鱼烛放在柜台内外两张桌上。里面一位副官端坐在烛下等候命令。外面两个勤务兵,坐在地上,靠墙打盹,倒是电话总机下,两个接线兵,还是忙碌的。屋里除了电话铃响,并无其他响动。师长室里,只有指挥官周义重、参谋主任龙出云和师长余程万三个人。

师长用自来水笔写了两张电稿交给电务员拿出去。看到程坚忍便道:"今天你很辛苦,我知道的。你可以在师部休息一下。在敌人拂晓攻击以前,你可以随我出去。"

程坚忍道:"报告师长,卑职精神很好,不需要休息。"

师长忽然微笑道:"有工夫能培植一点精神更好,也许连我在内,都要和敌人肉搏的。敌机今天下午散的传单,你看到没有?"

程坚忍道:"听见说的,没有看见。"

余师长把桌上一张五寸见方的白报纸铅印传单,递给程坚忍道:"你可以看看。这种传单对常德军民能发生作用吗?"他接过那传单来看,是这样印的:

告亲爱的军民

一、日军完全包围常德县城，后续部队，陆续到达，五十七师将兵之被歼灭，只在目前。

二、救援汝军之渝军，仅空城而已，无再前进之意。

三、汝等宜速停止无益之抗战，速挂白旗，则日军将立即停止攻击。

四、五十七师将兵诸位，宜速停止为师长余程万一人之名誉而为无益之抗战。

五、居民诸位，日军对居民并无敌意，日军爱护汝等，宜速反对抗战，与五十七师将兵扬起白旗。

　　　　　　　　　　　　　　　　大日本军司令官

在这传单上，有余师长用自来水笔写的几行批语，乃是："余自投笔从戎即受民族感召，只知不成功即成仁，余确信余全师弟兄，亦因余故而受此之感召，不成功，即成仁。军事教育，无悬起白旗一语。"他又在第二项下，写了两句话："诬蔑友军，且文字欠通。"在第四项批道："忠贞受自教育，光荣属于民族。"在第五项下批道："其谁欺，欺天乎？"

程坚忍觉得师长在这几行批字里，充分地表现了他的从容态度，忠贞心迹，将传单呈还肃然起见，对师长行了个礼。

余程万道："我说的光荣属于国家，这是衷心之言。若认为五十七师的死守常德，是为了我余程万个人的名誉，那不但小视了五十七师全师官兵，而且也小视了我中国人。中国的不肖子孙，投降敌人的，虽然是有，那究竟占绝对少数，岂可以把这些人来类视一切的军民？我们今天的战事，弟兄们做出许多可歌可泣的行为，就是给敌人这传单的最好答复。我这日记本上，今天就所得的报告，就载了若干特殊忠勇事迹，你可以拿去看看。你所见所闻，当然有我所不知道的，你可以补充着用另一张纸记下来。这上面用红笔勾了的就是。"说着把他面前摆着的一册日记本子，移到桌子边，指给他看。

程坚忍拿了过来，捧着就了煤油灯望了一下。

余师长笑道："事无不可对人言，你不必顾忌，可以拿到外面烛光下，从从容容地去看。"

程坚忍见师长如此说着，就拿了日记本子，带到自己卧室里来，坐在床铺沿上，对了窗台上的半截鱼烛，慢慢地看了下去。这是一本厚纸直格的本子，有墨笔写的，也有自来水笔写的，写到最后的几页，就是记着本日的战事。再倒翻过去，见这几日的日记，每日都占有好几页，文字夹叙夹议，字迹笔笔清楚，心想，没料到他在这样惊天动地的局面下，还有工夫写日记。但师长叫看今日红笔勾勒的所在，自不必去看许多，也没有时间去看许多，就在最后几页上，翻出红笔勾勒着的字面看下去，上面这样写着：

今日官兵特殊忠勇事迹摘要

一、第一六九团一营三连下士王福明，今晨担任东门城垣守备，枪支被炸，身边仅余手榴弹二枚。时有敌十七名，于该士所守处，向城上猛扑。王君沉着隐伏，泰然无动，及敌至有效距离，投以弹一枚，毙敌四名，余敌继续涌至，攀登高不及丈之废城。该士留其最后之一弹，而举起城上之石块，向敌猛掷。一而再，再而三，敌即应石如倒者三。不意另有敌二名绕至身后，突然奔赴，拥抱之后，竭力拖曳。王福明毫无犹豫，抽开身上手榴弹之引火，与敌同归于尽。盖于其掷一弹而留一弹时，已有此准备矣。智且壮哉！

二、第一七零团副团长冯继异，忠勇人也，观其名，可知其以乃祖大树将军自视矣。今日下午敌一股，由东门顺城犯南墙水星楼，该副团长率第三营残部及杂兵拼编之战斗兵，共约八十人，亲临城垣，与五倍之敌鏖战相持数小时，敌无寸进。机枪毁，则以步枪当机枪射，手榴弹尽则以石块当弹投。血肉与钢火拼，犹以石块刺刀，死守水星楼之梯道，再三反扑。于是副营长张鑫，第九连排长陈少祥饮弹皆亡，陈排长曾手杀敌大尉一员。上等兵吴文香于中弹后犹跃起数尺，以巨石毙敌一人而后倒，非目击者得不疑为神语乎？

三、第一七一团三营副营长雷拯民，守大西门城垣，凡四日矣。其人短小精悍，口头语善用"决心"二字，人恒笑之，顾视其作战，则真能决心死守者。该副营长每日抵御敌炮火之日夜轰击，及步兵数十次之猛扑，亲持轻机枪一挺，扼上城垣一角，寸步未离。曾受两次轻伤，余召其入城医治，而雷君答以无恙，决心死守，乃一再裹创而战。今日午后，阵地毁于敌炮，雷乃挟其机枪成仁，真无负其"决心"之一语焉。

四、山东大汉宋维钧，一七一团第九连连长也，平常爱唱京戏，能拉胡琴，琴韵之妙，乃与其粗鲁之表现相反，亦一奇也。今日大西门之战，该连长死守阵地，率部不退。所有掩体，既尽为敌炮火所毁，守兵与武器，乃完全埋没。敌兵乘隙而来，有十数人已蹿进城门。宋君连掷手榴弹数枚，将敌驱散。宋之步枪，本已炸毁，无可冲锋。旋见一敌落后，乃自高过丈许之墙基，做兔起鹘落之猛跃，以拳力殴此敌，夺其枪而以刀反刺之。群敌认为神勇，错愕不敢近。宋乃复跃回城基。终以负伤数处，血昏倒地。当其弥留时，犹高呼：好弟兄们杀呀！杀呀！闻者无不壮之，而阵地乃确保。

五、今午敌五百余，突入大北门，在飞机大炮掩护下向左席卷，同时，慈云庵之敌，其数相同，亦经县府，向疏散桥猛扑。北门左翼阵地，乃两面受击。守此地者为一七一团二营四连之一排。孤军苦斗，以一而敌十余倍之众。敌以迫击炮五门，平射炮两门，向我阵地做连环不断之猛击，工事全毁。我军即隐伏断墙残壁中与敌周旋，每当敌近，即冲出肉搏，如此反复冲杀六七次，张排长及多数士兵均已阵亡。班长王正义犹率轻伤士兵五名，挟轻机一挺，利用砖堆继续抵抗，俟敌迫近，以机枪猛射，并以手榴弹投掷。敌数次未能冲过，却又以炮猛轰，最后五名士兵，阵亡均尽。王正义亦身负重伤。彼乃沉寂不动，以示无人抵抗。及敌涌上，乃只身以机枪扫射，敌仓皇向疏散桥逃去，以谋隐蔽。该处吾人埋有地雷，尚未使用，王君以机会绝妙，乃离开机枪，左手拉动地雷引线，右手随之抛出手榴弹一枚，一刹那间，毙敌二十余名，唯因其流血过多，人昏厥倒地，遂不复能起。可谓用尽其最后一份力，流尽其最后一滴血者矣。

程坚忍把这段日记看了，觉得师长真是不肯埋没每一名弟兄每一份功劳，自然不便在人家日记上胡乱涂写，便把自己这几日亲眼所见的壮烈事迹，另纸写了几条，然后连日记一并呈回师长。

时已夜深，自己回到屋子里小坐了片时。但是坐在屋子里，也就像伏守在战壕里一般，那炮弹枪子儿的爆炸声穿空声，完全在这屋子左右。但想到师长的批语和日记上的文字，丝毫没有动摇，尽管敌人已打进了城，对这常德城一定要守下去。可是寸土寸地地厮拼，也要血拼，我们还能拼多少时？

第四十五章　以忠勇事迹答复荒谬传单

友军方面,每天来的电报,都说援军可到,然而截至现在,既没有看到友军前来,也还没有听到敌后的枪声和炮声,似乎相隔着还遥远。想到这里,自己又解答着,四周都在巷战,怎样能听到敌后的枪炮声?

不知是何物驱使,理智压服不了希望的情感。这就走出屋去,由窗户爬上屋顶,睡在罩着屋子的避弹竹子架棚上,侧耳细听。这竹架是西南普通防空物,一层层地,用碗口粗竹子编竹筏似的架叠起来。他还怕在下层听不到,直爬到最上一层,静心细听。然而远处没有一点动静,只是这师司令部四周,海潮般的枪炮响,火线,火球,火网,火圈,光芒上下四射,反告诉了人这是在火窖里呢。

第四十六章

覆廓碉堡战

程坚忍在屋顶防空竹架上,静静地听了二三十分钟,实在没有得着什么消息,悄悄爬下屋来,却见有人由窗户里伸出头来,便道:"是谁?"

下面李参谋的声音答道:"老程,是我呀!"

程坚忍由屋檐悬了脚踏到窗户台上,然后跳进屋来,问道:"你也回来了,晚上你在哪里?"

李参谋两手背在身后,在屋子里踱着步子,答道:"我在水星楼。那里由冯团长指挥作战。敌人有六七百人,我们只是一百多人应战。这里除了杂兵新编的部队,还有二十名警察,实在是苦撑。"

程坚忍道:"警察打得怎么样?"

李参谋站定了一点头道:"打得很好,城里留下的警察,共四十多人,一半在西门打,一半在水星楼打。要说到杂兵,我们可以说集各种人物之大,幕僚官佐政工人员夫子全备。就以抽调去作战的士兵而论,有炮兵,有工兵,有辎重兵,有通信兵,有担架兵,此外还有留驻常德二十九分监部,七十三军监护,勤务兵士兵一班,也加入了战斗。这可以说在常德城里的人,全在杀敌了。"

程坚忍道:"提起这点,我倒想起城里百十名老百姓,今天我在北门,还看到有老百姓参加救火和充担架兵,下午在大西门,我就没有看到什么百姓了。"

李参谋道："大概也是伤亡很多吧？不过晚上水星楼后面，还有一二十名老百姓，在帮着输送子弹。那位刘小姐我留心地没有看见。他们所住的地方，到下南门不远，恐怕已饱受着炮火的威胁。"

程坚忍道："怎么样？你很惦记她吗？"说着，望了他一笑，又道："我认为这位小姐是相当勇敢的。还有王彪那位……"一语未了，王彪在门外答应了一声有，就走了进来，他手上拿了一根硬木棍子，一面横嵌了一柄斧头。

程坚忍道："你怎会拿了这样一个自造武器？"

王彪道："我们参副处还有几名勤务兵没有加入战斗。刚才主任亲自在师部点验了一遍，在勤务兵里面连我在内，抽出了三名，还有三名火夫，一个号兵，两个通信兵，算拼编了一班，由工兵营里一位班长统率我们做一六九团三营预备队，后来有一位军医官和主任说，愿意加入，主任连说很好。这一班人，总算不差什么，只是找不到家伙。我们到民房里四处去找，我就只找到一根枣木棍子和一柄砍柴斧头。我费了很大的事，把斧头由短柄上抽下来，安在这枣木棍上。这斧头除了用钉子夹住，我再缠上几道长丝，锋口也磨得快了。参谋，你看。"说着他横拿着斧柄，将斧头伸了过来。

程坚忍点点头道："好的，你有手榴弹没有？"

他道："有两枚。没有手榴弹也不要紧。"

程坚忍道："我们谈话，没叫你，你好好地去干吧。"

王彪走了，李参谋皱了眉头苦笑道："没想到我们还用这样可笑的武器作战！今天下午，听说我们的飞机送了子弹来了，不晓得送到多少？"

程坚忍道："我听见说的，在小西门里收到两千多发。子弹是用棉花絮厚厚地包住，由飞机扔下来的，可见我们占的面积，已经很小很小了。丢下来稍微偏斜一点，那就难于收到。"

李参谋道："这丢下来恐怕没有手榴弹吧？"

程坚忍道："今天既送来了一次，可能以后会继续地送了来。"

李参谋笑道："但愿如此。"说着，他把反背在身后的手，右手捏着拳头，左手伸平了巴掌，把左手巴掌托住了右手拳头，上下掂动着。

大家若有心事似的，沉默了一会，却听到一阵开步走的脚步声，由里向外走去。两人赶快伸出头去看，见工兵营班长，带了杂编的十名弟兄，列成一队，向兴街口走去。这些人只有三支步枪，扛在肩上，其余的都是长柄大刀或长矛，其中有个扛着长柄斧子的，那就是王彪了。

程坚忍道："老李，敌人是越打越近了。明日白天，不知是什么情形，我想呈明师长，也加入战斗，你赞成吗？"

李参谋道："我自然是赞成的，不过我们总还有我们的任务吧？"

程坚忍道："我当然明白这一点。不过我因敌人节节进逼，有些忍无可忍了。"

两人正说到这里，轰隆隆两声巨响，就在师部前后爆发。他们久经战阵，什么声音是什么武器发出来的，是一听就听得出。这两声巨响是两枚山炮弹。

程坚忍道："敌人四城的炮，合起来应该有三百多门，半个月的轰击，这消耗量应该是可观的。他们竟还是这样消耗下去。"

李参谋还没有答复这句话，又是几枚山炮弹在师本部前坠落，轰轰乱响。自这时起，炮弹就响声连连，都在师部不远。那炮弹爆发的硝烟，已弥漫着流窜到屋子里来。

李参谋道："敌人又在猖狂了，我们不能休息了，我们向师长去请求新任务吧。"说着随了话一跳。实在地，这时在炮火下的中国人，不问军民都紧张得热血要由口里喷射出来，忘了饥渴，忘了疲劳，个个都急于要寻找一个敌人厮拼一下。

程、李二人在这大炮声里各自有了新任务。李参谋向北门去督战，程参谋向东门去督战。程坚忍由兴街口走向中山东路，已是满空子弹横飞，敌人的迫击炮弹，由他的部队头上像流星般过来，毫无目的地，无数团红色火球，画着由南到北的一条线，向城区中心乱落。轻重机枪声和步枪声，这时已无法分出他是前是后，是左是右，人就埋在枪声堆里。里面枪炮发出来的火光，向四处闪动，村庄的破屋秃墙，像破坏的放映机放出来的影子，在眼前跳动。那平射炮蹭着地面射出来，将风沙扫动，嗖嚓嚓发射着旋风、光焰和热烟，对准了中山东路直射将来。这一截路的难走又比昨日上午不同了，几乎每走一步路都可遇到炮弹和枪弹。所幸工兵们抢筑的石条覆廊，已经大部分完成。工兵营长高玉琢，在枪林弹雨之下，还带着一批工兵，将工事继续加强。程坚忍就顺了覆廊，在里面走向中山东路东段西围墙南口的碉堡里来。

副团长高子曰，在这个方向指挥作战，已是三昼三夜不曾有一分钟的休息。把嗓子打电话说哑了，两眼失眠充血里外通红，多日没有修胡子，满腮长得像刺猬的毛，根根直竖。这时天色大亮了，满街全是浓烟所笼罩。敌人

第四十六章　覆廊碉堡战

在东城的缺口蹿进来以后，南面受了城墙的限制，无可发展。他们就沿了城基向北伸张。由舞花洞，坐楼后街，到北前道街，成了弧形的阵式。面对了这弧形阵式，是我预备的碉堡线。碉堡各堵塞在街巷口上，共有七个。在原来筑碉堡的时候，四周当然都是民房。现在被敌人炮轰与火烧，四周却都是一片瓦砾堆和零零碎碎几间残破屋架子。在这些碉堡里，倒还可以看到四处敌人活动，不少控制的能力。两座碉堡之间，用机枪交叉着射击，就挡着了敌人前进的路线。所以敌人进了东门一日一夜，还没有多少进展。这时天亮了，敌人就在每座碉堡前面，架起平射炮和迫击炮的混合阵地，正对碉堡轰击。

程坚忍到了西围墙巷口的碉堡里，正值两门平射炮，对了这座碉堡在直射。此外一面用迫击炮射击街中心的覆廊，用烧夷弹射击没有倒光的屋架子。只是二三十分钟的时候，东南城一角，变得烟雾迷天。数尺之外，全看不见人了。那高子曰副团长还是前两日死守碉堡的精神，带两名弟兄和一挺机枪，伏在碉堡眼孔后睁了两只红眼，望着前面。程坚忍在碉堡里就和他使用着那架电话机，不时向各据点通着电话。相持了一小时，这座碉堡，上下中了三枚平射炮弹。他们有了教训，不等碉堡坍倒，就把机枪电话机，移到碉堡后的覆廊里来据守。这覆廊是直线的，平射炮弹射来，多数由两面擦过，依然不理他。敌人两三次用密集部队冲上来了，高子曰咬着牙齿，亲自把机枪口架在覆廊石条上扫射。敌人在烟雾里全倒下去。敌人冲不上，又改用了迫击炮轰击，他的迫击炮阵地，就和永安商会同在一条街上的东端。那迫击炮弹竟代替了机关枪，一弹跟着一弹，就在覆廊上碰砸。

到了十点多钟，除了街两面的七八道障碍物，烧的烧了，毁的毁了，这高子曰所守覆廊后面的两个弯曲工事，都也轰平了。他怕没有工事掩护，会断了联络，又把机枪移到后面完好覆廊的第一曲弯守着，敌人虽然步步紧迫，我们退一截，他进一截。可是这都是百把公尺的进退，对全线并没有什么影响。东门是这样，北门也是这样。西南两面，靠了城墙的掩护，敌人更没有进展。尽管战事已打到了城圈以内，整个局面，却还相当稳定。程坚忍每当机枪扫射敌人冲锋部队一次之后，也就感到心里舒畅一阵。坐在石砌的甬道里，两手抱了膝盖，昂了头望着天。每当敌机马达哗轧轧在烟雾上面经过，就极力地用目光搜索着，看它是几只黑影。有时，很想吸支纸烟，伸手到衣袋里掏掏，当掏出纸烟末屑的时候，也就送到鼻子尖上嗅嗅，聊以解嘲，耳朵里的步枪声，眼里的火光和硫黄烟子，也就因时间太久而冲淡了。

第四十七章
HUBEN WANSUI
通信兵和工兵都打得顶好

　　随了高子曰副团长在这正面作战的，约有两个排。他们一半是一营老底子，一半是新并的杂兵。在街两面的废墟上，利用着砖堆墙基，炮弹打的弹坑，分布了许多据点。自二十七日下午以来，我们已成了人自为战的局面，虽是每个据点，都只有两三个弟兄，但大家都发挥了最崇高的武德，若是没有命令转移，都和阵地同尽。而且五十七师的人，训练有素，几个据点，由一个班长联络依然进退自如。随了两排人在一处的，有三名通信兵，是由班长王兆和统率着。因为阵地时时都有变动，电话线也就要时时重新装架。高副团长到了西围墙向西的一段时，第一营和第三营的电话，就已经中断。
　　第三营残部这时扼守在城的东北角坐楼后街。由中山东路北去，很要经过几条街巷。高子曰就命令王兆和赶快向那方面架线，王班长率了三名通信兵，立刻前往，所经过的几条街巷，全是没有什么掩蔽的，而且架电线的人，爬高下低，根本也不能找什么掩蔽。三位通信兵，一个背了一圈电线，两个拿着斧子叉子，王班长拿了一支步枪，在前面引路。他们是和我们的防线列成平行线向前走的。每一尺路，都是敌人的目标。王班长没有一点畏惧，挨着没有倒塌干净的民房，悄悄地走，三个弟兄，跟随在后。遇到房屋倒了的废墟，四个人一串，就在地上爬行。最前一个兄弟牵着线，后面两个弟兄将线在墙基上高土堆下一面爬，一面牵顺。

可是遇到十字路口，就是个难关，敌人都是在东面用机关枪封锁着的。这时王班长就由人家矮墙底下，迫近了敌人，用手榴弹去袭击。手榴弹轰然一声响，三名弟兄赶快地就跑过这个街口，随后，王班长才由巷子这边民房，跳到院子那边民房去。这样闯过两道关口，又遇到一排没有倒下的民房。这民房的高墙里，正隐伏了一股敌人，他俯瞰着面前一片废墟，用步枪射击。王班长只好又伏在前面，爬行引路。这废墟上，虽然有高的土堆，低的弹坑，可以隐蔽。可是在高墙上俯瞰着的敌人，却把这情形看得清楚。他们几排枪射来，三名弟兄都已阵亡。所幸背电线圈的弟兄，负伤爬过了废墟才死去。

　　王班长就凭一个人继续前进，牵线架线，侦察敌人，完全自己来做。到了烈士祠口，到三营的碉堡据点，只有大半条巷子，也就把断线最后的一段接住。腿上原来被子弹擦破了一块，并不曾理会。这时就藏在一堵砖墙下，把腿上的伤露出来将裹腿撕下了一截，把伤口扎住。扎完之后，正待起身向第三营指挥所走去。忽然一阵步枪响，十几粒子弹打得砖石碎墙乱飞。这里由东向北的两条巷口，都斜对了砖墙，听听枪声，正好由那两面飞来。回去的那条路，是废墟一片，由高民房上的敌人监视着的。自己这么一位通讯排班长，竟是让敌人包围了。

　　他沉着地想了一想，向西的后面，是否有敌人，那不得而知。但重重叠叠的倒塌民房，路极不好走，也许绕出掩蔽，随处可能遭遇到高房上敌人的射击。只有刚才来的一条路，是自己熟识的，证明敌人隔着远。于是立刻下了决心，在原路回去。听了一会儿枪声，北巷口的敌人还少，就掉转身来，爬在向东的墙脚下，对那边敌人还击了两枪，也不管那边敌人怎样扑过来，立刻奔到向北的墙脚，向北巷口抛出一枚手榴弹。这墙只有三四尺高，伸头一看，有七八名敌人，正向后面藏躲。他接着又丢出一枚手榴弹，向敌人来个追击姿态。好在这墙脚是挡住了东边巷口的，趁了这两面人不能夹击的时候，就跳出墙来。面前这巷子一段，是敌人射击的死角，正好脱身，沿了墙脚，就向南走。走出去六七十公尺，两边倒塌的房子，断墙夹立，巷子的形势依然存在，他就藏在东边弹坑里放一枪，又爬到西边墙脚上放一枪，来回地放，来回地节节向后退。

　　敌人不知道王班长一路有多少人，不但不敢追击，反是让他击毙了六七个人。连他那两枚手榴弹所炸毙的，已经死了十几个人了。王兆和退到了一堆残破的民房面前，还有七八家是相连的，都在废墟的西面。他想着这是正好的一个脱身所在，就在那些破屋子里向西钻，直钻到我们的碉堡后面来，再由中山东路西段，回到西围墙巷口向高子曰副团长复命。他在覆廊里面，报告这一场战斗经过，驻守前线的官兵听了，没有一个不感到兴奋的。

那时，已到二十九日的十三点钟了。西城还有城墙上作战，北城在中山路北段，也没有多大变动。这时工兵连第一连排长王封华带了两班工兵，向东门来增援，就在大高山巷西围墙之间一段覆廊里做预备队。高子曰因接着第三营指挥所的电话，敌人一股五六十人占据了坐楼后街一所砖墙民房，作为前进据点，我们的左翼受到很大的威胁，而且步枪机枪都打不到他们。高副团长就命令王排长带这两班人上去，把这股敌人消灭掉。

王封华接受了命令，就带了这两班弟兄由高山巷北进。这两班人实际上只有十九个人，有十一支步枪，其余的是刀矛。不过每人都配给了三枚手榴弹。王封华因昨晚还在这一带补筑工事，对于敌人已经突入城垣以后的地形，还相当熟悉。他丢了街巷不走，一人当先带了十八名弟兄，完全由那倒塌了的房屋里面钻着走。他有时候向北，有时候又倒转来向南，总是在屋架子下，或者在断墙下面走，一点形迹不露。

到了坐楼后街，正有一排残房着火，趁了火势不大，他由火焰缝隙里向北猛进，穿过了一排屋架，走到百子巷。这巷是靠东北角城墙基的，算是绕到那砖房敌人的后面了。他将部下停留在砖瓦堆下，自己爬上一幢房子的屋脊侦察敌情。见那所砖墙屋子，正在百公尺附近的西南。屋顶是塌下去了，四周的墙，高的有两丈，矮的也有七八尺，竟像一座小城。端详了一会儿，看出了这房是自西朝东的，占着两条巷子，估计情形，必有一个后门朝西。这就溜下屋来，把两班人分开，七个人带七支枪攻后门，其余的人带四支枪去扼住前门，自己负责迂回攻前门的任务。教攻后门的弟兄在离后门三四十公尺外找着掩蔽，分两边据守，用七支步枪交叉着封锁后门，只管吸引着敌人射击。敌人不逃走，不理他，敌人若逃走，就用手榴弹追击。吩咐已毕，告诉一位刘班长向面前这条石板路面爬行向西南，见一堵没倒的砖墙，就是目的地。

于是自己带了十二名弟兄，又顺了一带残房，由东南迂回前进，由一家烧光了的屋基后面，钻破墙进去，就看到对面一幢砖墙屋子，关着两扇黑漆的大门。但听步枪啪啪作响，敌人已在后门作战了。他就指挥了四名有步枪的弟兄，隐伏在墙的南北两角。自己带了八名弟兄，各拿起手榴弹，由低墙所在，抛了进去。弟兄们是约好了的，一举手投弹，大家齐声喊杀。十几枚手榴弹，同时抛进这屋子，那威力自然不小。在屋子里的敌人，没有想到突然弹从天落。果然手忙脚乱，有的被炸毙，有的被破屋倒下来，压在砖瓦木梁下面。少数没有死伤的，分两路向前后夺门而出。鬼子出门，步枪就连续地射击，一个没有让他逃脱。王封华还怕里面有敌人藏躲着，自己拿了步枪在先，带着弟兄们涌进大门去搜索。及至到了门里，见由前到后，两进屋子全已倒塌，在屋子里的敌人，全变成了砖瓦堆缝里的尸体。弟兄们在后门里，把外面做牵制战的弟兄叫应了，就在积尸和砖瓦堆中间会合。

这一战，前门弟兄阵亡了三人，后门阵亡二人，五十名敌兵，却被歼灭无遗。在二十九日这一页战史里，实在是场伟大的胜利，因为作战的仅是十九名工兵而已。

第四十八章

HUBEN WANSUI

看到巨幅电影广告

在这种无人不战,无战不勇的情形下,敌人每走一条街,每占一幢屋的时候,都必须付出很大的伤亡代价。

到了下午三点钟,敌人就不得不变更战术。他一面用山炮向城中心轮流不息地发射烧夷弹,一面用汽油浇在残存的民房上,四处放火。我们在民房周围布防的士兵,固然站立不住,就是在街心的碉堡里,或覆廓的据守官兵,也被火炙烟熏,感到作战困难。在北城的敌人,占在上风,顺风放火,烧一截路,就进攻一截路,自是占着便宜。在东城敌人占在下风,放火就会烧着自己。但他不在我们阵线前面烧,把烧夷弹发射到我们阵线后面,还是把我们最前线的守军,放在火头的下风。我们的军队,一面作战,一面扑火。敌机二十多架,却又在城区上空轮流轰炸,扫射。救火的人也是无法努力,敌人攻势的主力,依然放在东南角,也就以东南角的火势最大。根本无所谓火头,大火接着小火,旧火增加了新火,守军面前,四周全是火焰围绕。敌人的枪炮弹,穿着火网,向我们阵地上发射。紫黑色的焰里,更增加青白的惨光。

第一六九团柴团长和高副团长,都据守在最前一线的碉堡里,团长以下,自也没有一个人肯后退,因为烧夷弹烧着的民房,是在阵地后面,我们送子弹送水饭的输送兵也必须在火焰里钻了过来,也加上了一种困难。我们守着民房的官兵,就挑着前后都有掩蔽的所在隐伏着,前面靠了墙或砖堆,挡住敌人的枪炮，后面也靠了这些东西挡住火头。于是全线每个官兵，都在火炮空袭三面夹攻之下作战。

敌人每当火焰稀薄的地方冲过来，我们的官兵就跳起来用刺刀或刀矛和他肉搏。敌人真不会想到，在这样恶劣环境下，我们还是死守。他们不但不和我们肉搏，却退了转去，找着掩蔽物，伸出手来，向我们伸个大拇指。接着又摇了几摇手，那意思说："你们实在英勇，可是这并没有希望，不要打了。"但我们的官兵，有手榴弹的就回敬他手榴弹，没有手榴弹，就回敬他一块大石头。

敌人这又变更了战术了，在火焰猛烈的地方，火焰由西向东，料我无守兵，他也冲不过来。对火焰稀薄的地方，却用迫击炮重机枪密集射击。在每一座碉堡前，他们至少有一门平射炮向我轰击。到了晚上十时，东城残余的房屋，完全烧光。弟兄们始终没退，也都随阵地牺牲了，我们在中山东路的碉堡和覆廓，也让平射炮轰击得破碎分离，高副团长虽然还据守西围墙那一段覆廓里，可是一看左右民房，全部烧光，墙壁也铲平，横亘的阵线，已不存在，只好又向后移挪了一截路，移到高山巷口。这时电话线又已断了，通讯兵虽在火网里抢着架线，而这里的情形，还必须向师长报告。

程坚忍和高子曰商量好了，自己由据点上回师部去。他走在路上，又觉得和白天的情形不同了。睁眼一看，无处不是火焰，各处的火焰，在半空里纠缠在一处，像是红紫色纤维织成的庞大网罗，密密地罩住了天空。除这网罗以外，什么也不看见。网罗之下，血色的火光，涌出了无数的峰头，照耀着败墙颓壁，完全涂抹了血色。这样的寒夜，人身上不感到一点寒冷，反是有阵阵的热气，由上风头向人脸上身上扑了来。屋子烧着焦煳气味，炮火放的硫黄烟味，随着燥热的风，格外浓重。至于枪炮声呢，自二十七日下午到现在，三天三夜，根本没有一秒钟的停息。这时除了那潮水般的声音，聒噪得两耳里什么都听不到以外，而炮弹的猛烈爆炸，时时在附近发作，总是红光一闪，震得人身一跳。那更近的弹着点，带了沙石热气的旋风，就把人猛地一扑，把人扑到地上。

他走到兴街口，蛇行了若干次，跳了若干次，跌倒了若干次，只得钻进了覆廓，顺了覆廓向前。在覆廓中段，遇到了李参谋。见他手上拿了一卷报纸，因问哪里来的，他道："今天下午三四点钟，我们的飞机丢下来的。"

程坚忍道："就是报纸一样吗？"

李参谋道："还有棉絮包的十二包子弹，有八千多发。"

程坚忍道："八千多发？那……"

李参谋道："我们希望明天再送来。可惜有几包丢到敌人阵地里去了。"

程坚忍道："报上说些什么？"

李参谋道："那倒是很够人兴奋的。五十七师的番号，已经公开了。全国都在赞许我们五十七师，勉励五十七师。"

两个人在覆廓里摸索着，一面说话，一面向前走。今晚上师部的情形，似乎比昨晚上又增加了一分严肃。因为敌人的阵地，已和师部同在一座城围里。除了步枪，敌人其他的武器，都有袭击师部的可能。因此师部里的灯火，都已严格管制，各处都没有亮上灯烛。必要的地方，有一盏灯，或一支蜡烛，都是用各种掩蔽，把灯光遮挡住了，不让外露。不过满城都是火光，由窗户大门口放进来的光，依然可以照见一切。今晚更是没有人休息，师部里的官佐杂兵，除了出去参加战斗而外，回来复命的人，立刻又出了师部。师部门口马路上，工兵还在两头加强工事并牵架铁丝网。在门口警戒着的特务连，荷枪实弹，一部分在师部附近街巷逡巡，一部分守着门口的碉堡和覆廓，大家心上，都搁了一副沉重的担子，连咳嗽也没有人发出。

中央银行的西式砖房，被四处的火光照耀着，现出一个长方形的立体房屋轮廓，砖瓦全反闪着红光，屹立在烟雾丛中。程、李二人各怀了一种沉重的心情，向屋子里面走，刚走进大门，就听到一阵步伐声，整齐地走了出来。火光反映中，看清了是师长带了四名官佐士兵走了出来，二人立定着敬过礼。

余师长道："我到东北两门去看看，你们在师部等我回来，副师长在这里。"说着，他就走了。

事情是那么巧，当师长走出门的时候，轰隆两声巨响，眼前一阵火焰闪动，两个炮弹连续地落在师部附近。硫黄烟子，直涌进中央银行里面来。两个人不约而同地吃了一惊，都奔出了大门口来张望，却见一行五个人影子，顺了大街向北走去。他们见师长是安全的，才回到师部里来。但他们因师长是全体同胞的主脑，他走到巷战最激烈的前线去，心里究竟不能完全安定，还只管站着定了神，侧耳向屋外听去。说也奇怪，越是听着，越觉得北城那面的枪声、炮声、喊杀声，猛烈地响着。

程坚忍道："这是北门的接触声音吗？"

李参谋也静静地听了一阵，摇着头道："四面八方都是枪炮声，我也听不出哪里是激烈，哪里是平常。根本我们所处的城区，就变成了一座地狱，哪里是安全，哪里是危险，完全谈不上。到屋子里去坐坐吧。"

两个人一同走进屋子，见墙脚根地板上插了一支蜡烛，那是为了避免烛光外露。两个人就席地坐着，程坚忍伸手在床铺下面摸了一摸，摸出那把破旧瓷壶来，拿到手上掂了两掂，根本就是轻的，提起壶来，向地面斟着，滴出了几滴水。

李参谋道："我也想喝水，厨房里找点冷水试试看。"说着，拿起壶走了。

程坚忍见他带着的报卷，正丢在地面，便展开来摊在烛光下看。很容易地射人眼光头一条新闻，特号字标题，乃是："常德坚城屹然雄峙。"其后有两行小题乃是："五十七师浴血抗战已达两周。""余程万师长仍指挥全军苦斗。"大题前面还有一行挂题，乃是："七七以来最光荣之一页。"他不觉心里暗暗叫了一声，总算五十七师官兵的热血，没有白流，大后方还没有忘记我们在这里创造这最光荣之一页。于是伸了头，就着烛光，把新闻看了下去。

但耳朵里所听到的枪炮声，依然是狂风暴雨般地继续着，对了这昏暗的烛光，睁着两只大眼，把头条新闻看了下去，也就无心再向下看土纸印的小字。移转目光，倒是那大字电影广告，不费力就可以看清。上面印着航空运到歌舞巨片鸾凤和鸣，香艳热烈，得未尝有，名歌十曲，妙舞百回，连日客满，向隅甚多，继续放映，欲罢不能。程坚忍看了这种字样，就联想到电影院门口，红男绿女拥挤的情形，点着头称赞了一声道："那也很好。"再看这电影广告旁边有两家餐馆开张的广告，一家是登着聘到淮扬名厨，精制扬州菜点，并由远道运来新鲜鱼虾，为市上不可多得之珍品。一家是法国大菜馆，登着特聘西国名手监督烹调，尝此名餐，无异身临欧洲。他不由得失声笑起来道："这更妙了。"

李参谋捧了一壶冷水进来，听了他自言自语，就笑问道："什么更妙的事？"

他指了广告道："看了这个，教人悠然神往。大后方有吃有喝有玩。"

李参谋淡笑道："老兄，不要有悠然神往了。今天下午敌机的轰炸，又烧掉了我们两处仓库，吃米大有问题了。"

程坚忍道："我们还拥有一处仓库吧？今天上午，我知道已经把第四仓库的米，疏散开了。我的忧虑，倒不是在米少，是在人少。只要人够的话，我们饿着肚子也还可以打两天。"

李参谋道："据我精确的估计，全师由上至下，什么人都包括在内，不会超过一千八百人，因为二十八日作战的人数，是两千四百多人。昨今两天的巷战，至少必是伤亡四分之一。"

程坚忍道："你在西门一天，那边敌人的情形怎么样？"

李参谋道："杜团长亲自在大西门城墙上指挥，敌人前后猛扑了十几次，一点没有摇动我们的阵地。小西门也是一样，据我看，我们的难关，还是在东城。因为南墙攻到水星楼的敌人，也是进扑很凶。彭幼成营长虽是亲自在那里指挥，可是中山东路一六九团有前后被夹攻的危险。"

程坚忍听了这话，他却呆呆地坐在地上，眼望了烛光下的报纸，对着电影广告餐馆广告，只是出神。

李参谋把那壶冷水送到他手上，笑道："喝一口冷水吧。"

程坚忍接过壶来，嘴对了壶嘴，咕噜了一阵，虽然是一阵凉气，由嗓子眼一直涌到心窝里，但这水却是甜津津的，比糖水还有味。最后放下壶嗳了一声道："鼓词儿上说的，在沙场作战的人，未免要喝马尿，我们总算没有喝马尿呵。"

李参谋道："好男儿死则死耳，埋怨什么？"

程坚忍说声："对的。"拍手站了起来。

第四十九章
秃墙夹巷中之一战

程参谋这么一跳起来,自然是一种兴奋的表示,李参谋便问道:"老程,你有了什么新的好决策吗?"

他笑道:"有的,死是可以死,我不能白死。我现在只分配到两枚手榴弹,这不能有什么很大的作为。我想着,我还得去找一样武器。有手枪步枪,固然是好。若是没有,就算大刀、矛子、叉子,甚至于切菜刀都也是好的。有了这类武器,我除了抛出手榴弹去以外,我还可以凭了这武器和敌人肉搏一阵。"

李参谋道:"这个准备是应当有的。天下最靠得住的事,莫过于自己的血和自己的精神。"

两人正讨论着,传令兵传话,副师长传见。他二人到师长室里,见副师长陈嘘云端坐在小桌子下,代师长暂时指挥一切。他沉默地望了桌子上那张地图,并没有一点声息。周指挥官义重,却手握了电话机在传达命令。他道:"现在又接到了军长的电报,决亲自带了部队,挺进河洑,救援各位弟兄,望我们坚守成功。"

看他说话时,他那黑皮肤的脸上,更有一层沉毅的神气,两人也就同时得了一个印象,大概我们的援军,真是要到了。两人向副师长敬礼后,他向两人看了一眼,那意思是看他们是否过分地疲劳。见他两人还军服整齐地挺立着，便道："李参谋可以到水星楼去，协助彭营长，稳定未来的敌人拂晓攻击。程参谋到图书馆去，协助一六九团二营，监护中山东路侧翼，不让敌人钻隙窜扰。"

两人接受命令，敬礼而出。出了师司令部，要各走一条路，彼此相望着握了一握手。在这一握手之间，也只是彼此对看了一眼。程坚忍这两日，就是这样，每到和朋友分别的时候，就和人家握上一握手。他也不解这是什么缘故，也没有故意去这样做，只是情不自禁地要这样做出来而已。

他别了李参谋，挑着小巷子向城东北角走，这虽然是深夜，四处火头依然照耀着红光满空，眼前每一件事件，都看得清清楚楚。所经过的街巷，偶然也可以碰到两三间还有七八成模样的民房，其余全是火烧不了的砖墙，高一截，低一截，秃立在平地上。从前是人家夹峙的街巷，这时却是秃墙夹峙的街巷。墙没有门，也没有窗户，露出大小窟窿。在窟窿外面向里面看出去，那也正是空洞洞地看到红光照耀、火星纷飞的天空。和这墙平行的，不论远近，还是这一样秃立而丝毫没有遮盖的东西。有时不是秃墙夹峙的所在，便是秃墙凹进去一个缺口，依然还是三面秃墙包围着。有时，砖墙屋瓦，一齐倒塌，是一片瓦砾场。街道更不成其为街道，石头砖堆，木料堆，弹坑，牵连不断的，没有一丈好路。在这些崎岖的路上，有时站着一两名哨兵。他静悄悄地就在这不成巷子的巷子里穿绕着。到了去火线不远的所在，有一所倒坍了半边屋顶的房子，却见里面有一班弟兄，坐在地下休息着。还没有走近，那边一个人由破屋瓦檐下迎了出来，立着正敬礼。

程坚忍在火光下看得清楚乃是领导一班杂兵的工兵营刘班长。自己的勤务兵王彪，就编并在他这一班里面，便问道："你们守在这里和敌人接触过吗？"

刘班长道："我们原是奉命增援第三营，因为第三营调到小西门那边去了，我们现在坚守这里，为第二营指挥所预备队。直到现在，我们还没和敌人接触，我们极愿意立刻有一个任务。"

程坚忍听他们说话，看他们的脸色沉着了，胸脯挺起来了，说话的声音，也极其利落，立刻觉得他是一个好男儿，便连连点了几下头，看那其余拿着刀矛或步枪的弟兄，都挺立在屋檐下，王彪也在其内。心里正想着，杀了十几天，士气总是旺盛的，这实在是可庆幸的一件事。

就在这时，对面巷子里，有很快的脚步，跑来一位士兵。程坚忍立刻喝问着口令,他答应了,是营指挥所的传令兵。他见着刘班长将一张铅笔写的命令,交了过去,他擦着火柴看了一遍,立刻又转交给程坚忍,他又擦了火柴看。上面写着:"据报,大高山巷破屋中,发现敌人一股,二十余人,向图书馆东面钻进,着该班长立即率部前往予以消灭,并占领大高山巷,据守之。"

程坚忍道:"刘班长,我和你一路去。"说着,又向传令兵道:"回去报告营长,我和刘班长一路去了。"

刘班长走向前一步,问道:"参谋在这里,我们有主了,我们怎样截击敌人?"

程坚忍道:"恰好这条路我今天走了两回。你们都随我来。"他一面说,一面就在前走。他走时,不住地在秃墙夹弄中两面张望。看到倒塌人家的屋檐下,有什么棍棒之类,都拾起来看看。走了二三十户人家,拾到一根枣木的扁杖,两头各钉上两个钉子。这样,冲锋的时候,就有了助手了。他将扁杖像扛枪一般,扛在肩膀上,一人顺了烧光屋子的秃墙走,每到墙屋完全铲光了的废墟上,就站着定一定神。看那小废墟,依然周围是被秃墙环绕着,他就大胆地过去。由原来前进地进行,约莫有了一百公尺。

他忽然省悟,前面就是接二连三的废墟,连串到大高山巷。他站住了脚,轻轻地对刘班长道:"敌人要北犯图书馆,非经过这里不可。若是向南,是中山东路的防线,他去不了的。你们有几支步枪?"

刘班长道:"有四支步枪。"

程坚忍道:"好,这左边有个药铺的砖石柜台,把两支枪守着。右边这个八字门楼,也是很好的掩蔽。刘班长你带一名有枪的弟兄在这里守着。这四支枪,无论如何,要把敌人挡住。其余没有枪的弟兄,都跟着我来吧。你们只要挡住了他,我会绕到敌人后面夹击他的。"

那刘班长虽不知道程参谋何以料定敌人会向此道而来,但是他很信任地就立刻依了他的指示,将四支枪分布在夹巷左右。程坚忍却带了没有枪的六名弟兄,由左边钻进破墙里面,穿过三堵断墙。前面有两面青砖墙,面临着废墟,突出一只墙脚。这墙西面临着秃墙夹峙的尾上,南临两亩地面的一片瓦砾场。

程坚忍指着西墙三个窗户眼下,命令各埋伏着一名弟兄。因轻轻地道:"等敌人集中了,跑过了窗户,你们在他身后用手榴弹掷地。"说毕,指点了王彪和一名通信兵跟着自己，由窗户眼里跳出去。走到夹岸东边一堵矮墙下埋伏着。

他部署完毕，还不到五分钟，那瓦砾场上，就发现了晃晃荡荡的人影，虽是那枪炮声喧闹得把所有的细微声音都低压下去，可是皮鞋踩踏瓦片的响声，到了近处，依然可以听到。程坚忍由矮墙头上张望了出去，见一群人举了步枪，在废墟的外面几堵矮墙下转了出来，微俯了身子，彼此有个二尺开外的间隔，联系着迎面而来。虽是不多的一群，也分成了三股作一个波状攻势。在这群人前面，有两尖兵，奔到那砖墙脚下，然后伸头一看，才走进秃墙夹峙的巷子。在天空红焰倒罩下，也可看到他们头上戴着钢盔，身上穿了黄呢军服，一望而知这是敌人。首先两个人虽进了巷子，但我们的守军，并不介意，依然沉默着。第一个波，约莫八个人，转进了巷子的时候，最前面两个人，已接近了药店柜台。

刘班长喝了一声口令，这两个人慌忙着向地下一伏。在药柜上的两支枪，是老早端正好了。双枪并响，先把他们结果了。后面这第一个波，也就各找掩蔽，卧倒射击。可是这巷子的一段，秃墙夹得紧紧的，不容他们展开。地面上除了些乱砖碎瓦没有一尺高的东西可以凭借，我们四支枪却都掩蔽得很好。尤其是那砖石药柜，是个单面堡垒。只有五分钟的接触，把第一个波打死了三分之二。那后面两股敌人已集结在砖墙转角之下了。

程坚忍看得十分准确，那枚心在衣服下面，只是怦怦乱跳。但是他咬着牙齿，把手榴弹捏在手里，却不让抛出去。王彪和另一个通讯兵，自然也是把手榴弹拿在手里的，但他们却看程坚忍的行动作标准，他忍着，他们也忍着。敌人到了那巷尾砖墙下突然一声狂喊，就向巷子里冲去，冲的时候，他们也是向我们步枪所在地丢手榴弹。但在砖墙窗户里隐伏的弟兄，已不能忍了，轰隆，轰隆，轰隆，火光爆发了三次，手榴弹就落在敌人的密集队中间。巷子窄，手榴弹丢得近，再也不能让他们有躲闪的余地，在焰烟丛中没有炸到的敌人，只有抽了身子向后跑。

程坚忍突然身子向上一伸，拦头就是个手榴弹。接着其余两人，也把手榴弹抛出。二十多个敌人，只有五个人跑到砖墙转角处，彼此相距至多十公尺，这已不能再丢手榴弹，各人拿了不发火的武器，就奔向敌人。而对面窗户里所隐伏的三个人也就跳了出来了。以六对五，根本就占着优势。

王彪首先奔到敌人而前，对准了一个矮子，举起长柄斧头，朝着敌人劈

第四十九章　秃墙夹巷中之一战

头砍去。敌人举枪来招架，斧头却由肩膀上斜劈下去。他喝道："小子，你躺下去吧。"他一阵高兴，却疏忽了身后，另有个带伤的敌人，由巷子深处，孤零零地奔出，跑得慌张，正和王彪相碰。他先下手为强，用刺刀向他后脊梁直刺了来。

程坚忍离王彪只有两三尺路，和那通信兵，一支枣木扁杖，一支花枪，已把一个敌人打倒，正好抽出身来。他看到王彪身后，已离刺刀不到两尺，大吼一声，飞起那根扁杖，向下一砸。敌人的刺刀，已刺了王彪的衣服，这扁杖才砸到了枪杆。刺刀向下一滑，把王彪的衣服，撕破了一大块，刺刀尖滑到他的腿部，就划到肉了。但王彪业已知觉身后有人，凭着他平常学过一点武术，身子向前一跳，再回过身来。那敌人见刺王彪不着，把刺刀向上一个反挑，把程坚忍的扁杖挑开，举起枪尖就向他头部刺去。王彪手脚很快，却已举起斧头，对准了敌人的头猛砍着，敌人倒不肯硬干下去，缩回枪杆，斜刺里向南便跑。不知是谁抛起半块砖头，砸在他右肩上，砸得他身子冲了两冲，停住了没跑，另一个弟兄追上去，一长刀将他砍倒。所有敌兵，仅仅只有两个人钻进断墙缝里跑掉了。

程坚忍也顾不得受伤弟兄，喊着杀呀杀，一直追到了大高山巷。这条巷子，也是两边房屋烧毁秃墙夹峙着的。地面挖的散兵壕，还有两段存在。大家立刻就跳进了壕去。程坚忍笑道："总算我们达成任务了。"说着和刘班长检点人数，有一位使步枪的弟兄被手榴弹炸死。王彪和另一位弟兄，在肉搏的时候，受了轻伤。王彪的军衣划开了，右腿上有两寸多长的一条口子，只管向外冒着血。程坚忍道："你们受了伤的，可以到医务所去，扎上绷带。那边巷子里，敌人丢下来的步枪，一定还有可用的，那位弟兄和我去取几支枪来。"

王彪道："报告参谋，我不能走开，再走了两个，这里防守的力量就太单薄了。这位弟兄，是伤了右肩，根本不能拿武器了。让他走吧。"

刘班长道："你们应当走。在这里你们也不能战斗，出多了血，那就不妥。王彪，你扎了绷带我欢迎你再来。"

王彪低着头一看，血已把裤脚粘着裹住，背上的衣服破了，凉风灌着脊梁，他觉得实在没法打下去，就陪同了一个伤兵走向医务所。

第五十章
HUBEN WANSUI
向民间找武器

五十七师的野战医院，被敌人炮轰火烧，也就迁移过两次了。这时有一部分轻伤士兵和绷带所，移在下南门附近。王彪顺了南巷里面小巷子穿绕，却遇到师长带了四名官佐士兵，由水星楼火线上回师部去。王彪在小巷子口，被喝问着口令，清楚地答应了。

余师长倒听出了他的声音，在大街上插言道："这是参副处的勤务兵王彪。"

王彪扶着那个伤肩的士兵走近，敬着礼道："报告师长：我们在大高山巷巷战，挂了彩了，班长叫我们到绷带所去扎绷带的。"

余程万将手电筒照了两人一遍。问着另一个伤兵，是个工兵，便点着头道："好弟兄，你们的行为是光荣的，好好地到绷带所去扎，治好了伤，好好地休养着。我们援军随时可到，我和你们弟兄，同心努力，一定要把敌人打退。"

王彪看到师长和颜悦色，敬着礼，扶了那伤兵走开。那伤兵肩上流血，兀自没有完全止住，已经发着晕，走不动了。王彪道："老兄，我背着你去吧。"

他道："你也是受伤的人，我怎好让你背着哩？"

王彪道："没关系，我只是小伤一块。师长不是让我们同心努力吗？"他不问人家愿意，背对了那位朋友，两手一反夹，就背到了绷带所。究竟他腿上划的口子不小，到了绷带所，放下人也就坐在地上喘气，军医看到，立刻给他洗血换上绷带。

我们的作战，一贯是艰苦的，轻伤兵士，除了休息不作战实在并无其他的安慰。这里是一所砖墙民房，只是在人家地板上，铺了些稻草，让伤兵在上面坐卧着。王彪自昨日半夜起，随着班长候令，东奔西走，刚才一场肉搏，又受了伤，人也实是疲倦已极，把身放在这"金丝被"上，人也就睡过去了。等到迷糊过来时，却听到轰隆隆几下响声，自己是猛地被东西推动了一下，砂石木块落了满身。

睁眼看时，天色已经有些昏昏的亮色，这已是十一月三十日的拂晓了。猛烈的马达声，呜呜怪叫。炸弹接二连三地爆炸，就有两枚炸弹落在这绷带所附近。王彪想着，这一次算是真完了，睁眼向上看，屋檐歪倒，瓦像流水般地倒下。屋子外墙坍塌了，门上一个大窟窿，惨淡的白光上升。他跳起来向屋角一缩，借以避免房屋压倒，口里连声大喊："烧夷弹，烧夷弹。"可是在这墙倒房塌，炮打弹轰的时候，响声真是惊天动地，哪里喊得别人听见，在这绷带所里，都是些受伤的弟兄，没有谁有那股力量再去救火。顷刻之间，外面那惨白的光焰，就是一阵火头带了黑烟向上直涌。不到四五分钟，这绷带所里，已是烟雾弥漫。眼面前就有几个人跌跌撞撞地走了出去。王彪想着，坐在这屋角上，决计躲避不了危险，还是出去的好。也就随了众人，由大门口走出去。到了巷口上，四周一望，已是火星向身边乱扑，巷子前后，全是火，全是烟。好在自己睡了一觉，精神好得多，也就不再顾及腿部的伤痕，选择那烟焰稀薄的地方钻出去。

出了巷口，忽然有人走近前来，一把将他抓住，叫道："王大哥，还好吗？救救我吧。"却是黄九妹，她蓬着一头的乱发，满身都是灰尘，面色惨白。

王彪道："怎么样？你们也还……"

她两行急泪，由眼睛里抢流出来，哽咽着道："昨天晚上，我们那幢房子中了一枚炮弹，把屋子打垮了，也不知怎么有那样热，人像在蒸笼里，立刻房子就烧着了。我当时让一声大响震晕了，等我醒过来的时候，听到刘小姐乱叫，跑过去一看，她和我妈压在一根倒下来的横梁上。我用力把她拖出来，刘小姐也爬出来了。我也来不及多问话，抱了她就向外面走。因为后进屋子，烧得烟雾弥天，不容人站脚，走到了大门外，把我妈放在地下，她……她……没气了。王大哥，我怎么办呢？"

虎贲万岁

王彪道："唉！想不到我倒看到她老人家先牺牲了。这城里是没有棺木的，你把她放在哪里？"

黄九妹道："我又能把她放在哪里呢？刘小姐带着伤出了大门，她坐在我妈尸首旁边，还是她和我出的主意，放在巷子对过，一个炸弹坑里，上下用两扇门板夹着，弄了倒墙的干土，盖在上面。刘小姐受了伤的人，动不得，我昨晚上简直忙了一夜。你看，天一亮，鬼子的飞机又来丢炸弹，我倒不要躲了，一炸弹把我炸死，倒落个痛快。我怎么办呢？"最后她又补上了一句，抓住王彪的手，只是颤抖。

王彪道："姑娘，现在城里四处都在巷战，你是一个姑娘，有什么法子呢？你找个地方躲避躲避吧。"

黄九妹道："我躲避什么？哪里去弄一支步枪，我和你们一路打鬼子吧。"

王彪道："找支步枪，连我都没有呢！我昨天和敌人打了一仗，就只有一柄长柄斧头，现时这柄斧头，也没有了。"

黄九妹还没有答话，抬头看，叫道："鬼子的飞机又来了。快躲开吧。"

王彪早听到马达声呼呼号号乱吼，看天上时，四架敌机，依次排开，正向头顶扑来，王彪忘了避嫌疑，也忘了腿部上的伤痛，拉着黄九妹向侧面屋子里就跑。这所屋子，屋顶是左一块右一块地向下歪倒，四处是大天窗，最后面有一口井，井圈里并没有水，像是淤塞了的。这时，接连两下大响，大概就在附近，怪风扑来，把两人都掀着扑在地下。同时，哗啦啦地响着，那要倒的屋顶，瓦片像泼水似的落下，黄九妹趴在地下一看，白烟滚滚涌了进来。她也不知道是什么变动，一时没了主意，爬起来，走到井口，伸着两脚就向井里一溜。王彪大声喊着，但是来不及，她已溜下去了。王彪奔到井口，连连向里面叫了几声。

她却在里面答道："王大哥，你快也下来吧，这井里是干的。"

王彪道："都下去，我们怎么上来呢？你就在井里等一等吧，等敌机过去了，我想法子把你弄上来。"

黄九妹道："那么，你在上面小心一点。"

王彪连声答应着是。他听听飞机的马达声，业已走远。这就屋前屋后四处在找绳索，粗粗细细找了七八根，他就一起连接着，走到井口，绻了下去。因对井里喊道："九姑娘，把绳子头缚在身上，我好拉你上来。"

黄九妹照他的办法做了，就被拉出了井。

第五十章　向民间找武器

王彪道："九姑娘，这是你命中有救，这口干井，太好了，比什么掩蔽都安全，以后你就躲在这里吧。我们的绷带所虽中了弹，但是受伤士兵，还要集合起来的。而且我的伤，根本就不相干，我还要去归队。你遇事要谨慎，我不能照应你了。"

黄九妹道："那是应当的，你请便吧。"

王彪站着望了一望，想要说什么，可又说不出来。

黄九妹道："那位刘小姐不知道在哪里了，我得到原来的地方去找找她。她和我一样，是一个孤苦伶仃的难民。"

王彪道："那也应当。"说时，他听听不远的所在，又是枪炮声中，夹了喊杀声，他料着又是哪里有事故发生。身上现在只剩了一枚手榴弹，这实在算不得武器。和黄九妹点了点头，又从倒屋的砖瓦缝里钻了出来，又挨着人家去找合用的武器，走了四五家人家，见着头上包着绷布的伤兵，在一所歪斜的小铺里面，拿了一把杀猪尖刀出来，举着还只是看那锋口。

王彪道："同志，你怎么找这么一把短武器？"

他道："肉搏的时候，这东西最便利不过了。反正到了肉搏，我不想活，敌人别碰到我，我一个八字，决拼他四五个。我归队去了。"

王彪道："我也有这个意思。睡着不动，不是让敌人炸死，也是让炮轰死，让火烧死，不过，我们不候师长的命令，也应当请示一下。"

那人道："你不听连师部四处都是枪声，来不及了。轻伤的弟兄，全都归队去了。朋友，你快找样称手的武器吧。绷带所里出来的人，每个都去找了一样武器。"说着，他举手一敬礼就告别了。

王彪想着也是，就也跑进这小铺店里去。这个铺子，原来是个猪肉案子，大小刀子，案子上，地面木盆里，都还排列着。他挑了一把割肉的扁刀，先插在裤带上，又继续地向街头巷尾，没有倒光的屋子里去找，一路之上，遇到四五伤兵，都在人家屋里，拿着家伙出来，有的拿着棍子，有的拿着斧子，有的拿了切菜刀。有的是伤兵，有的却是夫子或杂兵，这找武器倒也像成了一种风气。王彪总觉不拿长柄家伙，究竟不妥。他继续地向全倒的半破的市民屋子里去发掘。又找了三四家，在一堵倒了的墙堆脚下，找到了一把长柄锄头，看看锄头和木柄相合的所在，是用铁皮包着的。他拿在手上掂了两掂，笑道："行了，总可以拼他两个鬼子。"他扛着锄头，一点没有踌躇，在枪弹纷飞之下，直奔大高山巷。

第五十一章

刀袭敌后　手推战梯

　　他到了大高山巷时，见刘班长和七名弟兄，都还据守散兵壕里，而且各人手里，都有了枪。刘班长道："我们在那边作战的巷子里，找到七支还可以用的三八式步枪，除了本班弟兄各分得一支外，其余的送到别处使用去了。"

　　王彪扛着那柄锄头，一挺胸脯道："报告班长，没关系，没有枪我一样杀敌人。"刘班长见他十分勇敢，究竟觉得九个人之中就是他没有枪，未免不公，就把自己带的手榴弹，分了一枚给他。这时高山巷北端，又调了一班人，由一个连长率领着策应着南到中山东路北到烈士祠的两个据点，通信兵也就很快地架起电话线通了电话。余程万师长在拂晓以前，巡视了东北两城的防线，为了指挥抵御敌人的拂晓攻击，就赶快地回到了师部。刚一到指挥室里坐下，十八架敌机，就已临空。他们是早已知道中央银行是常德的神经中枢，又知道中央银行是青砖和一部分钢骨水泥的建筑，普通炸弹不会发生效力。就在这指挥所前后左右，乱堆烧夷弹，弹下火起，在巷战外围的迫击炮，再外围的山炮，就向这火焰的目标射击。在中央银行的这一圈房屋上，打得天翻地覆，火是一丛丛地飞舞。向以扑火著名的特务连，也就扑不胜扑。

　　但在二十六日以后，余师长就知道将用火攻，在指挥所周围，已拆开了两条火巷。

　　自二十七日后，敌人每日轰炸火烧，这火巷倒只有逐日加宽的。所以一二十日这个对核心的炮火环攻，倒也摇撼不动指挥所什么。

师长就立刻下着命令："指示特务营和师本部直属官兵，外面的炮打火烧，现在可以不理，炮弹烧夷弹若是落在师部，那就立刻把火焰扑灭。"他指示完了，尽管外面闹得天翻地覆，他还是安静地坐在小床铺上，就着小桌上那盏煤油灯，掏出自来水笔，在格子纸上起草命令。

到了八时左右，程坚忍由中山东路大高山巷口来了电话，说是："柴团长高副团长都在战壕里指挥弟兄拼斗。敌人现在用迫击炮平射炮对了街上逐节炮轰，工事也是一节一节毁坏，弟兄们虽是死守不退，伤亡太多。请示办法。"指挥官接着电话，也就向师长请示。

余程万接着电话道："敌人的主力，既在中途来犯，可以把我们的兵力分布在中山东路左右两翼。在中山东路据点上，只须用少数兵力抵抗。等敌人接近，指挥左右两翼，抄袭敌后，尽量地接近肉搏，让他们的重武器不能施展。告诉各位弟兄，我们的援军，随时都可以到达的，我们必须争取时间，达成保守常德的任务。这是五十七师的光荣，我必须争取。"

程坚忍答应着一定转达给各位弟兄。他是由大高山巷口中山东路，向东第三座碉堡里打的电话。放下电话线，见柴意新团长拿了一支短枪，正由散兵壕里走了进来。随着他来的，也就是平射炮的炮弹，碉堡的外面，砂石喷射，火焰奔腾，整个碉堡都像有些摇撼。

柴团长正要拿起话机打电话，程坚忍就把师长的命令转告了他。他道："这个办法很好，我们只有放敌人过来，和他肉搏，最是上策。"他这就伏在地上接连打了几个电话，把在中山东路的兵力，尽量向北侧大高山巷里面移动。因为南侧乔家巷，虽有南墙掩蔽，但是敌人一部已在南墙外攻击水星楼有两日夜，万一水星楼不稳，敌人就会绕到我们南侧的后面了。

因之在乔家巷也只留下了一班人，作为北侧的策应。在中山东路碉堡内外只留下了十来个人，柴团长和高副团长各持着一挺轻机枪，柴守着碉堡，高守着一段用石条掩护着正面的散兵壕，每处以一个带步枪的士兵协助。路上或两旁的散兵坑里，断墙下，都只以一名士兵或一名连排长据守。敌人是面的进攻，我们却改为点的据守。只要有此一点存在，敌人也就无法过来。敌人虽明知道五十七师的人是越战越少，但因我们利用了断墙、瓦堆、破屋、炸弹坑、炮弹坑，每一个射击死角，都有人抵抗，他究竟断不定力量有多大。战到半上午，他又改变了战术，将迫击炮对街道两边的砖墙破屋轮流地加以轰击。在马路正中，还是用平射炮直射碉堡。因为师长团长有令，无论在何种情况下，守军不得变更位置。因之那些作点的防守的弟兄们，连人和枪，一齐都被埋在土里。

到了十二点钟，中山东路的碉堡和覆廓，也完全被平射炮摧毁了。柴团长向师长请示，师长命令他转进到中山东路的泥鳅巷去。这巷口有一座碉堡，散兵壕南连水星楼，北连图书馆，再画一条横线，后面有春申墓中山南路两座碉堡作为第二道防线，却是比较的坚固。柴团长高副团长奉到命令，和程坚忍一路，仅仅地带了十二名健存的弟兄，退到泥鳅巷口。

敌人在正面炮轰了两三小时，见我们正面的守兵，并没有回击，就组织了波状部队，大声呐喊直冲过来。他们这种呐喊，倒是给了我们左右翼一个通知，我们北侧大高山巷的部队，南侧乔家巷的部队，齐齐拿了武器，等着机会，等着敌人两个波队，把巷子全冲过了，巷口两面的军队就双方地向中山东路丢着手榴弹。敌人阵势一乱，接着就跳出来肉搏。这出来肉搏的士兵，大部分都是不发火的武器。刀子砍，梭标打，矛枪扎，大家就纠缠在一处。我们的士兵，全是不要命的人，只十来分钟的工夫，敌人丢下了二三十具尸体，又向后退了去。这样自然我们的队伍，依然分散到左右两翼去。经过这样的接触，敌人知道是硬冲不过来的，又将炮火改变了方向，对着中山东路左右两翼射击。同时，北面的人，向图书馆我军驻点猛扑，南面的敌人，在半上午的时间，就向水星楼猛扑了四次，那一七零团第三营彭幼成他亲自拿了一挺轻机枪在城堞上射击。

第三营的排长陈少祥，却带了一排人在下南门城墙上，侧击敌人的左翼，敌人用粗竹竿扎成十六条长梯，放在河街上破烂民房里藏着，却用机枪迫击炮，对了城上仰射。陈排长伏在工事里面，始终不动，敌人用枪炮仰射了半小时之后，一窝蜂似的抬出那十六架竹梯，搭在城墙上，每架梯子都有一个人抢着向上爬。陈排长还是很镇定地守着，直等敌人爬上了一大半梯子，他才跳出战壕来带了全排人上去，把梯子一架架地给他推倒。各人身上原只剩了两枚手榴弹，只丢了几枚手榴弹，大家就节省着用，各人端起大砖头，爬到城沿，对准了城下的敌人，用大石头砸了下去。由手榴弹到用大石头，他就打死了十二个敌人。只是他急于求功，在城沿上暴露了目标，被敌人仰射的机关枪射中，他也就殉职了。敌人在这段城墙上爬不上来，水星楼东侧却有几十个人涌上了城基。

那彭营长放下轻机枪，带了弟兄跳出战壕，由坡上向下，俯冲着肉搏，敌人站在斜坡上，立不住脚。我们用手榴弹一度猛轰之后，一排刺刀飞跃下去，敌人就溃退了。结果除杀死十七八名敌人以外，还虏获步枪六支，轻机枪两挺。这样，东南角的战局，暂时又算稳定一下了。

第五十二章

余师长亲督肉搏战

　　山东路的炮弹烟焰，渐渐的稀薄，在西北风吹过天空的时候，眼面前也现出一片阴暗的云天。每个炮弹发出来的白烟，在东南角一阵阵起涌，而不是眼前一片烟雾了。因为由泥鳅巷一直向东，房屋已全部烧光，已不再是烟火向上涌了。枪炮声自然是每秒钟不停的，不过到了这时，仿佛连续着不是那般猛烈。程坚忍随了柴团长守在中山路十字路口那大碉堡里，得着了一线工夫的轻松。坐在地上，两手抱了拱起来的双膝盖，微垂着头，却闭了眼睛，想打个盹儿。就在这时，师长的电话来了，命令着程坚忍率领在春申墓二营补充兵一班，由华严巷经圣公会，增援城西北角小西门内的四眼井。

　　程坚忍接了命令，立刻就向春申墓去。他和驻守春申墓总营吴连长接洽好了，立刻带了一班补充兵向西北走去。一路之上，听到喊杀声、机枪手榴弹声，在小西门那面掀起了狂潮，这才知道那方面突然吃紧。原来大西门小西门这两道防线，我们始终守得坚固，没有让敌人冲过来。驻守小西门第一线的部队，是第一七一团第一营第一连，连长邓学志带了赖大琼、赵相卿、赵登元三个排长，都在城垣上作战。赵相卿一排却是驻守在小西门的正面城墙上。自二十八日起，敌人就是不断地炮轰，飞机炸，波状部队冲锋。

　　到了二十九日下午，就把炮位分成了三层，第一层是平射炮，第二层是迫击炮，第三层是山炮，就以二十四小时的不断射击，正对了小西门一段城墙工事猛轰。因为小西门内一条大街，直达兴街口中央银行师指挥部。这是由城外到师指挥部最短的一条直径，小西门到兴街口至多是一华里。所以严格地说，小西门就是师指挥部的外围。敌人为了要一举而打击我们的守城主脑部。我们守住小西门的官兵，也就誓死不肯退后一步。

当敌人炮轰到三十日拂晓的时候，敌人先放了一阵毒气弹。好在守军在西北门，对于毒气，认为是家常便饭，并没有怎样去理会他们。放过毒气之后，敌人七八百之多，就组织了十几个波状部队，向轰毁了的城基冲锋。第一营营长吴鸿宾，见情势危急，率领第二连连长方宗瑶，亲在西门右面作侧面射击。全连士兵，只有三十多个人，大家不顾工事破坏，全露身在土身外面，伏在城基上，把步枪口列成了一排，对敌人的每个波队，轮流集中射击。吴营长、方连长各督率了一挺轻机枪作斜角侧射，赵相卿连长在二十九日一天，就向敌人做了七次逆袭，战到三十日清晨，敌人伤亡了五百左右，第一连本身，也就只剩了三十人。

由清晨七点，再战到正午十二点，守在小西门城基正面的士兵，只有了五个人，而且都带了轻伤。赵连长自己，也受了两处伤。这时敌人冲上来，五名受伤弟兄，一点没有考虑。也没有谁下命令，等敌人接近，各个拿出身上的一枚手榴弹，拉开引线，和敌人同归于尽。赵排长却进一步，身上还有两枚手榴弹，先对敌人最密集的地方抛去一枚。然后再拿起一枚拔开引线，连人带弹，奔到敌人丛里去爆炸。敌人看到我军这样地死拼，惊心动魄，不能不踌躇一下。我侧面的机枪，又是猛烈地狂射，在这个狭窄的缺口上，无法展开，就死伤了二百人左右，一部分人退却，一部分向城墙缺口里冲。这就有一百人左右，冲进了小西门，一直顺了大街，向文昌庙冲来。这文昌庙也是小西门内一个十字街口。向南的一条大街是石板面的宽敞马路，直通中央银行，论它的距离，不过是一百三四十公尺。像敌人那样地猛冲，十分钟内，就可以冲到师指挥部。所幸兴街口的工事，重重叠叠，做得十分周到。在文昌店十字街口，就是一座石砌的碉堡，由那里到师指挥部，就是覆廊防事，阻了敌人前进的道路。

不过在碉堡附近据守的，是一六九团第三营的残部，一共只有二十四个人，而且一部分是受过伤的。在敌人来势汹汹的情况下，实在很难抵御。于是据守碉堡的第三营营长孟继冬，一面急电师部告急，一面亲用机枪扫射，一面令弟兄跳出碉堡去，用手榴弹死拼。师长得了这个电话，就立刻电令一七一团第一营长吴鸿宾率领所部，下城抄袭敌人的右侧面。一面调集师直属部队里的杂兵三十余名和炮兵团的一班人，交第一营副营长刘崑率领，由残破的民房里钻墙穿壁，抄袭敌人的左侧面。吩咐已毕，余师长命令传令兵通知特务连排长朱煌堂，调一排人在师部大门外集合。他自己裹上绑腿，提了一支短枪，走出师部来。那一排人已是荷枪实弹，挺立在墙根下，成双行地排成一列。这时，文昌街北头文昌庙方面枪声喊杀声，已海潮般地涌着。

　　余师长走出来，迅速地将弟兄们的姿态看了看。说："现在敌人迫近师部，正好给你们一个立功机会，看看你们的本领。"言毕，将手一挥，自己在前面提着枪，就向前走。由朱排长以下，看到师长首先赴敌，大家都鼓了勇气，跑步争先。朱煌堂排长后来又紧紧地随了师长，不便离开。到了文昌庙敌人的子弹，已是如雨点般地向街心射来。余师长被朱排长用手托着，跳进最前的一段散兵壕，匍匐向前，钻进碉堡去。

　　朱排长出来对了弟兄们叫个口令两手一挥，招呼散开。一排人分作两部，沿着街两边地狂奔向前。有的跳进散兵坑或碉堡，有的掩蔽在障碍物下面，有的伏在人家阶沿下，立刻放着枪向敌人来个逆袭。同时，还继续地向前进行。在第一道防线一六九团第三营的二十四位弟兄，又已伤亡了过半，不是碉堡里那挺机枪始终猛烈射击，这防线又要支持不住。这时，特务连赶到，首先把敌人的道路挡住。只五分钟的接触，左侧面一七一团一营副营长刘崑带的炮兵一班，杂兵三十多人，已由西观街民房里钻出来，到达箭道巷。刘副营长首先一人在街道的障碍物下面，三级跳远似的，一层一层地跳向前，逼到敌人面前就抛出手榴弹去。敌人调动两挺轻机枪，向箭道巷射击，刘副营长手臂上中了一弹，他还是伏守在障碍物下，狂呼："弟兄们，杀呀！杀呀！"

　　这边四十多人，冒着敌人的弹雨，把箭道巷各散兵坑障碍物掩蔽所一齐占住，也把敌人向东扩展地面挡住。那敌人右侧面的我军吴营长，也由西墙北侧白果树那里钻出。三方面的人，齐声喊杀，接连向敌人冲锋两次，把在十字街口向东西面扩展的敌人，逼着向文昌庙十字街中心集中。

　　恰好我空军输送子弹的飞机八架，由正北飞来，低低地绕着西北城盘旋。我军抬起头来，看看机翼上画着自己的国徽，不约而同地狂呼，声如潮起，那声音直赛过了枪声弹声。我机两架折到小西门城外，也就对了敌人的后路，来回扫射了三次。敌人因伤亡重大，心里恐慌，就向北撤退。在城基上的刘副营长，趁着这个良好迂回的机会，留一部分人在箭道街口向十字街中心射击，自己带了十几名弟兄，由小西门城基倒袭过来。敌人在那狭窄的地方，受着四次围攻，他们的枪口，不知对哪方面是好，也就只有向外冲。但我军弟兄，知道师长亲自在这里督战，大家都是死命地向前去接近敌人，尤其是拿着梭标刀枪的杂兵，不接近敌人，无法施展他们的力量，当敌人向小西门拥出去的时候，大家由散兵壕和障碍物下面，一阵喊杀，各人追着一个敌人，枪扎刀刺。文昌庙到小西门这一小段街上，人像波浪般颠动。只十来分钟的肉搏，遍地都是尸身，杀到最后，剩了十几个敌人，向四处民房里乱窜，我们更是几个追杀一个，追不上，就掷去一枚手榴弹。

结果是窜进城来的敌人，一个也没有回去。我们另掳获轻机枪六挺，三八式步枪二十七支，战刀七把，及第一一六师团作战命令日记及地图一批。在文件上，证明这是一一六师团一二零联队，联队长和尔基隆也在消灭之列。

第五十三章
HUBEN WANSUI
最得意的一句话

　　灰白色的弹烟，还笼罩在十字街的天空，硫黄气味，凝结没有散开，文昌庙沸腾着的声浪，颠动着的人身，一切归于停止。地面上横七竖八都是血染的人。人像倒乱了的沙丁鱼罐头，尸体毫无秩序地摊开着。除了将近二百名的敌人，飘洋过海了结在这里，而我们以血肉来保卫自己国土的同胞，也有四五十人长眠在地上。

　　余程万师长在紧张到万分的情况下，轻松不急。他提着支曾亲自击毙敌人七八名的步枪，从容地由碉堡里走出。聚结在文昌庙十字街口的官长，轮流地到师长面前来报告战况。这一役，我们虽把敌人消灭了，自己的消耗也不少，除了兵士伤亡六十名以上外，刘崑副营长受伤，连长邓学志、方宗瑶两次负伤，排长赖大琼、赵相卿、赵登元阵亡。余师长看了看小西门的城基，被炮火轰得成了犬牙相错的大小土堆。街上左右的民房，变成了无数层的矮墙，墙里还缭绕地上升着白烟。石板地面不断地露着桌面大的弹坑。四处拦着街的障碍物，满地摊散。尤其是这面前无数的敌尸里面，仰的扑的，间杂了自己的弟兄们。他们手上还握着百年前作战的刀矛，紫色的血迹，洒在地上，洒在弹坑上，洒在散兵壕沿上。他心里实在有一种难以形容的伤感。

　　可是当大将的人，对了战场上的弟兄是不能有悲观的颜色的，他立刻正了颜色道："这一仗打得有声有色，你们都很光荣的，敌人既然冒险了一次，就会继续地冒险。我们必须争取时间,迎接友军入城,完成这光荣的任务。我们的师司令部,决不变更位置。你们只管打下去,总有办法。危险困难时候,就是立功时候。"他简单地训话完毕,就命令吴营长再回原阵地驻守,自己带了特务连回司令部。

他为了表示从容起见,不径直再走向街口,而是顺着城脚走向大西门,由中山西路回去。当他经过大西门的时候,也正是敌人猛烈进攻的时候。我们因为凭了城墙,一贯地是把来的敌人歼灭,每一个士兵都能发生可歌可泣的故事。

在三十日拂晓的时间,敌人除了在大西门正面用排炮攻城,就另调了一股敌人,由洛路口绕到西南城角,预备偷着爬墙。在这个城墙转角的所在,有个瞭望哨兵监视着。他原是师直属部队炮兵团第三营的上等兵,名叫李志忠。自前几天炮兵因炮弹用尽,改为步兵后,他便随了炮兵团长金定洲,在西城作战。他在这里监视,就没有步枪,只有一根木棒和十四枚手榴弹。他在天色朦胧之情形下,看到西边来了一股敌人,在百名上下,渐渐地向城基逼近。他一见之下,立刻将预备好了的一块颜色布,连连向大西门守军据点,打着告警的信号,一面把砖头堆积在一处。等到敌人逼近城下,他挑着敌人最密集的地方用手榴弹抛了去。把所有的手榴弹丢完,已炸死敌人七十多名。究竟他只一个人,来回地跑着丢手榴弹,不免有难照料之处。偏南的地方,就有没被炸到的敌人,在轰垮的城墙斜坡上爬来。他没有手榴弹,就用大石头,居高临下地向敌人身上砸,敌人又被砸倒两个,他正在继续地砸,不想就有两个敌人,在他侧面爬上了墙,举起枪上的刺刀,双双地开着跑步,向李志忠身上便刺。他两手举着木棒,侧身避开了刺刀尖,对先奔来的敌人,劈头一棍,将他打倒。然后跳了开去,站到另一个敌兵侧面。他将木棒一丢,两手抓住敌人的枪杆,抬起脚尖,向敌人的小肚上踢了去,敌人一声怪叫,蹲在地上,他就反过枪来,对敌人胸窝一刺刀。但后面爬上城来的敌人,又有十几名,一阵乱枪响起,李志忠也就英勇殉职了。所幸我们的守军,也有十几人赶到,几枚手榴弹,把敌人全消灭了。一个上等炮兵,稳住了一段阵地,在当时亲眼目睹的人,怎能不着感动?!因之西城守军跟着都加上了一番勇敢,冒着敌人的炮火,等候他们接近,用轻武器去截杀。

这里的城防,有两个团长亲自在城墙下指挥,一位是一七一团团长杜鼎,他率领的是第三营的残部,有一百多人,另是新编并的四五十名杂兵和二十名警察。一位是军炮兵团长金定洲，他率领的是炮兵编的步兵四十多名和杂兵编并的补充队，也只有四十来个人。这一带城墙的守军，不足三百人，一部分兵士还没有步枪。因之这里用的战术，只是苦撑两个字。在西城的城墙，已经过了五日五夜的炮轰，先是城外面的砖头，打得左一个疮疤，右一个疮疤，其次是城墙垛子，整段地铲光，随着落了砖的城墙再中炮弹，就纷飞着黄土，垮了下来，成了很大的缺口。原来有了缺口，我们的守军，一面应战，一面挑沙土，搬石头，立刻把它堵塞上。到了二十九日下午，守兵伤亡过多，作战的人手就不够，更没有法子补修工事，只有把城墙上的乱砖，草草地在城基上，垒起一个砖堆，人就掩蔽在砖堆后面，举了步枪射击。

杜团长、金团长都成了战斗列兵，各拿了一支步枪，在城墙上散兵坑里射击。第三营营长张照普和炮兵营长何曾佩，也早拿了一支枪在散兵坑里射击。敌人因为西门外北角的护城河都很宽，逼近城墙，只有靠南正对了西门的一条线。再向上就是和沅江平行的城墙，没有迂回的路线，敌人唯一的法子，还是将山炮、迫击炮、平射炮，对了这面对着的西门城墙，轮流地轰击。炮弹打在城墙上，白烟火光上涌，沙土砖石，都是倒溅。轰隆隆的炮弹爆炸声和城土崩溃飞射中的呼嚓嚓之声，融合一片，异常地刺激耳鼓。平射炮的炮弹，射到城基向里面直钻，在城基上的守军，很容易感到身子卧伏着的城土，不断地在震动。

一个山炮弹，若是碰巧落在城上，立刻把城上的土炸得涌起，烟和尘土掺和着的高潮，平飞起一阵黑峰。不幸在弹着点附近的守军，当然是血肉横飞，人就可以随了火焰失却所在。稍微远一点的人，弹爆着点的热风，可以把人的身体和崩溃着的尘土，一齐卷滚到城角下去。再略远一点，也会被飞溅着的砖石弹片打伤和飞起来的尘土掩盖着。但弟兄仍守在砖堆后面的，就始终在砖后面，藏在散兵坑里的就始终伏在散兵坑里，并没有哪个变更位置。参谋主任龙出云奉师长之命，亲自在这里督战，手臂上挽着一圈白布红印的督战臂章，手里拿着一支步枪，在团长附近的一个散兵坑里伏着。在猛烈的炮火之下，就增加了一分严肃的意味。

余师长巡行到这里，已是下午一时，敌人由天亮战到现在，已猛扑过五六次，阵地却丝毫没有移动。第三营营长张照普因一个炮弹在所伏的掩蔽部附近爆炸，头部重伤，已由兵士担架抬到兴街口的绷带所去，杜鼎团长派团副卢孔文代替他指挥。这时，大西门城门被炮弹打着只剩了半个圆框，紧靠了这门框的右侧，就被几个山炮弹炸垮了一道热沟，由城顶直到城脚，开着六七尺宽一条缝，我们在城基下作战的士兵，赶快用砖石沙包，在裂缝外边，砌起了一道闸，但大西门城门，被三门平射炮对准了轰击，虽是木板上钉有铁片，却早已不存在，所幸我们的工事，一切是在极恶的意料下建筑的，紧靠了这城口，就有座石块的坟墓式碉堡，斜斜地把城门堵塞，敌人的平射炮弹，虽可由门洞里穿了进来，可是这碉堡是微向北斜的，炮弹不能拐着弯打过来，至于迫击炮山炮，虽可以由城头上用抛物线打过来，而这座碉堡又是和城墙相连着半边的，而且又比城墙矮，很难一个炮弹擦城而下，打中这个碉堡顶，它近一点，会打在城墙上，远一点又打过碉堡去了，所以炮火轰了几十小时，这个碉堡还是完整无恙，就是右侧斜对了城门，掩蔽着碉堡门的三叠沙包，也并没有什么损害，杜鼎团长是时而在城上作战，时而在碉堡里指挥的，这时他在碉堡里派出卢团副上城去了，他正在碉堡孔里，观测城外的动向。

在洞口的卫兵，忽然进洞报告，师长到了，他心里有些惊讶。但表面依然很沉着地，立起来迎着，敬着礼报告当面敌情。余程万师长站定了，听过他的报告，脸上寻不出有一点异乎平常的颜色，从容地答道："这里的地形，始终是有利于我们的，要沉着地守下去，不能变更位置。外围的友军，已逐渐接近城区，我们已把守城的任务，达到了百分之九十。古人说：'行百里者半九十。'这时就是我们最当努力的时候。"正说着，敌人的炮弹呼嘘嘘成串地在头上掠过，落在碉堡后，像暴风雨似的炸雷，不断地在地面滚动。

余师长道："这是敌人掩护进攻的炮。用电话通知弟兄们，我在这里，准备冲锋。"

杜团长听说，立刻用电话通知出去，果然，在敌人炮弹烟火的下面，步兵密集着组织了四个波状部队，对了城基下猛扑将来，随了师长来的特务连排长朱煜堂，特别奋勇，带了四名弟兄，携着一挺轻机枪，奔出城洞去，就在城基下一堆乱砖上，架起轻机枪来，猛烈扫射。城基上的卢团副，听说师长亲自来到西门，便由城基上带了一班弟兄跳下，向南奔到一丛残破民房的矮墙下，迂回到敌人第一个波状后面，迫近到第二波队的侧面，隔了矮墙，然后将手榴弹全数地抛了出去，眼前一阵烟火风涌，随着就是敌人向后奔跑，像打翻了蜂巢，卢孔文首先举着上了刺刀的步枪，就三跳两跳地，由乱墙堆里跳了出去。弟兄们随着一阵大喊杀呀，敌人第二个波队，也就把继续上来的第三个波队冲动，特务连的弟兄，这时为应和着这边卢团副的侧击，相应着喊杀，挺出雪白的二十几把刺刀，直冲了敌人第一个残落的部队而去。敌人看来势过凶，竟是没有一个人还击，拖着枪跑了，只十来分钟的工夫，敌人这一次冲锋，就被冲散了。

卢团副随着朱排长之后，由城门洞里带了弟兄回来，他大着步子，挺了胸脯，走进碉堡，立着正，用洪亮的声音道："报告师长，把进犯的敌人打垮了！"这是带兵的人最得意的一句话。

余师长在他那声音里，也听出了他那份得意，在沉着的脸上，也情不自禁地泛出几分笑意。

第五十四章

听！援军的枪声啊！

十一月三十日几个险恶的局面，都应付过去了。余程万师长带了特务连一部回师部去。但就是这一截短短的中山西路，也不是安全的路径。西门外的炮弹，由后面送来，水星楼的炮弹和北门庙的炮弹，交叉着向侧面送来。东门的敌人迫击炮，已移进了城墙，迎着头把炮弹送来。人在四面炮弹爆炸下走。他没有顾忌，在特务连前面走，他也终于安全地到了师部。

师部里的参谋处人员，现在是全部出发督战。除了副师长陈嘘云，指挥官周义重在师长室代替指挥而外，只有李参谋在师部听候任务。师长回来了，李参谋报告，刚才我们飞机送来的东西，已经军械员点清，共有步枪子弹八千发，猪肉牛肉共二百多斤，报纸二百多份。师长立刻起草了一纸手令，叫李参谋按着上面的数目，把子弹赶快送到各部队去。猪肉和牛肉，这可以斟酌分发办理。

晚上煮饭的时候，分给各营火夫去煮熟。这是后方人民给我们的盛情，我们一定要敬领的。李参谋因全师的非战斗员辎重兵和输送兵十分之九，都已参加了战斗，参谋处的官佐，也就剩自己一人在师部服务，接着命令之后，立刻去找没有军械及有工夫的人来会同办理。子弹是当时的第二生命，很迅速地在半小时内就分送到了各部队。那飞机上丢下来的几大块猪牛肉，却堆放在屋子外面廊檐下还没有动，李参谋本人到了下午四点多钟，也得了新任务，到水星楼去督战。

在五点多钟的时候，来了一架敌机，绕着城圈子飞了一周。随后就在兴街口上空，丢下了一枚照明弹。这是敌人的老办法，每在黄昏攻击以前，就有这样一架飞机做短程的巡逻，照明弹落下来，就是到总攻击的暗号。那照明弹一枚小亮星突然在空中落下，在半空停住不坠，立刻变成了个面盆大的水晶球，白光四射，将没有烧完的民房，如同白昼的，照得清清楚楚。于是四面八方的大炮，一齐狂响起来。当那枚水晶球还没有变成一阵烟化为乌有之时，山炮弹、散榴弹、曳光弹、烧夷弹、迫击炮弹，在空中布起千百道光线与火花，代替了那个坠下的月亮。炮弹哗啦啦轰隆地响着，起了千百个烈雷。轻重机枪的声音，就变成了决堤的江河，步枪也变成了散落的冰雹。我们的巷战区域缩小了，这个常德城的核心，变成了火网下的一座声海。在夜战间，敌人知道城里任何一间民房，我们都已拿来作为抵抗的堡垒，晚上分不出方向，那很容易走入我们的陷阱，因之他就改用了烧一截，攻一截的办法。在声海沸腾了半小时之后，常德核心区立刻又变成了火海。

这时，大西门的城墙依然保守无恙。小西门的敌人，在城门内文昌庙和我们对峙，我们借着覆廓碉堡两种地面工事防御，正面的阵地敌也无法摇撼。东城的战事，中山东路的敌人，已到了水星楼后面，在泥鳅巷口的碉堡面前，用平射炮迫击炮轰击，偏北，在图书馆门外的碉堡前对立。

以上各地，还是以文昌庙这一线，距离师部最近。文昌庙附近左右的民房，全已着火，西北风到了晚上，总是速度加强的，风把火星和重浊的厚烟，一阵阵地向中央银行口扑来。人在下风头，简直立不住脚。但师长已再三命令，不许变更位置，所以无论是正面来的火或烧夷弹打在阵后，由后面倒烧过火来，大家全不理会，必等火烧到了身边，然后才去扑灭。好在谁也不会在完整房屋里作战，散兵坑和掩蔽部是在街巷中的，人纵然受烟熏，火还烧不到。至于用矮墙砖堆掩蔽着的，也是没有屋顶的所在。官长已不约而同地喊出了一个口号：有一墙，守一墙，有一壕，守一壕，有一坑，守一坑。这样地战到深夜，阵地还没有什么变更。

十二月一日零时，师部得着两通无线电，是安慰的消息，立刻就用电话告诉了各部队。一通电文的消息是这样：

友军已在德山东激。（距城十华里）已再严令占常山，到南城

第五十四章　听！援军的枪声啊！

以援兄，冬期相见。望坚守成功。

又一通电的消息，也好，文字是这样：

本××电话，(一)令××军，以两个团于明午四时前进常德城。(二)限第×军于明日拂晓攻击常德东南之敌。(三)并令×××师以六个连星夜驶入常德城。援该师。特达。

这消息传到了各部队，大家自是高兴了一阵。的确，敌人攻到深夜，也就把枪炮声音，渐渐稀疏下去。在师部没有去作战的官佐兵夫，都有一个同样的行为，每到深夜就站到院子里，或屋檐下，静静地去听南岸援军的枪声。每夜如此，并不因为没有枪声减少兴趣，只要敌人在城区的枪声稀松起来，大家总要抽点机会来听上一两次。

这时，有两个出去战斗过的火夫，晚上又回来煮饭。他们在中央银行里烧着灶。张火夫抽空跑出来，一直爬到后院照墙上，侧了头静静地听着。隐约之间，有一阵噼噼啪啪的枪声由南面传来。这枪声，好像给买奖券的人报告中了头奖，他止不住心房乱跳，自言自语地道："他们真来了？"于是更细心地往下听。果然，在一阵雨点似的枪声之间，还有两三声轰轰的炮响。敌人攻城的炮，每响都像猛雷，这样远的轰轰声，证明了是远处开炮。敌后有了战事，就是我们的援军到了。他忘乎所以地，两手一拍，人滚下墙来。他虽跌在地上，也忘了痛，爬起来就向厨房里跑，笑着道："老刘，老刘，好了，好了！我们的援军到了，我已听到南岸的枪炮声了。"

刘火夫坐在灶门口向里面塞着柴，问道："真的？靠不住吧？"

张火夫道："你去听，很清楚的。"

刘火夫将手上一块柴一丢，就跳了出去。过了十分钟，他满脸笑容，拍着手走进厨房，笑道："果然，果然，友军到了。老张把那块肉洗洗，拿来煮吧。"他指着墙上挂的两大块肉，不住地笑。

张火夫道："友军不来，难道你就不煮肉吗？"

刘火夫道："煮肉是煮肉，没有兴致罢了。多谢后方人民给我们送肉来，他没想到我们煮饭都是夜晚抢着煮。明天恐怕米都没有了。吃肉干什么？我倒希望飞机送些手榴弹来，也分我两枚。"

说着，传令兵丁士强走了进来，因道："快点煮饭吧，趁着现在炮火有点空隙。"

张火夫道："快了，老兄，煮肉你吃。"

丁士强见锅里冒着热气，抢向前掀开锅盖看了看，见米汤还欠着大锅沿两三寸。因问道："为什么煮得这样少？"

老张两手一扬道："没米了，就分得这些米。可是老兄你不要着急，我们已经听到友军在南岸的枪炮声了。"

丁士强道："鬼话！你自骗自，开开心。"

老张将手一指了屋顶道："我起誓，我骗你……"

丁士强摇手道："别发誓，我听去。"他说着，立刻跑到屋外院子里听听。

这时，城里敌人有一休息的空当，除了炮声停止，四周也只有些劈一声啪一声的散枪响。于是那南岸的枪炮声，是非常地清楚入耳。丁士强跳了两跳，自言自语地道："中国人有办法！"他对这声音，还感到不足，学了前两日程参谋的样，由窗户台上缘爬上了屋檐，又由屋檐爬到那竹子搭架的防空弹性架最上一层，向南岸看去。果然，在黑城区烟火的空当里，可以看到黑沉沉的原野上，有一闪一闪的炮火光发出。他点着头自语道："没有疑问，援军到了。"说着，他又举手行个礼，对了啪啪啪的枪声响处笑道："朋友，明天见了。"

他一溜烟地走进屋里，首先碰到回师部来的参谋程坚忍，敬着礼道："报告参谋，援军杀到南岸，听到枪声了，看到炮火了。"他那个立正姿势，来得十分利落，他那一举手，也十分地带劲。

程坚忍道："你在哪里听到的？"

丁士强道："我爬上屋顶去听到的。其实不必，站在门外露天下就可以听见的。"

程坚忍原是每晚都听友军枪声的，今晚却没有这个计划。听了这消息，立刻走到院子外去。不错，他听见枪声了。他转问别人，也都说是听见枪声了。这是充分地证明了援军已到达，不消片刻，就把这好消息传遍了每个部队，而每一个人也都精神抖擞起来。

第五十四章　听！援军的枪声啊！

第五十五章

HUBEN WANSUI

裹伤还属有情人

　　这援军的枪声，一直地响下去，直到天色发亮，敌人拂晓攻击的枪声响起来，才把这种声音掩盖下去。而在拂晓攻击的那番轰炸，敌人也没有忘却，当天空可以看清下面房屋的时候，二十几架敌机，三架一批，四架一批，对准了师指挥部所在，轮流地乱炸。

　　自十八日敌机轰炸以来，每天都有几枚炸弹，扔在中央银行附近。可是今天的轰炸，却比哪一天都厉害，哗轰哗轰的震耳爆炸声，在师部附近响个不断。师部墙脚就中了两个炸弹，浓浊的硫黄烟子，像重庆冬季的大雾，把几尺路外的视线都弥漫了。窗子震开，门板闪动，桌上东西，滚到地面。但师部里的人，由师长以下到火夫，谁也没有离开原来的地位。只是师部附近的房子，却炸了十几幢。最不幸的是绷带所，一弹正中在屋子中心，许多重伤兵士，一齐炸死。飞机炸过了，敌人四面向师部进扑的情形，也就比以前几日更猛烈。

　　在前昨两日，敌人的战法，是烧一截路，攻一截路。烧到一日天亮，他们看到并不能把五十七师降服，又改变了战术，把他们所有的平射炮，多数移到了东西北三条进攻的主要正面。每处面对了向前的一直线，架上几门平射炮，斜对了我们的碉堡和覆廓射来。单以东西而论，中山东路泥鳅巷口的防线，是四门平射炮，北侧图书馆前面，也摆列下了三门炮。炮弹像织布的梭子，向着对面的碉堡连续地猛射，那平射炮弹，带起了地面上的飞沙，呼嚓嚓向我们扑来。火光拖着烟的长尾巴，在碉堡前后左右开着花。我们的弟兄，在工事里伏着，只有人枪同时被埋。于是我们就尽量利用了街两旁的矮墙残砌，向左右散开。反正他的步兵不能过来，过来了，就两边跳出来肉搏。

敌人在常德内外围，打了十几天的仗，感到肉搏战是他们最大的威胁。他们尽可能地避免肉搏，知道我们是向街两边散开的，就在阵线前面，由北至南，画一条横线，沿了这横线，排上二十多门迫击炮，对着面前的民房，不问是半毁的，或是全毁的，一幢幢地轰击。由杨家巷经春申墓，到中山南路的十字街口，约是二百公尺长的几条街巷，成了迫击炮弹的爆炸线。在这条线上，沙石和弹片齐飞，烟焰始终不断，像堆起了一列小烟山。在这烟山下的弟兄，都是和阵地同归于尽。北侧的迫击炮，发射得密，街巷正面的平射炮，就随了机会前进。

杨家巷关帝庙口有一个堡垒，归工兵第二连连长魏如峰驻守。他所率领的是一班工兵，王彪参加的那一班编并杂兵，牺牲得剩他和另外一名通信兵，也就补充在这班里面。在一日上午，魏连长和全班弟兄，用一挺轻机枪，六支步枪，守着这个堡垒。敌人由图书馆那面，搬来两门平射炮，连射了十几发，两枚炮弹，正中了堡垒的圆顶。上面的砖石泥土倒了下来。魏连长在猛烈的响声里，也震晕了过去几分钟。在烟雾灰尘里睁眼看时，机枪和弟兄们全埋压在石土堆下。因为前半边堡垒完全垮下了，只有王彪和自己伏在堡垒右角的那几块石条斜支着的地方。王彪还依然健在，他正在土里抽出一支步枪，架在堡垒的缺口上，向外瞄准。

魏如峰看时，正有十几名敌人在对面乱砖堆里爬行向前。他叫道："王彪，这碉堡前面敞了个大口，敌人冲进来了，我们两个，施展不开，拼不倒他。冲出去吧。"

说着，他就由缺口里跳了出去。王彪自也跟着出来。不料这里身体一暴露，那边十几支步枪一齐飞出了子弹。两人立刻向地下一伏，把这阵弹雨躲过去了。四周一看，人在碉堡前面，一点掩蔽没有，他向王彪做了个手势，自己赶忙就全身齐动地做蛇行，两手托着枪，两肘撑着地，两只脚在后勾着，绕了堡垒向后倒退。敌人虽是继续枪击，王彪也跟着来了，彼此在地面看了一眼，正想找个机会向敌人还击。可是敌人一阵狂呼，已是蜂拥着冲了上来。

那魏如峰一时没了主意，却跳起来向斜角里一蹿，蹿到右侧面半边木柱

第五十五章　裹伤还属有情人

屋架子，一截矮墙下去。他退了，王彪也退了。他见王彪手上那支土里扒出来的步枪已不存在，便问道："你的枪呢？"

王彪道："枪坏了，不能用，上面又没有刺刀。我扔了，干脆用手榴弹吧。我还有两枚。"说着，右手拿着手榴弹举了一举。

魏如峰是在墙脚下站着的，顿了脚道："我错了。师长命令谁都不能变更位置的，我怎么走出碉堡来？趁着敌人站脚没定，我要去把这碉堡收复过来。"

王彪道："我们只有两个人，一支枪。"

魏如峰道："就是我一个人也要去。来吧。"说着，他手一挥，首先就两手拿了枪，做了几个蛙跃姿态，跳到了堡垒的后面。然后俯了身子，一手提着枪，一手拿着手榴弹，向前轻轻地走。走到左侧沙包半掩蔽着的碉堡洞口，就俯伏在地，向里面听了一听。碉堡里面，敌人叽里咕噜正在说话。他料定了敌人多数在里面，腾出拖枪的手，将手榴弹引线拨起，手一伸，把弹向里面一丢，轰的一声，烟子涌出，魏如峰以为鬼子全数了结，就要去收复这座碉堡。不想碉堡外面还有个敌人，闪在二十多尺外一堵破墙下。手榴弹一响，他就掩蔽着举枪瞄准。魏如峰提着枪站起来，头部就中了一粒子弹，向后倒下。

王彪手里拿了一枚手榴弹跟来，正要跟了连长去收复失地，见他倒下，立刻向碉堡后身一闪身。静等五分钟，也不听见声响。心里想着，不要是敌人抄袭过来了吧？回头看时，有个鬼子，正在后面半截矮墙下，伸出一顶帽子和一截枪头。躲闪已来不及了，立刻拔开引线，将弹抛出。轰的一声，又啪的一声。轰的一声是这里去的手榴弹爆炸，啪的一声，是敌人的枪，正也同时射来一枚子弹。

王彪右腿上突然一阵重撞与麻木，站不住，倒在地上。但他的知觉没有失却，昂头看看，敌人所伏的地方，矮墙垮去了半边，鬼子也就不会存在了。他立刻猛省过来，身上已没有寸铁，腿又受了伤，这一个地方，待不下去的。拖着一条流血的腿，赶快地就向自己的第二道防线爬了去，爬过了一条巷子，侧面却来了一阵机枪弹，打得面前的砖石乱飞，火光四溅。他脑筋有点昏乱，就不择方向，舍弃街巷的路面，向倒坍的矮墙丛里钻着爬。

也不知道爬了多久时候，面前一幢屋架子，像倒了的木牌坊，撑在砖堆上。他想起来了，这已迫近上南门。昨天曾把黄九妹安顿在附近一家民房里，也就在这附近。昨天曾在这屋架子上解下一根粗绳的。他端详了一会儿,正对面一个瓦堆,压住半堵墙,那就是。于是再慢慢地爬,绕了那瓦堆,找前进的路,左侧阴沟眼里,忽然钻出一个长头发的人来,轻轻地喊了声王大哥。

看时,不正是黄九妹吗?一件灰布袄子,全染遍了黑泥,王彪哼着道:"救救我吧。九姑娘,我又挂了彩了。"

黄九妹跑过来道:"我藏阴沟里,早已看见你了,我先认不出是谁,不敢过来。你怎么了?呀!腿上。"

王彪实在累了,哼着说不出话来。黄九妹蹲下身去,把他的裹腿解开,将他的裤脚撕破了,轻轻地掀起来,见他的腿肚子上,被子弹穿过掀去一块肉,就将自己棉袄里子扯破,扯出几块棉絮来,缓缓地给他擦抹血迹。然后背转身去,解开衣扣,将里面的小褂子撕下一面衣襟,来当了绷布,再弯腰下去,把王彪的伤口捆住。她正站起身来,想给王彪找一个安顿的地方,轰的一响,半空里一个炮弹飞来。她赶快把身子一伏,弹落在隔墙,一阵火光,响声震得耳聋,瓦片石片一阵雨点似的落在人附近。这正是一个山炮弹。

九妹在白烟环绕的情形下,扶着王彪一只手臂道:"王大哥,敌人用山炮来打我们,这敞地上怎么能安身?我扶你到阴沟里去吧。"

王彪道:"阴沟里?"

就是这句话,那石板缝下阴沟口里,伸出一个毛蓬蓬的东西来,他倒是吓了一跳。接着那毛蓬蓬的东西说出话来,他道:"九姑娘,你受惊了吧?好大一声响。"

随着话,那个毛蓬蓬的东西钻出来,乃是一个人。王彪看出来了,他是丁老板,胡子越发地长了,头发越发地乱了,脸上被污泥搽得漆黑。

王彪道:"这阴沟里倒是躲得下两个人?"

黄九妹道:"两个人?可以藏七八个人。那边不是有一口干井吗?一天两晚我们把这个沟和那井挖通了。索性告诉你吧,前天房子炸掉之后,我和刘小姐向这里躲,半下午,遇到了张大嫂和丁老板。枪炮太厉害了,我们有的跳下井,有的藏到沟眼里,后来刘小姐出了主意,说我们大家努力,把这沟和井来打通。连夜我们找到一把锄头,一把铁锹,一把斧头。我和刘小姐在阴沟里挖,丁老板张大嫂两个人搬土。也是刘小姐出的主意,说是不能倒在附近,怕让敌人发现了。挖到昨天半夜,就挖到了井里。挖的时候,我们刻刻出来打定方向,睡在地上,用耳朵贴了地,听下面的声音,总算没有弄错。

第五十五章 裹伤还属有情人

现在我们就只要有粮食，若是有够用的粮食，我想我们可以在阴沟躲去这一劫难关。王大哥，你动不得了，你们的绷带所炸了之后，火又烧了。你下洞去休息休息，好不好？这地面上是睡不得的，刚才那枚炮弹，再过来二十公尺，我们就都完了。"

丁老板穿着满身污泥的衣服，搓着两只黑手，因道："听听这枪声，像急水流在浅滩上一样。"说着，将一只手竖起，对天上画个圈圈，因道："你看这火头，烟子迷了天，晚上是更害怕，人像在火炉子里，不烧死，炕都会把人炕死，来，我把你抱下去。"

黄九妹道："阴沟那样小，怎么能容两个人下去？我来想个办法。我先下去，丁老板扶着王大哥，把头先伸到沟里去。我在沟里拖了他的手膀，把他倒拖下去。他的脚是用不得力的。"

丁老板点着头，连说有理。

一会儿工夫，王彪就倒溜到洞底。这里邻近着井，挖了个五尺见方的地下室。地面上铺着稻草，破棉絮，破布烂片，地面上放了一只碗，盛了半碗油，居然有灯草一根，点着亮。看见四周用五六根烧煳了的木料上面撑了板子，顶住了洞顶。那个麻子张大嫂，半截身子在井里，半截身子在洞里，睡着了在地下。

刘静媛屈了腿，靠了洞壁坐着。她听到人声，睁开眼来，王彪哼着叫了声刘小姐。

静媛道："呵！王大哥来了，外面战事怎么样？"

王彪道："越打越紧，我们的守军，只剩几百人了。没有了粮，也没有了子弹，情形是很严重，不过师长还在中央银行坐镇，他说绝不要紧，友军要到的。"

刘静媛道："程参谋还好吗？"

王彪道："很好的。参谋处的人，已经一律在火线上督战。今天早上，我还看到他的，你放心吧。"

刘静媛对于他最后一句话，觉得有点孟浪，可是还不好说什么。黄九妹已经对刘小姐很熟了，知道她的心事，也是默然。这黝黑黑的洞底，隔了土层，听到枪炮连天，成了另一世界。

第五十六章

平凡的英雄　神奇的事实

洞里的环境，那样静止，洞外的情状，就格外的惨烈紧张。东门敌人的战术，还是照旧。开平射炮对了大街正面的覆廓堡垒轰击。迫击炮山炮，对了街两边地轰击。尤其东南区是在下风头，不能用火烧，敌人更是加强了炮轰。他认为我们有伏兵的地方，都作面的射击。

一六九团团长柴意新，一七零团长孙进贤，就在这条炮火线上，亲自拿着步枪手榴弹带了弟兄们反击。由上午七点到下午四点，共计反击了六次。战到黄昏时候，北侧图书馆的一股敌人，带平射炮两门，向鸡鹅巷上春申墓一座碉堡进扑。轻重机枪在正面的巷口上，布置了一道火网，在火网后面，两门平射炮将炮弹由火网里穿射过来。碉堡的前后就是烟火横飞。

这个堡垒，由机关枪第一连连长高长春驻守。他率了弟兄六名，架着一挺重机关枪，把敌人堵住。敌人因为这条路，斜刺着兴街口师司令部的，共调有一百多人，满布在街巷两边民房里，做包围的姿态而来。在枪炮轰击之后，敌人将烧夷弹射到堡垒后的鸡鹅巷，把那些残败民房烧燃，让那些火焰借了西北风，倒熏我们堡垒中人。绕到春申墓北边民房里的敌人，就把毒气筒丢向堡垒的北面。等毒气稀薄了，在正面的敌人，就用了七八个人，拿了烟幕筒，翻墙越壁，来往放着烟幕。这些浓烟滚滚上涌，堵塞在断墙夹壁中，凝结不开，堡垒面前，就一片漆黑。

敌人把平射炮在烟幕下只管向前推进，对了堡垒射。里面的六名弟兄，有的中了毒，有的被烧夷弹高度地热炙着，已全数殉职，高排长也被碉堡碎石落下来，打伤多处。但他先用机枪将敌人扫射，随后由碉堡破碎的洞口里，向外掷着手榴弹。最后一手拿起面前的电话机，一手拿着手榴弹，监视着敌人进来，对电话里大声喊道："报告师长，机一连排长高长春，奉命死守春申墓碉堡，与碉堡共存亡，现在职受伤多处，弟兄全数殉国，并没有离开。火焰好大，已冲进了碉堡，职算达成任务了，中华民族万岁！虎贲万岁！"他洪亮的高呼声还没有喊毕，堡垒里面，已是烈火一团，变成一座地灶了。

春申墓的堡垒毁了，北侧关庙街，南侧中山东路阵线都受到了威胁。一方面是我们的弟兄伤亡增加，一方面也是英雄故事的增加。一六九团一营三连连长胡德秀，是个矮小的广东人。他仅仅率了一班人，掩护中山东路十字街口的左翼。春申墓的碉堡没有了，敌人立刻由北向南窜来五十多人。他们见迎面一排砖石堆叠的工事，有半人高，不容易冲过，立刻在上风头放着毒气，在工事后的弟兄相隔太近，来不及防备，全部中毒。敌人一拥而上，把工事占领。

胡连长只和三个中毒较轻的士兵退下来。他们在一堵高墙下，对三位弟兄道："机枪丢了，阵地也丢了，我们好意思去见营长吗？我们再上去，死在前面，预备手榴弹，跟我走。"他说过，拿了一枚弹在手，绕着墙，在破屋里面钻着跑着，蹿上了街口，面对了一群敌人，将手榴弹丢了去。三位弟兄一齐跟上，接着十来枚手榴弹，一片火焰之下，敌人倒下三十多个。他们究竟不明白这里的虚实，剩余的十个来人也就跑了。

北侧关帝庙那边的故事，更有点近乎神话，然而是事实。这幢庙是常德城内供奉关羽的老庙宇，比平常民房要高出一两丈。敌人东北城角的炮弹，四五昼夜向市中心轰击，关帝庙前后左右的民房全毁平了，满地是乱砖。可是这庙四面的砖墙，却还整齐地屹立着。庙的屋顶被炮弹砸垮了，可是正殿的神龛和关羽的塑像，却一点没有动。守着这一带的军士，是第三营第七连的我部，士兵的心里本来都有一个关帝的偶像，过五关，斩六将，挂印封金的故事，都有个模糊的影子。他们看到庙貌巍然尚存，大家就想着，这又是关公显圣。敌人占了春申墓，就派了一股敌人五六十名北犯关帝庙。这庙的墙，我军做了个小城，三面架枪迎击。输送连的一班弟兄，在这里协助作战。到了这时，上等兵杨西林奉连长命令，由庙后侧门里出来，正要侦探敌情，却听到隔着墙角，有着唔唔的声音。

正是一群敌兵摸索着来了。他并没有带步枪，也没有带手榴弹。他向来练习拳棒，玩得一手好长矛，这时他就拿着一支五尺长的枣木钢尖长矛。凭了这一支长矛，要对付一股有枪炮的敌人，那简直是梦话。他要转身回去，又怕敌人由后面用枪射击，他就施展一身腾挪跳跃的功夫，在墙角一列砖堆后面，跑来跑去，碰得砖头乱滚。敌人不知道这里有多少守兵，就不敢向前。有两名敌兵，顺了墙摸着来，意思是想就近对砖堆飞出两枚手榴弹。杨西林却早已摸到墙角这边，两手端了矛柄侧身等候，敌人头一伸，一矛刺了过来。

杨西林知道这边只有两个人，早已掣回枪去，一个箭步，跳了出来，伏倒在地。随时已看清了敌人，端枪横过刺刀来，他挺起矛尖，人一跳，矛子向上一挑，矛尖刺入了敌人的腹部。他也不敢在此暴露，让矛子插在敌人身上，顺手夺过敌人的枪，立刻跳了转过墙角。在对面一丛破民房里藏着的敌人，先看到敌我两人揪住，未便开枪，及至敌人被刺死，步枪子弹就雨点般发来。所幸杨西林跑得快，没有射着，敌人究竟也不知这里虚实，就通知后面的炮兵，用迫击炮向庙后乱轰。杨西林就在炮弹下阵亡了。

但这种国术战的肉搏，敌人引为深忌，把电话通知各部队，不准少数人冲锋肉搏。可是在这种防备下，也照样地上当。在下南门的附近，有一座碉堡，是一班人守着。当春申墓碉堡失陷，泥鳅巷口的敌人，对了中山路上的碉堡，用四门平射炮加紧轰击，碉堡去了半边，里面的人也全部牺牲了。柴意新团长这时在华严巷团指挥所里抵抗中山东路春申墓、关庙、近圣巷四条路的敌人进攻。他接着电话报告，立刻调一班人上去堵塞，一面作战，一面修补堡垒。修补好了，弟兄们也就阵亡四分之三，这是一班编并的新战斗员，全是杂兵。剩下来的是三个传令兵，边诚发、洪金、杨茂。他们三人藏在堡垒里，已没有了官长率领。电话机虽是摆在面前，电话线打断了，电话打不出去。

杨茂道："老边，这事情怎么办？机枪也有，步枪也有，可是没有了子弹。敌人冲过来了，我们拿什么对付他？"

边诚发道："我还有两枚手榴弹，敌人来了，我们冲上去肉搏吧。"

洪金道："那不好，我们白送死没关系，谁来守这座碉堡？"

杨茂道："那么，我去给营长报告，请营长调人来。"

边诚发道："恐怕来不及了。敌人这时候没有射击，恐怕是重新部署，

第五十六章　平凡的英雄　神奇的事实

马上就要冲锋上来的。我们牺牲了一班人，好容易抬石头堆沙包，把碉堡修起来，又轻轻易易地丢了。"

他坐在地上，手抚了那挺轻机枪，一面说，一面摸枪杆。杨茂望了他发呆。洪金伏在洞口，向外面张望。这虽是夜里了，东南城火烧着的房屋却因了天黑，烟焰全变成了红光，在这座碉堡南侧，就有一片新烧起来的屋子，冒着一座小火山，光闪闪的，照着街巷通亮。这就看到两个敌人，一个扛着一挺机枪，一个提着两盒子弹，在对过民房断墙角上，放下了要架起来。洪金赶快回转手来，向二友招了两招，大家向洞眼里一望。

边城发轻轻地道："妙！我们去抢过来。"

一言交代，三人立刻由碉堡后的门洞抢出去，彼此相隔只有二三十公尺，他们一阵风地扑过去，边诚发抓着那个拿枪的。金、杨二人抓着那个拿子弹盒的。五个掀作一团，全滚在地上。拿枪的鬼子力大，在地面上摸起一块小砖头，向边诚发头上砸。老边头上已被砸了一个大洞。他头一低，急中生智，伸手抓住鬼子的肾囊，用力一扯，鬼子大叫了一声，痛晕了过去。老边已摸起一块大砖，再回敬他头部一下，他不能不死。洪、杨二人抓住的鬼子，恰是力小，一个按倒地，一个掐住他的咽喉，抓着头乱撞，他也立刻死去。

拿枪的鬼子，身上有三枚手榴弹，边诚发立刻取过来。拿子弹盒的鬼子，武器带得特别充足，背了一支步枪，还有两枚手榴弹。杨茂拿过了手榴弹。这其间已有五分钟的工夫，已有四个鬼子，隐隐约约，在街头那边过来。三人立刻分散在巷口两边民房门楼石阶下。等他们近了，杨茂把枪瞄得准准的，子弹出去，先结果了一个。边、洪二人，一人一枚手榴弹，把其余的三个也结果了。不敢再耽误，扛起那挺机关枪，提了两盒子弹，赶快向堡垒里跑。

边诚发笑着道："大难不死，必有大福。"一面就把这机枪在洞口架起，把子弹装上。正面的鬼子，也正是新部署完毕，刚要冲过来。

我们有的是子弹，看到影子一闪，立刻就给他影子闪几下，机枪响几发。敌人这就大为奇怪起来。因为敌我的枪声不同，敌人听到自己的枪声，向自己人打，恐怕有什么误会，不但没有冲过来，连平射炮也没有射击。下南门一带阵地竟是非常之稳。后来这事情报告到师长那里，师长嘉奖，除了登记升三人为准尉之外，并奖洋六千元。

第五十七章
HUBEN WANSUI
人换机枪

　　东南门的战事，在炮弹横飞中，继续地到了入夜。西北角的战事，紧张一样，却是另一个局面，敌人是一味地放火。敌人和民房逼近，就用汽油点着烧，敌人逼近不到的民房，就放射着烧夷弹烧，他是不停地烧。他知道我们的师司令部去小西门不远，不到百五十公尺，人被覆廓碉堡隔着，打不过来，火总可以烧得过来。因之在兴街口的北端和西端，火像半环火焰山，把这核心的一个地方抱住，火烧过了的房子，黑烟还在向上冒，满地的红色未退，我们的士兵，就冲到不能再近的地方，搬着烫手的砖头石块来，架起临时工事，将敌人来路挡住。小西门正面文昌庙的敌人，向南冲不过来，就西窜白果树，再由白果树南窜三雅亭，迂回着到师司令部的后路上来。

　　这时，常德城东南北三面，都已被人炮打火烧，阵地全毁。只有兴街口经中山西路到大西门的这一片城区，还完全归我们掌握。大西门城墙，由一七一团和杂兵把守，也没有让敌人冲破，敌人既已到了三雅亭，立刻可以截断师司令部到大西门的联络，我军核心地方，就更要缩小了。所有在城里的官长，都已感到是最后的五分钟，那杜鼎团长在西门作战，看到局势严重，就想了应付局面的新计划，就和两个督战参谋一个督战副官商议了一阵。因为电话里报告太占时间，就请李参谋回师部去面呈师长。

　　李参谋在电话里请过示，师长允许他回来一下。他就顺着中山西路走。

一路之上，那街北面的火头，横卷着丈高的火浪，舞着紫色的烟团子，只管向东南角冲动。烟火团里，又是千百枚大小弹花穿梭，那凶恶的形势，已是让人惊心动魄。更加上那些炮声枪声房屋倒坍声，风火呼叫声，兵士喊杀声，让人的耳朵，听不出自己的咳嗽。

李参谋几次被一股烟团扑着迷着眼睛，热气随了这烟，灼得皮肤忍受不住，向南钻着小巷向前，或直穿垮了的民房，才到达了兴街口。看那中央银行的楼房不分上下，全是上风头吹来的黑烟包围住。火星在烟头上纷射，也是在屋顶上风舞。李参谋老远地看来，实在不免心里捏着一把汗。可是到了近处，一切还是平常。站在门口的卫兵，还是持枪挺立着。中央银行的建筑，并没有哪里毁坏一个角，他到了楼下大厅里，站着犹豫了一会儿，是先到屋子里去弄口水喝，还是径直地就去见师长？就在这时，看到副师长和参谋一人谍报员六人，向外面走来。看那样子，不像是去督战，因为副师长只带了手枪，参谋没有戴上督战臂章，六个谍报员全是便衣。当了官长的面，自不敢问到哪里去。

陈嘘云倒含了笑，先向他道："我们实在有办法了。刚才接到军长来的电报，六十三师已经于三十日晚上克复桃源，五十一师一五一团已到了长岭岗。军长让我们派员前去联络，因为从前派了许多次官兵去联络，都没有消息回来，现在师长命令我前去迎接。长岭岗到城里不过是三十里路，我们可以设法由小路钻进，明天早上以前，可以赶到城里了。五十一师的战斗力是很强的，一定可以来援助我们的。你们在城里的人，再努力几小时就好了。而且我们的空军，现在积极来城区助战，今天上午我机八架和敌机九架遭遇，就击落了他一架。好消息陆续地到了，第十军的第三师，这时正在德山附近作战，说不定还是第三师先到城区，努力吧。"说毕，他带着随员走了。

李参谋看到副师长亲自迎接援军去了，这事千真万确，自己也立刻兴奋起来，把胸脯挺了一挺，走进师长室去。师长坐在煤油灯下，又摊开了五万分之一地图。他正在注意着常德西北那一角，分明是在估计着五十一师进来的路线。李参谋向前，便把西门的情形详述了一遍。

余师长望了他一下，见他神气还自然，便道："一切的情形，我都明白。我已通知了各部队，五十一师已到了长岭岗，西门城墙在我们手上，我们正好由这里迎接友军进来。在任何情形下，是不能变更位置的。"

李参谋还想有所陈述，却见传令兵满脸带着笑容，走进来一个立正，一举手道:"报告师长,我军便探引来第三师谍报员一名。"

余师长点点头道:"叫他们进来。"

传令兵出去不多大一会儿,就引着两名便衣人进来。其中一名是我们的谍报员,化装成难民,拿了师长的信和名片,于昨天晚上渡过沅江,去德山联络的。另一名是第三师被引来的谍报员。这师长室非常之小,一桌一床铺之外,很难再容纳多人,李参谋就退到门口听消息,第三师谍报员,敬过礼,在怀里取出一封信和一张名片,向余程万呈过去。

余程万先看那信,信上写的是:

> 余副军长石坚兄鉴:本师于十一月三十日晨到达德山以南地区,开始向德山攻击,经一昼夜之激战,于同日午后五时三十分确实占领德山,并控制其东南之线。唯以远道驰援,常德敌我情况,诸多不明,故特着本部谍报员龚志雄、黄茂林两员前来联络,请将一般情况,详为示知为感,即颂勋祺!
>
> 弟周庆祥鞠躬十二月一日

再看那名片,是见着我们谍报员,补充地答复了几句话。名字下盖了图章,背面用自来水笔写着:

> 来函及名片所示均悉。本部已派第七团于本日下午五时,由德山向常德西南挺进,并即入城协助。除该团尔后应请兄直接指挥外,但该团到达后,渡河事宜,请兄妥为准备,并协助为感。此致余副军长石坚兄!
>
> 弟名正肃

余师长问明这位谍报员是龚志雄,黄茂林一员,半路被流弹所伤,没有渡河。他立刻向旁边坐的周义重指挥官道:"这几天派了官兵十多次去联络,都没消息回来,你到德山去一趟吧。一切详细情形,非你去面呈周师长不可。有你去了,也可引友军入城。"

周义重应声站立起来答道:"我愿去,可是副师长也走了,参副处的人都已出去督战,师长一个人太辛苦。"

第五十七章 人换机枪

余程万微笑道:"全师人谁不是太辛苦?这任务太重大派别人去不妥。"说着命令谍报员在外休息等候,他立刻就在煤油灯下写了一封亲笔信,交给周指挥官,并指定他调参谋副官谍报员勤务兵八名一同前去,周义重接着信,立着正道:"事不宜迟,马上就走。还请师长指示几句话。"

余师长很客气地站起来,和他握了握手便道:"我们很光荣地,得着保守常德这个任务。我们只要能达成任务,就是虎贲的光荣。自我说起,并不要什么功,我想你们全师兄弟都会信任这句话,我只图常德这一仗,光荣地结束,我并不要功。这个表示是相当要紧的。你明白了没有?"

周义重道:"明白师长的意思。"

余师长点点头,他然后敬着礼走了。余师长就叫李参谋进来,把数路友军都已到达常德外围的情形,用电话通知各部队,叫大家格外努力,争取时间,这时参谋长皮宣猷、参谋主任龙出云,也都在外作战,师长就留了李参谋在屋子里协助一切。时间在炮火里面缓缓地消耗,已到十二月二日的零时。敌人在东门经过一日的平射炮攻击,虽已进展了半个圈圈的几条街巷,每次在肉搏后,总是一个重大的伤亡,到了这时攻势已停顿下去。可是西北面的敌人,却乘了晚风,加紧了火攻。最迫近师部的阵线是兴街口北头文昌庙的火,向南烧了几十幢房子,在每节覆廊里面驻守的弟兄,都被烟火熏死,敌人在废墟上推进了三四十公尺,到师部门口,还有八十多公尺。那里现由迫击炮营营长孔溢虞负责驻守,他所率的部队是一六九团第三营的残部,不分哪一连,也不分什么兵种,所有官佐兵夫,一齐编入战斗。全数算起来,不过五十个人而已。但他们知道这里和师部太近,不能让敌人多进一公尺,在覆廊里逐节地守着的人,就像生铁铸下似的。敌人要由兴街口直接攻来,我们覆廊里的守兵,可以用枪和手榴弹在两面打他。敌人在正面攻不动。小西门的部队就分两面伸开,一面向大西门伸展,一面向北门伸展,企图和原来两处敌人合流,北门和文昌庙相接的防地,这时归一六九团一营驻守。

杨维钧营长守着后稷宫门口的一座堡垒。他一面挡住正北敌人的火烧炮轰,一面又防止小西门敌人的抄袭,十分艰苦。程坚忍参谋率领一班杂兵,这时只剩七个人,还连他自己在内。就在四眼井的弹坑沿上,堆了些砖头,做了临时工事,掩护着后稷宫碉堡的后路,他们这个地方是被敌人隔断了后路的,已是一天没有吃饭。到了夜深,正北的敌人顺着风,陆续地放着毒气,守军扯出衣服里的棉絮,各自淋着小便在上面,掩住了口鼻,沉着地熬着。

杨营长在堡垒洞口观望，见正面的敌人，在残破墙角下，隐约地移动，料着随后又是一个冲锋，正预备了截杀，却得到师长的电话，已经派人去迎接两路友军进城。立刻就叫传令兵，分头去告诉弟兄们要争取时间。这话传出去，就听到伏在工事里的弟兄们哄然一声，有着高兴的欢呼。他想士气还是很旺盛的，只要有子弹，还可以拼下去。可是看机枪旁边子弹盒里的子弹，已不过二三十发，简直不够对付敌人一个冲锋的。没有子弹，堡垒有什么用？他低着头咬着牙地想了一想，就派传令兵去请程参谋来。

相见之下，彼此同喊出一句话："援军快要来了。"

程坚忍脸上还勒着一条洒了肥皂水的手巾，勒住了嘴鼻。

杨维钧道："敌人马上要来冲锋，没有子弹，堡垒没法子守。我的意思，趁了弟兄们这时高兴，来一个逆袭，若是抢得一挺机枪和一些子弹，那就有办法把时间拖到天亮。"

程坚忍低头想了一想道："好是好，不过我们人太少，肉搏一次又要有个相当的伤亡。打个电话请示一下。"

杨营长伏在碉堡前壁说话，他却是不住地向外张望，将脸上兜口的手帕起下来，将鼻子耸了两下摇摇头道："毒气已经稀薄了，敌人马上要冲过来了。那右边墙角上有挺机关枪，在人家倒了的门洞子伸出头来。我去把它弄到手。"说着，他就提起了步枪，走出碉堡旁门，见一位连副带了十几弟兄，蹲在两堵断墙的脚下。他把手一招，把连长叫到沙包掩蔽下面，弯了腰轻轻地道："我们援军来了，快要进北门，我们杀开一条血路，把援军引过来。巷口上有挺机枪，挡住了我们的路，我们得连子弹都抢过来。去告诉弟兄，跟我上去，援军来了。"

连长复走到断墙下，对弟兄一个个地通知，跟营长接援军去。杨营长由沙包掩蔽下，跳着走到这面墙角，只手一招连副和十几名弟兄，一齐跟上，正好对面敌人喊声大作，趁了放毒之后，要来夺这碉堡，哄然一阵叫着，便待冲锋。杨维钧首先一个，拼命向敌人奔了迎上去，手上一连串地丢出三枚手榴弹。敌人密集着，成了队形，还不曾开脚，见杨营长顺着残败的墙角先挺身直奔上来，倒出乎意料，这三枚手榴弹，丢得面前火花涌起，密集的敌人就一面向左右散开，一面举枪射击。

杨维钧虽然是身子中了两枚子弹，他还迎着敌人，跑到他们面前，丢出第四枚手榴弹，做一个自杀的冲击。他和站在前面的九个敌人，一齐同归于尽，后面的十几名弟兄，也是冒了敌人的枪弹，跑近来丢着手榴弹。敌人见我们冲到面前来丢手榴弹，比肉搏还要厉害，就退下去了二三十公尺。摆在面前的那挺机枪和几盒子弹，没有来得及撤退。我们有一个弟兄，跳上前去提了一盒子弹扛着枪，就回头跑。敌人一弹射来，把这个弟兄射倒。旁边蹿出来一个弟兄，就代替了他，提着子弹盒扛了枪，做个接力赛跑。将近堡垒，他也中弹而倒了。

程坚忍已出了堡垒，在掩门的沙包下藏着。看到这种情形，就凭空一跳，跳出了沙包，奔上前来向已死的弟兄身旁一伏，先拖过机枪，再提过子弹盒，就紧紧地贴了地面，很快地向后倒退，将退到沙包边，拖子弹盒的左手臂却让一枚子弹穿通。他咬牙忍住了痛，终于把枪拖过来。所幸四眼井方面那六名弟兄，已增援到这里，立刻掩在民房墙角下，对那边丢去两枚手榴弹，拦着敌人向前，一面连人带枪，抬进了碉堡。

程坚忍看到夺过来的这架机枪，已由弟兄在洞口架起，笑道："好了，有了子弹有了枪，我把援军迎接得来了。"

第五十八章

这样的吃喝休息

这一个反袭,夺得了机枪,夺得了子弹,然而十几名士兵和忠勇的杨维钧营长都牺牲了。程坚忍左臂受了伤,将预带的伤药,敷住了伤口,撕一片裹腿,把伤口扎好了,就把这里情形向师长请示。不想电话线又断了,他因为六名弟兄里,还有一位运输连班长,就把机枪交给了他管,自己咬牙忍住痛,坐在碉堡地上指挥。

敌人先后冲了两次,都被机枪压住,就不再冲了。呐喊一阵,将平射炮轰一阵,连续了三次,这碉堡却前后中了五弹,连垮两次,最后只有程坚忍和一名轻伤弟兄,由碉堡土堆下爬出来坐在掩洞门的沙包后,其余五个人,都被砖石倒下,埋在碉堡里,程坚忍道:"敌人若冲过来,你设法和敌人去拼,我身上还有一枚手榴弹,我会放在地下,一手拨去保险和靠近我的敌人一同完事。"

那弟兄道:"我爬进碉堡去找一点武器来吧。"说着他真由洞口里爬进去。

说也奇怪,这里碉堡垮了,敌人却没有再来骚扰,听了那枪声喊杀声,却已在后稷宫的南边,这里已甩到敌后了。程坚忍由沙包上面,伸出头来看看,三四十码之远,敌人在巷子当中叠上一堆乱砖,正对了这里,似乎是个临时机枪座。脚步啪啪地响,却在那机枪座之后,斜向西南而去。

正揣想着，那士兵由破的碉堡洞里爬出来了，手上拿了把刺刀举了一举，他道："找不到别的了。"这话大声一点，惊动了对面，果然突突突射来一挺机枪弹，两人赶紧伏在沙包下。

程坚忍道："敌人知道这碉堡打垮了，料着我们没有了力量，就用一架机枪监视着，免得我们牵制了他的兵力。到了天亮，他看清楚了情形，也就会冲过来的。"

那士兵道："何必天亮，他要知道我们只两个人，跑近来丢几枚手榴弹我们也是完。参谋，我想，我们……"拖着声音，没有敢说出来。

程坚忍道："我听听这枪声，好像是在我们后面警三局了，我们可以回去。但路上走不得，只好由民房里钻着墙走。"

那士兵道："参谋走不动吧？我背着你走。"

程坚忍道："不用，我伤了手，又没伤了脚。走吧。"他将一只右手扶着沙包，站了起来，那弟兄就拿了一把刺刀，在前面引路，他们在脑筋里估量着方向，在人家重重墙壁之中钻了走。遇到了瓦砾场，两人就很快地跑过去。

墙挡了去路，就翻着断墙头，或穿着窗户爬过去。凡枪声逼近的所在，就绕道走远些。摸索了二十多分钟，却有个迫击炮弹，轰的一声落在走的破屋上。那士兵正好走到墙边，屋顶和砖头一齐垮下来，把他活埋了。

程坚忍还隔了一堵矮墙，他听炮弹在空中落下来呜呜的声音，已经伏在墙角下，就躲过去了。等到震声停止过了一两分钟，他抬起头来看看，见前面浓烟之下一堆砖瓦，料着同行人是牺牲了，他微微自叹了口气，慢慢地向前走。约莫走到药王宫附近，大火一丛，燃烧着十来家民房，却没有法子前进。在这左右两面，都是敌人的枪声。由这个地方到兴街口，只有五六十公尺，但听着这敌人的机关枪就像倒排竹似的放射着子弹，实在没有绕道的可能。于是再走回去，摸索着向东再向南，在民房里转来转去，转了两小时之久，才转到上南门，经过那十字街口的时候，两头的余火照着街上红红的，红光下，两次碰到敌人经过。第一次伏在砖堆下躲过去了，第二次正走在街边，四边是敞着的，脚步已由街口响过来，他见地面有七八具死尸，向地上一扑，就躺在尸首一起，装着死人。这地方敌人不断地来往，而子弹又是乱飞着。敌人过去了，他也不敢起身，就地面一阵滚，滚到一民房墙角下，才起身钻进破屋子里去。由这里向西，已是自己的阵地。

再向西走到中山西路的南侧，听到前后是自己的枪声，这胆子就大了。面前一带民房，并没有烧掉，虽是被枪炮打垮的地方不少，四周有墙，上面有屋顶，房子的轮廓还在。在四处火焰照耀下，他看出了情形，这是双忠街。双忠街向北三四十公尺，就是师部了。他坐在屋檐脚下，休息了一会。疲劳是得着了一会儿休息，可是又渴又饿，心里头像火烧着，口里干着要冒青烟。心里想着这非赶回师部去没有办法。正想起身，火光的飞烟下，看到对面来了两个人，他首先喝问着口令，那边答话的，是自己人，让他们穿了烟阵，走近了一问，正是师部里一个传令兵，一个勤务兵。

传令兵站在面前道："参谋挂了彩吧？"

程坚忍道："不相干，手臂上穿了一弹，已经扎好了，你们有法子找到一点水吗？"

勤务兵道："这里我很熟，我去和参谋找去，请你等一下。"说着，他走进一家人家去了。

程坚忍道："你们回师部吗？"

传令兵道："是的，师部里的杂兵，都上了火线了，我送了一封公事到大西门，又赶回来。"

程坚忍道："那边情形怎么样？"

传令兵道："还好，敌人还在城外。今天一天，敌人总冲锋了十几次，团副亲在城上督战，有四天四夜了。"

程坚忍点着头道："卢孔文是个汉子，我知道。"

传令兵道："可是，可是今天下午阵亡了。"

程坚忍道："阵亡了？"

传令兵道："是的。是今天下午四点钟的事，那时，我正在那里呢，敌人先来了一阵炮轰，打得烟火弥天。据大家估计，城外总有大小炮四十门。炮轰过了，敌机飞到，又轰炸了一阵，城上的弟兄，差不多全阵亡了。后来敌人又顺风放着毒气，毒气稀薄下来，敌人有五六十人，带了十几管掷弹筒，拥到了城脚下，团副带了两个传令兵，跳上城去，丢下二十多枚手榴弹，才把敌人赶跑，敌人退下去了，一个迫击炮弹飞到城上……"

程坚忍唉了一声道："都完了。"

说着，那勤务兵端了一只木瓢，舀了一瓢冷水来。程坚忍一手接着，口对了瓢沿，咕嘟咕嘟一口气把冷水喝得点滴不留，咔嚓一声放下水瓢。勤务

第五十八章　这样的吃喝休息

兵在裤子袋里一摸，摸出一个饭团，交到他手上。程坚忍道："这倒好像日本人的便当。"

勤务兵道："这就是我在敌人尸身上搜来的。"

程坚忍把冷饭团三口五口就咀嚼咽了下去，将手抹了一下嘴，这才道："我是一天都没吃饭，顾不得了。我倒要问你，你不自己留着吃吗？"

勤务兵道："我今天吃过两回了。明天再说明天吧。"程坚忍道："行了，我们都回师部去吧。"说着，他首先起身。

这时，一七零团的指挥所就移到了双忠街附近，保护兴街口的一六九团三营残部，由南到北，还把师司令部面前一端街道把握住。东北头覆廓里，用两挺机枪，挡住了敌人。弟兄就在覆廓两面，尽量地堆积障碍物。由师部向北向西，已拆去三十多公尺内的房屋，火也烧不过来。敌人却是由文昌庙斜着向东南和箭道巷南下，旧营署西来的两股敌人，会合着攻中央银行后墙，最近的只隔二十公尺，最远的也只有六七十公尺。因为相隔是这样的近，中央银行这座两层楼房又是目标，显然地，敌人集中着用掷弹筒丢弹轰击，师部后面也是一片爆炸之声。西北面的火，虽隔着火巷，可是浓烟和飞来的火焰头也向着大门口冲。

程坚忍在烟火里钻进了师部，知道师长还泰然地坐在师长室里，便进去谒见，报告自己督战负伤的经过，余师长的广东烟，早已是断了粮的，烟卷也早二十四小时以前抽完了。他唯一的刺激品，是桌上一只小玻璃杯，盛着半杯冷水。他闲闲地端起杯子，抿着冷水，听程坚忍的报告完毕，见他脸色惨白。因道："你的血流多了，可以休息一下。现在没有任务给你。可是你立了不少的功，我都知道。"

程坚忍出了师长室，李参谋已抢了过来，搀扶着他，低声道："老程，你走路晃荡晃荡，吃力得很吧？我给你找个安全点的所在，你休息一下。"他扶着他走到两墙相交的夹缝角里，教他坐在地上。

程坚忍道："敌人已杀到大门口了，我还要休息吗？前面是火，后面是炸弹，我能坐下吗？"

李参谋道："当然不能坐下休息。可是马上天色发亮，就有一个最后五分钟的拼局，你也总应当缓过来一口气，然后才有拼命的气力啊！"

程坚忍抓住他的手握了一下，因道："好朋友，我感谢你。你有你的正当任务，不必管我了。我身上还有一枚手榴弹，足以自了的。"

李参谋道:"不要紧,你不见师长那样自然吗?在这里躺躺吧。"

程坚忍实在也支持不住了。他就在这墙外轰炸,眼前烟熏的情况下垂了头合上眼休息过去。

第五十九章

对攻心战的一个答复

程坚忍睡眼蒙眬中，身体突然地向前一栽，人惊醒了，看到旁边窗户外，一阵白光闪动，浓浊的硫黄味送着一阵浓烟冲进来。带着摇撼房屋的猛烈爆炸声，就在墙外。他知道天亮了，敌机又来轰炸了。他在最近一星期以来，已没有了死亡的恐惧，心里存着随时可了的念头，倒也无所谓。看到房子里，全让弹烟充塞，不见两尺外的东西。只觉一阵阵飞沙，向身上扑将来。这带沙来的风，并不热，可以想到弹落得还不十分迫近。他泰然地坐在墙角下，静等了死神的呼唤。

但师部东北角四五十公尺，就是敌人。敌机的炸弹，只要稍微偏斜了一点，就可以炸到自己人。因之头顶上的猛烈马达声，只盘旋了十几分钟，就向西移去。屋子里硫黄味减轻了，弹烟也消了，慢慢地露出一块白色的光明，渐渐地看到了中央银行的大门，看到了窗户。窗户洞本有小沙包塞住的，因为刚才一阵猛烈的轰炸，已把一部分沙包震落下来，飞了满地满屋的沙土。但敌机的轰炸虽已过去，北头文昌庙的平射炮、迫击炮、掷弹筒，放射着大大小小的弹，向屋上屋外乱轰。东面药王宫的迫击炮，以及在东墙角的山炮，在师部背后做远近两层轰击。那种猛烈的爆炸，已分不清是多少次，只有轰隆隆哗啦啦一片响声。

程坚忍几次站了起来想冲出大门去看看。但门外是一片火光，门里又是烟焰充塞，只好又重复坐在地上。心里暗喊着，好了，这一九四三年十二月二日，是程坚忍精忠报国的时候了。我早想到可能死在战场上，却没有想到是这样地死。这样死也痛快，也光荣，我静等着吧。他想到了目前是死境，将头上的军帽扶正，将身上的军服牵扯整齐，并摸了一摸。心里喊着，敌人过来吧，我还有一枚手榴弹。他振作精神，等候那最后的一秒钟。

忽然地这些爆炸声停止了，机枪声、步枪声，却在师部前后涌起，随着枪声也停止了，潮起潮落地，有两阵大声叫着，杀呀！程坚忍知道这是街口上发生了肉搏。他突然地站起来，手握着仅有的一枚手榴弹就要奔出门去。却见李参谋满头是汗，由门外走了进来。他不等问话先道："不要紧，街北头的敌人，已垮下去了，孔营长打得真好。"

程坚忍道："街口上那座碉堡，还在我们手里吗？"

李参谋道："双忠街到中山西路，还在我们手里，一直到大西门城门都在我们手里。刚才是文昌庙敌人向南冲，已退回原地去了。你还是好好休息一下吧，留着精神，回头再拼。"说着，他走进师长室。这时是皮参谋长和师长两人在这里。

李参谋道："报告师长，敌机又撒下了荒谬传单。"说着，在衣袋里取出一张白报纸铅印的方块传单，呈了上去。余程万接过来，放在煤油灯下看着。这和二十八日所撒的所比，较为简单，其文如下：

告五十七师将兵

一、第十军在黄土店以北全部消灭，军长方先觉及其师长阵亡。
二、援救汝等各路渝军，完全绝望，五十七师将兵歼灭在即。
三、无论渝军或五十七师将兵，活捉余程万赏五十万元。
四、杀余程万将首级送来投降，赏三十万元。

大日本军司令官

余程万看了哈哈一笑，拍着颈脖子道："他们给我估价了一下，只值三十万元，不止！至少日本人这回攻余程万守的常德，已死了一万五千人，一个人值一万元，也耗费了一万五千万元，物资还不在内。"

皮宣猷在旁坐着，望了师长，余程万就把这张传单递给他看，他看完手一拍着大腿，情不自禁地说了句岂有此理！

第五十九章　对攻心战的一个答复

余师长笑道："生什么气？讲句文言，这叫色厉内荏。这也就是他表示着了急了，出此下策。假如我和敌人的司令官易地以处，我绝不笨到这样，抗战六年，以一个师守一座城，弹尽粮绝，房屋烧光，还战到十六个日子，并不多见。飞机大炮毒气大火，全摇不动他的心，这么一张豆腐干大的白纸，就捉得到余程万，杀得掉余程万吗？兵法上说，攻心为上，攻城次之，那是要在未攻城之先就去攻心。城攻不下，那就是心攻不下。世上没有一个脆弱的士心可以坚守城池的。常德攻不下，那就是说五十七师的心，不是飞机大炮毒气大火所能摇动的。五十万元，三十万元，难道比那些东西还厉害吗？不要生气，这正是敌人司令官告诉我们，他快要崩溃了。常德还没有烧光，除了师司令部，还有上南门里面的天后宫，双忠街的老四海，中山西街的华晶玻璃厂和亚洲旅馆，这一共五座房子，炸呀！烧呀！炮轰呀！一共十六昼夜，还屹然存在，就象征了我们这些健在的弟兄，也是屹然不动的。"

皮参谋长和李参谋见他这样一番见解，倒觉得心里安慰一阵。皮参谋长道："师长这话果然是正确的。必定是我们外围的友军在敌后的反包围，已经让他感到了严重的威胁。不然的话，常德城里的巷战，已经打到了师司令部门口，继续地打下去好了，何必还散发这种明知无用的传单。"

余师长点头道："所以！我们越发地要争取时间。皮参谋长，你看了这传单都生气，弟兄们还不是一样？这倒感谢他给我们鼓励士气。留着吧，这倒可以给我守常德这一仗，留下一个纪念。"说着，又是哈哈一笑。

余程万这说，倒并不是聊以解嘲，这传单确是发生了反宣传作用，看到这传单的士兵心里都说："敌人太看轻了威名赫赫的虎贲，五十万元、三十万元，就摇动了我们的忠勇吗？"

这日下午四时，在大西门内的守军炮兵团长金定洲，营长何曾佩带领了四十多个人，除了手上所拿的步枪或刀矛之外，每人带两枚手榴弹，向中山西路北侧杨家牌坊的敌人，做了一个猛烈的逆袭。他们这四十多人，原驻守没有烧掉的观音庵里。出发之前，金团长把这四十多人召集在观音庵的殿外院子里，做一个简单的训话。弟兄们成双行站立着。

金团长把染满了灰尘的军衣，牵扯得整齐，拦腰的皮带，束得紧紧的，腰下挂了一支左轮手枪。尽管头上炮弹飞着乱叫，他还是挺腰站在弟兄们面前，望了他们道："我们七十四军五十七师，由上海战事发生起从来没有让过敌人，浙江的掩护战、江西上高会战、上次长沙会战，都叫敌人吃过大亏。

五十七师博得虎贲的代字，那不是偶然的。虎贲的威风，敌人也知道。常德这十六日的恶战，全世界都已传名，可以说我们由师长起到火夫为止，个个是英雄好汉。敌人今天散的传单，竟把我们当汉奸看待，这太蔑视我们了。他们打到现在，以为我们五十七师泄了气，笑话，打得只剩一个人，也不会泄气。你们和我上去，立刻给鬼子一点颜色看看。你们各人有两枚手榴弹，这手榴弹要逼近敌人，才拉开引线丢去，一个人至少拼他十个八个的。"他训话毕，命令副营长余云程带十几名弟兄，自己和营长何曾佩带了十几名，由观音庵分着前后两路出去。

这时，敌人由小西门分来的一股敌人，窜到观音庵北面，打算穿过这里，倒袭大西门。四五门迫击炮，一连串在发着开路。金团长、何营长由庙的前门冲出，穿着正被炮弹轰击的民房，抄袭敌军的右翼。观音庵到这里四五十公尺，这群弟兄，个个要做英雄好汉，逢墙推墙，逢砖堆跳砖堆，一阵风似的拥到敌人的面前。敌人五六十名，原是聚合着在几排民房的墙角下，提枪弯腰快步西窜。后面有炮兵阵地，在头上发过炮弹来掩护。我军由侧面跳了墙出来，大声喊杀，直到一丈多路外，才把手榴弹丢去。那边余副营长带的十几人，也大声喊杀，直奔到敌人的面前，几乎到了面对的程度，才把手榴弹发出。敌人没提防这种夹击，被夹在一片倒坍房屋的废墟上，一点没有掩蔽。只有在手榴弹火花满地的当中，向我们冲杀逃命。四五分钟的工夫，火焰中满地是血肉狼藉的敌尸。只有几个落后的敌人，转身逃走，可是那敌人的迫击炮，在此二三十公尺的北面，他见情形不妙，怕阵地被我夺去，六七门迫击炮，就一齐向这废墟发射。我们弟兄来不及掩蔽，何曾佩营长、余云程副营长和二十名弟兄，都牺牲了。金定洲团长受着伤，只和几名健存的弟兄退回华晶玻璃厂。

这一场逆袭，是对敌人攻心战的一个答复，四十多名官兵都是抱着视死如归的精神前去的。敌人西犯的先锋，落了个全军覆没的结果，也就把攻势顿挫下去。大西门后路的威胁，暂时算是解除了。

第六十章
HUBEN WANSUI

师部门前的血

　　金定洲团长所到的华晶玻璃厂，是全城未着火的五个据点之一，这也是余师长的计划。他在三十日以后，料着敌人非把全城烧光不止，就在我军还能完全控制的所在，包括中央银行在内，选择五所高大坚固的房屋，作为巷战据点。把据点以外的民房，各拆到十五公尺和二十公尺宽，让任何大火烧不过来。据点四周，各用石头沙包堆起防御工事。除了中央银行外，每个据点留一班人控制，目的还是在争取守城的时间，候援军入城。这个时候五十七师全师的官兵，只有三百多人。所有加入战斗的警察四十多人，七十三军仓库守兵一班，二十分站卫兵一班，都在最近三日作战，伤亡殆尽。这三百多人只有轻重机枪七挺，步枪三十多支，而且子弹也都快要打完了。拿步枪的弟兄，有人只拿着三五粒子弹。手榴弹呢，全师统计还有一百五六十枚。

　　这种情形下，团长降低当了连长，营长当了排长，连长以下全是列兵了。兵力是这样的少，任何一条防线，都没有火力把敌人挡住。敌人这就分股乱窜。东城的敌人，已窜着和北门的敌人合流，对了师部后墙一带的民房，一面烧一面逼近。中山东路的敌人用七八门迫击炮，四门平射炮，对了街上的碉堡覆廓，做梯形射击，也已逼到了上南门。柴团长意新，亲自守着那碉堡，才把敌人拦住。但由北来的敌人，已抄到这碉堡后面。这后面一座碉堡，是在兴街口南头，由特务连朱煜堂守着，将一挺重机枪，控制着到前面那座碉堡的一截马路，掩护上南门堡垒的后路，但这形势已十分严重了。

只有大西门，还由杜鼎团长严守，敌人始终没有突入。因之由大西门到上南门的那段南墙还在我们手上。和这段南墙平行的中山西路，也在我们手上。由师部向南取得对岸友军的联络，就靠这一段路。

在二日拂晓，敌人由小西门西窜的两股敌人，一出三雅亭，一出杨家牌坊，都是由北向南的两把剪刀，要截断这段路。尤其是杨家牌坊那把剪刀伸出来，就是大西门的门洞里面，正可迎城外的敌人进来。金定洲团长在全体兵士伤亡到百分之九十五的时候，还用四十多员官兵，去换起杨家牌坊那片阵地，理由就基于此。但是我们的援军，已经突进到常德城外十余里的地方，敌人若不把城内的我军阵地完全占领，他就有腹背受敌之虞。

因之，到了二日下午，他把战斗的方法，用两种手腕并行，一面把步兵分股窜扰，和我占据一座破屋，一堵残墙的散兵各处包围接触。一面调所有的大炮，对着我们占据的五座完整房屋集中轰射。华晶玻璃厂那四座屋子，每座都中了百十颗炮弹，打得砖瓦纷飞，尘烟障天。中央银行的师司令部，前前后后也一共中了五十多炮。发弹的阵地是在城区以内，炮弹轰炸的地点，也在城区以内，因之那哗啦啦轰隆隆的声音连续着，成了不可以以任何响声的形容词去描写。

这时程坚忍因伤痛越发厉害，还是坐在那墙角上。每一个炮弹落在师司令部附近，就是一阵狂风，涌进了屋子。虽然人是靠了墙，风无法再来掀倒，但那风带来的力量，带来的飞沙，扑在人身上，不由你不低下头闭上眼睛。也不知道这日的天气是晴是雨，只觉门外面云气弥漫，浓浊的烟，把屋子塞住。每当猛烈的响声经过一次，程坚忍就睁眼四周看看，屋子垮下来了没有？他这时不但不怕死，而且恨不得立刻跳出大门去，立刻把这仅有的一枚手榴弹丢出去。无奈那伤口疼起来，连半边身体都牵扯了发胀，自己两天一夜，仅仅只吃了茶杯大一个饭团，实在没有力气可以支持自己出去。他每一犹豫，心里就想着外面的炮火这样的猛烈，一出大门，那就是完结，怎样还能去和敌人厮拼？因之这样考虑的结果，就还蹲在两堵墙角下。

敌人炮轰了一小时之后，南北两头的喊杀声，又随之而起。文昌庙的敌人，顺风放了毒气，故意在毒气后面，一面放枪，一面大声喊杀，让我军不能安心防毒。在这条街上的迫击炮营孔益虞营长所带的一六九团第二营残兵和师直属部队杂兵,战了两日两夜,饿了一整日,在大炮毒气下,忍死防守,不肯变更位置,这就由五十多名减到三十多名。

到了二日下午二时,毒气已经稀薄,敌人用掷弹筒掷弹,对了街上每一层障碍物,都做集中的轰炸。在覆廓和障碍物下的零碎守兵,也是一层一层地和阵地同亡,孔营长带着残存的弟兄,每当敌人逼近一步,他就带了弟兄,反冲上去。枪弹根本是没有了,手榴弹每人平均只分到一枚。大家只有拿着刀矛和敌人纠缠一处,把血溅着敌人来砍杀。但每反袭一次,我们的弟兄就增加伤亡一次。孔营长所率的弟兄,一直减少到只剩十几个人,防线太长,人员太少,这就不能不再缩短防线,只扼守到师部大门外五十公尺外的一小段覆廓和障碍物里去。

兴街口南一六九团柴团长和副团长高子曰,也变成了班长,他们当十二点钟的时候,还守在上南门碉堡里,在平射炮将堡垒轰毁之后,柴团长撤退到双忠街指挥,那已是师司令部南面三十公尺之内了。高子曰副团长,改守在碉堡外的散兵壕里,全部只有七个人防守。高副团长成了班长,二营营长孟继冬,连长王羲田,都成了列兵,但他们还握有一挺轻机枪依然堵塞着敌人不敢进。这时敌我相距太近,彼此随便讲话,都可听到,好在敌人不能用重武器,否则就是大家同归于尽。

敌人喊着:"中国兵放下枪过来吧。"高副团长就破口大骂,在大骂的时间,有两个敌兵由壕沟侧面,缓缓地向前爬,我们的守军,只当不看见,等他爬到沟口外,看那样子,是要丢手榴弹了。王义田连长,手拿刺刀,猛地跳了出去,一人一刺刀向下扎着,自己先向沟里一滚,躲避敌人的射击。然后一手一个,把他们拖进了沟里,敌人尽管看得清楚,却无法营救。

相持到下午二时,敌人在后面运来了汽油,将纸团木片沾着汽油,点着了,向我们壕沟里抛。高子曰副团长无论怎么不走,当混乱救火之时,被一子弹射中了手,其余五名弟兄,也同时殉职。只剩下孟继冬营长和负伤的高副团长,扛了那挺机枪守第二道战壕。这样一来,师司令部四面,都被敌人包围,只有在墙外卫护的特务连,还死守着南口那个堡垒,和师部留条进出之路。然而该连也只剩有十几个人。因为西侧干文中学的敌人,相隔在二十多公尺的墙角下,不住地喊着中国兵投降。朱煜堂连长气愤不过,左手握了一把匕首,右手拿一枚手榴弹跳出壕来向那喊着的墙下丢了去,不幸旁边一粒子弹射来,中了腿部,滚回了工事里。柴团长因这个堡垒十分重要,他就立刻由东面战壕里回来，接手了这堡垒的指挥，让朱连长裹着伤口，在工事里休息。敌人知道我们兵力越战越少，而且少得不成比例了，依然用波状密集部队，向师部周围涌进。

师部除了墙上打穿几个洞，垮的一只楼角而外，形式还是完整的。敌人的平射炮受了障碍，迫击炮怕打了敌人自己，这时只以机枪和掷弹筒进攻，三点钟以后，孔益虞营长所率的弟兄伤亡得只剩十个人，而且还连三名轻伤的在内，他只好撤守到师部的围墙里面，利用了围墙的沙包石条工事，用步枪对敌人射击。师部的电务室是在街对面，无线电排是在街南头，这么一来，对外的电讯联络，也就中断了。在师部里的人，自参谋长以下，全体拿了武器出战，只留师长一人在屋里看守了电话指挥和联络。参谋长皮宣猷，亲携了一支短枪，监视着后墙的工事。几位轻伤官兵协助着监视。

程坚忍虽伤势很痛，已不能再忍了，他存着速战死的决心，找到了一柄枪上的刺刀跑到了楼下，站到围墙下，候一个掷弹的机会。李参谋带着两枚视同珍宝的手榴弹，拿了一根硬棍，站在大门外临时堆的沙包后面，这里还有一挺关系师部存亡的轻机枪，附带子弹二百发上下。孔营长就亲自守了这挺枪，其余有几支步枪在弟兄手上，个个把枪架沙包上和墙眼里射击逼近的敌人。军需官、军医官、书记都各拿了武器在墙防守，就是政工人员王大权副主任以下四名，也在这里防守。由火夫到师长，这里共还有四十个人，大家都想着敌人若是冲了进来，大家就拼个同归于尽。

到了四时，敌人有一股二百人上下，已摆布在兴街口正面街上，打算用密集队冲锋进来。这时，一七零团团长孙进贤，带了二十多人，由双忠街工事里袭出，由兴街口两旁民房里钻隙走到师部附近。就调用了所有的步枪，在墙眼里向敌人侧击，孔营长听到南面自己的枪声，认为是个里外夹击的机会，他回转头来，对所有的官兵喊道："准备爬墙出去冲锋。"

于是大家一齐由沙包上走上了围墙，把手榴弹猛地丢了出去。迫击炮营的张副营长，拿了一支左轮手枪，首先一个跳去墙去。第二个却是火夫刘偕行，他什么发火的武器也没有，只是拿了一柄练把式的关刀。于是其余的科长主任科员，一齐跳到墙下去大声喊杀。孔营长带了十几名弟兄出了门，孙团长带的二十几名弟兄，也由民房里跳出来，这样会合着六七十人的大刀、长矛、梭标，和敌人混合在一条十几尺宽的街上，猛烈砍杀。大家喊着杀，杀呀！余师长飞跃着出来，守着门口那挺机枪，亲自监视两军的肉搏，敌人

第六十章　师部门前的血

看到我们个个拼命，才退向北四五十公尺，师部大门算解了围。

那火夫刘偕行一把关刀，把口子都砍完了，他还扛了回来。进门的时候，看到了师长，不知道扛大刀，应当怎样敬礼，于是左手夹了刀柄，右手敬着礼道："报告师长，敌人打垮了，杀死鬼子一百多。"

余师长向他还着礼，又点了点头。可是他心里被这些奋不顾身的官兵的行为所感动，几乎要流出泪来。孙团长、孔营长、张副营长都无恙地回到师部，可是以三比十的死亡率，我们又有二十多个官兵在师部门前殉职了。

第六十一章

江心泪

孙进贤随师长到了指挥室里，因道："报告师长，全体官兵八千多人，现在只有二百五六十个人了。据卑职的意见，趁了现在西南城有一段街巷，还在我们手里，我们可以渡过沅江去策应友军会合进城。一来我们熟于地形，可以引友军前进，二来还可以保存这二百多人的力量反攻。不然的话，我们的子弹完了，人死光了，依然不能达成保守常德的任务，这事可不可以考虑？"

余程万站在小桌面前，听完了他的话，摇着头道："没有考虑的余地。你现在可以带弟兄守师部的大门。我预料几小时之内，友军可以进城。天色已经黑了，我们可以发挥我们巷战的特长。"孙团长见师长态度坚决，就也不敢多说，只好回到大门口去驻守。

到了八点钟，五十一师，就有一名敢死队员和五十七师联络兵一名，由沅江南岸，渡河钻进了师部。他们报告，五十一师，还在长岭岗与强大敌人猛烈作战，三两日内不能前进，我们在沅江南岸时，听到德山有些稀疏的枪声越响越远，恐怕南岸友军今晚上不能进城，除非常德派兵协助，还有些希望。余师长得了这个报告，心里很不痛快，但表面还镇定，先盼咐联络兵退出去，他坐着沉静地想了一想，就命令李参谋到城墙上去观察友军形势。

九点多钟，李参谋回来报告，初登城墙的时候，还看到几丛些微的火光，也有些零碎的枪声，后来枪声没有了，火光也远了。余师长点了点头，没作声，把地图展开了，看了看南岸友军的路线。这就接着杜团长在电话里报告："一股敌人由余家牌坊冲出，截断了中山西路。在西门城墙上作战的弟兄，伤亡殆尽。全军需官用手榴弹冲锋阵亡，李医官受重伤，一七一团残部现还保守上老鸦池到双忠街一段阵地和城墙，伤兵太多，能战斗的只有七十个武器不全缺乏弹药的杂兵。"余师长告诉他尽量支持，等候命令。

在兴街口碉堡里的一六九团柴团长又来了电话了。他道："南岸的友军不得过来，分明是被敌堵击，摸不着路，应该派队伍去打开口子引路，趁着我们还能支持几小时，把友军引进来。若到明日天亮，就无法办了。"

余师长答应了一声"那也可以"，就叫孙进贤进防空洞指挥部来，因道："友军大概是被敌人拦着摸不着道路，你现在可以把防守南墙的弟兄带过河去，打开口子迎接他们。在笔架城下面，江岸边有敌人驾来的船被我俘虏，你可以尽量地用。先把伤兵渡过去，然后你带了弟兄在鲁家河集中，向德山一带去策应接友军，随时随地打电话给我，保持密切联络。"

孙团长站在师长面前，挺立着接受命令，师长说完，他沉静着一两分钟，然后问道："师长自己在城里既无弹药，又没粮食，并且没有几个人，怎么办呢？"

余程万道："你不必管我的事，只要你达成任务，并要打电话保持联络。我须要坐镇在这里，这里的情形，你完全知道，你快快地击破敌人接友军入城就是了。"孙团长举手敬着礼，脸上沉郁着出去，他发愁的是师长不能同去，恐怕自己不能达成任务。

这是十一点钟，余师长沉静地又想了两三分钟，就拿起电话机向大西门城墙下的杜团长说话，这时杜鼎团长带的一七一团残部只有三十多人，军炮兵团金团长带残部二十余人，师直属部队杂兵，归杜团长指挥的二十余人，一共也只有八九十人，据守着大西门南一段城墙万寿街一段街道。到师部来的路已被敌人截断，唯一可和师长联络的就是这根电话线。

杜团长也正自彷徨着是死守住这个被截断的这段城呢，还是冲破敌人的封锁来援救师部呢？这时接到师长电话，立刻应声道："报告师长，现在阵地稳定，不过这是暴风雨前的片刻沉闷。"

师长便在电话里道："刚才有五十一师的联络兵来到师部了，他们还在长岭岗。我看不用兵力去打开大门，他们是不能立刻过来的。你可以趁了这个有路可钻的时候，把一七一团、炮兵团师直属部队，由南墙渡过沅江，再由那边绕道到河边附近过江北上，迎接友军进城，立刻就走，我已命令孙团长分批向南站渡江，在鲁家河集中，你们务必在南岸取得联络，互相策应，我在中央银行。"

杜团长道："敌人还有一两万，师长在城里的力量，只有几十人，太单薄了，可不可以师长也渡江过去指挥？"

余师长笑了一笑，因道："我有我的办法，只要你们能达成任务，那就很好了。南岸那边已经挂好了电话线，你可以随时在那边通电话过来。"

杜团长在电话里把话答应了，声音透着有点哽塞，但余师长并未加以理会，把电话机搁下了。这时师部外的枪声，劈一下，啪一下，比较的稀松，敌人似乎在觅取一个机会，正在沉寂中。孙团长的电话十几分钟一次，先报告伤兵过河，其次报告自己渡河，又其次报告达到了南岸，又其次报告在路上拾得弹药五百余发，手榴弹三十六枚，路上有警察尸体三十余具，可以证明是上次警察突围遗留下来的，在大家缺乏子弹的时候，得了这个消息，真是喜从天降。又约莫过了二十分钟，李副官在南岸打来一个电话，过江的部队在三里外和敌人遭遇，孙团长已经受伤了，请另派一位官长过河指挥。余师长听了这个话，头上仿佛猛中了一拳，脸色发青，总有四五分钟，沉默着没有作声。

就在这时柴意新团长，手里提了步枪，满头是汗，走进师长室，余程万道："你来得正好，孙团长在南岸受了伤，弟兄没有人指挥，你去吧。"

柴团长道："报告师长，我不能去，我现在带的弟兄，守在街南口移动不得。一个人过去，连划船的人也没有。还是师长亲自前去，才有办法。"

余师长道："我怎么能去？谁守城？"

柴团长道："卑职觉得我守城比过河有把握，能支持几时就撑持到几时，我知道过河的弟兄，各团和直属部队居多，不是我带的队伍，我也没有把握。再说到友军，若是遇着了，他们会听一个团长的命令吗？要我过河，是白白送死。我个人为国牺牲，没有问题，我去了，是不能达成任务，反要误事。师长要我去，干脆把我枪决。"

余师长道："你说的自也有理，可是过河的队伍，没人指挥，不但不能达成任务，反有全部牺牲之虞。"

柴意新道："那没有问题呀！师长去了就解决了。南岸不是我们的阵地吗？师长又不是离开阵地，河这岸，河那岸有什么分别？而且附城的友军，根本是归师长指挥，师长去了可以指挥他们，比我去好得多，好在过河的电话线架设好了，师长指挥这面，也没有问题。"

余程万想了一想，突然站起来道："好，你不去，我就去，我马上过河，若是电话线割断了，或者我南岸作战有意外，你可以在城里自行处理战事。"说毕，他指定师部官兵八人，携带自己随身武器，随自己一路过河。命令柴团长守师部，高副团长和孟营长守街口的堡垒。

程坚忍也被指定了一同渡河，他把没有受伤的手扶了墙壁一步一颠，进屋来近着师长道："我不能过去了。下午在围墙上丢手榴弹，让弹片炸伤了右腿，现在站不起来，更走不动，而且左手创口还痛得很，根本不能战斗，我愿意和柴团长在师部里。"

余师长对他周身看看，因道："你脚上又受了伤？那你可以不走。反正我死活都在常德战区里和敌人厮拼，总必竭尽全力，来援救城里的弟兄。"

程坚忍走出师长室闪在一边，敬着礼，看了师长走出师部，李副官连忙走在最后面，挨着他走过，悄悄地伸出手来，和他紧紧地握了一下，然后过去，余师长前面两名弟兄由卫士排排长余伟安率领，各提了一支步枪在前引路，他自己也提了一支步枪。其余五个人，有的拿着手枪，有的带着两枚手榴弹，成单行，鱼贯走出师部，向南行走。这时满城的房子，全已烧光，火焰不扑自熄。只有几处倒下去的残存屋料，还在地面冒着几丛小火，有些淡薄的青烟，缭绕上升。四城已没有了大据点争夺，只是零碎的枪声，在惊天动地七八昼夜的战潮以后，这仿佛开始有些寂寞，是有些凄凉，天空的烟火焰落下去了，抬头看见了暗空中一片星点，晚风吹来，虽还带了焦糊味和火药气，但是凉的，而不是前几晚火里吹来的炙人空气。

他们绕过兴街口，走到上南门，见那对面巷子里，隐隐约约地有一小股敌人在残破的工事后面活动。大家疏散开来，各人拿着发声与不发声的武器，挨着烧毁了的房屋，擦着断墙，穿过十字路口。全城火光，虽还是照耀着，但四处是乱枪响，敌人在晚上还不知道这里的虚实，也分不清敌我，并没有什么动作。穿过十字街口，便是江边码头，沅江在稀疏的星光下，闪动着流水的小波浪，像一群虫豸在地上爬动。码头上的水浪打在沙石上，有些扑扑之声，这实在是二十天来，同行人第一次听到的大自然的声音。

城里零落的枪声，或远或近地穿过长空，越是显着这江岸的寂静。大家悄悄地顺了江岸走，先向西走了一段路，并看不到船只。原来在我们控制下的船，大概都渡部队过河去了，余师长站在人中间慢慢走，便轻轻地道："向东一定有船，我们把敌人控制下的船，夺一只过来就是，大胆些向下游去，是有把握的。"

于是大家掉转身又向东走，在江边，曾遇到两三个敌人的影子，由码头穿进向河街的小巷子里去。大家闪在残破工事下，让敌人过去。这更证明了前面有船。邝副官文清拿着一支手枪和一枚手榴弹，沿了水边，首先向东走，果然不到二三十公尺，就有一只单独的大帆船，将绳子拴在断木桩上，他悄悄地走到船边，扶了船头向里一看，并没有人，心中大喜，立刻爬上船去，在衣袋里摸出一方白手绢，手里提了，在空中连连招晃。在星光下，这白色的东西，还可以现出一点影子，于是一行八人，都悄悄地鱼贯上了船，余师长是最后上船的一个。他到了船舱，他的卫士李炳松，已是一篙子把大帆船点开了。

可是离岸约一丈多远，河水很深，竹篙已撑不到底了，可是这船上没有懂得驾船的人，大家争拿着篙子向水里试探，却操纵不住这只大船。大家正没有法子的时候，好像有天意帮助这一群保卫常德的虎贲，突然来了一阵很厉害的北风，呼呼作响，把这船向江中心由西北向南吹去。江水本是由西向东，风又由西北向东南，正是这船要取的航线，大家竟是篙橹不动听凭这船由北岸到南岸斜流，当时在船上的人都觉得这事太神秘，也增加了一番兴奋。船已斜过了江的一半，北岸的敌人似乎已发现江心这只船，突突突地来了一阵机枪扫射，大家立刻都伏在舱底下去。这大船吃水很深，他们所伏的舱板在水平线下，夜晚目标又不大正确，虽然船中了几颗子弹，却没有伤到一个人，而且风势很猛，时时把船向东南推进。

船离开了射击，余师长沉静地由舱里站起来，回头望着常德城，那南墙的残破城基，还隐约地有道黑线，燃烧不尽的余火，变成了四五道紫色的轻烟，缭绕上升。炮声喊杀声房屋倒坍声全没有了，只是那刷的一声啪的一声的步枪流弹响，还点缀了战场的气氛。他想到八千多人守这座城，战死到只剩三百人了，于今走开二百多人，城里只有几十名弟兄，这个悲壮的局面，实在不能回想。柴意新团长担任了守城待救的重任，凭那七八十人的两只手，不知道还能苦撑多少时？他想着，船快到了南岸，大家全静止得没有了气息

第六十一章　江心泪

声，大西北风还是由常德吹来，好像八千兄弟的英灵，在空中相送。他一阵心酸，忽然落下几点泪。他忽然叫道："把船划回去！"

邝文清副官在船头上问道："师长，划回去？"

他道："划回去，我舍不得常德这座城。与其死在城外，不如死在城里，与城共存亡。"

邝副官道："那么，我们来迎接友军的计划，不完全推翻了吗？过江的各团直属部队，谁来指挥？假使我们马上碰到友军，现在还只两点钟，在天不亮的时候，我们还可以赶回常德呀！"

余师长道："你听听南岸并没有枪声，立刻能接到友军吗？"

在后艄守舵的李连贵副官接嘴道："报告师长，我们不能再犹豫了。为了挽救弟兄，一秒钟都是可以宝贵的。友军走远了，我们更应当去接他们，假使越走越远，岂不糟糕？何况前来那团友军，已到我们防地圈子里，根本是归师长指挥的。请师长想想，不去指挥他们，怎么能和我们过江的部队联络？"

邝副官道："师长不必考虑了。说句彻底的话，回城去无粮无弹又无人，根本守不了这城。若受伤被敌人俘房，反为不美，但凭师长亲自出面，亲自指挥，援军进城，要快得多。"

他说着，又反过面看常德，卫士余江伟道："这样大的北风吹大船，又无人会撑，要回也回不去，绝无考虑可能，报告师长不必考虑。"

余程万默然地站着，万意交集，手只管抚摸了夹在肋下那支手枪，后来想还有达成任务的希望，就放开手，不到十分钟船靠近了南岸。大家怕岸上有敌人拦截，都停止了一切可不发的声音，就是走的脚步，也轻轻地落下。同时大家也预备敌人一开枪，就冲锋上岸，但南岸的房屋树木，在星光下露出黑巍巍的轮廓，并没有什么动静，船悄悄地靠了岸，余排长伟安，牵着绳子跳上岸，缚在一块石头上。在船上的人，依次上岸，余师长站在沙滩上，向四周观察了一遍，决定引了大家沿河向右走，避开南站这群民房。他们还没有离开原来登岸所在半分钟，突突突，一阵机关枪声在身后发出。看那子弹带出来的火光，正奔向江边那只没人的大帆船。敌人的目标，既在那边江上，大家更是认为迂回了行，完全不错，益发再走向上游。在常德对面的地势，被沅江来回包围着，是一个倒置酒杯形的河套，沿了上游，这半段江由南到北有一条公路，直通桃源。大家料着公路上，必是敌人满布。因之迂回到了江边，就在公路沅江之间，钻隙向南走。这时，星月无光，霜风遍地，昏黑的旷野寂无声响，余程万带了官兵八人，在小路上穿沟翻堤而进。回看常德只有几缕紫烟，在长空依依相映。

第六十二章

HUBEN WANSUI

冲！冲过去

东方的天脚，渐渐地露出鱼肚色的曙光。余程万带的这些弟兄，背着西北风，在浓雾铺满了草屑的大路上，继续南下。远远地看到四五株枯柳，在寒空里拂动着稀落的长条，下面有七八户人家，也像怕冷似的，矮矮地拥挤在一处。这些人家，一半是瓦屋，一半是草屋，在懒洋洋的矮堤下，配上些带水的荒田，现出一种凄凉的状态。部队有人认得，这就是集中指定地点鲁家河。一晚上的辛苦摸索，快要告一段落，大家也是加紧地走。

一会儿工夫，前面两个斥候兵，引了杜团一位排长前来，报告该团已于一小时以前，赶到了鲁家河。村子上的老百姓，已经逃走一空，队伍现时在口上集合，等候师长。弟兄们听说杜团安全到达，总算人力又加强了许多，各人心理上轻松了一点。走到村口上，果见杜团还有一百名上下的官兵，在村子里人家屋檐下排队站着，大家手上拿着上了刺刀的枪，保持着警戒性。团长杜鼎，迎着压队来的师长余程万，作了一个简单报告，该团官兵还共有一百零四名，报告完了，立正在当面。

余程万看他那件灰布棉大衣，已一半沾着黄泥痕迹，军帽也成了灰黑色。十几天的苦战加上这一晚霜风里的奔走，面色是冻得发紫。拂晓的西北风，像刀子割人一样，还是迎面吹去。团长如此，看看那些持枪站在屋檐下的队伍，也就现着全身上下，都是苦战的痕迹，变成灰色的绷布，裹了头上或手上的伤痕，绑腿上涂遍了的泥浆，像双黄皮靴子，军服上沾遍了灰尘，几乎是煤矿工人的打扮。他觉得士兵们出生入死，到了现在，实在已尽了他们最大的职责，心里发生了一番凄楚的滋味。那股凄楚滋味，由心腔里只管向上冲，直冲到眼睛里去。但他立刻遏止住了自己的情感，正着面孔，对大家看了看，对杜团长道："很好，你们已经赶到了这里。但我们出来迎接友军，这任务更是重大，必须用最敏捷的办法，把友军带进城里。这鲁家河四周，全是敌人，我们要用更旺盛的战斗意志，钻隙进入德山和友军会合。现在可让弟兄们稍微休息一下，回头我会指示你们新任务。"杜鼎敬着礼退下去了。

余程万就站在路头上，分别发下命令，将孙团和杂兵进驻村子里面，一面指定一班弟兄，在村子外布下警戒哨，又命令参副处人员，到村子的空屋子里去寻找粮食。他和特务排排长朱煜堂带着几名卫士，走到村里一所草棚下休息。在常德城里作战将近二十日，天天都是阴暗的。尤其是最后那几天，西北风成日成夜地吹刮，炮火连天中间，真可说是风云变色。

这时，天气忽然转变了。村子外的宿雾，渐渐地消失，那呼呼的风声，也已经停止，东西长矮堤上，现出一带金黄色的云彩，一团红日，在黄云上升起。日光由堤埂的长短枯树上照过来，有几只鸟悄然地飞过。炮火无声，大地上黄黄的，颇给人一种轻松的情调，也就似乎给了这二百多人一线光明的希望。但余师长知道这鲁家河周围全是敌人，友军在哪里，依然是个未知数。他在草棚下一座石磨架上坐着，一手按了腰间挂的左轮手枪，一手按住膝盖，眼睛望了草棚外的日光，穿进草棚脚下，和屋檐下的阴影，分了一道阴阳线。他在这阴阳界线的注视下，有几分钟的静默。阳光是一分一分地移动，时间是一秒一秒地消失，也就想到每一秒钟的消失，也就挽救常德城的期限延长，他猛然地立起来，向四周看看。见几名随身卫士，手里扶着作战半月的枪支，挺立在棚外阳光下，还有几名徒手的，他们也是肃静地站着。朱排长只有一支手枪在手，站在屋檐下，板得脸上没有一点笑意，似乎在聚合了全副精神，做师长一个共生死的卫星。

余程万回头看到李参谋站在草棚木柱下，就叫他传孙、杜两团长前来，只五分钟，孙进贤、杜鼎两团长都来到草棚下，余程万将两团的人数查问明白了，现在全部队是二百四十名整数，而且是官长多于士兵。官兵之间，没有武器的还占三分之一。他站着注定目光，扬着眉毛，凝神了一下，就对两团长口头发着命令，将孙杜两人所带的各编成一连，团长就执行连长的任务，

第六十二章　冲！冲过去

营长执行排长的任务。营长以下的官长，就执行班长的任务，其余全是战斗列兵。他口里发着命令，一面在身上取出日记本和自来水笔，站着写下书面传达的命令。写完了，直接就交给两个团长，因道："时间是很宝贵的，限你们在十五分钟内，编整就绪。十分钟后，在村口上集合，我要和弟兄们讲几句话。"两位团长接着命令去了，余师长已不再坐下，他就在草棚外空地上太阳光里徘徊。

很快地十五分钟过了，二百多名官兵，已在村口稻场上集合，排队站定。余师长走到队伍面前，向大家注视了一下。因道："我现在要告诉大家当前的敌情，北面蔡码头，南面斗姆镇，都有敌人。西边毛家渡，那边也有敌人。我们的友军，系由西南角前来，应该是让毛家渡一带的敌人所隔断。再说，我们的任务是接应友军，应当穿过这西边的傅家堤，穿着空隙，先占领毛家渡。因为我们的友军若要北上常德，一定要占领毛家渡南边的毛湾，那里是个重要据点。同样地，敌人要拦阻我们的友军前进，也要占领毛湾。所以我们要占领毛湾，为友军打开大门，就必须先占领毛家渡，我看弟兄们的战斗情绪，还是很旺盛，我很高兴。不过四周全是敌人，我们要提高警觉性。最后我要告诉大家，我们七十四军五十七师，已是全世界所知道的番号。这是我们的光荣，也是中国的光荣，这光荣是人民赐给我们的，我们要报答国家，要报答人民，不要让这光荣有一点污渍。我们现在虽然离开了城区来迎接友军，但我们立刻要和友军打回去，最后一滴血，我们要光荣地洒在常德城区。因之我们第一个任务是和友军打开大门，接上第二个任务，我们就是引导友军进城。大家要明白这一点，无论有什么困难，我们要完成这个任务。完毕。"

师长说完了，就将孙、杜两团长叫到面前，立刻带着队伍，向着往东的人行小路，向李家湖前进。这时，已经由参副处的人员，在村庄上空屋子里寻觅着一些冷饭干米粉之类，分派给二百多名官兵吃过了。虽然并没有饱，可是肚子已不十分空虚了。大家接着前进命令，就沿着水田中间堤道，向东行进。因为师长说了四周都是敌人，大家要提高警觉性，所以有枪支的弟兄，全是两手拿了枪，枪口向前，随时做了战斗准备。没有火器的弟兄，有手榴弹把手榴弹捏在手上，有刀棒的，两手握住刀棒。太阳在迎面高高悬起，大地上一片光辉，那水田的浅水上，田埂草皮上，微微地还生了一阵阵稀微的白气。这象征了大气比较暖和，是便于战斗的气候。到了李家湖，依然是柳树和杂树围绕的一个小村落。并看不见一名老百姓，甚至一条狗一只鸡也看不到。

侦探兵已先回来报告，并没有敌人。余师长掏出身上带的地图看了看，正面约莫五里路是王家湾，东南角约莫五里路是毛家渡，就命令部队出村向东南前进，这里的地形，还是长矮堤纵横在水田面上。队伍顺了一道斜向东南的矮堤走着，遥远地看到一带枯柳林子，在前面拉成了一条线，挡住了天脚，估量着那就是毛家渡小河的护堤柳树，大家想着，已是离目的地不远。

这时，有一个侦探兵，很快地跑了回来，报告已发现敌人，是顺了斗姆镇到王家湾的大路上走来的。大家看时，果然在南面一道长堤上，已有一大股穿黄色衣服的敌人翻走了过来。敌人前面，一面白底子印着红膏药的旗子，迎风招展，敌旗后面敌人的队伍，成双行走，拉了个长蛇式。他们不跑步，也不端枪做战斗准备，竟是从从容容地由南向北，把这里前进的路线拦住。大家虽然很奇怪敌人会这样地疏忽，但大家自己并不疏忽一点。这队伍已是官长多于士兵，全有独自作战的能力，在指挥官长抬手做个手势之下，大家立刻在堤上卧倒，各人找着各人的掩蔽，把枪支举起在地平上，对着敌人瞄准。当发现敌人的时候，原来是七八十公尺，只一准备的时候，敌人又逼近了二三十公尺。

也不知道哪个这样喊了一声，冲！接着大家异口同声地相和着冲！冲！冲过去！就在这一片冲冲的喊声中，二百多名官兵一齐跳了起来，向敌人猛扑了过去，杀呀！杀呀！那沙哑而愤怒的嗓音，在空气里布满了一种得敌而甘心的气焰。二百多人，像二百多只跳出丛莽的猛虎，不问田地高低干湿，各个向前飞奔。余程万虽是师长，但到了这极短距离的遭遇状况下，也变成了个战斗列兵，随在队伍后面冲锋。始终跟随他前后的特务排排长朱煜堂和七八名卫士，也就卫护在他左右，或端着步枪，或举着手枪，或拿着手榴弹，朝了敌人奔去。

敌人原是沿了由南向北的堤道，想把我军包围了起来。这时，看到我军在面前五十平方公尺的面积上，蜂拥而上，颇觉锐不可当。倒是成了我们的反面，整排地卧倒，在他们前列卧倒的时候，后续部队，还是陆续翻过南边的横堤道，由他的行列估计起来，总有二千多人，正是一个十比一的压倒优势。而且在后面的人，已是很快地在堤面上一棵大柳树下架设轻机关枪。

那位在师长面前的朱煜堂排长首先看见，他觉得轻机枪所在，正好向我们整个冲锋部队做侧面射击。我们是全面暴露在敌人机枪之下。这第一架轻机枪，必须克服它，我们才可以冲断敌人长蛇阵的蛇头。于是他毫不考虑，单独地掉转身躯，向那机枪座猛扑了去。所有这些冲锋的弟兄，都已把生死置之度外，全凭了狂喊的杀呀杀呀的这股子劲，向前飞跑，并不打算在半路上找个地方做掩蔽，敌人见来势这样凶猛，有的还不曾卧倒，已是开枪射击。卧倒了的人，更是举枪乱发，因之在我军猛扑的前面，已是几百条白烟带了，子弹横飞。朱排长对着的那挺轻机枪方面，自然也是噼噼啪啪响着，白烟牵出了无数道的线条。看看相距那机枪座还有二三十公尺，两条白线穿进了他的身上。他丢了手上的步枪，提起挂的手榴弹，拔开引线，再拼命地跑了两步，向目的地抛了去。他眼见机枪座那里，一阵火花，一堆灰尘涌起，又一道白线射来，中了他的头部，他把他的生命，换了这挺机枪。

在此情况之下，我们向前猛冲的弟兄，一小部分人冲到敌人面前，个别地找着敌人肉搏，已把最前面的一股敌人冲得纷乱起来，有的站起来和我们肉搏，有的退后几步，找着掩蔽射击。可是敌人的阵式，是微弯着拉了一条很长的弧形。前面冲乱，后面还能稳住了不动。他们有的是机枪，有的是子弹，一挺跟着一挺在侧面架起，向我们侧翼扫射。后面的弟兄，看到前面的弟兄纷纷倒下，不能不持重一点，又各个找着掩蔽，卧倒下去。

第六十三章
HUBEN WANSUI
罗家岗望月

　　师长余程万是个久经战场的人，他岂不知这样冒着敌人火网冲锋是极危险的事？可是刚才弟兄那样喊着冲过去的狂跑，乃是人类发挥在死亡线上最后挣扎的天性，也就是兵家所谓置之死地而后生的一个机会。在这种战斗情绪发挥到最高潮的状况下，实在也不能遏止，所以他也就听其自然地发展，听凭大家冲。现在看到敌众我寡，自己又是一部分人没有火器，大晴天之下，弱势的兵力，已全部在敌人面前暴露。敌人不是长蛇，是只条虫，冲掉了他一节，其余的各节，依然活着，料是冲不过去。冲过去，也难退敌人优势火力的追击，他卧倒地面，掩蔽在一条高田埂下，只四五分钟，他已把当前的态势判断清楚。

　　李参谋还是只有两枚手榴弹。他握了一枚手榴弹，伏在余程万左侧，便道："报告师长，弟兄们伤亡太多，向前冲不得了。我们还是保存实力，钻隙过去吧！"

　　说话时，那敌人在南面的机枪，嗒嗒，嗒嗒，彼起此落，已有七八挺，轮流射击，意在压制我们不能抬起头来。余程万向左右前后详细地看了看地形，敌兵是占据了当面横断的矮堤，又是一道由东北斜向西南的长堤，机关枪都在那长堤后面。我们呢，却是拥有着纵横七八条田埂，可以掩蔽的一道矮堤，却远在后面二百公尺。所幸我们还有四挺可用的轻机枪，还在矮堤北角，可以压制敌人抬头，由这几道田埂向北转进，却是顺势而下的地面。

余程万立刻胸有成竹，就轻轻地向李参谋道："你去告诉杜团长，由左侧向矮堤缺口上转进。"又回头向右侧伏着的一个传令兵道："去告诉孙团长，在右侧佯攻。左翼到了堤后，右翼可以向这边来，在鲁家河集合。快去！"这两人得了命令，就在地下爬着，各向左右翼传达命令。

孙团长伏在一道田埂下，正注视着当面敌人的动静。那敌人见我们伏在地下，并未再冲，他也没有扑过来。他们仗着兵力优势，落得僵持一些时候，以逸待劳。孙进贤得了命令，就向身边伏着的弟兄做了个手势，用了大的声音道："射击。"说毕，他自己端了手上的步枪，向正面堤上射去，那堤下面，正是丛集着一小股敌人，弟兄们虽是伏在这里，谁也不肯僵持下去的。于是劈劈啪啪，零落地放着枪。敌人以为这是试探弱点，恰不回击。

左翼杜团长就蛇形着倒退，将手在地面挥着，告诉弟兄转进。只是十来分钟的工夫，已有四五十人退到矮堤后面，余师长和几位参谋副官，还有几名卫士，也悄悄地蛇行到了堤后，孙团长看到一部分队伍安全地后撤了，他才指挥着弟兄停止了射击，在地面用手势通知弟兄们后移。在堤后面的弟兄，已有了很好的掩蔽，这就联合了四挺机枪，突然地向敌人做一阵猛烈的发射。孙团长带了弟兄向略微偏右的地域后撤。虽是在这时间，敌人曾用机枪扫射，但弟兄们掩蔽得很好，只阵亡了几个人。他们很镇定地退到了矮堤后面，原先撤回来的一部分队伍，已经向西北移动了一百公尺。四挺机枪，也悄悄地在堤后移走。孙团长倒是在堤下静静地驻守了十来分钟，看看敌人并没有追过来的意思，于是带了弟兄们，到鲁家河去集中。

这已是下午三点多钟了，在弟兄们的辛苦额角上，冒出阵阵的黄汗珠，各个黑黝的面孔，油腻腻的。太阳是在半个月以来，第一次给人身上添上了热气，孙团长在弟兄们散落行伍的最后面走着，已充分地看出了刚才这一次冲锋，阵亡人数太多了。阳光还是照着一丛枯柳和上十户寂无人声的村落。几小时以前由这里经过的弟兄，却有大部分回不来了。他虽是久经战争，但到了此时，对其命运到最后一息的弟兄，心里说不出来有一种恋恋难舍的意味。他移着沉重的步子走到了鲁家河口。先到的部队虽已在村外布下了警戒哨子，但走进了村子里的弟兄们，都已在空屋子里，没有人影，也没有人声，就是在村子外四周的警戒哨，也各个掩蔽在树下或田埂下，并不会看到这里有什么异乎平常之处。李参谋首先由村子里迎了出来，将一支队伍，引到一所倒坍半边的空民房里去。

孙团长集合着弟兄，点了一点名，共还有四十八名，算出来了，这次接触，算是损失了所率领的一半人数。当时没有敢停留，立刻和李参谋去向师长报告，在路上悄悄地问道："李参谋，先到这里的有多少人？"

他答道："点过名了，整整六十名。"

孙进贤道："那么，共总起来，我们是一百单八将。"说时，他脸上带一点苦笑。

李参谋没作声。到了一所民房里，见师长坐在草堂下一张黑木桌子边，端了一只粗碗在喝水，远看那碗上并没有热气升腾，想来也不会是热的。他敬礼毕，站着，作了个简单报告。

余程万放下碗，向他看了看，因道："今天这次遭遇战并非意外，我不是老早告诉了你们，四周都是敌人吗？虽然我们有了相当的损失，可是在这次冲突里，更发现了我们五十七师有百折不回、视死如归的宝贵精神，这样就可证明我们战到一兵一卒，我们还是向达成任务的一条路上走。无论怎样困难，我们不要悲观。悲观的人，绝不能做好任何一件事，现在你们可以休息一下，我自有一个全盘计划，一定把联合友军任务达到。"孙进贤听完训话走了。

余程万拿出口袋里的地图，铺在桌上又重新地斟酌了一番，低头沉思着，脸上突然发出一种兴奋的样子，连连点了几下头。他一抬头，看到李参谋站在身边，因道："你去告诉孙团长、杜团长，我们立刻开拔向罗家岗去。"

李参谋答应着是，他心里却随着有了个疑问。在罗家岗的正北，已是常德对岸，这岂不是又回到城里去？因之望了师长一下。

余程万道："你以为我们这样走有什么问题吗？我们既是准备钻着空隙走，就不怕迂回，我也想看看城里的情形。"李参谋是相信师长有办法的，就没有再请示，把命令传达给两位团长。

这时，冬日的太阳，已经落土，西边天脚的云彩变成了一片红霞，将正中的青天映成浅紫色，西落的空间，却更是蔚蓝，上旬之尾，半边月轮带了浅浅的光，高临天空，好像月亮本身那片白色以外，不发生作用。整个大地，都罩在苍苍茫茫的暮色中，本来这战区地带，就很难看到一个人影，在这种风景下，更是觉得空虚和寂寞。这一行一百单八名苦斗的战士，有的空了两手，有的拿着配了不到十几粒子弹的步枪，有的只是拿着刀棒，大家顺了一条到常德的大路，向北前进。淡淡长空只有些零碎的星点，那晚风迎面吹来，白天用血汗浸透了的战衣，已无暖气了，慢慢地也就变作衣服里不住地冒着冷气，看看那天上星点，似乎有些被西北风吹着颤抖闪烁不定，于是走路的人，也就格外地有着寒意。这旷野里只有在月光下，看到那一道一道的堤身，拉着漫长的影子，除了附近一些分不清的枯树，在寒空里颤动，什么都没有了。

偶然还在遥远的地方，传来几阵零落的枪声，也没有了乡村应有的鸡鸣犬吠。大家虽是寻常地走着，倒是彼起此落的脚步，踏着堤面的尘土，喳喳有声，大家连咳嗽声也没有，只有悄悄地走着。渐渐地东方发亮，渐渐地大半轮银镜似的月亮，在空间发了光辉。在月色下，稀微的有些银纱似的云片，那月亮带着几分金彩的光芒，在行人的侧面，不知不觉地升上来，照见了萧疏的柳林，照见田园和人家，将模糊的黑影子，描写在灰白的地上。炮火余生的人，在这种清凉寂寞的环境下走着，心里自是不会毫无感动，因此脚步声之外，越是一切默然。

月亮微偏的时候，就到了罗家岗。这里依然是没有老百姓，早间由此处经过，所有敞着大门的人家，依然是敞着大门，就是早上喝过开水，放在地面上的碗，也依然放在地上，这可想到并没有敌人经过，余师长到了村子里，下令队伍就在各空屋里宿营，一面向村子外四处布下警戒哨，一面在老百姓家寻找粮食。一时间还早，大家有充分寻找东西的时间，七拼八凑，居然寻到了一担多米，连渍盐小菜，也寻找到不少。这时已没有了火夫，参谋人员督率了几名弟兄，就分别在三户人家大灶上生火做饭。余程万住在民房一个矮小的堂屋里，找了一盏菜油灯，亮着火放在桌子上，勤务兵沿墙角给他堆了几捆稻草，算是行军床。他在堂屋里来回踱着步子，昂头看看屋檐外冰冷的半轮月亮。北岸常德城里的枪声却是急一阵缓一阵，不断地送进耳里，他不时地抚摸着腰上佩的那支左轮手枪，真有点万感交集。就在这时一位卫士进来报告，常德城里有一个通信兵牟爱祥来了。

余师长大喜道："快叫他进来。"

这个通信兵早在屋檐外高高答应了一声有。他空了两手进来，抢步向前，立着正敬礼。月光照在他清削的脸上，有一分如家人父子久别相见的慰快情形，微微地喘着气，高兴得竟是说不出话来。

余程万道："你来了，很好，不愧是虎贲的弟兄，不用急，慢慢地说。"

牟爱祥道："报告师长，城里还在打着，不过团长今天阵亡了。"

余程万突然问道："柴意新团长阵亡了？"

牟爱祥道："是的，由昨晚到今天早上，敌人还是陆续增援，向城中进攻。柴团长守着兴街口上一个堡垒，到今天天亮还没有移动，后来敌人用两门平射炮把堡垒轰掉大半边，柴团长才自己拿起枪来冲锋，一颗子弹打进了头部，他就倒地了。高副团长看到，就带了剩下的一排弟兄，由一破屋里转移阵地。我也跟着副团长走的，副团长说，城里已经没有可以固守的据点，一定要改变战术，把一排人分开来作好几股，空屋里，房顶上，地沟里，尽量找着地点去牵制敌人。通讯兵现在还有三个人，除了我，还有两名弟兄。通讯所已经移到一堵倒坍的墙洞里面，外面是破房子和重重叠叠的砖堆，敌人不容易发现。趁着那月亮还没有发亮的时候，我溜到江边，找了一只小船过江来，特意来向师长报告。"

余程万道："那太好了，当兵的人都要像你这样忠勇才是。城里的粮食弹药情形怎样？"

牟爱祥道："城里到处都是敌人的尸首，枪支弹药粮食都可以到死人堆里去找，倒没有什么难处。因为城里一间房子也没有，敌人站不住脚，到了下午，大部分敌人，都已撤出城外。我们藏在城里，还可以牵制他们几天。"说这话时，那屋檐外的残月，正斜着照到屋檐下来。

余程万立刻想到，月亮照见这里，也就照见城里，城里除了满地的瓦砾，躺着成千的死尸，就是自己藏在破瓦破砖堆里，牵制敌人的弟兄们了。这大半轮月亮，在罗家岗的浅水枯杨，荒村茅屋之上，是一种清凉的意味，在那断墙残砌，肝脑涂地的所在，也仅仅是清凉而已吗？他心中一动，未免对了月亮出神。那牟爱祥不知师长是什么意思，自然还是没有移动，站着等候命令。

余程万垂下眼来，看到了他，便道："敌人既是城里站不住脚，那我们更容易在城里牵制住他们。你回到城里去对高副团长说，我们的友军，已经到了毛湾附近，不是明日，就是后日，我一定和友军联络起来，向城区来接应你们。你很是忠勇，我一定报告军长嘉奖你，外面他们做了饭菜，你去饱吃一顿，我私人赏你二百元，你到李参谋手上去拿钱，吃饱了，乘夜快回城去。好弟兄，去吧。"牟爱祥得着师长的特别嘉奖，十分兴奋，挺立着敬了礼，然后退下去。

余程万望了他的人影子，在大片的白光月亮地上移了开去。这个通讯兵独来独往，完全是忠诚与勇敢，所带的队伍，作战到阵亡百分之九十几以上，还是这样紧守着岗位，这又岂是容易教练得出来的？想到这里在万分困难之中，就很自得地有了一种安慰，抬头看看上面的月亮，像大半面镜子，已向西沉，四周没有一点云遮，便觉心里空阔清凉，正可和这月亮对照一下。

第六十三章 罗家岗望月

第六十四章
HUBEN WANSUI

用日本机枪打日本兵

凄凉的月亮，伴着一百单八名战士，在罗家岗宿营。弟兄们虽是不敢安然睡去，但二十天来，这还是得在"金丝被"上长期躺着的初夜，四点半钟以后，又是参副处的人督率几名弟兄做饭，吃过饭也就天色发亮，残月早已没了，星点因天亮而渐渐躲藏起来，在村外担任警戒的哨兵拿着枪立在风霜里，耳目并用地注意着敌情。

忽然远处传来喁喁的人语声，自南而北。这就立刻引起了一位弟兄的注意力，走上矮堤道，掩在一棵大柳树下张望，相隔约莫有一华里，有一群影子，在昏昏的曙色中移动，仔细看那影子有人，也有骡马。他心里不由得暗叫了一声，哈，这是敌人的运输队，好一群肥羊，可别让他跑了，他掉转身立刻向师长住的屋子里跑了去。他只走到屋檐下，老远看见余师长坐在黑木桌子边，便敬着礼道："报告师长，敌人有一支运输队由南边鲁家河大路上走来，有骡马驮着东西，到这里还有半里路，似乎是由这里经过，向常德去。"

余师长听了他的报告，没有一分钟的犹豫，便向站在门口的传令兵道："告诉孙团长带一排人，由村子后绕出去，掩蔽在那道长堤下，放敌人在堤里大路上经过，听到这里枪声在后面夹击，限十分钟内到达。"说毕，又回头向另一传令兵道："告诉杜团长，带一班人立刻出村子南口，拦截敌人。"

两个传令兵，立刻分头去传令，所有的弟兄，吃过了早饭，本是提枪待发，命令传到之后，大家也是立刻执行任务。到村子口上的这一排人，就在村子的屋角或稻草堆后掩蔽着，那支向这里行进的运输队，绝对没有料到这里有中国军队。人夹着骡马，顺了一条大路，缓缓地走着，有那些牵着骡马的敌人，还是唧唧咕咕地说着话。这里掩蔽好了的弟兄们把步枪端起，瞄得准准的，让敌人一尺一尺地移近。

带领着弟兄的杜鼎，沉静地伏在一个土堆后面，将眼光射注在正面的一队敌人身上。当他们走到三百公尺的时候，这里还是忍耐着，不做一点动静。

再又过了三分钟，他们已走进步枪射击最有力的距离，啪啪啪，一阵紧密的步枪子弹，飞了出去。那一群鬼子，早倒了十几个，他们真没有想到有这天上飞来的横祸，没有倒的撒腿就跑，虽有三五个人卧倒在地，举枪还击，无奈一时找不着掩蔽，目标暴露，也被我们弟兄击毙。尤其是那些逃走的敌人，先被那些受惊脱缰的骡马，撞得七颠八倒，随后又被我们抄到后面的弟兄，一阵子弹夹击，他们像是猎枪下的野兔，乱跑乱跳地倒毙下去。

只十分钟的工夫，敌人完全解决，仅仅只有两三匹马和两三个敌人落荒逃走。敌人是零星地跑了，也就不去追击，弟兄们由掩蔽部冲了出来，把没有跑掉的骡马，先行牵住。遗弃在地上的枪支、弹药、粮袋，分别地扛抬着送到村子里师长指挥所面前空地上。检点一番，共有骡马六匹，轻机关枪五挺，步枪二十五支，子弹二十五箱，手榴弹一百五十六枚，粮食十五口袋。站在旁边看的弟兄，无不咧着嘴微笑。大家全是这样想着，真是天无绝人之路，到了这个时候，粮弹两缺，偏会收到这一批礼物。余师长出来，把东西看过了，便将粮食和骡马都收藏在老百姓家里。因为预备今天整日，都是钻隙前进，要尽量减少累赘。枪弹按着徒手的人，先行领用。只在半小时内，就安排已毕。

师长就对大家说："敌人无缘无故有了一个大损失，漏网的敌人跑回去，一定要找我们图谋报复，我们有重大的任务，绝不能让敌人缠住。我们立刻向毛家渡前进。"说毕，命令大家即刻出发。由这里到毛家渡，全是一片平原，可以做轻装掩护的，还是那些纵横罗列在水田面上的长矮堤。大家舍开大路，只是弯曲着由水田里的小道迂回里走。

这日的天气，比昨日还好些，红日当空，大地上全是阳光。敌人的飞机，不断地在沅江两岸盘旋，我们为了避免敌人发现，只好掩蔽在一所小村里，直到下午五点才继续向东南角进发，路的左侧是乌峰岭的山麓。乌峰岭是一座小山，上面密密地长了些松树和杂树，那地方援救常德的我军，和敌人做了多次的拉锯战，敌人就占了这个据点，北面控制德山，南面控制毛湾。在这山麓上，他们布下了步哨，监视着山外这条人行路。余师长在队伍后面，看到山脚由东迤逦而来，高踞在路的侧面，就传令下去，叫弟兄们加倍警戒，果然到山脚还有六七百公尺，突突突，山脚密树林子里面三四挺机关枪，向这里射着。虽是那子弹落在地上，乱起着烟尘，可是他们发射来的时候显然是毫无目的，那些烟尘，不落在队伍前面，就落在队伍后面，对我们弟兄们并没有损害。

这个时候太阳已经落下山去，到黄昏时候，缴获的五挺日本机枪，架在一道长堤上，对准了山麓上的密树林子，朝着那吐火舌的所在，回答了四五十发。在机枪这样响着的时候，我们的弟兄，借了这一阵机枪的压制，就冒着侧暴露的危险，向前冲了过去。敌人自己机枪的响声，敌人自己听得出来的。他们被这机枪回击了一阵，自然有些惊异，立刻停止射击，打算探看一个究竟。我们在这情形之下，早是一口气把这个山麓的警戒哨冲过。好在新月还不亮，我们的四挺机枪，也就渡过去，在乌峰岭山麓经过，只前进两三里路便是毛家渡。

毛家渡这个地方，有一道小河，自李家湖前来，由西北向东南，穿过毛家渡的南面，河南边都是小堤，上面有许多柳树和杂树。在这黄昏时候，只看那眼面前黑巍巍的一片影子，就知道是到了毛家渡，余程万一行，约莫走到距毛家渡还有二里之遥，就在矮堤道上一丛野树林子里休息，一面派出斥候，不住向前面去打听。据他们回来报告，敌人在河面上边搭架好了浮桥，好像敌人有向这里增援的模样。

余程万听说，便立刻召集两位团长站在堤上柳树下计议着，因道："我们要拿到毛湾，必须先拿到毛家渡。毛家渡到毛湾直径上隔着一条河，正愁不能过去。敌人既已架上浮桥，这是一个绝好的机会，我们决不可放过。杜团长可带一排人去占毛家渡，孙团长带一连占领那浮桥，我带弟兄们在毛家渡东边那道堤上，接应这两方面。我们要把握敌人还不曾防备的时机，一举而达成任务。"

两位团长接受了命令，看看天色，虽然天空上还高悬着半片月光，但是人物的移动，十步之外并看不见，孙团长在昏亮中，将一排弟兄集合，带了一挺日本机枪，向着毛家渡前面那道河堤，猛烈前进。他们走到那河堤还有大半里路的时候，把那一带堤树变成的巍巍黑影，已经分辨得出高一株低一株的树，延长着的一道河堤，在平原的水田上堆起。在晚风不大、四野无声的时候，这一行寻找野兽的猎夫，每走一步，都可以听出自己脚步声来。于是孙团长就暗下轻轻地告诉弟兄，伏在地上，蛇行前进。大家依照命令，在地平上悄悄地爬着走，也渐渐地接近那堤道。

侦探兵早已报告明白，浮桥就在上堤大路口上，大家只顺着身子的大路向前移动，自然是找着那浮桥，倒不用得打量方向。悄悄地爬着，那是更走近了，渐渐地已听到了鬼子们的说话声音，想必是守浮桥的部队。于是我们拿步枪的弟兄伏着不动。四名弟兄，带着两挺日本轻机枪斜向河堤的下游走去。这河堤原是由西北向东南的，河堤下游突出的地点，正好和浮桥平行。机枪射击手走上了河堤，在月光下隐约地看到上游水面，有一道粗大的黑影，料着那就是浮桥。于是把机枪挨堤沿架好，各对着了桥影的一头，各发射十几发。这一个试探，并没有错误，桥的两头同时发生了脚步纷乱的声音，而且桥的南头也有机枪回击。在堤正向大路上的我军，已经知道敌人注意在东面，又赶快地蛇行了四五十公尺。

孙团长就在影里喊了一声冲锋，大家跳起来，就向堤道上猛冲了去。这边桥头上，只有七八名敌人警戒哨，又看到我们来势很凶，不能抵抗，就由桥上跑过河去。那皮鞋踏在木板架在小船面上的浮桥，怎么不咚咚作响？而且我军也原来约好了，步兵只抢到堤后身为止，等机枪把桥那头敌人肃清了，才过桥去把桥完全占领，那时，自会通知机枪兵。因之射击手不用揣测，知道这是敌人狼狈退去，立刻跟着桥板响处，一个严密扫射追击着。在桥头这边的我军，带了丰足的日本手榴弹。挑着几位掷弹能手，跳了起来，对桥那头埂堤上，连抛去四五枚手榴弹，月色中，手榴弹在地上喷射的火花和红烟，照见了一小群鬼子倒下，敌机枪立刻没有了声音。兵士们喊着，冲！我们冲过桥，我们的机枪自然停止侧射。他们就毫不受抵抗，冲过桥那头，把这道浮桥完全占领下来。

第六十四章　用日本机枪打日本兵

第六十五章

HUBEN WANSUI

没有"垮"字

这道浮桥占领之后，大家全高兴得很，觉得进取毛湾，已有了一条很接近的道路，纷纷地说笑着。余程万由堤下走上桥来，先巡视一遍，然后又在桥那边堤上来回走了两次。这就对部下道："你们不要过于兴奋。敌人若是不把这条路看得重要也不会在这里架设浮桥。这桥被我们占领了，他绝不甘心，在一小时内，必定要来反攻，好在我们的目的，只是要渡过这条河。这道桥的得失根本也不用管，假如在毛湾的敌人分兵向这里增援，我们倒正好乘虚去把毛湾拿下来。现在趁敌人还没有增援，我们可向上游绕了过去。"说毕，就命令队伍向西北走。

这时半轮新月早已升到天中，上旬之夜料着已是天亮不远。在堤上望对面的南路，地面和树木敷着浅浅的一道白漆，正是浓霜之后，月亮反映出霜的微光。这个微有光芒的宇宙里，一般地是可以看到东西在里面移动的。大家在堤上走着，这就不免常常向大堤南面注意，果然不出师长所料，在一华里路上下，白光里面，有一群黑影，向浮桥这边蜂拥而来，看那一大片黑点，总有一千人上下。

余程万看到自己所在地，正是个侧面射击所在。这就命令弟兄们在堤上展开阵势，斜对了敌人侧击。四挺机枪，赶快布置在队伍两头，准备敌人万一正面攻击时，机枪再交叉着把敌人掐住。这里只匆匆忙忙地一布置，敌人早已相距到不过六七百公尺。大家忍住胸头这口气，全是眼睁睁地望了他们过来。敌人倒比我们更着急，在那个地方轰轰轰七八门迫击炮向河边投着火球。更近点，七八挺机枪在田埂上支起，早是一片火蛇吐舌，嗒嗒，嗒嗒地向浮桥正面做猛烈的射击，炮弹子弹射在堤道上下，烟火迸发。看这样子，敌人还是认为我们守在桥头呢。大家心里好笑，也就不去睬他。

敌人见我们并没有回击，步兵就在月亮地里冲了上来，这样敌人已完全暴露在我们机枪射程以内，我们的射击手，在等着不耐烦的情绪下，谁也不能再放过这个猎物送上枪口的机会。四根火流星，造成两个斜十字，在月光下向敌人飞扑了去。等到敌人卧倒还击，他已有了很大的损失了。在敌人步兵后面的敌机枪阵地这才明白，我们并没有守住桥的正面，迫击炮和轻机枪一般地改变了方向，也向这边还击。那伏倒在地面的敌人，志在夺回那浮桥，还是步步向前移动。

在常德城里，早是在炮火下稳渡过了的余师长，在堤外河滩上指挥着弟兄们战斗，并没有理会面前炮弹打起的尘灰扑人，不断地四周打量地形。在掩蔽的地方，低身打着手电筒，掏出挂表来看一看，已是六点钟。抬头再看天色，月光已落，东边天脚，显着更白一点。他想着自己的兵力和敌人又是个一比十的局面，万不能在敌人下面暴露。立刻下令脱离阵地，向西北迂回。我们在敌人回击以后，本来发射一阵，停止一阵，敌人还没摸着虚实，我们悄悄地走远了，那机枪还在阵地上射击呢。

天色大亮以后，队伍到了这小河南侧一片空旷地方，这里背对了河堤，面前却是由西向东，半环抱着的一片小山。湘中气候温暖，山上的小树像一把蓬乱的头发，密密层层地生长着。小树有赭色的，有黄色的，也有老绿色的，还有落光了叶子，簇拥了一大堆小树枝的，在这山水之间，有三四间七歪八倒的草屋，带了几堵黄土矮墙，四周也有七八棵大小树木。估计着这里到毛家渡已相去四五里路。便下令队伍掩蔽在这草屋子里，只许找些冷东西吃，不许生火。果然他这一猜，又对了。

在半小时后，敌人的飞机，就是一架两架地，不断地在空中逡巡，敌人已知道我们有一支兵力在沅江南岸钻隙前进，想寻找出来，把我们消灭。我们这一百单八名官兵，一日一夜地钻隙，所幸没有伤亡，大家也都要求保留这每一支枪，每一枚手榴弹的实力，全掩蔽在这破小不成样子的小村落里，没有移动一步。

到了下午五点钟,敌机已不再飞了,我们立刻出动。这小村对面的一座小山,叫毛家山,毛家山左边,有一座矮树林长着,看不到山原形的小岭,叫蛇螺岭。在地图上标明着,翻过这座小岭就是毛湾,在这山岭下面,有一条人行大路,半环绕着向东而去,大路的一边,就和山脚的树林子相接。越过这条路,就钻进树林子去,地形复杂,轻装夜袭,是个最理想的地带。这条路上,敌人只有两名哨兵监视,兵力十分单薄。

在白天的时候,我们已在暗地里侦探得清楚。因此我们队伍前面,先派了两名弟兄搜索。因为天气既是昏黑了,山上有些薄雾,把月光遮住,眼前更觉得是漆黑一片,他们拿着枪,慢慢地向敌人哨兵进逼,却一时看不出来他们在哪里。也许是脚步走得重没有让他打着,已是无法把他活捉。就对那吐着枪火的所在还了一枪,只听扑咚一声,此人业已倒地。可是这个地方,是两个哨兵。这一个被打死,那另一个却惊走了,立刻遁入那山上的密树林子,向毛湾敌人驻军所在去报告。

余师长听到两下枪声,料着敌人的警戒线已被惊动,便告诉部下停止正面进攻,向左翼迂回。因为面前是一片丘陵,人行道路,正也是绕着山麓走。我们还没有走到半里路,对面山脚下,突突突地已响起了机关枪,好在我们所获得的日本机枪,子弹配得很多,这也无须爱惜,立刻用两挺机枪在人行路这边,对着那机枪发射地,来个猛烈的还击。一面把我们的队伍,依然右翼延长,又只展长半里路,那边的敌人第二次也把两挺机枪来挡住。这时,我们还有两挺机枪来答复他,后面的队伍,就陆续地向左翼延长,随后那两挺最后的机枪,也脱离了阵地。可是敌人先看透了这一点,我们只管向右翼迂回,他也只管在右翼拦着,而且机枪之后,又增加了四五门迫击炮。这种战术叫着延翼战争。由黄昏战斗到夜深,月亮已高升到天中,照见那丛密的山林,在微弱光辉的月色下,像是一丛烟雾,在烟雾外面,敌人的火球、火花、火线,一段一段由右向左发射。在我们延翼的前面,这些大小火点,溅射着尘烟火光在地面涌起,把我们迂回的路挡着。本来在这黑夜,这延翼的战争,是有利于进攻一方面的。但有一个条件:必须人多。我们统共只一百多人,前面延长深入,后面的人就单薄得只有零星可数的兵力。

余师长觉得这样和敌人纠缠下去,徒然是把虏获来的弹药,完全消耗了事。因之悄悄地下令留一位营长,带五名弟兄做后卫,盯住敌人枪炮最热烈的一点,其余的人,立刻脱离阵地,再回到右边。有两三里路,到达一个小村落，上十户人家，被几丛小树和二三十棵大柳包围着。在月色朦胧下，大家便顺着一条人行路，走进了村子。在月光下，看看人家门户，一一关闭或倒锁着，倒没有破坏的形迹。

村子口上有一幢古庙，半开着门，推开门来看，庙虽不大，前后有两进，弟兄们亮着电筒，见正殿佛案上，还有残剩的蜡烛和油灯。于是擦着火柴，将灯亮了，照见灰色神龛上垂着红布的帽子，也成了深灰色。半掩着一尊泥塑的佛像，不知是何神，白面孔，胡子去了半边。可想这庙也是失修的，殿旁有两间僧房，也是敞着门的，里面倒有木床和桌椅。

余师长进来看过了，便向随后官长道："就在这里宿营吧。前进是个过堂，弟兄就安顿在那里，这里老百姓大概没有走远，门是关着的，不要闯进人家家里。"他说着，自取了佛案上半截蜡烛头，在屋子里墙壁上插着。就在那没有被褥只铺稻草的僧床上坐下，听听远处，敌人的机枪和步枪连续不断地在响，大概那五名弟兄还在戏弄敌人，没有脱离阵地呢。

约莫是晚上两点钟，那枪弹声已经从稀少变到寂寞了，参副处的人员，找了一堆干柴，在前面破殿里的墙壁下架起，烧着熊熊的火，大家找了些长矮松凳围着烤火。有的索性斜靠着墙，闭着眼睛打瞌睡。虽然四周全是战场，但战场里人总是这样抓着机会就吃，抓着机会就睡。

忽然一阵脚步声，由大门外响了起来，把头挨着墙的李参谋猛烈惊醒。他正梦着在香港荔枝摊上呢。故乡的风味，久别重逢，不禁馋涎欲滴，手里拿了绿叶子托住的一把紫荔枝，赏鉴那颜色。睁开眼来，见自己弟兄，引着一个穿便衣青布棉袍子的人进来，便向前拦住了他，那弟兄道："报告参谋，我们由前面脱离阵地过来，在村子口上，遇到几名老百姓，都藏在竹林下稻草堆里。这位他自己出来说，是洞庭湖警备司令部的陈联络员。"

李参谋望那人时，他已在怀里掏出一张名片，含笑递了过来，李参谋接过，就着火光一看，果然是洞庭湖西岸警备司令的名片，上面盖有私章。李参谋哦了一声笑道："我们终于联络上了。"便和来人握手。

陈联络员道："各位实在辛苦了，国内外的报纸，天天登着你们五十七师的战绩，你们已是轰动世界了，可是你们自己未必知道。傅司令派兄弟和师长联络，要转告的话太多，我一时有千言万语，不知从何说起。我听到这大半夜的枪声，料着是我军和敌人遭遇，不料就是你们。这太好了。我要见见师长，可以吗？"

第六十五章　没有"垮"字

李参谋道:"师长一定欢迎的,我先去报告一声。"说着,到后殿去了四五分钟,就出来把陈联络员引到僧房里去。

该员进去,见一张黑木板桌子缝里,插着一支土蜡烛,烛下放一张地图,一支左轮手枪,压在地图上。桌子面前放了一本横格排纸簿,又是一支自来水笔压着。夜寒,余师长正穿着黄呢大衣,由桌子边立起来。联络员敬过了礼,余师长伸着手和他握了一握,笑道:"有劳傅司令记挂着我们。"

陈联络员道:"报告师长,我们是很抱歉的,关于贵师需要的山炮弹迫击炮弹以及各种枪弹,十一月二十二日我们就接过来了,敌人把路堵住了,我们没法送上去。另外还有一批军米,都存在我们司令部里,师长若要,我们马上可以运过来。"

余师长笑道:"实不相瞒,我们现在是用敌人的子弹打敌人,我们自己虽有两挺机枪,却没有子弹,最好把步机枪弹和军米先给我们运来。"

陈联络员道:"一定设法运来,还报告师长,第九战区的军队已经源源开到,不久就可开进阵地。还有王军长亲自在火线上督战,已经到达河洑附近了。师长一定可以大功告成。"

余师长道:"我也料着王军长一定会来援救我们的,所以我始终在这里苦撑。事不宜迟,就请趁这月夜冒险回去,将粮弹运来。请在外面休息一下,我写两封信,请你带去。"

陈联络员答应着,他心里有了一种印象,就是五十七师打得只剩这样几个人,他们对于一切任务是照样进行,态度也是照常,他们的记录,只有伤亡,却没有那个"垮"字。

第六十六章

HUBEN WANSUI

拿下傅家堤早过年

陈联络员到了前殿，李参谋和同在烤火的张副官，就上前迎着他，搬了条板凳，一同在火柴堆外坐着，其余还有两位参副处的同事陪了说笑。柴火堆边放了一把瓦壶，壶嘴里向外吐着白气。壶边一只瓦罐，也向外冒着气，却不断地有一股茶叶香。

陈联络员鼻子耸了两耸笑道："这好像是茶叶蛋香。"

李参谋笑道："一点也不错。有朋友自远方来，我们一点招待的东西也没有。也是巧，我们到灶房里去烧饭，发现了碗橱子里有二十多个鸡蛋。本来我们师长有命令不许动老百姓一草一木。前昨两天我们没有带粮食，免不了在老百姓家里找一点米和小菜，别的东西，实在没有动过。这二十多个鸡蛋，若在老百姓家里，我们绝对不敢要，可是和尚吃鸡蛋，颇为幽默，我们就也幽默他一下。所以全拿了来，又找了些茶叶和盐，煮上一大瓦罐子。陈先生先来一个。"说着取了两根松枝在手，掀开罐子盖，夹了一个煮蛋，放在凳子头上。

陈联络员笑道："这是各位消夜的，我倒来分肥。"

张副官笑道："这样的请客，我们才是衷心出于至诚呢。"

陈联络员笑道："那么，大家吃吧。我一个人就不好意思吃，我想各位苦战半个多月，这样的享受，半个月来也许是第一次。"

李参谋又陆续地取了鸡蛋，给在座的每人分了一个。他取过一个放在地上的一碗冷水里浸了一浸，然后拿取敲着剥壳。笑道："老张，你懂不懂？吃煮鸡蛋有个法子，须浸一回冷水。这样剥起壳来不烫手，而且壳也容易脱落。"

张副官将两个指头钳了一枚热腾腾的鸡蛋，正没个作道理处。看到李参谋自在地剥着蛋壳，口里念道："好像瑶池一个桃，里无骨肉外无毛。我今送尔西天去，免得人家受一刀。"

张副官笑道："这是和尚偷吃鸡蛋的诗，你既然知道，就不该把这鸡蛋拿了来。"

李参谋咬一口鸡蛋道："和尚送他是送，我们送他也是送，好事人人可做。惟其是我知道这四句诗，所以我就代劳了。"

在座一位张参谋也笑道："李参谋既是当仁不让，我们也当见义勇为吧。"说着，学了样，把蛋放在冷水里浸了浸，也剥起壳来。

大家虽是不愿高声，也都咯咯地笑着。陈联络员望了大家笑道："各位真不像苦战过来的人。拿起枪就打仗，放下枪，一切照常，我真佩服。"

李参谋道："实在的，我们也就凭了这么一点满不在乎的精神，打到了现在。不过要达成任务，我们还得仰仗各处友军帮助。傅司令就是我们仰仗的一位，来，老兄，来一碗水，再来两个蛋。今天晚上还得老兄跑几十里呢。"说着。在地上捞起一只空碗，给客人掛了一碗开水，又在瓦罐子里夹了两个鸡蛋，放在板凳头上。

这位陈联络员一面吃喝，一面和他们谈笑着，自己也忘记了这是四周被敌人包围的所在。还是师长将李参谋叫了进去，交出两封信，才提醒了他有重大任务，立刻告辞而去。

殿檐外的月亮，已无迹影，远远地来了几声鸡啼，这真是空谷足音，证明了这附近还没有经过大骚扰，派出去的侦探兵，已陆续地回来了，报告西南角的傅家堤，有三十多个敌人驻守着。余师长得了这报告把装在身上五万分之一的地图拿了出来，摊在桌上，借着烛光，仔细估量了一下。便传令将两位团长叫进房去，因道："我们要打开大门，无论如何要把毛湾拿下来，毛湾附近可用的据点，就是傅家堤。傅家堤南面是山，北面是河，再利用村子外那些纵横不断的堤埂，我们拿过来就进退有据。那里敌人既少，我们一定可以拿过来的。你们可以带两排人去占领村子右边那一带高地，将他们吸引去。参副处的员兵和特务排，由我亲自领着，迂回到村子后面冲进村去。只要村子里火起我就到了。你们要努力夹击，把那股敌人消灭。现在快六点钟，立刻出发。"

说完，两个团长去了，余师长把参副处员兵、卫士特务排剩余的兵，师部勤务兵、传令兵，统共编了一排人，三十余名，亲自率领着，就向这村落南面，一条宽不到二尺的人行小路，悄悄地行进。这路在傅家堤南边，已去一带山脚不远，星光下一串模糊的人影，在干水田面上移动，脚踏霜敷草皮，窸窣有声，弟兄拿着枪的手正被寒气割着微微地痛。但远远看到一丛黑巍巍的树影子里，有两三点火光，那正是傅家堤。大家聚精会神，几乎是忍住了呼吸，拿枪做预备刺的姿态前进，却也顾不得夜气寒冷，加快了脚步，绕着那个村子远远地向前奔走。

余师长拿着手枪，跟着队伍后面，也是一句话不说，和他们齐了脚步跑，约莫绕过傅家堤西南角一里远，天色已是大亮，师长立刻吩咐弟兄们掩蔽在矮堤下。这个时候师长变了排长，他已直接指挥到任何一个战斗员。大家也就因为每个人的呼吸，师长都听得到，格外的情绪紧张。师长命令掩蔽着，各人也就伏在堤道下，端了枪，凝神望着面前那座村落傅家堤。这时杜孙两团长带的六十多名官兵，已经占领了傅家堤右侧的高地，守着村子的敌人，走出了村子东口，用机枪步枪迎击。只听那滴滴答答的机枪声，夹着啪啪啪一串的步枪声，可想到敌人是忙乱着防御，并没有什么妥当的布置，但仔细辨别我们进攻部队的枪声，却比敌人的枪声有轮次。而且每一次都比敌人的枪还猛烈，这是可以证明把敌人吸引得很牢的。

余程万想着他们不过三十多人，再也不会有多大的力量能把守村子的后门。于是在弟兄们当中，喊了一声冲上去！大家猛地跳了起来，也不走道路了，有田穿田，有沟跳沟，有堤翻堤，径直地向傅家堤这村落猛扑了去。他们脚下虽然是飞奔，可是嘴里并不喊出一个字，一直扑到村口上，还不见一个敌人，但只听到北边的村口，敌人的枪声向外响着。弟兄眼见村子已可拿到手，自更不敢怠慢，先把带来的一挺日制机枪，抢到村子牛栏外一堵短土墙上架起。然后弟兄们分作两小队，由村屋左右包抄向前搜索敌人。走到村子中间，有一幢比较整齐些的屋子，门口用竹竿子斜插着一面白底红膏药印的旗子，有一个鬼子站在屋檐下守卫。弟兄们一枪就把他解决。这已惊动了屋子里的三个鬼子，拿着枪冲出来。参副处的张参谋是一位掷弹手，在对面

第六十六章　拿下傅家堤早过年

人家一只墙角后，看得清楚，拔开引线，丢去一枚手榴弹，正好丢在三个敌人中间，火光冒处，三个人全数炸倒。弟兄们高声喊了一声"杀"，冲锋而上，再各补他一刺刀。随着冲进屋前后搜索了一遍，并没有敌人。

同时，李参谋在稻场的草堆上，立刻将火柴擦着，不住地燃烧稻草。顷刻，烈焰腾空，在晴空里现出一注很大的目标。在村口子上守住的敌人，已知道村子被我军占领，在里外夹击之下，全体心里慌乱，就撤出了村口，沿着正北几条田埂，向一丛柳树林子里斜着退过去。他们也有两挺机枪，就把两挺枪支在了队伍的两头，抵住我们两军会合。但孙、杜两位团长所率的弟兄，看到村子里火起，知道我们已完全占领了傅家堤这个村落，大家兴奋起来，在那高地上就各个找着掩蔽，逐寸逐尺，爬行前进，向敌人进迫。敌人究是人数太少，只支持一小时，就完全退入那树林里去。

太阳升起两三丈高，在高地上的队伍也就进了村子，大家会合了。余程万亲自到村口上来，闪在老百姓家里，由土墙的窗户眼里，对当前的阵势观看了一阵，估量敌人退进去的那丛柳树林，是在一片小堤外面，堤外当然是一道小河。由小堤到这村子口，约莫是一华里，全面都是高低的水田。若再向敌人进迫，他们利用了那道堤，还可以用那挺机枪压迫我们。再看那柳林的两头，倒是弯曲着堤道，由西北向东南延长，敌人顺了堤向东，可以去毛家渡，也可以去毛湾。

余师长仔细地观察了一番，回到村子里，就下令在村子四周，构筑工事，把四挺机枪架在村子东西两头，监视着柳林里的敌人。又对两位团长说："估计敌人可以作战的，只剩二十人上下，现在不用拿我们宝贵的力量去和他硬拼。到了晚上，他必然脱逃。那时在堤道两头用机枪把他们掐住，可以不费力地给他一个很大的打击。"他下令已毕，自己安然地走进敌人原来驻扎的那间民房里去，就在那里设指挥所。

这里除了敌人遗留下来的一部分弹药，灶房里煮下两大锅饭，屋檐下抛着已经宰割还没有去毛的十几只鸡鸭。挂在墙钉上的几串咸鱼咸肉，参副处的人笑着叫声活该，叫来弟兄们大家动手，提早来过个阴历年。他们已把敌人迫近咫尺，当了家常便饭。反正村口上有人警戒着，又在构筑工事，那二十来个漏网之鱼，正不必放在心上。于是这户民房的厨下，七八名官兵，忙得烧火的烧火，办菜的办菜，不到正午，午饭办好，分头送给弟兄们吃。那藏在柳林里的敌人，除了偶然放两三下冷枪，并没有其他的动作。

到了两点多钟,枪声曾紧密了一阵,余师长又亲自到村口来观阵。孙进贤团长正伏在工事里监视着敌人,见师长闪在一棵大柳树干上,便过来敬礼道:"报告师长,敌人想逃走了。"

他笑道:"他们已由那边划水过河了,这不过是几个后卫上那里故作声势,渡河他们就不打算去毛湾,随他去吧。我们严密监视着面前的阵地就可以。"孙团长奉命再回到工事里,果然只有十分钟,对面枪声寂然无闻。

孙团长派出两个侦探兵去侦察情形,一会儿跑了回来报告,敌人果然全数逃走了。

第六十六章　拿下傅家堤早过年

第六十七章

饱餐了精神不知肉味

太阳慢慢地偏了西,终于像一面大铜锣挂在西边的柳树林子梢上,那黄红色的光彩,斜照着大地。草木和墙屋,全披上了淡淡的金色。村子外一条水沟,倒映着天上的红色云块,包围住村子的落叶树,也有伸着头的影子,在水里反映出来。长堤、矮堤、水田,早起的半个月亮,还有那南面的一带小山,一切在一种似有似无的烟里笼罩着。四处没有人影和人声,倒是有四五只水鸭,悠然地掠空而过。尤其那小山上丛密的矮树,把东南角深蓝色的天幕做背景,衬托得树林下黑沉沉的。这小山上的松树,是苍绿色,其他的树是赭色、丹红色、黄色。

落完了树叶的枯枝,由这些树叶子里挣扎着挤了出来,它们依然是在大自然中,过着大自然的生活。这能象征着天下太平吗?也许有一点。因为不知藏在什么地方的老百姓,慢慢地在斜阳里行走出来了,先是几位年纪衰老的,走近了村口。我们的哨兵,看到他们穿的农人衣服,脸上又是一把胡子,就等他们走近了才盘问。及至他们开口答话,又是纯粹的土音,也就不见外地告诉他,这是虎贲,师长也在这里。老百姓听说是虎贲,立刻向四面喊着,来吧,来吧,这是虎贲,不要紧的。哨兵尽管盼咐他不要高声,已把藏在各处的老百姓完全惊动出来。不但有女人,而且有小孩,大家全拥进了村子。

余程万得了报告,立刻走到村子口上来迎着,对当前走来的几位老百姓道:"各位,你们打算怎么样?这是战场呀!我们随时可以开火的,你们这样自由自在地走着,那是很危险的。"

一个白胡子老头,穿件青布棉袍,手里扶着一根竹杖,颤巍巍地走向前点头道:"官长,我们知道的,你们打仗打得太辛苦了,我们要来谢谢你。你们师长在哪里呢?他还好吗?"

余程万站着,对老人家看了看,微笑地点了几点头。张参谋站在路边道:"老人家,这就是我们师长呀!"

老翁听说,扶着竹杖走近了一步,两手抱住竹杖,做个几十度的弯腰深深地作了个揖,由平地三寸拱手起,一直把两只手拱齐了额顶,口里还不断地道:"师长,你太辛苦了,你太辛苦了!"

余程万穿着军服,对了这么一个白发老人鞠躬到地,真不知道怎样回礼才好,就闪到一边道:"老先生,不敢当,你有什么话请说!"

老翁作完了揖,因道:"我没有什么话,但不知师长有什么事要我们百姓出力吗?"

余程万道:"我们是路经贵地,在这里住着,又在这里吃着,已是很打搅了,倒没有什么相烦的。这里是四战之地,我们随时要和敌人接触,我劝你们躲开点。"

老人后面一个中年人便插嘴道:"怕什么?有虎贲在这里,鬼子来了,我们可以帮着你们和他拼。"

旁边又有个黑胡子道:"这小伙子说话,怎这么样不懂礼节,师长在这里呢。我想起来了,虎贲打了一天的仗,恐怕还没有吃饭,我们叫村子里人来做饭吧。"

在这三人后面,本也陆陆续续地来了一群老百姓,都远远地围着,看了余程万。被这黑须老翁提醒了一声,立刻哄然一声答应着,涌进了村子,各奔回自己屋子里去。看那样子,是去预备食物。这时,太阳已完全落下土去了,村子外面,四周全昏黑着,天空也冒出了几颗星点。

在这个小据点里的动作,大概不致惊动敌人,老百姓那种亲热的情形,兵士们看着都不忍怎样去拦阻,余师长也就只命令部下,在村子外加倍警戒,对陆续进村子的人并不拦阻。一面又派参副处的人分途随着老百姓到家里去指导他们的行动。人家里面,这时全已点得灯火辉煌。那些老百姓在灯火之下,看到了我们官兵的本色。见他们所穿的军服,上上下下全已沾满了泥浆,

第六十七章 饱餐了精神不知肉味

东破一块，西烂一条，棉絮不受拘束，全由破眼破缝里挤了出来。他们的脸色，也说不上是什么颜色了，黄里套黑，黑里套紫，每个人的胡楂子，都刺猬毛似的，涂满着两腮，灰色军帽的边沿盖在头顶上，几乎和皮肤成了清一色，全是漆黑的。他们看到，全不觉哎呀了一声。

李参谋在一户老百姓家里就被六七名老百姓包围着问话，他笑道："各位老乡，你看我们成了叫花子了吧？"

一位中年老百姓道："我们晓得的。你们在工事里滚了十几天，慢说是布做的衣服，就是牛皮也会滚得稀烂。你们满身是这样子稀破烂糟，可想你们是太辛苦了。我们做常德老百姓的，实在应当安慰你们，好好地招待一下。哪家有腊鱼腊肉？快拿出来。"

只这一声，许多人答应："我有我有。"

大家哄然一声散开，各个去找好东西来招待。不到一小时，大盆小碗，纷纷地由民房里端了出来，送到每一队弟兄集合的所在。师长住的所在，他们特别客气，将木托盆托着四盘两碗。他们对此，还觉得不大恭敬，又恭维两位年纪大的，随着托盆后面，直送到师长所住的民房里来。那位先前和师长谈话的白须老人，就是代表之一。余程万早已知道老百姓要优厚地款待了，直迎到堂屋的滴水檐下，乡民们七晃八晃地摆着衣襟走来。

余程万便道："老先生你们太客气了，这叫我们受着不安，难道你们不是四处逃难的人吗？"

白须老翁又是抱着竹拐杖，齐额顶一个揖。他道："师长，你们对老百姓太好了。单是我一家就应当谢谢你。我儿子、儿媳全在城里开店。幸亏你们要他们下乡，又派许多老总和我们挑东西，划船渡河，没要我们一个钱。今天难得师长到这里来，我们只预备了一点土仪，又没有酒，真谈不上欢迎，算尽我们一点心吧。"

说时，端托盆的人，把饭菜放在桌上。那老翁放下竹杖，还亲自端了把竹椅子，放在桌子上席。又是一揖道："请师长用饭。"

余程万看看屋外的弟兄，就是这样残剩的几个。再看看老百姓这样恭敬，心里头一阵惭愧，又是一阵感激。一个走遍了逆境的人，最是受不住人家的同情，尤其是大家全在患难中。他觉得常德全境的老百姓，都是自己余程万的知己。心里那股热气只管向眼睛里冲上来，他仿佛有千言万语要向老百姓说，可是又说不出来，只有站在桌子边，抱了拳头，不住点头。

另一个代表看了白须老人道:"师长看了我们这么一大把年纪。大概我们站在这里,他是不肯用饭的。"

老人道:"是是是,我们告辞。"于是二人各个一揖,然后走了。

余程万只知道说多谢,站着没有动,看了桌上是腊鱼、腊肉、红烧鸡、煮青菜四大盘,还有一碗鸡汤,一碗炖鸡蛋。一只大钵子,盛了一大钵子白米饭,筷子瓷勺饭碗在上面摆着现成。

他看呆了,不知道移动,李参谋走过来,因道:"报告师长,饭菜都凉了,这是老百姓一番好意。"他点了点头盛了一碗饭,坐下来吃。慢慢地吃完了那碗饭,将瓷勺舀了几口汤喝就放下碗了。

李参谋站在一边,看师长好像在想心事,见他目光只望着檐外的月光,手里只拿着瓷勺并不舀汤,因问道:"师长还要加一点饭吧?"

他推着筷子碗站了起来,摇了两摇头道:"我实在吃不下去了。"

李参谋听了这话,倒有些奇怪,在什么困难情形下,他也没有示弱过,为什么到了海阔天空的环境下,他发愁不吃饭?他只管看了师长没作声。

余程万道:"你不懂我的意思吗?老百姓待我们太好了。我觉得敌人没有打退,我对不住老百姓,老百姓对我们这一种穷苦的情形,不但不予鄙视,反是这样亲爱,我感激得不知怎样是好。老百姓的安慰,已让我兴奋得不知肉味,所以吃不下饭去。"

李参谋道:"我们拿回城区,打走敌人,不就……"

余程万不等说完,捏着拳头一搥桌面道:"对,我们立刻去拼命!"

第六十八章
拿下毛湾打开大门

　　十分钟后，余程万在稻场上召集着全体弟兄讲话，他道："你们这样受着老百姓的款待，有什么感想，不觉得很是惭愧吗？我们是来替老百姓守土的，我们把土守住了没有？自己没有尽到责任，倒受老百姓这样的款待，怎么着也是良心上说不过去的，我们虽是只有这些兵力，但四面的友军都已来到，尤其是我们军长时时刻刻挂念我们，已亲自带了队伍快要到河洑，我们应当打开大门，让友军进来，才对得住这颗良心。当面的敌情，敌人有少数兵力在毛湾，我们的友军新十一师，也离毛湾不远。我们不能让敌人将毛湾堵住，今晚上我们冒夜前进，明天一定要把毛湾拿下来。拿不下毛湾，大家就不要再走别处，连我在内，都死在阵地上。"

　　他说到最后一句，语气格外的沉着，这又是新月行天的时候，月亮成了一把小银色的扇子，高挂枯落的柳树梢头，淡淡的光照见弟兄们一群人影横斜在地上，虽是无人作声，但在那些人影的镇定方面，可象征着大家对师长的话，很受到感动。师长训话已毕，拿出两小卷钞票，交给李副官、张参谋叫他给这里老百姓，算是叨扰了两顿饭的饭钱，一面下令出发。张、李二人去了半小时，队伍已经出了村子，他们追上来，报告师长，老百姓无论如何不肯收下钱。

　　余程万走着路叹了口气道："无论如何，我认为，中国老百姓是最容易治理的百姓，不过大家因为老百姓容易治理，越发地放手做去，这就把事弄糟了。我们不达成任务，再也没有脸见常德人了。"他言下，心里更下了一个必定拿下毛湾的决心。

这毛湾是个小小的村镇，六七十户人家，在离小河不远的地方，夹着人行大道，成了一条小街。街两边的屋子，矮矮的屋檐，互相对伸着，街中就是一线天，石板面的路，年久失修，也是高低不平。加上所露天空有限，两旁店户里暗暗的，黄土的墙，灰色的门板，灰色的窗席衬托出这个镇市，是相当的古老。不过常德这个地方，只要是平地，就有大小水沟，也有堤，也有杨柳，所以村镇里面虽是古老，在村子外看来，还是优美的。一丛高拥着枯条的柳林，夹着几株常绿树，下面是一片矮的屋脊，远远地又护着两道堤，这就很有些诗情画意。

在新月当空的时候，余程万所带的一百名官兵，已过回山麓，走到了毛湾附近，他命令弟兄们暂在离街镇半华里的高地上驻守，先派出斥候，去侦探敌人动静。一会儿，侦探回来报告，在路上遇到好几个逃难的百姓，都说街里面敌人不多，现在街东头有些灯火来往，骡马嘶叫，好像敌人要在拂晓撤退。

这时，将近五点钟，夜色已深，一切声音停止，正听到东南角有不断的枪炮声。那正也可以断明，我们援救常德的友军，正向敌人压迫，敌人孤军深入，久战将有一月，他们精疲力尽，支持不住，也是常情。余程万这样地判断着，又接着两次报告，敌人果然装载弹药，准备撤退。他觉得这个机会绝不能错过，依然用进袭傅家堤那个战术，由孙、杜两团长带了三分之二的弟兄，占领镇东口高地，截击敌人预备撤退部队。余师长本人，却带了三分之一的弟兄，由西口直袭毛湾街上。

这时天色还不曾亮，正是军队运动的时候，孙、杜两位团长，绕过村落的南端，很快地就到了村子东口一段高地上。敌人大概是忙于撤退，也是藐视着我们部队，以为不会到这里来袭击他，竟是一点戒备没有。孙杜所带的弟兄，在高地上把阵地从容地布置好，那边并没有什么反响，但听到村口上来往的脚步杂乱着，马不住打着喷嚏。于是我军伏着地上，缓缓蛇行前进。到了三百公尺附近，月亮虽没有了，在星光之下，已看到有散乱的人影，在路上晃动，孙团长在队伍中，将手挥着做了一个暗号，弟兄一齐放着步枪，瞄准了那些人影，密集地射过去。那边早是一阵纷乱，首先是骡马脱开了缰绳，落荒而去。没有被击倒的敌人，也就在街口人家屋角下还击，只听那枪声噼噼啪啪杂乱无章，也可以知道他们是匆忙着，人自为战。

这时，余程万所带的三十几名官兵，顺了路冲上来，并没有遇到阻挡。那一片房屋，已在星光下隐约地看到，远远地已发现那房屋中间一个缺口，正是街头敞开。弟兄们正待冲了进去，余程万倒不肯那样大意，却暗暗地招呼弟兄，在路边一道高田埂下掩蔽，先观测一下动静。果然，敌人在这街口还筑有工事，人影在月亮下为敌人发现，地面上放出一道红火流星，嗒嗒嗒，敌人在那里用机枪扫射。所幸我们全数已伏在田埂下，那是个死角，敌人怎样也射不着，大家伏在那里有二三十分钟，没有法子前进，听听东口的枪声，正是互相射击得猛烈。

余程万觉得万万不能持久，又暗暗地招呼了弟兄们，顺了田埂下蛇行着向东，绕到镇市房屋的背后去，这里留下张参谋和四名弟兄，零星用步枪还击，吸引敌人。弟兄们在水田里爬，师长也在水田里爬，十来分钟爬到街后，还没有被敌人发觉，有两户人家正中夹了一堵黄土矮墙，听那机枪声，还在东头，总算绕到了机枪阵地的后面。余师长首先在水田里站起来，就轻轻喝着爬墙，翻过去，首先两名弟兄，各背了步枪，两手抓着土墙向上用劲一耸，于是在上面的拉，在下面的托，二十几个人，连师长在内，一齐都翻过了那墙。墙里是人家一所小院落，有两三棵小树和两三只酱缸，并没有什么阻碍，前面就是房屋。大家将上了刺刀的枪端着，准备随时肉搏。余程万一手拿了手枪，一手拿了手榴弹，随着弟兄们冲进人家的房屋，料着房屋前面，就是街道，大家径直地就向这屋子前冲了去。

这是一家乡村小饭店，里面本来有些桌椅板凳，敌人也并没有怎样损坏，倒不妨碍大家前进。由后面院落，一直冲到前面店房，见那木板店门，是虚掩着半扇，第一个士兵，将门悄悄拉开，探头一望，见窄小的街上，只有彼此屋檐相接，并没有一个人影，但东头街口，却是嗒嗒嗒，机枪响个不停。恰好这街向西，是略微弯曲的，这位士兵，恼恨着那两挺机枪拦着来路，让大家爬了一里路的水泥田。他拿着一枚手榴弹，在人家屋檐下，挨着墙壁向东弯腰走着，走过七八家店面，已看到敌人向外建筑的防御工事。那不过是就地挖了个机关枪座，在前面堆了些砖石。在这后面看去，敌人伏在地下，也是完全暴露的，他为了一定要着手起见，又走过了两三家店面。这脚步声，也许是惊动了敌人，有一个鬼子，在地面直起腰来，他再也不敢怠慢，拔开引线，将手榴弹抛了过去，一阵焰火由地涌起，哗啦一声之后，两挺机枪寂然。这一弹只中了一座机枪座，其余一挺机枪的射击手，是惊动着回转身来抵抗。但继着这位士兵而来的，有李参谋和四名弟兄，他们哪肯让敌人得有机会，又是三四枚手榴弹抛了去。

大家大喊一声奔向前去，朦胧的曙光下，看到五个鬼子，血肉模糊地倒在机枪座边，余师长在街那端，看见两挺机枪消灭了，已无后顾之忧，立刻立在街心，伸手一挥道："向东冲锋，冲！"

大家掉转身来，二十多只猛虎，跑着冲上石板，噔噔作响，远望到街前洞明的一端，便是东街口，各人举起枪来，就是啪啪啪一阵响，街口的敌人，本就慌了，现在受着前后的夹击，不愿再抵抗，各个跳了起来，斜刺里就向街的西北角飞奔了去。看那模糊的黑影，也不过三四十人，料着是万万不会反攻的了。

第六十八章　拿下毛湾打开大门

第六十九章
一口气打回城去

毛湾的老百姓，多半没有走远，有的还就是藏在家里，敌人逃走以后，我们的弟兄们，四处搜索着，就遇到了不少的老百姓。他们一见是自家军队，如释重负，及问明了是虎贲，大家越发高兴得不得了。这倒不用弟兄们费神抚辑流亡，他们一传十，十传百，不到两小时，老百姓都纷纷地回家了。

余程万已找好了一座小庙，当了师指挥部。一面派弟兄们在村镇四周，建筑防御工事，老百姓看到，就自动拿了锄头铁锹，四处帮着弟兄挖土堆石，有的担着饭菜，烧着开水，向师指挥部送，有的也学了大都市里的一手，红红绿绿的，在街头上墙壁上，贴起欢迎标语。这天，弟兄们又吃着两顿很好的饭菜，而且精神上得着许多安慰。那不在村子外面警戒的弟兄，却也受着老百姓的欢迎，在人家店堂里，铺上稻草各个足睡了一觉。前晚余程万给洞庭湖警备司令部的信，原已约好了，请他们把弹药送到道林寺等候消息。天亮将毛湾占领之后，立刻派了张参谋带两名弟兄到道林寺去取弹药。到了黄昏时候，警备司令部有四名官员，雇了六名民夫随着张参谋回来，大家精神上又是一振。

七时以后，余师长就召集两位团长和参副处的人会议。因为毛湾是友军进来的大门，大门已开，应当怎样使友军知道着走进来。这个议场，当然是不同于一切军事会议的议场，正中神位上，一座剥落了金漆的佛龛，好像是人家大厨房里的饭橱,上面站着一位观音大士。不知道她穿的什么颜色的神衣,全是灰涂遍了。她手上捧的那只净水瓶儿,已经断了半截。长佛案上,漆起了皮,像是干鱼的鱼鳞,有一只瓷香炉和两只木烛台还一列摆着。佛殿上全是草屑,旁边还有一只木头磨架子,屋梁上还架了一具小水车,大概这里是当过农人仓库用的。今天设了师指挥所以后,找了一张黑色木桌子和三条板凳,算是以壮观瞻。这时在既裂缝而又满身火眼的桌面上,燃了两盏菜油灯,这是老百姓好意奉赠的。师长团长分坐在凳上,参副处的人,却只好坐在磨架子和门槛上。上面的观音大士面对他们,那身破烂军装和这个狼狈的佛殿,有点西厢上的话,把个慈悲脸儿蒙着。余程万经过那炮火连天的场合,到这荒落的佛寺里来,倒是感觉过分的轻松。和部下谈过一段话之后,他坐在正中板凳上,向前面看着,见屋檐下挂着八卦形的蜘蛛网,风吹得正是荡漾不定,有两三只蝙蝠,大概是惊于这无人过问的所在忽然有了灯火,只是在屋檐上下飞着。

这几日我们这一百多苦斗之士,在南岸迂回钻隙,总还听到一些枪声。今天晚上,却是寂静无闻,在这个情景下,大家只有四五分钟的沉默,有一位弟兄,很快地走上殿来,带着劲地立了正敬个礼。他道:"报告师长,友军来了,新十一师三十二团,现在毛湾前面一里多路。他们的侦探兵,已经和我们的步哨取得联络,现在已经把他引进街上来了。"

在座的人,听了这话,不约而同地轻轻哈了一声。有人还随了这个"哈"字,身子略微向上一伸,他们是太高兴了。但有官长在这里,他们极力地镇定着自己的态度。余程万脸上虽然拥出了几分喜意,但他还是一切如常,因道:"好,你把他引进来,我问他的话。"

弟兄们出去了,不一会儿,引着那个侦探兵进来。他敬礼之后,报告新十一师三十二团奉命前进,已到达毛湾南边,因为不知道这边虚实,还没前来。余师长又问了些新十一师的情形,就命令李参谋张副官,拿着自己的名片到三十二团去和李团长取得联络,张、李二人去后,这友军到达的消息,就已传遍了全部,大家都笑着互相讨论,这一下子一定可以再回常德城,把鬼子赶跑。

到了八点多钟,那三十二团的李团长,随着张、李二人来到师部,他已在张、李二人口里,得知了常德城里的苦战情形,走上佛殿之后,看到余师长站起来相迎,他抢上前,笔挺地立正,敬了个礼。在他饱受风霜的面孔上,

第六十九章　一口气打回城去

已充分地现出了一番敬仰的意思。余师长也迎上前一步和他握着手。

李团长道："我们一路上赶来，就知道师长在常德苦战，今日才得和贵部联络，非常之抱歉。"

余程万笑道："不必谦逊了，我今天和李团长相见就很高兴了，常德城里我们还有弟兄在那里苦撑，我是亲自来打开大门，迎接友军，来共同完成任务的。事不宜迟，我们立刻来定进军的计划。"

李团长道："我们初到这里，地形既然生疏，战情也不知道，一切都愿听师长指示。"

余程万看这位团长脸色是出于至诚，这也就不再客气，把进入城里的计划告诉他："第一要找个渡过沅江的好地点，江这边的好地点，是德山北面的老码头。老码头对江，是德山市，乃城东郊一个重要据点。可是要达到老码头，必须穿过德山的乌峰岭。那里有敌人一部分据守。敌人还不会料到我们有一团生力军来到，趁着今晚敌人没有防备，我们便猛一下去把乌峰岭拿下来，那老码头就不难到手了。"他一面说着，一面把地图拿出来，指示给李团长看。

经过了半小时的计议，李团长接受命令回团部去。约定了三十二团十一点饱餐战饭，十二点钟出发，五十七师的一百人，在前面引路。到了十二点钟，新月由对面乌峰岭头上照过来，照见这一百名归心似箭的战士，在那耕过了的水田上，踏着高低不齐的土块，弯着腰，端了枪，一声不响，向前猛进。三十二团约莫一千人，看了面前一群引导的黑影，紧跟着过来。五十七师弟兄，为了避免敌人发觉，完全由平原直线上走，不经过敌人警戒的人行路。遇到了浅水小河，涉着冰冷的水过河，遇着树林子，就由树缝里穿过去。那头上大半面银镜的月亮，把那乌峰岭的轮廓，照得黑巍巍的一座乌影，直立在当面，那目标是十分显然的。

到了一点钟，派出去的斥候，已摸到了山脚下，看到矮树林子外，一条微弯着的人行路，斜斜抱了山脚上去，路口上两个人影在晃动。这不用说，一定是敌人步哨，啪一粒子弹飞了出去，敌人倒了一个。其余一个，立刻伏地还击，同时也就引起了山脚下的敌机枪阵地，对着我们到达的平地上扫射。三十二团的迫击炮，在预定计划下，早已在几堵高田梗上安排好，对了那小树林发着火焰的所在，连轰了十几炮，红球落到山脚，溅着尘烟和火光，向半空里猛冲，敌人的机枪，也就寂然。

余师长在队伍后面和李团长一同督战，因向李团长道："敌人没有怎样猛烈抵抗，必定是急于脱离阵地，要退过江去，企图和大股敌人会合。敌人若由老码头走了，江南的船只，一定完全被他调走，我们就无法渡江。现在可以把迫击炮机枪加强火力，压住敌人的左翼，让他北去不得。敌人的右翼，我们可以放松，让他西窜，那就腾出了我们的路子了。"

李团长照着命令，所有的迫击炮，全对了当面敌阵的左翼，做梯形射击，火光阵阵带出的轰轰之声，向山脚下猛扑。七八挺机枪，随着在地面爬行的步兵，交叉了七八条火线，向敌人左翼飞射，一面逐步向前推移。立刻那脚下一片火焰涌起，有一道烟墙。

敌人见来势向着东面，就向西斜刺了溃退，在月光下看到有一二百个黑影子，往沅江南岸的南站奔逃。三十二团左翼的机枪，不肯放过，架在矮堤上做追击扫射，余师长看到，恐怕耽误了时机，大声叫道："向正面前进，加紧抢渡！向正面前进，加紧抢渡！"

五十七师的弟兄们，是知道地形的，在迫击炮机枪停止射击以后，他们由地面跳起来，顺着乌峰岭下的大路，向前飞跑。穿过山脚下时，被迫击炮机枪燃烧着的枯草矮树，还是焰烟缭绕呢。一口气跑到了江边，月亮照着冷静的沅江，一片白色，白色上面，一字儿排开，三十几丛黑影，正是停着没有动的船只。余师长、李团长和三十二团全部赶到，一直翻下长堤，走到江边上，看清楚了每只船都船头偎着沙滩上的沙在酣睡。

余程万大喜，便向李团长道："我们一定要占领对岸德山市街方可休息。为了计出万全，李团长可用迫击炮向正面北岸佯攻，做掩护渡江之势，我们的主力立刻上船，往下游开去，直扑德山市。我们只要三只船就够了，其余的由贵团使用。我当亲自带这三只船先行，你们赶紧过来。"吩咐已毕，孙、杜两团长立刻各带一批弟兄上船，自己也带了一批弟兄上船。

这时三十二团的迫击炮，有四门移到了沙滩上，直筒炮口上吐着火焰，红光越江而过，射向了江北岸，惊动了江北岸敌机枪阵地，在水面上发射了七八条火线，溅得江心水花咚咚响着乱飞。余师长率的三只船，业已悄悄地离开沙滩，斜着向下游划去。

正好是天公作美，天空铺起了一层浓云，把残月的淡光，一齐遮掩。江面船只移动，远处不容易发现，在德山市的敌人，以为渡江的我军，必然是志在直扑常德，并没有把火力封锁下游江面，五十七师三只船到了江心，那

第六十九章 一口气打回城去

三十二团的弟兄们，也就赶紧划了七八只船潜渡了过来。首先的三只船划近了德山市码头，敌人的步哨方才发现。虽然他们也有零碎的枪声，向这里放着，可是我们根本没有加以理会。弟兄们划着桨，努力地向岸边扑进，第一只船离岸还有三四尺，大家端了枪向岸上一跳，就个个找了掩护所在，举枪待发，以掩护后面登岸的弟兄，后面两只船到了码头下，陆续地上岸，大概是敌人兵力单薄，竟没有什么猛烈的抵抗，只半小时，三十二团的弟兄也登了岸，余程万就命令李团长，担任正面攻击，率领三十二团登岸部队，顺了街市，向正面前进，他自己带了五十七师的弟兄，由街市后面迂回到镇的西头，截断敌人的后路，他们一百人，迅速地跑着，到了西北街口，先抢上一段堤道，把带的两挺机枪，立刻架起来封锁街镇出来的路口，正好敌人有二三十名官兵，被三十二团优势的兵力压迫着，在斜对过的一条街口上出来，顺了去黄木关的大路向西撤退，看那人影子零乱着不成行列，却是很狼狈，他们也没有料到我们部队已经绕到了西头，竟是没有加以防备。我们的弟兄想到敌人以前攻陷德山，致我们断去东南路的联络，正是仇人相见，分外眼红，立刻把机枪对他们一阵扫射，自然他们是纷纷倒地，我们的弟兄，只听到指挥官一声冲，大家跳了起来，一拥而上，就把这个大街口子占领了。我们五十七师占领镇西街口之后，三十二团的弟兄，也就由后面追击过来，大家就在大街上会了师。

　　这是十二月九日的早晨四时，余师长因为弟兄们连拿下三个据点，苦战了一个长夜，不能不得着一个喘气的机会，就下令暂在德山市休息。他满腹期望，都是想一脚踏进常德城里，他不想睡眠休息，就在大街上敌人原来驻军的所在，设下了指挥所，约合三十二团的李团长，计议着攻城的计划。过了两小时，根据陆续所得的情报，知道五十七师被阻隔在太阳山二百名官兵，已向常德开进，尤其是王耀武军长亲自所率的两师人，南克复了桃源，北克复了漆家河。余程万想到南方的大门虽开，北方的大门，还是闭着的，就相计议定了，五十七师担任正面攻击东门，由三十二团调一部分人合作，三十二团的主力，进攻新民桥指路碑迂回敌人的侧面，约定在东门会师。

　　到了天亮七点钟，弟兄们已吃过了一顿饱饭，集合了弟兄在指挥所门前，点了一点名，这一晚的连续攻击，阵亡八人，伤十五人，全师弟兄连师长在内，只剩八十三名了。他心里虽然万分难过，可是极力忍住，不肯露一点愁容，就带了这八十三名的官兵，在前领导，沿着沅江北岸，直袭黄木关。这个地方，有一道河由北而南，遮断了去常德一条大路，敌人在河西岸堤上架着机枪阵地，我们冲到河岸这边时，敌人就用了严密的火网，把我们前进的路挡住。五十七师八十三人，在河这边也把机枪支上，可没有优余的兵力绕道过河，彼此隔了一道河，互相用机枪射击一阵，却成了对峙的状态。

到了八点多钟，还有一架敌机来回着扫射了两次。我们弟兄，任何轰炸都经历过了，架把飞机，根本就没有理它。敌人见没有效力，在河岸上空转了几个圈子，也就走了。

敌我相持了大半天，三十二团，也有一部分加入黄木关这一线来战斗，依然无法渡河。一直相持到黄昏时候，余师长料着硬扑不成，就再调三十二团一部加入前线，故意用机枪、迫机炮同时轰击，做一个黄昏攻势的模样。自己却抽调五十七师的官兵六十余人，脱离阵地，沿着高堤下面，悄悄地向上游走去三华里多路。堤下正有十几户人家，被炮火轰毁了一大半，他们在月光下悄悄走到了屋边下，见墙壁东倒西歪，全是缺口，人在屋边走，脚下连碰着好几块木板。余师长忽然灵机一动，就告诉弟兄们，把这人家所有倒下来的柱子、横梁、门板、楼板，悄悄地抬到一处，把稻草扯开来，搓成了很多粗绳子。除了派五名弟兄在河上警戒之外，其余的人不问官兵，一齐动手。他自己拿了一支左轮手枪在手，来回地走着，监督弟兄们工作。

约莫一小时，草绳子已经搓了几十根，他就叫弟兄每铺三根木柱在地面，上盖着两层大小板子，盖好了，就把草绳子连木柱带木板，纵横地编扎起来，又是一小时，就捆扎成了十只木筏。捆好了，他叫弟兄陆续地抬着翻过堤，由河滩上，轻轻地滑到河面上去。于是每只木筏上先上去三个人，一个用木棍撑船，两个端枪准备。把这批人完全渡过河那岸去以后，撑着棍子的弟兄，又把其余的官兵渡过去。

这时新月已高升天上，几乎圆得像面银盆，没有缺边了。水上一片混茫的光耀，照见两岸的柳堤，簇拥着两道朦胧的黑影，小河里的水是静止的，把那嵌着银盆的蓝色夜幕，倒铺在水底，这十只木柱门板拼凑的木筏，除了冲动着浪纹，将水底下的月光把它完全摇撼着而外，就什么都静止没有了。他们在敌人毫无所知的情形下渡过了这道小河，集合在堤上站着队。余师长就命令他们下堤向岩凸那条路上冲了去。原来沅江在这地方，是弯转来由北向南，小河的上游，是由东北向西南，他们渡河的据点，恰好和黄木关岩凸成个三角形，可以攻击上两地的侧翼。岩凸是黄木关到常德的必经之路，而且右翼是紧傍着沅江，毫无躲闪的余地，五十七师顺着人行小道，向前疾走的时候，看到黄木关河西岸的敌人阵地，正一阵阵地向东面发射着火花，可是东岸三十二团的火花，比西岸还要来得猛烈，噼噼啪啪的枪声，轰轰的迫击炮声，把敌人的枪炮声还要压盖过去，这样，已完全把敌人吸引住，若我们抄到岩凸，给敌人一个腰击，先把黄木关敌后冲乱，而我们在黄木关东岸的三十二团抢着渡河过来，正好给敌人一个小小的歼灭战，他们这样想着，也就加倍地精神焕发，个个脚下走得起劲。

不料只走了两里路，我们的斥候，就遇到敌人的两名警戒哨，虽是弟兄们先发制人，解决了一个，其余一个却逃脱了。我们颇觉事机不密，只有赶着步子，去抢岩凸。个个端了枪，预备好了手榴弹，做个冲锋的样子。又不料黄木关西岸敌人的炮火无光，突然枪声全息。

约莫是深夜十二时，一块晶光四照的银色冰盘挂在高空，清凉的月辉，照着那岩凸一个江边小镇，静悄悄的，拥着一堆黑屋影。什么人的动静，都没有看到，大家索性冲进了村子。虽是看到断墙残壁和洞开着的门户，依然不见一个人。

同时，黄木关那方面，三十二团的枪炮声，也都停止了。弟兄们在路上倒拾着敌人三支步枪和两顶钢盔，好像他们是仓皇撤退。

余师长一面派人搜索，一面派兵去侦察。不多时，他们回来报告，敌人所筑的工事，全是空的，有两间民房，堆着干柴干草，像是要放火的样子，敌人也没有来得及放火。余师长这也就判断敌人不愿受我们的夹击，确实是狼狈地逃走了。就派出警戒哨，下令暂时休息。

不到一小时，三十二团的弟兄，已有一部分赶到，说是敌人在黄木关突然撤走，料着是五十七师冲到这里了，李团长马上就到。余师长得着这个机会，就盼咐弟兄们吃下干粮，喝口冷水。

二十分钟后，李团长带着三十二团的主力赶到了。

余程万就对他说："敌人仓皇后撤，必是靠城兵力单薄，赶回去布置城防，我们不能让他有喘息的机会，还得赶快追击。本师部队，还是在前引导，在拂晓以前，要把东门拿下来，这个战役，才能算告一段落。"

李团长听他说话的语音，非常的沉着，想着他是有了很大的兴奋，便道："师长这样辛苦，我们依着师长的领导把这任务达成。"

余程万很高兴地和他握了握手。立刻命令五十七师弟兄集合出发，顺着岩凸到常德的一条公路，顺利前进，并没有什么阻碍。一口气跑到陡码头，月光之下，已看到东北角一带低短的黑影，那正是常德城垣的残基，弟兄们心里，好像个个有话要叫出来，我们又回来了。余程万在弟兄们走得有劲的步伐上，已是看出来弟兄们那股的兴奋，便再三传令，要加倍警觉。果然不到十分钟，东门敌人阵地，枪炮齐发。这时已深夜，我们不愿天亮时将进攻部队暴露。大家就鼓起了勇气，找着城外那些残街的掩蔽物，逐步向前。好在这一带我们先后建筑的工事，还有一部分存在。就是那些倒坍了的民房砖瓦堆，是星罗棋布，也随处可以做掩蔽。因之在敌人火网下，我们一步一步地走。

到了三点钟左右，五十七师的弟兄，已到了东门城垣缺口处。敌人是由这里侵进常德城的，我们也就要由这里把他逐出去。可是原来在这里被敌人轰毁的堡垒，现在敌人又重新修补起来，每座碉堡里，又架着轻重机关枪和迫击炮，在城垣缺口里面，敌人还有两门小钢炮，偶然地也发射几弹。在这种情形之下，缺口外面，是一片火光，一片烟尘，弟兄们无法前进。余程万自己，也在弟兄一处，掩蔽在一座残破的碉堡里，沉着地指挥进攻。

由上午三时，一直到四时，敌人的迫击炮和轻重机关枪，继续地放着，就没间歇过一分钟。余程万把三十二团所有的迫击炮，都调到东门正面，对缺口处轰击，虽消灭了敌人几挺机枪，然而敌人依然在原有阵地，坚强地抵抗。弟兄们伏在工事里，焦急得眼睛都通红，恨不得立刻跳了出来，做一个舍生忘死的冲锋。不但五十七师的官兵，就是新十一师三十二团的弟兄，眼睁睁的城墙就在面前而拿不到手，也各个地想图一拼。孙、李、杜三位团长都把弟兄们战斗意志旺盛的话，几次向余师长报告。但他只是告诉大家，我自有办法，却没有下令冲锋。

到了五点钟时候，敌人似乎料到我们有个拂晓攻击，他也来了个先发制人，加紧地将炮火封锁了我们前进的路线。这一来，正中余程万的下怀，他就命令李团长用全部力量，对敌人还击。自己却通知五十七师的弟兄，全部脱离阵地，向后撤退三百多公尺。这里有一大堆未曾轰毁完的残墙，他就集合了不到一百名的官兵，在墙后排队，然后站在大家面前训话道："当前的敌人，已是被我们外围的友军，层层包围。他所有的粮弹，已由半个多月的恶战，消耗干净。他绝没有力量可以支持，军长的大兵，已过了漆家河，克复桃园的友军，明日可以赶到河洑，二百多名弟兄，也在向小西门进击。南

第六十九章　一口气打回城去

岸新十一师的后续部队，明日早上一定可以赶到。敌人在西门的死撑，不过是想保卫他向东北撤退的部队，走得更远一点。我们决不能让他把这个如意算盘打好。说到五十七师，尤其是不轻易放过敌人。我们不能因为四面的友军到了，就算是达成了任务。我们一定要在自己手里，把鬼子打出城去，才算不愧"虎贲"这个代字。而且我们的高子曰团长，还在城里潜伏着，带一班弟兄和敌人纠缠，我们也应当自己去解救自己的弟兄。弟兄们，今天是我们走一百步路的最后一步，一定要走到。现在敌人正用全力抵抗三十二团，我们沿着河边的那条防河旧工事，可以在敌人侧翼迂回过去，只要到了水星楼那些残破的城墙基，一跳就过去了。不等天亮，我们一定要到那里，你们随我来。"训话毕，他就引着弟兄们，向沅江边上走，敌人的炮弹，枪弹虽是四处飞溅，可是这防河的一道战壕，大致还存在。

弟兄们就一串地伏在战壕里，爬着蛇行向前。师长最后一个，也在战壕里爬着。战壕有残坏的地方，弟兄爬起来一跳，做两三个急步一跑，重新伏下。尽管上空子弹乱飞，因为师长在队伍后面押着，并没有一人停顿。

半小时的工夫，迂回过了东门城角，已到敌人正面阵地的侧面，大家更是飞快地爬。同时，已听到有零碎的枪声。这正是我们潜伏在城里的弟兄们已起来迎接我们，弟兄们虽不说话，借炮火光望着一眼，彼此心照。又是半小时，那座被炮火轰成土堆的水星楼，撑着几根木棍架子，已在落月晓风之下，对来人做一个见面的招呼。

师长在后叫一声："冲过城基去！"

大家从地上跳起来，向城基飞奔，纷纷一跃而上。

第七十章

HUBEN WANSUI

国旗飘飘

月亮像团扇一般大,向西沉下去了。余晖照着城基那些断墙残砌,空荡无人,越发显得零乱。夜静了,空气沉静,人的嗅觉透着灵敏,立刻奇恶的臭气向鼻子里猛袭。同时也就发现了城墙基下,左一小堆,右一小堆的黑影。这是前几天猛攻南墙遗下的敌尸,有了七八日,全已发生腐化作用了。大家跳下了城基,踏着前几天自己弟兄洒的血迹,向城中心奔了去。因为在下南门到兴街口一带,不断地有枪声发出,料着是伏在城内的弟兄已经跃起。大家心里所急于搭救的就是这班人。在满地的砖瓦堆上,有时露出一段石头路面,料着那就是中山东路,大家做个冲锋的姿势跳过路面,向中央银行那个方向奔去。

天色已渐渐地混亮,看到兴街口不曾烧完的几间破民房,在半空中立一个黑影。枪声就在那里发出。余师长料定是自己弟兄,利用了这几间民房,正在袭击敌人,便指挥弟兄们,借着每一堵断墙,每一堆砖头,逐段掩蔽着蛙跃向前。孙进贤团长一人带队当先,早在一堵断墙角上,看到八个敌人,端了步枪,向一幢半倒塌的屋子放枪,他火从心上起,看准两个敌人蹲着的地方,抛过一枚手榴弹去。火焰涌起之处,两个敌人便已倒地。其余六个敌人,由砖堆里站起,正是仓皇不知所至。我们掩蔽在砖堆下的弟兄,早已一跃跳起,大声喊杀呀,几十把枪上的刺刀,射箭一般,四面八方,向敌人飞刺着。人是一拥而来,但听到脚下踏的砖石哗啦作响,仅仅六个敌人,自然一齐解决。

大家正要扑入这破屋里去,却听到有人大叫道:"报告师长,高子曰在这里。"

师长和两位团长,一听就清楚,这果然是高副团长的声音。大家喜欢得心里乱跳,还不曾说话,早见破屋窗户洞里,两个穿着全是泥渍而又破烂军衣的人跳出。他们手上各拿着一支日本步枪。看得清楚,前面一个是副团长高子曰,后面一个是参谋程坚忍。他们两人,看到师长站在一堆乱砖上,提了枪直奔到师长面前笔挺立了正,双目注视着,同喊着一声"报告师长"四字,不能向下说了。不知道他们的心里是高兴还是难过,情感过分紧张,竟是张口结舌,不能说话。同时那立正的身体,也有些颤抖。

余程万虽是极端镇定,在这种九死一生的情景下,和患难弟兄相见,他也按捺不住他情绪的冲动。回着礼,望着高、程两人总有三分钟之久,才点了头道:"很好,难为你们了,新十一师还在东门外和敌人相持。我们须先占领西门,和西路的友军打开大门。还有我们在太阳山的部队也由这条路来。城里的敌情怎样?我们自己人怎么样?"

高子曰道:"城里的敌人,都已调到东门作战去了。北门小西门两处,似乎还有一小部分敌人。西门方面半夜里还有枪声,大概也是和我们潜伏城里的弟兄接触。城里的自己人,一天比一天减少,最近两日,已经失去联络。我带两名弟兄,藏在中山西路一所倒坍的民房地沟里,和敌人纠缠了这许多天。白天我们藏着,晚上出来寻找子弹和粮食,倒也没有被敌人发现。昨晚上听到东门外枪响,我们知道师长和友军到了,出来袭击敌人。两名弟兄阵亡了,我在街上遇到了程参谋,正想绕出城去,迎接友军进来,在这里遭遇着敌人一小队,相持了半小时。我们的子弹已经完了,不是师长来到,我们……"说着,他又哽咽住了。

余程万道:"好的,军长马上就到的,我会报告军长嘉奖你们。现在不必耽误,我们马上要去占领小西门。"说着,叫了一声孙团长。

孙进贤答了一声有。

余程万指着上楼门城上一根旗杆道:"把那东西取下来,把我们的国旗升上。"原来那上面正挂着一面日旗呢。

孙进贤将始终带着的一面国旗,抱在怀里,带了两名弟兄跑步奔上城基。

只五分钟远见那面日旗突然落下，弟兄们情不自禁地哄然一声。立刻我们的国旗随风飘展，向上爬着，大家立着正，注视了他上升，一直升到顶上。正好来了一阵风，把旗子全幅展开，在空中摇摇摆摆，好像在和地面上进攻的我军招手。

余师长满脸是笑，一团高兴，站在一堆砖上，大叫道："弟兄们随着我叫口号。"于是举了拳头先喊着道："中华民族万岁！"

弟兄们应着："中华民族万岁！"

他又喊道："抗战胜利万岁！"

弟兄们又应着："抗战胜利万岁！"

余程万最后喊着："虎贲万岁！"

弟兄们也应着："虎贲万岁！"

那时，像一团火球的太阳已高升数尺，青天没有一点云渣，阳光照映着旗子上的颜色，光彩夺目。正好有一架飞机，由东北角飞来，听那响声，看那形式，不像敌机，大家便都注了意。

余程万取出袋子里的望远镜架着一看，在机翅膀上发现了我们的国徽，便笑向弟兄们道："我们的飞机也来了。"

正说着，飞机飞到西城，绕了大半个圈子，到了南门上空。他正是发现了城墙上我们的国旗。弟兄们也不管师长在这里，同举着手，高喊一声："中华民族万岁！"

飞机也知道了，在空中摇了两摇翅子。但余程万虽然兴奋，他是时刻注意到阵地的变化的。这时，东门城外的枪声，虽然还有，而城里的枪声却已稀少。同时小西门却一阵一阵的枪声涌起。他很机警地跳下砖堆，指挥着弟兄们道："向小西门冲。"

这里到小西门只是短短的一条直径，大家一口气奔上那里，远远看到几名敌人的警戒哨，站在城墙缺口下正待射击。可是他们看到来了一股华军，胡乱放了两枪，扯腿就跑。余程万料着城基上的敌人就在当面，立刻命令弟兄们伏在残墙破屋下面。听时，缺口左右，突突突地有两挺机枪断断续续向外面射击。城外也是突突突地有机枪响着。余程万虽是掩蔽在一堆土砖下蹲着，但他看了左右伏着的弟兄，忍不住笑着点头。因为毫无疑问，城外是自己人了。那几名敌警戒哨放枪一跑也就惊动了城基上的敌人。

远见那带城基上，拱起许多穿敌人军服的脊梁。沿了城基，向北门飞速

第七十章　国旗飘飘

地移动。那是敌人俯着身子慌乱地溃退。弟兄们自不会放过这追击的机会，各处掩蔽下的步枪，一齐向敌人影子射击。敌人很少数地回过枪来，虚击了几下，还是跑。余程万将手一举，喊声冲，大家就由砖瓦堆里跳起扑上城基。看时，敌人逃走一空，却遗弃两挺机枪在地上。但大家知道，城外有我军的，怕发生误会，还不敢涌上城基，依然站着各个掩蔽下。

余程万就命令身边的李参谋向前去观察。他俯伏着，溜到一堆砖土下，伸头一看，在城外四百多公尺外，隐约地有人伏在地下。便大声喊道："城外是什么部队，我们是五十七师，已经克复小西门，敌人溃退了。"

连喊了两遍，那地面上有人伸出头来问道："你是哪个？"

李参谋答道："是五十七师。"

只这一声，地面上有二百多人拥起。原来这就是五十七师被隔断在太阳山下的部队，由张副营长统率。他们得了情报知道我军已反攻城区，昨日连夜就向小西门回扑。到了这里，听到东南角枪炮声，也就格外兴奋。逐渐向城门进逼，到了天亮，却被城墙基上两挺机枪拦住，不敢冲锋。自从小西门有了枪声。敌人的机枪又突然停止，那张副营长就料着是友军进城。这时听到说是自己五十七师，高兴得跳了起来，大声喊着，报告了番号和姓名。

李参谋道："没有错误，这里一个敌人没有了，请过来吧。"

张副营长大声喊道："弟兄们克复小西门，鬼子全跑了，来吧。"他感情抑遏不了举动，首先领着队伍在前面走。

二百多人，随在他后面，离城四五百公尺的地方，一口气跑了过来。李参谋恐怕弟兄们还有误会，大声叫道："张副营长，师长在这里，张副营长，师长在这里。"这话声连那二百多名弟兄们都听见了，真是喜出望外。大家放下心，从从容容地走进城基缺口。

他们一过来，首先看到在城里的弟兄，个个周身污泥沾遍，军服里四处钻出烂棉花絮，都觉凄然。但同时看见师长在小队伍里站着，便立着正敬礼。张副营长向前敬礼报告着弟兄人数和两日来的战斗情形。说毕，站着听候命令。

余程万道："敌人在东门已经动摇，我们不能让友军三十二团老拦在城外。你立刻带弟兄向东门去夹击，我也去。立刻前进，冲上去。"

张副营长这二百多人，究竟还是生力军，得着命令跨了面前的瓦砾场，直扑东门去了。余师长所率进城的人，现在只剩六十多，就命令随后跟进。

到了鲁圣宫，隔着一大片瓦砾场，已看到敌人分两股窜逃。一股沿城基北走，是想出北门，一股顺中山东路西走，是想出西门。张副营长怎肯失了这机会，架起机枪，在断墙下面，分作两端扫射。敌人一面迎战，还是一面跑。十分钟左右，东城外之三十二团，已是蜂拥而来，也分作两股，跟了敌人后面追击。

那李团长自率弟兄，追击中山路一股敌人，正由面前经过。看到五十七师弟兄人数倍增，列队在瓦砾上，便命令手下营长，继续追击。自己走过来迎着余程万道："报告师长，敌人全部溃退，我们确实克复常德。"

第七十一章
HUBEN WANSUI
废城巡礼

　　这是十二月十日早上十点钟，确实克复常德的报告，在友军口里说出来。原来守城的五十七师，这也就如释重负的，觉得是任务达到了。当时余程万就命令三十二团继续追击敌人，五十七师二百多人，担任搜索城里残敌的工作。李参谋和程参谋是好朋友，这时算是有工夫叙话，两人站在一堵残墙下面互相握着手。

　　程坚忍道："老朋友，我们通过这次生死患难，我们以后的友谊，更要加深了。"

　　李参谋道："我虽然在南岸迂回作战，也是时时刻刻有可死之道。可是我没有一时忘记你，我真想象不到你在城里苦撑下这多天。"

　　程坚忍道："把生死置之度外，也就无所谓了。我又何尝不想到你们那二百名上下的弟兄，还有三分之一是徒手，怎么能够在敌人四面包围中活动？我听说渡江到德山的时候，只剩八十三个人了，又经过昨天一番战事，更要减少了。"

　　李参谋道："昨天到今天早上，阵亡了八名，伤了十五名，只有五十七人，还连师长。先遇见你和高副团长，还不足六十人，幸得张副营长来了，增加了二百多名弟兄，我们守常德的八千多人，就只剩这些人了。"

　　程坚忍道："城里还有我们弟兄，敌人是刚刚出城。他们还没有知道真实情况，大概不久他们就要出来了。"

李参谋道："跟着你的那个勤务兵王彪呢？"

程坚忍还没有答言呢，隔着墙就听到有人答应了一个字，有！那声音还是非常高爽。昂着头向矮墙一看，不正是王彪站在瓦砾场中吗？

李参谋笑道："不错，你还健在。你那干妹呢？"

王彪牵着他那又破又脏的军服，走近前来，笑道："参谋一见面就说笑话。"

李参谋道："真的，我们很惦记你。我们不是有个约会吗？打退了敌人以后，和你完成这件好事。假如她有什么不幸了……"

他立刻抢着笑道："她命大，倒还是活着的。"

李参谋笑道："那太好了。但不知那位刘小姐怎么样？"

程坚忍笑道："这个人你可不能说笑话，因为我有我的未婚妻。"

李参谋鼓了掌笑道："那好极了，全在。这里面一定有不少的好新闻，可以说给我们听听吗？"

程坚忍道："自然都会告诉你。不过现在没有这闲工夫，等晚上没事，我们联床夜话吧。"

他们在这里轻轻细语，师长站在稍远十来步路的地方，已经发完了命令，吩咐各人肃清城里敌人的工作。余师长本人就带了参副处的人和四名卫士在城里四围巡视。他们这时在东门附近，先看到那三丈厚的城墙，垮得只剩了一条土堆，城门洞是完全找不着了。有不曾垮的城墙，城面上千千万个大小疤痕，像麻子一样。眼前呢？一片精光，在常德城中心，一眼可以看到任何一处旧城基。城里远远近近全是瓦石堆，这瓦石堆，不但堆遍了每一所炸毁烧光了的屋基，就是每条街巷，每条马路，全都让碎砖碎瓦给淹没了。

干脆，整个常德，四周是空的，下面是碎砖破瓦。大家踏着乱砖，先向西走，已有了闲暇的工夫审察一切。这时太阳已经高升了，阳光照着这瓦砾场，有一种惊人的表现，就是上上下下的砖头瓦片，全是通红的，像是经过烘炉锻炼的一个城市。这砖瓦堆上，不到三四尺路，就有一具尸体。有的是敌人，有的却也是自己的弟兄。面貌已经看不清楚了，只有在服装上去分别。

到了上南门、双忠街一带，这算是城里硕果仅存的房屋区，纵横约莫二十丈，有分不出界限的屋子若干幢，但这些房屋也是揭了屋顶的，零碎的木架，搭着数得清的几块瓦，门窗户扇，全已东倒西歪。到了这里，是多时

第七十一章　废城巡礼

搏斗之区，尸体更是横七竖八。有的没了手，有的断了脚，有的破了胸膛，有的碎了脑袋。有些尸体，已生了蛆，蛆在死人脸上钻着眼睛和鼻孔，说不出来是一种什么奇臭，在空气里扑人，只觉肠胃熏得要向外翻。由双忠街转弯到中央银行师司令部，那样砖瓦的房子，也是烧毁得成了个烂壳子，大门口是经过短兵相接的所在，围墙虽打了几个缺口，却还形式都在。

由这里再巡视到小西门，城墙虽原来是高的，也是被炮火轰得像防河的城堤。再转向大西门，竟有余火还在砖瓦堆里冒烟。这地方有些合抱不拢的古树，于今呢，只剩了个秃树菀。城里唯一留得多的要算电线杆了，在瓦砾场中，四处七横八倒立着，和这种烧焦了的枯树菀相配衬着，越发显出这城里的惨况。最后他们巡视到北门，自然和其他地方一样满眼砖瓦堆。但比其他地方更多的，却是城墙基外面，有几百具尸体，黑压压的一片影子，摊在烂泥地里。这是最初敌人冲锋所致，日子越久，尸体也越发地腐烂，北风吹来，那臭气熏得人站立不住。这时，追击的枪声已经去得很远，城里稀疏的枪声，也已完全停止。战争在这城区，算是过去了，大家痛定思痛，都说不出来是一种什么滋味。

余程万不便有什么表示，也只是看过之后抿了嘴，或点点头，或微微地摇两下头，全城巡视完毕，已到了中午了。在城里潜伏着的官兵，还有十几人，也都陆续归队。另外有钻出来的男女八名老百姓，余师长叫到面前，个个安慰了几句，让他们各自去寻找亲友，并掏出名片，盖上图章，注明了是守城义民，诸部队听其自由行动，然后一一交给他们。这八个人里面，就有一个刘小姐和黄九妹。

李参谋在一旁偷看她们，虽觉得满身污泥，脸像黄蜡塑的，终于感到这是个奇迹，回头找程坚忍和王彪，见他们悄悄地站立一边，脸上带有一种兴奋，目光全注视了这两个女子。他心想，这火与铁交流的常德战役，倒也有点软性事件点缀，将来编成戏剧或电影，倒不致没有弹性。心有所思，脸上情不自禁地有点笑意，程、王两人全看不见，立刻把脸掉过一边去。老百姓拿了名片，道着谢去了。余师长看遍了全城，实在没有一个安身的地方，而这个只有城上一道痕迹的常德，也必须守着。就只好在城西北角一片空场上露营。因为这里虽一无所有，臭气却稀少得多了。

第七十二章

HUBEN WANSUI

坐井观天

在这日下午，余程万一面派人向道林寺，挑取粮秣子弹，一面组织掩埋队，打扫城内的尸体。中央银行那个地下室，是钢骨水泥的，到底没有破坏，他本人就带了两名卫士住在那里。但一出地下室的门，就是瓦砾场，却无法再容其他的官兵。参副处的人，只找了一堵墙聊挡西北风，就是露宿的，好在这一月来大家什么痛苦都经受过了，这也不必去怎样地介意。大半轮月光之下，程、李二人缩在地面弹坑里坐着，各谈过去的事，聊以解闷。话越说越长，也就不觉夜深。直到李参谋接着师长命令，冒夜到毛湾去和友军取联络，话才终止。

原来在十二月三日晚，柴意新团长在兴街口碉堡作战阵亡，高子曰副团长看到自己势力孤单，决不能凭了一个据点和敌人作战，就命令所有的人疏散开来，脱离阵地，各个自找预约地，每到晚上出来活动，在断墙上插着交叉的木棍子作为标记，以便取得联络。程坚忍虽然腿上有伤，也不能不疏散。他取得敌尸上一支步枪，还有十多粒子弹，这算是相依为命的两种法宝。他接受了高副团长的指示，含着一把眼泪，悄悄地离开了兴街口。

在程坚忍自也不知应当向何处藏身，只有在瓦砾场里绕着圈子爬走。这是阴历十月的上弦，大半钩梳子形的月亮，高挂在天空。城里烧房子的余火，时时冲上一阵浓烟，将月光遮掩了。他爬一阵，回头四处张望一阵。眼前除了砖瓦堆就是断墙和破屋架，分不出街巷，也分不出方向，正不知向哪里去好。却听到半截矮墙下，有人轻轻地喂了一声道："参谋，王彪在这里。"他猛然间吓了一跳。但立刻也就醒悟过来了，这确实是王彪的声音。

正向那里注意着，王彪也就爬出墙角来了。两人就到一处，略说了各人自己的一点情形。王彪是在井里养好伤，爬到外面来探听消息的，他在墙角下，已发现程坚忍半点钟之久了。忽然间，嘛……一粒子弹由面前穿过去。两人立刻伏在地上，没有敢动，都以为说话声音大了，惊动了敌人。伏着有四五分钟之久，不敢动，但在此以后，却也没有什么动作。

王彪道："事到于今，我们要有一个藏身之处再说，你随我来吧。"说着两人便又站了起来向前走，王彪爬着在前引路。两个人所取的方向，就是到王彪和黄九妹几个人避难的那枯井里。

走到井口，他悄悄地道："这口井，比中央银行的防空壕还保险。"说时他取了两块小石子向里面连丢两下。

程坚忍扯着他的衣襟轻轻地喝道："你这是干什么？不是故意吓着他们吗？"

王彪笑道："没关系，我和九姑娘约好着的，来了，就给她扔下两块小石子。多一块不是我，少一块也不是我。参谋，天快亮了。我们由地沟眼里溜下去吧。"

他说着，就先钻进倒坍房屋的木架子下把那掩着的沟眼石板揭开两块，两脚伸了下去，然后拖了步枪，缓缓地向下溜着。他缩进去了几尺之后，就不断地叫着"参谋，你下来"。

程坚忍虽觉得向这地沟里一藏绝不是办法，可是到了此时，除了随着王彪溜下去，一个单独的人，必须离开这里，否则被敌人发现，就要连累他们。正犹豫着，王彪又在地沟眼里不住地叫"参谋，你下来"。他不再考虑了，便照着王彪的法子，向洞里溜去。

将要离开洞口的时候，还两手把沟眼口上的两块石板托着盖将起来。然后也就缓缓地溜到了沟底，这里在洞壁上插了一支蜡烛，照见张大嫂、丁老板、黄九妹和刘静媛小姐，一共四个人，正在缩脚缩手，各个靠了洞壁坐着。这里再加上自己和王彪，已是挤得大家肩背相叠，而且这里还是伸不起头，只有蜷缩着一团，刘小姐似乎最感到这洞里挤不妥，她是最靠里的一个，那已到那口枯井的当中去了。他一到达，大家就争相问着，外面的情形怎么样，可是刘小姐只说了句程参谋来了，却没有问什么话。

王彪将枪在洞壁上靠着，坐在地上，两手抱了膝盖，答道："外面的情形，那不必问，反正全城都烧光了。我们站不住，鬼子也站不住的。师长亲自过去迎接友军去了，我们在这里面活埋两天吧！师长一定会带了友军进城的。"

黄九妹坐的地方，正紧挨着他，就扯了他一下衣服道："谁来问你呀？我们是问程参谋呢。"

程坚忍坐在沟眼和地洞相接的所在，因道："事情倒的确是这样。今天晚上，敌人在城里闹得厉害，大家只好安静一点。我想过了明天一个白天，晚上我们要出去活动了。"

丁老板道："出去不得吧？我们总得躲上个十天八天？"

程坚忍道："我和你不同，老板！你是逃难的百姓，我是打仗的军官，我们留在城里有我们的任务。只要友军一到，我们就得在城里里应外合。躲在这里，怎样听得到外面的枪声？"

张大嫂道："真的，我们的军队来了，那怎么知道呢。"

刘小姐道："那好办，大嫂子你过来，站在这井中间吧。可以伸伸腰，也可以透透空气。"

张大嫂真个在人缝中挤着爬过去了，洞底算有了一个空当。

程坚忍把腿伸着，叹口气道："管他，先睡他一觉，反正是准备活埋。刘小姐你伸头望望，天亮了没有？"

刘静媛听说，忽然扑哧一笑。大家这倒有些愕然她怎么会笑得出来呢？她道："程先生你这一说，我倒想起一句成语来了，这就叫坐井观天吧？"

这倒把程坚忍提醒，也不觉得笑了，因道："还有呢，人家说什么井底之蛙，现在我们一群，都成了井底之蛙了。"

刘静媛道："不说笑话了，天已大亮，程先生你休息一会吧，我看你们有好几天没睡吧？"

程坚忍还没有答言，黄九妹道："可不就是？你看，老王他已经睡着了。"

大家看时，见王彪在人中间坐着，头枕了两条曲起来的腿，已睡得呼呼作响。程坚忍那样坐在洞口，本已是身子仰着暗沟底，两眼闭起已是有些昏昏沉沉。这时听到王彪的鼻息呼呼，也就勾引了自己满腔的睡意，自己只这么一停止思索，也就不觉得是井底之蛙了，等到自己有了知觉，缓缓地睁开眼睛来看，却看到当前一团亮光，洞子原来避难的四个男女挤坐着。亮光看得清楚，王彪却是直挺挺地睡着。于是缓缓地坐了起来向四人问道："一糊涂我就睡着了，我睡了好久了吗？"

刘静媛轻轻地道："程先生快别作声，刚才井外有响动，好像还有敌人说话呢！"程坚忍也就坐着揉揉眼睛，没有作声。

刘小姐在人丛中挤着爬过来，到了坚忍身边，便细声道："这洞里龌龊得很，你到那井口里去透透空气吧。"

程坚忍道："多谢刘小姐关心着我。"他没有思索，就突然地向人家感谢起来。及至说出了以后，这才想起，事情大有语病。刘小姐也就没说什么。

所幸那黄九妹从中插言道："人到了这个生死关头，大家凑合着活下去吧，还有什么可客气的。"

程坚忍连说："是是，还是黄姑娘痛快。"于是就站到井里去。

他身上的一只挂表，这时还存在，掏出来，就着光线一看，乃是下午两点钟，听听外面，已没有什么枪声。抬头向井上看去，那真是蟹眼般的一个亮洞，那上面一块天，也不会比脸盆大多少。在这种情形下，也探看不到什么常德城里的状态。心里不但焦急，而且自从昨日正午起，就没有吃过一点东西。这个时候，肚子里真饿得发慌，像火烧着肠胃似的。这不仅是饿，而也有二十小时没有喝水，也渴得不得了。但这有什么法子呢？只有靠了井墙站着。

约莫过了两小时，王彪也醒了。黄九妹坐得挨着他，首先轻轻地警戒了他别作声，慢慢地熬。王彪道："参谋，这不是办法，我们爬出去看看吧。"

程坚忍道："我早有此意。不过洞里黑了，外面还是亮的。等着我从井眼里看到星点，我们一路出去。"

王彪道："那么我再睡，睡足了，我给鬼子闹个整夜。"说着，他真的在沟底上躺下了。

第七十三章
HUBEN WANSUI

敌尸群中夜猎

程坚忍有一肚子的心事，自不如王彪那样想得开，在井眼里站着靠靠又坐着低头沉思，只不住地叹气。

刘小姐坐在沟眼里，本想劝他两句。可是他已说了，自己很关心他。一个青年姑娘，关心青年男子做什么？只好不说了。

程坚忍在井底观天，大概五分钟就有一次。望星点出来，那是比援军容易得多。他忽然喊道："王彪有星星了，我们出去吧。"

王彪答应着有，一个翻身爬着，首先摸到那支步枪，然后就顺着沟眼向上爬。

黄九妹道："老王，遇事你可要小心。"

王彪道："没事，我给你捎点吃的来。"

程坚忍随了他后面爬着，刘小姐终是忍不住了，她道："程参谋你也得小心呀！别走远了。"

程坚忍道："那自然，我一定照顾着大家的安全。"两人说着话已爬近洞口，就悄悄地钻出来，先在破屋架下掩蔽了一会。

看看城的四周围，还有几道浓烟带着火光向天空中冲起。在南城外面，还有断续的枪声。

程坚忍道："王彪，你随我来。遇到敌人，非万不得已，不要开枪，最好是用刺刀扎死他。若遇到敌人是两个以上，我动手，你就动手，我不动手，你别乱来。"

王彪道："没有错，我全听参谋的。"

于是两人不再说话，借着断墙和砖堆，一步步地掩蔽了，四处找机会。在烟光和月光之下，也四处可以找着尸体，两人逢着敌尸，就在他全身上下，摸索个遍。好在每具敌尸上，总可找着些东西，子弹、纸烟、小刀子、日记本、钞票、冷饭团子、饼干，什么都有。两人找用的，随手就向口袋里塞。找着吃的，就不能考虑是否有毒，立刻向嘴里塞着，人就蹲在死人边上吃。找了二十几具尸体，肚子里吃得饱了。居然在两个敌尸上，寻出两只行军水壶，摘下来，捧着摇摇，都还有水，两人嘴对了壶嘴，咕嘟一阵，一口气喝光。

王彪道："唉，我们不该喝光，洞子里那四个人不一样没吃没喝吗？"

程坚忍道："对的，再有吃的，我们找着给他们送了去。"于是抛弃了零碎，专门去找吃的。

约莫找了一小时，月亮升起，夜色如画，两人就格外谨慎地走着。其间有两股敌人，在稍近的所在经过。两人假装尸体，伏在敌尸一处，都也平静过去。无意之中，在墙角上发现了一个布口袋。

程坚忍扯开口袋，伸手向里摸，触觉先明白了，里面盛满了馒头。便道："王彪，好了，好了，天无绝人之路，大家有得吃了。这是前两天，我们飞机丢下来的粮食，当时没有人寻到，现在……"

忽然后面有人轻轻问道："是哪一个？"

两人吓了一跳，各把手上的枪端起来，转过身来，伏在地上，向说话的地方瞄准，那人又低声道："别动手，都是中国人。"

程坚忍听清楚了，的确是中国人说话。便道："我们是虎贲的弟兄。"

那人道："对了，我是通讯兵牟爱祥。"

程坚忍道："那么你过来吧。我是师部参谋程坚忍。"

破墙里，拿了一支枪的牟爱祥，悄悄地走近来，回道："参谋，你们说话，我听见了。要不我也不敢作声的。"

程坚忍道："王彪，我们可大意了。幸是自己人听到，不然，我们全完。"三人说着话，立刻相率地走到伏在地上的一个屋顶下去。

牟爱祥道："副团长现时潜伏在这西边一个倒坍的屋檐夹缝里。身边还有几名弟兄。让我悄悄地过江去，给师长送上一个信。"

程坚忍道："那很好，你赶快地走。月亮大着，你小心，见了师长把我的情形告诉他。我一定在城里等着援军。你知道城里我们那里还有多少人？"

牟爱祥道："我知道，由西门撤退的人，就潜伏在文庙里。我自己和吴班长。"

程坚忍便插嘴问道："哪个吴班长？"

牟爱祥道："吴炳南班长。我们在这西北边一道炸垮了的战壕里伏着。这一段战壕，恰好是让炸垮了的房子盖在上面。有些空当，我们又铺着木板子和草，上面再盖些沙土，倒也看不出来。除了副团长，大概没有人知道我们在那里的。"

程坚忍道："你们一共有多少人？"

牟爱祥道："连我在内，一共是七个人。"

程坚忍道："好的，我也不多问你话，你快走吧。"

牟爱样站立起来，敬了个礼，很快地顺着各种掩蔽物就走了。王彪蹲在地上看到，说道："这小子有种！"

程坚忍笑道："你还想晋级呢？开口下流，就没有一个上进的样子。"

王彪将那布口袋提起来，向肩上一扛，笑道："走吧，洞里还饿着一群人呢。"

于是两个人又悄悄地溜回了古井边。到了那沟眼边，见四个黑影子蹲在倒屋架子下面，两个人都吓了一跳。程坚忍端起枪做一个要刺的样子，先轻轻地喝问了是哪一个。

那边是刘静媛的声音，轻轻地答道："是我们呢。"

程坚忍走近前面问道："怎么大家都出来了？这是闹着玩的吗？"

刘静媛道："一来我们闷得难受，二来又饥又渴，实在受不了。还好，过去不远有一口井。我们找绳子，找舀水的，足足忙了半夜，居然找到一只小洋铁盘子，我们用绳子将盘络上，吊到井里去汲水。我们大家都喝了一饱冷水，又放下一盘子到干井里去。水喝下去了，人又饿起来，正想去找点东西来吃，你们就来了。"

王彪把布口袋两手抱着一举笑道："吃的，有的是，这里一口袋呢。你们把这东西拿下洞里去吃吧。我们还得在外面活动活动。遇到单独的人，我们还得想法子把他解决了。"

黄九妹由旁边走过来两步，因道："老王，你们还要走开吗？原来是没

第七十三章　敌尸群中夜猎

听到什么枪声的。你听现在嚗一下，啪一下，枪声又响了起来，不定鬼子又要玩什么花样！"

程坚忍笑着点头道："姑娘，你们进洞去吧。我不是说过了，我们有我们的任务吗？刘小姐你领导他们进去，我们走了。"

说着，转身向来路走去。王彪自不能够耽误，放下布袋拿起枪跟着走。走到两堵矮墙交叉的所在，程坚忍便止步了。王彪靠了墙蹲着，向墙外张望了一下，因道："有鬼子吗？"

程坚忍道："这个位置最好，我们应当在这里停止一下。若是有他们零落的人过来，我们活捉他一个，讨些消息。此外我们必须和城里的留守弟兄取得联络。乱闯是闯不得，我们只有找一个掩蔽地方等候机会。"于是两个人就在矮墙三角尖下，各人据守着，把眼望了四围。

程坚忍忽然想起了一件事，就在砖石堆里，找出两根一尺来长的焦煳棍子，十字交叉，斜插在墙上。相守了两小时，倒也有几批敌人过去，但都是七八个人一股，两人未敢动手。看看月儿偏西，天色快亮，有个单独敌人，慌慌张张地在一百公尺以外四处探望，似乎是传令兵，迷失了路的。王彪再也忍不住了，将枪架在墙头上，瞄得准准的，啪的一响，送出去一颗子弹，那人应声而倒。

程坚忍道："王彪你给我监视着敌人，这鬼子身上，说不定有重要文件，我去取了来。"说着端了枪，由矮墙跳过去，直奔那倒了的敌人，到了身边，正弯腰下去，要搜索敌人身上。不想他受了重伤，却没有死，就手拿了地面上一块砖头向程坚忍头部掷来。程坚忍将头一偏，砖从胸膛上飞来，砸得人昏了过去，向旁边歪倒。但他知道这是生死关头，立刻忍住痛，端着枪向敌人头部刺了过去。刺刀刺在敌人身上，人也扑在身上。

王彪早已看到，飞奔过来，也来不及去搜索敌人，把自己的步枪和程坚忍的枪，一齐夹在肋下，背着程参谋飞步向枯井口上奔去。所幸一路之上，还不曾遇到敌人，一口气奔到沟眼口，放下了他问道："参谋，你怎么样了？"

程坚忍坐在地上，手抚了胸口，低声答道："好兄弟你救了我，我没事啊。"

王彪道："那鬼子还是参谋扎死的，我不向前，也没关系。可是再遇到敌人，你我对付不了，而且天也快亮了，你先下去吧。"

程坚忍道："唉！可惜失了一个搜集情报的机会了。"

第七十四章

HUBEN WANSUI

荒凉，恐怖，奋斗！

这时，天色已有点灰白色，王彪觉得时间不能耽误，打算用绳子把程坚忍缒下井去，他突然地站起来笑道："问题哪有这样严重？我首先下去，免得延误了时间。"说着他真的把脚伸入沟眼，一口气溜了下去。这样倒叫大家就没有理会他受伤。

及至王彪进了洞坐定，把经过的事报告一番，才听到他轻轻地哼了两声。

刘小姐轻轻哎呀一声道："程先生果然受伤了。"他带笑音说了声没事，还是静静地躺着。

刘静媛是挨了王彪坐着的，就问道："王大哥你们是怎么样和敌人接触的呢？彼此都没有开枪吗？"

提到这件事，王彪是很为得意，就把第二次出去的巡猎连说带比，再讲述了一次。在这中间，程坚忍又轻轻地哼过两回。刘静媛道："胸口是胃和心脏所在的地方，让砖头这样猛撞一下，是外伤倒没有什么，若是内伤，那可了不得。现在自然是谈不上什么医药，可是总得好好儿地休息一下。"

程坚忍道："其实是没关系，也许刚才溜了洞子来，让沟里的石头尖摩擦了两下。"

王彪的旁边，才是程坚忍，她听了这话，就着王彪轻轻地推了两下，笑道："王大哥你就便伸手摸摸程参谋的胸口，看看是不是肿了？"

王彪说声是,真伸手过来。程坚忍便抬起手来拦着道:"没有什么,反正我们不算井底之蛙,也是洞里的耗子,白天也不能出去,这就根本有个十小时以上的休息,纵然有了伤,也就一觉睡好了。"

　　刘小姐道:"好的,那么,我们大家别说话,让程参谋好好去睡觉。"程坚忍在心里头虽然是又说了一句,多谢你关心我。可是他鉴于前事,不便说出来了。

　　这天,洞里有干馒头,有冷水,大家倒是很沉静地过去。到了晚上,程坚忍觉得胸口阵阵地隐痛,就没有敢提议出去。王彪把话问着时,洞里的人一致提议,程参谋不要出去。

　　王彪道:"好的,我一个人出去瞧瞧吧。"

　　黄九妹道:"你算了吧,你这个老粗,一个人出去会误事的。"

　　王彪笑道:"我听参谋的命令。"程坚忍见他态度立刻转变了,心里好笑,也没作声。

　　这晚大家只出去汲了一回井水,可说没有动作。到了第三晚,大家实在忍耐不住了,程、王二人天色一黑就出去巡猎,来到原来那矮墙三角尖所在,不由得,两人大吃一惊。原来那斜十字木架之外,又添着一个小小的十字棍架。

　　王彪道:"昨晚上有我们自己人到这里来了,可惜我们没有遇上。"

　　程坚忍道:"也许那人今天还会来的,我们就在这里守着吧。"于是两人就静静地坐在矮墙下。

　　这晚的情形,已和前两日不同,城里已很少听到枪声,守了半夜,也没有看到一个敌人经过。只有西南角火烧屋子的余焰,带着几股红烟,还在空中缭绕不定,发生了一阵红光,映照在断墙和突立的电线杆上。这几日都是晴天,半夜里一轮明月当天,配上几颗疏星,一片寒光,把满眼的瓦砾场,照得毕现。远处砖瓦堆上,有几具黑影,那正是战死的敌人,夜静了,寒月带了霜气扑到人身上,说不出来是一种什么凄凉滋味。他真觉得有千百行眼泪,要由眼睛眶子里抢着流出来。而且稍远的地方,还有些敌尸,是日子过久了的,这时已开始腐化,奇怪的尸臭味,也慢慢地抢袭过来。垂下眼看看是遍地砖瓦,抬头看是一轮明月。

　　他各种感慨涌上心头,正不知身在何处。王彪却暗地里连连扯他两下衣襟。他立刻向前看去,却有一个人影子向对面矮墙下一蹾,立刻藏到那面便看不到了。于是各把枪在矮墙头上支着,预备一个随时射击。可是那里一点响动也没有。

久而久之，在那墙头上忽然发现了一个木棍斜十字架，因为相隔究竟只有二三十步路，在月光底下，慢慢地可以看得出来，程坚忍因为那边只有一个人影，无须害怕，便轻轻问道："那边来的是自己人吗？"

那边果然答应了，他道："我是第九连上等兵邝尚武。"

程坚忍听得出他的河南土腔，便道："你一个人吗？过来吧，我是程参谋。"

邝尚武听到，就一溜烟地弯着腰由瓦砾堆上跑过来。程坚忍低声问道："就你一个人了吗，你藏在哪里？"

邝尚武道："不，我和班长一处，一共是六个人，就藏在前面两百公尺远的一条炸垮的土壕里，上面有破屋罩着，我们又盖些土。"

程坚忍道："那么，你们的班长是吴炳南吗？"

他说："是的。"

程坚忍就告诉了他藏的地点。因道："好的，以后我们每晚都在这里取得联络，大家还是分开来得好。你知道副团长在哪里吗？"

邝尚武道："昨天副团长还在我们一处，他说那土壕里只能容纳五六个人。他带着三名弟兄走了。他说北门里一带，还有两三处有几间破屋子，他要和那里的弟兄取得联络，他预备到观音巷去，这里到那里，整整地要穿过城中心，今天就没得着消息。"

程坚忍道："你们遇到过敌人吗？"

他道："昨晚上摸了他两个，今晚上没看见敌人。城里没有房子，今天上午，我们的飞机又来扫射过一次。他们在城里没地方安身，都驻在城外，白天进城来看看，晚上大概根本不来。"

程坚忍道："你去吧。告诉吴班长，一切小心。听到城外枪声响，就是我们军队来了。尽量地在城里扰乱敌人，牵制敌人。"邝尚武答应着走了。

程、王二人，又在砖瓦堆里巡行了一小时。除了翻翻敌尸身上，也没有别的可做，只好又回枯井地方去。但想到在洞里六个人挤在一处，转身都有问题，也不愿意马上就下去，两人就在沟眼口上，找了块石头坐着。

不多一会儿，听到沟里有人爬动的声音，王彪就伏在沟眼上轻轻对里面道："我和程参谋在这里呢。你们出去，不要害怕。"

程坚忍笑道："看你这样子，是和黄九姑娘打着招呼吧？"说毕，沟里

第七十四章　荒凉，恐怖，奋斗！

伸出半截身子来，正是黄九妹。

坚忍道："天快亮了，该是敌人开始出动的时候，你们还出来做些什么？你怕王彪是个老粗，有些不放心他吗？"他们在洞里挤了两天，彼此已经是很熟了，偶然也说着一两句玩笑话。

黄九妹听到程坚忍的话，又带了笑音，这已明白了他的意思。笑道："程参谋，刘小姐也在后面来着呢，你拉她一把吧。"

程坚忍虽觉得她这报复颇是厉害的，可不能对她这话有什么驳复，只有默然受之。果然，随着这话，刘小姐爬出沟洞来了。她正弯着腰，扑去身上的土呢。黄九妹道："刘小姐，你不是很挂心程参谋，约着同出来看看的吗？"

刘小姐还不曾理会到她有什么用意，不经意地答道："是的，我们在洞里，仿佛听到外面有枪声。"程坚忍也就装作大方，说了声多谢。

刘小姐道："九姑娘，我们到那边矮墙下看看吧。"

程坚忍知道两个女孩子，终日闷在洞里，和大家挤在一处，她们自也有避人之事，便没有拦阻，由她两人走开。

两人去了有十来分钟，忽听得刘小姐很尖锐地怪叫了一声，立刻砖瓦滚着唧喳乱响。说声不好，提了枪就飞步过去。王彪自也跟着上来。跑过矮墙，见一个敌人揪住刘小姐的头，夹住她的颈脖，拖在瓦砾堆上走，相隔只有二三十步，来不及开枪，他举起枪来，伸着刺刀就向敌人身上刺去。敌人见有人追来，才放下刘小姐，把他夹在肋下的枪拿出来抵抗，但时间已不容许他把枪拿好。程坚忍的刺刀，已伸到他身边。他将身子一侧，把刺刀让过去。索性丢了枪，两手握住程坚忍的枪杆，就要夺枪。程坚忍向怀里扯了几下枪，敌人力大，竟是扯不开来。他情急智生，将脚抬起向敌人胯下，猛的一鞋尖，把他踢得向上一跳，叫了一声哎哟，立刻向地下一倒。程坚忍哪敢怠慢，端起枪来，立刻就是一刺刀。这一下用劲太猛，由他胸膛，直刺入背心。回头看时，王彪抓着另一个敌人，揪打在一处，践踏得碎砖乱瓦稀里哗啦作响。黄九妹却拿了一块砖，在敌人身后猛砸。程坚忍拔出敌人身上的刺刀，提枪也向敌人奔去。因为他和王彪，全是徒手揪打，难解难分，不敢在残月微光下乱刺。也捡起一块砖头，一手抓住敌人衣领，一手将砖头猛对敌人头部砸下去，这才算把敌人打倒。

黄九妹蹲在地上，又把砖石向他头上乱砸了一阵了，口里还骂着道："你这小子，还欺侮我吗？"

程坚忍扶着枪呆望了，用柔和的声音道："姑娘，天快亮了，我们走吧。"

那刘小姐更是胆虚，抬手理着乱发，气喘吁吁地向沟眼那边走去。

黄九妹看到，也在后面跟着，问道："刘小姐你累得很吗？"

她笑着摇摇头道："幸而是程参谋和王大哥赶着来了，如其不然，这条命算完了。"

王彪道："我说怎么样？这是不能大意的。天一黑，敌人就溜了，天一亮，他们就会来。现在可以进洞去了。"

刘小姐受了这次虚惊，果然不敢耽误，首先一个，就溜下洞去。程坚忍殿后，还拿着枪和大家警戒。当他开始向沟眼里溜下去的时候，天空已发着惨白的光辉，由瓦砾场上一眼看了去，已看到一带打成残堤一般的城墙基了。

第七十四章　荒凉，恐怖，奋斗！

第七十五章

凫履交错

　　这两个人，开始在洞里度第四天的光阴时，彼此是更相识了。大家曲起了腿两手抱着膝盖，背靠着洞壁，轮流地打瞌睡。那枯井口上透进来的光线，还可以看到人影子。黄九妹和刘静媛都坐在井底下，王彪隔了张大嫂向这边看着。见黄九妹抬起一只肥白的手臂，撑住膝盖，托着头，那长发向下歪垂着，遮掩了半截手。那是呵，她至少也有一个月没有剪头发了。这就想到在战争发生以前，虽然和她常见面，可是很难和她说上三五句话。总是板着脸孔，拿话顶人。自从常德城里炮火响了以后，彼此亲热得多了，她还真是留意我。将来把鬼子赶走了，也许我可以爬高一点，那时或者她肯嫁我的。有那么一天，我王彪睡在梦里都是笑的。想到这，他真的嘻嘻笑了。

　　张大嫂紧挨着他坐的，自看得出他的行动，问道："王大哥，你一个人笑什么？"

　　王彪道："我没笑呀！哦！是笑了的。我笑那鬼子揪着我衣服的时候，我拧着他一只耳朵。"

　　黄九妹回过头来道："那也没什么可笑的呀。不过我总得多谢你，要不是你来得快，那鬼子掐住我的脖子，我不给他捏死，也让他拖走了。唉！活是活了，我已经没有了老娘，战后我没有了家，我真不知道怎样活下去。"

　　刘静媛道："那倒不用愁，天无绝人之路，只要自己肯奋斗，哪里也可以安身，我不是一样家破人亡吗？"

黄九妹道："刘小姐，我和你不同呀！你知书识字，容易找到工作。再说你是个教徒，天主堂里的王神甫，他就可以替你做主。战事平了，我一出这洞门，真就不知道要上哪里去。"

王彪道："这也用不着多发愁，你若不嫌弃的话，"他说到这里，大家都吓了一跳，这老粗不要把心眼子里的话，糊里糊涂就说了出来。还好，下面一句，不是人家所猜的那种话。他接着道："凭我还有点力气，我大小还可以帮你一点忙。还是那话，到了南方，直鲁豫，咱们是大同乡。"

黄九妹也是怕他乱说，心里正估量着要预备一句什么话把他挡了回去。及至他说出来，不过是这样一种轻松的话，也不由得笑了。因道："那自然是多谢你的呵。"

张大嫂子道："难道你家乡就没有一个亲人吗？"

九妹道："有是有的。我是开封人，我们那里沦陷多年了，慢说在湖南，让鬼子隔断了，不能回去。就是能回去，家里头还有些什么人，那真只有天知道。"

张大嫂道："九姑娘你若不嫌我嘴直的话，我倒赞成你赶快说个婆家。"

黄九妹一点也不犹豫，立刻答道："现在兵荒马乱，哪里谈得上这一件事。"

丁老板是个不大爱说话的人，听到这里，他也就插嘴道："大姑娘，你这话可说得不对。兵荒马乱，你一个二十几岁的姑娘，六亲无靠，那更不是办法呀。"

王彪把头向前一伸，立刻反驳着道："不，她只有十九岁呢。"

黄九妹扑哧一声笑道："这又不上户口册子，管她十九岁二十岁。"

这样一打岔，已算把这个问题牵扯开了，可是张大嫂已感到兴趣，便道："真的，兵荒马乱的日子，少年妇女，最是没有办法。"

黄九妹两手撑了膝盖，向上托着头，脸睡掌心里面，她就在那个姿态里说道："我们不要说这件事，换一种别的话头谈谈，好是不好？"说毕，她的脸更是遮掩在手掌心里了。

王彪在这洞里闷守了三天，有时，也就借了一番幻想。看黄九妹现在这分态度，那竟是完全拒绝提婚，心里懊丧之至。他心里想着，凭我这样不要命地打仗，我们官长由师长算起，哪个不说我是一条汉子。倒是这黄姑娘，

第七十五章　鸟履交错

怎么还说我是个无用的大兵。唉！他心里是这样地唉了一声，口里情不自禁地，也就唉了出来。

程坚忍道："你叹什么气？军人不能成功，就当成仁，老实说，我们藏躲在这洞里，根本就不算有志气。你没看到城里的死尸里面，不少是我们弟兄，人家以身报国，才没有白当军人，你还唉声叹气呢。"

王彪道："报告参谋，我没有怨恨什么呀。"

程坚忍道："那么，平白地你为什么叹气？"

他奇怪着道："什么，我叹了气吗？我只是在心里叹气呢，不，我心里也没有叹气。我只觉得昼夜躲在这里，闷得慌。"

黄九妹听他的话，颠三倒四，就知道他心里是什么意思，想着：这家伙真是个实心眼子的人。哪个女孩子愿意人家当面锣对面鼓地提到亲事。我就说了一句不许提这事，你就唉声叹气。我要是躲开了他，那还了得吗？无如现在都有心事，要不然，我索性要他两句，那真会把他急死呢。真是可笑！想到这里，自己也就不由得扑哧一笑。

刘小姐是个女子，她自然会知道女子的心事。而且她和黄九妹都坐在井圈子下明亮的地方，黄九妹的脸色时时刻刻变换着，她也看得出来。因道："刚才王大哥心里面一叹气，口里就叹出来。于今黄九姑娘，忽然无端端地笑起来，也两下，她并没有说什么。"

丁老板道："我们也是看得开。你看，我们现在过的是什么日子？还不是照样地说，照样地笑。"

刘静媛道："那是当然，要不然我们成天地叹气怨声，成天哭着，就能想出一条什么活路，想出一个什么好办法来吗？那还不是照样不能。与其那样，倒不如笑一声，乐得先高兴哩。"

王彪道："刘小姐你说的话，就和我们参谋说的话一模一样。"

程坚忍道："你这真叫胡说，什么时候，我说这样的话？"

王彪道："你不是常说吗？打仗的时候，要紧张，不打仗的时候，就要轻松吗？细想起来，那道理不是一样吗？"

黄九妹道："程参谋他这话倒是说得很对。"

王彪一高兴，手拍着大腿，身子猛向上一升，笑道："怎么样？我说的那是很对的吧！"他高兴之余，忘了这是地洞之下，人就笔直地立着，他又是高个子，做了洞里的一支撑柱，咚的一声，把洞顶上的碎土，撞得纷纷落下。全洞的人，都忍不住哧哧地笑。

王彪摸着头道："我撞了一下，不要紧，可千万别笑出声音来。那是闹着玩的吗？"这一个警告，才把大家的笑声停止。不过这闷坐在洞里的生活，除了坐着打瞌睡，也就只有谈话，否则日长如年，怎样耐得过去？

不过大家全有个戒心，到了白天，敌人就要四处活动的，因此说话的声音，也是非常之细微。好在那个沟眼，是用石块给它盖上了的，而且又在破屋笼罩之下，一点不会有什么问题。至于那个井圈，四周全堆了砖头瓦块，圈上还有个倒坍的屋子。是早日原来在洞中人的设计，将些断柱子，再在屋架四周勾搭着，塞住了随便前进的路。这样又可使阳光和空气，照样地透进井里面去。所以虽是大家提心吊胆，但也知道敌人要发现这个密窟，也不是一件容易的事。最低的限度，敌人要移动那些木架子里面早就可以听到响动。三四天以来，一直也没有听到什么响动，大家便就安心了。程坚忍、王彪两人，根本就是忘了生死的人，在这种黑洞子里，不能说话就睡觉，睡不着，就胡思乱想地消遣。王彪配着那些思想的行动，只是口里胡乱地唱些歌曲，有时唱京戏，有时唱山东梆子或大鼓。程坚忍摸索着将衣袋里的东西，一样样地拿出来清理，然后又一样样地送到袋里面去。他摸索到一块小木头片就把虏获来的小刀削着木片，削久了，他就挤着坐出来一点，就着井圈漏进来的光，细细地在木片上修刮。

刘小姐和他坐得近了，看他玩弄了一两小时，禁不住问道："程参谋，你削这木片做什么？"

他笑道："我打算刻一样东西送你做避难时的一个纪念。"

刘小姐用极轻微的声音，报答了两个字："谢谢。"这"谢谢"两个字轻微到让在紧傍着坐在一处的人，也听不到她说的是什么。

程坚忍把刀子将木片刮得平了，心里也就想着，这上面应该刻四个什么字？实在点，可以写"生死与共"，不过这不能做印章文字看。就在这时，斜坐着的黄九妹，将她曲着的腿移动了一下，脚踏在程坚忍鞋尖上。他立刻想起了古文上一句话，这不就是舄履交错吗？他想得对了，深深地点了几下头。

黄九妹曲着腿，坐得和他膝盖相连。面对了这位军官，怎不看得清楚？因道："程参谋，大概会在这木片上，刻出一个好玩意来吧？我看你点点头，嘴角又微微地笑着。"

程坚忍道:"我也给你做个纪念章。"

黄九妹道:"我不够资格。"

刘小姐突然从中插言道:"张大嫂请你摸摸那口袋,里面还有多少馒头?"

张大嫂道:"多着呢。还足够两天吃的。"说时,在黑影子里面,伸出手来,将馒头交给她。

那装水的旧脸盆,就放在她身边,她弯腰下去,嘴就盆沿,端起来喝了两口水,就靠了洞壁,咬着干馒头吃。她道:"这种生活,这一辈子都不会忘记。"

王彪道:"我们这就托天之福了,假使没有拾着这口袋馒头,光靠在敌人尸身上找东西吃,恐怕我们就得挨饿了。"

刘小姐道:"这倒让我想起一件事,馒头究竟有限,我们六个人,谁知道在洞里要守多少天?往后计口授粮,每天每人只许吃一个,好吗?"

程坚忍道:"你们四位,以后可以吃馒头,我和王彪天天晚上出去找东西吃,不会饿着的。"

王彪道:"对的,饿极了敌人身上的肉,我也割块下来吃。"

黄九妹道:"哼!你?"

王彪道:"我不敢吗?"

黄九妹道:"我今天早上,就闻到死尸臭了。你是西藏蒙古的饿鹰?吃死尸。"

王彪道:"西藏蒙古的大鹰吃死尸吗?"

刘静媛道:"对的,边疆人讲究一个天葬,就是把死人暴露在旷野里,让大鹰去吃。差不多小学教科书上,就有这记载。"

张大嫂向脚下吐了一口水道:"别说了,想到外面那些尸臭,谈起来真恶心。"

王彪道:"九姑娘肚子里学问可多着啦,以前家里的账都是她记,不但知道大鹰吃死人……"

黄九妹道:"人家恶心,你还说。"

王彪笑道:"是,是,是,我们就挑好的说吧。九姑娘,你也来个馒头,喝口水。"

她道:"我要吃,还不会拿?"他接连碰了几个钉子,大家都笑了。

第七十六章
HUBEN WANSUI
复活之夜

这样在洞里，度着生活，日日刺激得麻木了，渐渐地也不害怕。白天各人谈话，晚上程、王二人出来寻找食物。日子越久，遇见敌人的机会，却也越少。到了九号晚上，大家听得东门枪炮声大作，料着是援军到了，兴奋得不得了。

程坚忍爬出洞来，将步枪抱在怀里，轻轻地来回抚摸了若干遍，他向枪点了个头道："伙伴，你报仇的机会到了。"

王彪跟着后面走来，将枪举了一举，笑道："参谋，我们往哪里去迎接我们的友军呢？"

他道："你听不到枪声在东面？我们当然朝东门去。不过要加倍小心，随时要找着掩蔽的地方。我们军队一到，在郊外的敌人，必定一齐退进城来。我们两条步枪，怎样能敌对得了？不过我们听到了枪声，在城里其他的弟兄，也会听到枪声的。他们出来了，我们就可以取得联络。若是合并起来有二十条枪以上，老实不客气地说，我们就可以冲上东门了。"

王彪道："吴炳南班长就在前面那道战壕，我们先和他联络起来好不好？"程坚忍道："我们应该是向东走，若和他们联合起来，变成了向西北，恰好来个反面，把夹击敌人的路线拉远了。"两人说着话，随时找了矮墙和弹坑，把身子掩蔽起来，然后向四周去打量着。

但见一轮银月，高挂天空，眼前瓦砾成堆的废墟，全隐约地沉浮在牛乳色的夜光里。在东边月光底下，涌起一阵阵的火花和红烟。有时，还有轰隆的炮声，一别七日的激烈场面，现在算又再开始。原来是我们被压迫，现在是敌人受压迫，这就叫人紧张之下，又加上兴奋。

王彪看到一个红球，带着白光的尾子，由东向西射来的时候，情不自禁地哈哈一声道："好！迫击炮也来了，揍他……"

程坚忍和他同蹲在一堵矮墙根下的，这就伸手轻轻将他肩膀一拍，低声喝道："你作死吗？"他这才醒悟过来了，立刻身子向前一蹲。大家又悄悄地蹲着，以观动静。

不想他这一笑，竟发生了良好的反应。在对面一个炸弹坑里，有人低声问道："对面是哪一个？"这分明是自己人说话。

但程坚忍持着慎重态度，不肯告诉他的话，反问道："你是哪个呢？"

那边答道："没有错，我们全是自己人，我是一七零团第三营第九连上等兵李德威。"

王彪道："参谋，没有错，他是我们老乡，我认得他。"

程坚忍便问道："你就是一个人吗？我是参谋程坚忍，还有个勤务兵王彪。"

那人道："参谋，快出来吧。我们副团长在这里。"

程坚忍大喜，直起身来看时，高子曰副团长，已带了三名弟兄走过来。在这个场合里重新相逢，彼此真说不出来是一种什么情绪，两个人热烈地握着手。那东门外的炮声，正轰隆噼啪地响着，庆祝二人的重逢。

程坚忍道："好了，现在我们有六个人了。若是再把吴炳南班长那里六个人加入，我们就可以向东门来一个夹击。"

高子曰站着沉吟了一会儿，点着头道："现在倒是应当集中力量，袭击敌人的一点，才可发生作用。谁通知吴班长？"

王彪道："我去！我知道他们的所在。"

高子曰道："好的，那就是你去吧。要小心，不要自己人先发生了误会。你告诉吴班长，我们在上南门双忠街那里集中。那里还有七八家没有烧光的房子，可以掩蔽。"说毕，王彪去通知吴班长，这里一行五人，就根据了兀立在瓦砾场上的电线杆子，作为标准，踏着满地的砖瓦，向上南门进发。

今晚的情形，已不同往昔，时时刻刻听到敌人在城里奔走的响声。好在大家都是熟识地形的，只要听到有一点动静，立刻先掩蔽起来。到了天色将亮，上南门那几幢七歪八倒的破屋，在废墟上已透露出一丛黑影子，大家也就更抱了一番兴奋的精神，预备到那里去集中更大的力量。不料前进不到十几步路，就遇到了敌人两个哨兵。这是无可犹豫的，弟兄们发出两粒子弹，就把这两个鬼子解决。可是这两下响把敌人惊动了。在兴街口一带的敌人，以为国军由西门已打了进来，赶快在打垮了的工事里，埋伏着拦击。

所幸他们也都是步枪，并没有机枪。高副团长见眼前是一片敞地，并没有遮拦。就带着弟兄们在地面蛇行向前，钻进了前面那一堆破屋子。不幸得很，一个弟兄已在地面阵亡了。于是两位官长两位士兵，就在破屋子里和敌人对击。敌人原不晓得我们有多少人，不敢冲进。

到了天亮，看这破屋里不像有很多人的样子，就有三个敌人向侧面一堆砖头后面，绕着爬过来。那上等兵李德威，正守在这屋顶上的破屋脊后面。他看到敌人手上，各拿了一枚手榴弹，他立刻想到这三枚手榴弹丢过来，大家全完。他自己身上，也有一枚手榴弹，立刻拔开引线，向三个敌人丢了去。火光发去，三个敌人全炸毁了，他很是高兴。不想他一起身，暴露了目标，正面飞来一粒子弹，中了胸部，滚下破屋去。

那时，另一位在屋下的弟兄，也中弹阵亡，于是只剩高子曰副团长和程坚忍守在下面，而且两人的子弹，也不足十粒，听听东门的枪声，也是响得非常紧密。两人在破屋的倒坍砖瓦下伏着，还隔了一堆倒下的梁柱。彼此看了看，又捏着拳头举了两下，那表示着坚决的忍耐，一定等友军进来。

所幸不到二十分钟，敌人后面有了枪声，敌人的子弹，立刻转了方向，对背后发去，接着，一阵喊杀，杀！那是自己人的声音呀！两人情绪高涨，心房乱跳，恨不得立刻就冲了出去。

又不到十分钟，枪声喊杀声，一齐停止下去了，接着也就听到自己人说话，高副团长满脸笑容，跳着起来道："程参谋，没有错，是自己军队到了。"

于是两人钻着破窗子探头向外张望，在那一群穿破旧军服的士兵身上，已看清了是久战的本军。两人便同声喊着，我们是自己人。在这喊声中，人向外走，已看到了自己的师长也在这里，不觉得暗下叫了一句天呀！这以上便是程坚忍在城里埋伏七日的经过。他挑着可以报告的，向李参谋报告了一番。反正寒夜露营，谁也睡不着，弄了一些烧焦烟了的大小木料，在墙脚下面，点着一把火，大家围了烤火，闲话在废墟里潜伏的经过。

第七十六章　复活之夜

据邓文彬班长报告："我最惨，我和二十多人，在西门失陷的时候，退入文庙，大家各找掩蔽地点，情形不一样，我自己把人血涂在脸上，睡在死人堆里，饿了就生啃敌人死尸的大腿。本军进了城，庙里还有十几个人没死，有的在屋脊下，有的在沟里，纷纷钻出来，集合了一支小兵力和撤退的敌人还遭遇过一次。我们多半是徒手，不便冲杀，敌人吓破了胆，虚发了几枪，便向西门逃跑了。"

又据指导班周善福班长报告道："我在十二月三日晚上，北门内一所破屋的屋顶上掩蔽着。七天七夜，没有吃，也没有睡，始终警戒着敌人的搜索。十日中午，有一个夫子，在屋下经过，他说师长带了队伍进城了。我本来听到枪声喊杀声的，可不知道是谁进了城。我听了这个报告，喜欢得我怪叫了三声，向屋下面一滚，倒把那个夫子吓了一跳。"这位周班长是河南人，说话是百分之百的河南土腔。身体矮而粗，喜欢说笑话，人送绰号周大头。他对于这个绰号，毫不认为侮辱，人家叫他周大头，他也笑嘻嘻地答应着人家。这时，大家围了火坐着，由他一个人站在旁边报告。

王彪便道："大头，你怪叫三声，是怎样怪叫？"

周善福笑道："你要俺再叫，俺就再叫三声你听听。哎呀哎呀！呵呵哎呀！"他用河南土腔叫出来，听着是怪有趣的，大家忍不住哈哈一笑。

这笑声未免大一点，却把余师长惊动着走过来了。他原是还在中央银行那个防空地室里睡着的，但他感觉到意外的兴奋，老是睡不着，在兴街口的瓦砾场散步。听了这笑声，立刻迎着火光走过来。有人看到，说声师长来了，大家都肃静着站了起来。他问："这样夜深，为什么还在吵闹？"李参谋觉得这事大为不妥，但也抵赖不了，只好据实报告。

余程万道："若在往日，你们应当知道这是什么罪过。不过原谅你们，大家都兴奋过度了。周善福呢？"他在人后面答应了一声有，余程万点着头叫他过来，问道："你饿了七天七夜，你还怪叫得出来吗？"

他走近前，敬着礼道："报告师长，俺溜进人家灶房里，找到几许生黍米，干嚼下去的，才对付着活下来。那几天，连瓦片都吃得下去呢，听到师长来了，俺就不饿了。后来俺想起来了，应该叫中华民族万岁，不该叫哎呀呀。"余师长看了他那副情形，也忍不住一笑。

第七十七章

HUBEN WANSUI

一只离群孤雁

在火光的反映下,大家看到师长的笑容,料着无事,肃静地站着。余师长道:"夜已深了,大家安静地休息吧,不要再说话了。"说完,他也是很高兴地走了。但大家虽是不说话,围了那熊熊的火焰,不必担心什么机枪大炮。这是一个月以来的第一次,实在睡不着。而且人坐在瓦砾堆上,并不会怎样的舒服,自也是睡不着。火已不是前十天那样可怕,相反地,夜寒深重,火还是可亲热的。有人在瓦砾堆上,找出破锅破铁罐之类,舀了井水,放在火边,煮开水喝,四五人坐在一处,又不免小声低语,度此长夜。天色亮了,余师长下了命令,大家继续打扫掩埋工作。军需官和参副处的人合作,连夜已在乡下运来了两石米。送米的百姓,自动地送着油盐小菜,而且知道城里什么全没有,锅碗筷子全送了来,弟兄们就在守夜的火堆上,开始煮饭。

太阳出来了,阳光好像加倍的强烈,那被炸毁的断墙残砌和瓦砾堆,火色犹存,经初起太阳一照,满目都是红光。国旗老早就在上南门一截断城上升杆而起,微微地飘荡在晨曦里,弟兄们各捧着一只饭碗,站在阳光里进早餐。寒天的早晨,饭头上的热气,绕着淡小的丝纹上升,冲过人的鼻子,大家都感觉得这饭好香,自这晨起,弟兄们又开始恢复了平时的军人生活。

在这日正午,军长王耀武已到了城里,召集五十七师弟兄们训话,大大地嘉奖了一番，当日就下了命令，五十七师调驻河洑。重新整编。河洑这地方，虽也是经过了敌人一番炮火洗礼，但耆山寺一带，房屋还相当完好，师司令部就移驻在耆山寺。

过了几天，师部事务比较正常了些，程坚忍就向师长请了三天短假，带着王彪去探访未婚妻鲁婉华的消息。由河洑到常德的大路上，战壕、炮弹坑、倒坍的民房，一切还是从前的样子，可是大路来往的行人，却来往不断。由城里来的人，有些人将担子挑着破铜旧铁，有的也扛着一些焦煳了的木料。向城里去的人，有的扛着箬席或成捆的竹竿木棍，有的也挑着行李，扶老携幼三三五五，个个拖着沉重的步子走。

程坚忍情不自禁地惊讶着道："老百姓已开始复员了。"

王彪随在后面，看了他的背影，做了个鬼脸，笑道："参谋，你说鲁老太太也回到了城里了吗？"

程坚忍道："她们当然要回家来看看。可是到城里，她们能在哪里落脚？而且她们也一定急于要知道我的生死存亡的。"

王彪道："真奇怪，她们怎不到河洑去打听呢？你说黄九姑娘她知道我们在河洑吗？"程坚忍听了他这话也就笑了。王彪听到参谋的笑声，他就不敢再说什么。

两人默然地走了一截路，还是程坚忍先笑起来说道："你不想想，战事才过去几天呢。鲁老太太离开常德以后，说是到二里岗去避难。那个地方，虽是还没有被敌人骚扰过，可是她们听着那惊天动地的炮火声，是不是还沉得住气，也许又走开一截路了。你说到黄九姑娘没有来打听你的消息，那是你一相情愿的话。你没有想想，人家是一位大姑娘，于今是战事停了，六亲无靠，就先得找一个地方落脚。她也不便到河洑来找你，你一个单身汉小伙子，她是一个黄花闺女，跑来找你干什么？她不怕人家笑话？"

王彪听说，在身后扑哧一声笑了。他道："那么，我们到哪里去找人呢？"

这句话倒提醒了程坚忍，站住了脚，沉吟了一会儿，因道："起初我没有计较，想到城里去看看，现在想起来，这事有点不妥。城里根本是空的，什么也没有人落脚的地方。鲁老太太母女两个进城干什么？进城也不会停留一小时。不过既然到了这里，那就索性进城去看看。你不见老百姓纷纷地向城里走？也许在城里可以遇到什么熟人，倒可以打听打听她们的情形。"说着，两人继续地走。将近西门那一片倒坍的民房，将砖瓦堆在小河滩上。

小河露着河底，还有一道清浅的水，不曾干涸。临岸一带大柳树，让炮火洗刷得只剩几个大杈丫。还有两株最大的柳树蔸，只剩两大截光树蔸子有四五尺，秃立在岸边，上面焦煳着一片。两堵断墙，夹着一个歪倒的木门圈子，门里没有房屋，几块夹墙基的青石，插在砖瓦地上。这是很普通的现象，原没有什么令人注意的地方。可是就在这时，见有一个披着头发的女人，慢慢地还由那歪倒的木圈子里钻进去。然后一直穿过倒坍的屋基走向河岸，挑了那秃着大柳树蔸子，将身体斜靠住，只管看了那河里的水出神。

王彪在他身后突然喊了一声道："那是她！那真是她！"

程坚忍被他连说了两句，也就只好站住了脚，回转身说道："你叫些什么？"

王彪指着道："那不是黄九姑娘？她一个人在这里干什么？"

那女子也被他的声音惊动着了，回转头来，向这边看着，正是黄九妹。她不需人招呼，径直地跑了过来，站在一堵矮墙的路边上，呆呆地站着。她已不是在地洞子里那样满身烂泥，换了一件青布棉袍子，那袍子窄小而短，很不合身，可想是临时在哪里找来的一件旧衣服。她在洞里的时候，头发是个鸡窠式的，蓬成一处。现在却是梳得清清顺顺的，一大把披在肩上。头发清楚了，也就现出她那微圆的蛋脸来，她本是个白胖的姑娘，这二十几天以来，逐次地遇到她，逐次发现她两腮尖削下去。在洞里的七天，过着那非人的生活，身上是泥，头上脸上也是泥，大家全不成个样子。现在她把泥土擦干净了，现出原来的面孔，虽然还是瘦削的，可是清秀着又现出她是个女孩子了。王彪看了她，说不出来心上有一种什么愉快。惟其这份儿愉快，心里头说不出来，也就让他看到黄九妹不知说什么是好。她呆站在那里，向程、王两人看了一看，先微微地一笑。她嘴一动，似乎要说什么话。可是这话并没有说出来，她嘴角一撇，两行眼泪同时齐下，竟是哭起来了。

程坚忍是个第三者，原无所谓，看到她哭了起来，也没有了主意。大家呆站着了一会儿，还是程参谋道："九姑娘，现在脱离灾难了，你还哭什么？"

她依了她的习惯，向肋下去掏摸手绢，然而没有。她这就将手指头揉着眼睛道："在打着仗的时候，为了逃命，糊里糊涂地过着，倒也不晓得什么。现在脱了灾难，我是一只离了群的孤雁呢！我不知道往哪里去好了。城里跑到乡下，乡下没个熟人。乡下跑到城里，城里连房子也没有。我往哪里去呢？"

程坚忍道："你的那些同伴呢？"

她道："我们那天见过师长，就分手了。丁老板、张大嫂要去找他们自己家里的人，刘小姐到东门外天主教堂找王主教去了。我没了主意，想下乡去找找熟人。各村子里的乡人下，也刚刚回家呢！人家自己也不得了，谁肯收留我这样一个人？而且我也不敢随便住到人家去。所幸有一个老太太给我饭吃，又送我一身衣服，留着和她在一处住了几天。这老太太是看家的，慢慢地他们家里人全来了，就不能再容我，我只好回到城里来。这样好几天城里还是空的，我到哪里去呢，我听了五十七师司令部已经移到河洑，我想去找找你们，可是军营里，我一个姑娘，又不敢去。"

王彪听了这话，笑意涌上眉梢，跳起来道："你只管去呀，你是个难民，还怕什么的？"

程坚忍看他兴奋过甚，对他看了一眼，他省悟了，就突然把话止住。

黄九妹道："现在遇到二位，那就好极了。我现在一点主意都没有，望二位给我出个主意才好。"

王彪听了，立刻就想开口，但是看了程坚忍一眼，又默然了，程坚忍望了他问道："你有什么主意吗？不妨说出来听听。"

王彪笑道："我倒是有条路子，恐怕又不对。"他说着话，抬起手来搔搔耳朵，可是他立刻就感到身上这套军衣，虽是又脏又破，不像样子，然而究竟还是军衣，当了官长的面，可不能失军人的仪表，因之，立着正道："她说的熟人，还有一位刘小姐呢，刘小姐不是说过，东门外的天主教堂，也许没有烧掉，她一定去找王主教。我们知道那天主教堂只打垮了两堵墙，分明那房子还在。刘小姐一定是到天主教堂去了。从前难民到天主教堂去，王主教都收留的。于今刘小姐在那里，九姑娘肯去，王主教一定肯收留的，反正又不在那里长住。反正那王主教……"

程坚忍拦着道："不用说了，你的意思，我已全都明白了，九姑娘你就让王彪送你去吧。"

黄九妹对他看了一看问道："参谋，你不去吗？"

程坚忍道："无须乎我去。在那炮火连天里，王主教还肯收留难民，于今并不要他怎样保护，他宗教家不能拒绝的。王彪你就送九姑娘去。事情办完了，你可以到南站去等着我。等到下午遇不到我，你就回师部吧。"

王彪得了这任务，说不出来心中是有一种什么高兴，只觉心里一阵奇痒，想笑出声来，自己极力地忍住了笑，将头微微低着，没有作声。

程坚忍道："好吧，你们就走吧，不要耽误时间，我一个人先走了。"说着他就离开了这两人。

第七十八章

HUBEN WANSUI

空山无人

　　程坚忍这个做法，分明是给王彪一个机会。他自觉得这番儿女心肠，功德不小，走起路来也感到特别愉快。这已离西门不远，他单独地走着，看到那被打垮了的城墙，像是剥了草皮的黄土山丘。敌人爬城的短梯子，还放在城墙基下。自从收复以来，驻城部队虽是不断地在掩埋敌尸，可是在这西城基脚下，还是有三三两两的敌尸，遍散在高低的土堆上。看到这些尸体，也就继续地闻到了尸臭。他回想到在西门督战的时候，炮火惊天动地，料着迟早是一死。没想到在百分之一二里面，自己居然逃出了这条命。假使当日死了的话，也和这城基下的尸身一般，已经发着奇臭了。想到这里，再看看那些远处的死尸，真不由得打了两个冷战。于是自己加紧了脚步走，由那仅存大半个城门圈的西门进了城。眼前还是没有路，人还踏着瓦砾场走。瓦砾场上还树起来的电灯杆子就是指南针，顺着电线杆子下面走，到了上南门，算是有点新鲜点缀，那就是矮墙下用木棍支起了个架子，上面盖着芦席棚。几个破衣帽的人，在那芦席棚周围，忙着在那里扒砖扒土。

　　程坚忍站着路头上呆望了一下，看看这里面，却也没有自己认识的人。于是停留了五分钟，又走出城去。在经过上南门的时候，看到一个女子，和刘静媛的相貌，颇有点相像，他看了一下，心里忽然起了一个浮影。立刻想着，刘小姐虽是有个天主教堂可以落脚，可是那也并不是她的家，在地沟避难的时候，得着人家很多的关心，于今一分手了，也应该关心一点。借了送黄九妹的理由，到天主教堂去看她一次，却也不显什么痕迹。不然。王彪去了，提起了自己已是半路分手的，这就显着自己太不讲交情了。他一面想着，一面慢慢地走路，慢得终于是把脚步停止了。

他昂起头来看看天色，太阳还没有到正中。这样想着，到天主教堂去看刘小姐一次，立刻再过河向二里岗，也不算晚。于是定了主意，且不渡过沅江，沿着河岸，直向东走。约莫走了半里路，见小码头上停了一只小船，一个中年男子，带着一个妇人和两个小孩子，正要上岸。那男子站在船头上，向那妇人道："真没有想到，我们还能回到常德来，那几天我躲在东门外头，时时刻刻有死的可能。"

那妇人道："我在二里岗还不是时时刻刻都记挂你吗？我后悔得不得了，不该逃难，大家死在一处，倒也干净。今生今世，我们再不要分开来了。"听他们的说话，好像是夫妻战后重逢。

那妇人又说到了二里岗，这让他立刻想到了未婚妻鲁婉华，一定也是时时刻刻记挂着未婚夫的。他站着踌躇了一会儿。这一对夫妇，带着两个孩子，已经上了岸。这就向那个人点个头道："请问这位大哥，你们是从二里岗来的吗？"

那人看了看他胸前挂的佩章，代字是虎贲，而且又是个军官的样子，便道："官长，我家眷在二里岗逃难，我今天把她接回来了。"

程坚忍对那妇人看见她穿的一件青布袄子，虽不是破烂的，也就粘遍了脏迹。头发焦干，披在肩上，凭这一点，也可知二里岗逃难，是一种什么生活。便又向她点着头道："请问这位大嫂子，你们在二里岗逃难遇到鬼子吗？"

她道："鬼子倒是没有去过。可是炮火连天，有好几回说鬼子打到山下，我们吓掉了魂。"程坚忍道："没有人逃下二里岗去吗？"

她道："也有走的，走的不多。"

他问道："大嫂可看到一位老太太带一位二十来岁的小姐？她们姓鲁。"

她笑道："这个倒不晓得。"

程坚忍觉得她这一笑是对的。逃难的人很多，她知道哪个是鲁老太太，哪个是鲁小姐？人家还叫声官长，自己可是说出很幼稚的话。自己也笑着踌躇了一会儿，没有说出下文来。可是人家不能等，夫妻双双地已经走开了。程坚忍站在码头上出了一会儿神，见面前码头边，有一只小船，缓缓地向江

第七十八章　空山无人

心荡了去。这让他把一个深刻的回忆想起来了，记得送鲁小姐离开常德的时候，自己眼望着她还在小船上，船到了江心，她还不住地回过头来望着。那时，自己虽还穿了一件军衣，可是心里这一分难过，真难以形容。他想到这里，看看面前一片江水，翻腾着细微的浪纹，缓缓地向下流去。

这水面也有几只小船，来往着渡河，他似乎觉得眼光生花，觉得其中有一只向对岸开去的小船，舱里隐约有个女少年，那就是鲁婉华小姐。他很惊异地走向靠河的岸边看了一看，那人不一定是少女，而且不一定就是女人。那是自己神经过敏的错觉了。他不再考虑，沿着江岸到了大码头，见有过河的渡船，就随着过河的人走上船去。到了南站，还不过是上午十点钟。他估计着到二里岗去的来回路上，时间足有富余。于是在大路边新支起的茶棚子里，喝了一碗茶，吃了几块米粉团子，就向二里岗走去。这二里岗是常德南岸西南角的一座小山，估量高度四五百公尺，并不算得有什么险要。但因为去每条大路都远，绝不是战争的地带，因之，当日疏散出城，来不及远避的人，都跑到这座小山来。

程坚忍到了山脚下，看到迎面一带山峦，套着一个高些的峰尖在后，山势很平常。山上长了些稀稀落落的松树，并不像常德北面太阳山那样雄壮。心里先暗叫了一声糟糕，这个地方，怎么能躲避兵灾呢？看看山脚下，有一道弯曲的小路，迂回着山的坡度，向山下延展了去，自己也就顺了这小径走着。在半山腰上，遇到两批下山的人，全带着箱包行李，似乎已是逃难的回家，后面这批，有个年纪老些的在后押着一挑杂物，扶了根木棍子，带劲地向山下走。便站住脚问道："老人家，请问这山上避难的人都住在什么地方？"

这老人向他周身上下打量了一番，因道："老总……上山去接人的吗？山上人走空了。我们是最后离开二里岗的了。"

程坚忍道："为什么走得这么快？"

老人道："仗打完了，鬼子也跑了，我们还在这空山上守着干什么？"

程坚忍道："山上一个人都没有了吗？"

他道："都没有了，除非是那庙里的和尚。"他一面说，一面向山下走。

程坚忍道："老人家，这山上出过事吗？"

他道："在山上的人，没有出过事，只有些人让大炮吓着逃下山去，预备再走一截路，听说遇到了鬼子……"他说着只管走，下山路快已经走远。以下没听清楚他说些什么，不过看到他竖起手上的棍子，在空中晃了几下。

程坚忍看到这情形，倒不知道怎样对付才好。站在半山腰待了一会儿，心想，到了这里，无论如何要找出一点消息来的。于是加紧了脚步向上走，太阳正当午，热气晒在背上，像火炙似的，汗却又由棉衣底下向上浸透。到了山顶，喘着气，心房乱跳，路头上有棵大松树，且扶了树干，站着出会儿神，借着歇歇气。虽是冬天，奔走着发热了，还是想喝点凉水，于是手扶了树，四周打量着哪里有水可喝。经他这样巡视着，他发现了各处大树苑上和直立的石头上，都贴着字条，或用白粉在上面写着字，全是逃难的人，在上面留着无法投递的公开邮件。这却引起了他的新估计，是不是鲁小姐也会在这里留下几行字。因之，再向上走，倒有了目的，就在沿路都向树上石头上打量着。翻过前面这道小岭，就是山岗子上一条小路，沿路的树干上，果然不断地有纸条发现。他将每一张纸条全看过了，并没有鲁小姐母女留下的字迹。地上有些就着山坡挖的灶坑，也有在岩壁下面系着绳子，留下布片的，这一些，可证明当时散漫在满山的狼狈情形。联想到鲁氏母女也无非是在这山上风餐露宿了。前进约半里路，遇到一座古庙，墙屋还相当完整，庙门是向外掩的。还将大铁环上插了一把大铁锁。由门缝里向里面张望，连院子带佛殿地下，全是碎草乱叶，靠墙也有几处烧着焦糊的记号。想翻过墙去向里看看，又找不着爬墙的东西，对着庙门发了一会儿呆。

　　正没个做道理处，却见两个挑柴的小伙子，由庙后转出来，便道："请问了，这里的和尚都到哪里去了？"

　　樵夫答道："没了吃的，和尚都下山了，你不见锁着庙门？"

　　程坚忍道："再向里走，是哪里？"

　　樵夫答道："向里走也是下山路。"

　　程坚忍问道："听说难民下山，有遇到鬼子的，是吗？"

　　樵夫摇摇头道："是的，男的让鬼子杀死，女的抢了跑。"

　　程坚忍道："你知道难民里面有姓鲁的母女两人吗？"樵夫摇摇头。

　　另一个樵夫道："怎么没有？在前几天大炮响得厉害的时候，她们吓得下山了，全家都让鬼子杀光。"程坚忍听说，不由得心房猛撞一下，面孔急红了，那两个樵夫全是担了柴捆在身上的，看到他直了眼光，红着脸，这是个军官，还带着手枪呢。他们怕是话说错了，挑着担子转身就跑。

　　程坚忍叫着："我还有话问你们呢，站住！"这一声站住，吓得两个樵夫撂了担子，由山坡上滚了下去。

第七十八章　空山无人

第七十九章

一场噩梦以后

程坚忍没想到事情有这样严重，自己一声吆喝，竟把这两个樵夫吓得滚下山了，万一这两人摔死了，倒是自己老大的罪过，追到山边上看了一看，却也没有什么踪影。摇了两摇头，便穿山而过。由山西面下山，去山脚不到两里路，就是一座村庄。看看房屋田园，倒也没有什么创痕。老百姓们个个都住在家里。看到稻场上一个坐在草堆上晒太阳的老人，便向前客气了两句话问："这里有没有鬼子来？"

老人扶着草堆边一棵枯树，战战兢兢地站起来，把那簇拥了皱纹的眼睛睁开来，向程坚忍打量了一番，然后望着他道："老总，你还不知道，那几天的大炮把天都要轰得翻过来了。"

程坚忍道："这个我知道，我是问鬼子有没有窜到这村庄上来？"

老人道："来过的，我们这里关老爷显圣，在一里岗下面，放下一把神火，迷了鬼子的眼，鬼子看到半天云里，有无数的天兵天将，鬼子吓得跑了。"

程坚忍听了，好气又好笑，估量着敌人还没有到这里，只好放下不问。又向前，再找着别一个村子里人问问，但所问的结果，各有不同。有的说鬼子没来，有的说鬼子晚上来个转身，白天就走了，有的说是关公显圣。至于二里岗难民下山到这里来的，却没有。在前面是不是遇到了敌人不知道，可是遇到了鬼子，那就休想活命。

问了一下午，毫无实在消息，看看这一带很少破坏的情形，想到由这里逃走的人，大概也没有什么危险。这就打听着回常德的路，转身向北走，因为打听消息，耽误的时间太多。而且冬日天短，没有走到几里路，天色已经昏黑了。越靠近常德的乡村，破坏也就越多，沿着大路，经过了一个小村子，在临路的一所茅屋下，由门缝里露出灯光来，便站在门外叫道："老板，我是虎贲，让我进来歇下脚吗？"

随着这声音，有人举了一个油纸捻子，照了出来。他道："老总，辛苦辛苦，请进来吧。"

程坚忍走了进去，见是两明一暗木板泥壁屋子。正中堂屋里，只有一张三腿桌子，断掉的腿用竹竿子代着。此外只两条破板凳，什么都没有。墙角下一方土灶，有个小伙子坐在灶口石墩烧火。桌上正放了一盏菜油灯，由灯光看出这个开门的人，是个五六十岁的老者，好像见过。正注视着他呢，他举起破蓝布袄的袖子，连连拱了几下手道："原来是程参谋，好呵。"

说着，他对客人这身破烂肮脏的军服，注视了一番，程坚忍道："老板，你怎么会认得我的？"

他笑道："参谋，你忘记了。是上个月十七八号，你还和一位姓李的官长，同路走我们门口，那个时候，鬼子还在漆家河呢。"

程坚忍偏头想了一想，笑道："对的，你是韩国龙老板，我们还扰了你一顿。你怎么到这里来的？"

他将手把破板凳抹了一下，请客人坐下，叹气道："一言难尽。鬼子打来了，我逃上二里岗。这孩子和几十名乡警，打了几天游击，我昨天回家去，家算烧光了，倒遇到了他。"说着，指了那个烧火的小伙子，那小伙子站起来，立正向程坚忍行了个军礼。

程坚忍道："你们还有家里人呢？"

韩老板道："谁知道他们逃到哪里去了。也许没了命，这是我们亲戚家，全家七零八落，也是没有归家。家主去找家里人去了，我父子暂给他看房子。参谋没有吃饭吧？我们正在煮粥，同吃，好吗？"

程坚忍道："好的，我也不必和你客气了。"于是坐下来和他谈话，打听二里岗难民的情形。

他道："有几十名难民听到大炮响得近，说是山上人多，怕鬼子注意，的确有些人从后山上走出去。据传说，走出十几里，遇到桃源来的鬼子，都让鬼子打死了。实在的情形，我们也不晓得，我有个老朋友龙得斌，就在那条路上引我们军队渡河，驾了三趟来回的船，让流弹打死了，人家可六十多岁了。还有一个邮差，也是给自己军队引路，被打死了。常德老百姓，提起打鬼子，倒是不怕死的。"于是他一面盛粥，炒小菜，一面叙述了民间许多英雄故事，和许多难民遭劫的情形。据他所说就有两件事，好像是鲁老太太母女所遭遇的。

程坚忍听了心里很是不安，也不便和韩老板说明，吃粥以后也不想渡江了，就在旁边屋子里睡。这屋子里有一张竹架床，堆满了稻草，韩老板还找出他逃难中的一条棉被，送给客人盖。程坚忍一肚皮心事而且又跑了一整天，实在也疲倦了，放下头就睡，也不知道睡了多少时候，爬起来又走，心里还想着，无论如何，要把鲁小姐下落找着，死了也要找出她的尸首。正走之间，大路上三株柳树伸出倒坍的黄土墙外面来。黄土墙根下，就有几具尸体。有穿敌人军服的，也有穿便服的，其中一具女尸，身穿着蓝布大褂，披着头发。心想，不要是鲁小姐吧？近前一看，果然是她。虽双目紧闭，胖胖的圆脸儿，还是生前那个样子。心里一阵难受，不觉号啕大哭。

有人叫道："程参谋，你怎么了？天刚亮呢。"

他睁眼一看，纸糊窗子里，放进来光亮，自己是睡在矮小的茅草屋里，原来是场噩梦。自己跳下床来，向韩老板笑道："对不起，把你惊动了，我睡在梦里还在打仗。"说着把放在床脚的棉大衣穿起，在床头拿了军帽戴着，扭转身躯向外走。

韩老板道："程参谋，你不喝口热水？"

他道："我有要紧事，不喝水了。"他匆匆地走出草屋，心里还记着梦里头那个惨境。恰好这茅屋外面就是一堵矮黄土墙，和梦中的墙，仿佛相像。常德的大柳树，又是非常多的，这矮墙里外，就有几棵柳树。

程坚忍看着，不由得身上打一个冷战，望了那矮墙，有点发呆。但在这时，有人在身后叫道："果然是程参谋，好极了。"

他回头看时，刘静媛小姐由一家人家奔出来。她已换了一件干净的青棉布袍子。头发剪短了，却梳得溜光，比那地沟里避难的时候，简直换了个人，也年轻而且又漂亮了许多。瓜子脸上，两只凤眼，有一种俊秀而略带英武的姿态。他怔了一怔问道："刘小姐，你怎么在这里？你……"

一句没问完，后面又跑出来三个人，一个是王彪，一个是黄九妹，最后面一个人，是女子，她穿了一件蓝布罩袍，圆圆的脸儿，一双大眼睛。他不由得哎呀了一声，接着叫了声婉华。鲁小姐满脸是笑，直奔过来，口里连叫了两声坚忍。程坚忍没想到她会在这里出现，而又这时出现，忘了一切，抓住她的手，因道："你好！你瘦了许多了。"

鲁小姐立刻止住了笑容，两行眼泪，下雨似的挂在脸上，点了头道："我们还好，母亲在东门外天主教堂里，你放心。"她在身上掏出一方旧手绢擦着眼泪。

程坚忍道："不要难过了，所幸大家都还健在。"

婉华对程坚忍脸上看看，问道："你说我瘦了，你是更瘦了，我听说你负了伤。"

程坚忍道："两处轻伤没关系，现在全都好了。你是怎么到这里来的？"说着，索性把另一只手也握着她另一只手。

她道："王大哥昨天到天主教堂去，恰好我们也在那里。我们因为没有地方落脚，听说天主教堂还可以容纳难民停留一下，就去了。去了就见着刘小姐，知道了你许多事情。王彪说你过河寻我来了，我就特意来迎接你，等了一下午，没看到你，就住在乡下人家里。他们全愿意陪着我一路来了，一路住下。早上是刘小姐听到你说话的声音，出来看你的，果然是你。"

程坚忍这才看到了刘小姐、黄九妹、王彪，都呆站在一边，便放了未婚妻的手，迎着刘小姐点头道："还要刘小姐过江来，盛情可感。你太关心我们了。"这句话，是洞中避难的话，旧事重提，刘静媛便微微一笑。

第七十九章　一场噩梦以后

第八十章
HUBEN WANSUI
虎贲万岁

太阳在东边天脚下，由金黄色的云里，缓缓钻出来，金光洒在这兵燹后的荒村上。拂云大枯柳，斜靠了地上黄土矮墙，歪斜的草屋，和路头上这群男女，全迎接着早上的温暖，程坚忍那个噩梦，虽然还在心里没有消失，但他已证明事实，绝不是梦境那样悲惨。于是大家安心地回到乡下人家，洗脸喝茶，还各吃了两碗碎米粥。在金黄色的太阳下，走回了南站，过江到下南门。当他们走到下南门，恰好那位回来安抚流亡的专员戴九峰，带了几名警察，在巡视沿江的扫除工作。

程坚忍和他见着，他满脸地笑着道："又见到一位老朋友，我看到余师长的时候，我不知道是悲是喜，我曾流过眼泪呢！"

程坚忍道："我们在打仗休息的时候，也就联想到你，不知道你和那几十名警察，是否冲出重围。"

戴九峰道："多谢多谢。我已和师长说了，我们是共过患难的朋友了，有什么事愿意我帮忙的话，我愿意尽力。程参谋，有什么事要我服务的吗？"

程坚忍回头看了鲁婉华一眼，忽然笑起来便道："我们私人的确有点事要麻烦戴先生一下。现在我们还没有决定时期，到那时候我一定会来相请。"

鲁小姐听说也是微微一笑，戴先生原知道程坚忍有一位未婚妻在常德，看到他两人站着很相近，脸上又是那么一番笑嘻嘻的表情，这就十分明白了。

便点着头道："我明白了，我明白了。这是我应该做的，毫无问题。那后面两位是……"

说着他望了站在身后的王、黄两位，程坚忍道："那个勤务兵王彪，这次作战有功，师长答应给他越级升迁。那一位是黄九姑娘，和王彪也是患难之友。"

戴九峰笑道："到了什么程度？"

程坚忍笑道："他们还没有经过初步手续。我想是没有什么问题的吧？"

戴九峰笑道："一次解决好了。我帮忙，我帮忙！王同志你说好不好？"

王彪乐得心花怒放，倒板住面孔不敢笑，情不自禁地向戴专员行了个军礼。黄九妹对这问题，似乎是完全默认了。她将上牙咬着下嘴唇，低着头把身子半扭转了去，这样就让戴先生更向后看。最后面还有一位女士，却是呆站着带了一点淡笑。看那样子，也是一位少女，她并没有伴侣，那也就不好问什么了。

程坚忍道："戴专员，你有工作，我不打搅，过些时候我再来专程拜访。"戴九峰含着笑点头而别。

刘静媛小姐站着又呆了一会儿，然后向鲁婉华道："你四位现在到哪里去？我要先回教堂去了。"

程坚忍道："我当然陪你去，我也得去看鲁伯母。同时，我也得拜托王主教，让她们三位在教堂里再安顿几天。就是支个竹席棚子让她们住，也不是一天两天的事呀！"

刘静媛点头道："那也好。"

他们一行到了教堂见着王主教，他一口答应，两位姑娘一位老太太可以在教堂里住下去，直等到大家有办法为止。程坚忍对于这一个允诺，自是十分感谢。可是教堂久住，终究不是办法，在五天之内，他就在河洑附近的乡下，找了三间民房安顿鲁氏母女。黄九姑娘也就跟了过去。她也不肯白吃人家，就是凑集一点很少的本钱，在河洑街上摆纸烟摊子。半个月后，王彪已在卫士连当了班长，换上一套新发的灰布棉军服。黄九妹又替他赶做了一双布鞋，两双布袜，却也上下一新。他是不肯辜负了这套新装，半个月内，就剪过一次头，刮过三回脸。只要有工夫，必得到纸烟摊上去打个转身。黄九姑娘已不是从前那样，见着他就把话顶他，也是带了笑容和他说话。而且她在摆摊子的时候，手上总拿了红花布在手上做衣服。

当衣服做好,她穿在身上的日子,那已是春到人间了。破废的常德城,算是打扫干净。常德城中,已有工人在动工,建筑着七十四军五十七师阵亡将士纪念碑。距这纪念碑不远,正是鲁小姐当日住家的所在,于今是房屋没有了,只两方短短的墙基,夹了一片青砖面的空场。空场上原不会用青砖来铺着,这是当日的堂屋基地。在这基地上,围了一群男女。地面上摊了十几只花篮,围绕了一张挂红桌围的长桌子。桌子里面,站着穿了整齐中山服的戴九峰专员。下面站着两对新夫妇,一对是新升级的参谋主任程坚忍和鲁婉华小姐,一对是王彪班长和黄九妹姑娘。

戴专员开始致他证婚人的训词。他说:"程先生和鲁小姐,王班长和黄小姐,今天同时结婚,要我做证婚人,我认为这不是普通庆典,我也不是光说一句客套的荣幸之至,就可了事。这在我生命史上要留下一个很大的纪念。什么缘故?在场的男宾,都会明白,用不着我多说。鲁小姐原是住在这里的,当程先生来劝鲁小姐疏散出城,在这里吃着最后一餐饭的时候,他们约着将来在这地方结婚。这个将来,就是今天。敌人虽然把常德城的房子完全毁了,但是毁不了我们这一颗抗战到底的决心啊。为了要履行诺言,程先生就依然在这个破毁的屋基里结婚,这是十分有意义的。王班长呢?他是一向跟随程先生的,而且他和黄小姐跟随程先生全没有出常德城,共过一场大患难。程先生自己得达成任务,他也就帮助王班长达成了任务。因此就约了王班长在这里做个小集团结婚,以为纪念。因为常德这次大战,真是震古烁今,一页光荣史,完全是粗线条,将来编成鼓词或者是戏剧,会透着过分硬性一点。因此加上这么一个软性镜头,以资调剂。叮光叮光,将来真有这么一个镜头,我也就借了七十四军五十七师的光荣,永垂不朽。程先生自然是个英雄,他可有儿女心肠。在大战时候,他还能把当天的战事、当天的感想,写在情书上预备战后面交给鲁小姐。这是李参谋告诉我的,其事千真万确。我想着,这信,鲁小姐已经读过了。王班长呢,也是这样。他出发前线的时候,他说打胜了仗,没别的希望,只求两位参谋做媒,他要娶黄九姑娘。他们老早有了这样的自信心,所以有常德这一次胜仗,也就有这个软镜头。还得说回来,他们达成任务,要感谢这虎贲八千只老虎。他们以血肉生命,替常德写了一页万年光荣的历史,也就附带着产生了这两对儿女英雄。常德人原是爱虎贲的,现在更要爱虎贲,我们同叫一声虎贲万岁,恭祝两对夫妇前途光明。"

他这一串话,大家鼓掌,大笑了几次,说到最后,大家齐喊虎贲万岁!

他们的仪式很简单，在虎贲万岁声中，向证婚人鞠躬，向来宾鞠躬，就算完毕，两对新夫妇步出这无顶的礼堂，见李参谋手上拿了一本书，迎面走，到了鲁小姐面前笑道："刚才我正在观礼，刘静媛站在人后，将我叫到一边，交这本《圣经》给我。她说，她一点礼物没有，送这本《圣经》给你做纪念。"于是把书递过去。又向程坚忍道："她还有一样礼物送你呢。"说着，在身上掏出一方白绸手绢，交给了他。他是双手将手绢展开，交过去的。手绢露出红线丝绣的四个大字"虎贲万岁"。

程坚忍道："刘小姐呢？"

李参谋道："她说赶着到南岸去搭车，到衡阳去，要向前线去服务。这个时候到上南门去了。"

程坚忍向上南门那个方向看去，城基的大旗杆上，国旗飘飘荡荡在大晴天下的清风中招展。有一行雁子，在空中向南飞去。雁是向衡阳飞的，它们和刘小姐一路前程万里。他想起了刘小姐送自己的《圣经》，他想起了在洞中的共同生活，有些惘然了。

可是礼堂上的人余兴未阑，还在狂呼，这呼声可以提起一切人的精神。那呼声一阵阵传来："虎贲万岁，虎贲万岁！"